DE SLINGER VAN FOUCAULT

Ooievaar 297

Vertaald door Yond Boeke en Patty Krone

Umberto Eco

De slinger van Foucault

1992
UITGEVERIJ BERT BAKKER
AMSTERDAM

De Nederlandse vertaling kwam tot stand met medewerking van Frank van Lamoen.
Oorspronkelijke titel *Il pendolo di Foucault*
Omslagontwerp Hard Werken Design
Typografie Rudo Hartman
Foto voorplat Tom van de Haspel
ISBN 90 351 1175 3

Eerste druk maart 1989
Zevende druk september 1992

Alleen voor jullie, zonen van wetenschap en wijsheid, hebben wij dit werk geschreven. Studeert aandachtig in dit boek en zoekt onze bedoeling bijeen, die wij verspreid over verschillende plaatsen hebben uiteengezet; en wat op één plaats door ons verborgen is gehouden, hebben wij op een andere duidelijk gemaakt, zodat het voor jullie onthuld wordt, als jullie wijs zijn.

Heinrich Cornelius Agrippa von Nettesheim,
De occulta philosophia, III, 65

Bijgeloof brengt ongeluk

Raymond Smullyan, *5000 B.C.*, 1.3.8

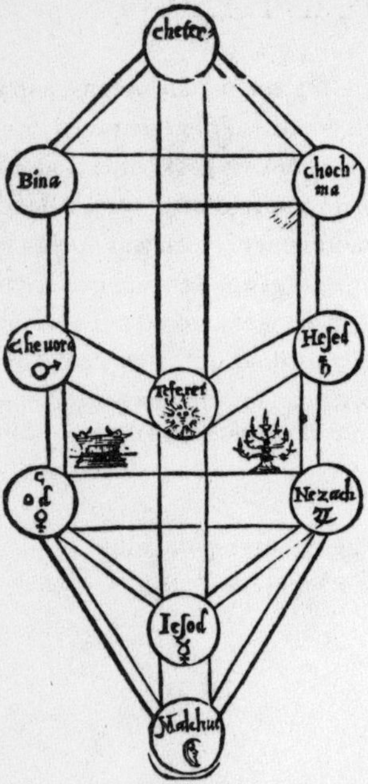

chetez
Bina
choch ma
Geuora
Hesed
Tiferet
Nezach
Iesod
Malchut

1

KETER

1

ב) והנה בהיות אור הא"ס נמשך,
בבחינת (ה) קו ישר תוך החלל
הנ"ל, לא נמשך ונתפשט (ו) תיכף
עד למטה, אמנם היה מתפשט לאט
לאט, רצוני לומר, כי בתחילה הת-
חיל קו האור להתפשט, ושם תיכף
(ז) בתחילת התפשטותו בסוד קו,
נתפשט ונמשך ונעשה, כעין (ח)
גלגל אחד עגול מסביב.

En toen zag ik de Slinger.

Hangend aan het uiteinde van een lang touw dat boven in het koorgewelf was bevestigd, maakte de bol met isochrone statigheid zijn weidse slingerbeweging.

Ik wist—maar een ieder zou het in de betovering van die rustige ademhaling gewaar moeten worden—dat de omloop bepaald werd door de relatie tussen de vierkantswortel van de lengte van het touw en het getal π dat, ongrijpbaar voor de ondermaanse geest, op goddelijke grond de omtrek van alle mogelijke cirkels noodzakelijkerwijs relateert aan hun diameter—zodat de duur van die uitslag van een bol van de ene naar de andere pool de resultante was van een geheime samenzwering tussen de meest tijdeloze onder de maten, de eenheid van het ophangpunt, de dualiteit van een abstracte dimensie, de ternaire aard van π, het tetragonale geheim van de wortel, de volmaaktheid van de cirkel.

Ik wist ook dat loodrecht onder het ophangpunt, op de basis, een magneet zijn aantrekkingskracht uitoefende op een in het hart van de bol verborgen cilinder en zo garant stond voor het voortduren van de beweging, een mechaniek dat in staat was de weerstand van de materie te breken maar zich niet verzette tegen de wet van de Slinger en deze zelfs de gelegenheid gaf zich te manifesteren; want in het luchtledige zou elk willekeurig stoffelijk deeltje dat iets weegt en aan het uiteinde van een onrekbaar en gewichtloos touw hangt en dat geen luchtweerstand ondervindt noch wrijving met het steunpunt, regelmatig tot in de eeuwigheid heen en weer hebben geslingerd.

In het schijnsel van de laatste zonnestralen die door de vensters binnendrongen weerkaatste de koperen bol een bleek caleidoscopisch licht. Als hij, zoals vroeger, met zijn puntige onderkant over een op de vloer van het koor gestrooide laag nat zand had gescheerd, zou hij bij iedere slingering een lichte vore op de grond hebben getekend en zou die vore, door iedere keer een oneindig kleine verandering van richting te ondergaan, zich steeds meer verbreed hebben in de vorm van een geul, een dal dat een straalvormige symmetrie in het vooruitzicht stelt—als het skelet van een mandala, de onzichtbare structuur van een pentakel, een ster, een mystieke roos. Nee, eerder als een op de uitgestrektheid van een woestijn geregistreerde gebeurtenis, door eindeloos zwervende karavanen achtergelaten sporen. Een geschiedenis van trage en duizendjarige migraties; misschien hadden de Atlantiden van het continent Mu zich wel zo voortbewogen, obstinaat en possessief ronddolend van Tasmanië naar Groenland, van de Steenbok naar de Kreeft, van de Prince Edward Eilanden naar Svalbard. De punt herhaalde, verhaalde opnieuw in zeer verkorte vorm wat zij van ijstijd tot ijstijd hadden gedaan en misschien nog deden nu ze koeriers van de Heren waren; misschien schampte de punt, op zijn baan tussen de Samoa-eilanden en Nova Zembla, op het evenwichtspunt Agarttha wel het Centrum van de Wereld. En ik voelde dat één enkel plan het hyperboreïsche Avalon verenigde met de australe woestijn waarin het enigma van Ayers Rock besloten ligt.

Op dat moment, op 23 juni om vier uur 's middags, temperde de Slinger aan de rand van het slingervlak zijn snelheid om traag weer terug te vallen naar het middelpunt, halverwege zijn baan weer aan snelheid te winnen en vol vertrouwen het occulte krachtveld waartoe hij veroordeeld was te doorklieven.

Als ik het vol had gehouden daar urenlang te blijven staan kijken naar die vogelkop, die lanspunt, die omgekeerde helm, terwijl hij in de leegte zijn diagonalen beschreef en daarbij de tegenover elkaar liggende punten van zijn astigmatische omtrek raakte, zou ik ten prooi zijn gevallen aan een gefabuleerde illusie, omdat de Slinger me had doen geloven dat het slingervlak in tweeëndertig uur een complete omwenteling had gemaakt en terug was gekeerd naar zijn uitgangspunt, waarbij hij een afgeplatte ellips had beschreven; de ellips draaide om haar eigen middelpunt met een uniforme hoeksnelheid, evenredig aan de sinus van de breedte. Hoe zou hij geroteerd hebben als hij in de nok van de koepel van de Tempel van Salomo bevestigd was geweest? Misschien hadden de Ridders het daar ook geprobeerd. Misschien zou de berekening, de uiteindelijke betekenis, niet veranderd zijn. Misschien was de kloosterkerk van Saint-Martin-des-Champs de echte Tempel. Hoe het ook zij, de proef zou alleen op de pool volmaakt uitgevoerd kunnen worden, de enige plek waar het ophangpunt in het verlengde ligt van de omwentelingsas van de aarde, en waar de Slinger zijn schijnbare omloop in vierentwintig uur zou volbrengen.

Maar niet deze afwijking van de Wet, waarin de Wet trouwens voorzag, niet deze schending van een gulden maat maakte het wonder minder wonderbaarlijk. Ik wist dat de aarde draaide, dat ik meedraaide, en met mij Saint-Martin-des-Champs en heel Parijs, en te zamen draaiden wij onder de Slinger die in werkelijkheid nooit de richting van zijn eigen vlak veranderde; want daarboven, voorbij het punt waar hij aan hing, langs de oneindige denkbeeldige verlenging van het touw, omhoog naar de verste melkwegstelsels, bevond zich, onbeweeglijk tot in de eeuwigheid, het Vaste Punt.

De aarde draaide, maar de plek waar het touw verankerd zat was het enige punt in het universum dat niet bewoog.

Dus mijn blik richtte zich niet zozeer op de aarde, als wel naar boven, waar het mysterie van de absolute stilstand gevierd werd. Het was de Slinger die me vertelde dat, terwijl alles bewoog, de aardbol, het zonnestelsel, de nevelvlekken, de zwarte gaten en alle kinderen van de grote kosmische emanatie, van de eerste aeonen tot aan de materie van grotere viscositeit, er één punt bleef, spil, schroefbout, denkbeeldige haak, dat maakte dat het universum om zichzelf heen bewoog. En ik had nu deel aan die opperste ervaring: ook ik bewoog mee met alles en met het al, maar ik kon Hem zien, de Niet-Bewegende, de Rots, de Garantie, de zeer heldere nevel die geen lichaam is, die geen figuur, vorm, gewicht, kwantiteit of kwaliteit heeft en niet ziet, niet hoort, noch onderhevig is aan gevoel, die niet op een plaats, in een tijd of in een ruimte is, geen ziel, intelligentie, verbeelding, opinie, getal, orde, maat, substantie, eeuwigheid is, die noch duisternis noch licht is, noch dwaling noch waarheid.

Ik werd opgeschrikt door een ter zake kundig en ongeanimeerd gesprek tussen een jongen met bril en een meisje zonder, helaas.

'Het is de slinger van Foucault,' zei hij. 'Eerste experiment in de kelder in 1851, daarna in het Observatoire, en daarna onder de koepel van het Panthéon, met een touw van zevenenzestig meter en een bol van achtentwintig kilo. Ten slotte is hij in 1855 hier terechtgekomen, in gereduceerde afmetingen, en hangt hij uit dat gat, halverwege het kruisgewelf.'

'En wat doet hij, slingeren en verder niets?'

'Hij toont de rotatie van de aarde aan. Aangezien het ophangpunt stilstaat...'

'Waarom staat dat stil?'

'Omdat een punt... hoe zeg je dat... in zijn middelpunt... Let op, ieder punt dat precies in het midden staat van de punten die je ziet, wel, dat punt nu—het geometrische punt—dat zie je niet, het heeft geen dimensies, en als iets geen dimensies heeft kan het niet naar links of naar rechts, niet omlaag of omhoog. Dus roteert het niet. Snap je? Als een punt geen dimensies heeft, kan het ook niet om zichzelf heen draaien. Het heeft niet eens een zelf...'

'Zelfs niet als de aarde draait?'

'De aarde draait maar het punt draait niet. Zo zit dat, of je het nu leuk vindt of niet.'

'Ik zit er niet mee.'

Stakker. Ze had de enige stilstaande plek van de kosmos boven haar hoofd, de enige mogelijkheid tot verlossing van de vloek van het *panta rhei*, en zij zat er niet mee. Het stel liep daarna dan ook meteen verder —hij beschaafd boven een of andere handleiding die hem de mogelijkheid om zich nog te verbazen had ontnomen, zij inert, ontoegankelijk voor de huivering voor het oneindige, beiden zonder de verschrikkelijke ervaring van hun—eerste en laatste—ontmoeting met het Ene, Ein-Sof, het Onzegbare in het geheugen te hebben opgeslagen. Hoe is het mogelijk dat iemand niet op zijn knieën valt voor het altaar van de zekerheid?

Ik voelde ontzag en angst. Op dat moment was ik ervan overtuigd dat Jacopo Belbo gelijk had. Altijd als hij met me over de Slinger sprak, schreef ik zijn emotie toe aan esthetisch geraaskal, aan dat wanstaltige gezwel dat zich langzaam in zijn geest aan het vormen was en stapje voor stapje, zonder dat hij het merkte, zijn spel in werkelijkheid veranderde. Maar als hij wat de Slinger betreft gelijk had, was al het andere misschien ook waar, het Plan, het Universele Komplot, en was hij met reden hier naartoe gekomen, aan de vooravond van de zonnewende van de zomer. Jacopo Belbo was niet gek, hij had eenvoudigweg spelenderwijs, via het Spel, de waarheid ontdekt.

Te lange blootstelling aan het Numineuze brengt nu eenmaal vertroebeling van de geest met zich mee.

Toen trachtte ik mijn blik af te wenden door de boog te volgen die, vanaf de kapitelen van de in een halve cirkel geplaatste zuilen, langs de naden van het gewelf naar de sluitsteen liep en zo deed denken aan het mysterie van het ogief, dat steunt op een absentie, opperste statische hypocrisie, en de zuilen doet geloven dat ze de ribben omhoog duwen, en deze laatste, teruggeduwd door de sluitsteen, op hun beurt dat ze de zuilen op de grond drukken; het gewelf daarentegen is een alles en een niets, tegelijkertijd gevolg en oorzaak. Maar het drong tot me door dat ik, door de Slinger die aan het gewelf hing te veronachtzamen en het gewelf zelf te bewonderen, niet dronk bij de bron om me vervolgens te bedrinken bij de fontein.

Het koor van Saint-Martin-des-Champs bestond uitsluitend omdat, krachtens de Wet, de Slinger kon bestaan, en de Slinger bestond omdat het koor bestond. Aan het ene oneindige valt niet te ontkomen, hield ik mezelf voor, door naar het andere oneindige te vluchten, er valt niet te ontkomen aan de onthulling van het identieke door jezelf voor te houden dat je het verschillende kunt tegenkomen.

Nog steeds zonder mijn ogen van de sluitsteen van het gewelf te kunnen losmaken, liep ik stapje voor stapje achteruit—want in de korte tijd dat ik binnen was had ik het traject in mijn hoofd geprent, en de grote metalen schildpadden waar ik tussendoor liep waren dermate imponerend dat ik ze vanuit mijn ooghoeken gewaarwerd. Ik liep achteruit, via het schip, terug naar de ingang, en voelde opnieuw de aanwezigheid van de dreigende prehistorische vogels, van aangevreten doek en ijzerdraad boven me, van de boosaardige libellen die een occulte beschikking aan het plafond van het schip had doen hangen. Ik zag ze als metaforen van de Wijsheid, die heel wat veelbetekenender en allusiever waren dan onder het mom van educatie werd gepretendeerd. Gelijk een vlucht Jurassische insekten en reptielen—allegorie van de lange migraties die de Slinger op aarde doende was te herhalen—gelijk archonten en perverse emanaties, daalden nu, met hun lange archeopteryx-achtige snavels, het vliegtuig van Breguet, van Blériot, van Ennault en de helicopter van Dufaux op me neer.

Zo betreed je namelijk het Conservatoire des Arts et Métiers in Parijs, wanneer je, na over een achttiende-eeuwse binnenplaats te zijn gekomen, voet zet in de oude kloosterkerk die in het laatste complex besloten ligt, zoals hij ooit besloten lag in het oorspronkelijke prioraat. Je treedt binnen en wordt verblind door deze samenzwering die het verheven universum van hemelse ogieven met de chtonische wereld van verslinders van minerale oliën verbindt.

Op de grond ontrolt zich een stoet automobielen, tweewielers en stoomvoertuigen, in de lucht hangen de dreigende vliegtuigen van de pioniers; in sommige gevallen zijn de toestellen nog intact, zij het afgebladderd, aangevreten door de tijd, en in het onbetrouwbare, deels natuurlijke, deels elektrische licht lijkt het of ze allemaal als het ware zijn overdekt met een patina, met een laagje lak van een oude viool; soms blijven het geraamten, chassis, ontwrichte drijfstangen en hendels die dreigen met onbeschrijfelijke folteringen, en je ziet jezelf al vastgeketend aan die dwangbedden waarvan iets zich in beweging zou kunnen zetten en in je vlees gaan rondwroeten totdat je bekent.

Voorbij deze opeenvolging van oude, ooit beweeglijke maar nu bewegingloze voorwerpen met hun geroeste ziel (louter tekenen van de technologische trots die ze heeft willen blootstellen aan de angstige eerbied van de bezoekers), opent zich het koor, links bewaakt door een Vrijheidsbeeld, schaalmodel van het beeld dat Bartholdi ontworpen had voor een andere wereld, en rechts door een standbeeld van Pascal—het koor, waar de oscillaties van de Slinger omringd worden door de nachtmerrie van een zieke insektenkenner—scharen, kaken, voelsprieten, proglottiden, vleugels, poten—een kerkhof van mechanische lijken die allemaal tegelijkertijd weer zouden kunnen gaan functioneren—magneten, eenfasige transformators, turbines, convertorgroepen, stoommachines, dynamo's—en verderop, voorbij de Slinger, in de koorgang, Assyrische, Chaldeeuwse en Carthaagse afgodsbeelden, grote Baäl-figuren met hun ooit roodgloeiende buik, maagden van Neurenberg met hun blootgelegde met spijkers doorboorde hart, dat wat ooit vliegtuigmotoren waren geweest—een onbeschrijfelijke krans van heiligenbeelden die in aanbidding voor de Slinger liggen, alsof de kinderen van de Rede en de Verlichting ertoe veroordeeld waren het symbool van de Traditie en de Wijsheid tot in de eeuwigheid te bewaken.

En verkeren de verveelde toeristen, die aan de kassa hun negen francs neertellen en 's zondags gratis naar binnen mogen, dus in de veronderstelling dat oude negentiende-eeuwse heren met hun door nicotine vergeelde baard, hun gekreukte en vieze boordje, hun zwarte vlinderdas, hun naar snuiftabak stinkende overjas, hun door zuren bruin geworden vingers, hun door academische animositeit verzuurde geest, dat deze aan de pochade ontleende spookbeelden die elkaar onderling met cher maître aanspraken, al deze voorwerpen onder de gewelven hebben neergezet uit een deugdzame lust tot tentoonstellen, om de welgestelde en radicale belastingbetaler te bevredigen, om het magnifieke noodlot van de vooruitgang te verheerlijken? Nee, nee, Saint-Martin-des-Champs was, aanvankelijk als prioraat en later als revolutionair museum, voorbestemd tot bloemlezing van de zeer geheime wijsheden en die vliegtuigen, die motorvoertuigen, die elektromagnetische geraamtes hielden daar een samenspraak waarvan de formule me vooralsnog ontging.

Moest ik soms geloven dat deze fraaie onderneming, zoals de catalogus me hypocriet voorhield, uitgedacht was door de heren van de Conventie om een dergelijke bedevaartplaats van alle kunsten en ambachten voor de massa open te stellen, terwijl het zo duidelijk was dat het project, nee, zelfs het woordgebruik, ontleend was aan het Huis van Salomo dat Francis Bacon in zijn *New Atlantis* beschreef?

Was het mogelijk dat alleen ik—en met mij Jacopo Belbo en Diotallevi—de waarheid had bevroed? Die avond zou ik het antwoord misschien te weten komen. Ik moest proberen na sluitingstijd in het museum te blijven en te wachten tot het middernacht was.

Waar Zij binnen zouden komen wist ik niet—ik vermoedde dat ergens in het netwerk van het riool van Parijs een leiding was die een punt in het museum verbond met een punt elders in de stad, misschien in de buurt van de Porte-Saint-Denis—maar ik wist zeker dat ik, als ik naar buiten zou gaan, niet meer langs dezelfde weg terug zou kunnen komen. En dus moest ik me verstoppen en binnen blijven.

Ik probeerde me te onttrekken aan de aantrekkingskracht die van de plek uitging en bekeek het schip met koele blik. Ik was nu niet meer op zoek naar een revelatie, ik wilde informatie. Ik stelde me zo voor dat het in de andere zalen moeilijk zou zijn een plek te vinden waar ik aan de aandacht van de suppoosten kon ontsnappen (het is hun taak om tegen sluitingstijd de ronde te doen door de zalen en te zien of er zich niet ergens een dief heeft verstopt), en wat was een betere plek om me als passagier in te schepen dan hier, ergens in dit schip vol voertuigen? Me levend verbergen in een dood voertuig. We hadden al zoveel spelletjes gedaan, dit kon er ook nog wel bij.

Komaan, moed houden, zei ik tegen mezelf, niet meer aan de Wijsheid denken: roep de Wetenschap te hulp.

2

We hebben verschillende vernuftige klokken, en andere dergelijke slingerbewegingen... We hebben ook huizen voor zinsbegoocheling, waar we allerlei staaltjes van goochel- en toverkunst laten zien, bedriegelijke verschijningen, mystificaties en illusies... Dit zijn, mijn zoon, de rijkdommen van het huis van Salomo.

Francis Bacon, *New Atlantis*, ed. Rawley, Londen, 1627, p.41-42

Ik was mijn zenuwen en verbeelding weer de baas. Het moest een ironisch spel blijven, zoals ik dat tot op een paar dagen geleden had gespeeld, zonder me mee te laten sleuren. Ik was in een museum en moest uitermate gehaaid en lucide zijn.

Vol vertrouwen bekeek ik de vliegtuigen boven me: ik zou in de cockpit van een tweedekker kunnen klauteren en de nacht afwachten alsof ik boven het Kanaal zweefde, met het Legioen van Eer in het verschiet. De namen van de auto's op de grond hadden een dierbaar nostalgische klank... Hispano Suiza 1932, mooi en comfortabel. Kwam niet in aanmerking want te dicht bij de kassa, maar als ik verschenen was in knickerbocker en een vrouw in een crêmekleurige tailleur, een lange sjaal om haar lange dunne hals en een klokhoedje op haar jongensachtige kapsel, voor had laten gaan, had ik de bewakers kunnen misleiden. Van de Citroën C64 uit '36 was er alleen een dwarsdoorsnede, een mooi demonstratiemodel maar als schuilplek lachwekkend. Om nog maar te zwijgen van de op stoom voortgedreven auto van Cugnot, enorm, een en al ketel of pot of wat het dan ook was. Ik moest aan de rechterkant zijn, waar langs de muur de velocipèdes stonden met hun grote libertywielen, de *draisiennes* met hun lage stangen, als een step, die een beeld oproepen van keurige heren met hoge hoeden die door het Bois de Boulogne dribbelen, ridders der vooruitgang.

Tegenover de velocipèdes staan mooie carrosserieën, aantrekkelijke schuilplekken. Misschien niet de in haar gepolijste aerodynamica te doorzichtige en te nauwe Panhard Dynavia uit '45; maar beslist het overwegen waard is de hoge Peugeot 1909, een mansarde, een alkoof. Als ik er eenmaal in zou zitten, weggezakt in de leren banken, zou niemand daar ook maar enig vermoeden van hebben. Maar erin stappen ging moeilijk, een van de suppoosten zat er precies voor, op een bankje, met zijn rug naar de fietsen. Enigszins gehinderd door de mantel met bontkraag op de treeplank stappen, terwijl hij, beenkappen om de kuiten, pet met klep in de hand, dienstvaardig het portier voor me openhoudt...

Ik concentreerde me even op de Obéissant, 1873, het eerste Franse voertuig met mechanische tractie, voor twaalf passagiers. Als de Peugeot een appartement was, was dit een herenhuis. Maar het was ondenkbaar dat ik er in zou komen zonder een ieders aandacht te trekken. Wat zal het moeilijk zijn je te verbergen als je schuilplaatsen onderdeel zijn van de schilderijententoonstelling!

Ik liep terug de zaal door: het Vrijheidsbeeld verhief zich, 'éclairant le monde', op een bijna twee meter hoge sokkel in de vorm van een voorsteven met een scherpe scheepssnebbe. Binnenin was een soort verborgen hokje van waaruit je, door een patrijspoort in de voorsteven recht uitkeek op een diorama van de baai van New York. Een goede uitkijkpost voor als het twaalf uur 's nachts zou zijn, omdat je in de schaduw het koor aan je linkerhand en het schip aan je rechterhand zou kunnen overzien, in de rug gedekt door een groot stenen beeld van Gramme dat, aangezien het in een soort transept was neergezet, uitzag over andere gangen. Maar op klaarlichte dag kon je duidelijk zien of het hokje bevolkt was en elke bewaker zou er, als de bezoekers eenmaal de deur uit waren, voor zijn gemoedsrust meteen een blik op hebben geworpen.

Veel tijd had ik niet, om half zes zouden ze sluiten. Ik haastte me de koorgang nogmaals te bekijken. Geen van de motoren kon als schuilplaats dienen. Ook de grote installaties voor vrachtschepen rechts niet, relikwieën van een of andere door de wateren opgeslokte Lusitania, noch de immense gasmotor van Lenoir met al zijn verschillende tandwielen. Nee, ik werd hoogstens, nu het licht afnam en waterig door de grijze ruiten naar binnen drong, opnieuw bevangen door de angst dat ik me tussen die dieren zou moeten verstoppen en ze later, in het schijnsel van mijn zaklantaarn, herboren in de duisternis aan zou treffen, amechtig door hun zware tellurische ademhaling, botten en ingewanden zonder vel, krakend en stinkend naar vettig schuim. Hoe zou ik in die, in mijn ogen steeds afgrijzenwekkender uitstalling van diesel-genitaliën, turbinevagina's, anorganische kelen die ooit—en misschien zouden ze het de komende nacht wel weer doen—vlammen, dampen en gesis uitbraakten, of zouden gonzen als indolente vliegende herten, raspen als krekels, tussen die skeletvormige uitingen van pure abstracte functionaliteit, robots die konden samenpersen, zagen, verplaatsen, breken, afhakken, accelereren, botsen, ontploffings-slikken, cilinder-snikken, losraken als marionetten, tamboers doen draaien, frequenties converteren, energie transformeren, vliegwielen ronddraaien—hoe zou ik daarin kunnen overleven? Ze zouden op me af zijn gekomen, aangezet door de Heren van de Wereld die hen in het leven geroepen hadden om te kunnen spreken over de vergissing van de schepping, nutteloze toestellen, afgoden van de bazen van het lage universum—hoe zou ik zonder te wankelen stand kunnen houden?

Ik moest weg, ik moest weg, het was allemaal dwaasheid, ik raakte verstrikt in het spel waardoor Jacopo Belbo zijn verstand had verloren, ik, het ongeloof zelve...

Ik weet niet of ik er die avond goed aan heb gedaan te blijven. Anders zou ik vandaag wel het begin maar niet het einde van het verhaal kennen. Of zou ik niet hier, nu, alleen op deze heuvel zitten terwijl de honden ver weg in het dal blaffen, en me afvragen of dat werkelijk het einde was, of dat het einde nog moet komen.

Ik besloot verder te gaan. Ik verliet de kerk door bij het standbeeld van Gramme linksaf te slaan en een galerij in te lopen. Ik was op de spoorwegafdeling en de bontgekleurde schaalmodellen van locomotieven en wagons zagen eruit als geruststellende speelgoedjes, stukken uit Luilekkerland, Madurodam, Italia in Miniatura... Ik begon te wennen aan die afwisseling van beklemming en vertrouwen, ontzetting en ontnuchtering (zijn dat inderdaad niet de eerste symptomen van een ziekte?) en hield mezelf voor dat de visioenen in de kerk me in de war hadden gebracht omdat ik, toen ik daar binnen was gekomen, nog onder de invloed was van hetgeen Jacopo Belbo had geschreven, pagina's die ik slechts via raadselachtige omwegen had ontcijferd—en waarvan ik toch wist dat ze fictie waren. Ik was in een museum voor techniek, hield ik me voor; je bent in een museum voor techniek, iets oprechts, misschien enigszins stompzinnig, maar in ieder geval een rijk vol goedmoedige doden, je weet hoe musea zijn, er is nog nooit iemand opgegeten door de Mona Lisa—een androgyn monster, een Medusa alleen voor estheten—en nog minder zul je worden opgegeten door de machine van Watt, die uitsluitend volgelingen van Ossian en neo-Goten angst kon inboezemen en daarom zo'n pathetisch compromis leek, een en al functie en Corinthische élégance, hendel en kapiteel, ketel en pilaar, wiel en timpaan. Jacopo Belbo trachtte me, zij het van een afstand, mee te sleuren in de op zinsbegoochelingen berustende val die zijn ondergang was geworden. Ik moet me als een wetenschapper opstellen, hield ik me voor. Een vulcanoloog brandt toch ook niet als Empedocles? Vluchtte Frazer soms opgejaagd het Bos van Nemi in? Kom op, jij bent Sam Spade, oké? Je hoeft alleen maar de onderwereld te onderzoeken, het is je vak. De vrouw die je heeft verleid zal voor het einde sterven, en mogelijkerwijs door jouw hand. Sorry Emily, het was mooi, maar je was een robot zonder hart.

Maar het geval wil dat aan de vervoersgalerij de hal van Lavoisier grenst, tegenover de grote trap die naar de hogergelegen verdiepingen leidt.

Dat spel van vitrines aan de zijkanten, dat soort alchimistisch altaar in het centrum, die liturgie als van een geciviliseerde achttiende-eeuwse macumba, waren niet het resultaat van een toevallige opstelling, maar van een symbolische list.

Om te beginnen de overdaad aan spiegels. Als er een spiegel is, is dat een stadium in het leven van de mens, je kunt jezelf zien. En daar zie je jezelf niet. Je zoekt jezelf, je zoekt je positie in de ruimte waarin de spiegel je zegt 'je bent daar, en je bent jij', je doet je best en je slooft je uit, omdat de spiegels van Lavoisier, hol en bol als ze zijn, je bedriegen, je uitlachen: als je een stap naar achteren doet hervind je jezelf, dan verplaats je je en raak je jezelf weer kwijt. Dat catoptrische theater was ingericht om je elk gevoel van identiteit te ontnemen en je onzeker te maken over waar je bent. Alsof je gezegd wordt: jij bent de Slinger niet, noch ben je op de plek waar de Slinger is. En je voelt je niet alleen onzeker van jezelf, maar ook van voorwerpen die tussen jou en een andere spiegel zijn geplaatst. Zeker, de natuurkunde kan je vertellen wat er gebeurt en waarom: neem een holle spiegel die de door het object verspreide stralen opvangt—in dit geval een alambiek op een koperen pan—en de spiegel zal de binnenvallende stralen op een zodanige wijze terugkaatsen dat je het object niet duidelijk omlijnd in de spiegel ziet, maar als iets spookachtigs, vluchtigs, dat in de lucht en op zijn kop buiten de spiegel zweeft. Je hoeft je uiteraard maar te verplaatsen en het effect is weg.

Maar plotseling zag ik mezelf, op mijn kop, in een andere spiegel.

Onverdragelijk.

Wat wilde Lavoisier zeggen, wat wilden de regisseurs van het Conservatoire suggereren? Uit de middeleeuwen, van de Arabier Alhazen, kennen we alle kunstjes met spiegels. Waren daar de Encyclopédie, en de

Verlichting, en de Revolutie voor nodig geweest? Om te kunnen beweren dat je het oppervlak van een spiegel slechts hoeft te buigen om in het denkbeeldige te belanden? En de gewone spiegel, is die niet een illusie, de ander die, veroordeeld tot eeuwige linkshandigheid, je elke ochtend als je je scheert aankijkt? Diende dit alles alleen maar om je dit te zeggen, in deze zaal, of is het wellicht gezegd om je ertoe aan te zetten op een andere manier naar de rest te kijken, naar de vitrines, de instrumenten die net doen alsof ze het begin van de verlichte natuurkunde en scheikunde verheerlijken?

Leren masker ter bescherming van de ogen bij calcinatie-proeven. Werkelijk? Deed de heer van de kaarsen onder de stolp werkelijk dat rioolrattenmasker, die Space-Invaderstooi voor om zijn ogen te beschermen? *Oh, how delicate, doctor Lavoisier.* Als je de kinetische gastheorie wilde bestuderen, waarom dan zo tot in de puntjes de kleine dampkogel nagebouwd, een tuit op een bol die, verwarmd, stoom uitbrakend ronddraait, terwijl de eerste dampkogel al ten tijde van de gnostici door Hero van Alexandrië is vervaardigd als hulpmiddel bij de sprekende standbeelden en de andere wonderen van de Egyptische priesters?

En wat was dat apparaat voor de bestudering van rottingsfermentatie, 1781, prachtige toespeling op de walgelijke bastaards van de Demiurg? Een reeks glazen buizen die van een baarmoederkolf via door gaffelvormige stutten opgehouden bollen en pijpen tussen twee ampullen heen en weer gaat, en van de ene een soort essence naar de andere overbrengt via in het niets uitmondende spiraalbuizen... Rottingsfermentatie? *Balneum Mariae,* sublimatie van kwikzilver, *mysterium conjunctionis,* produktie van het Elixer!

En de machine voor het bestuderen van de fermentatie (alweer) van wijn? Een speelse boog van kristallen van athanor naar athanor die de ene destilleerkolf uit- en de andere ingaat? En dat brilletje, en de minuscule clepsydra, en de kleine elektroscoop, en de lens, het laboratoriummesje dat een cuneïform schriftteken lijkt, de spatel met expulsiehendel, het glazen lemmet, het drie centimeter grote smeltkroesje van vuurvast aardewerk voor de vervaardiging van een homunculus ter grootte van een kabouter, de oneindig kleine baarmoeder voor piepkleine klonen, de mahoniehouten kistjes vol witte pakjes, als cachets uit een reisapotheek, gewikkeld in met onvertaalbare lettertekens beschreven perkament, waarin specimina van mineralen zitten (willen ze ons doen geloven), maar in werkelijkheid stukjes van de lijkwade van Basilides, relikwieënkasten met de voorhuid van Hermes Trismegistus, en de lange, ranke hamer om een zeer korte dag des oordeels mee voor geopend te verklaren, een veiling van kwintessensen die gehouden wordt bij het

Kleine Volkje van de Elfen van Avalon, en het onbeschrijfelijke kleine apparaat voor de analyse van olie-verbranding, glazen bollen opgesteld als de blaadjes van een klavertjevier, nog meer klavertjesvier door gouden buizen met elkaar verbonden, en de klavertjesvier met andere buizen van kristal, en die met een koperkleurige cilinder, en ten slotte—loodrecht daaronder—weer een cilinder van goud en glas, en weer buizen, omlaag bungelende blindedarmen, testikels, klieren, uitwassen, wratten. Is dit de moderne scheikunde? En moest de auteur daarom, terwijl er intussen niets gecreëerd en niets vernietigd werd, geguillotineerd worden? Of heeft men hem vermoord om hem het zwijgen op te leggen over hetgeen hij door te fingeren onthulde, zoals Newton die weliswaar de vader van de moderne wetenschap wordt genoemd maar rustig doorging zich over de kabbala en over de kwalitatieve essenties te buigen?

De Lavoisier-zaal in het Conservatoire is een biecht, een geheime boodschap, een uittreksel van het gehele conservatorium, het spottende commentaar van de pre-industriëlen op het moderne denken, gemurmel van andere mysterieën. Jacopo Belbo had gelijk, de Rede had ongelijk.

Ik haastte me, de tijd drong. Daar was de meter, en de kilo, en de maten, valse garanties van garantie. Ik had van Agliè gehoord dat je achter het geheim van de piramiden kunt komen door niet in meters maar in antieke ellen te rekenen. Hier waren de aritmetische machines, fictieve triomf van het kwantitatieve, in werkelijkheid belofte van de occulte kwaliteiten der getallen, terugkeer naar de bronnen van het Notarikon van de over de steppen van Europa vluchtende rabbijnen. Astronomie, klokken, robots, ik moest ervoor oppassen niet tussen die nieuwe onthullingen rond te blijven hangen. Ik was bezig door te dringen in het hart van een geheime boodschap in de vorm van rationalistisch Theatrum, snel snel, later, tussen sluitingstijd en middernacht, zou ik die objecten onderzoeken die in het schuinse licht van de zonsondergang hun ware gelaat toonden, figuren, geen instrumenten. Vooruit, door de zalen van de beroepen, van de energie, van de elektriciteit: in die vitrines zou ik me toch niet kunnen verbergen. Naarmate ik de betekenis van die reeksen beter begon te begrijpen of aan te voelen, werd ik bevangen door de angst dat ik geen tijd meer had om een schuilplaats te vinden van waaruit ik de nachtelijke onthulling van hun geheime bestaansgrond bij zou kunnen wonen. Ik bewoog me nu voort als een opgejaagd man—opgejaagd door de klok en door het gruwelijk voortschrijden van het getal. De aarde draaide onvermurwbaar door, de tijd drong, direct zouden ze me te pakken hebben.

Totdat ik, na de galerij met elektrische toestellen, in het zaaltje met glaswerk belandde. Op grond van welke onlogica was beslist dat er behalve de meest geavanceerde en kostbare apparaten van het moderne vernuft, een afdeling gereserveerd moest worden voor werkwijzen die millenia geleden bekend waren bij de Phoeniciërs? Een zaal miscellanea was het, waarin porseleinen Chinese vazen, androgyne vazen van Lalique, poteries, majolica, faïence en glaswerk uit Murano elkaar afwisselden—en met achterin, in een enorme vitrine, driedimensionaal en op ware grootte, een leeuw die een slang doodde. Ogenschijnlijk stond die groep daar omdat hij geheel uit glas was vervaardigd, maar er moest ook een symbolische reden voor zijn... Ik trachtte me voor de geest te halen waar ik dat beeld al eens gezien had. En plotseling wist ik het. De Demiurg, het verfoeilijke produkt van Sophia, de eerste archont, Ialdabaoth, die verantwoordelijk was voor de wereld en haar fundamentele onvolkomenheid, had de vorm van een slang en van een leeuw, en zijn ogen spuwden een licht van vuur. Misschien was het gehele Conservatoire een afbeelding van het infame proces waardoor, vanaf de volheid van het eerste principe, de Slinger, en vanaf de schittering van het Pleroma, van eon op eon, de Ogdoade afschilfert en men het kosmische rijk bereikt waar het Kwaad regeert. Maar in dat geval vertelden die slang en die leeuw me dat mijn inwijdingsreis—helaas *à rebours*—ten einde was, en dat ik over niet al te lange tijd de wereld weer zou zien, niet zoals hij moet zijn maar zoals hij is. En inderdaad zag ik in de rechterhoek, tegen een raam, het hokje van de Periscoop. Ik ging naar binnen. Ik bevond mij voor een glazen plaat—als op een commandobrug— waarop ik zeer wazige filmbeelden zag bewegen, een dwarsdoorsnede van een stad. Toen realiseerde ik me dat het beeld geprojecteerd werd vanaf een ander, boven mijn hoofd geplaatst scherm waarop het omgekeerd te zien was, en dit tweede scherm was het oculair van een rudimentaire periscoop die als het ware uit twee in een stompe hoek in elkaar geschoven kokers bestond. De langste koker stak, boven mijn hoofd en achter mijn rug, als een buis uit het hokje omhoog naar een raam erboven vanwaar, natuurlijk door een combinatie van lenzen binnenin waardoor een groot gezichtsveld ontstond, de beelden buiten werden opgevangen. Door te berekenen welke route ik naar boven had afgelegd, begreep ik dat de periscoop me in staat stelde naar buiten te kijken alsof ik uit de bovenste ramen van de absis van de Saint-Martin keek—alsof ik opgehangen aan de Slinger naar buiten keek, het laatste visioen van een gehangene. Ik stelde mijn ogen beter op dat wazige beeld in: nu kon ik de rue Vaucanson zien, waar het koor op uitkwam, en de rue Conté, als het ware het verlengde van het schip. De rue Conté ging links over in de rue Montgolfier en rechts in de rue Turbigo, op de hoek twee cafés, Le Week End en La Rotonde, en er tegenover een gevel waarop de met moeite te ontcijferen woorden LES CREATIONS JACSAM stonden. De periscoop. Het was niet erg duidelijk waarom hij in de zaal met het glaswerk stond en niet in de zaal met de optische instrumenten; het was blijkbaar van belang dat de buitenwereld vanaf die plek, vanuit dat oriëntatiepunt, geïnspecteerd werd, maar de redenen voor die keus ontgingen me. Vanwaar dit positivistische cubiculum à la Verne naast de symbolische verwijzing van de leeuw en de slang?

Hoe dan ook, als ik de kracht en de moed zou kunnen opbrengen daar nog een tiental minuten te blijven zou de suppoost me wellicht niet zien.

En dus bleef ik ondergedoken, eindeloos leek het wel. Ik hoorde de voetstappen van de achterblijvers en van de laatste bewakers. Ik had de neiging onder de brug ineen te duiken, ten einde beter aan een eventuele verdwaalde spiedende blik te kunnen ontsnappen, maar ik deed het niet omdat ik, wanneer ik bleef staan, als ze me ontdekten altijd nog zou kunnen doen alsof ik een bezoeker was die geheel in gedachten verzonken nog van het wonder stond te genieten.

Kort daarop deden ze het licht uit en was de zaal in duisternis gehuld; het hokje werd minder donker omdat het zwak verlicht was door het scherm, dat ik scherp bleef stellen omdat het mijn laatste contact met de wereld was.

Voorzichtigheid gebood me minstens twee uur te blijven staan of, als mijn voeten pijn gingen doen, te hurken. De sluitingstijd voor het publiek valt niet samen met het moment waarop de werknemers het gebouw verlaten. Ik dacht ineens met afgrijzen aan de schoonmakers: als die eens zouden beginnen alle zalen tot in de kleinste hoekjes schoon te maken? Toen bedacht ik me dat, gezien het feit dat het museum pas laat in de ochtend openging, de schoonmaakploeg wel bij daglicht zou werken en niet 's avonds. Dat moest wel het geval zijn, in de bovenzalen tenminste, want ik hoorde niemand meer langskomen. Alleen wat gerommel in de verte, wat droge geluiden, misschien deuren die dichtgingen. Ik moest blijven waar ik was. Ik zou tussen tien en elf de tijd hebben me naar de kerk te begeven, en misschien nog later, want de Heren zouden pas tegen middernacht arriveren.

Op dat moment kwam er een groep studenten uit La Rotonde. Een meisje liep door de rue Conté en sloeg de rue Montgolfier in. Het was niet zo'n drukke buurt, zou ik het wel urenlang volhouden met achter me alleen deze zouteloze wereld om naar te kijken? Maar betekende het feit dat de periscoop daar stond niet dat die me boodschappen zou moeten doorgeven van enig geheim belang? Ik voelde dat ik aandrang kreeg om te plassen: ik moest er geen aandacht aan schenken, het was omdat ik zenuwachtig was.

Hoeveel dingen schieten je niet te binnen als je alleen en clandestien in een periscoop staat. Zo voelt het waarschijnlijk als je je in het ruim van een schip verborgen houdt om naar elders te emigreren. Het einddoel zou dan ook het Vrijheidsbeeld zijn, met het diorama van New York. Ik zou door slaap overvallen kunnen worden, misschien zou dat ook wel zo goed zijn. Nee, ik zou wel eens te laat wakker kunnen worden...

Het bangst was ik voor een aanval van angst: als je zeker weet dat je zo direct gaat gillen. Periscoop, onderzeeër, geblokkeerd op de bodem, misschien zwemmen er al grote zwarte vissen uit de diepten om je heen en zie je ze niet, weet je alleen dat je geen lucht meer krijgt...

Ik haalde een paar keer diep adem. Concentratie. Het enige wat op zulke momenten houvast biedt is het lijstje. Terug naar de feiten, ze opsommen, er de oorzaken van ontdekken, de gevolgen. Ik ben op dit punt aangeland om die en die reden...

Heldere, nauwkeurige, ordelijke herinneringen kwamen boven. Herinneringen aan de afgelopen drie hectische dagen, daarna aan de afgelopen twee jaar, met daar doorheen weer herinneringen aan de veertig jaar ervoor zoals ik die had hervonden door binnen te dringen in Jacopo Belbo's elektronische brein.

Ik herinner me (en herinnerde me), ten einde een betekenis te geven aan de wanorde van onze gemankeerde schepping. Nu trek ik me, net als die avond in de periscoop, in een afgelegen deel van mijn geest terug om er een verhaal uit te voorschijn te laten komen. Net als de Slinger. Diotallevi had het me gezegd, de eerste sefira is Keter, de Kroon, de oorsprong, de primordiale leegte. Hij schiep eerst een punt dat het Denken werd, waarin hij alle figuren tekende... Hij was en was niet, besloten in de naam en aan de naam ontsnapt, hij had nog geen andere naam dan 'Wie?', louter verlangen bij een naam te worden genoemd... In den beginne trok hij tekens in het aura, een duistere gloed barstte los uit zijn meest verborgen binnenste gelijk een kleurloze nevel die het vormeloze vorm geeft, en zodra deze zich begon te verspreiden vormde zich in zijn middelpunt een bron van vlammen die uitstroomden om de onderste sefirot te verlichten, tot helemaal beneden bij het Koninkrijk.

Maar misschien lag in dit *tsimtsoem*, in dit terugtrekken, in deze eenzaamheid, zei Diotallevi, reeds de belofte besloten van de *tikkoen*, de belofte van de terugkeer.

2
CHOCHMA

3

Hiertoe hebben de genadige engelen vaak figuren, tekens, vormen en klanken bedacht en aan ons, stervelingen, voorgelegd, die zowel onbekend als verbijsterend zijn, die niets betekenen volgens het gewone taalgebruik, maar door de hoogste verwondering van ons verstand leiden tot een voortdurend onderzoek van en vervolgens tot eerbied en liefde voor het begrijpelijke.

Johannes Reuchlin, *De arte cabalistica*, Hagenhau, 1517, III

Het was twee dagen daarvoor. Die donderdag lag ik in bed te luieren zonder te kunnen besluiten op te staan. Ik was de middag daarvoor aangekomen en had naar de uitgeverij gebeld. Diotallevi lag nog steeds in het ziekenhuis en Gudrun zag het somber in: nog steeds hetzelfde, dat wil zeggen steeds slechter. Ik durfde hem niet te gaan opzoeken.

Wat Belbo betreft, die was niet op kantoor. Gudrun had me gezegd dat hij gebeld had om te zeggen dat hij weg moest vanwege familieaangelegenheden. Welke familie? Het rare was dat hij zijn tekstverwerker —Abulafia, zoals hij hem inmiddels gedoopt had—en de printer had meegenomen. Gudrun had me gezegd dat hij hem thuis had neergezet om iets af te maken. Vanwaar al die moeite? Kon hij op kantoor niet schrijven?

Ik voelde me ontheemd. Lia en het kind zouden pas de week daarop terugkomen. De avond daarvoor was ik even bij Pilade gaan kijken, maar ik had er niemand aangetroffen.

Ik werd gewekt door de telefoon. Het was Belbo; hij klonk opgewonden, ver weg.

'Zo? Waar belt u vandaan? Ik wilde u al opgeven als vermist bij Waterloo in 1815...'

'Geen grapjes, Casaubon, dit is een ernstige zaak. Ik zit in Parijs.'

'Parijs? Maar daar zou ik heengaan! Ik moet nu toch eindelijk eens het Conservatoire bezoeken!'

'Nogmaals, geen grapjes. Ik sta in een cel... nee, in een bar, nu ja, ik weet niet of ik lang kan praten...'

'Als u geen kleingeld meer hebt, bel dan opnieuw op mijn kosten. Ik zit hier en ik wacht wel.'

'Het is geen kwestie van kleingeld. Ik zit in de problemen.' Hij begon vlug te praten, om me niet de kans te geven hem te onderbreken. 'Het Plan. Het Plan is waar. Bespaart u mij uw dooddoeners. Ze zitten achter me aan.'

'Wie?' Ik kon het nog maar moeilijk vatten.

'De Tempeliers, verdomme Casaubon, ik weet dat u het niet zult willen geloven, maar het was allemaal echt. Ze denken dat ik de kaart heb, ze hebben me klemgezet, me gedwongen naar Parijs te gaan. Ze willen dat ik zaterdag om middernacht in het Conservatoire ben, zaterdag—snapt u—de nacht van Sint-Jan...' Hij praatte onsamenhangend, en ik kon hem niet volgen. 'Ik wil er niet heen, ik ga er vandoor, Casaubon, ze maken me af. U moet De Angelis waarschuwen—nee, De Angelis heeft geen zin—in godsnaam geen politie...'

'Wat dan?'

'Ik weet niet wat, leest u de diskettes, in Abulafia, de afgelopen dagen heb ik daar alles op gezet, ook wat er in de afgelopen maand gebeurd is. U was er niet, ik wist niet aan wie ik het moest vertellen, ik heb drie dagen en drie nachten aan een stuk geschreven... Luister, gaat u naar kantoor, in de la van mijn bureau ligt een envelop met twee sleutels. Die grote doet niet ter zake, die is van het buitenhuis, maar de kleine is van mijn flat in Milaan; ga daarheen en lees alles, en dan moet u maar zien, of we spreken elkaar, mijn god, ik weet niet goed wat ik moet doen...'

'Oké, ik lees het. Maar waar vind ik u dan weer?'

'Ik weet niet, ik verander hier iedere nacht van hotel. Laten we afspreken dat u het allemaal vandaag doet en morgenochtend bij mij thuis op me wacht, ik probeer u terug te bellen, als ik kan. Mijn god, het wachtwoord...'

Ik hoorde geluiden, de stem van Belbo klonk nu eens dichtbij, dan weer veraf, harder en zachter, alsof iemand probeerde hem de hoorn te ontrukken.

'Belbo! Wat gebeurt er?'

'Ze hebben me gevonden, het wacht...'

Een droge klap, als een schot. Waarschijnlijk was de hoorn gevallen en tegen de muur geslagen, of tegen die tafeltjes die vaak onder de telefoon staan. Een hoop herrie. Toen de klik van de hoorn die werd opgehangen. Beslist niet door Belbo.

Ik ging meteen onder de douche. Ik moest wakker worden. Ik begreep niet wat er aan de hand was. Het Plan was echt? Wat een onzin, dat hadden wij verzonnen. Wie had Belbo gevangen genomen? De Rozenkruisers, de graaf van Saint-Germain, de Ochrana, de Tempelridders, de Assassijnen? Zo bekeken was alles mogelijk, aangezien alles even onwaarschijnlijk was. Het zou kunnen dat het Belbo in zijn bol was geslagen, hij was de laatste tijd zo gespannen, ik wist niet of dat nou door Lorenza Pellegrini kwam of doordat hij steeds meer gefascineerd werd door zijn schepping—of liever, het Plan was van ons samen, van hem, van mij en van Diotallevi, maar hij leek er in de loop des tijds zo bezeten van geraakt dat het geen spelletje meer was. Verdere hypotheses hadden geen zin. Ik ging naar de uitgeverij, Gudrun ontving me met zure opmerkingen over het feit dat zij nu in haar eentje het bedrijf draaiende moest houden, ik stormde het kantoor binnen, vond de envelop, de sleutels, en spoedde me naar de flat van Belbo.

De bedompte lucht van oude sigarettepeuken, overal boordevolle asbakken, de gootsteen in de keuken vol vuile borden, de prullenmand volgepropt met leeggegeten blikjes. Op een plank in de studeerkamer drie lege whiskyflessen, in de vierde zat nog een bodempje alcohol. Het was de flat van iemand die er de laatste tijd had doorgebracht zonder de deur uit te gaan, gegeten had zoals het uitkwam en gewerkt had als een bezetene, een verslaafde.

Er waren in totaal twee kamers, afgeladen, met stapels boeken in iedere hoek en boekenplanken die doorbogen onder het gewicht. Mijn oog viel meteen op de tafel met de computer, de printer en de diskette-opbergdozen. Een paar schilderijen op de paar plekken die niet door boekenkasten werden ingenomen, en recht tegenover de tafel een zeventiende-eeuwse prent, een met zorg ingelijste reproduktie, een allegorie die me de maand daarvoor niet was opgevallen toen ik even langs was gegaan om een pilsje te drinken, voordat ik met vakantie ging.

Op tafel een foto van Lorenza Pellegrini, met een opdracht in een priegelig en een beetje kinderlijk handschrift. Je zag alleen het gezicht, maar de blik, de blik alleen, verontrustte me. In een vlaag van kiesheid (of jaloezie?) draaide ik de foto om zonder de opdracht te lezen.

Er lagen een aantal mappen. Ik keek of er iets belangwekkends bij was, maar het waren alleen tabellen, begrotingen voor de uitgeverij. Tussen al die papieren vond ik echter de uitdraai van een bestand dat, naar de datum te oordelen, stamde uit de tijd van zijn eerste experimenten met de tekstverwerker. Het heette dan ook 'Abu'. Ik herinnerde me het moment dat Abulafia zijn intrede had gedaan bij de uitgeverij, het bijna kinderlijke enthousiasme van Belbo, het gemor van Gudrun en de ironische opmerkingen van Diotallevi.

Zonder enige twijfel was 'Abu' Belbo's antwoord geweest aan zijn lasteraars, het studentikoze vermaak van de neofiet, maar de combinatorische drift waarmee Belbo het apparaat benaderd had was desalniettemin veelzeggend. Hij die altijd met een flauwe glimlach beweerde dat hij, toen hij eenmaal ontdekt had dat hij geen protagonist kon zijn, besloten had een intelligente toeschouwer te zijn—het heeft geen zin te schrijven als je niet echt gemotiveerd bent, dan kun je beter de boeken van anderen herschrijven, dat maakt je tot een goede redacteur op een uitgeverij—hij had in het apparaat een soort hallucinogeen gevonden, hij was begonnen zijn vingers over het toetsenbord te laten glijden alsof hij varieerde op *Für Elise*, op de oude piano thuis, zonder dat hij bang was beoordeeld te worden. Hij had niet het idee dat hij schiep: geterroriseerd als hij was door het schrijven, wist hij dat dat geen scheppen was maar een proeve van elektronische efficiëntie, een gymnastische oefening. Maar doordat hij zijn gebruikelijke spookbeelden vergat vond hij in dat spel de sleutel tot de beleving van die tweede jeugd die vijftigers eigen is. In ieder geval, en op een of andere manier, waren zijn aangeboren pessimisme en zijn moeizame afrekening met het verleden afgezwakt in de dialoog met een delfstoffelijk, objectief, gehoorzaam, onverantwoordelijk, transistorgestuurd geheugen dat zo menselijk onmenselijk was dat het hem in staat stelde zijn gebruikelijke spleen te vergeten.

bestandsnaam: Abu

Het was een mooie ochtend laat in november, in den beginne was het woord, zing mij o godin over Peleuszoon Achilles de vrouwen de ridders de wapenen de liefdes. Punt en gaat vanzelf naar de volgende regel. Probeer probeer probeer parakalò parakalò, met het juiste programma maak je ook anagrammen, als je een hele roman hebt geschreven over een held, een redneck die Rhett Butler heet en een wispelturig meisje dat Scarlett heet, en je krijgt spijt, hoef je maar opdracht te geven en Abu verandert alle Rhett Butlers in prins Andrej en de Scarletts in Natasja, Atlanta in Moskou, en je hebt oorlog en vrede geschreven.

Abu doet nu het volgende: ik type deze zin, geef Abu opdracht elke 'a' door 'akka' en elke 'e' door 'ulla' te vervangen, en dan krijg je iets dat op een Finse tekst lijkt:

Akkabu doullat nu hullat volgullandulla: ik typulla dullazulla zin, gullaullaf Akkabu opdrakkacht ullalkulla 'akka' door 'akkakkakka' ullan ullalkulla 'ulla' door 'ullakka' tulla vullarvakkangullan, ullan dakkan krijg julla iullats dakkat op ullaullan Finsulla tullakst lijkt.

Oh verrukking, oh duizeling van de differentie, oh mijn door ideale slapeloosheid geplaagde ideale lezer/schrijver, oh finnegans wake oh minzaam en welwillend wezen. Hij helpt je niet met denken maar hij helpt je vóor hem te denken. Een volkomen spiritueel apparaat. Als je met een ganzeveer schrijft moet je keer op keer moeizaam over het papier krassen en ieder moment indopen, je gedachten stapelen zich op en je pols houdt het niet bij, als je op een typemachine typt is er een stortvloed van letters, kun je niet werken in het tempo van je synapsen maar slechts in de onbeholpen ritmes van het mechaniek. Hiermee daarentegen, met hem (met haar?) fantaseren de vingers, de geest beroert het toetsenbord, weg op de gulden vleugels, moge de strenge kritische rede eindelijk nadenken over het succes van de eerste inval.

E n kijk wat iknudoe, k neem dit blook met ortigrfsche treatologieën en gef het aparaat opgrach thet te kipiëren en optesln in hhwt wrkgeheugn en het daarnra uit it vcuüm w2er op het schem te latn vversvhijnen, achtwer zichzlf aan,

Kijk, dit heb ik blind getypt, en nu heb ik dit blok orthografische teratologieën genomen en heb het apparaat opdracht gegeven zijn fout te kopiëren, maar ditmaal heb ik het gecorrigeerd en uiteindelijk is het volkomen leesbaar, volmaakt, van een uitdragerij ben ik au bonheur des dames terechtgekomen.
Ik had me kunnen bedenken en het eerste blok kunnen wissen: ik bewaar het alleen om te laten zien hoe zijn en moeten zijn, toeval en noodzaak, op dit scherm naast elkaar kunnen bestaan. Ik zou het infame blok echter wel uit de zichtbare tekst kunnen halen en niet uit het geheugen, en zo het archief van mijn verwijderingen bewaren, waarmee ik de omnivore freudianen en de variantenvirtuozen de lust tot gissen, en hun beroep, en hun academische glorie ontneem.
Beter dan het echte geheugen, want dat leert, en bovendien vaak pas na flink oefenen, wel te herinneren maar niet te vergeten. Diotallevi is Sefardisch dol op van die gebouwen met een grote trap, en het standbeeld van een krijgsheld die een gruwelijke misdaad begaat jegens een weerloze vrouw, en voorts gangen met honderden kamers, elk met de voorstelling van een buitengewone gebeurtenis, onverwachte verschijningen, verontrustende voorvallen en levende mummies; en ieder, uiterst gedenkwaardig, beeld associeer je met een idee, een categorie, een element van de kosmi-

sche inrichting, zelfs een syllogisme, een ongehoorde sorites, aaneenschakelingen van apoftegmata, reeksen hypallages, rozetten van zeugma's, dansen van hysteron-proterons, apofantische logoi, hiërarchieën van stoicheia, precessies van equinoxen, parallaxen, herbaria, gymnosofistische stambomen—en zo tot in het oneindige—o Raymundus, o Camillo, jullie hoefden maar terug te denken aan jullie visioenen of jullie reconstrueerden de grote keten van het zijn, in *love and joy*, want alles wat in het universum in losse bladen uiteenvalt was in jullie geest al gebonden in één boekdeel, en Proust zou jullie hebben doen glimlachen. Maar die keer dat Diotallevi en ik een *ars oblivionalis* wilden opstellen zijn we er niet in geslaagd de regels voor het vergeten te vinden. Het is nutteloos, je kunt op zoek gaan naar de verloren tijd door net als Klein Duimpje nietige sporen te volgen in het bos, maar het lukt je niet de hervonden tijd opzettelijk weer kwijt te raken. Klein Duimpje komt steeds terug, als een obsessie. Er bestaat geen techniek voor het vergeten, we komen nog steeds niet verder dan toevallige natuurlijke processen—hersenletsel, geheugenverlies of het geïmproviseerde handwerk, weet ik het, een reis, alcohol, een slaapkuur, zelfmoord.
Abu daarentegen biedt je de mogelijkheid tot kleine plaatselijke zelfmoordjes, tijdelijk geheugenverlies, pijnloze afasie.

Waar was je gisteren, L
Weet je, indiscrete lezer, je zult het nooit weten, maar die afgebroken regel daar boven, die zich aftekent tegen de leegte, was het begin van een lange zin die ik wel geschreven heb maar die ik vervolgens niet geschreven (en zelfs niet gedacht) wilde hebben omdat ik gewild had dat wat ik geschreven had zelfs niet was voorgevallen. Eén commando volstond, een melkachtig slijm verspreidde zich over het gewraakte en niet ter zake doende blok, ik drukte op 'verwijder' en pssst, helemaal weg.
Maar dat is niet genoeg. De tragiek van de zelfmoordenaar is dat hij zich, zodra hij uit het raam is gesprongen, tussen de zevende en zesde verdieping bedenkt: 'Oh, kon ik nog maar terug!' Niks daarvan. Nooit gebeurd. Splash. Abu is echter inschikkelijk, bij hem kun je tot inkeer komen, ik zou mijn verdwenen tekst nog terug kunnen krijgen als ik tijdig besluit op de hersteltoets te drukken. Wat een opluchting. Alleen al de wetenschap dat ik, als ik dat zou willen, zou kunnen herinneren doet me onmiddellijk vergeten.
Ik zal nooit meer naar cafés gaan om Space-Invaders met doelzoekende projectielen te vernietigen, totdat het monster jou vernietigt. Dit is mooier, je vernietigt gedachten. Het is een melkwegstelsel van duizenden en nog eens duizenden asteroïden, allemaal op een rij, wit of groen, en jij

schept ze. Fiat Lux, Big Bang, zeven dagen, zeven minuten, zeven seconden, en voor je ogen ontstaat een universum in altijddurende versmelting, waarin zelfs geen nauw omschreven kosmologische lijnen en tijdsgrenzen bestaan. Dit is geen numerus Clausius meer, hier gaat men ook in de tijd achteruit, de lettertekens verschijnen en komen weer terug met een air van indolentie, duiken op vanuit het niets en keren er gedwee weer naar terug, en als je ze oproept, verbindt en wist lossen ze op en reëctoplasmeren ze op hun natuurlijke plek. Het is een onderzee-symfonie van verbindingen en weke breuken, een gelatineachtige dans van zichzelf verslindende kometen, als de snoek in Yellow Submarine, je drukt met je vingertop en het onherstelbare begint terug te schuiven in de richting van een verscheurend woord en verdwijnt in zijn keelgat, het zuigt en swrrrlurp, duisternis, als je niet ophoudt eet hij zichzelf op en wordt hij dik van zijn niets, zwart gat van de Cheshirekat.

En als je iets schrijft dat het daglicht niet verdraagt, komt alles op de diskette terecht, en dan geef je de diskette een wachtwoord en zal niemand je meer kunnen lezen; uiterst geschikt voor geheim agenten, je schrijft de boodschap, je bewaart en eindigt, vervolgens stop je de schijf in je zak en ga je op pad, en zelfs Torquemada zal nooit te weten komen wat je geschreven hebt, alleen jij en de ander (de Ander?). En stel dat ze je martelen, dan doe je alsof je bekent en het woord intikt, maar in plaats daarvan druk je op een geheime toets en weg is de boodschap.

Oh, ik had wat geschreven, ik heb per ongeluk mijn duim bewogen, alles is verdwenen. Wat het was? Ik herinner het me niet. Ik weet dat ik geen enkele Boodschap aan het onthullen was. Later misschien, wie weet.

4

Wie de Philosophische Rozentuin tracht binnen te dringen zonder sleutel, lijkt op een man die wil lopen zonder voeten.

Michael Maier, *Atalanta Fugiens*, Oppenheim, De Bry, 1618, emblema xxviii

Meer was er niet, op het eerste gezicht. Ik moest het zoeken op de diskettes van de tekstverwerker. Zij waren op nummer gerangschikt, en ik dacht dat ik maar het beste met de eerste kon beginnen. Maar Belbo had het over het wachtwoord gehad. De geheimen van Abulafia had hij altijd angstvallig bewaard.

Ik had het apparaat dan ook nog niet aangezet of er verscheen een boodschap die me vroeg: 'Heb je het wachtwoord?' Niet de gebiedende wijs, Belbo was een welgemanierd mens.

Een apparaat werkt niet mee, het weet dat het dat woord moet krijgen, het krijgt het niet, het zwijgt. Maar wel alsof het zei: 'Pas op, alles wat je wilt weten heb ik hier in mijn buik, maar je kunt wroeten, wroeten wat je wilt, ouwe mol, vinden zul je het nooit.' Nu zal het blijken, zei het tegen me, je vond het altijd zo leuk om met Diotallevi permutatiespelletjes te spelen, je was de Sam Spade van de uitgeverswereld, zoals Jacopo Belbo gezegd zou hebben, vind de Valk.

Bij Abulafia kon het wachtwoord uit zeven letters bestaan. Hoeveel zevenletterige permutaties konden er met de zesentwintig letters van het alfabet worden gevormd, als je ook de herhalingen meerekende omdat het natuurlijk ook het woord 'cadabra' kon zijn? Er bestaat een formule voor en het schijnen er rond de acht miljard te zijn. Zelfs al had hij een gigantische computer gehad die—met een snelheid van een miljoen permutaties per seconde—er acht miljard kon uitvoeren, dan nog had hij ze om ze te checken een voor een aan Abulafia moeten meedelen; en ik wist dat Abulafia er ongeveer tien seconden voor nodig had om naar het wachtwoord te vragen en dat te controleren. Tachtig miljard seconden dus. Gezien het feit dat er in een jaar iets meer dan eenendertig, zeg dertig om het af te ronden, miljoen seconden gaan, zou hij daar meer dan tweeëneenhalfduizend jaar mee bezig zijn. Niet slecht.

Ik moest op mijn gevoel afgaan. Aan welk woord kon Belbo hebben gedacht? Allereerst, was het een woord dat hij in het begin gevonden had, toen hij de computer net begon te gebruiken, of een woord dat hij in de afgelopen dagen bedacht en weer veranderd had toen het tot hem begon door te dringen dat de diskettes explosief materiaal bevatten en dat het, wat hem betreft tenminste, geen spelletje meer was? Dat zou de zaak volledig veranderen.

Ik kon maar het best op de tweede hypothese mikken. Belbo voelt dat het Plan hem op de hielen zit, neemt het Plan serieus (want dat had hij me door de telefoon te verstaan gegeven), en denkt dus aan een term die samenhangt met ons verhaal.

Of misschien niet: een term die met de Traditie samenhangt, daar zouden Zij ook op kunnen komen. Even schoot het door me heen dat ze misschien al in de flat waren geweest, een kopie van de diskettes hadden gemaakt en op dit moment in een afgelegen oord bezig waren alle mogelijke combinaties uit te proberen. De opperste computer in een kasteel in de Karpaten.

Onzin, hield ik mezelf voor, een computer, daar waren ze de mensen niet naar, ze zouden dat met Notarikon hebben gedaan, met Gematria, met Temoera aan de slag zijn gegaan, de diskettes hebben behandeld als de tora. En ze zouden er net zo lang over hebben gedaan als het gekost had het Sefer Jetsira op te stellen. Maar de hypothese mocht niet veronachtzaamd worden. Als ze al bestonden dan zouden zij zich door de kabbala hebben laten inspireren, en aangezien Belbo ervan overtuigd was dat Zij bestonden was hij wellicht dezelfde weg gegaan.

Voor mijn gemoedsrust probeerde ik het met de eerste zeven letters van de tien sefirot: Keter, Chochma, Bina, Gedoella, Gevoera, Tiferet, Netsach, Hod, Jesod en Malchoet, en ik voegde daar de Sjechina aan toe bij wijze van extraatje... Er gebeurde natuurlijk niets, het was het eerste dat iedereen had kunnen bedenken.

Toch moest het woord iets voor de hand liggends zijn, iets waar je bijna logischerwijs op uitkwam, want als je aan een tekst werkt en daar, zoals Belbo de afgelopen dagen, helemaal door bezeten bent, kun je je niet onttrekken aan het discours-universum waarin je leeft. Het lag menselijk gezien niet voor de hand dat hem, terwijl hij helemaal gek was van het Plan, bijvoorbeeld Lincoln of Mombasa te binnen waren geschoten. Het moest iets zijn dat met het Plan samenhing. Maar wat?

Ik probeerde me te verplaatsen in de gedachtengang van Belbo die dwangmatig rokend en drinkend en om zich heenkijkend had zitten schrijven. Ik liep naar de keuken en schonk het staartje whisky in het enige schone glas dat ik kon vinden, keerde terug naar het toetsenbord, rug tegen de leuning, benen op tafel, en liet, met kleine slokjes drinkend (deed Sam Spade dat niet ook—of nee, Marlowe wellicht?) mijn blik rond gaan. De boeken stonden te ver weg en de titels op de ruggen waren niet te lezen.

Ik dronk het laatste slokje whisky, sloot mijn ogen en opende ze weer. Vóór mij de zeventiende-eeuwse gravure. Het was een voor die periode typische Rozenkruisersallegorie die bolstond van boodschappen in code, op zoek naar de leden van de Broederschap. De gravure stelde duidelijk de Tempel van de Rozenkruisers voor en er stond een toren op afgebeeld met daarbovenop een koepel, geheel volgens het renaissancistische, christelijke en joodse iconografische model, waarin de Tempel van Jeruzalem geconstrueerd werd naar het voorbeeld van de Omarmoskee.

Het landschap rond de toren was ongerijmd, met een ongerijmde bevolking, zoals wel gebeurt in rebussen waarin je een paleis ziet met op de voorgrond een kikker, een bepakte muilezel en een koning die een gift krijgt van een edelknaap. Hier kwam, links onderaan, een edelman uit een put te voorschijn, hangend aan een katrol die met behulp van eigenaardige windassen, via een cirkelvormig raam ergens binnenin de toren was vastgepind. Onderaan in het midden een ridder en een reiziger, rechts een geknielde pelgrim die bij wijze van pelgrimsstaf een groot anker vasthield. Aan de rechterkant, bijna tegenover de toren, een piek, een rots waar een figuur met een zwaard vanaf stortte, en aan de andere kant, in perspectief, de Ararat, met de gestrande Ark op de top. Boven in de hoeken twee wolken, elk verlicht door een ster die met schuine stralen op de toren scheen. Langs de stralen stegen twee figuren op, de ene slechts omwikkeld door een slang, de andere was een zwaan. Boven in het midden een nimbus met daarboven het woord 'oriens' en erin een aantal Hebreeuwse letters, waaruit de hand van God stak die de toren aan een draad vasthield. De toren bewoog voort op wielen, de basis was vierkant en had vensters, een deur, aan de rechterkant een ophaalbrug, plus een soort trans met vier uitkijktorentjes, elk bezet door een man die gewapend was met een (met Hebreeuwse letters versierd) schild en met een palmtak zwaaide. Maar van die gewapende mannen zag je er maar drie, van de vierde vermoedde je de aanwezigheid, aangezien hij aan het oog was onttrokken door de kolossale octogonale koepel waarop zich een, eveneens octogonale, lantaarn verhief waaruit een paar grote vleugels stak. Daarop weer een kleiner koepeltje, met een vierhoekig torentje met grote, door dunne zuilen opgehouden open bogen, waarin een klok te zien was. En ten slotte het laatste koepeltje, met vier banen, waaraan de in de goddelijke hand omhooggehouden draad vastzat. Aan weerszijden van het koepeltje het woord 'Fa/ma', boven de koepel een cartouche: 'Collegium Fraternitatis'.

En er kwam maar geen eind aan de eigenaardigheden, want uit twee andere ronde ramen van de toren stak links een, vergeleken bij de andere figuren buiten proporties grote arm die een zwaard vasthield en leek toe te behoren aan het gevleugelde wezen dat in de toren opgesloten zat, en rechts een grote trompet. Weer die trompet...

Het aantal openingen in de toren deden een vermoeden bij mij rijzen: in de lantaarn waren het er te veel en waren ze te regelmatig, onder, aan de zijkanten waren ze daarentegen willekeuriger. Van de toren was maar twee kwart zichtbaar, in orthogonaal perspectief, en het was voorstelbaar dat de deuren, de ramen en de patrijspoorten die aan een kant te zien waren, om redenen van symmetrie op eendere wijze aan de andere kant waren aangebracht. Al met al: vier bogen in de vieringstoren met de klok, acht ramen in die daaronder, vier torentjes, zes openingen in de oost- en de westkant samen, veertien in de noord- en de zuidkant. Ik telde het op: zesendertig openingen.

Zesendertig. Al bijna tien jaar obsedeerde dat getal me. Net als honderdtwintig. De Rozenkruisers. Honderdtwintig gedeeld door zesendertig was—als je het bij zeven cijfers liet—3,333333. Overdreven volmaakt, maar wellicht de moeite van het proberen waard. Ik probeerde het. Zonder resultaat.

Ik bedacht me dat je als je dat getal met twee vermenigvuldigde, om en nabij het getal van het Beest kreeg, 666. Maar ook die veronderstelling bleek te fantastisch.

Plotseling trof me de centrale nimbus, goddelijke zetel. De Hebreeuwse letters waren erg duidelijk, ze waren zelfs vanuit de stoel zichtbaar. Maar Belbo kon met Abulafia geen Hebreeuwse letters schrijven. Ik keek aandachtig: ik kende de letters, ja, van rechts naar links, *jod, he, vav, he.* JHVH, de naam van God.

5

De tweeëntwintig fundamentele letters grifte hij,
hieuw hij uit, verbond hij, woog hij en
permuteerde hij en met hen vormde hij de hele
schepping en al wat ooit geschapen zal worden.

Sefer Jetsira, II.2

De naam van God... Natuurlijk. Ik herinnerde me het eerste gesprek tussen Belbo en Diotallevi, op de dag dat ze Abulafia op kantoor geïnstalleerd hadden.

Diotallevi stond in de deuropening van zijn kamer, en wendde inschikkelijkheid voor. De inschikkelijkheid van Diotallevi was altijd kwetsend, maar Belbo leek er, op zijn beurt inschikkelijk, geen moeite mee te hebben.

'Je hebt er niets aan. Je wilt er de manuscripten die je niet leest toch niet op herschrijven?'

'Je kunt ermee classificeren, lijsten ordenen, fiches bijwerken. Ik zou er een eigen tekst op kunnen schrijven, niet die van anderen.'

'Maar je hebt gezworen dat je nooit iets van jezelf zult schrijven.'

'Ik heb gezworen dat ik de wereld niet zal kwellen met een zoveelste manuscript. Ik heb gezegd dat ik, aangezien ik heb ontdekt dat ik niet voor protagonist in de wieg ben gelegd...'

'... je een intelligente toeschouwer zal zijn. Ik weet het. En?'

'En zelfs de intelligente toeschouwer neuriet, als hij van een concert komt, het tweede deel. Dat wil nog niet zeggen dat hij aspiraties heeft het in Carnegie Hall te dirigeren...'

'En dus ga je geneuriede schrijfexperimenten doen om erachter te komen dat je niet moet schrijven.'

'Het zou een eerlijke keuze zijn.'

'U zegt?'

Diotallevi en Belbo kwamen alle twee oorspronkelijk uit Piemonte en weidden vaak uit over de gave die nette Piemontezen bezaten om je eerst beleefd aan te horen, je recht in de ogen te kijken en vervolgens 'U zegt?' te zeggen op een toon die beschaafd belangstellend lijkt maar in werkelijkheid maakt dat je je het voorwerp van heftige afkeuring voelt. Ik was een barbaar, zeiden ze, en dergelijke fijnzinnigheden zouden aan mij nooit besteed zijn.

'Barbaar?' protesteerde ik, 'ik ben in Milaan geboren, maar mijn familie komt oorspronkelijk uit Val d'Aosta...'

'Kletskoek,' zeiden ze, 'een Piemontees herken je onmiddellijk aan zijn scepticisme.'

'Ik ben sceptisch.'

'Nee. U bent slechts ongelovig, en dat is wat anders.'

Ik wist waarom Diotallevi Abulafia wantrouwde. Hij had gehoord dat je er woordvolgordes mee kon veranderen, zodat een tekst zijn eigen omkering zou kunnen genereren en duistere voorspellingen doen. Belbo probeerde het hem uit te leggen. 'Het zijn permutatiespelletjes,' zei hij tegen hem, 'heet het niet Temoera? Gaat de vrome rabbijn niet zo te werk om uiteindelijk op te stijgen naar de poorten van de Heerlijkheid?'

'Beste vriend,' antwoordde Diotallevi, 'je zult er nooit iets van begrijpen. Het is waar dat de tora, en dan bedoel ik de zichtbare, slechts een van de mogelijke permutaties van de letters van de eeuwige tora is, die God schiep en aan Adam in bewaring gaf. En door in de loop der eeuwen de letters van het boek te permuteren zou de oorspronkelijke tora mogelijkerwijs kunnen worden teruggevonden. Maar het is niet het resultaat dat telt. Het is het proces, de toewijding waarmee je de molen van het gebed en de schrift tot in het oneindige zal doen ronddraaien, terwijl je stukje bij beetje de waarheid ontdekt. Als dit apparaat je meteen de waarheid gaf zou je die niet herkennen, want je hart zou niet gezuiverd zijn door eindeloos vragen. En dan, in een kantoor! Het Boek moet gepreveld worden in een klein krot in het getto waar je dag in dag uit leert te buigen en je armen vlak langs je heupen te bewegen; tussen de hand die het boek vasthoudt en de hand die omslaat mag bijna geen ruimte zitten, en als je je vingers bevochtigt moet je ze verticaal naar je lippen brengen, alsof je kleine stukjes ongezuurd brood afhapt en op moet passen dat je er geen kruimeltje van morst. Het woord dient heel langzaam genuttigd te worden, je kunt het alleen doen oplossen en hergroeperen als je het op je tong laat smelten, en pas op dat je het niet op je gebedskleed kwijlt, want als er één letter verdampt breekt de draad die je met de hogere sefirot zal verenigen. Hieraan heeft Abraham Abulafia zijn leven gewijd, terwijl jullie Thomas van Aquino zich afsloofde om langs zijn vijf paadjes God te vinden. Zijn *Chochmat ha-Tseroef* was zowel wetenschap van de combinaties der letters als wetenschap van de zuivering der harten. De mystieke logica, de wereld van de letters en van hun rondkolken in oneindige permutaties is de wereld van de gelukzaligheid, de wetenschap van de combinatie is een muziek van het denken, maar denk erom dat je je langzaam en behoedzaam beweegt, want jouw apparaat zou je een delirium kunnen bezorgen, en niet de extase. Veel volgelingen van Abulafia hebben zich niet weten in te houden op die zeer smalle drempel die de contemplatie van Gods namen scheidt van magische praktijken, van de manipulatie van de namen ten einde er een talisman, een instrument van heerschappij over de natuur van te maken. En ze wisten evenmin als jij—en als je apparaat—dat iedere letter verbonden is met een lichaamsdeel: als je een medeklinker verplaatst zonder de macht ervan te kennen, zou een van je gewrichten van plaats of hoedanigheid kunnen veranderen en zou je ineens beestachtig verminkt blijken te zijn, uiterlijk voor het leven en innerlijk voor de eeuwigheid.'

'Hoor eens,' had Belbo hem uitgerekend die dag gezegd, 'je hebt me niet afgeschrikt, je moedigt me aan. Ik heb hier dus de hand gelegd op, en de beschikking gekregen over, mijn persoonlijke Abulafia, zoals jouw vrienden de Golem hadden. Ik zal hem Abulafia noemen, Abu voor intimi. En mijn Abulafia zal behoedzamer en eerbiediger zijn dan de jouwe. Bescheidener. Het probleem was toch alle combinaties van de naam van God te vinden? Goed, kijk maar eens in deze handleiding, ik heb een klein Basic-programma om alle reeksen van vier letters te permuteren. Het lijkt wel of het speciaal voor JHVH gemaakt is. Hier is het, zal ik het je laten zien? En hij liet hem het programma zien, dat er in Diotallevi's ogen in kabbalistisch opzicht tenminste mee door kon:

```
10  REM anagrams
20  INPUT L$(1),L$(2),L$(3),L$(4)
30  PRINT
40  FOR I1=1 TO 4
50  FOR I2=1 TO 4
60  IF I2=I1 THEN 130
70  FOR I3=1 TO 4
80  IF I3=I1 THEN 120
90  IF I3=I2 THEN 120
100 LET I4=10-(I1+I2+I3)
110 LPRINT L$(I1);L$(I2);L$(I3);L$(I4)
120 NEXT I3
130 NEXT I2
140 NEXT I1
150 END
```

'Probeer maar, als hij je om de input vraagt schrijf je J,H,V,H en dan start je het programma. Je zult wellicht teleurgesteld zijn: er zijn maar vierentwintig mogelijke permutaties.'

'Heilige serafijnen. En wat moet je met vierentwintig namen van God? Dacht je dat onze wijzen dat niet al hadden uitgerekend? Lees er het *Sefer Jetsira* maar op na, zestiende sectie van hoofdstuk vier. En zij hadden geen rekenmachines. "Twee Stenen bouwen twee Huizen. Drie Stenen bouwen zes Huizen. Vier Stenen bouwen vierentwintig Huizen. Vijf Stenen bouwen honderdtwintig Huizen. Zes Stenen bouwen zevenhonderdtwintig Huizen. Zeven Stenen bouwen vijfduizendveertig Huizen. Ga vanaf hier verder en denk aan hetgeen de mond niet kan zeggen en het oor niet kan horen." Weet je hoe dat tegenwoordig heet? Berekening van de faculteit. En weet je waarom de Traditie je waarschuwt dat je het hier maar beter bij kunt laten? Omdat er, als de naam van God acht letters had, veertigduizend permutaties zouden zijn, en bij tien letters drie miljoen zeshonderdduizend, en wees maar blij dat hij geen *middle initial* heeft, zoals de Amerikanen, anders zou je op meer dan vierhonderd miljoen uitkomen. En als de naam van God zeventwintig letters telde—want het Hebreeuwse alfabet heeft geen klinkers, maar tweeëntwintig medeklinkers plus vijf slotletters—zou het aantal mogelijke namen een getal van negenentwintig cijfers vormen. Maar je zou de herhalingen ook moeten meetellen, want je kunt niet uitsluiten dat de naam van God zeventwintig keer achter elkaar de Alef is, en dan is het faculteitsprodukt niet meer toereikend en zou je zevenentwintig tot de zevenentwintigste moeten berekenen: en dan heb je, geloof ik, 444 maal tien tot de zesendertigste mogelijkheden of daaromtrent, in ieder geval een getal van negenendertig cijfers.'

'Je speelt vals om indruk op me te maken. Ik heb dat *Sefer Jetsira* van jou ook gelezen. Er zijn tweeëntwintig basisletters en daarmee, en alleen daarmee, heeft God de hele schepping gecreëerd.'

'Hou je drogredenen nu even voor je, want als je in die orde van grootheden terechtkomt, als je in plaats van zevenentwintig tot de zevenentwintigste tweeëntwintig tot de tweeëntwintigste neemt, kom je even zo goed nog uit op iets als vierendertig maal tien tot de achtentwintigste. Wat maakt dat nu uit voor jouw menselijke maat? Maar wist je dat als je moest tellen, een twee drie enzovoort, één getal per seconde, dat je er dan bijna tweeëndertig jaar over zou doen om tot een miljard te komen, moet je denken, één miezerig miljardje? Het is ingewikkelder dan je denkt en de kabbala laat zich niet herleiden tot het *Sefer Jetsira*. En ik zal je vertellen waarom je voor een goede permutatie van de tora alle zevenentwintig letters moet gebruiken. Het is waar dat de vijf slotletters, als ze tijdens een permutatie midden in het woord terecht zouden komen, zouden veranderen in hun standaardequivalent. Maar dat gaat niet altijd op. In Jesaja 9:6 wordt het woord LMRBH, le-marbeh—dat, kijk eens aan, vermeerderen betekent—geschreven met de slot-*mem* binnen het woord.'

'En waarom?'

'Omdat iedere letter correspondeert met een getal en de normale *mem* veertig waard is terwijl de slot-*mem* zeshonderd waard is. Dat heeft niet te maken met Temoera, die je leert te permuteren, maar met Gematria, die verheven verwantschappen vindt tussen het woord en zijn numerieke waarde. Met de slot-*mem* is het woord LMRBH niet 277 waard maar 837 en wordt dus geschreven als "TTZL, tat zal", hetgeen betekent: "hij die overvloedig schenkt". Zo zie je dat je met alle zevenentwintig letters rekening moet houden, want niet alleen de klank telt maar ook het getal. En om terug te keren naar mijn berekening: er zijn meer dan vier maal tien tot de achtendertigste permutaties. En weet je hoeveel tijd het zou kosten om ze allemaal af te tasten, een per seconde, gesteld al dat een apparaat, en beslist niet dat van jou, dat zou kunnen? Met één combinatie per seconde zou je er zeven maal tien tot de zesendertigste minuten, honderddrieëntwintig maal tien tot de drieëndertigste uren, iets meer dan vijf maal tien tot de drieëndertigste dagen, veertien maal tien tot de dertigste jaren, veertien maal tien tot de achtentwintigste eeuwen of veertien maal tien tot de zevenentwintigste millennia over doen. En als je een computer zou hebben die in staat is een miljoen combinaties per seconde af te tasten, ach, denk eens in hoeveel tijd je zou winnen, dan zou dat elektronische telraam van je het klaarspelen in veertien maal tien tot de eenentwintigste millenia. Maar in werkelijkheid is de echte naam van God, de geheime, even lang als de hele tora en is geen enkel apparaat op de wereld in staat alle mogelijke permutaties uit te voeren, want de tora is op zichzelf al het resultaat van een permutatie met herhalingen van de zevenentwintig letters, en de kunst van de Temoera zegt niet dat je de zevenentwintig letters van het alfabet moet permuteren, maar alle tekens van de tora, waarbij ieder teken geldt als een op zichzelf staande letter, ook al komt het nog oneindig vaak op andere bladzijden voor; zo gelden de twee *he*'s uit de naam Jhvh bijvoorbeeld als twee letters. Waaruit volgt dat je, als je de mogelijke permutaties van alle tekens uit de gehele tora zou willen berekenen, aan alle nullen van de wereld nog niet genoeg had. Probeer het, probeer het maar met je ellendige boekhoudersapparaatje. Het Apparaat bestaat, zeker, maar het is niet gefabriceerd in jouw siliconenvallei, het is de heilige kabbala of Traditie, en de rabbijnen zijn al eeuwen bezig met dat wat geen enkel apparaat ooit zal kunnen en laten we hopen ook nooit zal doen. Want ook als er geen enkele combinatiemogelijkheid meer over was zou de uitkomst geheim moeten blijven en zou het universum hoe dan ook zijn cyclus beeindigen—en wij zouden geheugenloos schitteren in de glorie van de grote Metatron.'

'Amen,' zei Jacopo Belbo.

Maar vanaf die tijd zweepte Diotallevi hem voortdurend op tot dergelijke gevaarlijke hoogtes en daar had ik rekening mee moeten houden. Hoe vaak had ik Belbo niet na kantooruren programma's zien testen die hem in staat zouden moeten stellen de berekeningen van Diotallevi te verifiëren, om hem te laten zien dat zijn Abu hem tenminste binnen een paar seconden de waarheid zei, zonder met de hand berekeningen te hoeven maken op vergeelde perkamentrollen, met numerieke systemen van voor de zondvloed, die misschien, ik zeg maar wat, niet eens een nul kenden. Tevergeefs, ook Abu antwoordde, zo ver als hij kwam, in exponentiële notatie en Belbo slaagde er niet in Diotallevi te vernederen met een scherm dat zich tot in het oneindige met nullen vulde, een zwakke visuele afspiegeling van de vermenigvuldiging van de combinatorische universa en van de explosie van alle mogelijke werelden...

Maar nu, na alles wat er gebeurd was, en met de Rozenkruisersprent voor zijn neus, moest Belbo bij het zoeken naar een password beslist hebben teruggegrepen op die variaties op de naam van God. Maar waarschijnlijk had hij het gezocht in getallen als zesendertig of honderdtwintig, als het, zoals ik veronderstelde, waar was dat hij door die getallen geobsedeerd was. En dus kon hij niet de vier Hebreeuwse letters hebben gecombineerd, omdat hij wist dat vier stenen slechts vierentwintig huizen bouwen.

Hij had het kunnen zoeken in de transcriptie, die ook twee klinkers bevat. Met zes letters had hij dan de beschikking over zevenhonderdtwintig permutaties. Daar zou hij de zesendertigste of de honderdtwintigste van gekozen kunnen hebben.

Ik was tegen elven bij zijn huis aangekomen en het was nu één uur. Ik moest een programma schrijven voor anagrammen van zes letters en kon volstaan met het aanpassen van het al bestaande programma voor vier letters.

Ik had behoefte aan wat frisse lucht. Ik ging de straat op, kocht wat te eten en nog een fles whisky.

Ik ging weer naar boven, liet de broodjes voor wat ze waren en ging meteen aan de whisky, stopte de systeemschijf voor Basic in de computer, maakte het programma voor de zes letters—met de gebruikelijke fouten, en ik deed er een dik halfuur over, maar tegen half drie liep het programma en trokken de zevenhonderdtwintig namen van God op het scherm aan mijn ogen voorbij.

jahweh	jahwhe	jahewh	jahehw	jahhwe	jeawhh	jeahhw	jeahwh
jahhew	jawheh	jawhhe	jawehh	jawehh	jehwah	jehwha	jehhaw
jawhhe	jawheh	jaehwh	jaehhw	jaewhh	jewahh	jewhah	jewhha
jaewhh	jaehhw	jaehwh	jahhwe	jahhew	jehahw	jehawh	jehhaw
jahwhe	jahweh	jahehw	jahewh	jhaweh	jehwha	jhahwe	jhahew
jhawhe	jhaewh	jhaehw	jhahwe	jhahew	jhaehw	jhaewh	jhhawe
jhwaeh	jhwahe	jhweah	jhweha	jhwhae	jhhwea	jhheaw	jhhewa
jhwhea	jheawh	jheahw	jhewah	jhewha	jhwhae	jhwhea	jhweah
jhehaw	jhehwa	jhhawe	jhhaew	jhhwae	jheawh	jhehaw	jhehwa
jhhwea	jhheaw	jhhewa	jwaheh	jwahhe	jehawh	jehahw	jhwahe
jwaehh	jwaehh	jwahhe	jwaheh	jwhaeh	jehhwa	jewahh	jhweha
jwhahe	jwheah	jwheha	jwhhae	jwhhea	jewhah	jewhha	jhewah
jweahh	jweahh	jwehah	jwehha	jwehah	jehhwa	jehwah	jhwaeh
jwehha	jwhahe	jwhaeh	jwhhae	jwhhea	jhawhe	jhaweh	jheahw
jwheah	jwheha	jeahwh	jeahhw	jeawhh	jhhaew	jhhwae	jhewha
ajhweh	ajhwhe	ajhewh	ajhehw	ajhhwe	aejwhh	aejhhw	aejhwh
ajhhew	ajwheh	ajwhhe	ajwehh	ajwehh	aehwjh	aehwhj	aehhjw
ajwhhe	ajwheh	ajehwh	ajehhw	ajewhh	aewjhh	aewhjh	aewhhj
ajewhh	ajehhw	ajehwh	ajhhwe	ajhhew	aehjhw	aehjwh	aehhjw
ajhwhe	ajhweh	ajhehw	ajhewh	ahjweh	aehwhj	ahjhwe	ahjhew
ahjwhe	ahjewh	ahjehw	ahjhwe	ahjhew	ahjehw	ahjewh	ahhjwe
ahwjeh	ahwjhe	ahwejh	ahwehj	ahwhje	ahhwej	ahhejw	ahhewj
ahwhej	ahejwh	ahejhw	ahewjh	ahewhj	ahwhje	ahwhej	ahwejh
ahehjw	ahehwj	ahhjwe	ahhjew	ahhwje	aehjwh	aehjhw	ahhwje
ahhwej	ahhejw	ahhewj	awjheh	awjhhe	aehhwj	aewjhh	ahwjeh
awjehh	awjehh	awjhhe	awjheh	awhjeh	aewhjh	aewhhj	ahejhw
awhjhe	awhejh	awhehj	awhhje	awhhej	aehhwj	aehwjh	ahhjew
awejhh	awejhh	awehjh	awehhj	awehjh	ahjwhe	ahjweh	ahwjhe
awehhj	awhjhe	awhjeh	awhhje	awhhej	ahehjw	ahejwh	ahwehj
awhejh	awhehj	aejhwh	aejhhw	aejwhh	ahehwj	ahewjh	ahewhj
hjaweh	hjawhe	hjheaw	hjhewa	hajweh	hjaewh	hjaehw	hjahwe
hjahew	hjwaeh	hajehw	hajhwe	hajhew	hjwahe	hjweah	hjweha
hjwhae	hjwhea	hawejh	hawehj	hawhje	hjeawh	hjeahw	hjewah
hjewha	hjehaw	haejhw	haewjh	haewhj	hjehwa	hjhawe	hjhaew
hjhwae	hjhwea	hahjwe	hahjew	hahwje	hejwha	hejhaw	hhjaew
hajwhe	hajewh	hahewj	hwjaeh	hwjahe	heawjh	heawhj	hhajwe
hawjeh	hawjhe	hwjhae	hwjhea	hwajeh	hewjha	hewajh	hhaewj
hawhej	haejwh	hwaehj	hwahje	hwahej	hehjaw	hehjwa	hhweja
haehjw	haehwj	hweajh	hweahj	hwehja	hehwaj	hhjawe	hheawj
hahwej	hahejw	hwhjea	hwhaje	hwhaej	hhjeaw	hhjewa	hhjwae
hwjeah	hwjeha	hejawh	hejahw	hejwah	hhawej	hhaejw	hhajew
hwajhe	hwaejh	hejhwa	heajwh	heajhw	hhwaje	hhwaej	hhwjae
hwejah	hwejha	heahjw	heahwj	hewjah	hhejwa	hheajw	hhweaj
hwehaj	hwhjae	hewahj	hewhja	hewhaj	hhjwea	hhwjea	hhewja
hwheja	hwheaj	hehajw	hehawj	hehwja	hhawje	hhejaw	hhewaj
wjaheh	wjahhe	wjaehh	wjaehh	wjahhe	wejhha	wejhah	wejhha
wjaheh	wjhaeh	wjhahe	wjheah	wjheha	weahjh	weahhj	weahjh
wjhhae	wjhhea	wjeahh	wjeahh	wjehah	wehjha	wehajh	wehahj
wjehha	wjehah	wjehha	wjhahe	wjhaeh	wehjah	wehjha	wehajh
wjhhae	wjhhea	wjheah	wjheha	wajheh	wehhaj	whjahe	whjaeh
wajhhe	wajehh	wajehh	wajhhe	wajheh	whjeah	whjeha	whajhe
wahjeh	wahjhe	wahejh	wahehj	wahhje	whahej	whaejh	whaehj
wahhej	waejhh	waejhh	waehjh	waehhj	whhaje	whhaej	whheja
waehjh	waehhj	wahjhe	wahjeh	wahhje	whejha	wheajh	wheahj
wahhej	wahejh	wahehj	whjaeh	whjahe	weajhh	weajhh	whhjae
whjeah	whjeha	whjhae	whjhea	whajeh	weahhj	wehjah	whheaj
whajhe	whaejh	whaehj	whahje	whahej	wehhja	wehhaj	whehja
whejah	whejha	wheajh	wheahj	whehja	wehahj	wehhja	whhjea
whehaj	whhjae	whhjea	whhaje	whhaej	whjhae	whjhea	whejah
whheja	whheaj	wejahh	wejahh	wejhah	whajeh	whahje	whehaj
ejahwh	ejahhw	ejawhh	ejawhh	ejahhw	ewjhha	ewjhah	ewjhha
ejahwh	ejhawh	ejhahw	ejhwah	ejhwha	ewahjh	ewahhj	ewahjh
ejhhaw	ejhhwa	ejwahh	ejwahh	ejwhah	ewhjha	ewhajh	ewhahj
ejwhha	ejwhah	ejwhha	ejhahw	ejhawh	ewhjah	ewhjha	ewhajh
ejhhaw	ejhhwa	ejhwah	ejhwha	eajhwh	ewhhaj	ehjahw	ehjawh
eajhhw	eajwhh	eajwhh	eajhhw	eajhwh	ewajhh	ewajhh	ehajhw
eahjwh	eahjhw	eahwjh	eahwhj	eahhjw	ewahhj	ewhjah	ehawhj
eahhwj	eawjhh	eawjhh	eawhjh	eawhhj	ewhhja	ewhhaj	ehhwja
eawhjh	eawhhj	eahjhw	eahjwh	eahhjw	ewhahj	ewhhja	ehwahj
eahhwj	eahwjh	eahwhj	ehjawh	ehjahw	ehjhaw	ehjhwa	ehajwh
ehjwah	ehjwha	ehjhaw	ehjhwa	ehajwh	ehjwah	ehjwha	ehhjaw
ehajhw	ehawjh	ehawhj	ehahjw	ehahwj	ehahwj	ehawjh	ehhwaj
ehwjah	ehwjha	ehwajh	ehwahj	ehwhja	ehhajw	ehhawj	ehwhja
ehwhaj	ehhjaw	ehhjwa	ehhajw	ehhawj	ehwjha	ehwajh	ehahjw
ehhwja	ehhwaj	ewjahh	ewjahh	ewjhah	ehwjah	ehwhaj	ehhjwa
hjahwe	hjahew	hjawhe	hjaweh	hjaehw	hwjhea	hwjeah	hwjeha
hjaewh	hjhawe	hjhaew	hjhwae	hjhwea	hwahje	hwahej	hwaejh
hjheaw	hjhewa	hjwahe	hjwaeh	hjwhae	hwhjea	hwhaje	hwhaej

```
hjwhea  hjweah  hjweha  hjeahw  hjeawh  hwejah  hwejha  hweajh
hjehaw  hjehwa  hjewah  hjewha  hajhwe  hwehaj  hejahw  hejawh
hajhew  hajwhe  hajweh  hajehw  hajewh  hejwah  hejwha  heajhw
hahjwe  hahjew  hahwje  hahwej  hahejw  heahwj  heawjh  heawhj
hahewj  hawjhe  hawjeh  hawhje  hawhej  hehajw  hehawj  hehwja
hawejh  hawehj  haejhw  haejwh  haehjw  hewjha  hewajh  hewahj
haehwj  haewjh  haewhj  hhjawe  hhjaew  hwajhe  hwajeh  hehjaw
hhjwae  hhjwea  hhjeaw  hhjewa  hhajwe  hwaehj  hwhjae  hehwaj
hhajew  hhawje  hhawej  hhaejw  hhaewj  hwheja  hwheaj  hewhja
hhwjae  hhwjea  hhwaje  hhwaej  hhweja  hweahj  hwehja  hehjwa
hhweaj  hhejaw  hhejwa  hheajw  hheawj  hejhaw  hejhwa  hewjah
hhewja  hhewaj  hwjahe  hwjaeh  hwjhae  heajwh  heahjw  hewhaj
Ok
```

Ik nam de vellen uit de printer in mijn hand, zonder ze los te scheuren, alsof ik de rol van de oorspronkelijke tora raadpleegde. Ik probeerde het met de zesendertigste naam. Volslagen duisternis. Een laatste slok whisky en toen waagde ik, met aarzelende vingers, naam nummer honderdtwintig. Niets.

Ik had het niet meer. En toch was ik zo langzamerhand Jacopo Belbo en moest Jacopo Belbo zo gedacht hebben als ik op dat moment dacht. Ik moest een fout gemaakt hebben, een stompzinnige fout, een fout van niks. Ik had de oplossing bijna. Wellicht had Belbo, om redenen die me ontgingen, van onderaf geteld?

Casaubon, stommeling—zei ik tegen mezelf. Niet van onderaf. Van rechts naar links. Belbo had de in Latijnse letters getranslitereerde naam van God, inclusief klinkers, in de computer gestopt, zeker, maar aangezien het een Hebreeuws woord was had hij het van rechts naar links geschreven. Zijn input was niet JAHWEH—dat ik daar niet eerder aan had gedacht—maar HEWHAJ. Logisch dat dan ook de volgorde van de permutaties veranderde.

Ik moest dus van onderaf tellen. Ik probeerde nogmaals beide namen.

Er gebeurde niets.

Ik had het helemaal bij het verkeerde eind. Ik had me vastgebeten in een elegante, maar foutieve hypothese. Dat overkomt de beste wetenschappers.

Nee, niet de beste wetenschappers. Iedereen. Hadden we niet juist een maand daarvoor opgemerkt dat er de laatste tijd op zijn minst drie romans waren uitgekomen waarin de hoofdpersoon de naam van God in de computer zocht? Zo banaal kon Belbo toch niet geweest zijn. En kom op zeg, als je een wachtwoord kiest kies je iets dat gemakkelijk te onthouden is, dat je spontaan, bijna instinctief intikt. JHWHEA, stel je voor! Vervolgens had hij zeker Notarikon met Temoera moeten combineren en een acrostichon moeten verzinnen om het woord te onthouden. Kom nu toch!

En bovendien, waarom moest Belbo denken in de kabbalistische termen van Diotallevi? Hij was geobsedeerd door het Plan, en in het Plan hadden we zoveel componenten verwerkt, de Rozenkruisers, de Synarchie, de Homunculi, de Slinger, de Toren, de Druïden, de Ennoia...

De Ennoia... Ik dacht aan Lorenza Pellegrini. Ik strekte mijn hand uit en keerde de foto om die ik gecensureerd had. Ik probeerde een onaangename gedachte te verjagen, de herinnering aan die avond in Piemonte... Ik hield de foto dichterbij en las de opdracht. Er stond: 'Want ik ben de eerste en de laatste, ik ben de geëerde en de gehate. Ik ben de hoer en de heilige. Sophia.'

Het moest na het feest bij Riccardo geweest zijn. Sophia, zes letters. En waarom moest daar zo nodig een anagram van worden gemaakt? Ik was het die op een verwrongen manier dacht. Belbo houdt van Lorenza, houdt van haar omdat ze is zoals ze is, en zij is Sophia—en dan te bedenken dat zij, op dit moment, god weet... Nee, toch niet, Belbo denkt op een veel verwrongener manier. De woorden van Diotallevi schoten me te binnen: 'In de tweede sefira verandert de duistere Alef in de heldere Alef. Uit het Duistere Punt ontspringen de letters van de tora, het lichaam zijn de medeklinkers, de ademtocht de klinkers, en te zamen begeleiden ze het gezang van de gelovige. Als de melodie der tekens beweegt bewegen de medeklinkers en de klinkers met haar. Hieruit ontstaat Chochma, de Wijsheid, het Weten, de oergedachte waarin alles vervat zit als in een schrijn, gereed om zich te ontvouwen in de creatie. In Chochma ligt de essentie besloten van alles wat zal volgen...'

En wat was Abulafia, met zijn geheime voorraad bestanden? De schrijn van dat wat Belbo wist, of dacht te weten, zijn Sophia. Hij kiest een geheime naam om door te dringen tot het innerlijk van Abulafia, het object waarmee hij de liefde bedrijft (het enige), maar terwijl hij daarmee bezig is denkt hij tegelijkertijd aan Lorenza, zoekt hij een woord dat Abulafia verovert maar dat hij ook kan gebruiken als talisman om Lorenza te krijgen, zou hij tot het hart van Lorenza willen doordringen en begrijpen, zoals hij kan doordringen tot het hart van Abulafia, wil hij dat Abulafia ondoordringbaar is voor alle anderen zoals Lorenza ondoordringbaar is voor hemzelf, verbeeldt hij zich het geheim van Lorenza te bewaken, te kennen en te veroveren zoals hij dat van Abulafia bezit...

Ik was bezig een verklaring te verzinnen en ik verbeeldde me dat die waar was. Net zoals bij het Plan: ik hield mijn verlangens voor werkelijkheid.

Maar aangezien ik dronken was, ging ik weer achter het toetsenbord zitten en tikte SOPHIA. Het apparaat vroeg me beleefd: 'Heb je het wachtwoord?' Stom apparaat, zelfs bij de gedachte aan Lorenza raak je niet aangedaan.

6

Judá León wijdde zich aan permutaties
Van letters en complexe variaties
En ten slotte sprak hij de Naam uit die de Sleutel is
De Deur, de Echo, de Gast en het Paleis...

J.L. Borges, *El Golem*

En dus antwoordde ik, toen Abulafia voor de zoveelste keer zijn stompzinnige vraag stelde ('Heb je het wachtwoord?') nijdig: 'Nee.'

Het scherm begon zich te vullen met woorden, lijnen, registers, met een stortvloed aan tekst.

Ik had het geheim van Abulafia doorgrond.

Door mijn overwinning was ik zo opgewonden dat ik me niet eens afvroeg waarom Belbo juist dit woord had uitgekozen. Nu weet ik het, en weet ik dat hij, in een helder moment, begrepen had wat ik nu begrijp. Maar donderdag dacht ik alleen dat ik gewonnen had.

Ik begon rond te springen, in mijn handen te klappen en een soldatenliedje te zingen. Vervolgens stopte ik en liep naar de badkamer om mijn gezicht te wassen. Ik ging terug en printte eerst het laatste bestand dat Belbo voor zijn vlucht naar Parijs had geschreven. Daarna begon ik, terwijl de printer onverbiddelijk doorratelde, gulzig te eten en nog meer te drinken.

Toen de printer stopte, las ik het en raakte erdoor van streek; ik kon maar niet uitmaken of het hier buitengewone onthullingen betrof of de getuigenis van een delirium. Wat wist ik in wezen van Jacopo Belbo? Wat had ik van hem begrepen in de twee jaar waarin ik bijna elke dag met hem had doorgebracht? Hoe betrouwbaar was het dagboek van een man die, omdat hij met zichzelf in het reine wilde komen, onder buitengewone omstandigheden had zitten schrijven, beneveld door alcohol, tabak, angst en drie dagen lang van alle contact met de buitenwereld afgesneden?

Het was nacht geworden, de nacht van de eenentwintigste juni. Mijn ogen traanden. Ik zat al vanaf 's ochtends naar het scherm te staren en naar die door de printer geproduceerde uit puntjes opgebouwde mierenhoop. Of hetgeen ik had gelezen nu waar was of niet, Belbo had gezegd dat hij de volgende ochtend zou bellen. Ik moest hier wachten. Mijn hoofd tolde.

Ik liep wankelend naar de slaapkamer en liet me aangekleed op het nog onopgemaakte bed vallen.

Ik werd om acht uur wakker uit een diepe, klamme slaap en slaagde er aanvankelijk niet in te begrijpen waar ik was. Gelukkig stond er nog ergens een bus met koffie en ik zette een paar kopjes. De telefoon rinkelde niet, ik durfde niet naar beneden te gaan om iets te kopen, uit vrees dat Belbo dan net zou bellen.

Ik ging weer terug naar het apparaat en begon de andere diskettes in chronologische volgorde te printen. Ik stuitte op spelletjes, oefeningen, verslagen van gebeurtenissen die me bekend waren; maar omgebogen als ze waren door de persoonlijke visie van Belbo, kwamen ook die gebeurtenissen nu in een ander licht te staan. Ik stuitte op stukken dagboek, bekentenissen, schetsen van verhalen die vastgelegd waren met de verbitterde pietluttigheid van iemand die al weet dat ze geen succes zullen hebben. Ik stuitte op aantekeningen, portretten van mensen die ik me weliswaar herinnerde maar die nu een andere fysionomie kregen—ik zou zeggen onheilspellender, of was alleen mijn blik onheilspellender, mijn manier om toevallige aanwijzingen tot een gruwelijk eindmozaïek te herschikken?

Bovenal stuitte ik op een heel bestand met alleen maar citaten, uit de dingen die Belbo recentelijk gelezen had. Ik herkende ze in een oogopslag: hoeveel van dit soort teksten hadden we in die maanden niet bekeken... Ze waren genummerd: honderdtwintig. Dat getal was geen toeval, of het was een verontrustende samenloop van omstandigheden. Maar waarom díe citaten wel en andere niet?

Nu kan ik de teksten van Belbo en de hele geschiedenis die ze weer bij me boven brengen niet anders herlezen dan in het licht van dat bestand. Ik laat de excerpten door mijn vingers gaan als de kralen van een kettersse rozenkrans, en niettemin merk ik dat enkele daarvan voor Belbo een alarm, een spoor van redding hadden kunnen betekenen.

Of ben ik het die er niet meer in slaagt goede raad te onderscheiden van redeloosheid? Ik tracht mezelf ervan te overtuigen dat mijn lezing de juiste is, maar vanochtend nog heeft iemand toch tegen mij, en niet tegen Belbo, gezegd dat ik gek was.

Boven de Bricco verrijst de maan langzaam boven de horizon. Het grote huis wordt bevolkt door vreemd geritsel, houtkevers misschien, muizen, of de geest van Adelino Canepa... Ik durf niet door de gang te lopen, blijf in de kamer van oom Carlo en kijk uit het raam. Af en toe ga ik het terras op, om te kijken of er iemand de heuvel op komt klimmen. Ik heb het gevoel in een film te zijn, wat afgezaagd: 'Zij komen eraan...'

En toch, de heuvel is zo rustig in deze inmiddels zomerse nacht.

Veel avontuurlijker, onduidelijker, waanzinniger daarmee vergeleken was de reconstructie waar ik me die avond aan waagde toen ik van vijf tot tien rechtop in de periscoop stond, om de tijd te doden en mezelf in leven te houden, terwijl ik om de bloedsomloop te bevorderen langzaam en zwakjes mijn benen bewoog, als op de maat van een Afro-Braziliaans ritme.

Terugdenken aan de afgelopen jaren en me laten meeslepen op de bezwerende roffel van de *atabaques*... Misschien om de onthulling te aanvaarden dat onze als een mechanisch ballet begonnen fantasieën zich nu in die tempel van de mechanica omgevormd hadden tot rite, inbezitneming, verschijning en bezetenheid van Exu?

Die avond in de periscoop had ik geen enkel bewijs dat wat de printer me onthuld had, waar was. Kon ik me nog verschuilen achter de twijfel... Tegen middernacht zou ik er wellicht achter gekomen zijn dat ik alleen maar naar Parijs was gekomen en me als een dief in een onschuldig museum voor techniek had verstopt, omdat ik zo dom was geweest een voor toeristen georganiseerde macumba bij te wonen en me had laten meeslepen door de hypnotiserende invloed van de perfumadores, en door het ritme van de pontos.

En met beurtelings scepsis, mededogen en wantrouwen trachtte mijn geheugen het mozaïek in elkaar te passen, en in die geestestoestand, in dat heen en weer geslingerd worden tussen het creëren van een illusie door middel van woorden, en het vermoeden van een valstrik zou ik me nu nog willen bevinden, nu ik heel wat helderder van geest mijn gedachten laat gaan over wat ik dacht toen ik de documenten opnieuw ordende die ik de dag daarvoor en 's ochtends op het vliegveld en tijdens de reis naar Parijs als een razende had gelezen.

Ik trachtte voor mezelf een verklaring te vinden voor de onverantwoorde manier waarop Belbo, Diotallevi en ik ertoe gekomen waren de wereld te herschrijven en—zou Diotallevi me zeggen—die delen uit het Boek die met wit vuur waren gebeiteld terug te vinden in de, door de insekten van zwart vuur die de tora bevolkten en expliciet leken te maken, opengelaten interlinies.

Ik ben nu hier, na—mag ik hopen—mijn sereniteit en Amor Fati te hebben bereikt, om de geschiedenis op te tekenen die ik, vervuld van angstige verontrusting—en in de hoop dat het niet waar was—twee avonden geleden in de periscoop reconstrueerde; de geschiedenis die ik twee dagen daarvoor in de flat van Belbo had gelezen en waarvan ik, deels zonder dat ik me daarvan bewust was, de afgelopen twaalf jaar, tussen de whisky bij Pilade en het stof bij uitgeverij Garamond, een onderdeel was geweest.

3
BINA

7

Verwachten jullie niet te veel van het einde van de wereld.

Stanislaw J. Lec, *Aforyzymy. Fraszki*, Kraków, Wydawnictwo Literackie, 1977, "Myśli Nieuczesane"

Twee jaar na '68 beginnen met een universitaire studie is net zoiets als in '93 toegelaten worden tot de Académie de Saint-Cyr. Je hebt de indruk dat je in het verkeerde jaar geboren bent. Jacopo Belbo, die minstens vijftien jaar ouder was dan ik, overtuigde me er later evenwel van dat alle generaties dit gevoel hebben. Je wordt altijd onder het verkeerde sterrenbeeld geboren en om op waardige wijze op deze wereld te vertoeven moet je dagelijks je eigen horoscoop bijstellen.

Ik geloof dat we worden wat we heel vroeger, nog voordat onze vader ons begon op te voeden, van hem hebben geleerd. Je vormt je op grond van wat er aan wijsheid overschiet. Ik was tien en ik wilde dat mijn ouders me abonneerden op een of ander weekblad waarin de meesterwerken uit de literatuur bewerkt waren tot stripverhaal. Niet uit gierigheid, maar wellicht uit argwaan tegen strips, poogde mijn vader eronderuit te komen. 'Dit tijdschrift,' oreerde ik toen, het motto van de reeks citerend— want ik was een bijdehante en welbespraakte jongen—'beoogt in wezen niets anders dan op plezierige wijze opvoeden.' Zonder zijn blik van de krant op te heffen zei mijn vader: 'Dat blaadje van jou beoogt in wezen niets anders dan wat alle kranten beogen, namelijk zo veel mogelijk exemplaren verkopen.'

Op die dag begon ik ongelovig te worden.

Dat wil zeggen, ik had er spijt van dat ik lichtgelovig was geweest. Ik had me laten meeslepen door een passie van de geest. Dat is namelijk wat lichtgelovigheid is.

Het is niet zo dat de ongelovige niets mag geloven. Hij gelooft niet alles. Hij gelooft één ding tegelijk, en een tweede alleen als het op een of andere manier voortkomt uit het eerste. Hij gaat als een bijziende te werk, methodisch, hij waagt zich niet aan horizonten. Het geloven van twee dingen die geen verband met elkaar houden, met het idee dat er ergens een, verborgen, derde is die ze verenigt, dat is lichtgelovigheid.

Ongelovigheid sluit nieuwsgierigheid niet uit, maar schraagt deze. Hoewel ik argwaan koesterde tegen aaneenschakelingen van denkbeelden hield ik wel van de polyfonie van die denkbeelden. Als je er maar niet in geloofde, konden twee—beide onjuiste—denkbeelden met elkaar in botsing komen en zo een fraai interval of een *diabolus in musica* vormen. Ik had geen ontzag voor de denkbeelden waar anderen hun leven om verwedden, maar ook twee of drie denkbeelden waar ik geen ontzag voor had konden tot een melodie worden. Of ritme, bij voorkeur jazz.

Later zou Lia tegen me zeggen: 'Jij leeft van oppervlakten. Als je diepzinnig lijkt is dat omdat je er een aantal in elkaar past, zodat ze het aanzien krijgen van een vast lichaam—een vast lichaam dat als het vast was niet overeind zou kunnen blijven staan.'

'Wil je beweren dat ik oppervlakkig ben?'

'Nee,' had ze me geantwoord, 'dat wat anderen diepgang noemen is alleen maar een hyperkubus, een vierdimensionele kubus. Je gaat aan de ene kant naar binnen, komt aan de andere kant weer naar buiten en bevindt je in een universum dat niet met het jouwe kan coëxisteren.'

(Lia, ik weet niet of ik je terug zal zien, nu Zij aan de verkeerde kant naar binnen zijn gegaan en jouw wereld zijn binnengedrongen, en dat alles door mijn schuld: ik heb ze laten geloven dat er afgronden waren, zoals zij uit zwakte wilden.)

Wat dacht ik dus werkelijk vijftien jaar geleden? Ik was me ervan bewust dat ik niet geloofde en voelde me schuldig tussen zovelen die wel geloofden. Omdat ik voelde dat zij het bij het rechte eind hadden besloot ik te geloven zoals je een aspirientje neemt. Het kan geen kwaad, en je wordt er beter van.

Ik bevond me midden in de Revolutie, of tenminste midden in de meest grandioze nabootsing daarvan aller tijden, en was op zoek naar een achtenswaardig geloof. Het leek me achtenswaardig deel te nemen aan de vergaderingen en betogingen, ik schreeuwde samen met de rest 'dit is het begin, wij gaan door met de strijd!', ik gooide niet met bakstenen of stalen knikkers omdat ik altijd bang ben geweest dat de anderen mij zouden aandoen wat ik hen aandeed, maar ervoer een soort morele opwinding wanneer ik wegvluchtte door de straten in het centrum als de politie een charge uitvoerde. Ik keerde naar huis terug met het gevoel dat ik aan een of andere verplichting had voldaan. Het lukte me tijdens vergaderingen niet warm te lopen voor de verschillende standpunten die de afzonderlijke groepen verdeelden: ik vermoedde dat je slechts het juiste citaat hoefde te vinden om van de ene naar de andere over te stappen. Ik vermaakte me met het vinden van de juiste citaten. Ik moduleerde.

Aangezien het mij wel overkomen was dat ik me bij betogingen onder een spandoek schaarde omdat ik achter een meisje aanliep dat mijn fantasie prikkelde, concludeerde ik dat de politieke strijdbaarheid voor veel van mijn kameraden een seksueel karakter droeg—en seks was een passie. Bij mij ging het eigenlijk niet verder dan nieuwsgierigheid. Het is waar dat ik bij het lezen over de Tempeliers en over de verschillende wreedheden die hun waren toegedicht, gestuit was op de bewering van Carpocrates dat men, om zich te bevrijden van de tirannie van de engelen, heren van de kosmos, elke schanddaad diende te begaan om zich zodoende te bevrijden van de met het universum en het eigen lichaam aangegane schulden, en dat de ziel zich alleen door alle handelingen te verrichten vrij kan maken van de eigen hartstochten en haar oorspronkelijke zuiverheid kan hervinden. Toen wij het Plan verzonnen kwam ik erachter dat veel mensen die verslaafd zijn aan het mysterie die weg bewandelden om verlichting te vinden. Maar Aleister Crowley, die beschouwd werd als de meest perverse man aller tijden en die dus alles deed wat hij niet laten kon met gelovigen van beiderlei kunne, had volgens zijn biografen uitsluitend foeilelijke vrouwen gehad (en afgaand op wat er zoal geschreven werd stel ik me zo voor dat het met de mannen niet veel beter was gesteld), en ik heb nog steeds het vermoeden dat hij nooit de volkomen liefde bedreven heeft.

Het zal te maken hebben met het verband tussen dorst naar macht en impotentia coeundi. Marx vond ik sympathiek omdat ik ervan overtuigd was dat hij en zijn Jenny met plezier de liefde bedreven. Dat spreekt uit de rustige bevlogenheid van zijn proza en uit zijn gevoel voor humor. Daarentegen heb ik in de gangen van de universiteit een keer gezegd dat het niet verwonderlijk was dat iemand die altijd met die Krupskaja naar bed ging uiteindelijk met een prul als *Materialisme en empiriocriticisme* kwam aanzetten. Ik kreeg bijkans een pak op mijn donder en ze zeiden dat ik een fascist was. Dat zei een lang figuur, met een knevel. Ik herinner me hem heel goed, tegenwoordig is hij helemaal kaalgeschoren en zit hij in een commune waar ze manden vlechten.

Ik roep de stemmingen van toen alleen maar op om te reconstrueren in welke gemoedsgesteldheid ik me bevond toen ik voor het eerst bij Garamond kwam en sympathie opvatte voor Jacopo Belbo. Ik kwam er met de instelling van iemand die verhandelingen over de waarheid benadert alsof hij de drukproeven ervan moet gaan corrigeren. Ik dacht dat het er bij een citaat als 'Ik ben die ik ben' voornamelijk om ging te beslissen of het leesteken buiten dan wel binnen de aanhalingstekens moest komen.

Daarom was mijn politieke keuze filologie. De universiteit van Milaan vervulde in die jaren een voorbeeldfunctie. Terwijl in de rest van het land collegezalen werden bezet en professoren werden overvallen met de vraag of ze alleen over proletarische wetenschap wilden praten, gold bij ons, een enkel incident daargelaten, een constitutioneel verdrag, ofte wel een territoriaal compromis. De revolutie hield de openbare gedeeltes, de aula en de hoofdgangen bezet, terwijl de officiële Cultuur zich, beschermd en schotvrij, had teruggetrokken in de binnengangen en op de bovenverdiepingen en door bleef praten alsof er niets was gebeurd.

Zo kon ik de ochtend beneden doorbrengen met discussies over de proletarische wetenschap en 's middags boven het aristocratische denken in praktijk brengen. Ik voelde me op mijn gemak in deze twee parallelle werelden en ervoer dat in het geheel niet als iets tegenstrijdigs. Ook ik geloofde dat een maatschappij van gelijken zich aandiende, maar ik hield mezelf voor dat er in die maatschappij bijvoorbeeld ook treinen zouden moeten rijden (en beter dan daarvoor), en de sansculotten in mijn omgeving waren bepaald niet bezig te leren hoeveel kolen er in de stookketel moesten, hoe de wissels bediend moesten worden of hoe je een dienstregeling moest opstellen. En iemand moest toch met die treinen overweg kunnen.

Niet zonder enige wroeging voelde ik me een soort Stalin die in zijn baard lacht en denkt: Doe maar, doe maar, arme bolsjewieken, ondertussen studeer ik aan het seminarie in Tiflis en ontwerp straks het vijfjarenplan.

's Middags verwarde ik, wellicht omdat ik 's ochtends in vervoering leefde, kennis met argwaan. Dus wilde ik iets studeren dat me in staat zou stellen dingen te zeggen die gestaafd konden worden met documenten, in tegenstelling tot dingen die toch altijd een geloofsbelijdenis bleven.

Om min of meer toevallige redenen sloot ik me aan bij een werkgroep middeleeuwse geschiedenis en koos als scriptie-onderwerp het proces tegen de Tempeliers. De geschiedenis van de Tempeliers had me vanaf het moment dat ik een eerste blik op de documenten had geworpen geboeid. In die tijd waarin er tegen het gezag werd gestreden wond ik me met overgave op over de geschiedenis van het proces, waarin de Tempeliers tot de brandstapel veroordeeld werden, en dat je slechts met veel goede wil gegrond kon noemen. Maar ik was er al snel achter dat hordes mysteriejagers hen, vanaf het moment dat ze tot de brandstapel veroordeeld waren, getracht hadden waar dan ook terug te vinden zonder ooit met één bewijs te komen. Deze overdaad aan verzinsels prikkelde mijn argwaan en ik besloot geen tijd te verliezen met de mysteriejagers en me alleen te verlaten op historische bronnen. De Tempeliers waren een klooster-ridderorde, die bestond bij de gratie van het feit dat hij erkend werd door de Kerk. Als de Kerk de orde ontbonden had, en dat had ze zeven eeuwen geleden gedaan, konden de Tempeliers niet meer bestaan, en als ze bestonden waren het geen Tempeliers. Zo had ik op zijn minst honderd boeken in mijn kaartsysteem ingevoerd, maar uiteindelijk las ik er maar een stuk of dertig.

De Tempeliers brachten me met Jacopo Belbo in contact, in café Pilade, toen ik al aan mijn scriptie bezig was, eind '72.

8

Ontsproten aan het licht en de goden, ben ik hier
in ballingschap en van hen gescheiden.

Fragment uit *Turfa'n M7*

Café Pilade was toentertijd de vrijhaven, het galactische café waar de buitenaardse wezens van Ophiuchus die de Aarde bezet hielden en de mannen van het Imperium die de zone van Van Allen inspecteerden, elkaar probleemloos ontmoetten. Het was een oud café aan de Navigli, met een zinken bar en een biljart, waar trambestuurders en handwerkslieden uit de buurt vroeg in de ochtend binnenliepen voor een wit wijntje. Tegen 1968 en in de daaropvolgende jaren werd Pilade tot een soort Rick's Café waar een militant uit de Beweging aan één tafeltje kon zitten kaarten met de journalist van een gevestigde krant die bij het ter perse gaan van het nummer een whisky pakte, terwijl de eerste vrachtauto's al op weg waren om de leugens van het systeem bij de kiosken af te leveren. Maar bij Pilade voelde ook de journalist zich een uitgebuite proletariër, een meerwaarde-producent die aan de lopende band ideologieën aflevert, en vergaven de studenten hem.

Tussen elf uur 's avonds en twee uur 's nachts kwamen er mensen die bij uitgeverijen werkten, architecten, stadsredacteuren die hun zinnen op de kunstpagina hadden gezet, schilders van de Kunstacademie, wat tweederangsschrijvers en studenten als ik. Een minimum aan alcoholische opwinding was verplicht en hoewel de oude Pilade nog altijd flessen witte wijn in voorraad had voor de trambestuurders en de meer aristocratische klanten, had hij de prik en de Ramazotti vervangen door een goede mousserende witte wijn voor de democratische intellectuelen en Johnny Walker voor de revolutionairen. Ik zou de politieke geschiedenis van die jaren kunnen schrijven door op te tekenen in welke perioden en op welke manieren men van het rode etiket op twaalf jaar oude Ballantine's en ten slotte op malt overstapte.

Met de komst van het nieuwe publiek had Pilade het oude biljart laten staan, waarop schilders en trambestuurders elkaar nu uitdaagden voor een potje *boccette,* maar hij had ook een flipperkast neergezet.

Ik was het balletje altijd meteen kwijt en aanvankelijk dacht ik dat ik niet goed oplette of dat ik over te weinig handigheid beschikte. Hoe het echt zat begreep ik jaren later, toen ik Lorenza Pellegrini zag spelen. Aanvankelijk was ze me niet opgevallen maar op een avond kreeg ik haar in het vizier toen ik Belbo's blik volgde.

Als Belbo in het café was leek het altijd of hij toevallig even langs wipte (hij kwam er al minstens tien jaar dagelijks). Bij gesprekken aan de bar of aan een tafeltje kwam hij vaak tussenbeide, maar bijna altijd met een opmerking die het enthousiasme deed bekoelen, onverschillig waarover men het had. Hij bekoelde ook op een andere manier, met vragen. Iemand vertelde iets, sleepte het gezelschap daar helemaal in mee, en Belbo keek de spreker aan met die blauwgroene, altijd een beetje afwezige ogen van hem, waarbij hij zijn glas ter hoogte van zijn heup vasthield alsof hij al een hele tijd vergeten was dat hij dronk en vroeg: 'Is het echt zo gegaan?' Of: 'Zei hij dat werkelijk?' Wat er gebeurde weet ik niet, maar op dat moment begon iedereen aan het verhaal te twijfelen, met inbegrip van de verteller. Het moest zijn Piemontese tongval zijn die beweringen tot vragen verhief en vragen tot spot. Belbo had die typisch Piemontese gewoonte zijn gesprekspartner niet al te veel in de ogen te kijken, zonder daarbij de indruk te wekken diens blik te willen ontwijken. De blik van Belbo onttrok zich niet aan de dialoog. Door simpelweg rond te kijken en opeens zijn blik te laten rusten op door jou veronachtzaamde convergenties van parallellen op een niet nader gedefinieerd punt in de ruimte, maakte hij dat je het gevoel kreeg alsof je tot op dat moment stompzinnig naar het enige niet-relevante punt had zitten kijken.

Maar het was niet alleen zijn blik. Belbo was in staat je met een gebaar, een enkele opmerking uit het lood te slaan. Ik bedoel, stel je zat je uit te sloven om aan te tonen dat Kant werkelijk een Copernicaanse wending aan de moderne filosofie had gegeven en je zou voor die bewering je hand in het vuur steken. Tegenover je gezeten kon Belbo ineens naar zijn handen gaan zitten kijken, of naar zijn knie staren, of zijn ogen half dichtknijpen met de aanzet tot een Etruskisch glimlachje, of even met zijn mond open blijven zitten, zijn blik op het plafond gericht, en dan met een lichte hapering zeggen: 'Ach ja, die Kant...' Of, als hij werkelijk een poging ondernam het gehele systeem van het transcendentale idealisme onderuit te halen: 'Tja. Of hij er echt zo'n puinhoop van bedoelde te maken...' Waarna hij je met een en al aandacht aankeek alsof jij en niet hij de betovering verbroken had, en je aanmoedigde: 'Toe, vertelt u toch verder. Want er zit beslist wat in... iets dat... Die man was niet op zijn achterhoofd gevallen.'

Soms, als hij buitengewoon verontwaardigd was, reageerde hij lomp. Aangezien hij uitsluitend verontwaardiging voelde bij de lompheid van anderen, was de lompheid die hij daar tegenover stelde geheel naar binnen gekeerd en regionaal gekleurd. Met strakke lippen sloeg hij eerst zijn ogen ten hemel, boog vervolgens zijn blik, en zijn hoofd, links omlaag en zei zachtjes: 'Trek je stop d'r uit.' Mensen die die Piemontese zegswijze niet kenden legde hij soms uit: 'Trek je stop d'r uit, haal die kurk eruit. Dat zeg je tegen iemand die opgeblazen is. Aangenomen wordt dat hij in deze fysiek gesproken abnormale toestand overeind blijft doordat hij een kurk in zijn achterste heeft. Als hij die eruit haalt neemt hij, pfffffff, weer menselijke proporties aan.'

Deze bijdragen van hem waren in staat je de ijdelheid van alles te doen inzien, en ik werd er door gefascineerd. Maar de lering die ik er uit trok was verkeerd, want ik verhief ze tot model van ultieme minachting voor de banaliteit van andermans waarheden.

Nu pas, nu ik met de geheimen van Abulafia ook de geest van Belbo heb doorgrond, weet ik dat hetgeen mij voorkwam als scepsis en door mij werd verheven tot levensbeginsel, voor hem een vorm van melancholie was. Achter zijn zwartgallige intellectuele vrijdenkerij verborg zich een wanhopige honger naar het absolute. Op het eerste gezicht viel het niet op want Belbo compenseerde de momenten waarop hij vluchtte, aarzelde, afstand nam, met momenten waarop hij zo maar wat babbelde en zich, vol vrolijk ongeloof, vermaakte met het geven van absolute alternatieven. Dat was toen Diotallevi handboeken van het onmogelijke maakte, omgekeerde werelden, bibliografische teratologieën. En als je hem zo welbespraakt en enthousiast bezig zag met het construeren van zijn Rabelaisiaanse Sorbonne kon je niet begrijpen hoe hij leed onder zijn verbanning uit de theologische faculteit, de echte.

Later begreep ik dat ik het adres ervan had doorgestreept, terwijl hij het alleen maar had weggemaakt en dat liet hem geen rust.

In de bestanden van Abulafia vond ik vele pagina's van een pseudo-dagboek dat Belbo aan de diskettes had toevertrouwd, ervan overtuigd dat hij daarmee zijn roeping van eenvoudige toeschouwer in deze wereld, waar hij zo vaak de nadruk op legde, geen geweld aandeed. Sommige zijn van lang geleden en het is duidelijk dat hij daar oude aantekeningen op had gezet, uit nostalgie, of omdat hij dacht dat hij daar op een of andere manier iets mee zou doen. Andere zijn van de afgelopen jaren, vanaf het moment dat hij de beschikking over Abu had. Hij schreef zonder er echt bij stil te staan, om in afzondering zijn eigen dwalingen te overdenken; hij maakte zichzelf wijs dat hij niet 'schiep', omdat de schepping, zelfs als deze de dwaling voortbrengt, altijd plaatsvindt uit liefde voor iemand die je zelf niet bent. Maar Belbo kwam zonder het te merken in andere sferen terecht. Hij schiep, en had hij het maar nooit gedaan: zijn enthousiasme voor het Plan vloeide voort uit die behoefte een Boek te schrijven, al bestond dat dan ook louter uit exclusieve, opzettelijk gruwelijke dwalingen. Zolang je je in je leegte samenbalt kun je nog denken dat je in contact staat met het Een, maar zodra je met leem gaat knoeien, ook al is die elektronisch, ben je al demiurg geworden, en wie zich ervoor inzet een wereld te maken heeft zich al gecompromitteerd met de dwaling en het kwaad.

bestandsnaam: Drie vrouwen rond mijn hart

Het is zo: toutes les femmes que j'ai rencontrées se dressent aux horizons—avec les gestes piteux et les regards tristes des sémaphores sous la pluie...
Je kijkt omhoog Belbo. Eerste liefde, de heilige Maagd Maria. Moeder die me zingend op schoot houdt alsof ze me wiegt terwijl ik helemaal geen wiegeliedjes meer nodig heb maar ik haar vroeg te zingen omdat ik van haar stem hield en van de lavendelgeur van haar boezem: 'O Koningin van het Empyreum—zo puur en zo mooi—wees gegroet o dochter, bruid, dienstmaagd—wees gegroet o moeder van de Heiland.'
Natuurlijk: de eerste vrouw van mijn leven was niet van mij—zoals ze overigens, per definitie, van niemand was. Ik ben meteen verliefd geworden op de enige vrouw die in staat was alles zonder mij te doen.
Daarna Marilena (Marylena? Mary Lena?). Lyrische beschrijvingen geven van kreupelhout, gouden lokken, de grote blauwe strik, ik rechtop met mijn neus in de lucht voor het bankje, zij die als op een evenwichtsbalk over de rand van de leuning loopt, de armen wijd om haar oscillaties (verrukkelijke extrasystolie) te reguleren, haar rok die lichtjes rond haar rozerode dijen wappert.
Schets: diezelfde avond, mamma bestrooit het rozerode velletje van mijn zusje met talkpoeder, ik vraag wanneer ze nu eindelijk eens een piemeltje krijgt, mamma onthult dat meisjes geen piemeltje krijgen, dat ze zo blijven. Ik zie ineens Mary Lena weer voor me, het wit van haar onderbroekje dat zichtbaar was onder haar opwaaiende blauwe rok, en ik begrijp dat ze blond, hautain en ontoegankelijk is omdat ze anders is. Geen enkele relatie mogelijk, ze behoort tot een ander ras.
De derde vrouw, meteen gevallen in de afgrond waardoor ze wordt opgeslokt. Ze is net gestorven in haar slaap, bleke Ophelia tussen de bloemen van haar maagdelijke baar; terwijl de priester de gebeden der stervenden voor haar zegt, gaat ze plotseling rechtop op de katafalk zitten, fronsend,

bleekwit, wrekend, met uitgestrekte vinger en holle stem: 'Vader bid niet voor mij. Vannacht had ik voor het inslapen de enige onreine gedachte uit mijn leven, en nu ben ik verdoemd.' Het boek van mijn eerste communie zoeken. Stond er een plaatje in of heb ik het helemaal alleen gedaan? Ze is vast gestorven terwijl ze aan mij dacht, de onreine gedachte was ik die wilde dat Mary Lena onaantastbaar was omdat ze van een ander soort was met een ander lot. Ik ben schuldig aan haar verdoemenis, ik ben schuldig aan de verdoemenis van een ieder die verdoemd wordt, terecht dat ik de drie vrouwen niet heb gehad: dat is mijn straf omdat ik ze wilde.

Ik raak de eerste kwijt omdat ze in de hemel is, de tweede omdat ze in het vagevuur jaloers is op de penis die ze nooit zal hebben en de derde omdat ze in de hel is. Theologisch gesproken perfect. Al geschreven.

Maar er is ook het verhaal van Cecilia en Cecilia is op aarde. Ik dacht aan haar voor het slapen gaan, ik liep de heuvel op om melk te gaan halen in de melkerij en terwijl de partizanen vanaf de tegenoverliggende heuvel op de versperring vuurden stelde ik me voor hoe ik toesnelde om haar in veiligheid te brengen, haar te bevrijden uit de greep van een stelletje fascistische schurken die haar zwaaiend met hun machinepistolen achternazaten... Blonder dan Mary Lena, verontrustender dan het meisje van de sarcofaag, puurder en maagdelijker dan de maagd. Levende en toegankelijke Cecilia, er was maar heel weinig voor nodig of ik had zelfs met haar kunnen praten, ik was er zeker van dat ze iemand van mijn slag kon liefhebben, en die had ze dan ook lief, hij heette Papi, was blond met stekelhaar op een piepklein hoofd, een jaar ouder dan ik, en in het bezit van een saxofoon. En ik had niet eens een trompet. Ik had ze nooit samen gezien, maar iedereen in het parochiehuis fluisterde elkaar aanstotend en giechelend dat ze het deden. Ze logen natuurlijk, boerenkinkels zo hitsig als geiten. Ze wilden me duidelijk maken dat ze (zij, Marylena Cecilia bruid en dienstmaagd) dermate toegankelijk was dat iemand er toegang toe had gehad. Hoe dan ook—vierde geval—ik buitenspel.

Schrijf je over zoiets een roman? Misschien zou ik de roman moeten schrijven over de vrouwen die ik ontloop omdat ik ze kon krijgen. Of had kunnen krijgen. Kan krijgen. Of is dat hetzelfde verhaal.

Kortom, als het niet eens duidelijk is over welk verhaal het gaat, kan ik maar beter filosofieboeken corrigeren.

9

In de rechterhand droeg zij een bazuin van zuiver goud.

Johann Valentin Andreae,
Die chymische Hochzeit des Christian Rosencreutz,
Straatsburg, Zetzner, 1616,1

In dit bestand is sprake van een trompet. Eergisteren in de periscoop wist ik nog niet hoe belangrijk die was. Ik had alleen een zeer vage en zijdelingse aanwijzing.

Tijdens de lange middagen bij Garamond keek Belbo soms, als een manuscript hem te veel werd, van het papier op en probeerde ook mij af te leiden, terwijl ik bijvoorbeeld aan de tafel tegenover hem bezig was oude gravures van de wereldtentoonstelling in te schieten; dan liet hij zich meeslepen door een of andere herinnering—erop bedacht er meteen een punt aan te draaien wanneer hij vermoedde dat ik hem al te serieus nam. Hij haalde herinneringen op aan zijn verleden, maar alleen ter illustratie, als straf voor zijn eigen zwakheden. 'Ik vraag me af waar dat met ons heen moet,' had hij op een dag gezegd.

'Doelt u op de ondergang van het westen?'

'Gaat het onder? Dat is tenslotte zijn taak, wat u? Nee, ik had het over deze mensen die schrijven. Het derde manuscript in één week, één over het Byzantijnse recht, één over de Finis Austriae en het derde over de sonnetten van Baffo. Geheel verschillende zaken, dacht u niet?'

'Ik dacht het wel.'

'Welnu, zou u gezegd hebben dat in alle drie op een gegeven moment het Verlangen en het Voorwerp van Liefde opduiken? Het is een modeverschijnsel. Baffo kan ik nog begrijpen, maar het Byzantijnse recht...'

'In de prullenmand ermee dus.'

'Ach nee, het zijn werken die geheel gefinancierd zijn door de overheid, en bovendien zijn ze niet slecht. Desnoods bel ik die drie en vraag of die regels er niet uit mogen. Tenslotte slaan zij er ook een slecht figuur mee.'

'En wat mag het voorwerp van liefde in het Byzantijnse recht dan wel zijn?'

'Oh, dat valt altijd wel ergens in te passen. En als er in het Byzantijnse recht al een voorwerp van liefde was, dan is dat natuurlijk nooit dat wat deze figuur hier beweert. Dat is het nooit.'

'Wat?'

'Dat wat jij denkt. Ooit, ik zal een jaar of vijf, zes geweest zijn, droomde ik dat ik een trompet had. Verguld. U weet wel, zo'n droom dat je de honing door je aderen voelt stromen, een soort nachtelijke bevlekking, zoals pubers dat wel hebben. Ik geloof niet dat ik ooit zo gelukkig ben geweest als in die droom. Nooit meer. Bij het wakker worden realiseerde ik me uiteraard dat de trompet er niet was en begon ik tranen met tuiten te huilen. Ik heb de hele dag gehuild. Die wereld van voor de oorlog, het zal in '38 geweest zijn, kende werkelijk armoede. Als ik nu een kind had en zag dat het zo wanhopig was, zou ik zeggen: kom op, ik koop een trompet voor je—het ging om een speelgoedding, zoveel zal het nu ook weer niet gekost hebben. Maar het kwam bij mijn ouders zelfs niet in hun hoofd op. Geld uitgeven was toen een serieuze zaak. En het was zaak je kinderen zo op te voeden dat ze niet alles kregen wat ze wilden. Ik hou niet van koolsoep, zei ik—en het was waar, mijn god, ik walgde van kool in de soep. En mooi dat ze niet zeiden goed dan, sla vandaag de soep maar over en eet alleen de hoofdschotel (we waren niet arm, we kregen een voorgerecht, een hoofdgerecht en fruit). Welnee, je eet wat de pot schaft. In plaats daarvan begon mijn oma, bij wijze van tussenoplossing, de stukjes kool een voor een, draadje voor draadje, sliertje voor sliertje uit mijn bord te vissen en moest ik de gezuiverde soep eten die nog viezer was dan daarvoor, en dat was al een tegemoetkoming die mijn vader bijna ontoelaatbaar vond.'

'Maar die trompet?'

Hij had me aarzelend aangekeken: 'Waarom stelt u zoveel belang in die trompet?'

'Ik niet. U bent over trompetten begonnen, naar aanleiding van het voorwerp van liefde dat dan weer niet het juiste is...'

'De trompet... Die avond zouden mijn oom en tante uit *** komen, ze hadden geen kinderen en ik was hun lievelingsneefje. Ze zien me huilen om dat droombeeld van die trompet en zeggen dat zij er wel voor zorgen dat alles in orde komt, dat we de volgende dag naar de Upim zouden gaan, een groot warenhuis waar ze een hele toonbank vol met speelgoed hadden, iets wonderbaarlijks, en dat ik daar de trompet zou vinden die ik wilde. Die nacht sliep ik niet en de hele volgende ochtend liep ik te trappelen van ongeduld. 's Middags gaan we naar de Upim, en er waren minstens drie soorten trompetten; het zullen wel blikken gevallen zijn geweest maar in mijn ogen was het net het koper uit de orkestbak. Ze hadden er een kornet, een coulissetrombone en een neptrompet, want hij had wel een mondstuk en was van goud, maar hij had kleppen zoals een saxofoon. Ik wist niet welke ik kiezen moest en misschien deed ik er te lang over. Ik wilde ze allemaal en wekte de indruk er geen een te willen. Intussen hadden mijn oom en tante geloof ik naar de prijskaartjes gekeken. Ze waren niet gierig, maar ik kreeg de indruk dat ze een geheel zwarte bakelieten klarinet met zilveren kleppen goedkoper vonden. 'Zou je deze niet liever willen?' vroegen ze. Ik probeerde hem, hij blaatte niet onverdienstelijk, ik trachtte mezelf ervan te overtuigen dat hij heel mooi was, maar in werkelijkheid overlegde ik en zei tegen mezelf dat mijn oom en tante wilden dat ik de klarinet nam omdat die goedkoper was, de trompet zou wel een fortuin kosten en zo'n opoffering kon ik van mijn oom en tante niet verlangen. Ze hadden me altijd geleerd dat je, als je iets aangeboden krijgt dat je leuk vindt, meteen nee dank u moet zeggen, en niet maar één keer, dus niet zeggen nee dank u en meteen je hand ophouden, nee, je dient te wachten tot de gever aandringt, tot hij zegt hè, toe nou. Pas dan geeft het welopgevoede kind toe. Dus ik zei dat ik de trompet misschien niet wilde, dat ik de klarinet misschien ook wel best vond als zij dat liever hadden. En ik keek naar hen op, in de hoop dat ze zouden aandringen. Ze drongen niet aan, God hebbe hun ziel. Ze kochten met alle plezier de klarinet voor me, aangezien—zeiden ze—ik die liever wilde. Er was geen weg terug meer. Ik kreeg de klarinet.'

Hij had me argwanend aangekeken: 'Wilt u weten of ik nog van de trompet heb gedroomd?'

'Nee,' zei ik, 'ik wil weten wat het voorwerp van liefde was.'

'Ah,' zei hij, en begon weer in het manuscript te bladeren, 'daar heb je het al, u bent ook geobsedeerd door het voorwerp van liefde. Aan dergelijke dingen kun je net zo'n draai geven als je zelf wilt. Enfin... En als ik die trompet nou eens wel genomen had? Zou ik dan echt gelukkig zijn geweest? Wat denkt u, Casaubon?'

'Dan had u misschien van de klarinet gedroomd.'

'Nee,' besloot hij kort. 'Die klarinet heb ik alleen maar gehad. Ik heb er geloof ik nooit echt op gespeeld.'

'Nooit echt of echt nooit?'

'Nooit echt,' zei hij, de woorden nadrukkelijk uitsprekend, en ik weet niet waarom, maar ik voelde me een malloot.

10

En ten slotte kan er kabbalistisch gezien niets anders afgeleid worden van *vinum* dan VIS NUMerorum, en van die getallen is de Magie afhankelijk.

Cesare della Riviera, *Il Mondo Magico degli Eroi*, Mantua, Osanna, 1603, pp. 65-66

Maar ik had het over mijn eerste ontmoeting met Belbo. We kenden elkaar van gezicht, hadden wel eens een paar woorden gewisseld bij Pilade, maar veel wist ik niet van hem, behalve dat hij bij Garamond werkte, en de boeken van Garamond had ik op de universiteit wel eens in handen gehad. Een kleine maar serieuze uitgeverij. Iemand die bij de betere uitgeverij werkt oefent altijd grote aantrekkingskracht uit op een jongeman die zijn scriptie bijna afheeft.

'En wat doet u?' vroeg hij mij op een avond dat we allebei tegen de uiterste hoek van de zinken bar geleund stonden, terwijl we door een uitverkoopmenigte werden fijngeperst. In die tijd tutoyeerde iedereen elkaar, studenten professoren en professoren studenten. Om nog maar te zwijgen van de bevolking van Pilade: 'Koop even een drankje voor me,' zei de student in de parka tegen de hoofdredacteur van het grote dagblad. Het leek Sint Petersburg wel in de tijd van de jonge Sjklovski. Allemaal Majakovski's en geen enkele Zjivago. Belbo onttrok zich niet aan het alom gebezigde 'je', maar het was duidelijk dat hij de gewoonte minachtte. Hij tutoyeerde om te laten zien dat hij platheid met platheid beantwoordde, maar dat er een afgrond gaapte tussen vertrouwelijk met iemand omgaan en iemand in vertrouwen nemen. Je zag hem maar zelden iemand hartelijk of hartstochtelijk tutoyeren; Diotallevi, af en toe een vrouw. Iemand waar hij achting voor had maar die hij nog niet lang kende sprak hij met 'u' aan. Ook bij mij hield hij dat gedurende onze hele samenwerking vol, en ik ervoer het als een privilege.

'En wat doet u?' had hij me, naar ik nu weet met belangstelling gevraagd.

'In het leven of in het theater?' zei ik, op het Pilade-toneel wijzend.

'In het leven.'

'Ik studeer.'

'Staat u ingeschreven of studeert u?'

'Het mag u onwaarschijnlijk voorkomen maar die twee zaken zijn niet met elkaar in tegenspraak. Ik leg de laatste hand aan een scriptie over de Tempeliers.'

'Hè bah,' zei hij. 'Dat is toch meer iets voor gekken?'

'Ik bestudeer de echte. De processtukken. Maar wat weet u over de Tempeliers?'

'Ik werk bij een uitgeverij en bij een uitgeverij komen wijzen en gekken. Als redacteur moet je in een oogopslag kunnen uitmaken of iemand gek is. Als iemand met de Tempeliers aan komt zetten is het bijna altijd een gek.'

'Dat hoeft u mij niet te vertellen. Hun naam is legio. Maar ik neem aan dat niet alle gekken het over de Tempeliers hebben. Hoe herkent u de anderen?'

'Ervaring. Ik zal het u uitleggen, u bent nog jong. Tussen twee haakjes, hoe heet u?'

'Casaubon.'

'Was dat niet een personage uit *Middlemarch*?'

'Dat weet ik niet. Het was in ieder geval ook een filoloog uit de Italiaanse renaissance, geloof ik. Maar we zijn geen familie.'

'Daar hebben we het nog wel eens over. Wilt u nog wat drinken? Nog twee, Pilade, bedankt. Welnu, deze wereld bestaat uit debielen, imbecielen, stommelingen en gekken.'

'Blijft er nog iets over?'

'Ja, wij tweeën bijvoorbeeld. Of althans, ik bedoel er niets mee, ík. Maar, weet u, eigenlijk valt welbeschouwd iedereen wel onder een van deze categorieën. Ieder van ons is wel eens debiel, imbeciel, stom of gek. Laten we zeggen dat een normaal mens iemand is die een redelijke dosis van al deze componenten, deze ideale typen, in zich verenigt.'

'Idealtypen.'

'Nee maar! Kent u ook Duits?'

'Zo'n beetje, genoeg om mijn bibliografieën te begrijpen.'

'Als je in mijn tijd Duits kende studeerde je niet meer af. Duits kennen was een levensvervulling. Ik geloof dat dat vandaag de dag opgaat voor Chinees.'

'Ik ben er niet goed genoeg in, daarom studeer ik maar af. Maar om terug te keren naar uw typologie: het genie, Einstein bijvoorbeeld, wat is dat?'

'Het genie buit één component op duizelingwekkende wijze uit door deze te voeden met de andere componenten.'

Hij nam een slok. Hij zei: 'Goedenavond schoonheid. Nog geprobeerd zelfmoord te plegen?'

'Nee,' antwoordde de voorbijgangster, 'ik zit nu in een collectief.'

'Goed zo meisje,' zei Belbo tegen haar. En toen tegen mij: 'Collectieve zelfmoord kan ook, dacht u niet?'

'En de gekken?'

'Ik hoop dat u mijn theorie niet voor zoete koek heeft geslikt. Ik ben niet bezig het universum te ordenen. Ik heb het over wat voor een uitgeverij een gek is. Een ad hoc-theorie, akkoord?'

'Akkoord. Dit rondje is voor mij.'

'Akkoord. Pilade, minder ijs graag. Anders komt het meteen in de bloedsomloop. Waar waren we. De debiel zegt geen woord, kwijlt, is spastisch. Duwt zijn ijsje tegen zijn voorhoofd bij gebrek aan coördinatie. Komt de draaideur door de verkeerde kant binnen.'

'Dat kan niet.'

'Hem lukt dat. Daar moet je debiel voor zijn. Voor ons is hij niet van belang, je herkent hem meteen en bij uitgeverijen komt hij niet. Laten zitten waar hij zit.'

'Rustig laten zitten.'

'Imbeciel zijn is ingewikkelder. Dat is sociaal gedrag. Een imbeciel is iemand met te veel spraakwater.'

'In welke zin?'

'Nou...' Hij hief zijn glas en wees veelbetekenend naar de flessen achter de bar. 'Hij wekt de indruk dat hij altijd te veel op heeft en flapt er alles maar uit. Hij is wat je noemt een blunderaar, zal aan iemand die net van zijn vrouw af is vragen hoe het met het vrouwtje staat. Ben ik duidelijk?'

'Zonder meer. Ik ken dat type.'

'De imbeciel is erg in trek, vooral bij mondaine gelegenheden. Hij brengt iedereen in verlegenheid, maar biedt ook mogelijkheden tot commentaar. In het gunstigste geval wordt hij diplomatiek. Dan praat hij er overheen als iemand anders heeft geblunderd, en brengt het gesprek op iets anders. Maar voor ons is hij niet van belang, hij is nooit creatief, neemt ideeën van anderen over en komt dus niet met manuscripten bij uitgeverijen aanzetten. De imbeciel zegt niet dat een kat blaft, hij heeft het over een kat als anderen het over een hond hebben. Hij maakt fouten in de conversatieregels en als hij goed fouten maakt is hij subliem. Ik geloof dat hij tot een uitstervend ras behoort, hij is de belichaming van bij uitstek burgerlijke deugden. Hij hoort thuis in de salon van de Verdurins of misschien zelfs wel in huize Guermantes. Lezen jullie studenten dat soort dingen nog?'

'Ik wel.'

'De imbeciel is Joachim Murat die zijn officieren inspecteert en er een, met zeer veel onderscheidingen, uit Martinique ontwaart. "Vous êtes nègre?" vraagt hij hem. En de ander: "Oui mon général!" En Murat: "Bravo, bravo, continuez!" Enzovoort. Volgt u me? Neem me niet kwalijk maar vanavond vier ik een voor mijn leven historische beslissing. Ik ben opgehouden met drinken. Nog een? Niets zeggen anders voel ik me schuldig. Pilade!'

'En de stommeling?'

'Ah. De stommeling maakt geen fouten in zijn gedrag. Die maakt redenatiefouten. Hij is degene die zegt dat alle honden huisdieren zijn en dat alle honden blaffen, maar dat katten ook huisdieren zijn en dat die dus ook blaffen. Of dat alle Atheners sterfelijk zijn, dat alle inwoners van Piraeus sterfelijk zijn en dat alle inwoners van Piraeus dus Atheners zijn.'

'Hetgeen waar is.'

'Ja, maar dat is toeval. De stommeling kan ook dingen zeggen die waar zijn, maar dan wel op verkeerde gronden.'

'Je kunt best verkeerde dingen zeggen, wat telt is dat de gronden waar zijn.'

'In godsnaam. Waarom zouden we ons anders zo uitsloven om weldenkende dieren te zijn?'

'Alle grote mensapen stammen af van inferieure levensvormen, de mens stamt af van inferieure levensvormen, dus alle mensen zijn grote mensapen.'

'Helemaal niet slecht. Wij zijn al op het punt aangeland dat u vermoedt dat er iets niet klopt, maar het hoe en waarom valt nog niet zo een twee drie aan te tonen. De stommeling is uiterst arglistig. De imbeciel herken je meteen (om van de debiel nog maar te zwijgen), terwijl de stommeling bijna net zoals jijzelf redeneert, maar toch net een heel klein beetje anders. Hij is een meester in paralogismen. Een bureauredacteur is reddeloos verloren, hij zou er een eeuwigheid in moeten steken. Er worden veel boeken van stommelingen gepubliceerd omdat zij in eerste instantie zo overtuigend overkomen. Het is niet de taak van de bureauredacteur de stommelingen te herkennen. De academie van wetenschappen doet het niet, dus waarom zou de uitgeverij het dan wel doen?'

'De filosofie doet het ook niet. Het ontologische godsbewijs van Sint-Anselmus is stompzinnig. God moet wel bestaan omdat ik me hem kan voorstellen als het wezen dat alle volkomenheden bezit, het bestaan incluis. Hij verwart het bestaan in gedachten met het bestaan in werkelijkheid.'

'Ja, maar ook de weerlegging van Gaunilo is stompzinnig. Ik kan aan een eiland ergens in een zee denken ook al bestaat dat eiland niet. Hij verwart de gedachte aan het toevallige met de gedachte aan het noodzakelijke.'

'Een strijd van stommelingen onder elkaar.'

'Zeker, en God lacht zich gek. Hij zou willen dat hij ondenkbaar was, alleen maar om aan te tonen dat Sint-Anselmus en Gaunilo stommelingen waren. Welk een schitterend doel voor de schepping, wat zeg ik, voor de handeling krachtens welke God zichzelf wil. Alles met het oog op het tot stomheid verklaren van de kosmos.'

'Wij zijn door stommelingen omringd.'

'Geen ontkomen aan. Iedereen is een stommeling, behalve u en ik. Of liever, ik bedoel er niets mee, behalve u.'

'Volgens mij heeft het bewijs van Gödel er iets mee te maken.'

'Ik weet het niet, ik ben debiel. Pilade!'

'Maar dit rondje is voor mij.'

'Straks delen we wel. Epimenides van Kreta zegt dat alle Kretenzers leugenaars zijn. Als hij, als Kretenzer die de Kretenzers goed kent dat zegt, dan is het waar.'

'Dat is stompzinnig.'

'Paulus. Brief aan Titus. Nu deze: iedereen die denkt dat Epimenides een leugenaar is moet de Kretenzers dus wel vertrouwen, maar de Kretenzers vertrouwen de Kretenzers niet, en dus gelooft geen enkele Kretenzer dat Epimenides een leugenaar is.'

'Dat is toch stompzinnig, of niet soms?'

'Dat is aan u. Ik heb u al gezegd dat het moeilijk valt uit te maken of iemand een stommeling is. Een stommeling kan zelfs de Nobelprijs winnen.'

'Eens even denken... Sommige van de mensen die niet geloven dat God het universum in zeven dagen heeft geschapen, zijn geen fundamentalisten, maar sommige fundamentalisten geloven dat God het universum in zeven dagen heeft geschapen, dus niemand die niet gelooft dat God de wereld in zeven dagen heeft geschapen is fundamentalist. Is dat stompzinnig of niet?'

'Mijn god—om dat woord nog maar eens te gebruiken... Ik zou het niet weten. Wat vindt u?'

'Stompzinnig is het in ieder geval, ook al zou het waar zijn. Het schendt een van de wetten van het syllogisme. Je kunt uit twee details geen universele conclusies trekken.'

'En als u nu eens de stommeling was?'

'Dan zou ik mij in goed en aards gezelschap bevinden.'

'Tja... wij zijn omringd door stompzinnigheid. En door een logisch systeem dat verschilt van het onze, is onze stompzinnigheid misschien wel hun wijsheid. De gehele geschiedenis van de logica bestaat uit het vaststellen van een acceptabele notie van stompzinnigheid. Te immens. Elk groot denker is in de ogen van een ander een stommeling.'

'De gedachte als coherente vorm van stompzinnigheid.'

'Nee. De stompzinnigheid van een gedachte is de incoherentie van een andere gedachte.'

'Diep. Het is twee uur, direct sluit Pilade en we hebben de gekken nog niet gehad.'

'Daar kom ik nu aan toe. Een gek herken je meteen. Het is een stommeling die de trucs niet kent. Een stommeling tracht zijn stelling te bewijzen; zijn logica mag krom zijn, maar hij bezit er een. Een gek daarentegen houdt zich in het geheel niet met logica bezig, die werkt met kortsluiting. Alles bewijst alles, volgens hem. De gek heeft een idee-fixe, en om dat te bevestigen gebruikt hij alles wat hij tegenkomt. Een gek herken je aan de vrijheden die hij zich veroorlooft ten aanzien van de bewijslast en aan de bereidheid waarmee hij verklaringen aanvoert. En hoe vreemd het ook moge klinken, de gek komt vroeger of later met de Tempeliers op de proppen.'

'Altijd?'

'Gekken zonder Tempeliers zijn er ook, maar die met Tempeliers zijn het verraderlijkst. Aanvankelijk herken je ze niet, lijkt het alsof ze normaal praten, maar dan, ineens...' Hij gebaarde om nog een whisky te bestellen, bedacht zich en vroeg de rekening.

'Maar nu we het toch over de Tempeliers hebben: gisteren heeft een vent een manuscript over dat onderwerp bij me achtergelaten. Volgens mij is het een gek, maar wel met een menselijk gezicht. De tekst begint tamelijk rustig. Wilt u er eens naar kijken?'

'Graag. Wellicht staat er iets in dat ik kan gebruiken.'

'Dat denk ik niet. Maar als u een half uurtje vrij hebt wip dan even bij ons langs. Via Sincero Renato 1. Ik zal er meer baat bij hebben dan u. Kunt u me meteen zeggen of het u een betrouwbaar werk lijkt.'

'Waarom vertrouwt u op mij?'

'Wie had het over vertrouwen? Als u komt, dan vertrouw ik op u. Nieuwsgierigheid, daar heb ik vertrouwen in.'

Er stapte een student binnen, met opgewonden gezicht: 'Kameraden, er zitten fascisten bij het Naviglio, met kettingen!'

'Ik ram ze in elkaar,' zei de man met de knevel die me bedreigd had naar aanleiding van Lenin. 'Laten we gaan, kameraden!' Iedereen ging naar buiten.

'Wat doen we? Gaan we erheen?' vroeg ik, schuldbewust.

'Nee,' zei Belbo. 'Dat is het alarmsignaal dat Pilade rond doet gaan om de tent leeg te krijgen. Omdat dit de eerste avond is dat ik ben opgehouden met drinken, voel ik me veranderd. Dat zullen wel onthoudingsverschijnselen zijn. Alles wat ik u gezegd heb, met inbegrip van dit laatste, is niet waar. Goedenacht, Casaubon.'

11

Zijn onvruchtbaarheid was oneindig. Hij nam deel
aan de extase.

E.M. Cioran, *Le mauvais demiurge*,
Parijs, Gallimard, 1969
"Pensées étranglées"

Het gesprek bij Pilade had me de buitenkant van Belbo laten zien. De opmerkzame toeschouwer zou de melancholieke ondertoon van zijn sarcasme hebben kunnen horen. Ik kan niet zeggen dat het een pose was. De confidenties waar hij zich in het geheim aan overgaf, waren dat misschien wél. Met zijn publiekelijk tentoongespreide sarcasme liet hij in wezen zijn meest waarachtige melancholie zien, die hij heimelijk voor zichzelf achter een masker van gekunstelde melancholie trachtte te verbergen.

Ik bekijk nu dit bestand, waarin hij in feite dat wat hij me de dag daarna bij Garamond over zijn werk zou vertellen, trachtte te romantiseren. De accuratesse, de hartstocht, de ontgoocheling van de redacteur die schrijft via een tussenpersoon, het heimwee naar een nooit gerealiseerde creativiteit, de morele starheid die hem verplichtte zichzelf te straffen omdat hij datgene verlangde waar hij voor zijn gevoel geen recht op had, waarmee hij zijn verlangen een pathetisch en vergezocht aanzien gaf: ik vond het er allemaal in terug. Ik heb nooit iemand gekend die zichzelf met zoveel neerbuigendheid kon beklagen.

bestandsnaam: Island Jim

Morgen afspraak met de jonge Cinti.

1 Fraaie monografie, doorwrocht, wellicht iets te academisch.

2 De vergelijking tussen Catullus, de *poetae novi* en de hedendaagse avantgarde is het meest geniale in de conclusie.

3 Waarom niet als inleiding?

4 Hem overtuigen. Hij zal zeggen dat dergelijke grillen in een filologische reeks geen pas hebben. Hij is geconditioneerd door de meester, hij loopt de kans het voorwoord te verspelen en zijn carrière staat op het spel. Op de laatste twee bladzijden valt een briljant idee niet meer op, maar aan het

begin ontgaat het niemand, en kan het de hoge heren in het verkeerde keelgat schieten.
5 Maar het kan toch cursief gezet worden, in de vorm van een terzijde, iets dat buiten het echte onderzoek valt; op die manier blijft de hypothese slechts een hypothese en komt het serieuze karakter van het werk niet in gevaar. Maar de lezers zullen meteen gewonnen zijn en het boek vanuit een andere optiek benaderen.
Probeer ik hem er nu toe te bewegen zich bepaalde vrijheden te veroorloven of gebruik ik hem om mijn boek te schrijven?
Met twee woorden boeken veranderen. Demiurg van andermans werk. In plaats van zelf met zacht leem iets te boetseren geef je kleine tikjes tegen het hard geworden leem waarvan iemand anders al een standbeeld heeft gebeiteld. Mozes, geef hem de juiste hamerslag, en hij praat.
William S. ontvangen.
—Ik heb uw werk bekeken, het is niet slecht. Het is spannend, fantasierijk, dramatisch. Is het de eerste keer dat u schrijft?
—Nee, ik heb al eens een tragedie geschreven, de geschiedenis van twee geliefden uit Verona die...
—Maar laten we het over dit werk hebben, meneer S. Ik vroeg me af waarom u het in Frankrijk situeert. Waarom niet in Denemarken? Ik bedoel maar, er is niet veel voor nodig, u hoeft maar twee of drie namen te veranderen, het kasteel van Chalons-sur-Marne wordt bijvoorbeeld het kasteel van Elsinore... In een noordelijke, protestantse omgeving, waar de geest van Kierkegaard rondwaart, worden al die existentiële spanningen...
—Misschien heeft u gelijk.
—Dat zou ik denken. En verder zou uw werk stilistisch gezien hier en daar wat kunnen worden bijgeschaafd, niet meer dan een vluchtige controle, zoals de kapper de laatste hand aan uw kapsel legt voordat hij de spiegel achter uw nek houdt... Neem nu de schim van de vader. Waarom op het eind? Dat zou ik naar voren halen. Zodat de vermaning van de vader van meet af aan het gedrag van de jonge prins bepaalt en hem in conflict brengt met zijn moeder.
—Dat lijkt me een goed idee, er hoeft maar één scène voor verplaatst te worden.
—Precies. En dan de stijl. Laten we een willekeurig fragment nemen, kijk, hier, waar de jongen voor het voetlicht komt en dat verhaal afsteekt over activiteit en inactiviteit. Het is een mooi fragment, beslist, maar het is naar mijn gevoel niet nerveus genoeg. 'Handelen of niet handelen? Dat is de vraag die mij kwelt! Moet ik de aanvallen van een vijandig noodlot dulden of...' Waarom de vraag die mij kwelt? Ik zou hem laten zeggen: dat is de kwestie, dat is het probleem, begrijpt u, niet zijn persoonlijke probleem

maar de fundamentele kwestie van het bestaan. De keuze tussen het zijn en het niet-zijn, zogezegd...

De wereld bevolken met kinderen die onder een andere naam door het leven zullen gaan, en niemand zal weten dat ze van jou zijn. Alsof je God in burger bent. Jij bent God, je dwaalt door de stad, hoort de mensen over je praten, en God zus en God zo, en wat een wonderbaarlijk universum is dit, en hoe ingenieus die universele zwaartekracht, en jij lacht in je baard (je moet met een valse baard rondlopen, of nee, want aan zijn baard herken je God meteen) en zegt tegen jezelf (Gods solipsisme is groots): 'Kijk, dat ben ik en zij weten het niet.' En iemand stoot tegen je aan op straat, beledigt je wellicht, en jij zegt nederig pardon, en wegwezen maar weer, want je bent toch God en als je zou willen, één knip met je vingers, en de wereld lag in de as. Maar jij bent zo oneindig machtig dat je het je kunt veroorloven goed te zijn.
Een roman over God incognito. Heeft geen zin, als ik op het idee ben gekomen moet iemand anders er ook al opgekomen zijn.

Variant. Jij bent een schrijver, je weet nog niet hoe groot, zij die van je hield heeft je bedrogen, het leven heeft voor jou geen zin meer en op een dag maak je, om te vergeten, een reis met de Titanic en lijd je schipbreuk in de Stille Zuidzee, je wordt opgepikt (enige overlevende) door een kano met inboorlingen en je leeft jarenlang zonder dat iemand er weet van heeft op een eiland waar uitsluitend papoea's wonen en waar de meisjes intens weemoedige liedjes voor je zingen waarbij ze hun amper door de ketting van puyabloemen bedekte borsten heen en weer bewegen. Je begint te wennen, ze noemen je Jim, zoals ze met alle blanken doen, een meisje met een amberkleurige huid komt op een avond je hut binnen en zegt: 'Ik de jouwe, ik met jou.' In wezen is het mooi 's avonds op je veranda naar het Zuiderkruis te liggen kijken terwijl zij je voorhoofd streelt.
Je leeft volgens de cyclus van zonsopgang en zonsondergang en je weet niet beter. Op een dag arriveert er een motorboot met Nederlanders, je verneemt dat er tien jaren verstreken zijn, je zou met hun mee terug kunnen gaan, maar je aarzelt, je geeft er de voorkeur aan kokosnoten voor levensmiddelen te ruilen, je zegt toe dat je je eventueel met de hennepoogst zou kunnen bezighouden, de inboorlingen werken voor je, je begint van eilandje naar eilandje te varen, je bent voor iedereen Island Jim. Een door de alcohol verwoeste Portugese avonturier komt bij je werken en betert zijn leven, iedereen in die Soenda-zeeën heeft het inmiddels over je, je geeft de maharadja van Brunei adviezen voor een campagne tegen de djajaks van de rivier, het lukt je een oud met schroot geladen kanon uit de tijden van Tippo Sahib weer aan de praat te krijgen, je traint een elftal gelovige Ma-

leiers met zwarte tanden van de sirih. In een treffen bij het koraalrif schermt de oude Sampan, met zwarte tanden van de sirih, je af met zijn eigen lichaam—Ik ben gelukkig dat ik voor jou mag sterven, Island Jim—oude, oude Sampan, mijn vriend.
Inmiddels ben je beroemd in de hele archipel tussen Sumatra en Port-au-Prince, je onderhandelt met de Engelsen, bij het havenkantoor van Darwin sta je geregistreerd als Kurtz, en zo noemt iedereen je inmiddels—Island Jim voor de inboorlingen. Maar op een avond, terwijl het meisje je liefkoost op de veranda en het Zuiderkruis schittert als nooit tevoren, ach hoe anders dan de Beer, weet je het: je zou wel terugwillen. Voor een tijdje maar, om te zien wat er nog van je over is, daar.
Je neemt de motorboot, je gaat naar Manila, vandaar brengt een propellervliegtuig je naar Bali. Dan Samoa, de Admiraliteits-Eilanden, Singapore, Tananarive, Timboektoe, Aleppo, Samarkand, Bassora, Malta en je bent thuis.
Achttien jaar zijn verstreken, het leven heeft je getekend, je gelaat is gebruind door de passaatwinden, je bent ouder, misschien mooier. En je bent nog niet aan wal gestapt of je ontdekt dat de boekwinkels al je boeken in hun etalage hebben liggen, in een kritische heruitgave, je naam prijkt op de gevel van de oude school waar je hebt leren lezen en schrijven. Je bent de Grote Verdwenen Schrijver, het geweten van je generatie. Romantische meisjes plegen zelfmoord op je lege graf.
En dan kom ik jou tegen, lieveling, met al die rimpels rond je ogen, je nog mooie gezicht verteerd door herinnering en teder berouw. Bijna heb ik je aangeraakt op het trottoir, ik sta op twee passen van je af, en je hebt me aangekeken zoals je iedereen aankijkt, achter hun schaduw op zoek naar een ander. Ik zou kunnen spreken, de tijd uitwissen. Maar waartoe? Heb ik niet al gehad wat ik wilde? Ik ben God; die eenzaamheid, die ijdele roem, die wanhoop omdat ik niet, net als iedereen, een van mijn eigen schepsels ben. Iedereen leeft in mijn licht en ik leef in de onverdraaglijke fonkelingen van mijn duisternis.

Ga, ga de wereld over, William S. Je bent beroemd, je loopt langs me en je herkent me niet. Ik mompel in mezelf 'zijn of niet zijn' en zeg goed zo Belbo, goed werk. Ga oude William S., en neem je aandeel van de roem: jij hebt slechts gecreëerd, ik heb je herschapen.
Wij, die de vruchten van anderen geboren doen worden, zouden net als acteurs niet in gewijde grond begraven moeten worden. Maar acteurs veinzen dat de wereld anders gaat dan hij gaat, terwijl wij van het oneindige universum en van de werelden een veelvoud aan compossibilen veinzen...
Hoe is het mogelijk dat het leven zo grootmoedig is, dat het middelmatigheid zo rijkelijk beloont.

12

In de schaduw van uw vleugelen, Jehova.

'Fama Fraternitatis',
in *Algemeine und general Reformation*,
Kassel, Wessel, 1614, slot

De dag daarop ging ik naar Garamond. Nummer 1 in de Via Sincero Renato gaf toegang tot een stoffige gang van waaruit je een binnenplaats zag met een touwslagerij. Als je binnenkwam was er rechts een lift die in een paviljoen voor industriële archeologie had kunnen staan en die, toen ik ermee naar boven wilde gaan, een paar verdachte schokken gaf zonder dat hij aanstalten maakte te vertrekken. Voorzichtigheidshalve stapte ik er weer uit en liep twee houten, zeer stoffige trappen op die bijna de vorm van een wenteltrap hadden. Later hoorde ik dat mijnheer Garamond van dit gebouw hield omdat het deed denken aan een Parijse uitgeverij. Op de overloop hing een bordje met 'Garamond Uitgevers, B.V.', en een open deur gaf toegang tot een hal zonder telefoniste of enigerlei soort bewaking. Maar het was onmogelijk binnen te komen zonder opgemerkt te worden vanuit een klein ertegenover liggend kantoortje, en ik werd meteen geënterd door iemand die naar alle waarschijnlijkheid van vrouwelijke kunne was, van onbestemde leeftijd en met een lichaamslengte die een eufemist waarschijnlijk als kleiner dan gemiddeld zou omschrijven.

Dit vrouwspersoon attaqueerde mij in een taal die ik meende al eens ergens gehoord te hebben, totdat het tot me doordrong dat het Italiaans was maar bijna zonder één enkele klinker. Ik vroeg naar Belbo. Na me even te hebben laten wachten leidde ze me door een gang naar een kantoor ergens achterin.

Belbo ontving me vriendelijk: 'Zo, u bent dus een serieus mens. Komt u verder.' Hij deed mij plaatsnemen tegenover zijn bureau dat even oud was als de rest en dat net als de boekenplanken tegen de wanden vol lag met manuscripten.

'U ben toch niet geschrokken van Gudrun?' vroeg hij.

'Gudrun? Die... mevrouw?'

'Juffrouw. Ze heet niet echt Gudrun. Zo noemen we haar vanwege haar Nibelungen-uiterlijk en omdat ze een licht Teutoonse tongval heeft. Ze wil alles tegelijk zeggen en is zuinig met klinkers. Maar ze heeft gevoel voor justitia aequatrix: als ze typt is ze zuinig met medeklinkers.'

'Wat doet ze hier?'

'Alles, helaas. Ziet u, bij elke uitgeverij loopt er iemand rond die onmisbaar is omdat hij de enige is die in de wanorde die hij schept iets weet terug te vinden. Voordeel is dat je, als er een manuscript kwijt is, weet wiens schuld het is.'

'Raakt ze ook manuscripten kwijt?'

'Niet meer dan anderen. Bij een uitgeverij raakt iedereen manuscripten kwijt. Dat is geloof ik de voornaamste bezigheid. Maar een zondebok moet er zijn, vindt u niet? Ik verwijt haar alleen maar dat ze niet kwijt raakt wat ik kwijt wil. Onaangename incidenten die de goede Bacon als "the advancement of learning" kenschetste.'

'Maar waar blijven ze dan?'

Hij spreidde zijn armen: 'Neem me niet kwalijk, maar beseft u wel wat een domme vraag dat is? Als we wisten waar ze waren zouden we ze niet kwijt zijn.'

'Daar zit wat in,' zei ik. 'Maar luistert u eens. De boeken van Garamond die ik onder ogen krijg zien er altijd zeer verzorgd uit, en u hebt een behoorlijk ruim gesorteerd fonds. Doet u dat allemaal hier? Met z'n hoevelen?'

'Hiertegenover is een grote kamer waar de produktie zit, hiernaast zit mijn collega Diotallevi. Maar hij doet de handboeken, het lange-termijn-werk, lang wat betreft het maken en lang wat betreft de verkoop, in de zin dat ze lang verkopen. De universitaire uitgaven doe ik. Maar u moet niet denken dat dat nu zoveel werk is. Ach, door bepaalde boeken raak ik wel gegrepen, de manuscripten moet ik lezen, maar over het algemeen is het allemaal werk van een zeker niveau, economisch zowel als wetenschappelijk gezien. Publikaties van Instituut Zus en Zo, of handelingen van congressen, bezorgd en gefinancierd door een universitaire instelling. Als de auteur een beginneling is, schrijft de meester het voorwoord en ligt de verantwoordelijkheid bij hem. De auteur corrigeert ten minste twee zendingen drukproeven, loopt de citaten en de noten na, en krijgt geen auteursrechten. Dan wordt het boek in het fonds opgenomen, worden er in een paar jaar tijd duizend à tweeduizend exemplaren van verkocht, de kosten zijn er al uit... Van verrassingen geen sprake. Elk boek is winstgevend.'

'En u, wat doet u?'

'Veel. Allereerst moeten er keuzes worden gemaakt. En dan zijn er nog de boeken die we voor eigen rekening uitgeven, bijna altijd vertalingen van prestigieuze auteurs, ter opwaardering van het fonds. En ten slotte de manuscripten die zo maar binnenkomen, waar een particulier mee komt aanzetten. Zelden de moeite waard, maar je moet ze bekijken, je weet maar nooit.'

'Heeft u er plezier in?'

'Of ik er plezier in heb? Het is het enige dat ik kan.'

We werden onderbroken door iemand van een jaar of veertig in een paar maten te groot jasje, weinig hoogblond haar dat over zijn eveneens witblonde dikke wenkbrauwen viel. Hij praatte zachtjes, alsof hij een kind toesprak.

'Ik heb echt mijn buik vol van dat *Vademecum voor de belastingbetaler*. Het moet eigenlijk helemaal herschreven worden en daar heb ik geen zin in. Stoor ik?'

'Dit is Diotallevi,' zei Belbo, en stelde ons aan elkaar voor.

'Ah, u komt de Tempeliers bekijken? Ik heb met u te doen. Zeg luister eens, ik heb een mooie gevonden: Zigeuner Stedebouw.'

'Mooi,' zei Belbo bewonderend. 'Ik dacht aan Azteekse Paardrijderskunst.'

'Schitterend. Maar komt die in de Spiritualiasectie of onder Adynata?'

'Eens even kijken,' zei Belbo. Hij rommelde in zijn la en haalde er wat velletjes uit. 'Spiritualiasectie...' Hij merkte dat ik nieuwsgierig was en keek me aan. 'Spiritualiasectie, dat weet u beter dan ik, is de kunst van het sterke drank snijden. Natuurlijk niet,' zei hij tegen Diotallevi, 'Spiritualiasectie is geen afdeling, maar een vak, zoals Automatische Amitasalutatie en Pilokatabasis, die vallen allebei onder Tetrapilotomie.'

'Wat is de tetralo...' waagde ik.

'Dat is de kunst van het in vieren kloven van een haar. Die afdeling omvat het onderwijs in nutteloze technieken; Automatische Amitasalutatie bijvoorbeeld leert hoe je machines voor tantebegroeting moet bouwen. We weten nog niet of we de Pilokatabasis—de kunst van het op een haar na ontkomen—in die afdeling zullen laten, want dat lijkt niet van enig nut gespeend. Nietwaar?'

'Vertelt u me nu alstublieft waar dit over gaat...,' smeekte ik.

'Het zit zo, Diotallevi en ikzelf zijn bezig met een hervorming van de kennis. Een Faculteit van Vergelijkende Irrelevantie, waar onnutte of onmogelijke vakken bestudeerd worden. De faculteit stelt zich ten doel wetenschappers voort te brengen die in staat zijn het aantal irrelevante vakken tot in het oneindige uit te breiden.'

'En hoeveel afdelingen zijn er?'

'Tot nu toe vier, maar daaronder kan de totale kennis al worden ondergebracht. De afdeling Tetrapilotamie heeft een voortrekkersfunctie en streeft ernaar op te leiden tot een beter begrip van de irrelevantie. Een belangrijke afdeling is die van de Adynata of Impossibilia. Bijvoorbeeld Zigeuner Stedebouw en Azteekse Paardrijderskunst... Essentie van de discipline is het begrip van de diepere redenen van haar irrelevantie, en bij de afdeling van Adynata tevens van haar onmogelijkheid. Vandaar Morse-Morfematica, Geschiedenis van de Antarctische Landbouw, Geschiedenis van de Schilderkunst op de Paaseilanden, Hedendaagse Soemerische Literatuur, Instituten voor Montessoriaanse Docimologie, Assyrisch-Babylonische Filatelie, Wieltechnologie in het pre-Columbiaanse imperium, Iconologie van het Braille, Fonetiek van de Stomme Film...'

'Wat denkt u van Saharaanse Massapsychologie?'

'Goedgekeurd,' zei Belbo.

'Goedgekeurd,' zei Diotallevi met overtuiging. 'U zou mee moeten doen. Hij is uit het goede hout gesneden, vind je niet Jacopo?'

'Ja dat zag ik meteen. Gisteravond heeft hij met veel vernuft stompzinnige redeneringen geconstrueerd. Maar laten we doorgaan, het project interesseert u klaarblijkelijk. Wat hadden we ook al weer in de afdeling Oxymorica, ik kan de aantekening niet meer vinden.'

Diotallevi haalde een velletje uit zijn zak en keek me aan met minzame sympathie: 'Bij Oxymorica komt het er, zoals de naam al zegt, op aan dat de discipline zichzelf tegenspreekt. Dat is waarom Zigeuner Stedebouw volgens mij daar bij zou moeten...'

'Nee,' zei Belbo, 'als het Nomadische Stedebouw was geweest, dan wel. De Adynata behelzen een empirische onmogelijkheid, de Oxymorica een contradictio in terminis.'

'We zullen zien. Maar wat hadden we ook al weer bij Oxymorica ondergebracht? Hier, Instituten voor Revolutie, Parmenideïsche Dynamica, Heraclitische Statica, Spartaanse Sybaritica, Instituten voor Oligarchie van het Volk, Geschiedenis van de Vernieuwende Tradities, Tautologische Dialectiek, Boole-Eristiek...'

Ik wilde inmiddels ook wel eens laten zien wat ik waard was: 'Mag ik u een Devianten-Grammatica aan de hand doen?'

'Mooi, mooi!' riepen ze beiden uit, en begonnen het op te schrijven.

'Eén ding,' zei ik.

'Wat?'

'Als u dit project openbaar maakt, zullen zich een heleboel mensen aandienen met publikaties die de moeite waard zijn.'

'Ik zei je toch dat het een slimme jongen was Jacopo,' zei Diotallevi. 'Weet u dat dit precies ons probleem is? Ongewild hebben we het ideale profiel van een reële kennis geschetst. De noodzaak van het mogelijke aangetoond. Dus is zwijgen geboden. Maar nu moet ik ervandoor.'

'Waarheen?' vroeg Belbo.

'Het is vrijdagmiddag.'

'O, allejezus,' zei Belbo. Toen tegen mij: 'In twee of drie huizen hiertegenover wonen orthodoxe joden, je weet wel met zo'n zwarte hoed, een baard en zo'n krul. Daar zijn er in Milaan niet veel van. Vandaag is het vrijdag en bij zonsondergang begint de sabbat. Dus beginnen ze in de flat hiertegenover alle voorbereidingen te treffen, de kandelabers op te poetsen, het eten klaar te maken en de dingen zo te organiseren dat er morgen niets aangestoken hoeft te worden. Ook de televisie blijft de hele nacht aan, met dien verstande dat ze van tevoren moeten kiezen op welke zender. Onze Diotallevi heeft een klein verrekijkertje en bespionneert ze schaamteloos vanuit het raam, en zwelgt in de gedachte dat hij aan de overkant van de straat zit.'

'Hoe dat zo?' vroeg ik.

'Omdat onze Diotallevi koppig vol blijft houden dat hij joods is.'

'Hoezo koppig?' vroeg Diotallevi gepikeerd. 'Ik ben joods. Heeft u daar iets op tegen, Casaubon?'

'Het idee!'

'Diotallevi,' zei Belbo beslist, 'jij bent geen jood.'

'O nee? En mijn naam dan? Net als Graziadio, Diosiacontè, allemaal vertalingen uit het Hebreeuws, gettonamen, net als Shalom Aleichem.'

'Diotallevi is een naam die een wens verwoordt en die door gemeenteambtenaren wel aan vondelingen wordt gegeven. En jouw grootvader was een vondeling.'

'Een joodse vondeling.'

'Diotallevi, je hebt een roze huid, een keelstem en je ben zo wit als een albino.'

'Er zijn albino konijnen, dus zullen er ook wel albino joden zijn.'

'Diotallevi, je kunt niet zo maar besluiten dat je jood wordt zoals je besluit filatelist of Jehova's Getuige te worden. Je wordt als jood geboren. Leg je er nou maar bij neer, je bent een goj net als iedereen.'

'Ik ben besneden.'

'Kom nou toch! Iedereen kan zich uit hygiënische overwegingen laten besnijden. Meer dan een dokter met een thermocauter is er niet voor nodig. Hoe oud was je toen je je hebt laten besnijden?'

'We gaan niet muggeziften.'

'Dat gaan we wel. Joden zijn muggezifters.'

'Niemand kan bewijzen dat mijn grootvader geen jood was.'

'Logisch, hij was een vondeling. Maar hij had net zo goed de troonopvolger van Byzantium, of een bastaard van de Habsburgers kunnen zijn.'

'Niemand kan bewijzen dat mijn grootvader geen jood was, bovendien is hij gevonden vlak bij het getto van Rome, Portico d'Ottavia.'

'Maar je grootmoeder was geen jodin en bij hen loopt dat via de moeders...'

'... en nog afgezien van hoe ik ingeschreven sta—want ook bevolkingsregisters hoeven niet altijd naar de letter gelezen te worden—heb je ook nog het bloed, en mijn bloed zegt dat mijn gedachten talmoedisch fijnbesnaard zijn, en het zou racistisch van je zijn vol te houden dat een goj net zo fijnbesnaard talmoedisch zou kunnen zijn als ik klaarblijkelijk ben.'

Hij liep de deur uit. Belbo zei tegen me: 'Slaat u er maar geen acht op. Deze discussie voeren we bijna elke dag, met dien verstande dat ik elke dag een nieuw argument probeer aan te dragen. Het zit namelijk zo dat Diotallevi een toegewijd kabbalist is. Maar er waren ook christelijke kabbalisten. En zeg nu zelf, Casaubon, ik kan er toch moeilijk bezwaar tegen maken dat Diotallevi joods wil zijn.'

'Dat lijkt me ook. We leven in een vrij land.'

'We leven in een vrij land.'

Hij stak een sigaret op. Ik bedacht me waarvoor ik gekomen was. 'U had het over een manuscript over de Tempeliers,' zei ik.

'Dat is waar ook... Eens even zien. Het zat in een kunstleren map...' Hij doorzocht een stapel manuscripten en probeerde er een halverwege tussenuit te trekken zonder dat de andere meekwamen. Riskante onderneming. De stapel viel dan ook gedeeltelijk op de grond. Belbo hield nu de kunstleren map in de hand.

Ik bekeek de inhoudsopgave en de inleiding, 'Het gaat over de aanhouding van de Tempeliers. In 1307 besloot Filips de Schone alle Tempeliers van Frankrijk te arresteren. Nu gaat het verhaal dat er twee dagen voordat Filips het bevel tot aanhouding uitvaardigt, een door ossen getrokken hooiwagen de ommuring van de Tempel in Parijs verlaat, met onbekende bestemming. Naar men zegt is het een door een zekere Aumont aangevoerde groep ridders en zouden ze hun toevlucht zoeken in Schotland waar ze zich aansluiten bij een vrijmetselaarsloge in Kilwinning. De legende wil dat de ridders zich identificeerden met de vrijmetselaarsordes die de geheimen van de Tempel van Salomo doorgaven. Hier, daar heb je het al. Deze man beweert ook al dat de oorsprong van de vrijmetselarij terug te voeren is op de vlucht van de Tempeliers naar Schotland... Een verhaal dat al twee eeuwen lang steeds maar herkauwd wordt en op louter fantasie berust. Geen enkel bewijs, ik kan zo vijftig boekwerkjes vóór u te voorschijn toveren waarin hetzelfde wordt verteld, allemaal van elkaar overgekalkt. Kijk, hier, ik heb zo maar ergens opengeslagen: "Het bewijs voor de Schotse onderneming ligt besloten in het feit dat er vandaag, zeshonderdvijftig jaar later, nog geheime ordes op de wereld zijn die zich beroepen op de Militie van de Tempel. Hoe zou de continuïteit van deze geestelijke erfenis anders verklaard kunnen worden?" Begrijpt u? Hoe kan de Markies van Carabas nu niet bestaan als zelfs de Gelaarsde Kat zegt dat hij bij hem in dienst is?'

'Ik begrijp het,' zei Belbo. 'Weg ermee. Maar uw verhaal over de Tempeliers interesseert me. Nu ik dan eindelijk eens een expert bij de hand heb, laat ik me die niet ontglippen. Waarom heeft iedereen het over de Tempeliers en niet over de Maltezer ridders? Nee, nee u moet het me niet nu vertellen. Het is al laat en over niet al te lange tijd moeten Diotallevi en ik naar een diner met mijnheer Garamond. Maar tegen half elf zullen we dáár wel klaar zijn. Als het me lukt haal ik Diotallevi ook over om even mee te gaan naar Pilade—hij gaat meestal vroeg naar bed en hij is geheelonthouder. Tref ik u dan daar?'

'Waar anders? Ik behoor tot een verloren generatie, en hervind me uitsluitend wanneer ik in gezelschap deel in de eenzaamheid van mijn gelijken.'

13

Waar zijn de broeders, de Tempelmeesters
die met zilver en goud waren beladen
en in weelde baadden
en die zo'n voornaam leven leidden?
Wat is er van hen geworden?

Kroniek aan het einde van de roman van Fauvel

Et in Arcadia ego. Bij Pilade waande je je die avond in de gouden eeuw. Het was een van die avonden waarop je voelt dat de revolutie niet alleen zal uitbreken, maar bovendien gesponsord zal worden door de ondernemersbond. Pilade was de enige plek waar je de eigenaar van een katoenfabriek, in parka en met baard, kon zien klaverjassen met een voortvluchtige in spe in double-breasted pak met das. We stonden aan de vooravond van een grote omwenteling binnen het paradigma. Aan het begin van de jaren zestig was de baard nog fascistisch—dan diende je er echter wel een bepaald profiel aan te geven door je wangen te scheren à la Italo Balbo—in '68 was hij een uiting van protest, en nu werd hij steeds neutraler en universeler, een vrije keuze. De baard is altijd een vermomming geweest (je plakt een valse baard op om niet herkend te worden) maar in dat prilste begin van de jaren zeventig kon je je vermommen met een echte baard. Je kon liegen door de waarheid te zeggen, of sterker nog, door de waarheid raadselachtig en dubbelzinnig te maken, want aan de baard kon je de ideologie van de baardman niet meer aflezen. Maar die avond straalde de baard je ook tegemoet op de gladde gezichten van degenen die, hoewel ze er geen hadden, duidelijk lieten doorschemeren dat ze er een hadden kunnen laten staan en er alleen maar van hadden afgezien vanwege de uitdaging.

Ik dwaal af. Maar op een gegeven moment kwamen Belbo en Diotallevi binnen die elkaar, zo te zien geheel van streek, vinnige opmerkingen toefluisterden over het diner waar ze net vandaan kwamen. Pas later zou ik erachter komen wat die diners van mijnheer Garamond inhielden.

Belbo zocht meteen zijn toevlucht tot de distillaten van zijn keuze;

Diotallevi dacht lang na, afgepeigerd, en besloot een tonic te nemen. We vonden een tafeltje achterin, net verlaten door twee trambeambten die de volgende ochtend vroeg op moesten.

'Wel, nu,' zei Diotallevi, 'die Tempeliers...'

'Nee, brengt u me nu alstublieft niet in verlegenheid... Dat zijn dingen die u overal kunt lezen...'

'We zijn voor mondelinge overlevering,' zei Belbo.

'Dat is mystieker,' zei Diotallevi. 'God heeft de wereld al pratend geschapen, hij heeft heus geen telegram gestuurd.'

'Fiat lux, stop. Brief volgt,' zei Belbo.

'Gericht aan de Thessalonikenzen, stel ik me zo voor,' zei ik.

'De Tempeliers,' vroeg Belbo.

'Welnu,' zei ik.

'Je moet nooit met welnu beginnen,' wierp Diotallevi tegen. Ik deed alsof ik opstond. Ik wachtte tot ze me zouden smeken. Dat deden ze niet. Ik ging weer zitten en stak van wal.

'Nee, ik bedoel, het verhaal kent iedereen. Je hebt de eerste kruistocht, oké? Godfried aanbidt het grote graf en lost zijn gelofte in, Boudewijn wordt de eerste koning van Jeruzalem. Een christelijk koninkrijk in het Heilige Land. Maar Jeruzalem bezetten is één ding, iets anders is de rest van Palestina bezetten; de Saracenen zijn verslagen maar niet verdreven. Het leven daar is niet eenvoudig, noch voor de nieuwe ingezetenen, noch voor de pelgrims. En dan verschijnen er in 1118, onder de heerschappij van Boudewijn II, negen personen onder leiding van een zekere Hugues de Payns, en vormen de eerste kern van een Orde van de Arme Ridders van Christus: een kloosterorde, maar met zwaard en harnas. De drie klassieke geloftes: armoede, kuisheid en gehoorzaamheid, plus de gelofte de pelgrims te verdedigen. De koning, de bisschop, iedereen in Jeruzalem schiet onmiddellijk te hulp met geld; ze verlenen hun onderdak en installeren hen in het klooster van de oude Tempel van Salomo. En zo worden ze Tempelridders.'

'Wie zijn het?'

'Hugues en die andere acht zijn waarschijnlijk idealisten die gegrepen zijn door de mystiek van de kruistochten. Maar ze zullen worden gevolgd door de op avontuur beluste zonen uit adellijke families. Het nieuwe koninkrijk Jeruzalem is een beetje het Californië van nu: je kunt er fortuin maken. Thuis hebben ze niet al te beste vooruitzichten, er zullen er wel tussen zitten die iets op hun kerfstok hebben. Ik zie het meer als het vreemdelingenlegioen. Wat doe je als je in moeilijkheden zit? Je wordt Tempelier, je komt nog eens ergens, je hebt plezier, je steekt de handen uit de mouwen, ze geven je te eten, ze kleden je en je redt er uiteindelijk ook nog je ziel mee. Je moest uiteraard wel behoorlijk wanhopig zijn, want het betekende de woestijn ingaan, in een tent slapen, en er gingen dagen voorbij zonder dat je een levende ziel zag behalve de andere Tempeliers en een verdwaalde Turk; je moest in de zon rijden en dorst lijden, en andere arme drommels overhoop steken...'

Ik stopte even. 'Misschien maak ik er een beetje te veel een western van. Er is waarschijnlijk een derde fase: de orde is machtig geworden, men probeert er bij te komen, ook al heeft men een goede positie in het vaderland. Maar tegen die tijd houdt Tempelier zijn niet meer noodzakelijkerwijs in dat je in het Heilige Land gaat werken, Tempelier, dat kun je ook thuis zijn. Een ingewikkeld verhaal. Soms lijken het ruige soldaten, dan weer leggen ze een zekere fijngevoeligheid aan de dag. Je kunt bijvoorbeeld niet zeggen dat ze racistisch waren: ze vochten tegen de moslims, daar waren ze per slot voor gekomen, maar met ridderlijkheid, en ze bewonderden elkaar wederzijds. Toen de ambassadeur van de emir van Damascus Jeruzalem bezocht, stelden de Tempeliers hem een kleine, al tot christelijke kerk getransformeerde moskee ter beschikking om er zijn dagelijkse gebeden te zeggen. Op een dag loopt een van de Franken er naarbinnen, wordt kwaad omdat hij een moslim op een gewijde plaats ziet en bejegent hem onheus. Maar de Tempeliers jagen de onverdraagzame man weg en bieden de moslim hun verontschuldigingen aan. Dit wapenbroederschap met de vijand zal later hun ondergang betekenen, want bij het proces zullen ze er ook van beschuldigd worden dat ze banden met esoterische islamitische sekten hebben onderhouden. En misschien is het waar, het is een beetje als die avonturiers uit de vorige eeuw die allemaal zo nodig naar Afrika moesten, geen reguliere kloosterschool hadden doorlopen, niet zo'n fijne neus hadden voor de godsdienstige controverses, allemaal Lawrence's of Arabia zou je kunnen zeggen, die zich na een tijdje gaan kleden als een sjeik... Maar goed, het is moeilijk een oordeel over hun daden te vellen, want vaak nemen christelijke geschiedschrijvers zoals Willem van Tyrus elke gelegenheid te baat om ze zwart te maken.'

'Waarom?'

'Omdat ze te snel te machtig worden. Het gebeurt allemaal ten tijde van Sint-Bernardus. Jullie weten toch wie Sint-Bernardus is, niet? Een groot organisator, hij hervormt de benedictijnenorde, hij verwijdert de versierselen uit de kerken; als een collega hem op de zenuwen gaat werken, zoals Abélard, valt hij hem à la McCarthy aan, en als hij kon zou hij hem op de brandstapel laten klimmen. Als dat niet gaat laat hij zijn boeken verbranden. Vervolgens predikt hij de kruistocht, we bewapenen ons en dan vertrekken jullie...'

'U hebt het niet erg op hem,' merkt Belbo op.

'Nee, ik kan hem niet uitstaan, als het aan mij had gelegen was hij in een van de nare kringen van de hel terechtgekomen, en heilig ho maar. Maar hij was een goede persagent voor zichzelf, kijk maar naar de dienst die Dante hem bewijst, hij benoemt hem tot hoofd van het kabinet van de Heilige Maagd. Hij wordt meteen heilig omdat hij met de juiste mensen heeft aangepapt. Maar ik had het over de Tempeliers. Bernardus ziet onmiddellijk in dat het idee gecultiveerd moet worden en steunt de negen avonturiers door ze om te vormen tot een Militia Christi, en we kunnen wel stellen dat hij degene is die de heroïsche versie van de Tempeliers bedenkt. In 1128 laat hij in Troyes een heel concilie bijeenroepen om vast te leggen wat deze nieuwe soldaat-monniken zijn, en enkele jaren later schrijft hij een lofrede op deze Militie van Christus en stelt hij een tweeënzeventig artikels tellende orderegel op die vermakelijk is om te lezen omdat er werkelijk van alles in staat. Iedere dag een mis, ze mogen niet met geëxcommuniceerde ridders omgaan; mocht een van hen echter toegang tot de Tempel vragen dan moet hij op christelijke wijze ontvangen worden, en zien jullie wel, ik had gelijk met mijn vreemdelingenlegioen. Ze dienen eenvoudige witte mantels te dragen, zonder bontkraag, tenzij deze van lams- of geitebont is, het is verboden dun modieus schoeisel met gekrulde punt te dragen, geslapen wordt er in hemd en onderbroek, één matras, één laken en één deken...'

'Wat zal dat stinken met die hitte...' zei Belbo.

'Die stank, daar komen we nog op terug. De orderegel bevat nog meer strenge bepalingen: één nap met zijn tweeën, er wordt in stilte gegeten, drie keer per week vlees, vrijdags penitentie, opstaan bij zonsopgang, na zwaar werk is een extra uur slaap toegestaan, maar in ruil daarvoor moeten er in bed dertien onzevaders gezegd worden. Er is een meester, een hele reeks lagere rangordes, tot stalmeesters, schildknapen, knechten en dienaren aan toe. Iedere ridder krijgt drie paarden en een schildknaap, geen overbodige versiersels aan teugels, zadel en sporen, eenvoudige maar degelijke wapens, jagen is verboden, behalve op leeuwen, kortom, een leven van penitentie en vechten. Om nog maar te zwijgen van de kuisheidsgelofte, waar bijzonder op gehamerd wordt, want deze mensen zaten niet in het klooster maar voerden oorlog, ze stonden in het volle leven, als je dat gekrioel in het Heilige Land van toen tenminste leven wilt noemen. Kortom, de orderegel bepaalt dat het gezelschap van een vrouw levensgevaarlijk is en dat je alleen je moeder, je zuster en je tante mag kussen.'

Belbo aarzelde: 'Nou ja, je tante, ik zou wel uitgekeken hebben... Maar als ik me goed herinner zijn de Tempeliers toch beschuldigd van sodomie? Je hebt dat boek van Klossowski, *De Bafomet*. Was die Bafomet niet een duivelse godheid van hun?'

'Daar kom ik zo op. Maar gaan jullie nu eens even na. Ze leidden een zeemansbestaan, maanden achtereen in de woestijn. Je bevindt je in het huis van de duivel: het is nacht, je gaat in je tent liggen met de knaap die uit dezelfde nap heeft gegeten, je bent moe, koud, dorstig en bang en je verlangt naar je moeder. Wat doe je dan?'

'Mannenliefde, Thebaans legioen,' suggereerde Belbo.

'Denk je eens in wat een hels leven, te midden van andere krijgslieden die geen gelofte hebben afgelegd en die, als ze een stad binnenvallen, de Moorse meisjes met hun amberkleurige buik en fluwelen ogen verkrachten; en wat doet de Tempelier, zo in de geur van de Libanese ceders? Gun hem nou de jonge Moor. Nu begrijpen jullie waarom het gezegde "drinken en vloeken als een Tempelier" zich verspreidt. Het is een beetje het verhaal van de aalmoezenier in de loopgraaf, die zuipt en vloekt ook met zijn analfabete soldaten mee. En bleef het daar maar bij. Op hun zegel staan ze altijd met zijn tweeën afgebeeld, de een tegen de rug van de ander aangeklemd, op één paard. Waarom, als in de orderegel staat dat ze ieder drie paarden mogen hebben? Het zal wel een idee van Bernardus geweest zijn, om de armoede te symboliseren, of hun dubbele rol als monnik en ridder. Maar je kunt je voorstellen wat de volksverbeelding daarvan maakt: wat te zeggen van die monniken die hun ondergang tegemoet gaan, de een met zijn buik tegen de kont van de ander? Ze zullen ook wel belasterd zijn...'

'... maar daar hebben ze het dan ook wel naar gemaakt,' merkte Belbo op. 'Die Sint-Bernardus, was die soms achterlijk?'

'Nee, achterlijk was hij niet, maar ook hij was een monnik, en monniken hadden in die tijd zo hun eigen ideeën over het lichaam... Daarstraks was ik bang dat ik mijn verhaal te veel in de westernsfeer had getrokken, maar nu ik er nog eens goed over nadenk: moet je horen wat Bernardus erover zegt, over zijn geliefde ridders, ik heb het citaat bij me want het is de moeite waard: "Ze mijden en verafschuwen mimespelers, illusionisten en goochelaars, onbetamelijke liederen en kluchten; ze knippen hun haar kort, omdat ze van de apostel begrepen hebben dat het voor een man een schanddaad is zijn eigen kapsel te verzorgen. Je ziet ze nooit gekamd, zelden gewassen, hun baard is onverzorgd, ze stinken naar stof en zijn vuil door toedoen van hun harnassen en de hitte."'

'Ik zou niet graag in hun kwartieren vertoefd hebben,' zei Belbo.

Diotallevi oordeelde: 'Het cultiveren van een gezonde vuilheid ten einde het eigen lichaam te vernederen, is altijd typerend voor de kluizenaar geweest. Was het niet de heilige Makarios die op een zuil woonde en die, als de wurmen van hem afvielen, ze weer oppakte en ze terugzette op zijn lichaam opdat ook zij, schepselen van God, hun onthaal hadden?'

'Die pilaarheilige was Simeon,' zei Belbo, 'en volgens mij zat hij op die zuil om op de hoofden te spugen van de mensen die onder hem doorliepen.'

'Ik haat de geest van de verlichting,' zei Diotallevi. 'Of hij nu Makarios of Simeon heette, er was zoals ik al zei een pilaarheilige met wormen, maar ik ben geen autoriteit op dat gebied want ik hou me niet bezig met de dwaasheden van de gojim.'

'Alsof jouw rabbijnen uit Gerona zo schoon waren,' zei Belbo.

'Zij woonden in smerige krotten omdat jullie gojim hen dwongen in het getto te wonen. De Tempeliers daarentegen vervuilden omdat ze dat lekker vonden.'

'Laten we niet overdrijven,' zei ik. 'Hebben jullie ooit een peloton rekruten na een mars gezien? Ik vertelde deze dingen alleen maar om jullie duidelijk te maken hoe tegenstrijdig de Tempelier is. Hij moet mystiek zijn, ascetisch, mag niet eten, niet drinken en niet neuken, maar ondertussen trekt hij wel door de woestijn, hakt de vijanden van Christus het hoofd af, en hoe meer hij er afhakt, hoe meer kans hij maakt op een plaatsje in het paradijs, hij stinkt, wordt met de dag onverzorgder, en dan komt Bernardus met de eis dat hij zich, na een stad veroverd te hebben, niet op een of ander jong meisje stort, of op een oud vrouwtje voor mijn part, en dat hij in de maanloze nachten, als zoals bekend de samoen over de woestijn waait, niet zijn lievelingskrijgsmakker wat hand- en spandiensten voor hem laat verrichten. Hoe kun je nu in hemelsnaam zowel monnik als vechtersbaas zijn, je moordt en zegt het Ave-Maria, je mag je eigen nichtje niet aankijken en vervolgens kom je, na een dagenlange belegering, in een stad waar de andere kruisvaarders voor je ogen de vrouw van de kalief naaien en prachtige Sulamithen hun keurs voor je openen en zeggen neem me, neem me, maar laat me leven... Maar de Tempelier kijkt wel uit, die moet van Sint-Bernardus per slot hard, stinkend en onverzorgd blijven en avondgebeden zeggen... Aan de andere kant hoef je de Retraits maar te lezen...'

'Wat waren dat?'

'Statuten van de orde, die tamelijk laat zijn opgesteld, ze verschijnen als ze in de orde bij wijze van spreken al weer met hun grote teen zitten te spelen. Er is niets erger dan een leger dat zich verveelt omdat de oorlog voorbij is. Om een voorbeeld te geven: op een gegeven moment komt er een verbod op vechtpartijen, het uit wraak verwonden van christenen, handel met vrouwen en op het belasteren van je medebroeders. Je mag geen slaaf verliezen, kwaad worden en zeggen "ik neem de benen naar de Saracenen!", uit achteloosheid een paard verspelen, een dier weggeven—met uitzondering van honden en katten—vertrekken zonder toestemming, het zegel van de meester verbreken, 's nachts het hoofdkwartier verlaten, geld van de orde uitlenen zonder volmacht of uit woede je habijt op de grond gooien.'

'Aan een stelsel van verboden kun je aflezen wat de mensen doorgaans doen,' zei Belbo, 'en je kunt je er een beeld van het dagelijks leven mee vormen.'

'Eens kijken,' zei Diotallevi, 'een Tempelier is geïrriteerd geraakt door god weet wat de broeders hem die avond gezegd of gedaan hebben en gaat er 's nachts zonder toestemming te paard op uit, met een Saraceentje als gids en drie kapoenen aan zijn zadel; hij gaat naar een meisje van onwelvoeglijke zeden en terwijl hij haar verrijkt met de kapoenen ziet hij kans met haar de ongeoorloofde bijslaap te bedrijven... Dan, tijdens de braspartij, gaat de kleine Moor er met het paard vandoor en keert onze Tempelier, vuiler, bezweter en onverzorgder dan ooit, met de staart tussen de benen naar huis terug; omdat hij ongezien wil blijven stopt hij de eeuwige joodse woekeraar, die als een aasgier op zijn driepoot zit te wachten, wat geld (van de Tempel) toe...'

'Gij hebt het gezegd, Kajafas,' merkte Belbo op.

'Kom op nou, we gaan even uit van stereotypen. De Tempelier die weet dat hij naar de Moor kan fluiten probeert nog iets dat op een paard lijkt te pakken te krijgen. Maar een mede-Tempelier heeft hem in de gaten en 's avonds (je weet, in die gemeenschappen is afgunst troef), als tot een ieders tevredenheid het vlees arriveert, maakt hij de ene toespeling na de andere. De kapitein krijgt argwaan, de verdachte raakt in de war, bloost, trekt zijn dolk en stort zich op zijn maat...'

'Op de sycofant,' preciseerde Belbo.

'Op de sycofant, goed gezegd, hij stort zich op de ellendeling en geeft hem een haal over zijn gezicht. De ander grijpt naar zijn degen, ze vliegen elkaar onbeschaamd in de haren, de kapitein probeert ze te kalmeren door ze met het plat van zijn degen te slaan, de broeders hoonlachen...'

'Drinkend en vloekend als Tempeliers...' zei Belbo.

'God bewaar me, in godsnaam, potdomme, verdikkie, goddorie!' overdreef ik.

'Ongetwijfeld windt onze man zich op, hij... wat doet een Tempelier in hemelsnaam als hij zich opwindt?'

'Hij loopt helemaal paars aan,' suggereerde Belbo.

'Precies, wat je zegt, hij loopt helemaal paars aan, trekt zijn habijt uit en smijt het op de grond...'

'Die klote tuniek en die klere Tempel mogen jullie houden!' stelde ik voor. 'Of nog beter, hij geeft met zijn degen een klap op het zegel, verbreekt het en roept dat hij de benen neemt naar de Saracenen.'

'Zo heeft hij in één klap minstens acht voorschriften overtreden.'

Om mijn stelling beter te illustreren besloot ik: 'Zien jullie die types, die van "ik neem de benen naar de Saracenen", voor je op de dag dat de baljuw van de koning ze arresteert en ze de gloeiende ijzers laat zien? Zeg op maraan, biecht maar op dat jullie hem er van achter instaken! Wij? Ik lach om jullie tangen, jullie weten niet waar een Tempelier allemaal toe in staat is, ik steek hem er bij jullie van achter in, bij de paus, en als ik hem in handen krijg ook nog bij koning Filips!'

'Hij heeft bekend, hij heeft bekend! Zo is het vast en zeker gegaan,' zei Belbo. 'En dan hup het gevang in, iedere dag een likje olie, dan brandt hij straks beter.'

'Net kinderen,' besloot Diotallevi.

We werden onderbroken door een meisje met een wijnvlek op haar neus en papieren in haar hand. Ze vroeg ons of we al getekend hadden voor de gearresteerde Argentijnse kameraden. Belbo tekende meteen, zonder het papier te bekijken. 'Die zijn er hoe dan ook slechter aan toe dan ik,' zei hij tegen Diotallevi die hem verbijsterd aankeek. Toen wendde hij zich tot het meisje: 'Hij kan niet tekenen, hij behoort tot een Indiase minderheid die het verboden is hun eigen naam te schrijven. Velen van hen zitten in de gevangenis omdat de regering ze vervolgt.' Het meisje wierp Diotallevi een begrijpende blik toe en gaf het papier aan mij. Diotallevi ontspande zich.

'Wie zijn het?' vroeg ik.

'Hoezo wie zijn het? Argentijnse kameraden.'

'Ja, maar van welke groepering?'

'Taquara's natuurlijk!'

'Maar de Taquara's zijn fascisten,' dacht ik te weten.

'Fascist,' siste het meisje me nijdig toe. En ze verdween.

'Maar als ik het goed begrijp waren die Tempeliers dus zielepoten,' zei Diotallevi.

'Nee,' zei ik, 'het is mijn schuld, ik probeerde het verhaal te verlevendigen. Al het voorgaande geldt voor de troep, maar van meet af aan had de orde al enorme donaties gekregen en zo zoetjes aan hadden ze overal in Europa hoofdkwartieren gesticht. Denk je eens in, Alfons van Aragon geeft hun een heel land cadeau, sterker nog, hij maakt een testament waarin hij hun het koninkrijk nalaat in het geval hij zonder erfgenamen mocht komen te overlijden. De Tempeliers vertrouwen het niet en sluiten een transactie, alsof ze willen zeggen: boter bij de vis en vlug wat, maar die boter bij de vis blijkt een half dozijn vestingen in Spanje te zijn. De koning van Portugal schenkt hun een bos, en aangezien dit nog bezet was door de Saracenen stormen de Tempeliers ten aanval, verjagen de Moren en stichten Coimbra, ik bedoel maar. En dat is nog maar het kleine werk. Kortom, een deel vecht in Palestina, maar het leeuwedeel van de orde vormt zich in het vaderland. En wat gebeurt er? Als iemand naar Palestina moet, geld nodig heeft en het reizen met juwelen en goud niet aandurft, betaalt hij de Tempeliers in Frankrijk, of in Spanje of in Italië, ontvangt een bon, en wisselt die in de Oriënt weer in.'

'Dat is de kredietbrief,' zei Belbo.

'Precies, ze hebben de cheque uitgevonden, en nog vóór de Florentijnse bankiers. Dus jullie zullen begrijpen dat de Tempeliers met hun donaties, gewapende veroveringen en provisies van financiële transacties een multinational worden. Mensen die een dergelijke onderneming konden leiden moesten de zaak wel goed op een rijtje hebben. Het soort mensen dat erin slaagt Innocentius II te overreden hun exceptionele privileges te verlenen: de orde mag alle oorlogsbuit zelf houden, en overal waar ze bezittingen hebben zijn ze noch aan de koning, noch aan de bisschoppen, noch aan de patriarch van Jeruzalem, maar alleen aan de paus rekenschap verschuldigd. Overal zijn ze vrijgesteld van tienden, maar ze hebben wel het recht deze zelf te heffen in de gebieden waar ze het beheer voeren... Kortom, het is een onderneming met een altijd actieve balans waar niemand zijn neus in kan steken. Je begrijpt waarom ze door bisschoppen en heersers met een scheef oog worden bekeken, en toch kan men niet zonder hen. De kruisvaarders zijn warhoofden, mensen die vertrekken zonder te weten waar ze heen gaan en wat hen te wachten staat; maar de Tempeliers zijn thuis in die streek, ze weten hoe ze met de vijand moeten onderhandelen, ze kennen het terrein en verstaan de krijgskunst. De Tempelorde is een serieuze aangelegenheid, ook al bestaat ze bij de gratie van de grootspraak van haar aanvalstroepen.'

'Maar was het grootspraak?' vroeg Diotallevi.

'Vaak wel, meer dan eens heeft men zich verbaasd over de discrepantie tussen hun politieke en administratieve kennis en hun Groene-Barettenstijl, een en al moed maar verstand ho maar. Neem nu de geschiedenis van Asjkelon...'

'Laat horen,' zei Belbo, die zich even had afgewend om met onverholen wellust een zekere Dolores te begroeten.

Ze kwam bij ons zitten en zei: 'Ik wil de geschiedenis van Asjkelon horen, ik wil het ook horen.'

'Welnu, op een dag besloten de koning van Frankrijk, de Duitse keizer,

Boudewijn III van Jeruzalem en de grootmeester van de Tempeliers en die van de Hospitaalridders Asjkelon te belegeren. Iedereen trok ten strijde, de koning, het hof, de patriarch, de priesters met hun kruisen en banieren, de aartsbisschoppen van Tyrus, Nazareth en Caesarea, kortom, één groot feest, met de tenten opgeslagen voor de vijandige stad, en de oriflammen, de grote rechthoekige schilden, de trommels... Asjkelon werd verdedigd door honderdvijftig torens en de inwoners hadden zich al tijdenlang op het beleg voorbereid: alle huizen zaten vol schietgaten, allemaal vestingen binnen de vesting. Je zou zeggen dat de Tempeliers, die zoveel kennis van zaken hadden, deze dingen hadden moeten weten. Maar niets hoor, iedereen raakt door het dolle heen, er worden schilddaken en houten torens gebouwd, je weet wel, van die bouwsels op wielen die tot onder de vijandige muren worden geduwd en waar vuur, stenen en pijlen vanaf worden gegooid, terwijl van veraf de katapulten aan een stuk door rotsblokken afschieten... De inwoners van Asjkelon proberen de torens in brand te steken, er staat een voor hen ongunstige wind, de vlammen slaan over naar de muren, die op tenminste één punt instorten. De bres! Op dat moment stormen alle belegeraars als één man naar voren en gebeurt er iets vreemds. De grootmeester van de Tempeliers laat een versperring opwerpen, zodat alleen de zijnen de stad kunnen binnengaan. Boze tongen beweren dat hij dat doet opdat alleen de Tempel door de plundering verrijkt wordt, goedwillenden suggereren dat hij zijn vermetele mannen uit vrees voor een hinderlaag op verkenning uit wilde sturen. In ieder geval zou ik hem niet met de leiding van een militaire academie belasten, want veertig Tempeliers razen met honderdtachtig per uur dwars de stad door, smakken aan de andere kant tegen de ringmuur op, remmen met een grote stofwolk, kijken elkaar in de ogen, vragen zich af wat ze daar doen, maken rechtsomkeert en stuiven in vliegende vaart tussen de Moren door die hen vanuit de ramen met stenen en werpspiesen bekogelen, hen allemaal afslachten inclusief de grootmeester, de bres dichten, de lijken aan de muren ophangen en onder liederlijk hoongelach hun vuisten, met de duim tussen wijs- en middelvinger, naar de christenen opsteken.'

'De Moor is wreed,' zei Belbo.

'Net kinderen,' herhaalde Diotallevi.

'Die Tempeliers van jou waren te gek heetgebakerd,' zei Dolores opgewonden.

'Mij doet het meer denken aan Tom en Jerry,' zei Belbo.

Ik had spijt. Ik leefde per slot al twee jaar met de Tempeliers, en ik hield van hen. Gechanteerd door het snobisme van mijn gesprekspartners had ik hen voorgesteld als tekenfilmfiguren. Wellicht was het de schuld van Willem van Tyrus, de onbetrouwbare geschiedschrijver. Zo waren de baardige en vurige Tempelridders niet, die met het mooie rode kruis op hun hagelwitte mantel, trappelend in de schaduw van hun zwart met witte vlag, de Beauceant, op grootse wijze opgingen in hun feest van dood en vermetelheid; en het zweet waarover Sint-Bernardus repte was misschien wel de bronzen glans die aan hun schrikwekkende glimlach een sarcastisch adeldom verleende, terwijl ze geheel in beslag werden genomen door hun zo wrede viering van het vaarwel aan het leven... Leeuwen in de oorlog, zoals Jacques de Vitry zei, van zachtmoedigheid vervulde lammeren in vredestijd, ruw in de slag, devoot in het gebed, bloeddorstig jegens hun vijanden, welwillend jegens hun broeders, getekend door het wit en het zwart van hun vaandel omdat ze de vrienden van Christus onbevangen tegemoet traden, maar zwijgzaam en verschrikkelijk waren jegens zijn tegenstanders...

Pathetische voorvechters van het geloof, laatste voorbeeld van een ridderschap in ondergang; waarom zou ik me tegenover hen gedragen als een of andere Ariosto, terwijl ik hun Joinville had kunnen zijn? Ik moest denken aan de woorden die de auteur van de *Histoire de Saint Louis* aan hen wijdde; deze was als schrijver en als combattant met Lodewijk de Heilige naar het Heilige Land gegaan. De Tempeliers bestonden inmiddels al bijna honderdvijftig jaar, er waren al zoveel kruistochten geweest dat elk ideaal zo langzamerhand de grond in was geboord. De heroïsche figuren van koningin Melesinde en de melaatse koning Boudewijn zijn als spookbeelden verdwenen, de binnenlandse strijd in het sinds die tijd met bloed besmeurde Libanon is gestreden, Jeruzalem is al één keer gevallen, Barbarossa is verdronken in Cilicië, de verslagen en vernederde Richard Leeuwenhart keert vermomd als, jawel, Tempelier huiswaarts, het christendom heeft zijn strijd verloren, de Moren hebben een totaal andere kijk op de confederatie van autonome mogendheden die zich samen inzetten voor het verdedigen van hun beschaving—zij hebben Avicenna gelezen, ze zijn niet zo dom als de Europeanen: hoe is het mogelijk dat dezen, na twee eeuwen lang te zijn blootgesteld aan een tolerante, mystieke en libertijnse cultuur, niet zwichten voor haar verlokkingen, terwijl ze toch de westerse, lompe, platvloerse, barbaarse en Germaanse cultuur als vergelijkingsmateriaal hebben? Totdat in 1244 de laatste, definitieve val van Jeruzalem plaatsvindt, de oorlog, honderdvijftig jaar eerder begonnen, is verloren, de christenen zullen moeten ophouden wapens te dragen in een zandvlakte die voorbestemd is tot vrede en de geur van de ceders van Libanon; arme Tempeliers, waartoe heeft jullie epos gediend?

De sentimentaliteit, melancholie, grijsheid van de aftakelende roem; waarom zou je je oor dan niet lenen aan de geheime doctrines van de islamitische mystici, je overgeven aan het hiëratisch verzamelen van verborgen schatten? Wellicht komt daar de legende van de Tempelridders uit voort die de ontgoochelde en verlangende geesten nog steeds obsedeert; het verhaal van een macht zonder grenzen en zo langzamerhand ook zonder duidelijk machtsgebied...

En toch verschijnt, als de mythe al op zijn eind loopt, Lodewijk, de heilige koning, de koning die Thomas van Aquino als disgenoot heeft. Hij gelooft nog in de kruistocht, ondanks het feit dat de overwinnaars al twee eeuwen lang dromen van pogingen die door hun eigen stomheid echter steeds weer mislukt zijn; loont het de moeite het nog een keer te proberen? Het loont de moeite, zegt Lodewijk de Heilige, de Tempeliers doen mee, ze volgen hem, de nederlaag tegemoet, het is immers hun beroep; hoe valt de Tempel te rechtvaardigen zonder kruistocht?

Lodewijk valt aan vanuit de zee bij Damiate, de vijandelijke oever is één blikkerende weerkaatsing van pieken en hellebaarden en oriflammen, schilden en kromzwaarden, prachtstukken van mensen om te zien, geeft Joinville ruiterlijk toe, die gouden wapens dragen waarin de zon fel weerkaatst. Lodewijk zou kunnen wachten, maar besluit koste wat het kost te ontschepen. 'Mijn getrouwen, we zullen onoverwinnelijk zijn als we onafscheidelijk zijn in onze barmhartigheid. Worden we overwonnen, dan zijn we martelaars. Triomferen we, dan zal de glorie van God hierdoor toenemen.' De Tempeliers geloven het niet, maar ze zijn opgevoed als ridders van het ideaal, en dat is het beeld dat ze van zichzelf moeten geven. Ze zullen de koning volgen in zijn mystieke verdwazing.

Ongelofelijk genoeg slaagt de ontscheping, ongelofelijk genoeg verlaten de Saracenen Damiate; hierdoor aarzelt de koning er binnen te trekken omdat hij niet gelooft dat ze echt gevlucht zijn. Maar het is waar, de stad is van hem, inclusief haar schatten en de honderd moskeeën die Lodewijk onmiddellijk verandert in kerken van de Heer. Nu moet er een beslissing genomen worden: oprukken naar Alexandrië of naar Caïro? Alexandrië zou het verstandigst zijn, om Egypte zo een uiterst belangrijke haven te ontnemen. Maar er zat een kwade genius bij de expeditie, de broer van de koning, Robert d'Artois, een megalomane, ambitieuze, naar roem dorstende heethoofd, zoals iedere adellijke zoon zonder aanspraak op de troon. Hij adviseert op te rukken naar Caïro, het hart van Egypte. De eerst zo voorzichtige Tempel is nu niet meer te houden. De koning had schermutselingen verboden, maar het is de maarschalk van de Tempel die het verbod overtreedt. Hij ziet een banier van mammelukken van de sultan en roept: 'Erop af, in de naam van God, want een dergelijke schande kan ik niet verdragen!'

In El Mansûrah verschansen de Saracenen zich aan de overkant van een rivier, de Fransen trachten een dijk te bouwen om zo een doorwaadbare plaats te creëren en beschermen deze met hun rijdende torens; maar de Saracenen hebben van de Byzantijnen de kunst van het Griekse vuur afgekeken. Grieks vuur had een punt zo breed als een wijnvat, de staart was net een grote lans, het kwam aanzetten als een bliksemflits en leek wel een draak die door de lucht vloog. En het gaf zoveel licht dat je elkaar op het slagveld kon zien alsof het dag was.

Terwijl het christelijke kamp verandert in één grote vlammenzee wijst een bedoeïnenverrader de koning een doorwaadbare plaats, in ruil voor driehonderd byzantijnen. De koning besluit aan te vallen, de oversteek is niet gemakkelijk, velen verdrinken en worden door het water meegesleurd en op de tegenoverliggende oever wachten driehonderd Saracenen te paard. Maar ten slotte zet de hoofdmacht voet aan land, en zoals bevolen rijden de Tempeliers in de voorhoede, gevolgd door de graaf van Artois. De cavaleristen van de moslims slaan op de vlucht en de Tempeliers wachten de rest van het christenleger op. Maar de graaf van Artois zet met de zijnen de achtervolging van de vijand in.

Dan storten ook de Tempeliers, om hun eer te redden, zich in de aanval, maar komen pas aan na Artois, die het vijandige kamp al is binnengedrongen en een bloedbad heeft aangericht. De moslims slaan op de vlucht in de richting van El Mansûrah, koren op de molen van Artois, die zich opmaakt om hen te achtervolgen. De Tempeliers trachten hem tegen te houden, broeder Gilles, opperbevelhebber van de Tempel, vleit hem door te zeggen dat hij al een van de meest bewonderenswaardige ondernemingen heeft volbracht die er ooit op overzees gebied verwezenlijkt zijn. Maar de naar roem dorstende saletjonker Artois beschuldigt de Tempeliers van verraad, en voegt ze bovendien toe dat dat land, als de Tempeliers en de Hospitaalridders het gewild hadden, al lang geleden veroverd had kunnen zijn; hij had bewezen wat je wel niet kon doen als er maar bloed door je aderen vloeide. Meer dan de eer van de Tempel kan verdragen... De Tempel blijft bij niemand achter, allemaal spoeden ze zich naar de stad, gaan er binnen, achtervolgen de vijanden tot aan de muren aan de andere kant, en op dat moment dringt het tot de Tempeliers door dat ze dezelfde fout hebben gemaakt als in Asjkelon. De christenen—Tempeliers inbegrepen—hebben hun tijd verdaan met het plunderen van het paleis van de sultan, de ongelovigen hergroeperen zich en storten zich onverhoeds op die inmiddels losgeslagen bende aasgieren. Hebben de Tempeliers zich wederom laten verblinden door hebzucht? Anderen echter berichten dat broeder Gilles, voordat ze achter Artois aan naar de stad gingen, met duidelijk stoïcisme tegen hem had gezegd: 'Heer, mijn broeders en ik zijn niet bang en we zullen u volgen. Maar weet dat we er ten sterkste aan twijfelen of u en ik kunnen terugkeren.' Hoe het ook zij, Artois wordt God zij dank gedood, en met hem vele andere dappere ridders en tweehonderdtachtig Tempeliers.

Erger dan een nederlaag, een schande. En toch wordt het niet als zodanig opgetekend, ook niet door Joinville: zoiets gebeurt, dat is de schoonheid van de oorlog.

Onder de pen van de heer van Joinville worden veel van deze gevechten, of eigenlijk schermutselingen, tot elegante balletten, met hier en daar een rollend hoofd, vele smeekbeden tot de goede Heer, en een weggepinkte traan van de koning voor een getrouwe die de laatste adem uitblaast; maar allemaal of het in kleur gedraaid is, te midden van rode sjabrakken, verguld tuig, het flonkeren van helmen en zwaarden onder de gele zon van de woestijn aan de oevers van de diepblauwe zee, en wie weet was dat wel de wijze waarop de Tempeliers hun dagelijkse slachting beleefden.

De blik van Joinville beweegt zich van boven naar beneden of van beneden naar boven, naargelang hij van zijn paard valt of er weer opklimt, en hij belicht afzonderlijke scènes; de grote lijnen van de strijd ontgaan hem, alles eindigt in een individueel duel waarvan de afloop niet zelden door het toeval wordt bepaald. Joinville snelt de heer van Wanon te hulp, een Turk treft hem met zijn lans, zijn paard zakt door de knieën, Joinville vliegt naar voren, over het hoofd van het beest, staat weer op met zijn zwaard in de hand en de heer van Siverey ('God vergeve hem zijn zonden') gebaart hem bescherming te zoeken in een bouwvallig huis, ze worden letterlijk onder de voet gelopen door een troepje Turken, staan ongedeerd weer op, bereiken het huis, verschansen zich, de Turken bestoken hen van bovenaf met hun lansen. De heer van Loupey wordt in zijn rug getroffen 'en de wond was dusdanig dat het bloed eruit spoot als de kurk die uit een vat springt' en Siverey krijgt een houw midden over zijn gezicht 'zodat zijn neus over zijn lippen hing'. En zo gaat het maar door, dan komt er hulp, ze gaan het huis uit, verkassen naar een andere plek op het slagveld, nieuwe scène, nog meer doden en nog meer die het er op het nippertje goed vanaf brengen, hardop uitgesproken gebeden tot de heer Saint Jacques. En ondertussen schreeuwt de graaf van Soissons, terwijl hij om zich heen hakt, 'heer van Joinville, we zullen dit canaille eens laten brullen, bij God, want we zullen deze dag moeten kunnen navertellen, later, als we tussen de dames zitten!' En de koning vraagt of er nieuws is over zijn broer, de verdoemde graaf van

Artois, en broeder Henry de Ronnay, provoost van de Hospitaalridders, antwoordt hem 'dat hij goed nieuws had, omdat hij ervan overtuigd was dat de graaf van Artois in het paradijs was'. De koning zegt dat God geloofd zij voor alles wat hij beschikt, en dikke tranen biggelen hem over de wangen.

Hoe engelachtig en bloeddorstig het ook moge zijn, het is niet altijd ballet. Grootmeester Guillaume de Sonnac sterft, levend verbrand door Grieks vuur, door de enorme smeerboel van lijken en de schaarste aan levensmiddelen valt het christenleger ten prooi aan scheurbuik, het leger van Lodewijk is verslagen, de koning is geveld door dysenterie en moet om tijd te winnen in het gevecht de onderkant van zijn broek eruit snijden. Damiate is verloren, de koningin moet onderhandelen met de Saracenen en betaalt vijfhonderdduizend Tournooise ponden om het vege lijf te redden.

Maar de kruistochten blonken uit door godsdienstige huichelarij. In St.-Jean d'Acre wordt Lodewijk als overwinnaar binnengehaald en loopt de hele stad, inclusief de clerus, de dames en de kinderen, hem in optocht tegemoet. De Tempeliers denken slim te zijn en proberen in onderhandeling te treden met Damascus. Lodewijk komt erachter, kan het niet verkroppen dat hij gepasseerd wordt, verloochent de nieuwe grootmeester ten overstaan van de islamitische ambassadeurs, en de grootmeester slikt zijn aan de vijand gegeven woord weer in, knielt voor de koning neer en vraagt hem om vergiffenis. Je kunt bepaald niet zeggen dat de ridders niet goed of op onbaatzuchtige wijze gevochten hadden, maar de koning van Frankrijk vernedert hen, om zijn machtspositie te versterken—en om zijn machtspositie te versterken zal zijn opvolger Filips hen een halve eeuw later naar de brandstapel sturen.

In 1291 wordt St.-Jean d'Acre veroverd door de Moren, alle inwoners worden afgeslacht. Het christelijke koninkrijk Jeruzalem is ten einde. De Tempeliers zijn rijker, talrijker en machtiger dan ooit, maar bevinden zich, hoewel ze ontstaan zijn om in het Heilige Land te vechten, daar nu niet meer.

Ze leven luisterrijk begraven in hun hoofdkwartieren over heel Europa en in de Tempel in Parijs en dromen na van de esplanade van de Tempel in Jeruzalem in de glorietijd, met de mooie kerk van de Heilige Maria van Lateranen, versierd met votiefkapellen, boeketten van trofeeën, een en al bedrijvigheid van smederijen, zadelmakerijen, magazijnen vol stoffen, korenschuren, een stal met tweeduizend paarden, getrappel van schildknapen, adjudanten, stalknechten, het rode kruis op de witte mantel, de bruine wapenrokken van de hulptroepen, de afgezanten van de sultan met hun grote tulbanden en goudkleurige helmen, de pelgrims, het komen en gaan van fraaie patrouilles en ijlbodes, en de vrolijke aanblik van de geldkisten, de haven vanwaar bevelen, beschikkingen en vrachten uitgingen naar de kastelen in het moederland, op de eilanden, aan de kust van Klein-Azië...

Allemaal voorbij, mijn arme Tempeliers.

Ik merkte die avond bij Pilade, inmiddels aan mijn vijfde whisky, die Belbo me opdrong zonder dat ik iets had in te brengen, dat ik gedroomd had; gevoelvol (hoe beschamend), maar hardop. En ik had blijkbaar met overgave en compassie een heel mooi verhaal verteld, want Dolores' ogen glansden en Diotallevi, die zich in de waanzin van een tweede tonic had gestort, sloeg serafijns zijn ogen ten hemel, ofte wel naar het niet bepaald sefirotische plafond van het café en mompelde: 'En misschien waren ze zowel verloren als heilige zielen, zowel paardenknechten als ridders, zowel bankiers als helden...'

'Ze waren beslist ongewoon,' was de samenvatting van Belbo. 'Maar Casaubon, houdt u nu van ze?'

'Ik schrijf er mijn scriptie over; iemand die zijn scriptie schrijft over syfilis gaat op den duur ook van de bleke spirocheten houden.'

'Het was net een film, zo mooi,' zei Dolores. 'Nu moet ik gaan, het spijt me, ik moet foldertjes stencillen voor morgenochtend. Er wordt gepost bij de Marelli-fabriek.'

'Wees maar blij dat je je dat kunt permitteren,' zei Belbo. Hij tilde moe een hand op en streek haar over het haar. Hij bestelde, zei hij, een laatste whisky. 'Het is bijna twaalf uur,' merkte hij op. 'Ik zeg het niet voor de mensenkinderen, maar voor Diotallevi. Maar laten we het verhaal afmaken, ik wil over het proces horen. Wanneer, hoe, waarom...'

'Cur, quomodo, quando,' stemde Diotallevi in. 'Ja, ja.'

14

Hij beweerde dat, aangezien hij er zelf de vorige dag ooggetuige van was geweest dat vierenvijftig broeders van genoemde orde op een vierspan naar de brandstapel werden gevoerd, omdat ze voornoemde fouten niet hadden willen bekennen, en aangezien hij gehoord had dat ze verbrand waren, dat hij zelf, omdat hij twijfelde of hij wel voldoende uithoudingsvermogen zou hebben, als hij verbrand werd, uit doodsangst zou bekennen en onder ede zou verklaren, in tegenwoordigheid van genoemde commissarissen en een aantal anderen, als hij ondervraagd zou worden, dat alle fouten die de orde ten laste waren gelegd werkelijk begaan waren en dat hij zou bekennen dat hij zelfs de Heer gedood had, als het hem gevraagd werd.

Aimery de Villiers-le Duc, *Dépositions de témoins*, 13.5.1310

*E*en proces vol stiltes, contradicties, enigma's en stompzinnigheden. De stompzinnigheden sprongen nog het meest in het oog, en aangezien ze onverklaarbaar waren vielen ze in de regel samen met de enigma's. In die gelukkige tijd geloofde ik dat stompzinnigheid tot enigma's leidde. Die avond in de periscoop bedacht ik dat de gruwelijkste enigma's zich, om niet als zodanig herkend te worden, vermommen als gekte. Nu daarentegen denk ik dat de wereld een goedaardig enigma is dat door onze gekte gruwelijk wordt gemaakt omdat deze dat enigma volgens haar eigen waarheid wil interpreteren.

De Tempeliers hadden geen doel meer. Ofte wel, ze hadden de middelen tot doel gemaakt en beheerden hun onmetelijke rijkdom. Logisch dat een heerser als Filips de Schone met een schuin oog naar hen keek. Hoe kon je controle uitoefenen op een soevereine orde? De grootmeester had de status van een prins van koninklijke bloede, voerde een leger aan, beheerde een onmetelijk vermogen aan grond, was net als de keizer gekozen en had absolute macht. De Franse schatkist was niet in handen van de koning, maar werd bewaard in de Tempel in Parijs. De Tempeliers waren de bewaarders, de procuratoren, de beheerders van een rekening-courant die formeel gesproken op naam van de koning stond. Zij incasseerden, betaalden, speculeerden met de rente, gedroegen zich als een grote privé-bank, maar met alle privileges en ontheffingen van een staatsbank... En de schatmeester van de koning was een Tempelier. Valt onder zulke omstandigheden te regeren?

Als je ze niet de baas kunt, sluit je dan bij ze aan. Filips vroeg of hij ere-Tempelier mocht worden. Het antwoord luidde nee. Een belediging die een koning niet licht vergeet. Dus deed hij de paus het idee aan de hand Tempeliers en Hospitaalridders bijeen te voegen en de nieuwe orde onder toezicht van een van zijn zoons te plaatsen. De grootmeester van de Tempel, Jacques de Molay, kwam onder veel praalvertoon uit Cyprus waar hij inmiddels als een soort monarch in ballingschap resideerde en bood de paus een memorie aan waarin hij ogenschijnlijk de voordelen van de fusie analyseerde, maar in werkelijkheid de nadelen ervan toelichtte. Hij merkte onder andere schaamteloos op dat zij rijker waren dan de Hospitaalridders en dat de fusie laatstgenoemden zou verrijken ten koste van de Tempeliers, hetgeen de ziel van zijn ridders ernstig zou schaden. De eerste ronde in dit net begonnen spel was voor Molay, het dossier verdween in de archieven.

Er restte niets anders dan laster, en hier was de koning in het voordeel. Al tijden deden over de Tempeliers geruchten de ronde. Wat moesten de brave Fransen wel denken van deze 'kolonialen' die ze overal om zich heen tienden zagen innen zonder er iets voor terug te geven, niet eens meer hun eigen bloed als bewakers van het Heilige Graf? Het waren Fransen, net als zij, maar niet helemaal, bijna *pieds noirs* of, zoals men toen zei, *poulains*. Misschien hielden ze er exotische gewoontes op na, wie weet spraken ze onderling wel de taal van de Moren omdat ze daar aan gewend waren geraakt. Het waren monniken, maar hun weerzinwekkende gewoontes waren een steen des aanstoots, en al jaren daarvoor had paus Innocentius III zich genoodzaakt gezien een bul *De Insolentia Templariorum* te schrijven. Ze hadden de gelofte van armoede afgelegd, maar vertoonden de praal van een aristocratische kaste, de hebzucht van de nieuwe koopmansstanden en de onbeschaamdheid van een korps musketiers.

Al snel doen allerlei dubbelzinnige praatjes de ronde: homoseksuelen, ketters, afgodisten die een baardaap vereren waarvan men in ieder geval zeker weet dat hij niet in het pantheon van de rechtgeaarde gelovigen thuishoort, misschien delen ze de geheimen van de Ismaëlieten wel, onderhouden ze betrekkingen met de Assassijnen van de Oude van de Berg. Filips en zijn raadsheren wisten op een of andere wijze hun voordeel te doen met die kletspraatjes.

In Filips' schaduw ondernemen zijn scherprechters, Marigny en Nogaret, de nodige stappen. Marigny is degene die uiteindelijk de hand zal leggen op de schat van de Tempeliers en deze uit naam van de koning, in afwachting van het moment dat hij overgaat naar de Hospitaalridders, zal beheren, en het is niet duidelijk wie daarvan de vruchten plukt. Nogaret, grootzegelbewaarder van de koning, was in 1303 de strateeg geweest van het incident in Anagni toen Sciarra Colonna Bonifacius VIII er van langs gaf waarna de paus binnen een maand van vernedering stierf.

Op een gegeven moment verschijnt ene Esquieu de Floyran ten tonele. Het schijnt dat hij, in de gevangenis waar hij voor niet nader gepreciseerde delicten zit opgesloten, aan de vooravond van zijn ter dood veroordeling, een afvallige Tempelier in de cel treft die ook in afwachting is van de strop; van hem krijgt hij gruwelijke confessies te horen. In ruil voor lijfsbehoud en een aardige som geld verkoopt Floyran wat hij weet. Wat hij weet is wat iedereen al fluistert. Maar inmiddels is het gefluister overgegaan in getuigenverklaringen bij gerechtelijke vooronderzoeken. De koning brengt de sensationele onthullingen van Floyran over aan de paus, nu Clemens V, degene die de Heilige Stoel naar Avignon heeft gebracht. De paus weet niet of hij het moet geloven en beseft tevens dat het niet eenvoudig is zich te mengen in de zaken van de Tempel. Maar in 1307 staat hij toe dat er een officieel onderzoek geopend wordt. Molay wordt daarvan op de hoogte gesteld, maar wordt er naar zijn zeggen niet koud of warm van. Hij blijft gewoon, naast de koning, als prinsen onder elkaar de officiële ceremoniën bijwonen. Clemens V schuift de zaak steeds voor zich uit, de koning verdenkt de paus ervan dat hij de Tempeliers de tijd wil geven ervandoor te gaan. Niets is minder waar: in hun hoofdkwartieren drinken en vloeken de Tempeliers nietsvermoedend rustig door. En dat is het eerste enigma.

Op 14 september 1307 zendt de koning verzegelde boodschappen naar alle baljuws en landvoogden in het rijk, met het bevel alle Tempeliers aan te houden en hun goederen te confisqueren. Tussen verzending van het bevel en de aanhouding die op 13 oktober wordt verricht, verstrijkt een maand. De Tempeliers vermoeden helemaal niets. Op de ochtend van de aanhouding lopen ze allemaal in de val en—weer een enigma—geven ze zich zonder slag of stoot over. En let wel: in de daaraan voorafgaande dagen hadden de officiers van de koning, in het gehele nationale grondgebied en met het doorzichtige excuus van administratieve werkzaamheden, een soort schatting gemaakt van het patrimonium van de Tempeliers; dit om er zeker van te zijn dat niets aan de confiscatie zou worden onttrokken. En de Tempeliers gaven geen krimp: komt u binnen baljuw, kijkt u gerust rond, doe alsof u thuis bent.

Als het nieuws van de aanhouding hem ter ore komt poogt de paus te protesteren, maar het is te laat. De vertegenwoordigers van de koning zijn al met ijzer en touw in de weer en vele ridders zijn er onder marteling toe overgegaan te bekennen. Dan rest niets anders dan ze aan de inquisiteurs uit te leveren, die toen weliswaar nog geen vuur gebruikten, maar dat hoeft ook niet. De bekentenissen worden bevestigd.

En dat is het derde mysterie: zeker, er is gemarteld, en behoorlijk ook als zesendertig ridders er aan doodgaan, maar geen van deze mannen van staal die normaliter de wrede Turk het hoofd bieden, kan tegen de baljuws op. In Parijs weigeren slechts vier van de honderdachtendertig ridders een bekentenis af te leggen. De anderen bekennen allemaal, met inbegrip van Jacques de Molay.

'Maar wat bekennen ze dan?' vroeg Belbo.

'Ze bekennen precies datgene wat al beschreven stond in het aanhoudingsbevel. Bijzonder weinig variatie in de getuigenissen, in Frankrijk en Italië tenminste. In Engeland daarentegen, waar niemand ze werkelijk een proces wil aandoen, duiken in de getuigenissen de gebruikelijke beschuldigingen op, die echter van de kant van getuigen komen die niet tot de orde behoren en uitsluitend navertellen wat ze gehoord hebben. Kortom, de Tempeliers bekennen alleen waar iemand wil dat ze bekennen en alleen datgene wat men wil dat ze bekennen.'

'Een doorsneeproces van de Inquisitie. Dat hebben we wel vaker gezien,' merkte Belbo op.

'En toch is het gedrag van de aangeklaagden bizar. De punten van beschuldiging zijn dat de ridders gedurende hun initiatieriten Christus drie keer hebben afgezworen, het crucifix hebben bespuugd, werden uitgekleed en *in posteriori parte spine dorsi*, dat wil zeggen op hun achterwerk, op hun navel en daarna op hun mond werden gekust, *in humanis dignitatis opprobium*; ten slotte, zegt de tekst, hebben ze zich overgegeven aan wederzijdse gemeenschap. De orgie. Daarna werd hun het hoofd van een baardig afgodsbeeld voorgehouden en moesten ze dat aanbidden. En wat zeggen de beschuldigden als men ze deze aantijgingen voorhoudt? Geoffroy de Charnay, degene die later met Molay op de brandstapel zal eindigen, zegt dat hem dat overkomen is ja, dat hij Christus heeft afgezworen, maar met zijn mond, niet met zijn hart, en dat hij zich niet herinnert of hij het crucifix heeft bespuugd omdat ze er die avond vaart achter hadden gezet. Wat de kus op het achterwerk betreft, ook dat is hem overkomen en hij heeft de gouverneur van Auvergne horen zeggen dat het in wezen beter was zich met zijn broeders te verenigen dan zich te compromitteren met een vrouw, maar dat hij nooit vleselijk gezondigd had met andere ridders. Ja, dus, maar het was meer een spelletje, niemand hechtte er werkelijk geloof aan, de anderen deden het, ik niet, ik bleef omdat dat zo hoorde. Jacques de Molay, de grootmeester, niet bepaald de eerste de beste, zegt dat hij, toen ze hem het crucifix voorhielden, net heeft gedaan alsof en op de grond heeft gespuugd. Hij geeft toe dat het er bij de inwijdingsceremoniën wel zo ongeveer toeging maar dat hij—kijk eens aan!—dat niet met zekerheid kon zeggen omdat hij gedurende zijn carrière zeer weinig broeders had ingewijd. Een ander verklaart dat hij de meester heeft gekust, maar niet op zijn kont, alleen op zijn mond, maar dat de meester hem wèl op zijn kont had gekust. Sommigen bekennen meer dan nodig, en zwoeren niet alleen Christus af maar beweerden tevens dat hij een misdadiger was, ontkenden de maagdelijkheid van Maria, hadden zelfs op het crucifix geürineerd en dat niet alleen op de dag van hun inwijding maar ook tijdens de Paasweek, ze geloofden niet in de sacramenten en lieten het niet bij de verering van Bafomet, zij vereerden zelfs de duivel in de gedaante van een kat...

Net zo grotesk, zij het minder ongeloofwaardig, is het ballet tussen de koning en de paus dat dan begint. De paus wil het heft in handen nemen, de koning geeft er de voorkeur aan het proces zelf af te ronden, de paus zou de orde slechts provisorisch willen opheffen, dan de schuldigen willen veroordelen en deze daarna weer in zijn primitieve eenvoud herstellen, de koning wil dat het schandaal om zich heengrijpt, dat het proces de orde in zijn totaliteit meesleurt en leidt tot haar definitieve, vanzelfsprekend politieke en religieuze, maar bovenal financiële kortwieking.

Op een gegeven moment verschijnt er een juweel van een document. Meesters in de theologie bepalen dat de veroordeelden, om te voorkomen dat ze op hun woorden terugkomen, geen verdediger moet worden toegestaan: gezien het feit dat ze bekend hebben, hoeft er niet eens een proces in gang te worden gezet, de koning moet ambtshalve een beslissing bereiken, een proces voer je in geval van twijfel, en hier was geen sprake van twijfel. 'Waarom hun een verdediger geven om de door hen bekende dwalingen te verdedigen, als de feiten onweerlegbaar aantonen dat sprake is van een misdrijf?'

Maar aangezien het gevaar er in zit dat het proces aan de neus van de koning voorbijgaat en in handen komt van de paus, zetten de koning en Nogaret een geruchtmakende zaak in gang waarbij de bisschop van Troyes betrokken is die, op grond van de aangifte van een mysterieuze intrigant, ene Noffo Dei, beschuldigd wordt van hekserij. Later zal men erachter komen dat Dei gelogen heeft—en hij zal hangen—maar in de tussentijd wordt de arme bisschop bedolven onder aanklachten van sodomie, heiligschennis en woeker. Waar de Tempeliers zich ook schuldig aan maken. Misschien wil de koning Frankrijks zonen tonen dat de Kerk niet het recht heeft de Tempeliers te veroordelen omdat ook zijzelf niet van eendere smetten vrij is; of wellicht wil hij de paus alleen maar nadrukkelijk waarschuwen. Het is een duistere geschiedenis, een spel van politie en geheime diensten, van infiltraties en aangiftes... De paus wordt voor het blok gezet en stemt erin toe tweeënzeventig Tempeliers te ondervragen, die de afgelegde bekentenissen onder marteling bevestigen. De paus houdt echter rekening met het feit dat ze berouw hebben getoond en speelt, om ze te kunnen vergeven, zijn laatste troef uit, te weten die van de afzwering.

En nu gebeurt er iets anders, iets dat ik op moest lossen voor mijn scriptie, en waarbij ik heen en weer werd geslingerd tussen tegenstrijdige bronnen: de paus heeft nog maar net met veel moeite en ten langen leste de ridders onder zijn hoede of hij geeft ze al weer terug aan de koning. Ik heb nooit begrepen wat daar gebeurd is. Molay trekt zijn afgelegde bekentenissen in, Clemens biedt hem de gelegenheid zich te verdedigen en stuurt drie kardinalen naar hem toe om hem te ondervragen, op 26 november 1309 verdedigt Molay verontwaardigd de orde en haar eigen zuiverheid, gaat zelfs over tot bedreiging van zijn aanklagers, en wordt daarna benaderd door een gezant van de koning, Guillaume de Plaisans, die hij voor een vriend houdt, ontvangt wat duistere raadgevingen en op de 28ste van diezelfde maand legt hij een uiterst bedeesde en vage getuigenis af, zegt dat hij een arme ridder is zonder ontwikkeling, en komt niet verder dan een opsomming van de (zo langzamerhand gewezen) verdiensten van de Tempel, de aalmoezen die hij heeft gegeven, zijn bloed dat in het Heilige Land heeft gevloeid enzovoort. En ten slotte verschijnt dan ook nog Nogaret die er aan herinnert dat de Tempel meer dan louter vriendschappelijke contacten heeft onderhouden met Saladin: hier wordt hoogverraad geïnsinueerd. De tegenwerpingen van Molay zijn meelijwekkend: uit de getuigenissen komt de man die er intussen twee jaar kerker op heeft zitten, als een menselijk wrak naar voren, maar meteen na zijn aanhouding had hij ook al een menselijk wrak geleken. In een derde getuigenis, in maart van het jaar daarop, kiest Molay voor een andere strategie: hij doet zijn mond niet open, en zal dat alleen doen tegen de paus.

Onverwacht changement, en nu komen we in het epische drama terecht. In april van het jaar 1310 verzoeken vijfhonderdvijftig Tempeliers gehoord te worden ter verdediging van de orde, doen aangifte van de martelingen waaraan degenen die bekend hadden onderworpen waren, wijzen alle beschuldigingen van de hand en tonen aan dat ze niet steekhoudend zijn. Maar de koning en Nogaret verstaan hun vak. Herroept een aantal Tempeliers hun bekentenis? Des te beter, dan moeten die dus beschouwd worden als recidivisten en meinedigen, ofte wel *relapsi*—in die tijd een gruwelijke beschuldiging—omdat ze brutaalweg ontkennen wat ze reeds hadden toegegeven. Iemand die bekent en daarna berouw toont valt nog te vergeven, maar dat gaat niet op voor iemand die geen berouw toont omdat hij zijn bekentenis herroept en meineed pleegt door te zeggen dat hij nergens berouw over hoeft te hebben. Vierenvijftig van deze meinedigen worden ter dood veroordeeld.

De psychologische uitwerking op de andere arrestanten laat zich raden. Wie bekent blijft in leven en in de gevangenis, en waar leven is, is hoop. Wie niet bekent of, nog erger, zijn bekentenis herroept belandt op de brandstapel. De vijfhonderd nog in leven zijnde herroepers herroepen hun herroeping.

De berouwvollen kwamen als winnaars uit de bus, want in 1312 werden degenen die niet bekend hadden veroordeeld tot levenslange gevangenisstraf, terwijl wie bekend had gratie kreeg. Filips had geen belang bij een slachtpartij en wilde de orde slechts kortwieken. De vrijgelaten ridders die na vier à vijf jaar gevangenschap geestelijk en lichamelijk gebroken zijn, verdwijnen met stille trom naar andere ordes, ze willen alleen maar vergeten worden, en deze verdwijning, dit uitwissen zal lange tijd zijn stempel drukken op de legende van het clandestiene voortbestaan van de orde.

Molay blijft verzoeken door de paus gehoord te worden. Clemens belegt, in 1311, een concilie in Wenen, maar hij roept Molay niet op. Hij sanctioneert de opheffing van de orde en kent de bezittingen ervan toe aan de Hospitaalridders, met dien verstande dat de koning ze voorlopig beheert.

Er gaan nog eens drie jaar voorbij en ten slotte bereikt men een akkoord met de paus en wordt Molay op 19 maart 1314, op het voorplein van de Notre-Dame, tot levenslang veroordeeld. Als hij deze uitspraak hoort, voelt Molay zich in zijn eer aangetast. Hij had verwacht dat de paus hem de gelegenheid zou bieden zich vrij te pleiten en hij voelt zich verraden. Hij is zich er zeer wel van bewust dat hij als hij nogmaals zijn bekentenis herroept, ook een meinedige en een recidivist zal zijn. Wat gaat er, nu hij bijna zeven jaar op zijn vonnis heeft gewacht, door hem heen? Heeft hij evenveel moed als zijn voorgangers? Besluit hij dat hij, nu hij toch eenmaal te gronde is gericht en slechts het vooruitzicht heeft zijn dagen levend begraven en eerloos te moeten slijten, beter een mooie dood kan sterven? Hij verklaart onder protest dat hij en zijn broeders onschuldig zijn. De Tempeliers hebben slechts één misdaad begaan, zegt hij: ze hebben uit lafheid de Tempel verraden. Daar doet hij niet aan mee.

Nogaret wrijft zich in de handen: misdrijf tegen het openbaar gezag, publieke en definitieve veroordeling, spoedprocedure. Ook de gouverneur van Normandië, Geoffroy de Charnay, had zich zo opgesteld als Molay. De koning besluit stante pede: er wordt een brandstapel opgericht op de punt van het Ile de la Cité. Bij zonsondergang worden Molay en Charnay verbrand.

De traditie wil dat de grootmeester alvorens te sterven de ondergang van zijn vervolgers heeft voorspeld. En inderdaad zullen de paus, de koning en Nogaret binnen een jaar sterven. Marigny zal, na het verscheiden van de koning, verdacht worden van malversaties. Zijn vijanden zullen hem van hekserij beschuldigen en hem doen hangen. Velen beginnen in Molay een martelaar te zien. Bij Dante zal de verontwaardiging van menigeen over de vervolging van de Tempeliers doorklinken.

Hier eindigt de geschiedenis en begint de legende. Een van de hoofdstukken van deze legende wil dat er op de dag dat Lodewijk XVI geguillotineerd wordt, een onbekende op het schavot klimt en schreeuwt: 'Jacques de Molay, je bent gewroken!'

Dit is min of meer wat ik die avond, terwijl ik voortdurend in de rede gevallen werd, bij Pilade vertelde.

Belbo vroeg me: 'Maar weet u zeker dat u dit niet ergens in Orwell of in Koestler hebt gelezen?' Of: 'Kom nu, dat is het geval van... hoe heet die van de culturele revolutie ook weer?' Dan kwam Diotallevi tussenbeide met spreuken als: 'Historia magistra vitae.' Dan zei Belbo tegen hem: 'Toe zeg, een kabbalist gelooft niet in de geschiedenis.' En hij, steevast: 'Daarom juist, het is één grote cirkelbeweging, de geschiedenis strekt ons tot voorbeeld omdat ze ons leert dat ze niet bestaat. Wat telt zijn de permutaties.'

'Maar,' zei Belbo ten slotte, 'wie waren de Tempeliers nu eigenlijk? Eerst heb je ze ons afgeschilderd als sheriffs uit een film van John Ford, daarna als een stelletje smeerlappen, daarna als ridders uit een miniatuur, vervolgens als Gods eigen bankiers met hun eigen smerige zaakjes, toen als een op de vlucht geslagen leger, toen als adepten van een sekte van Lucifer en ten slotte als martelaars van het vrije denken... Wat waren ze nou?'

'Ze zullen wel niet zonder reden tot een mythe zijn geworden. Waarschijnlijk waren ze een combinatie van al die dingen. Wat was de katholieke Kerk, zou in het jaar 3000 een historicus van Mars zich af kunnen vragen, mensen die zich door leeuwen lieten opeten of mensen die ketters vermoordden? Allebei.'

'Maar die dingen, hebben ze die nou gedaan of niet?'

'Het leukste is dat hun volgelingen, en daarmee bedoel ik de neo-Tempeliers uit verschillende tijden, zeggen van wel. Er zijn vele lezingen. Eerste stelling, het waren studentikoze riten: wil je Tempelier worden, laat dan maar eens zien of je kloten hebt, spuug op het crucifix dan zullen we zien of God je straft; zodra je tot deze militie toetreedt ben je met handen en voeten aan je broeders gebonden en moet je je op je kont laten kussen. Tweede stelling, hun werd verzocht Christus af te zweren om te zien hoe ze het ervan af zouden brengen als ze door de Saracenen gevangen zouden worden genomen. Belachelijke uitleg omdat je iemand niet leert bestand te zijn tegen marteling door hem, zij het louter symbolisch, datgene te laten doen waar de folteraar om zal vragen. Derde stelling: de Tempeliers uit de Oriënt waren in contact gekomen met manicheïstische ketters die het kruis minachtten omdat het het martelwerktuig van de Heer was en predikten dat je van de wereld afstand moest doen en het huwelijk en de voortplanting niet moest aanmoedigen, een oud denkbeeld dat kenmerkend is voor veel ketterij uit de eerste eeuwen en over wordt genomen door de Katharen—en er bestaat een hele traditie die meent dat de Tempeliers doordrenkt zijn van katharisme. En dat zou tevens een verklaring zijn voor de, zij het slechts symbolische, sodomie. Stel dat de ridders met die ketters in contact zijn gekomen: intellectuelen waren het zeker niet, en deels uit naïviteit, deels uit snobisme en uit korpsgeest scheppen ze hun eigen persoonlijke folklore die hen van de andere kruisvaarders onderscheidt. De riten hebben bij hen nog slechts symbolische waarde; ze vragen zich niet meer af wat ze betekenen.'

'Maar die Bafomet dan?'

'Kijk, in vele getuigenissen is sprake van een *figura Baffometi*, maar dat zou een vergissing van de eerste kopiïst kunnen zijn; en als er met de verbalen geknoeid is, zou de aanvankelijke vergissing in alle verdere documenten staan. In andere gevallen is sprake van Mohammed (*istud caput vester deus est, et vester Mahumet*) en dat zou inhouden dat de Tempeliers hun eigen syncretische liturgie geschapen hadden. In een aantal getuigenissen wordt gezegd dat hun verzocht werd 'yalla' aan te roepen, hetgeen Allah moest zijn. Maar moslims vereren geen afbeeldingen van Mohammed, dus door wie zouden de Tempeliers dan beïnvloed zijn? De getuigenissen vermelden dat velen deze hoofden hebben gezien, soms niet alleen een hoofd maar een heel afgodsbeeld van hout, met kroeshaar, met goud bedekt en altijd met baard. Het schijnt dat de ondervragers die hoofden vinden en ze aan de ondervraagden voorhouden, maar hoe het ook zij, van de hoofden is geen spoor te bekennen, iedereen en niemand heeft ze gezien. Net als het verhaal van die kat, de een zag een grijze, de ander een rode en de volgende een zwarte. Stel je maar eens een ondervraging voor met gloeiende ijzers: heb je tijdens je initiatie een kat gezien? Natuurlijk, een boerderij van de Tempeliers, met al die oogsten die tegen de muizen beschermd moesten worden, zat waarschijnlijk vol katten. In het Europa van die tijd was de kat niet bijzonder gangbaar als huisdier—zoals in Egypte. Wie weet hielden de Tempeliers wel katten, in tegenstelling tot wat gebruikelijk was onder de brave burgers die katten verdachte dieren vonden. En zo gaat het ook met de hoofden van Bafomet, misschien waren het urnen in de vorm van hoofden, dat was toentertijd gebruikelijk. Natuurlijk zijn er ook mensen die beweren dat Bafomet een uit de alchimie afkomstige figuur was.'

'De alchimie heeft er altijd mee te maken,' zei Diotallevi met overtuiging, 'Naar alle waarschijnlijkheid kenden de Tempeliers het geheim om goud te maken.'

'Dat kenden ze ja,' zei Belbo. 'Je bestormt gewoon een Saraceense stad, snijdt alle vrouwen en kinderen de strot af en jat alles wat los en vast zit. Die hele geschiedenis is een grote puinhoop, zo zit dat.'

'Wie weet was het in hun hoofd wel een puinhoop, begrijpen jullie, wat konden hen die discussies over de doctrine schelen? De geschiedenis loopt over van verhalen over keurkorpsen die hun eigen, een beetje protserige, een beetje mystieke stijl creëren; zij zelf wisten niet eens precies wat ze deden. Natuurlijk volgt dan de esoterische interpretatie, ze wisten alles precies, waren adepten van oosterse mysteries en zelfs de kus op de kont had een functie bij de inwijding.'

'Legt u mij maar eens uit wat de functie van de kontkus is bij de inwijding,' zei Diotallevi.

'Sommige moderne esoterici beweren dat de Tempeliers zich baseerden op Indiase doctrines. De kontkus zou tot doel hebben de slang Kundalini te wekken, een kosmische kracht die zetelt in de basis van de ruggegraat, in de seksuele klieren, en die, eenmaal gewekt, naar de pijnappelklier gaat...'

'Die van Descartes?'

'Ik geloof het wel, en daar zou hij dan in het voorhoofd een derde oog moeten maken, dat van de directe blik in de tijd en in de ruimte. Dat is waarom men nog steeds op zoek is naar het geheim van de Tempeliers.'

'Filips de Schone had de moderne esoterici moeten verbranden, niet die zielepoten.'

'Ja maar de moderne esoterici hebben geen cent.'

'Wat voor verhalen je toch allemaal niet moet aanhoren,' besloot Belbo. 'Nu begrijp ik waarom veel van mijn gekken zo door die Tempeliers geobsedeerd worden.'

'Ik geloof dat het een beetje uw verhaal van gisteravond is. Hun hele geschiedenis is een verdraaid syllogisme. Gedraag je als een stommeling en je zult voor eeuwig ondoorgrondelijk worden. Abracadabra, Mene Tekel Upharsin, Pape Satan Pape Satan Aleppe, le vierge le vivace et le bel aujourd'hui, na iedere scheet die een dichter, een prediker, een opperhoofd of een tovenaar laat, besteedt de mensheid eeuwen aan het ontcijferen van hun boodschap. De Tempeliers blijven onontcijferbaar door toedoen van hun geestelijke verwarring. Daarom worden ze door velen vereerd.'

'Een positivistische verklaring,' zei Diotallevi.

'Ja,' zei ik, 'misschien ben ik een positivist. Met een eenvoudige operatieve ingreep aan de pijnappelklier hadden de Tempeliers Hospitaalridders kunnen worden, ofte wel normale mensen. Oorlog corrumpeert de hersenfuncties, het is waarschijnlijk het geluid van de kanonschoten, of van Grieks vuur... Kijk maar naar de generaals.'

Het was één uur. Diotallevi knikkebolde, dronken van zijn tonic. We zeiden elkaar gedag. Ik had me geamuseerd. En zij ook. We wisten nog niet dat we begonnen waren met Grieks vuur te spelen, vuur dat brandt, en verslindt.

15

Erars de Syverey zei tegen me: 'Sire, als U ervoor zorgt dat noch ikzelf noch mijn erfgenaam er schande van ondervinden, zal ik voor U de graaf van Anjou die ik daar op het land zie om hulp gaan vragen.' En ik antwoordde hem: ' Mijnheer Erars, U zou me een grote dienst bewijzen als U om hulp ging vragen om onze levens te redden, want het Uwe is zeker in gevaar.'

Joinville, *Histoire de Saint Louis*, 46, 226

Na de dag van de Tempeliers had ik niet meer dan vluchtige gesprekken met Belbo in het café, waar ik steeds minder vaak heen ging omdat ik met mijn scriptie bezig was.

Op een dag was er een grote betoging tegen de fascistische komplotten, die vanaf de universiteit zou vertrekken en waarvoor, zoals toen te doen gebruikelijk, alle antifascistische intellectuelen waren uitgenodigd. Er was een gigantisch politiekordon op de been gebracht, maar het liet zich aanzien dat het in de bedoeling lag de zaak doorgang te laten vinden. Tekenend voor die tijd: de betoging was niet geautoriseerd, maar als er niets ernstigs gebeurde zou de sterke arm toekijken en erop letten (de territoriale compromissen waren toen legio) dat links niet een paar denkbeeldige grenzen overschreed die door het centrum van Milaan liepen. De protestmars bewoog zich binnen een bepaald gebied, en voorbij het Largo Augusto en in de gehele buurt rond de Piazza San Babila zaten de fascisten. Als iemand die grens overschreed waren er incidenten, maar verder gebeurde er niets, zoals bij de leeuwentemmer en de leeuw. We geloven doorgaans dat de leeuwentemmer wordt aangevallen door de zeer woeste leeuw, en dat hij hem temt door zijn zweep te heffen of een pistoolschot te lossen. Fout: de leeuw is al helemaal verzadigd en gedrogeerd als hij de kooi in komt en wil in het geheel niemand aanvallen. Zoals alle dieren heeft hij een veiligheidszone, en daarbuiten kan gebeuren wat er gebeurt, hij houdt zich koest. Als de leeuwentemmer zijn voet binnen de zone van de leeuw zet, brult deze; vervolgens heft de leeuwentemmer zijn zweep, maar doet in feite een stap achteruit (alsof hij een aanloop neemt om naar voren te springen) en de leeuw bedaart weer. Een gesimuleerde revolutie moet haar eigen regels hebben.

Ik was naar de betoging gegaan, maar had me niet bij een van de groepen aangesloten. Ik stond langs de kant, op de Piazza Santo Stefano, waar journalisten, redacteuren en kunstenaars rondliepen die waren gekomen om hun solidariteit te betuigen: heel café Pilade.

Opeens stond ik naast Belbo. Hij was samen met een vrouw waarmee ik hem vaak in de bar had gezien, en ik nam aan dat het zijn vriendin was (ze verdween later—nu ik het verhaal in het bestand over doctor Wagner heb gelezen weet ik ook waarom).

'U ook?' vroeg ik.

'Wat wilt u,' glimlachte hij in verlegenheid gebracht. 'Je moet je ziel toch redden. Crede firmiter et pecca fortiter. Doet dit tafereel u niet ergens aan denken?'

Ik keek om me heen. Het was een zonnige middag, een van die dagen waarop Milaan mooi is, met de gele voorgevels van de huizen en een licht metaalachtige lucht. De politiemannen tegenover ons zaten veilig verscholen achter hun helmen en hun plastic schilden die een stalen schittering leken te verspreiden, terwijl een commissaris in burger, maar wel met een opzichtige driekleur om, voor het front van zijn mannen heen en weer draafde. Ik keek achter me, naar de kop van de betoging: de menigte bewoog, maar met een slakkegang, de rijen waren hecht maar ongeregeld, bijna slangachtig; uit de massa staken overal pieken, vaandels, spandoeken en stokken. Ongeduldige gelederen hieven van tijd tot tijd ritmische slogans aan; aan weerszijden van de betoging draafden de katanga's heen en weer, met rode zakdoeken voor hun gezicht, bontgekleurde overhemden, riemen met ijzerbeslag op hun door weer en wind geteisterde spijkerbroeken; zelfs het wapentuig dat ze omklemden, aan het oog onttrokken door opgerolde vlaggen, leek op elementen van een schilderspalet. Het deed me denken aan Dufy en zijn vrolijke kleuren. En Dufy associeerde ik weer met Guillaume Dufay. Ik kreeg de indruk dat ik in een miniatuur leefde; in de kleine menigte aan de rand van de gelederen ontdekte ik enkele androgyne dames, die wachtten op het grote heroïsche steekspel dat hun in het vooruitzicht was gesteld. Maar dit alles schoot me in een flits door het hoofd, ik had het gevoel dat ik een vroegere ervaring herbeleefde, zonder deze te herkennen.

'Is het niet net de inname van Asjkelon?' vroeg Belbo.

'Bij de heilige Jacob, mijn beste man,' zei ik hem, 'het is precies de strijd van de kruisvaarders! Ik ben ervan overtuigd dat een aantal van hen vanavond in het paradijs zal zijn!'

'Ja,' zei Belbo, 'maar het probleem is uit te vinden aan welke kant de Saracenen staan.'

'De politie is Teutoons,' merkte ik op, 'dan zouden wij de horden van Alexander Nevski kunnen zijn, maar misschien haal ik mijn teksten door elkaar. Kijk eens naar die groep daar verderop, dat moeten de kornuiten van de graaf van Artois zijn: ze staan te popelen om te vechten, want ze kunnen de belediging niet verdragen, en ze begeven zich al in de richting van het vijandige front en provoceren de vijand met het schreeuwen van bedreigingen!'

Op dat moment vond het incident plaats. Ik herinner het me niet goed, de betoging was in beweging gekomen, een groep met kettingen en bivakmutsen gewapende activisten was, onder het roepen van provocerende slogans, begonnen door de politiegelederen heen te breken om naar de Piazza San Babila te gaan, de leeuw roerde zich, en met een zekere vastberadenheid. De eerste linie van de gelederen opende zich en daar verschenen de waterkanonnen. Vanuit de voorposten van de betoging werden de eerste knikkers, de eerste stenen gegooid, een groep politiemannen trok vastberaden op en sloeg er flink op los, en er ging een deining door de betoging. Op dat moment klonk er in de verte, aan het eind van de via Laghetto, een schot. Misschien was het alleen maar een klapband, of misschien een voetzoeker, misschien een echt waarschuwingsschot, gelost door een van die groepen die binnen enkele jaren regelmatig de Walter zouden gebruiken.

Er brak paniek uit. De politie begon de wapens te trekken, je hoorde de trompetstoten voor de charge, de betoging splitste zich op in strijdlustigen die wel wilden vechten en anderen die vonden dat ze zich voldoende van hun taak hadden gekweten. Ik merkte dat ik de via Larga in vluchtte, met de krankzinnige angst dat ik door een of ander, door wie dan ook gehanteerd stomp voorwerp ingehaald zou worden. Plotseling merkte ik dat Belbo en zijn vriendin naast me liepen. Ze renden tamelijk snel, maar zonder paniek.

Op de hoek van de via Rastrelli greep Belbo me bij de arm: 'Deze kant op, jongen,' zei hij. Ik wilde vragen waarom, de via Larga leek me prettiger en bovendien waren er meer woonhuizen, en de doolhof van steegjes tussen de via Pecorari en het paleis van de aartsbisschop bezorgden me claustrofobie. Ik had het idee dat ik, als de politie ons ergens vandaan tegemoet zou komen, daar waar Belbo me mee naar toe nam moeilijker met mijn omgeving zou kunnen versmelten. Hij gebaarde me mijn mond te houden, sloeg twee of drie hoeken om, verminderde geleidelijk aan vaart, en ineens liepen we, zonder te rennen, precies aan de achterkant van de Dom, waar normaal verkeer was en waar de echo's van de strijd die nog geen tweehonderd meter verderop aan de gang was niet doordrongen. Nog steeds zwijgend rondden we de Dom en stonden toen aan de voorkant, aan de kant van de Galleria. Belbo kocht een zakje vogelvoer en begon met serene blijmoedigheid de duiven te voeren. We gingen geheel op in de zaterdagsmenigte, Belbo en ik in colbert en das, de vrouw in het uniform van de Milanese dame, een grijze coltrui en een ketting van al dan niet gekweekte parels. Belbo stelde haar aan me voor: 'Dit is Sandra, kennen jullie elkaar?'

'Van gezicht. Hallo.'

'Ziet u, Casaubon,' zei Belbo toen tegen me, 'ontsnappen doe je nooit in een rechte lijn. In navolging van de Savoyes in Turijn, heeft Napoleon III het oude centrum van Parijs laten neerhalen en omgevormd tot een door iedereen als een meesterwerk van stedebouwkunst bewonderd netwerk van boulevards. Maar rechte straten dienen voor het beter in bedwang houden van opstandige massa's. Waar mogelijk, kijk maar naar de Champs Elysées, moeten ook de zijwegen breed en recht zijn. Daar waar dat niet kon, zoals in de straatjes van het Quartier Latin, kijk, daar heeft mei '68 zich dan ook van zijn beste kant laten zien. Als je ontsnapt schiet je een steegje in. Geen enkele politiemacht kan die allemaal onder toezicht houden, en zelfs politiemannen zijn bang om er in kleine groepjes in te gaan. Als je er twee alleen tegenkomt zijn die banger dan jijzelf en als bij afspraak vluchten jullie beiden in tegengestelde richting weg. Als je deelneemt aan een massabijeenkomst ga je, als je de buurt niet goed kent, een dag tevoren de boel verkennen, en vervolgens stel je je op op die hoek waar de kleine straatjes op uitkomen.'

'Heeft u een cursus in Bolivia gevolgd?'

'Overlevingstechnieken leer je alleen als kind, als je tenminste als volwassene niet bij de Groene Baretten gaat. Ik heb de slechte tijden, die van de partizanenoorlog, doorgebracht in ***,' en hij noemde een dorp tussen Monferrato en Langhe. We zijn uit de stad geëvacueerd in '43, dat was verbazingwekkend goed bekeken: de juiste plaats en tijd om alles te kunnen meemaken, de zuiveringen, de SS, de schietpartijen in de straten... Ik herinner me een avond, ik klom de heuvel op om verse melk te gaan halen bij een melkerij, en ik hoor lawaai boven mijn hoofd, tussen de boomtoppen: frr, frr. Ik realiseer me dat ze vanaf een verderop gelegen heuvel, recht voor me, bezig zijn de spoorlijn te beschieten die door het dal loopt, achter me. Je instinct zegt je ervandoor te gaan of op de grond te gaan liggen. Ik bega een fout, ik ren naar het dal en hoor op een gegeven moment in de velden rondom me een tsjak tsjak tsjak. Dat waren de korte schoten die insloegen voordat ze bij de spoorweg waren.

Ik begrijp dat je, als ze vanaf een berg, ergens heel hoog, diep het dal inschieten, naar boven moet vluchten: hoe hoger je klimt, hoe meer kogels hoog over je hoofd voorbij vliegen. Mijn oma kreeg ooit, tijdens een schietpartij tussen fascisten en partizanen die elkaar vanaf twee kanten van een maïsveld bestookten, een subliem idee: aangezien ze, naar welke kant ze ook vluchtte, riskeerde getroffen te worden door een verdwaalde kogel, is ze midden op het veld op de grond gaan liggen, precies tussen de twee vuurlijnen. Zo is ze tien minuten blijven liggen, gezicht op de grond, hopend dat een van de twee troepen niet te ver zou oprukken. Het is goed gegaan. Ziet u, als je dat soort dingen als kind leert, blijven ze in je systeem zitten.'

'Dus u hebt in het verzet gezeten, zoals men pleegt te zeggen.'

'Als toeschouwer,' zei hij. En ik bespeurde een zekere gêne in zijn stem. 'In '43 was ik elf, aan het eind van de oorlog net dertien. Te jong om mee te doen, oud genoeg om alles te volgen, met een bijna fotografische aandacht. Maar wat moest ik? Toekijken. En vluchten, zoals vandaag.'

'U zou er nu over kunnen vertellen, in plaats van andermans boeken te corrigeren.'

'Het is allemaal al verteld, Casaubon. Als ik toen twintig was geweest, had ik mijn herinneringen in de jaren vijftig in poëzie omgezet. Gelukkig ben ik te laat geboren; toen ik oud genoeg was om te schrijven restte me niets anders dan andermans boeken te lezen. Aan de andere kant, ik had ook een kogel in mijn hoofd kunnen krijgen, op de heuvel.'

'Aan welke kant?' vroeg ik, maar voelde me meteen gegeneerd. 'Sorry, het was een grapje.'

'Nee, het was geen grapje. Zeker, nu weet ik het, maar ik weet het nú. Wist ik het toen? Weet u dat je je hele leven verteerd kunt worden door wroeging? Niet omdat je de verkeerde keuze hebt gemaakt, want daar kun je tenminste nog spijt van hebben, maar omdat je nooit de kans hebt gehad jezelf te bewijzen dat je niet de verkeerde keuze gemaakt zou hebben... Ik was een potentiële verrader. Waar zou ik dan nu het recht vandaan moeten halen om wat voor waarheid dan ook op te schrijven en aan anderen te leren?'

'Hoort u eens,' zei ik, 'potentieel had u ook de wurger van Boston kunnen worden, maar u bent het niet geworden. Dit is nu neurose. Of stoelt uw wroeging op concrete aanwijzingen?'

'Wat is een aanwijzing bij dit soort dingen? En wat neurose betreft, vanavond is er een diner bij doctor Wagner. Ik ga een taxi nemen op de Piazza della Scala. Zullen we gaan, Sandra?'

'Doctor Wagner?' vroeg ik, terwijl ik hen gedag zei. 'In hoogsteigen persoon?'

'Ja, hij is een paar dagen in Milaan en wellicht kan ik hem overhalen ons een paar van zijn onuitgegeven artikelen te geven om er een boekje van te maken. Dat zou een klapper zijn.'

Belbo had in die tijd dus al contact met doctor Wagner. Ik vraag me af of dat de avond geweest is dat Wagner (spreek uit Waknère) Belbo gratis aan een psychoanalyse heeft onderworpen, zonder dat een van beiden het wist. Of misschien gebeurde dat later.

Hoe het ook zij, die dag bracht Belbo voor de eerste keer zijn jeugd in *** ter sprake. Eigenaardig genoeg was het het verhaal van een aantal in de glorie van de herinnering bijna roemrijke vluchten, die weer bij hem boven waren gekomen nadat hij—met mij maar ook tegenover me—roemloos, zij het met inzicht, opnieuw gevlucht was.

16

Hierna werd broeder Stephanus van Provins voor dezelfde commissarissen geleid en zei, toen ze hem bij het verhoor vroegen of hij genoemde orde wilde verdedigen, dat hij hem niet wilde verdedigen en dat, als de meesters hem wilden verdedigen, zij hem moesten verdedigen, omdat hij pas negen maanden voor hun gevangenneming tot de orde was toegetreden.

Getuigenis van 27.11.1309

Ik was in Abulafia het verhaal van andere vluchten tegengekomen. En daar dacht ik die avond in de periscoop aan, terwijl ik in het donker een aaneenschakeling van geritsel, gekraak en gepiep opving—en mezelf voorhield kalm te blijven omdat dat de manier was waarop musea, bibliotheken en oude huizen 's nachts voor zich uit praten; alleen maar wat oude kasten die zichzelf op orde brengen, lijsten die reageren op de avondlijke vochtigheid, pleisterwerk dat mondjesmaat, een millimeter per eeuw, afbrokkelt, dikke muren die geeuwen. Je kunt niet vluchten, hield ik mezelf voor, want je bent hier nu juist om erachter te komen wat er gebeurd is met iemand die getracht heeft met een onzinnige (of wanhopige) daad van moed een punt te zetten achter een reeks vluchten, misschien wel vaart te zetten achter die, vele malen uitgestelde, ontmoeting met de waarheid.

bestandsnaam: Canaletto

Ben ik weggevlucht voor een charge van de politie of wederom voor de geschiedenis? En maakt dat wat uit? Ben ik naar de betoging gegaan uit morele overwegingen of om voor de zoveelste keer de confrontatie aan te gaan met de Gelegenheid? Oké, ik heb grote gelegenheden voorbij laten gaan omdat ik te vroeg kwam, of te laat, maar dat was de schuld van het bevolkingsregister. Ik had in die wei willen staan schieten, zelfs als ik daarbij het risico had gelopen mijn grootmoeder te raken. Niet uit lafheid, maar vanwege mijn leeftijd was ik afwezig. Akkoord. En de betoging? Ik ben opnieuw weggevlucht omdat ik van een andere generatie was, en niets met die strijd te maken had. Maar ook zonder inzet had ik het erop kunnen wagen, om aan te tonen dat ik toen, in de wei, zou hebben weten te kiezen. Heeft het enige zin de foute Gelegenheid aan te grijpen om jezelf ervan te overtuigen dat je de goede Gelegenheid aangegrepen zou hebben? Wie weet hoeveel van de mensen die vandaag de strijd zijn aangegaan zo hebben gehandeld. Maar een foute gelegenheid is niet de goede Gelegenheid.

Kun je laf zijn omdat de moed van de anderen in jouw ogen niet in verhouding staat tot de inhoudsloosheid van de omstandigheden? Dan maakt wijsheid dus laf. En laat je terwijl je je hele leven op de Gelegenheid zit te azen en erover zit na te denken, de goede Gelegenheid dus schieten. De Gelegenheid neem je instinctief te baat, en op het moment zelf besef je niet dat het de Gelegenheid is. Misschien heb ik haar eens aangegrepen en weet ik het niet eens? Hoe kun je nu een kwaad geweten hebben en je een lafaard voelen alleen maar omdat je in het verkeerde decennium bent geboren? Antwoord: je voelt je een lafaard omdat je ooit een lafaard bent geweest.

En als je ook die keer de Gelegenheid voorbij hebt laten gaan omdat die je niet de juiste leek?

Het huis in *** beschrijven, eenzaam op de heuvel tussen de wijnranken—zeg je niet heuvels als vrouwenborsten? —en dan de straatweg die naar de rand van het dorp liep, naar het begin van de laatste bewoonde straat—of de eerste (daar zul je natuurlijk nooit achterkomen als je geen standpunt inneemt). De kleine evacué die de bescherming van zijn familie achter zich laat en doordringt tot de tentakels van de bebouwde kom, loopt langs de straat, afgunstig en bevreesd voor de Viottolo.

De Viottolo was het trefpunt van de bende van de Viottolo. Smerige boerenjongens, met een grote mond. Ik was te steeds, kon maar beter uit hun buurt blijven. Maar om op het plein te komen, bij de kiosk en de kantoorboekhandel, moest ik, tenzij ik voor een weinig eervolle omweg zo ongeveer via de evenaar koos, de Canaletto door. De jongens van de Viottolo waren keurige heertjes vergeleken bij de bende van de Canaletto, genoemd naar een flinke stroom die verworden was tot een afvoerkanaal dat nog steeds door het allerarmste gedeelte van de bebouwde kom liep. De jongens van de Canaletto waren echt gewelddadige smeerlappen uit het lompenproletariaat.

De jongens van de Viottolo konden niet op het domein van de Canaletto's komen zonder aangevallen en in elkaar geslagen te worden. Aanvankelijk wist ik niet dat ik bij de Viottolo's hoorde, ik was nog maar net gearriveerd, maar de jongens uit de Canaletto hadden me al bij de vijand inge-

deeld. Ik liep in hun wijk met een open stripblaadje voor mijn neus te lezen, en zij hadden me meteen in de gaten. Ik zette het op een lopen, en zij achter me aan, ze gooiden met stenen, eentje ging er dwars door het blaadje heen dat ik, om mezelf een houding te geven terwijl ik doorholde, nog steeds opengeslagen voor mijn gezicht hield. Ik bracht het er levend van af maar verspeelde mijn blaadje. De dag daarop besloot ik bij de bende van de Viottolo te gaan.
Ik meldde me bij hun sanhedrin en werd onder luid geschater ontvangen. In die tijd had ik veel haar dat, net als bij Piet de Smeerpoets, de neiging vertoonde recht overeind te gaan staan. De voorbeelden die me door de film, de reclame en de zondagse wandeling na de mis geboden werden, waren jongemannen met breedgeschouderde double-breasted jasjes, knevels en gepommadeerde haren die glanzend tegen hun schedel plakten. In die tijd werd dat achterovergekamde kapsel door de mensen een Valentinokapsel genoemd. Ik wilde ook zo'n kapsel. Op de markt kocht ik, op maandag, voor bedragen die een lachertje waren in vergelijking met de situatie op de wisselmarkt maar die voor mij enorm hoog waren, potten vol brillantine die zo grof was als honingraathoning, en zat dat urenlang op mijn haren te smeren totdat ze waren geplet tot een massief loden kalot, een vliegenierskap. Daarna deed ik een netje op om ze bij elkaar te houden. De jongens uit de Viottolo hadden me al met dat netje langs zien komen en hadden me schimpscheuten achterna geroepen in dat ruige dialect van ze dat ik wel begreep maar zelf niet sprak. Die dag haalde ik het netje nadat ik er twee uur mee thuis had gezeten eraf, inspecteerde het prachtresultaat in de spiegel en begaf me op weg naar degenen die ik mijn trouw ging zweren. Toen ik voor ze stond had de brillantine van de markt zijn plakkende werking allang verloren en begonnen mijn haren weer hun verticale positie in te nemen, maar nu in slow motion. Hilariteit bij de jongens van de Viottolo, ze stonden in een kring om mij heen en stootten elkaar met de ellebogen aan. Ik vroeg om toegelaten te worden.
Helaas sprak ik geen dialect maar Standaard Italiaans: ik was anders. De leider, Martinetti, deed een stap naar voren; het scheen mij op dat moment toe dat hij stralend, op blote voeten, boven me uit torende. Hij bepaalde dat ik honderd schoppen onder mijn achterste moest krijgen. Misschien dat die de slang Kundalini moesten wekken. Ik stemde ermee in. Ik ging tegen de muur staan, werd door twee onderofficieren bij mijn armen vastgehouden, en onderging honderd schoppen met de blote voet. Martinetti kweet zich met kracht en enthousiasme methodisch van zijn taak, en schopte om zijn tenen niet te bezeren met de platte voet in plaats van met de punt. Het koor van bandieten bepaalde het ritme van de rite. Zij telden in dialect. Daarna besloten ze me een half uur in een konijnehok op te sluiten, terwijl

zij zich door middel van keelklanken met elkaar onderhielden. Toen ik klaagde over slapende benen lieten ze me eruit. Ik was trots omdat ik me waardig had weten te onderwerpen aan de wilde liturgie van een wilde groep. I was a man called horse.
Toentertijd waren er in *** ridders van de Duitse orde; erg waakzaam waren ze niet omdat de partizanen nog niet van zich deden spreken—het was tegen het eind van '43, of begin '44. Een van onze eerste ondernemingen bestond uit het binnendringen in een barak, terwijl een paar van ons de soldaat die op wacht stond opvreeën, een grote Longobard die een enorm stuk brood met—zo leek het ons, en we gruwelden ervan—salami en jam stond te eten. Het afleidingseskadron vleide de Duitser door zijn wapens te prijzen en wij stalen wat blokjes trotyl uit de barak (waar je in kon omdat de achterkant los zat). Ik geloof niet dat het trotyl ooit gebruikt is, maar Martinetti was van zins het uit pyro-technische overwegingen buiten op de velden te laten exploderen, en op een bijzonder onervaren en inadequate wijze, weet ik nu. De Duitsers werden afgelost door Mussolini's Decima Mas-korps dat bij de rivier, precies op de tweesprong waar om zes uur 's avonds de meisjes van het Maria Ausiliatrice-college de straat uitkwamen, een versperring opzette. Het was zaak de jongens van het Decima-korps (die niet ouder dan een jaar of achttien konden zijn) over te halen een bosje Duitse handgranaten (die met die lange stelen) bij elkaar te binden, de veiligheidspal eruit te trekken en ze precies op het moment dat de meisjes langskwamen net boven het wateroppervlak te laten ontploffen. Martinetti wist precies wat er moest gebeuren en hoe hij dat moest timen. Hij legde het de stoottroepers uit en het effect was verbluffend: precies toen de meisjes de hoek om kwamen verhief zich met donderend geraas een waterzuil vanuit de bedding. Algehele aftocht onder luid gekwetter, en wij en die soldaten bleven erin. Na de verbranding van Molay zouden ze zich die roemvolle dagen nog heugen, de collaborateurs die het strafkamp overleefd hadden.
Het belangrijkste vertier van de jongens uit de Viottolo was het zoeken naar patroonhulzen en allerlei ander restmateriaal dat na 8 september voor het oprapen lag, zoals oude helmen, patroontassen, knapzakken, soms nog ongebruikte kogels. Met een goede kogel deed je het volgende: je hield de huls in je hand, stopte het projectiel in een sleutelgat en duwde; de kogel kwam eruit en werd bij onze speciale verzameling gevoegd. De huls werd ontdaan van het kruit (dat toen uit dunne lintjes ballistiet bestond) dat in een kronkelende lijn achter elkaar werd gelegd en in brand gestoken. De huls die het meest waard was, die waarvan het slaghoedje nog intact was, betekende een aanwinst voor ons Leger. De goede verzamelaar had er veel van en stalde ze in rijen uit, ingedeeld naar uitvoering,

kleur, vorm en lengte. Zo had je de rotten infanteristen: hulzen van het machinepistool en de stengun; verder nog vaandrigs en cavaleristen: karabijnen, Mauser '91 (de Garand hadden we alleen bij de Amerikanen gezien)—en het allerhoogste doel, de overal bovenuit torenende grootmeesters: de mitrailleurhulzen.

Terwijl we ons onledig hielden met deze vredige spelletjes, zei Martinetti ons op een avond dat het moment daar was. Er was een uitdagingsbrief naar de bende van de Canaletto gestuurd en die waren erop ingegaan. Het treffen zou plaatsvinden op neutraal terrein, achter het station. Die avond, om negen uur.

Het was een zomerse, lome namiddag, er zat opwinding in de lucht. Ieder van ons rustte zich uit met de meest gruwelijke parafernalia, zocht stukken hout die lekker in de hand lagen en vulde patroontassen en knapzakken met stenen van verschillende grootte. Van de riem van een musket had iemand een, mits besluitvaardig gehanteerd, gruwelijke zweep gemaakt. Tijdens die vesperuren voelden we ons allemaal tenminste nog een held, ik nog wel het meest. Het was die schrijnende, smartelijke, schitterende opwinding van voor de aanval, adieu mijn lief adieu, bitterzoet gezwoeg van het krijgsmansleven, we gingen onze jeugd offeren, zoals ze ons vóór de 8ste september op school hadden geleerd.

Het plan van Martinetti was doortrapt: we zouden verder noordwaarts het spoorwegtalud oversteken en ze in de rug treffen, geheel onverwacht en reeds zo goed als overwinnaars. Gevolgd door een vastberaden aanval, geen genade.

Dus staken we tegen schemerduister het talud over waarbij we moeizaam over hellingen en glooiingen voortploeterden, beladen als we waren met stenen en knuppels. Eenmaal bovenop het talud zagen we dat ze al achter de latrines van het station stonden opgesteld. Zij zagen ons omdat ze omhoog keken, omdat ze wel vermoedden dat we daarvandaan zouden komen. Er zat niets anders op dan naar beneden te gaan zonder ze de tijd te geven zich te verbazen over onze voor de hand liggende zet.

Niemand had ons voor de aanval van een hartversterking voorzien, maar evengoed stortten we ons brullend omlaag. En op honderd meter van het station gebeurde het. Daar waar de eerste huizen begonnen te verrijzen die, al waren het er weinig, al een netwerk van steegjes vormden. Wat er gebeurde was dat de meest drieste groep zich onbevreesd naar voren stortte terwijl ik en—gelukkig voor mij—een paar anderen onze pas inhielden, achter de huizen gingen staan en om de hoek op een afstandje bleven toekijken.

Als Martinetti ons had opgesplitst in voor- en achterhoede zouden we onze plicht hebben gedaan, maar het was een soort spontane opdeling. De dapperen voorop, de lafbekken achteraan. En vanuit onze schuilplaats, de mijne nog meer naar achteren dan die van de anderen, observeerden we het gevecht. Waar het niet van kwam.

Toen ze elkaar op enige meters waren genaderd, bleven de twee groepen tandenknarsend tegenover elkaar staan; daarop deden de leiders een stap naar voren en onderhandelden. Het werd een Jalta; ze besloten de gebieden op te delen in twee invloedssferen en een enkele sporadische overtreding door de vingers te zien, zoals gebeurde tussen christenen en moslims in het Heilige Land. De solidariteit tussen de twee ridderschappen was importanter (is dat een gallicisme?) dan de onafwendbaarheid van het gevecht. Geen van tweeën had zich onbetuigd gelaten. In goede harmonie trokken ze zich als tegenovergestelde bendes terug. In goede harmonie trokken de bendes zich als tegenovergestelde bendes terug. Ze trokken zich in tegenovergestelde richtingen terug.

Nu houd ik mezelf voor dat ik niet tot de aanval ben overgegaan omdat ik het belachelijk vond. Maar toen hield ik mezelf dat niet voor. Ik voelde me laf en daarmee uit.

Nu houd ik me, nog laffer, voor dat ik, als ik me met de anderen naar voren had gestort, geen enkel risico zou hebben gelopen en de latere jaren beter geleefd zou hebben. Ik heb de Gelegenheid voorbij laten gaan, op mijn twaalfde. Net als met je eerste erectie, als het niet lukt blijf je je hele leven impotent.

Toen de Viottolo en de Canaletto een maand later, door een toevallige grensoverschrijding, in een veld tegenover elkaar stonden en de kluiten aarde in de rondte begonnen te vliegen, ging ik—of ik door de gang van zaken bij de vorige gelegenheid moed had gevat of behoefte voelde aan martelaarschap weet ik niet—helemaal in de voorste linie staan. Het was een stenengevecht waarbij geen bloed vloeide, met uitzondering van het mijne. Een kluit waarin zich klaarblijkelijk een stenen hart verschool trof mijn lip en spleet die open. Ik vluchtte huilend naar huis en mijn moeder moest met een pincet in de weer om de aarde te verwijderen uit de scheur die zich binnen in mijn mond had gevormd. Feit is dat ik er een knobbeltje aan heb overgehouden vlak bij mijn hoektand rechtsonder, en als ik er met mijn tong overheen ga voel ik een trilling, een huivering.

Maar dat knobbeltje geeft me geen absolutie, omdat ik er uit onwetendheid, niet uit moed aan ben gekomen. Ik ga met mijn tong langs mijn lippen en wat doe ik? Ik schrijf. Maar slechte literatuur is geen remedie.

Na de dag van de betoging zag ik Belbo ongeveer een jaar niet meer. Ik was verliefd geworden op Amparo en ging niet meer naar Pilade, of liever, die paar keer dat ik er met Amparo langs was gegaan was Belbo er niet. Bovendien stond de plek Amparo niet aan. Haar slechts door haar gratie en haar schitterende trots geëvenaarde morele en politieke rechtlijnigheid, maakte dat ze Pilade een club voor democratische dandy's vond, en democratisch dandyisme was in haar ogen een van de meest subtiele komplotten van de kapitalistische samenzwering. Het was een jaar van een en al engagement, ernst en eindeloze tederheid. Ik werkte met plezier maar in alle rust aan mijn scriptie.

Op een dag kwam ik Belbo bij de Navigli tegen, op een paar passen van Garamond. 'Kijk eens aan,' zei hij vrolijk, 'mijn favoriete Tempelier! Ze hebben mij net een fles gedestilleerd van onbeschrijfelijke ouderdom cadeau gedaan. Waarom loopt u niet even met me mee? Ik heb papieren bekertjes en de middag vrij.'

'Dat is een zeugma,' merkte ik op.

'Nee, een bourbon die, meen ik, nog voor de slag bij de Alamo gebotteld is.'

Ik ging met hem mee. Maar we hadden nog nauwelijks ons eerste slokje genomen of Gudrun kwam binnen met de mededeling dat er een mijnheer was. Belbo sloeg zich voor zijn hoofd. Hij was die afspraak vergeten, maar het toeval riekt naar samenzwering, zei hij tegen me. Voor zover hij het begrepen had wilde die vent een boek aanbieden waarin ook sprake was van Tempeliers. 'Ik zal korte metten met hem maken,' zei hij, 'maar ondersteunt u mij alstublieft met scherpzinnig commentaar.'

Het was zonder enige twijfel toeval geweest. En zo raakte ik verstrikt in het net.

17

Zo verdwenen de Tempelridders met hun geheim, in de schaduw waarvan een mooie verwachting werd gekoesterd van de aardse stad. Maar het Abstracte waaraan hun inspanning geketend was, vervolgde zijn ontoegankelijke leven in onbekende regionen... En in de loop der tijd liet hij meer dan eens zijn inspiratie vlieden in de geesten die in staat waren hem op te nemen.

Victor Emile Michelet, *Le secret de la Chevalerie*, 1930, 2

Hij had een jaren-veertiggezicht. Te oordelen naar de oude tijdschriften die ik bij me thuis in de kelder had gevonden had iedereen in de jaren veertig zo'n gezicht. Het zal de honger van de oorlogstijd geweest zijn: het gelaat was ingevallen onder de jukbeenderen en de blik had iets vaag koortsigs. Het was een gezicht dat ik gezien had op plaatjes van fusillades, aan beide zijden. In die tijd fusilleerden mannen met dezelfde gezichten elkaar.

Onze bezoeker droeg een blauw pak met een wit overhemd en een parelgrijze das, en instinctief vroeg ik me af waarom hij in burger was. Zijn onnatuurlijk zwarte haar was strak langs de slapen naar achter getrokken in twee, zij het met mate, gepommadeerde banen en liet boven op zijn glimmende hoofd een kale plek vrij waar, ordelijk als bovenleidingen, dunne strepen overheen liepen die vanaf zijn voorhoofd in een v uiteenweken. Zijn gezicht was gebruind en getekend, en niet alleen door—overduidelijk koloniale—rimpels. Een bleek litteken liep over zijn linkerwang, van zijn lip tot aan zijn oor, en aangezien hij een lange zwarte snor had, à la Adolphe Menjou, werd de linkerkant van zijn snor nauw merkbaar doorsneden daar waar de huid zich, minder dan een millimeter, had geopend en weer dicht was gegaan. *Mensur* of schampschot?

Hij stelde zich voor: kolonel Ardenti. Hij gaf Belbo een hand, mij knikte hij, toen Belbo me omschreef als zijn medewerker, slechts toe. Hij ging zitten, sloeg zijn benen over elkaar en trok zijn broek bij de knie op, waardoor twee—korte—donkerrode sokken zichtbaar werden.

'Kolonel... in actieve dienst?' vroeg Belbo.

Ardenti onthulde enkele kostbare prothesen: 'Hoogstens in ruste. Of, als u wilt, bij de reserve. Het lijkt misschien niet zo, maar ik ben een oude man.'

'Het is u niet aan te zien,' zei Belbo.

'En toch heb ik in vier oorlogen gevochten.'

'Dan moet u begonnen zijn met Garibaldi.'

'Nee. Luitenant, volontair, in Ethiopië. Kapitein, volontair, in Spanje. Majoor, opnieuw in Afrika, totdat deze zogeheten Vierde Oever zich overgaf. Zilveren medaille. In '43... laten we zeggen dat ik de kant van de verliezers heb gekozen: en alles heb ik verloren, behalve mijn eer. Ik heb de moed opgebracht opnieuw te beginnen. Vreemdelingenlegioen. Een leerschool voor heldenmoed. In '46 sergeant, in '58 kolonel, met Massu. Ik kies duidelijk altijd de verliezende kant. Toen die linkse De Gaulle aan de macht kwam heb ik me teruggetrokken en ben in Frankrijk gaan wonen. Ik had in Algiers goede contacten opgedaan en heb een import-exportbedrijf opgezet in Marseille. Die keer heb ik de winnende kant gekozen, geloof ik, want nu rentenier ik en kan ik me wijden aan mijn hobby—zo heet dat toch tegenwoordig, niet? En de laatste jaren heb ik de resultaten van mijn naspeuringen op schrift gesteld. Kijk...' Uit een leren tas haalde hij een omvangrijke map te voorschijn, waarvan ik toen dacht dat hij rood was.

'Ergo,' zei Belbo, 'een boek over de Tempeliers?'

'De Tempeliers,' stemde de kolonel in. 'Een bijna kinderlijke passie. Ook zij waren aanvoerders van een huurleger dat de Middellandse Zee overstak op zoek naar roem.'

'De heer Casaubon houdt zich bezig met de Tempeliers,' zei Belbo. 'Hij weet meer over het onderwerp dan ik. Vertelt u eens.'

'De Tempeliers hebben me altijd geïnteresseerd. Een handjevol grootmoedigen dat het licht van Europa onder de wilden in de twee Tripoli's verspreidt...'

'Zo wild waren de tegenstanders van de Tempeliers nu ook weer niet,' zei ik op vergoelijkende toon.

'Bent u ooit gevangengenomen door de rebellen van de Maghreb?' vroeg hij me sarcastisch.

'Nog niet,' zei ik.

Hij keek me doordringend aan, en ik was blij dat ik niet in zijn pelotons gediend had. Hij praatte rechtstreeks tegen Belbo. 'Neemt u me niet kwalijk, ik ben van een andere generatie.' Hij keek mij weer aan, met iets uitdagends in zijn blik: 'Zijn we hier om aan een proces onderworpen te worden of om...'

'We zijn hier om over uw werk te praten, kolonel,' zei Belbo. 'Vertelt u ons er iets over, alstublieft.'

'Ik wil één ding meteen duidelijk stellen,' zei de kolonel, zijn handen op de map leggend. 'Ik ben bereid bij te dragen aan de publikatiekosten, ik wil u geen enkel verlies berokkenen. Als u wetenschappelijke garanties wilt, zal ik zorgen dat u die krijgt. Ik heb net twee uur geleden een expert op dit gebied ontmoet, die speciaal uit Parijs gekomen is. Hij kan een gezaghebbend voorwoord schrijven...' Hij was de vraag van Belbo voor en maakte een gebaar als om aan te geven dat het voor het moment om redenen van kiesheid beter was geen namen te noemen.

'Mijnheer Belbo,' zei hij, 'hier op deze bladzijden heb ik stof voor een verhaal. Waar gebeurd. Niet banaal. Beter dan die Amerikaanse detectiveromans. Ik heb iets gevonden, iets heel belangrijks, maar het is pas het begin. Ik wil iedereen vertellen wat ik weet zodat iemand, als hij in staat is dit kruiswoordraadsel in te vullen, het kan lezen en zich bekend kan maken. Het is mijn bedoeling het als lokaas te gebruiken. En bovendien moet ik het meteen doen. Degene die vóór mij wist wat ik weet, is waarschijnlijk vermoord om te voorkomen dat hij het openbaar zou maken. Als ik dat wat ik weet aan tweeduizend lezers vertel, zal niemand er meer belang bij hebben me uit de weg te ruimen.' Hij pauzeerde even. 'U weet iets van de aanhouding van de Tempeliers...'

'Meneer Casaubon heeft me daar kortgeleden over verteld, en ik vond het opvallend dat deze aanhouding zonder slag of stoot plaatsvindt en dat de ridders erdoor worden verrast...'

De kolonel glimlachte meewarig. 'Inderdaad. Het is kinderlijk te denken dat mensen die zo machtig waren dat de koning van Frankrijk bang voor ze was, er niet van tevoren achter konden komen dat een stelletje stumpers bezig was de koning op te hitsen en dat de koning bezig was de paus op te hitsen. Kom nou! Hier moet sprake zijn van een plan. Een geniaal plan. Stel dat de Tempeliers het voornemen hadden de wereld te veroveren en het geheim kenden van een immense bron van macht, een geheim dat tegen iedere prijs bewaard moest blijven, zelfs al bestond die prijs uit de opoffering van de gehele wijk van de Tempel in Parijs, de over het gehele koninkrijk en Spanje, Portugal, Engeland en Italië verspreide commandeurschappen, de kastelen in het Heilige Land, de deposito's, alles... Filips de Schone heeft een vermoeden, anders valt niet te begrijpen waarom hij de vervolging in gang heeft gezet, terwijl hij daarmee het puikje van het Franse ridderschap in diskrediet brengt. De Tempel begrijpt dat de koning het begrepen heeft en proberen zal hem te vernietigen, het heeft geen zin frontale weerstand te bieden, het plan heeft tijd nodig, de schat of wat het ook wezen mag moet nog definitief gelokaliseerd worden, of kan slechts langzaam worden benut... En het geheime directorium van de Tempel, van wiens bestaan inmiddels iedereen op de hoogte is...'

'Iedereen?'

'Absoluut. Het is ondenkbaar dat een zo machtige orde lang heeft kunnen overleven zonder dat er een geheime orderegel bestond.'

'Daar is geen speld tussen te krijgen,' zei Belbo, me steels aankijkend.

'En dus,' zei de kolonel, 'liggen ook de conclusies voor de hand. De grootmeester maakt natuurlijk deel uit van het geheime directorium, maar moet dienen als dekmantel. Gauthier Walther zegt in *La chevalerie et les aspects sécrets de l'histoire* dat het Tempeliersplan voor de verovering van de macht in het jaar 2000 zijn beslag moet krijgen! De Tempel besluit clandestien te worden, en om dat te kunnen doen moet de orde voor het oog van iedereen verdwijnen. Ze offeren zich op, dat is wat ze doen, de grootmeester inbegrepen. Sommigen laten zich vermoorden, waarschijnlijk zijn ze door loting aangewezen. Anderen onderwerpen zich, passen zich aan. Waar blijven de lagere rangordes, de lekebroeders, de scheepstimmerlieden, de glazenmakers?... Het is het begin van het gilde van de vrije metselaars dat zich over de wereld zal verspreiden, en die geschiedenis is bekend. Maar wat gebeurt er in Engeland? De koning verzet zich tegen de pressie van de paus en stuurt hen allemaal met pensioen, zodat ze rustig de rest van hun leven in de hoofdkwartieren van de orde kunnen slijten. En dat doen ze dan ook zonder protest. Wil dat er bij u in? Bij mij niet. En in Spanje besluit de orde van naam te veranderen en wordt de Orde van Montesa. Mijne heren, dat waren mensen die een koning konden overtuigen, die zoveel wissels van hem in hun geldkisten hadden dat ze hem binnen een week bankroet konden laten gaan. Ook de koning van Portugal gooit het op een akkoordje: laten we zo doen beste vrienden, zegt hij, jullie noemen je niet meer Tempelridders maar ridders van Christus, en dan vind ik het best. En in Duitsland? Weinig processen, een puur formele afschaffing van de orde, maar daar hebben ze een verwante orde bij de hand, de Duitse orde, die in die tijd wel iets meer doet dan een staatje in de staat creëren: ze zíjn de staat, ze hebben een grondgebied vergaard dat zo groot is als dat van de landen die tegenwoordig onder het juk van de Russen zitten, en op die voet gaan ze door tot eind 1400, want dan komen de Mongolen —maar dat is een ander verhaal, want de Mongolen liggen nog steeds op de loer... Maar laten we niet afdwalen...'

'Nee, alstublieft,' zei Belbo. 'Laten we doorgaan.'

'Welnu. Zoals iedereen weet verlaat, twee dagen voordat Filips het bevel tot aanhouding uitvaardigt en een maand voordat het ten uitvoer wordt gebracht, een door ossen getrokken hooiwagen met onbekende bestemming de ommuring van de Tempel. Nostradamus maakt daar ook gewag van in een van zijn centuriën...' Hij zocht een bladzijde op in zijn manuscript:

Souz la pasture d'animaux ruminant
par eux conduits au ventre herbipolique
soldats cachés, les armes bruit menant...

'De hooiwagen is een legende,' zei ik, 'en ik zou Nostradamus niet beschouwen als een autoriteit inzake de geschiedschrijving...'

'Mensen die ouder zijn dan u, meneer Casaubon, hebben aan veel profetieën van Nostradamus geloof gehecht. Overigens ben ik niet zo naïef geloof te hechten aan het verhaal van de wagen. Het is een symbool. Het symbool voor het evidente en vaststaande feit dat Jacques de Molay, met zijn aanhouding in het vooruitzicht, het bevel en de geheime instructies overdraagt aan zijn neef, de graaf van Beaujeu, die het geheime hoofd wordt van de inmiddels geheime Tempel.'

'Zijn er historische documenten?'

'De officiële geschiedenis,' glimlachte de kolonel bitter, 'wordt altijd geschreven door de overwinnaars. Volgens de officiële geschiedenis bestaan mensen als ik niet. Nee, er zit iets anders achter die kwestie met die wagen. De geheime kern verhuist naar een rustig centrum en begint van daaruit haar clandestiene netwerk op te bouwen. Van die overtuiging ben ik uitgegaan. Al jaren, nog voor de oorlog, vroeg ik me altijd al af wat er van deze broeders in heldenmoed was geworden. Toen ik me terugtrok uit het openbare leven besloot ik eindelijk op zoek te gaan naar een spoor. Omdat de vlucht met de wagen in Frankrijk had plaatsgevonden, moest ik in Frankrijk de plek van de eerste bijeenkomst van de clandestiene kern zoeken. Maar waar?'

Hij had gevoel voor theater. Belbo en ik wilden nu weten waar. We konden niet veel anders zeggen dan: 'Nou, waar dan?'

'Dat zal ik u zeggen. Waar ontstaan de Tempeliers? Waar komt Hugues de Payns vandaan? Uit de Champagne, in de buurt van Troyes. En in de Champagne regeert Hugues de Champagne die zich een paar jaar later, in 1125, in Jeruzalem bij hen voegt. Later keert hij naar huis terug en het schijnt dat hij zich in verbinding stelt met de abt van Cîteaux en hem helpt in zijn klooster een begin te maken met het lezen en vertalen van bepaalde Hebreeuwse teksten. Denkt u eens in, de rabbijnen uit het noorden van Bourgondië worden uitgenodigd in Cîteaux, en bij wie? Bij de witte benedictijnen van Sint-Bernardus, om god weet welke teksten te bestuderen die Hugues in Palestina heeft gevonden. En Hugues biedt de monniken van Sint-Bernardus een bos aan, in Bar-sur-Aube, waar Clairvaux zal verrijzen. En wat doet Sint-Bernardus?'

'Hij wordt de voorvechter van de Tempeliers,' zei ik.

'En waarom? Wist u wel dat hij ervoor zorgt dat de Tempeliers machtiger worden dan de benedictijnen? Dat hij de benedictijnen verbiedt landerijen en huizen als geschenk te ontvangen en de landerijen en huizen aan de Tempeliers laat geven? Heeft u ooit het Forêt d'Orient in de buurt van Troyes gezien? Iets gigantisch, het ene hoofdkwartier na het andere. En intussen wordt er door de ridders in Palestina niet gevochten, wist u dat? Ze installeren zich in de Tempel en in plaats van de moslims te doden sluiten ze vriendschap met hen. Ze nemen contact op met hun ingewijden. Kortom, Sint-Bernardus richt, met financiële steun van de graven van Champagne, een orde op die in het Heilige Land contact zoekt met geheime Arabische en Hebreeuwse sekten. Een onbekende leiding stippelt de kruistochten uit om de orde reden van bestaan te geven, niet omgekeerd, en bouwt een machtig netwerk op dat zich aan de koninklijke jurisdictie onttrekt... Ik ben geen wetenschapsman, ik ben een man van de daad. In plaats van eindeloos gissen heb ik gedaan wat veel al te breedsprakige onderzoekers hebben nagelaten. Ik ben naar de plek gegaan waar de Tempeliers vandaan kwamen en waar ze al twee eeuwen hun basis hadden, waar ze konden zwemmen als vissen in het water...'

'Voorzitter Mao zegt dat de revolutionair zich onder het volk als een vis in het water moet voelen,' zei ik.

'Hulde aan uw voorzitter. De Tempeliers waren bezig een revolutie voor te bereiden die heel wat groter was dan die van die communisten van u met hun staartjes...'

'Ze hebben geen staartjes meer.'

'Nee? Des te erger voor ze. De Tempeliers, zei ik, moesten hun toevlucht wel in de Champagne zoeken. In Payns? In Troyes? In het Forêt d'Orient? Nee. Payns was een dorp van een paar huizen, en er zal toentertijd op zijn hoogst een kasteel hebben gestaan. Troyes was een stad, te veel mannen van de koning in de buurt. Het bos, dat nu eenmaal van de Tempeliers was, was de eerste plek waar de koninklijke garde hen zou gaan zoeken, zoals ook gebeurde. Nee: Provins, zei ik tegen mezelf. Als er één plek was, dan was het Provins!'

18

Zozeer dat, als wij met onze ogen tot het binnenste van de aarde hadden kunnen doordringen en het duidelijk hadden kunnen zien, van pool tot pool of van onze voeten tot aan de antipoden, wij huiverend een vreselijk uitgevreten massa zouden waarnemen, gapend en hol.

T. Burnet, *Telluris Theoria Sacra*, Amsterdam, Wolters, 1694, p.38

'Waarom Provins?'

'Nooit in Provins geweest? Magische plek, zelfs vandaag de dag voel je dat nog, u moet er eens heen gaan. Magische plek, nog helemaal doortrokken van geheimen. Op dat moment, in de elfde eeuw zetelt de graaf van Champagne er en blijft het een vrijhaven waar de centrale macht geen vinger in de pap heeft. De Tempeliers voelen zich er thuis, zelfs nu is er nog een straat die naar hen genoemd is. Kerken, paleizen, een rots die de hele vlakte beheerst, en geld, rondtrekkende kooplieden, markten, kortom zo'n warboel dat je er makkelijk in kunt opgaan. Maar bovenal, sinds de prehistorie, gangen. Een netwerk van gangen dat zich uitstrekt onder de gehele heuvel, heuse catacomben; sommige kun je nu nog bezichtigen. Plekken waar de samenzweerders—als er een geheime bijeenkomst is—ook al dringen de vijanden er binnen, zich in luttele seconden en god weet waarheen kunnen verspreiden, en als ze het ondergrondse net goed kennen zijn ze al ergens naar buiten gekomen en geruisloos als katten aan de andere kant weer naar binnen gegaan, zodat ze achter de rug van de indringers uitkomen, die ze vervolgens in het duister om zeep helpen. Mijn god, ik verzeker u mijne heren, die gangen lijken geknipt voor commando's, rap en ongezien dringen ze er 's nachts binnen, dolk tussen hun tanden, twee handgranaten en de anderen zitten als ratten in de val!'

Zijn ogen schitterden. 'Begrijpt u wat voor fantastische schuilplaats Provins kan zijn? Een geheime kern komt ondergronds samen, en de hele plaatselijke bevolking ziet wel maar praat niet. Uiteraard komen de mannen van de koning ook naar Provins, houden de Tempeliers aan die zich bovengronds laten zien en brengen ze over naar Parijs. Reynaud de Provins wordt gemarteld maar praat niet. Het is duidelijk dat hij zich volgens het geheime plan moest laten arresteren om het te doen voorkomen alsof Provins gezuiverd was, maar tegelijkertijd moest hij een signaal doen uitgaan: Provins wijkt niet. Provins, de plaats van de nieuwe ondergrondse Tempeliers... Gangen die van gebouw naar gebouw voeren, je doet alsof je een graanschuur of een magazijn binnengaat en je komt in een kerk weer naar buiten. Gangen die gebouwd zijn met pijlers en gemetselde gewelven, elk huis in de bovenstad heeft vandaag de dag nog een kelder met ogiefbogen, het moeten er over de honderd zijn, elke kelder, wat zeg ik, elke ondergrondse ruimte gaf toegang tot een van die buizen.'

'Vermoedens,' zei ik.

'Nee, mijnheer Casaubon. Bewijzen. U heeft de gangen van Provins niet gezien. De ene zaal na de andere, in het hart van de aarde, en vol met muurschilderingen. Ze bevinden zich voor het merendeel in wat speleologen laterale alveolen noemen. Het zijn hiëratische afbeeldingen, afkomstig van de druïden. Nog voor de komst van de Romeinen getekend. Boven de grond trok Caesar voorbij, en hier onder de grond beraamde men het verzet, de betovering en de hinderlaag. En er zijn symbolen van de Katharen, jazeker mijne heren, de Katharen zaten niet alleen in de Provence; die uit de Provence zijn te gronde gericht, maar die uit de Champagne overleefden in het geheim en kwamen hier samen, in deze catacomben van de ketterij. Honderddrieëntachtig werden er bovengronds verbrand en de anderen overleefden hier. In de kronieken worden ze omschreven als *bougres et manichéens*—let wel, de *bougres* waren de Bogomilen, Katharen van Bulgaarse origine; zegt het Franse woord *bougre* u niets? Oorspronkelijk betekende het sodomiet, omdat de Bulgaren, naar men zei, de ondeugende neiging hadden...' Hij liet een gegeneerd lachje horen. 'En wie worden er van diezelfde neiging beticht? Zij, de Tempeliers... Eigenaardig, nietwaar?'

'Tot op zekere hoogte,' zei ik. 'Als je in die tijd een ketter om zeep wilde brengen beschuldigde je hem van sodomie...'

'Natuurlijk, denkt u vooral niet dat ik denk dat de Tempeliers... Alstublieft, het waren krijgslieden, en wij krijgslieden houden van mooie vrouwen, en ook al hadden ze hun gelofte afgelegd: een man blijft een man. Maar ik wijs hier op omdat ik niet geloof dat het toeval is dat ketterse Katharen bij Tempeliers hun toevlucht hebben gezocht, en hoe dan ook, de Tempeliers hebben van hen geleerd hoe ze de onderaardse gangen moesten gebruiken.'

'Ho ho,' zei Belbo, 'dit zijn alleen nog maar hypothesen.'

'Uitgangshypothesen. Ik heb u de redenen uit de doeken gedaan waarom ik Provins ben gaan verkennen. Nu komen we aan het echte verhaal. Midden in Provins staat een groot gotisch gebouw, de Grange-aux-Dîmes, de graanschuur van de tienden, en u weet dat de Tempeliers het voordeel hadden dat ze de tienden zonder verdere tussenkomst inden en niets aan de Staat hoefden af te dragen. Daaronder, net als overal, een netwerk van onderaardse gangen, die vandaag de dag in zeer slechte staat zijn. Goed, bij het doorzoeken van de archieven van Provins kom ik een plaatselijke krant uit 1894 tegen. Daarin staat dat twee dragonders, de ridders Camille Laforge uit Tours en Edouard Ingolf uit Sint Petersburg (werkelijk waar, uit Sint Petersburg) enkele dagen daarvoor tijdens een bezoek aan de Grange met de bewaker naar een van de onderaardse ruimten waren afgedaald, twee verdiepingen onder het aardoppervlak; dat de bewaker toen, om te demonstreren dat er nog meer verdiepingen onder lagen, met zijn voet op de grond had gestampt en dat ze toen echo's en gedreun hadden gehoord. De verslaggever prijst de vermetele dragonders die gewapend met lampen en touwen god-weet-welke gangen binnengaan, kruipend op hun ellebogen als kinderen in een mijn, en doordringen tot duistere gangen. En ze belanden, vermeldt de krant, in een grote ruimte, met een fraaie haard en een put in het midden. Ze laten een steen aan een touw zakken en ontdekken dat de put elf meter diep is... Een week later komen ze terug met stevigere touwen, en terwijl de andere twee het touw vasthouden, laat Ingolf zich in de put zakken en ontdekt een grote kamer met stenen wanden, tien bij tien meter, en vijf meter hoog. Om de beurt gaan ook de andere twee naar beneden, en ze realiseren zich dat ze zich op de derde verdieping onder het aardoppervlak bevinden, op dertig meter diepte. Wat de drie in die ruimte zien en doen is niet bekend. De verslaggever bekent dat hij, toen hij de plek aan een onderzoek ging onderwerpen, niet de moed heeft gehad zich in de put te laten zakken. Het verhaal sprak tot mijn verbeelding en ik wilde die plek wel eens bezoeken. Maar tussen het eind van de vorige eeuw en nu zijn vele onderaardse gangen ingestort, en zelfs al had die onderaardse put ooit bestaan, wie weet waar die zich nu zou bevinden. Plotseling flitste het door me heen dat de dragonders daar wellicht iets hadden gevonden. Ik had in die tijd juist een boek gelezen over het geheim van Rennes-le-Château, ook weer zo'n affaire waar de Tempeliers iets mee te maken hebben. Een pastoor zonder geld en zonder vooruitzichten, die bezig is met de restauratie van een oude kerk in een gat van tweehonderd zielen, licht een steen van de vloer in het koor op en vindt een foedraal met zeer oude manuscripten, zegt hij. Alleen manuscripten? Wat er precies gebeurt is niet bekend, maar in de daaropvolgende jaren wordt die man waanzinnig rijk, laat het breed hangen, leidt een losbandig leven en krijgt een kerkelijk proces aan zijn broek. En als een van de dragonders of beide nu eens hetzelfde was overkomen? Ingolf gaat als eerste naar beneden, vindt een waardevol voorwerp van geringe afmeting, verbergt het onder zijn uniformjas, komt weer boven, zegt niets tegen de andere twee... Kortom, ik ben eigenzinnig en als ik dat niet altijd geweest was, had ik een ander leven gehad.' Hij had met zijn vingers over zijn litteken gestreken. Daarna had hij zijn handen naar zijn slapen gebracht en ze in de richting van zijn nek bewogen om zich ervan te vergewissen dat zijn haren naar behoren gladgestreken waren.

'Ik ga naar Parijs en neem op het hoofdpostkantoor alle telefoongidsen van heel Frankrijk door op zoek naar een familie Ingolf. Ik vind er maar een, in Auxerre, en in mijn brief stel ik mijzelf voor als onderzoeker van archeologische zaken. Twee weken later krijg ik antwoord van een oude vroedvrouw: het is de dochter van die Ingolf en ze wil graag weten waarom ik belang in hem stel, sterker nog, ze vraagt me of ik om godswil iets van hem weet... Ik zei al dat er iets geheimzinnigs mee was. Ik spoed me naar Auxerre, juffrouw Ingolf woont in een geheel met klimop begroeid huisje, een houten hekje dat dicht gaat met een touwtje en een spijker. Een bejaarde, nette, vriendelijke vrouw, niet erg ontwikkeld. Ze vraagt me meteen wat ik van haar vader weet en ik vertel haar dat ik alleen maar weet dat hij op een dag in een onderaardse gang in Provins is afgedaald, en dat ik bezig ben met een geschiedkundig essay over die streek. Ze is met stomheid geslagen, nooit geweten dat haar vader in Provins is geweest. Hij was bij de dragonders, dat wel ja, maar had de dienst in '95, voordat zij werd geboren, verlaten. Hij had dit huisje in Auxerre gekocht en in '98 een meisje van hier getrouwd, dat zelf het een en ander had ingebracht. Haar moeder was in 1915 overleden, toen zij vijf jaar was. En wat haar vader betreft, die was in 1935 verdwenen. Verdwenen, letterlijk. Hij was naar Parijs gegaan, iets dat hij minstens tweemaal per jaar placht te doen, en had niets meer van zich laten horen. De plaatselijke gendarmerie had naar Parijs getelegrafeerd: gevlogen. Er wordt een akte van vermoedelijk overlijden opgemaakt. En zo was onze juffrouw alleen achtergebleven en was ze gaan werken omdat de erfenis van haar vader niet veel zaaks was. Klaarblijkelijk had ze geen man gevonden, en uit haar gezucht af te leiden moest er sprake zijn geweest van een affaire, de enige uit haar leven, die slecht was afgelopen. "En aldoor maar die angstige beklemming, die voortdurende wroeging, monsieur Ardentí, niets van die arme papá te weten, niet eens waar zijn graf is, als het al ergens is." Zij wilde graag over hem praten: hij was zo allertederst, rustig, geordend, zo ontwikkeld. Hij sleet zijn dagen in dat studeerkamertje van hem daarboven op zolder, las en schreef. Daarnaast spitte hij wat in de tuin en maakte een praatje met de apotheker—die ook al dood was. Af en toe, zoals ze al had gezegd, een reis naar Parijs, voor zaken, zo noemde hij dat. Maar altijd kwam hij terug met een paar pakken met boeken. Het studeerkamertje stond er nog vol mee, ze stond erop het me te laten zien. We gingen naar boven. Een keurig schoon kamertje dat door juffrouw Ingolf nog eenmaal in de week werd gestoft, haar moeder kon ze op het kerkhof bloemen brengen, voor haar arme vader kon ze alleen dit doen. Alles was zoals hij het had achtergelaten, ze zou graag gestudeerd hebben om al die dingen van hem te kunnen lezen, maar het was allemaal in het Oudfrans, in het Latijn, Duits, zelfs in het Russisch, want daar was papá geboren en had hij zijn jeugd doorgebracht, hij was de zoon van een functionaris van de Franse ambassade. De bibliotheek bevatte een honderdtal boeken, voor het overgrote deel (mijn hart sprong op) over het Tempeliersproces, bijvoorbeeld *Monuments historiques relatifs à la condamnation des chevaliers du Temple* van Raynouard, uit 1813, een antiquarisch stuk. Vele boeken over geheimschriften, een ware cryptologische collectie, een enkel boek over paleografie en codicologie. Er was een register met oude rekeningen, en toen ik dat doorbladerde stuitte ik op een nota die me deed opveren: het betrof de verkoop van een foedraal, zonder nadere details en zonder de naam van de koper. Er werden geen getallen genoemd, maar het jaar was 1895, en meteen daarop volgden gedetailleerde rekeningen, het grootboek van een bedachtzaam man die zijn spaargeld nauwlettend bijhoudt. Een aantal nota's van de aankoop van boeken bij Parijse antiquairs. Nu werd de gang van zaken me duidelijk: Ingolf vindt in de crypte een gouden foedraal ingelegd met waardevolle stenen, aarzelt geen moment, steekt het tussen zijn uniformjas, klimt weer naar boven en houdt zijn mond tegen zijn vrienden. Thuis vindt hij daarin een perkament, dat lijkt me duidelijk. Hij gaat naar Parijs, neemt contact op met een antiquair, een afzetter, een collectioneur, en door de verkoop van het foedraal wordt hij, ook al was de prijs te laag, op zijn minst welgesteld. Maar hij doet nog meer: hij gaat uit dienst, trekt zich buiten terug en begint boeken aan te schaffen en het perkament te bestuderen. Misschien zit de schatzoeker al in hem, anders zou hij in Provins niet de onderaardse gangen in zijn gegaan, waarschijnlijk is hij voldoende ontwikkeld om te besluiten dat hij wat hij gevonden heeft in zijn eentje kan ontcijferen. Ruim dertig jaar lang werkt hij gestaag door, zonder zorgen, zoals een goed monomaan betaamt. Vertelt hij iemand van zijn ontdekkingen? Wie zal het zeggen. Hoe het ook zij, in 1935 moet hij het gevoel hebben dat hij iets op het spoor is of dat hij juist het spoor bijster is, want hij besluit zich tot iemand te wenden, of wel om hem te vertellen wat hij weet of wel om zich te laten vertellen wat hij niet weet. Maar hetgeen hij weet moet zo geheim zijn, zo gruwelijk, dat degeen tot wie hij zich wendt hem laat verdwijnen. Maar laten we even terugkeren naar die zolder. Intussen moest er bekeken worden of Ingolf een of ander spoor had nagelaten. Ik zei tegen dat beste mens dat ik, als ik de boeken van haar vader doorwerkte, misschien een of andere verwijzing naar zijn ontdekking in Provins zou kunnen vinden, en dat ik in mijn essay ruimschoots aandacht aan hem zou besteden. Zij was erg enthousiast, die arme papá van haar, zei me dat ik de hele middag kon blijven en, als het nodig mocht zijn, de volgende dag terug mocht komen; ze bracht me een kop koffie, ontstak het licht voor me, ging terug naar de tuin en liet me het rijk alleen. De kamer had gladde witte wanden, er waren geen kastjes, kistjes of hoeken die ik kon doorzoeken, maar ik sloeg niets over, ik keek op, onder en in de paar meubelstukken, in een bijna lege kast met een aantal pakken vol met naftaline, draaide een stuk of drie, vier lijsten met prenten van landschappen om. Ik bespaar u de details, ik zeg alleen maar dat ik grondig te werk ging, vulling van banken behoort niet alleen bevoeld, je moet er ook naalden insteken om te voelen of je niet op vreemde lichamen stuit...'

Ik begreep dat de kolonel niet alleen slagvelden had gefrequenteerd.

'Restten me de boeken, het kon in ieder geval geen kwaad de titels te noteren en na te gaan of er geen aantekeningen in de kantlijn stonden, onderstrepingen, een of andere aanwijzing... En uiteindelijk pakte ik onhandig een oud boek met een zware band op, het viel, en er gleed een handgeschreven velletje tussenuit. Te oordelen naar het soort—uit een schrift—en de inkt leek het niet al te oud, het kon in de laatste jaren van Ingolfs leven geschreven zijn. Ik kon het nauwelijks ontcijferen, maar las in de kantlijn met moeite: "Provins 1894". U zult zich mijn opwinding kunnen voorstellen, de golf van emotie die me overspoelde... Ik begreep dat Ingolf met het originele perkament naar Parijs was gegaan, maar dat dat velletje een kopie was. Ik aarzelde niet. Juffrouw Ingolf had die boeken jaar in jaar uit afgestoft maar had dat blaadje nooit opgemerkt, anders had ze het me wel verteld. Ze wist van niets en dat zou zo blijven. De wereld valt uiteen in winnaars en overwonnenen. Ik had mijn portie nederlaag ruimschoots gehad, nu moest ik de overwinning bij de haren grijpen. Ik pakte het velletje en stopte het in mijn zak. Ik nam afscheid van de vrouw met de woorden dat ik niets belangwekkends had gevonden, maar dat ik haar vader zou vermelden als ik iets schrijven zou, en zij zegende me. Heren, een man van de daad die verteerd wordt door een passie als die welke mij verteerde, moet geen scrupules hebben ten aanzien van de grijsheid van een schepsel dat het lot toch al veroordeeld heeft.'

'U hoeft zich niet te verontschuldigen,' zei Belbo. 'U hebt het gedaan. Vertelt u verder.'

'Heren, ik toon u nu die tekst. Staat u me toe dat ik u een fotokopie laat zien. Niet uit wantrouwen. Om het origineel niet aan slijtage bloot te stellen.'

'Maar dat van Ingolf was niet het origineel,' zei ik. 'Het was zijn kopie van een vermeend origineel.'

'Mijnheer Casaubon, als er geen originelen meer voor handen zijn, wordt de laatste kopie het origineel.'

'Maar stel dat Ingolf het verkeerd heeft overgeschreven.'

'Of dat zo is weet u niet. En ik weet dat de transcriptie van Ingolf de waarheid vertelt, omdat ik niet zie hoe de waarheid er anders uit zou moeten zien. De kopie van Ingolf is dus het origineel. Zijn we het daar over eens, of gaan we elkaar nu intellectueel vliegen afvangen?'

'Dat haat ik,' zei Belbo. 'Laat u die originele kopie van u maar eens zien.'

19

Na Beaujeu heeft de Orde nooit opgehouden te bestaan en vanaf de tijd van Aumont tot op de dag van vandaag hebben de Grootmeesters elkaar ononderbroken opgevolgd, en het feit dat de namen en de woonplaats van de echte Grootmeester en de Superieuren die hedentendage de Orde besturen en leiding geven aan zijn verheven werken, voor iedereen behalve voor echte illuminaten een ondoorgrondelijk geheim zijn, is omdat het uur van de Orde nog niet gekomen is en de tijd nog niet rijp is ...

Manuscript uit 1760, in G.A. Schiffmann, *Die Entstehung der Rittergrade in der Freimauerei um die Mitte des* XVIII Jahrhunderts, Leipzig, Zechel, 1882, pp. 178-190

Het was ons eerste, vroegste contact met het Plan. Ik had die dag elders kunnen zijn. Als ik die dag niet in het kantoor van Belbo was geweest zat ik nu... In Samarkand sesamzaadjes te verkopen, editor te zijn voor een serie in braille, leiding te geven aan de First National Bank in Frans Jozef Land. Bijzinnen van onvervulde voorwaarde zijn altijd waar omdat de premisse onwaar is. Maar die dag was ik daar, en daarom bevind ik me nu hier.

Met een theatraal gebaar had de kolonel ons het vel laten zien. Ik heb het nog hier, tussen mijn papieren, in een plastic mapje, geler en gebleekter dan het toen was, van dat thermische papier dat in die jaren gebruikt werd. Het waren eigenlijk twee teksten, de eerste, die de eerste helft van de bladzijde besloeg, dicht opeen geschreven en de tweede verdeeld in die verminkte dichtregeltjes...

De eerste tekst was een soort duivelse litanie, een parodie op een Semitische taal:

Kuabris Defrabax Rexulon Ukkazaal Ukzaab Urpaefel Taculbain Habrak Hacoruin Maquafel Tebrain Hmcatuin Rokasor Himesor Argaabil Ka-

quaan Docrabax Reisaz Reisabrax Decaiquan Oiquaquil Zaitabor Qaxaop Dugraq Xaelobran Disaeda Magisuan Raitak Huidal Uscolda Arabaom Zipreus Mecrim Cosmae Duquifas Rocarbis

'Bepaald doorzichtig is het niet,' merkte Belbo op.

'Nee hè?' gaf de kolonel vals toe. 'En ik zou er mijn hele leven mee verdaan hebben als ik niet op een dag, bijna bij toeval, bij een boekenstalletje een boek had gevonden over Trithemius en mijn oog niet gevallen was op een van zijn boodschappen in geheimschrift: "Pamersiël Oshurmy Delmuson Thafloyn..." Ik had een spoor gevonden, en ik volgde het tot het eind. Trithemius was voor mij een onbekende, maar in Parijs vond ik een uitgave van zijn *Steganographia, hoc est ars per occultam scripturam animi sui voluntatem absentibus aperiendi certa,* Frankfurt 1606. De kunst om via occult schrift de eigen geest te openen voor afwezige personen. Een fascinerende figuur, deze Trithemius. Benedictijner abt van Spannheim, levend op de grens tussen de veertiende en de vijftiende eeuw, een geleerde die Hebreeuws, Chaldeeuws en oosterse talen zoals het Tataars kende en betrekkingen onderhield met theologen, kabbalisten, alchimisten, beslist met de grote Cornelius Agrippa van Nettesheim en wellicht met Paracelsus... Trithemius verpakt zijn onthullingen over de geheimschriften in geintjes uit de zwarte magie, hij zegt dat je gecodeerde boodschappen van het type dat jullie hier voor je zien, moet sturen en dat de ontvanger vervolgens engelen als Pamersiël, Padiël, Dorothiël enzovoort moet aanroepen, die hem zullen helpen de ware boodschap te begrijpen. Maar de voorbeelden die hij geeft zijn voor het merendeel militaire boodschappen, en het boek is opgedragen aan de paltsgraaf en hertog van Beieren Filips en is een van de eerste serieuze verhandelingen over cryptografie, wat je noemt voer voor geheime diensten.'

'Neemt u me niet kwalijk,' vroeg ik, 'maar als ik het goed begrepen heb leefde Trithemius minstens honderd jaar nadat het manuscript waar we het over hebben geschreven is...'

'Trithemius was lid van een Solidalitas Celtica, waarin hij zich bezighield met filosofie, astrologie en pythagoreïsche meetkunde. Ziet u het verband? De Tempeliers vormen een initiatie-orde die zich ook baseert op de wijsheid van de oude Kelten, dat is inmiddels voldoende bewezen. Langs een of andere weg leert Trithemius dezelfde cryptografische systemen die ook door Tempeliers gebruikt werden.'

'Indrukwekkend,' zei Belbo. 'En de transcriptie van de geheime boodschap, hoe luidt die?'

'Rustig aan, heren. Trithemius geeft veertig grotere en tien kleinere cryptosystemen. Ik heb geluk gehad, of de Tempeliers van Provins hebben er met de pet naar gegooid, omdat ze er zeker van waren dat niemand hun sleutel zou raden. Ik ben meteen met de eerste van de veertig cryptosystemen aan de slag gegaan en ben uitgegaan van de hypothese dat in deze tekst alleen de beginletters meetellen.'

Belbo vroeg om het papier en bekeek het: 'Maar ook dan blijft het een reeks zonder betekenis: kdruuuth...'

'Logisch,' zei de kolonel toegeeflijk. 'De Tempeliers hadden er dan wel met de pet naar gegooid, maar lui waren ze niet. Deze eerste reeks is op zijn beurt weer een gecodeerde boodschap, en ik heb meteen gedacht aan de tweede serie van tien cryptosystemen. Ziet u, voor deze tweede serie gebruikte Trithemius schijven, en die van het eerste cryptosysteem is deze...'

Hij haalde een tweede fotokopie uit zijn map, schoof zijn stoel naar de tafel en liet ons zijn bewijsvoering volgen door de letters met de dop van zijn vulpen aan te wijzen.

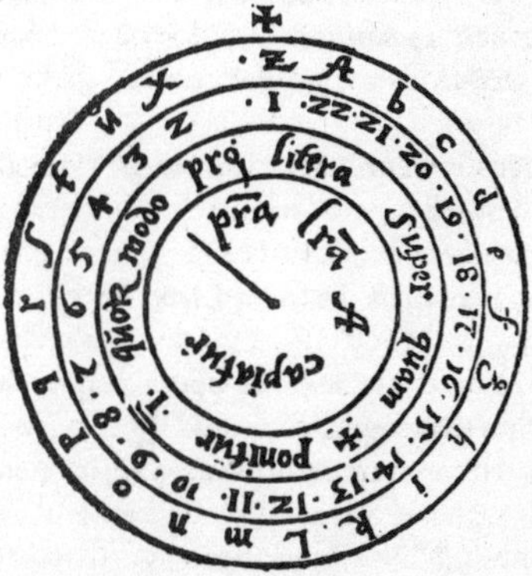

'Het is het simpelste systeem. U moet alleen naar de buitenste cirkel kijken. Iedere letter van de ongecodeerde boodschap vervang je door de letter die eraan voorafgaat. Voor A schrijf je Z, voor B schrijf je A enzovoort. Kinderspel voor een geheim agent, tegenwoordig, maar in die tijd ging het door voor hekserij. Bij het ontcijferen werk je uiteraard de andere kant op, en vervang je iedere letter van het geheimschrift door de letter die erop volgt. Ik heb het geprobeerd en heb zonder meer geluk gehad, want mijn eerste poging slaagde meteen; hier is de oplossing.' Hij transcribeerde: '*Les XXXVI inuisibles separez en six bandes*, de zesendertig onzichtbaren verdeeld in zes groepen.'

'En wat betekent het?'

'Op het eerste gezicht niets. Het betreft een soort titel, een soort constitutie van een groep, geschreven in geheimtaal om rituele redenen. En bovendien hebben onze Tempeliers, overtuigd als ze waren dat ze hun boodschap hadden toevertrouwd aan een onschendbaar sanctum sanctuorum, het bij het vijftiende-eeuwse Frans gehouden. Laten we maar eens naar de tweede tekst kijken.'

a la...Saint Jean
36 p charrete de fein
6...entiers avec saiel
p...les blancs mantiax
r...s...chevaliers de Pruins pour la...j.nc.
6 foiz 6 en 6 places
chascune foiz 20 a....120 a....
iceste est l'ordonation
al donjon li premiers
it li secunz joste iceus qui...pans
it al refuge
it a Nostre Dame de l'altre part de l'iau
it a l'ostel des popelicans
it a la pierre
3 foiz 6 avant la feste...la Grant Pute.

'En zou dit dan de ongecodeerde boodschap moeten voorstellen?' vroeg Belbo, teleurgesteld en geamuseerd.

'In de transcriptie van Ingolf staan puntjes natuurlijk voor onleesbare woorden, voor plekken waar het perkament vergaan was... Maar hier heb ik mijn uiteindelijke transcriptie, waarin ik, via gissingen die ik met uw welnemen als helder en onweerlegbaar zou willen omschrijven, de tekst in zijn vroegere luister herstel—zoals men pleegt te zeggen.'

Met een gebaar als van een goochelaar draaide hij de fotokopie om en toonde ons zijn aantekeningen in blokletters.

DE (NACHT VAN) SINT-JAN
36 (JAAR) P(OST) DE HOOIWAGEN
6 (BOODSCHAPPEN) INTACT MET ZEGEL
V(OOR DE RIDDERS MET DE) WITTE MANTELS [DE TEMPELIERS]
R (ELAP)S(I) VAN PROVINS VOOR DE (VAIN)JANCE [WRAAK]

6 MAAL 6 IN ZES GEBIEDEN
IEDERE KEER 20 J(AAR) IS 120 J(AAR)
DIT IS HET PLAN:
DE EERSTEN MOETEN NAAR HET KASTEEL
IT(ERUM) [OPNIEUW NA 120 JAAR] MOETEN DE TWEEDEN HEN
(VAN HET) BROOD BEREIKEN
OPNIEUW NAAR DE SCHUILPLAATS
OPNIEUW NAAR ONZE VROUWE AAN GENE ZIJDE VAN DE RIVIER
OPNIEUW NAAR DE HERBERG VAN DE POPULICANEN
OPNIEUW NAAR DE STEEN
3 MAAL 6 [666] VOOR HET FEEST (VAN DE) GROTE HOER.

'Het wordt er niet bepaald helderder op,' zei Belbo.

'Het moet natuurlijk nog allemaal geïnterpreteerd worden. Maar dat is Ingolf zeker gelukt, zoals het mij ook gelukt is. Het is minder duister dan het lijkt, voor iemand die de geschiedenis van de orde kent.'

Pauze. Hij vroeg een glas water, en legde ons de tekst verder uit, woord voor woord.

'Dus: in de nacht van Sint-Jan, zesendertig jaar na de hooiwagen. De Tempeliers die voorbestemd zijn om de orde te doen voortbestaan ontlopen hun aanhouding in september 1307, op een hooiwagen. In die tijd liep het jaar van Pasen tot Pasen. Dus het jaar 1307 loopt af tegen wat volgens onze berekening Pasen 1308 zou zijn. Telt u maar eens zesendertig jaar bij eind 1307 (wat ons Pasen 1308 is) op, dan komen we uit bij Pasen 1344. Na de zesendertig jaren uit de voorspelling zitten we in ons 1344. De boodschap wordt gedeponeerd in de crypte in een kostbaar kistje, als verzegeld stuk, notariële akte van een of andere gebeurtenis die op die plek heeft plaatsgevonden na de oprichting van de geheime orde, de nacht van Sint-Jan, ofte wel 23 juni 1344.'

'Waarom 1344?'

'Ik neem aan dat de geheime orde zich tussen 1307 en 1344 reorganiseert en wacht op het project waarvan het perkament de start sanctioneert. Ze moesten wachten tot de storm geluwd was, tot de Tempeliers van vijf of zes landen de draad weer hadden opgepakt. Overigens hebben de Tempeliers zesendertig jaar gewacht, en niet vijfendertig of zevenendertig, omdat het getal zesendertig voor hen klaarblijkelijk mystieke waarde had, zoals de gecodeerde boodschap overigens ook bevestigt. De interne som van zesendertig is negen, en ik hoef u niet te wijzen op de dieperliggende betekenissen van dat getal.'

'Mag ik?' Het was de stem van Diotallevi, die achter ons naar binnen was geslopen, geruisloos als een Tempelier uit Provins.

'Een kolfje naar jouw hand,' zei Belbo. Hij stelde hem terloops voor; de kolonel leek er niet erg door van zijn stuk gebracht, sterker nog, hij wekte de indruk een talrijk en oplettend gehoor op prijs te stellen. Hij ging door met zijn interpretatie, en Diotallevi likkebaarde bij het zien van al die numerologische lekkernijen. Zuivere Gematria.

'Nu komen we bij de zegelen: zes intacte dingen met een zegel. Ingolf vindt een foedraal dat blijkbaar gesloten is met een zegel. Voor wie is dit foedraal verzegeld? Voor de Witte Mantels, en dus voor de Tempeliers. Nu stuiten we in de boodschap op een *r*, enkele uitgewiste letters, en een *s*. Ik lees 'relapsi'. Waarom? Omdat we allemaal weten dat de relapsi mensen waren die eerst schuld bekenden en hun bekentenissen vervolgens weer introkken, en de relapsi hebben een niet onbelangrijke rol gespeeld in het proces tegen de Tempeliers. De Tempeliers van Provins nemen de rol van relapsus met trots op zich. Zij distantiëren zich van de schandelijke komedie van het proces. Goed, er wordt dus gesproken over ridders uit Provins, relapsi, klaar voor wat? De paar letters waarover we beschikken suggereren 'vainjance', voor wraak.'

'Welke wraak?'

'Heren! Vanaf het proces draait de hele Tempelmystiek om het voornemen Jacques de Molay te wreken. Ik heb geen hoge pet op van de vrijmetselaarsriten, maar hoe ontaard deze burgerkarikatuur van het Tempelridderschap ook moge zijn, ze zijn er nog altijd een afspiegeling van. En een van de graden van de vrijmetselarij die de Schotse ritus volgt, is die van Ridder Kadosch, in het Hebreeuws: ridder van de wraak.'

'Oké, de Tempeliers maken zich op voor een wraakoefening. En dan?'

'Hoe lang zal dit wraakplan moeten duren? De gecodeerde boodschap helpt ons de boodschap in gewone taal te begrijpen. Er wordt gevraagd om zes maal zes ridders op zes plaatsen, zesendertig verdeeld in zes groepen. Dan wordt er gezegd 'Iedere keer twintig', en hier staat iets dat niet duidelijk is maar dat in de transcripties van Ingolf op een *a* lijkt. Iedere keer twintig jaar, heb ik eruit opgemaakt, maal zes is honderdtwintig jaar. Als we de rest van de boodschap volgen vinden we een lijst met zes plaatsen, of zes te verrichten taken. Er is sprake van een 'ordonation', een project, een voornemen, een te volgen werkwijze. En er staat dat de eersten naar een donjon of kasteel moeten gaan, de tweeden naar een andere plek, en zo door tot en met de zesden. Het document vertelt ons dus dat er zes andere nog verzegelde documenten zouden moeten zijn, verspreid over verschillende plekken, en het lijkt me duidelijk dat de zegelen na elkaar verbroken dienen te worden, en steeds met tussenpozen van honderdtwintig jaar...'

'Maar waarom iedere keer twintig jaar?' vroeg Diotallevi.

'Deze wraakridders moeten iedere honderdtwintig jaar op een bepaalde plek een missie volbrengen. Het is een soort estafette. Het is duidelijk dat er na de nacht van 1344 zes ridders vertrekken en dat ze ieder naar een van de door het plan voorbestemde zes plaatsen gaan. Maar de bewaker van het eerste zegel kan natuurlijk niet honderdtwintig jaar in leven blijven. Het is de bedoeling dat iedere bewaker van ieder zegel twintig jaar met die taak belast blijft en het beheer daarna aan een opvolger overgeeft. Twintig jaar is een redelijke termijn; zes bewakers per zegel, elk voor een tijd van twintig jaar, garanderen dat de bewaker van het zegel bij het honderdtwintigste jaar een instructie of iets dergelijks kan lezen, en deze kan doorgeven aan de eerste van de bewakers van het tweede zegel. Daarom is de boodschap ook in het meervoud gesteld, de eersten moeten hierheen, de tweeden daarheen... Iedere plek staat, zou je kunnen zeggen, honderdtwintig jaar lang onder toezicht van zes ridders. Rekent u maar uit, van de eerste tot de zesde plek zijn er vijf wissels, die zeshonderd jaar beslaan. Tel zeshonderd op bij 1344 en je krijgt 1944. Hetgeen bevestigd wordt door de laatste regel. Zo klaar als een klontje.'

'Hoe dan?'

'De laatste regel luidt 'drie maal zes voor het feest (van de) Grote Hoer'. Ook dit is een numerologisch spelletje, want de interne som van 1944 is namelijk achttien. Achttien is drie maal zes, en deze nieuwe wonderbare numerieke coïncidentie doet de Tempeliers een ander uiterst subtiel enigma aan de hand. 1944 is het jaar waarin het plan afgesloten moet worden. Met het oog waarop? Het jaar 2000 natuurlijk! De Tempeliers denken dat het tweede millennium de komst van hun Jeruzalem zal betekenen, een aards Jeruzalem, een Anti-Jeruzalem. Worden ze vervolgd als ketters? Uit haat voor de Kerk identificeren ze zich met de Antichrist. Zij weten dat 666 in de occulte traditie van oudsher het getal van het Beest is. Het jaar 666, jaar van het Beest, is het jaar 2000 waarin de wraak van de Tempeliers zal triomferen, het Anti-Jeruzalem is het Nieuwe Babylon, en dat is waarom 1944 het jaar van de triomf van de Grande Pute is, de grote hoer van Babylon waar de Apocalyps gewag van maakt! De verwijzing naar 666 is een provocatie, grootspraak van ijzervreters. Ze kwamen uit voor hun anders-zijn, zoals je tegenwoordig zou zeggen. Een fraai verhaal, niet?'

Hij keek ons aan met vochtige ogen, en ook zijn lippen en snor waren vochtig, terwijl hij met zijn handen liefdevol over zijn map streek.

'Oké,' zei Belbo, 'hier worden de verschillende fasen van een plan geschetst. Maar welk?'

'U vraagt te veel. Als ik dat wist hoefde ik mijn aas niet uit te gooien. Maar ik weet één ding. Dat er in dat tijdsbestek iets is voorgevallen en dat het plan niet volbracht is; anders, met uw welnemen, zouden we dat weten. En ik kan ook begrijpen waarom: 1944 is geen gemakkelijk jaar, de Tempeliers konden niet weten dat er een wereldoorlog zou uitbreken die elk contact zou bemoeilijken.'

'Vergeeft u me dat ik me ermee bemoei,' zei Diotallevi, 'maar als ik het goed begrijp sterft, als het eerste zegel eenmaal verbroken is, de dynastie van zijn bewakers niet meer uit. Deze blijft voortbestaan tot aan de verbreking van het laatste zegel, als er om de aanwezigheid van alle vertegenwoordigers van de orde verzocht wordt. En iedere eeuw, of liever iedere honderdtwintig jaar, zouden we dus altijd zes bewakers per plek hebben, ofte wel zesendertig in totaal.'

'Exact,' zei Ardenti.

'Zesendertig ridders voor elk van de zes plaatsen komt op 216, waarvan de interne som negen is. En aangezien het zes eeuwen zijn, vermenigvuldigen we 216 met zes en krijgen we 1296, waarvan de interne som achttien is, dat wil zeggen drie maal zes, 666.' Diotallevi was wellicht met zijn aritmetische reconstructie van de wereldgeschiedenis doorgegaan als Belbo hem niet met een blik een halt had toegeroepen, zoals moeders doen wanneer hun kinderen een stommiteit begaan. Maar de kolonel had in Diotallevi een verlichte geest herkend.

'Dat is fantastisch wat u me daar laat zien, mijnheer! Weet u wel dat de eerste ridders die de kern vormden van de Tempel in Jeruzalem met zijn negenen waren!'

'De Grote Naam van God, zoals voorgesteld door het tetragrammaton,' zei Diotallevi, 'bestaat uit tweeënzeventig letters, en zeven plus twee is negen. Maar ik zal het u nog sterker vertellen, met uw welnemen. Volgens de pythagoreïsche traditie, die door de kabbala overgenomen (of geïnspireerd) is, is de som van de oneven getallen van een tot zeven zestien en de som van de even getallen van twee tot acht twintig, en twintig plus zestien is zesendertig.'

'Mijn god, mijnheer,' zei de kolonel opgewonden, 'ik wist het, ik wist het. U bemoedigt me. Ik ben dicht bij de waarheid.'

Ik wist niet in welke mate Diotallevi van aritmetica een godsdienst of van godsdienst een aritmetica maakte, maar naar alle waarschijnlijkheid was zowel het een als het ander waar en zat ik tegenover een atheïst die zich met genot liet meevoeren naar een of andere hogere hemel. Voor hetzelfde geld had hij zich aan de roulette kunnen verslingeren (en dat zou beter zijn geweest), maar hij moest zo nodig de ongelovige rabbijn uithangen.

Ik kan me nu niet meer precies herinneren wat er gebeurde, maar Belbo kwam tussenbeide met zijn gezonde verstand uit de Povlakte en verbrak de betovering. De kolonel moest de overgebleven regels nog interpreteren en we wilden het allemaal horen. En het was al zes uur 's avonds. Zes uur, dacht ik, dat is ook achttien uur.

'Oké,' zei Belbo. 'Stapje voor stapje maken de ridders, zesendertig per eeuw, zich op om de Steen te ontdekken. Maar welke Steen is het?'

'Toe nou! Het gaat natuurlijk om de graal.'

20

De Middeleeuwen wachtten op de held van de Graal en verwachtten dat het hoofd van het Heilige Romeinse Rijk een beeld en een manifestatie zou worden van de 'Koning van de Wereld'... dat de onzichtbare Keizer ook zichtbaar werd en het Tijdperk van het Midden... ook de betekenis kreeg van een Tijdperk van het Centrum... Het onzichtbare en onschendbare centrum, de soeverijn die moet ontwaken, de wrekende en herstellende held zijn geen verzinsels van een min of meer romantisch dood verleden, maar de waarheid van hen die zich vandaag de dag, als enige met recht levenden kunnen noemen.

Julius Evola, Il mistero del Graal,
Rome, Ed.Mediterranee, 1983, c.23 en Epiloog

'De graal heeft er volgens u ook mee te maken?' informeerde Belbo.

'Natuurlijk. En dat zeg ík niet alleen. Over wat de legende van de graal inhoudt hoef ik geloof ik niet uit te wijden, we zijn per slot ontwikkelde mensen onder elkaar. De ronde-tafelridders, die mystieke zoektocht naar dat wonderbaarlijke voorwerp dat volgens sommigen de door Jozef van Arimathea naar Frankrijk meegenomen schaal zou zijn waarin het bloed van Jezus werd opgevangen en volgens anderen een steen met duistere machten. Vaak wordt de graal als verblindend licht voorgesteld... Er is sprake van een symbool dat staat voor een of andere kracht, voor een of andere immense energiebron. Deze voedt, geneest wonden, verblindt, bliksemt... Een laserstraal? Iemand heeft gedacht aan de steen der wijzen van de alchimisten, maar zelfs al zou dat zo zijn, wat is de steen der wijzen anders dan het symbool van een of andere kosmische energie? De literatuur erover is verloren gegaan, maar er zijn zonder enig probleem een aantal onweerlegbare aanwijzingen te vinden. Als u *Parzival* van Wolfram von Eschenbach leest zult u zien dat de graal die daarin voorkomt wordt bewaakt in een Tempelierskasteel! Was Eschenbach een ingewijde? Iemand die zo onverstandig was iets te onthullen waarover beter gezwegen had kunnen worden? Maar daar blijft het niet bij. Die door de Tempeliers bewaakte graal wordt beschouwd als een uit de hemel gevallen steen: *lapis exilis*. Men weet niet of dat 'steen uit de hemel' ('ex coelis') betekent of dat het van *exil* is afgeleid. Hoe dan ook, het is iets dat van verre komt en iemand heeft wel gesuggereerd dat het een meteoriet zou kunnen zijn. Wat ons betreft klopt het als een bus: een Steen. Wat de graal ook geweest moge zijn, voor de Tempeliers symboliseert hij het object of het doel van het plan.'

'Neemt u mij niet kwalijk,' zei ik. 'Uit het document blijkt dat de ridders zich bij de zesde afspraak bij of op een steen moeten bevinden, niet dat ze een steen moeten vinden.'

'Weer zo'n subtiele dubbelzinnigheid, weer zo'n lumineuze mystieke analogie! Zeker, de zesde afspraak is op een steen, en we zullen ook zien waar, maar eenmaal op die steen zullen de ridders, omdat het doorgeven van het plan en het verbreken van de zes zegelen inmiddels is voltrokken, weten waar de Steen te vinden is! Dat komt ook in de bijbel voor, u bent Petrus en op deze steen... Op de steen zullen jullie de Steen vinden.'

'Daar zit wat in, ja,' zei Belbo. 'Gaat u alstublieft verder. Casaubon, u moet niet aldoor in de rede vallen. We zijn benieuwd naar de rest.'

'Welnu,' sprak de kolonel, 'door die ondubbelzinnige verwijzing naar de graal heb ik heel lang gedacht dat de schat een geweldige voorraad radioactief materiaal was, dat bijvoorbeeld van andere planeten was gevallen. Denkt u bijvoorbeeld eens aan de legende van de geheimzinnige verwonding van koning Amfortas... Hij lijkt wel een radioloog die te veel aan straling is blootgesteld... En hij mag dan ook niet aangeraakt worden. Waarom niet? Denkt u zich eens in hoe ontroerd de Tempeliers moeten zijn geweest toen ze aan de oevers van de Dode Zee stonden, u weet wel, loodzwaar bitumineus water waarop je drijft als een kurk en dat ook nog geneeskrachtig is... Ze zouden in Palestina een voorraad radium of uranium ontdekt kunnen hebben en doorzien hebben dat ze dat niet meteen konden gebruiken. De lijnen die de graal, de Tempeliers en de Katharen met elkaar verbinden zijn wetenschappelijk bestudeerd door een bekwame Duitse officier; ik heb het over Otto Rahn, een Obersturmbahnführer van de SS die zijn leven heeft gewijd aan een gedisciplineerd onderzoek naar het Europese en het Arische karakter van de graal—ik laat in het midden hoe en waarom hij in 1939 om het leven kwam, maar er wordt wel beweerd... nu ja, kan ik vergeten wat er met Ingolf is gebeurd?... Rahn laat ons de lijn zien die het Gulden Vlies van de Argonauten en de graal verbindt... Kortom, het is overduidelijk dat er een relatie bestaat tussen de mystieke graal uit de legende, de steen der wijzen (*lapis*!) en die immense krachtbron waar de getrouwen van Hitler het, aan de vooravond van de oorlog, en tot hun laatste snik, op gemunt hadden. Let wel, in één versie van de legende zien de Argonauten een schaal, een schaal zeg ik, boven de Berg van de Wereld met de Boom van het Licht zweven. De Argonauten vinden het Gulden Vlies en hun schip komt door tovenarij midden in de melkweg terecht, in het noordelijk halfrond waar het heerst te zamen met het Kruis, de Driehoek en het Altaar, en de lichtnatuur van de eeuwige God bevestigt. De driehoek symboliseert de goddelijke drieëenheid, het kruis het goddelijke liefdesoffer en het altaar is de Tafel van het Avondmaal waarop de Kelk van de Wedergeboorte stond. De Keltische en Arische herkomst van deze symbolen is onweerlegbaar.'

De kolonel leek gegrepen door dezelfde heroïsche exaltatie die zijn Obersturmunddrang of hoe die man in godsnaam ook heette tot het hoogste offer had aangezet. Hij moest tot de werkelijkheid worden teruggeroepen.

'Conclusie?' vroeg ik.

'Mijnheer Casaubon, ziet u dat dan niet? We hebben het gehad over de de graal als Edelsteen van Lucifer en hem gerelateerd aan de figuur van Bafomet. De graal is een energiebron, de Tempeliers waren de bewakers van een energetisch geheim en stippelen hun plan uit. Waar zullen de onbekende hoofdkwartieren gevestigd zijn? Hier, mijne heren,' en de kolonel keek ons medeplichtig aan alsof wij deel uitmaakten van een samenzwering, 'ik had een spoor, fout maar bruikbaar. Een auteur die iets moest hebben opgevangen over een of ander geheim, Charles-Louis Cadet Gassicourt (let wel, zijn boek stond ook in de bibliotheek van Ingolf) schrijft in 1795 een boek, *Le tombeau de Jacques Molay ou le secret des conspirateurs à ceux qui veulent tout savoir*, waarin hij beweert dat Molay voordat hij stierf vier geheime loges opzette, in Parijs, in Schotland, in Stockholm en in Napels. Deze vier loges zouden alle monarchen moeten wegvagen en de macht van de paus teniet moeten doen. Oké, Gassicourt mag dan een geëxalteerde figuur zijn geweest, maar om te kunnen vaststellen waar de Tempeliers hun geheime hoofdkwartieren konden hebben opgezet, ben ik van zijn idee uitgegaan. Ik had de raadsels van de boodschap niet kunnen doorzien als ik niet een leidraad gehad had, dat spreekt. Maar dat had ik wel, en dat was de op ontelbare zekerheden gestoelde overtuiging dat de Tempeliersgeest geïnspireerd was door de Kelten, de druïden, het was de geest van het noordse arianisme die de traditie associeert met het eiland Avalon, de zetel van de waarlijke beschaving van de Hyperboreeërs. U weet ongetwijfeld dat verschillende auteurs Avalon zagen als de tuin van de Hesperiden, als het Ultima Thule en als het Colchis van het Gulden Vlies. Het is geen toeval dat de grootste ridderorde uit de geschiedenis de Orde van het Gulden Vlies heet. Waarmee duidelijk wordt wat er achter het woord 'Kasteel' schuilt. Het is het kasteel in het hoge noorden waar de Tempeliers de graal bewaakten, waarschijnlijk het Montsalvat uit de legende.'

Hij pauzeerde. Hij wilde dat we aan zijn lippen hingen. Hingen we.

'Nu komen we aan het tweede bevel: de bewaarders van het zegel moeten daarheen gaan waar degene is of degenen zijn die iets met het brood hebben gedaan. Op zich is de aanwijzing bijzonder duidelijk: de graal is de schaal voor het bloed van Christus, het brood is het lichaam van Christus, de plaats waar het brood is gegeten is de plek waar het laatste avondmaal plaatsvond, Jeruzalem. Het is ondenkbaar dat de Tempeliers daar na de Saraceense herovering niet een geheime basis zouden hebben aangehouden. Om eerlijk te zijn vond ik dit joodse element in een plan dat geheel in het teken staat van een Arische mythologie aanvankelijk storend. Maar bij nadere beschouwing zijn wij het die Jezus blijven zien als uitdrukking van de joodse religiositeit, omdat de Kerk in Rome ons dat voorhoudt. De Tempeliers wisten donders goed dat Jezus een Keltische mythe is. Het hele evangelieverhaal is een hermetische allegorie, herrijzenis na te zijn versmolten met de ingewanden van de aarde enzovoort enzovoort. Christus is niets anders dan het Elixer van de alchimisten. Bovendien weet iedereen dat de drieëenheid een Arisch begrip is en dat verklaart waarom in de orderegels, die gedicteerd zijn door een druïde als Sint-Bernardus, het getal drie overheerst.'

De kolonel had nog een slokje water gedronken. Hij was schor. 'En nu komen we bij de derde etappe, de Schuilplaats. Dat is Tibet.'

'Tibet? Hoezo dat?'

'Nou vooral omdat Eschenbach vertelt dat de Tempeliers Europa verlaten en de graal naar India overbrengen. De wieg van het Arische geslacht. De schuilplaats is in Agarttha. Daar zult u wel eens van gehoord hebben, van Agarttha, zetel van de koning van de wereld, de onderaardse stad vanwaaruit de Heren van de Wereld de gang van de menselijke geschiedenis beheersen. De Tempeliers hebben daar een van hun geheime centra gesticht, bij de wortels van hun eigen spiritualiteit. U weet toch wat de relatie is tussen het rijk van Agarttha en de Synarchie?...'

'Nee, in 't geheel niet...'

'Dat is maar beter ook. Er zijn geheimen die dodelijk zijn. Maar laten we niet afdwalen. In ieder geval weet iedereen dat Agarttha zesduizend jaar geleden werd gesticht, aan het begin van de Kali Yuga periode waarin we nu nog leven. Van oudsher was het de taak van de ridderorden met dit geheime centrum contact te onderhouden, de actieve communicatie tussen de wijsheid van het Oosten en de wijsheid van het Westen. En zo is ook duidelijk waar de vierde afspraak moet plaatsvinden, namelijk in een ander heiligdom der druïden, in de stad van de Maagd, dat wil zeggen in de kathedraal van Chartres. Chartres en Provins liggen precies tegenover elkaar, elk aan een kant van de belangrijkste rivier van het Ile-de-France, de Seine.'

We konden onze gesprekspartner niet meer volgen: 'Wat heeft Chartres nu te maken met die Kelten en druïden van u?'

'Waar denkt u eigenlijk dat de idee van de Maagd vandaan komt? De eerste maagden die in Europa verschijnen zijn de zwarte maagden van de Kelten. Als jongeling lag Sint-Bernardus in de kerk van Saint-Voirles geknield voor een zwarte maagd, toen deze drie druppels melk uit haar borst perste die op de lippen van de toekomstige stichter van de Tempeliersorde vielen. Vandaar de graalromans, om een dekmantel voor de kruistochten te creëren, en de kruistochten om de graal terug te vinden. De benedictijnen zijn de erfgenamen van de druïden, dat weet iedereen.'

'Maar waar zijn die zwarte maagden?'

'Zoekgemaakt door mensen die de noordse traditie wilden bezoedelen, de Keltische religiositeit wilden omzetten in de mediterrane religiositeit en daartoe de mythe van Maria uit Nazareth bedachten. Of ze zijn vermomd, verminkt, net als de vele zwarte madonna's die nog steeds blootgesteld zijn aan het fanatisme van de massa. Maar als u de afbeeldingen in de kathedralen goed bekijkt zoals de grote Fulcanelli heeft gedaan, ziet u dat deze geschiedenis onomwonden wordt verteld en dat onomwonden wordt getoond welke band er bestaat tussen de Keltische maagden en de alchimistische traditie die afstamt van de Tempeliers en die de zwarte maagd tot symbool zal maken van de materia prima waar de zoekers naar de steen der wijzen—die zoals we gezien hebben niets anders is dan de graal—zich mee bezighielden. En denkt u er nu eens over na waar die andere door de druïden ingewijde grootheid, Mohammed, zijn inspiratie vandaan haalde voor de zwarte steen van Mekka. In Chartres heeft iemand de crypte dichtgemetseld die in verbinding staat met de ondergrondse plek waar nog steeds het oorspronkelijke heidense beeld staat, maar als u goed zoekt kunt u er nog een door een Odinistische kanunnik uitgehouwen zwarte maagd vinden, Notre-Dame du Pillier. Het beeld houdt de magische cilinder van de hogepriesteressen van Odin in de hand en links van haar is de magische kalender uitgehouwen waarop de heilige dieren van het odinisme, de hond, de adelaar, de leeuw, de ijsbeer en de weerwolf te zien waren—ik zeg te zien wáren, helaas, want deze sculpturen zijn niet veilig gebleken voor het vandalisme van de orthodoxe kanunniken. Overigens is het geen van de onderzoekers van het gotisch esoterisme ontgaan dat in Chartres tevens een standbeeld staat dat de schaal van de graal vasthoudt. Ach, mijne heren, als men de kathedraal van Chartres nog zo wist te lezen, dus niet volgens de apostolische en rooms-katholieke toeristische gidsen, maar als men de werkelijke geschiedenis die die rots van Erec verhaalt nog wist te zien, en dan bedoel ik zien met de ogen van de Traditie, de werkelijke geschiedenis...'

'En nu komen we aan de Populicanen. Wie zijn dat?'

'Dat zijn de Katharen. Een van de bijnamen die aan de ketters werd gegeven was Populicanen of Popelicanten. De Katharen uit de Provence zijn uitgeroeid—ik zal niet zo naïef zijn te denken aan een afspraak op de ruïnes van Montségur, maar de sekte is niet dood, er bestaat een hele geografie van het occulte katharisme waar zelfs Dante, de schrijvers van de Dolce Stil Nuovo en de sekte van de Fidèles d'Amour uit voortkomen. De vijfde afspraak is ergens in Noord-Italië of in Zuid-Frankrijk.'

'En de laatste afspraak?'

'Welke is nu de oudste, meest heilige, meest onvergankelijke van de Keltische stenen, het heiligdom van de godheid van de zon, het observatorium bij uitstek vanwaaruit de afstammelingen van de Tempeliers van Provins, als het plan voltooid is en ze zich ten slotte verenigd hebben, de door de zes zegelen verborgen geheimen naast elkaar kunnen leggen en er eindelijk achter kunnen komen hoe ze de immense macht die het bezit van de heilige graal met zich meebrengt kunnen benutten? Die in Engeland natuurlijk, de magische cirkel van Stonehenge! Wat anders?'

'Nee, werkelijk?' zei Belbo. Alleen een Piemontees kan de intentie navoelen waarmee deze uiting van beschaafde verbijstering wordt uitgesproken. Geen van de equivalenten in andere talen of dialecten (dis donc, are you kidding, ich verstehe) kan het opperste gevoel van desinteresse weergeven, het fatalisme waarmee die uitdrukking de onwankelbare overtuiging verwoordt dat de anderen, zonder dat daar ook maar iets aan te doen valt, kinderen zijn van een onhandige god.

Maar de kolonel was geen Piemontees, en leek zich gevleid te voelen door Belbo's reactie.

'Jawel. Ziehier het plan, ziehier de "ordonation", in al haar wonderbaarlijke eenvoud en coherentie. En let u op, u neemt een kaart van Europa en Azië, u trekt de ontwikkelingslijn van het plan van het noorden waar het Kasteel zich bevindt naar Jeruzalem, van Jeruzalem naar Agarttha, van Agarttha naar Chartres, van Chartres naar de kust van de Middellandse Zee en van daar naar Stonehenge. Daar komt een figuur uit, bijna een rune die er zo uitziet.'

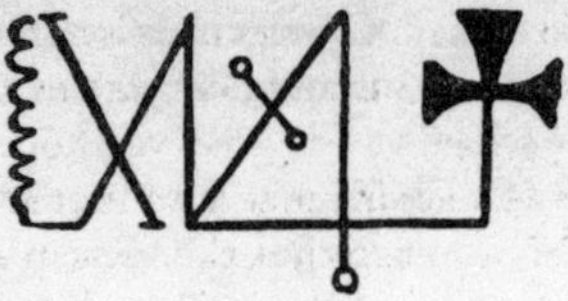

'Ja en?' vroeg Belbo.

'En dat is dus dezelfde rune die denkbeeldig gezien een aantal van de vooraanstaande centra van het Tempeliersesoterisme met elkaar verbindt, Amiens, Troyes—het rijk van Sint-Bernardus, aan de zoom van het Forêt d'Orient—Reims, Chartres, Rennes-le-Chateaux en de Mont Saint-Michel, plaats van een zeer oude cultus van de druïden. En dat zelfde teken heeft ook iets weg van het sterrenbeeld van de Maagd!'

'Ik doe wel eens wat aan astronomie,' zei Diotallevi bedeesd, 'en de Maagd heeft voor zover ik me herinner een ander patroon en telt, dacht ik, elf sterren...'

De kolonel lachte welwillend: 'Heren, heren, u weet beter dan ik dat alles afhangt van hoe je de lijnen trekt, dat je naar believen een wagen of een beer kunt krijgen, en hoe moeilijk het is vast te stellen of een ster al dan niet bij een sterrebeeld hoort. Kijkt u nog eens naar de Maagd, neemt u Spica als laagste punt, en stel die op een lijn met de Provençaalse kust; kies dan slechts vijf sterren en u zult opkijken van de overeenkomst tussen de twee figuren.'

'Een kwestie van besluiten welke sterren je weglaat,' zei Belbo.

'Precies,' bevestigde de kolonel.

'Luistert u eens,' zei Belbo, 'hoe bent u er zo zeker van dat de ontmoetingen niet volgens de regels hebben plaatsgevonden en dat de ridders niet al aan het werk zijn zonder dat wij er weet van hebben?'

'Niets wijst daarop, en staat u mij toe daaraan toe te voegen: "helaas". Het plan is vastgelopen en wellicht zijn diegenen die het moesten volvoeren er niet meer, zijn de groepen van zesendertig tijdens een of andere wereldramp uiteengevallen. Maar een groep waaghalzen die over de juiste informatie beschikte zou de draad van het verhaal weer op kunnen nemen. Dat iets is er nog altijd. En ik ben op zoek naar de geschikte mensen. Daarom wil ik dit boek uitgeven, om reacties uit te lokken. En tegelijkertijd tracht ik in contact te komen met mensen die me kunnen helpen in de meanders van de traditionele kennis naar het antwoord te zoeken. Vandaag meende ik de grootste deskundige op dit gebied te ontmoeten. Maar helaas, ook al is hij een groot licht, hij heeft mij toch niets kunnen vertellen; hij is echter wel zeer in mijn verhaal geïnteresseerd en heeft me een voorwoord toegezegd...'

'Pardon,' vroeg Belbo hem, 'maar was het niet onvoorzichtig deze heer uw geheim toe te vertrouwen? U zelf heeft het over de misstap van Ingolf gehad...'

'Ho ho,' antwoordde de kolonel, 'Ingolf was nergens op bedacht. Ik heb contact gezocht met een wetenschapper die boven elke verdenking verheven is. Iemand die geen overijlde hypothesen oppert. Bewijs daarvan is dat hij mij gevraagd heeft nog even te wachten met het aanbieden van mijn werk aan een uitgever totdat alle controversiële punten zijn opgehelderd... Ik wilde zijn sympathie niet verspelen en heb hem niet verteld dat ik hier naar toe zou gaan, maar u zult begrijpen dat ik, nu ik me zoveel moeite heb getroost, met recht ongeduldig ben. Die mijnheer... ach, weg met die terughoudendheid, ik zou niet willen dat u denkt dat ik opschep. Het is Rakoskij...'

Hij pauseerde even, in afwachting van onze reactie.

'Wie?' stelde Belbo hem teleur.

'Rakoskij! Een autoriteit op het gebied van de traditionele studies, de vroegere directeur van de *Cahiers du Mystère*!'

'Ah,' zei Belbo. 'Ja, ja, ik geloof, Rakoskij, zeker...'

'Welnu, ik stel het schrijven van mijn definitieve versie uit tot ik de adviezen van die man heb gehoord, maar ik ben van plan er haast achter te zetten en als ik intussen met uw uitgeverij tot een akkoord kan komen... Ik herhaal, ik wil zo snel mogelijk reacties uitlokken, gegevens verzamelen... Er lopen mensen rond die iets weten en hun mond niet opendoen... Heren, ondanks het feit dat hij merkt dat de oorlog is verloren, begint Hitler uitgerekend rond '44 te spreken over een geheim wapen dat hem in staat zal stellen de situatie te doen omslaan. Die is gek, wordt er gezegd. En als hij nu eens niet gek was? Volgt u me?'

Het zweet parelde op zijn voorhoofd en zijn snor stond katachtig uit. 'Kortom,' zei hij, 'ik werp een visje uit. We zullen zien of iemand toehapt.'

Afgaand op wat ik toen over hem wist en dacht, verwachtte ik die dag dat Belbo hem met enkele gepaste frases buiten de deur zou zetten. Maar hij zei: 'Kolonel, de zaak is bijzonder interessant, nog geheel afgezien van het feit of u met ons dan wel met anderen tot een akkoord komt. U heeft toch nog een tiental minuten de tijd, nietwaar kolonel?' Daarop wendde hij zich tot mij: 'Het is al laat Casaubon, en ik heb u al te lang hier gehouden. We zien elkaar wellicht morgen?'

Hij bedoelde dat ik weg moest gaan. Diotallevi nam me bij de arm en zei dat hij met me opliep. We zeiden gedag. De kolonel drukte Diotallevi hartelijk de hand en groette mij met een hoofdknikje dat hij vergezeld deed gaan van een kille glimlach.

Terwijl we de trap afliepen zei Diotallevi tegen me: 'U zult zich ongetwijfeld afvragen waarom Belbo u verzocht heeft weg te gaan. Beschouwt u het niet als onbeleefdheid. Als uitgever moet Belbo de kolonel een zeer voorzichtig voorstel doen. Discretie, orders van de heer Garamond. Ik ga ook weg, om niemand in verlegenheid te brengen.'

Later begreep ik dat Belbo de kolonel in de muil van Manuzio trachtte te lokken.

Ik sleepte Diotallevi mee naar Pilade waar ik een campari dronk en hij een Benedictine. Dat leek hem, zei hij, monachaal, archaïsch en Tempelierachtig.

Ik vroeg hem wat hij van de kolonel dacht. 'Bij uitgevers,' antwoordde hij, 'stroomt alle dwaasheid van de wereld samen. Maar aangezien in de dwaasheid van de wereld het weten van de Allerhoogste schittert, beziet de wijze de dwaze met nederigheid.' Daarop excuseerde hij zich, hij moest weg. 'Vanavond heb ik een bijeenkomst,' zei hij.

'Een feest?' vroeg ik.

Mijn frivoliteit leek hem van zijn stuk te brengen. '*Zohar*,' verduidelijkte hij, 'afdeling *Lech Lecha*. Nog een geheel onbegrepen boek.'

21

De graal... weegt zo zwaar, dat de gehele zondige mensheid hem niet van zijn plaats zou kunnen trekken.

Wolfram von Eschenbach, *Parzival*, IX, 477

Ik vond de kolonel geen prettige man, maar hij had wel mijn belangstelling gewekt. Je kunt ook een tijdlang gefascineerd naar een smaragdhagedis kijken. Ik kreeg de eerste druppels vergif binnen die ons allemaal naar de ondergang zouden voeren.

De volgende middag ging ik weer naar Belbo en bracht onze bezoeker ter sprake. Belbo zei dat hij volgens hem een mythomaan was: 'Zag u hoe hij het over die Rokaskij of Rostropovitsj had alsof het Kant was?'

'Ach, het zijn toch maar verhalen van lang geleden,' zei ik. 'Ingolf was een gek die erin geloofde en de kolonel is een gek die Ingolf gelooft.'

'Misschien geloofde hij er gisteren in en gelooft hij vandaag in wat anders. Ik zal u zeggen, voordat ik gisteren afscheid van hem heb genomen heb ik een afspraak voor hem gemaakt met... met een andere uitgever, een firma die niet al te hoge eisen stelt en bereid is door de auteur zelf gefinancierde boeken te publiceren. Onze man leek enthousiast. Welnu, ik hoorde net dat hij er niet heen is gegaan. En dan te bedenken dat hij de fotokopie van de boodschap hier heeft laten liggen, kijkt u maar. Hij laat het geheim van de Tempeliers rondslingeren alsof het niets is. Zo zijn die mensen.'

Op dat moment ging de telefoon. Belbo nam op: 'Ja? U spreekt met Belbo, ja, uitgeverij Garamond. Goedemiddag, zegt u het eens... Ja, die was hier gisterenmiddag, om me een voorstel te doen over een boek. Het spijt me, ik moet enige terughoudendheid betrachten, maar als u me zegt...'

Hij luisterde een paar seconden, keek me vervolgens bleek aan en zei: 'Ze hebben de kolonel vermoord of iets dergelijks.' Toen praatte hij weer in de hoorn: 'Neemt u me niet kwalijk, ik vertelde het aan Casaubon, een van mijn medewerkers die gisteren bij het gesprek aanwezig was... Nu goed, kolonel Ardenti is hier met ons over een project van hem komen praten, een verzonnen verhaal lijkt me, over een vermeende schat van de Tempeliers. Dat waren ridders uit de middeleeuwen...'

Instinctief legde hij zijn hand over de microfoon, als om de luisteraar buiten te sluiten; toen zag hij dat ik naar hem keek, trok zijn hand terug en sprak met enige aarzeling. 'Nee, mijnheer De Angelis, de man had het over een boek dat hij wilde schrijven, maar hij bleef nogal vaag... Wat? Alletwee? Nu? Ik noteer het adres.'

Hij hing op. Hij zweeg enkele seconden, terwijl hij op het bureau trommelde. 'Tja, Casaubon, sorry, zonder erbij na te denken heb ik u er ook in betrokken. Het overrompelde me. Het was een commissaris, een zekere De Angelis. De kolonel woonde naar het schijnt in een pension, en iemand beweert hem gisternacht dood te hebben aangetroffen...'

'Beweert? En die commissaris weet niet of het waar is?'

'Het lijkt vreemd, maar de commissaris weet het niet. Het schijnt dat ze mijn naam en de afspraak van gisteren in een notitieboekje gevonden hebben. Ik geloof dat wij hun enige spoor zijn. Wat kan ik u zeggen, laten we gaan.'

We belden een taxi. Tijdens de rit pakte Belbo me bij de arm. 'Casaubon, wellicht gaat het om een toevallige samenloop van omstandigheden. In ieder geval, mijn god, misschien heb ik een verwrongen geest, maar waar ik vandaan kom zegt men "het is altijd beter geen namen te noemen..." Als kind ging ik altijd kijken naar een kerstspel, in dialect, een vrome klucht, met herders waarvan je niet begreep of ze nu in Bethlehem woonden of ergens in de Povlakte... De drie koningen komen en vragen aan de herdersjongen hoe zijn baas heet en hij antwoordt "Gelindo". Als Gelindo dit te weten komt, geeft hij de herdersjongen een pak slaag want, zegt hij, een naam stel je niet zo maar aan iedereen ter beschikking... Hoe het ook zij, als u het er mee eens bent, de kolonel heeft ons niets verteld over Ingolf en over de boodschap van Provins.'

'We willen niet net zo aan ons einde komen als Ingolf,' zei ik, terwijl ik poogde te glimlachen.

'Ik zeg het u nogmaals, het is een kleinigheid. Maar in sommige zaken kun je je beter niet mengen.'

Ik zei dat ik akkoord ging, maar het zat me niet lekker. Tenslotte was ik een student die deelnam aan betogingen, en een confrontatie met de politie gaf me een ongemakkelijk gevoel. We kwamen bij het pension. Niet een van de beste, buiten het centrum. Ze stuurden ons meteen naar het appartement—zo noemden ze het—van kolonel Ardenti. Agenten op de trap. Bij nummer zevenentwintig (zeven en twee is negen, dacht ik) lieten ze ons binnen: slaapkamer, hal met een tafeltje, keukentje, badkamertje met douche, zonder gordijn, door de halfopen deur kon je niet zien of er een bidet was, maar in dit soort flats was dat waarschijnlijk de eerste en enige voorziening die de klanten verlangden. Kleurloze aankleding, weinig persoonlijke eigendommen, maar wel allemaal overhoop; iemand had haastig de kasten en de koffers doorsnuffeld. Misschien was het de politie geweest, als ik alle agenten in burger en in uniform bij elkaar optelde kwam ik op een tiental personen.

Er kwam ons een redelijk jonge vent tegemoet, met tamelijk lang haar. 'Ik ben De Angelis. Doctor Belbo? Doctor Casaubon?'

'Ik ben geen doctor, ik studeer nog.'

'Ja, studeert u maar. Want als u niet afstudeert kunt u niet naar een baan bij de politie solliciteren en weet u niet wat u mist.' Hij leek er de pest in te hebben. 'Neemt u me niet kwalijk, maar we beginnen meteen met het noodzakelijke voorwerk. Kijk, dit is het paspoort dat toebehoorde aan de bewoner van deze kamer, die geregistreerd staat als kolonel Ardenti. Herkent u hem?'

'Het is hem,' zei Belbo, 'maar helpt u me even op weg. Aan de telefoon begreep ik niet of hij nu dood is, of dat...'

'Ik zou het zeer prettig vinden als ú me dat kon vertellen,' zei De Angelis met een grimas. 'Maar ik meen dat u er beiden recht op heeft iets meer te horen. Goed dan, de heer Ardenti, of kolonel of wat hij dan ook was, had hier vier dagen geleden zijn intrek genomen. Het zal u wel zijn opgevallen dat het hier niet het Grand Hotel is. Er is een portier, die om elf uur gaat slapen omdat de klanten een sleutel van het hek hebben, een of twee meisjes die 's ochtends de kamers komen doen, en een oude alcoholist die dienst doet als hotelbediende en de klanten als ze bellen op de kamer iets te drinken brengt. Alcoholist, nogmaals, en verkalkt: het was een kwelling om hem te ondervragen. De portier houdt vol dat de oude man een spokenmanie heeft en al een aantal klanten de stuipen op het lijf heeft gejaagd. Gisteravond tegen tienen ziet de portier Ardenti thuiskomen met twee mensen die hij mee naar zijn kamer neemt. Ze letten er hier al niet op of iemand een zootje travestieten mee naar boven neemt, laat staan twee normale mensen, ook al hadden ze volgens de portier een buitenlands accent. Om tien uur belt Ardenti naar de oude man en laat een fles whisky, een fles mineraalwater en drie glazen komen. Tegen een uur of een, half twee hoort de oude man bellen vanuit kamer zevenentwintig, met tussenpozen, zegt hij. Maar afgaand op hoe we hem vanochtend hebben aangetroffen, moest hij op dat uur al flink wat glazen van het een of andere bocht naar binnen hebben gegoten. Hij gaat naar boven, klopt, ze antwoorden niet, hij opent de deur met zijn passe-partout, vindt alles in de wanorde die er hier nu nog is en op het bed de kolonel, met wijd opengesperde ogen en een stuk ijzerdraad om zijn nek. Hij holt naar beneden, wekt de portier, geen van beiden voelt er iets voor om weer naar boven te gaan, ze grijpen de telefoon maar de verbinding blijkt verbroken. Vanochtend deed hij het uitstekend, maar laten we hen maar geloven. Dus rent de portier naar het pleintje op de hoek waar een telefooncel staat, om de politie te bellen, terwijl de oude man naar de andere kant sloft waar een dokter woont. Om kort te gaan, ze doen er twintig minuten over, komen terug, wachten beneden, volslagen in de war, de dokter heeft zich intussen aangekleed en arriveert bijna tegelijk met de Porsche van de politie. Ze gaan naar boven naar zevenentwintig, en het bed is leeg.'

'Hoezo leeg?' vroeg Belbo.

'Er is geen lijk. En dus gaat de dokter maar weer naar huis en treffen mijn collega's niet meer aan dan hetgeen u hier ziet. Ze ondervragen de oude man en de portier, met de resultaten die ik u al meldde. Waar waren de twee heren die om tien uur samen met Ardenti naar boven waren gegaan? Joost mag het weten, die hadden tussen elf en één uur kunnen vertrekken zonder dat iemand er iets van gemerkt zou hebben. Waren ze nog in de kamer toen de oude man binnenkwam? Joost mag het weten, hij is er maar heel even gebleven en heeft noch in het keukentje noch in de wc gekeken. Kunnen ze weg zijn gegaan toen die twee stommelingen hulp gingen halen, en het lijk hebben meegenomen? Het zou niet onmogelijk zijn, want er is een buitentrap die naar de binnenplaats leidt, en vandaar kun je door het hek dat uitkomt op een zijstraat. Maar bovenal, was het lijk er echt, of was de kolonel om zeg maar twaalf uur weggegaan met die twee types en had de oude man alles gedroomd? De portier houdt vol dat het niet de eerste keer is dat de oude man ze ziet vliegen, dat hij jaren geleden eens heeft gezegd dat hij een vrouwelijke klant had gezien die naakt was opgehangen, en toen was de klant een half uur later zo fris als een hoentje binnen komen stappen en hadden ze op de stretcher van de oude man een sadistisch pornoblaadje gevonden; misschien had hij het wel in zijn hoofd gehaald om bij de dame door het sleutelgat te gluren en had hij in het halfdonker een gordijn zien bewegen. Het enige vaststaande gegeven is dat de kamer niet in zijn normale staat is, en dat Ardenti gevlogen is. Maar genoeg gepraat. Nu is het uw beurt, mijnheer Belbo. Het enige spoor dat we hebben gevonden is een briefje dat daar op de grond lag, naast dat tafeltje. Veertien uur, Principe e Savoiahotel, de Hr. Rakoskij; zestien uur, Garamond, dr. Belbo. U heeft bevestigd dat hij bij u is geweest. Vertelt u me eens wat er is gebeurd.'

22

De leden van het graalgenootschap verfoeien alle vragen. Zij willen niet dat er nog meer vragen over hen worden gesteld.

Wolfram von Eschenbach, *Parzival*, XVI, 819

Belbo hield het kort: hij vertelde alles wat hij ook al door de telefoon had gezegd, en voegde daar slechts de hoogstnoodzakelijke details aan toe. De kolonel had een wazig verhaal verteld waarin hij had gezegd dat hij via bepaalde in Frankrijk gevonden documenten een schat op het spoor was gekomen, maar veel meer had hij ons niet verteld. Hij scheen te denken dat hij een gevaarlijk geheim bewaarde en wilde dat vroeg of laat aan de openbaarheid prijsgeven om er niet de enige bewaarder van te zijn. Hij had gezinspeeld op het feit dat anderen, voor hem, toen ze het geheim eenmaal hadden ontdekt op mysterieuze wijze waren verdwenen. Hij had de documenten alleen willen laten zien op voorwaarde dat we hem een contract aanboden, maar Belbo had hem geen enkel contract kunnen garanderen als hij niet eerst iets te zien kreeg en ze hadden na een vage afspraak afscheid genomen. Hij had gewag gemaakt van een ontmoeting met een zekere Rakoskij en had gezegd dat dat de directeur was van de *Cahiers du Mystère*. Hij wilde hem om een voorwoord verzoeken. Rakoskij had hem schijnbaar aangeraden nog met de publikatie te wachten. De kolonel had hem niet verteld dat hij naar Garamond zou gaan. Dat was alles.

'Goed, goed,' zei De Angelis. 'Wat had u voor indruk van hem?'

'Hij leek ons nogal geëxalteerd en hij refereerde aan een, hoe zal ik het zeggen, enigszins nostalgisch verleden en aan een periode bij het vreemdelingenlegioen.'

'Hij heeft u de waarheid verteld, zij het niet de volledige. In zekere zin hielden we hem al in de gaten, maar niet al te strikt. Van dat soort gevallen hebben we er veel... Maar goed, Ardenti was ook niet zijn echte naam, maar hij had een regulier Frans paspoort. Hij dook, sinds een jaar of wat, met tussenpozen in Italië op en hij was, zij het niet met honderd procent zekerheid geïdentificeerd als kapitein Arcoveggi, die in 1945 bij verstek ter dood was veroordeeld omdat hij een paar mensen naar Dachau had gestuurd. Collaboratie met de ss. Ook in Frankrijk hielden ze hem in de gaten, hij was aangeklaagd wegens oplichterij maar redde het op het nippertje. Men neemt aan, let wel, neemt aan, dat hij dezelfde man is die, onder de naam Fassotti, vorig jaar is aangegeven door een kleine industrieel uit Peschiera Borromeo. Fassotti had hem ervan weten te overtuigen dat de mythische 'Schat van Dongo' van Mussolini nog in het Comomeer lag, dat hij wist waar en dat er niet meer voor nodig was dan zo'n tien miljoen lire om twee kikvorsmannen en een motorboot te huren... Toen hij het geld eenmaal in handen had was hij gevlogen. Nu bevestigt u ook dat hij bezeten was van schatten.'

'En die Rakoskij?' vroeg Belbo.

'Is al nagetrokken. Bij het Principe e Savoiahotel is een Rakoskij, Wladimir, neergestreken met een Frans paspoort. Vage beschrijving, een gedistingeerd man. Dezelfde beschrijving als van de portier hier beneden. Bij de balie van Alitalia blijkt dat hij voor vanochtend geboekt staat op de eerste vlucht naar Parijs. Ik heb Interpol ingelicht. Alberti, is er iets aangekomen uit Parijs?'

'Nog steeds niets, commissaris.'

'Oké. Kolonel Ardenti, of hoe hij dan ook heet, komt dus vier dagen geleden in Milaan aan; wat hij de eerste drie dagen doet weten we niet, gisteren om twee uur treft hij hoogstwaarschijnlijk Rakoskij in het hotel en zegt hem niet dat hij van plan is naar u toe te gaan, en dat lijkt me van belang. In de namiddag komt hij hierheen, waarschijnlijk weer met Rakoskij en iemand anders... waarna alles onduidelijk wordt. Ook al vermoorden ze hem dan misschien niet, zeker is dat ze zijn appartement doorzoeken. Wat zoeken ze? In zijn jasje—oh ja, want ook als hij uitgaat, gaat hij in hemdsmouwen, zijn jasje met paspoort blijft op de kamer, maar gelooft u maar niet dat dat de zaak er eenvoudiger op maakt, want de oude man zegt dat hij met zijn jasje aan op bed lag, maar misschien was dat wel weer een kamerjas, mijn hemel het lijkt wel of ik in een gekkenhuis terecht ben gekomen—in zijn jasje, zei ik, zat nog aardig wat geld, te veel eigenlijk... Dus zochten ze iets anders. En het enige goede idee wordt me door u aan de hand gedaan. De kolonel had documenten. Hoe zagen die eruit?'

'Hij had een bruine map in zijn hand,' zei Belbo.

'Ik vond het meer een rode,' zei ik.

'Bruin,' hield Belbo vol, 'maar misschien vergis ik me.'

'Of hij nou rood of bruin was,' zei De Angelis, 'hier is hij niet. De heren van gisteravond hebben hem meegenomen. Het is dus die map waar het om draait. Volgens mij wilde Ardenti helemaal geen boek publiceren.

Hij had wat gegevens bij elkaar gezocht om Rakoskij af te persen en trachtte pressie uit te oefenen door op te scheppen over zijn contacten met een uitgeverij. Helemaal zijn stijl. En nu zijn er verschillende hypothesen mogelijk. De twee mannen gaan ervandoor onder het uiten van bedreigingen, Ardenti wordt bang en vlucht met de map onder zijn arm, met achterlating van alles, de nacht in. En misschien laat hij de oude man om welke reden dan ook in de waan dat hij vermoord is. Maar dat zou allemaal meer iets zijn voor een roman en niet verklaren waarom de kamer zo overhoop was gehaald. Aan de andere kant, als de twee mannen hem vermoorden en de map stelen, waarom is dan ook het lijk gestolen? We zullen zien. Neemt u mij niet kwalijk, ik moet u naar uw coördinaten vragen.'

Hij draaide mijn collegekaart tweemaal rond in zijn handen. 'Student filosofie, hè?'

'Daar zijn er een heleboel van,' zei ik.

'Te veel zelfs, ja. En u bestudeert die Tempeliers... Als ik me wat meer in die mensen zou willen verdiepen, wat moet ik dan lezen?'

Ik gaf hem de titels van twee populair-wetenschappelijke maar tamelijk degelijke boeken. Ik vertelde hem dat de feiten tot aan het proces betrouwbaar waren en dat het daarna alleen maar kletskoek was.

'Gut, gut,' zei hij. 'Nu ook al de Tempeliers. Een splintergroepering die ik nog niet kende.'

Genoemde Alberti kwam binnen met een fonogram: 'Hier is het antwoord uit Parijs, commissaris.'

Hij las. 'Prima. In Parijs is die Rakoskij onbekend, en zijn paspoortnummer komt overeen met dat van een pas die twee jaar geleden werd gestolen. Dat is dus rond. Mijnheer Rakoskij bestaat niet. U zei dat hij directeur van een tijdschrift was... hoe heette dat?' Hij noteerde het. 'We zullen het natrekken, maar ik wil wedden dat we tot de ontdekking zullen komen dat dat tijdschrift ook niet bestaat, of dat de publikatie ervan al ik weet niet hoelang geleden is stopgezet. Goed, heren. Dank u voor uw medewerking, wellicht val ik u nog eens lastig. Oh, een laatste vraag. Heeft Ardenti laten doorschemeren dat hij banden had met een of andere politieke groepering?'

'Nee,' zei Belbo. 'Hij wekte de indruk de politiek te hebben ingeruild voor schatten.'

'En voor het oplichten en misleiden van weerlozen.' Hij wendde zich tot mij: 'U vond het geen prettige man, stel ik me zo voor.'

'Hij was niet bepaald mijn type, nee,' zei ik. 'Maar het komt niet in me op om dat soort mensen met een ijzerdraadje te wurgen. Behalve dan in gedachten.'

'Dat spreekt. Te veel moeite. Weest niet bang, mijnheer Casaubon, ik ben niet zo iemand die denkt dat alle studenten criminelen zijn. Maakt u zich niet druk. Veel succes met uw scriptie.'

Belbo vroeg: 'Neemt u mij niet kwalijk, commissaris, maar even voor de duidelijkheid: bent u van moordzaken of van de anti-terreurbrigade?'

'Goede vraag. Mijn collega van moordzaken is vannacht hier geweest. Nadat ze in het archief iets meer over Ardenti's doen en laten hebben ontdekt, heeft hij de zaak aan mij overgedragen. Ik ben van de anti-terreurbrigade. Maar of ik de juiste persoon ben, weet ik zo net nog niet. Het leven is niet zo eenvoudig als in detectives wel wordt gesuggereerd.'

'Dat vermoedde ik al,' zei Belbo en gaf hem een hand.

We gingen weg, en ik voelde me niet gerust. Niet vanwege de commissaris die me een beste man had geleken, maar omdat ik, voor het eerst in mijn leven, midden in een duistere geschiedenis terecht was gekomen. En ik had gelogen. En Belbo mét mij.

Ik nam afscheid van hem voor de deur van Garamond en we waren allebei verlegen met de situatie.

'We hebben niets verkeerds gedaan,' zei Belbo op schuldbewuste toon. 'Of de commissaris iets afweet van Ingolf of de Katharen maakt niet zoveel uit. Dat was toch allemaal maar geleuter. Misschien moest Ardenti wel om een andere reden de benen nemen, en die waren er legio. Misschien is Rakoskij wel van de Israëlische geheime dienst en heeft hij wat oude rekeningen vereffend. Misschien is hij gestuurd door een belangrijk iemand die door de kolonel is beetgenomen. Misschien was hij een strijdmakker uit het vreemdelingenlegioen met oud zeer. Misschien was hij een Algerijnse sluipmoordenaar. Misschien was de geschiedenis van de Tempeliersschat wel bijzaak in het leven van onze kolonel. Ja, ik weet het, de rode of bruine map is weg. U heeft er goed aan gedaan mij tegen te spreken, zo werd duidelijk dat we hem slechts vluchtig hadden gezien...'

Ik zweeg, en Belbo wist niet hoe hij er een eind aan moest draaien.

'U zult zeggen dat ik er opnieuw vandoor ben gegaan, net als in de via Larga.'

'Onzin. We hebben het goed gedaan. Tot ziens.'

Ik had medelijden met hem, omdat hij zich een lafaard voelde. Ik niet, mij hadden ze op school geleerd dat je tegen de politie hoort te liegen. Uit principe. Maar zo is het nu eenmaal, een slecht geweten werpt een smet op vriendschap.

Vanaf die dag zag ik hem niet meer. Ik was zijn wroeging, en hij de mijne.

Maar dat was het moment waarop ik besefte dat je als student eerder verdacht bent dan als doctorandus. Ik werkte nog een jaar door en schreef tweehonderdvijftig fiches vol over het proces van de Tempeliers. In die jaren vormde het inleveren van je scriptie het bewijs dat je achter de staatswetten stond en werd je met inschikkelijkheid behandeld.

In de maanden die daarop volgden begonnen een aantal studenten te schieten; de periode van de grote openluchtmanifestaties liep op zijn eind.

Ik had gebrek aan idealen. Ik had een alibi, omdat ik door Amparo te beminnen de liefde bedreef met de Derde Wereld. Amparo was mooi, marxistisch, Braziliaans, enthousiast, ontgoocheld, had een studiebeurs en schitterend gemengd bloed. Alles in een.

Ik had haar ontmoet op een feest en impulsief gezegd: 'Neem me niet kwalijk, ik zou graag met je willen vrijen.'

'Smerige macho die je bent.'

'Ik heb niets gezegd.'

'Ik wel. Ik ben een smerige feministe.'

Ze stond op het punt naar haar vaderland terug te keren en ik wilde haar niet kwijt. Zij was het die me in contact bracht met een universiteit in Rio die op zoek was naar een lector Italiaans. Ik werd aangesteld voor twee jaar, verlengbaar. Gezien het feit dat Italië me begon te benauwen, nam ik het aan.

Bovendien, hield ik mezelf voor, zou ik in de Nieuwe Wereld geen Tempeliers tegenkomen.

Illusie, dacht ik zaterdagavond in de periscoop. Door de trappen bij Garamond te beklimmen had ik het Paleis betreden. Diotallevi zei: Bina is het paleis dat Chochma bouwt als hij zich vanuit het oerpunt uitbreidt. Als Chochma de bron is, is Bina de rivier die daaruit ontstaat en zich daarna veelvuldig vertakt, totdat alle takken zich in de grote zee van de laatste sefira werpen—en in Bina zijn alle vormen reeds voorgevormd.

4
GEDOELLA

23

De analogie van de tegengestelden is de betrekking tussen het licht en de schaduw, tussen de top en de afgrond, tussen het volle en het lege. De allegorie, moeder van alle dogma's is de vervanging van het zegel door de afdruk, van de werkelijkheid door de schaduwen, is de leugen van de waarheid en de waarheid van de leugen.

Eliphas Levi, *Dogme de la haute magie*,
Parijs, Baillière, 1856, XXII, 22

Ik was naar Brazilië gekomen uit liefde voor Amparo, ik was er gebleven uit liefde voor het land. Ik heb nooit begrepen waarom deze afstammelinge van Nederlanders die zich in Recife gevestigd hadden en zich vermengd hadden met Indianen en Soedanese negers, met het gezicht van een Jamaicaanse en de cultuur van een Parisienne, een Spaanse naam had. Uit de Braziliaanse eigennamen heb ik nooit wijs kunnen worden. Ze tarten ieder onomasticon en bestaan alleen maar daar.

Amparo vertelde me dat als op hun halfrond het water wordt weggezogen door de afvoer van de wastafel, de draaikolk linksom draait, terwijl het bij ons andersom is—of vice versa. Ik heb niet kunnen vaststellen of het waar was. Niet alleen omdat op ons halfrond nog nooit iemand gekeken heeft welke kant het water opdraait, maar ook omdat ik er na verschillende experimenten in Brazilië achterkwam dat het heel moeilijk te zien is. De draaikolk gaat te snel om te kunnen volgen, en waarschijnlijk hangt de richting waarin hij draait samen met de kracht en de hoek van de straal, en van de vorm van de wastafel of badkuip. En wat zou er, als het waar was, dan op de evenaar gebeuren? Zou het water daar wellicht loodrecht naar beneden stromen, zonder draaikolk, of helemaal niet stromen?

In die tijd maakte ik er niet zo'n punt van, maar zaterdagavond dacht ik dat alles afhing van de tellurische stromen en dat de Slinger het geheim ervan verborgen hield.

Amparo was onwankelbaar in haar geloof: 'Het doet er niet toe wat er in het empirische geval gebeurt,' zei ze tegen me, 'het gaat om een ideëel principe, dat alleen geverifieerd kan worden in ideale omstandigheden, en dus nooit. Maar wáár is het.'

In Milaan had ik Amparo begeerlijk gevonden om haar scepsis. Doordat ze in Brazilië een chemische reactie met haar land aanging werd ze ongrijpbaarder; ze spreidde een visionaire luciditeit en een onderaardse verstandelijkheid ten toon. Ik merkte dat ze beroerd werd door eeuwenoude hartstochten en erop lette dat ze deze in toom hield, en het ascetisme dat haar beval de verleiding ervan te weerstaan had iets pathetisch.

Ik zag deze schitterende contradicties in haar het beste als ik haar met haar kameraden zag discussiëren. Het waren bijeenkomsten in smakeloos gemeubileerde huizen met hier en daar een affiche en veel folkloristische voorwerpen, portretten van Lenin en aardewerk uit Nordeste dat de cangaceiro of Indiaanse afgoden verheerlijkte. Ik was niet op een van de politiek meest heldere momenten gearriveerd en had na mijn ervaringen in het vaderland besloten me verre te houden van ideologieën, vooral op deze plek, waar ik ze niet begreep. De betogen van Amparo's kameraden versterkten mijn onzekerheid, maar deden nieuwe vragen bij me rijzen. Ze waren natuurlijk allemaal marxistisch en op het eerste gezicht praatten ze bijna als Europese marxisten, maar ze hadden het over iets anders; in de loop van een discussie over de klassenstrijd kon opeens het 'Braziliaans kannibalisme' of de revolutionaire rol van de Afro-Amerikaanse culten opduiken.

Toen ik over deze culten hoorde praten raakte ik ervan overtuigd dat ook de ideologische draaikolk daar de andere kant op draait. Ze schetsten me een beeld van voortdurende interne migratie, waarbij de paupers uit het noorden naar het geïndustrialiseerde zuiden trokken, in immense metropolen tot lompenproletariaat werden en verstikt door smogwolken wanhopig terugkeerden naar het noorden, om een jaar later weer de vlucht te nemen naar het zuiden; maar in de loop van deze op en neer gaande beweging bleven velen in de grote steden hangen, werden opgeslokt door een veelheid aan autochtone kerken en gaven zich over aan spiritisme en aan de evocatie van Afrikaanse godheden... En hier liepen de meningen van Amparo's kameraden uiteen: voor sommigen wees dit op een terugkeer naar de wortels, op verzet tegen de wereld van de blanken, voor anderen waren de culten de drug waarmee de heersende klasse een immens revolutionair potentieel onder de duim hield, voor weer anderen waren de culten de smeltkroes waarin blanken, indios en negers zich vermengden, waarbij zich vooralsnog geen duidelijke richting aftekende en de uitkomst nog onzeker was. Amparo's mening stond vast, godsdiensten zijn overal opium voor het volk geweest en de pseudo-tribale culten waren dat helemaal. Maar toen ik haar later bij haar middel hield in de 'escolas de samba' en ook ik deelnam aan de slangachtige bewegingen van de dansers die sinusoïden beschreven op het ritme van de ondraaglijke trommelslagen, merkte ik dat ze aan die wereld vastzat met haar buikspieren, met haar hart, met haar hoofd, met haar neusgaten... En toen we later weer uitgingen was zij de eerste om met sarcasme en wrok de diepe, orgiastische godsdienstigheid van die trage weken- en maandenlange overgave aan de rite van het carnaval voor me te ontleden. Even tribaal en bezeten, zei ze met de haat van een revolutionair, als de riten van het voetbal, die maken dat de paupers hun vechtlust en hun zin voor revolte vergooien aan het beoefenen van hekserij en tovenarij, in een poging de goden van iedere mogelijke wereld de dood van de vleugelverdediger van de tegenstanders af te smeken—vergeten is het gezag dat hen liever extatisch en enthousiast ziet; ze zijn veroordeeld tot de onwerkelijkheid.

Langzaam aan verdween het gevoel dat het daar anders was. Zoals ik me ook beetje bij beetje aanwende niet te proberen de verschillende rassen te herkennen, in dat universum van gezichten die het verhaal vertelden van honderden jaren oude lukrake kruisingen. Ik zag er van af vast te stellen waar de vooruitgang, waar de revolte, waar het komplot—zoals de kameraden van Amparo zich uitdrukten—van het kapitaal zat. Hoe kon ik nog op een Europese manier denken toen ik vernam dat de hoop van extreem links levend werd gehouden door een bisschop uit Nordeste die ervan verdacht werd in zijn jeugd met het nazisme te hebben gesympathiseerd, terwijl hij nu met onverschrokken geloof de fakkel van de revolte hoog hield en daarmee het verschrikte Vaticaan en de barracuda's van Wall Street schokte; jubelend vuurde hij het atheïsme aan van de proletarische mystici die waren gezwicht voor het dreigende en zeer lieflijke vaandel van een Mooie Mevrouw, die doorboord door zeven smarten het lijden van haar volk aanschouwde?

Op een ochtend, toen ik met Amparo terugkwam van een studiebijeenkomst over de klassenstructuur van het Lumpenproletariat, reden we met de auto langs de kust. Overal langs het strand zag ik votiefgeschenken, kaarsjes en witte bloemenmandjes. Amparo vertelde me dat het offerandes waren voor Yemanjá, de godin van de wateren. Ze stapte uit de auto, begaf zich boetvaardig naar de waterlijn en bleef er enige tijd in stilte staan. Ik vroeg haar of ze erin geloofde. Ze vroeg me kwaad hoe ik dat nu kon denken. Toen voegde ze eraan toe: 'Mijn grootmoeder nam me mee naar dit strand en riep de godin aan, opdat ik mooi en goed en gelukkig zou opgroeien. Welke filosoof van jullie had het ook weer over zwarte katten en koralen horentjes en heeft gezegd "het is niet waar maar ik geloof erin"? Wel, ik geloof er niet in, maar het is waar.' Die dag besloot ik wat van mijn salaris op te sparen en een reis naar Bahia te maken.

Maar dat was ook het moment, dat weet ik, dat ik het gevoel begon te krijgen dat alles op elkaar leek: alles kon mysterieuze analogieën met alles vertonen.

Toen ik terug was in Europa zette ik deze metafysica om in een mechanica—en daardoor liep ik in de val waar ik nu in zit. Maar toentertijd bewoog ik me in een schemerduister waarin de verschillen opgeheven werden. Racist als ik ben dacht ik dat andermans geloofsovertuigingen de sterke man de ruimte laten om aangenaam weg te dromen.

Ik leerde ritmes, manieren om lichaam en geest te laten gaan. Ik zei het die avond in de periscoop nog tegen mezelf, toen ik mijn ledematen om te voorkomen dat ze gingen slapen bewoog alsof ik nog op de agogõ sloeg. Zie je, zei ik tegen mezelf, om je te onttrekken aan de macht van het onbekende, om jezelf te bewijzen dat je er niet in gelooft, accepteer je er de betoveringen van. Zoals een rechtgeaard atheïst, die 's nachts de duivel ziet en omdat hij atheïst is als volgt redeneert: hij bestaat beslist niet, en dat daar is een waanbeeld van mijn verhitte zinnen, wellicht komt het door de spijsvertering, maar dat weet hij niet; hij gelooft in zijn omgekeerde theologie. Wat bestaat er in zijn ogen echt en zou hem schrik aanjagen? Je slaat een kruis en hij verdwijnt, lichtgelovig als hij is, in een zwavelexplosie.

En zo overkwam mij hetzelfde als de aanmatigende etnoloog die jarenlang het kannibalisme bestudeert en, om de stompzinnigheid van de blanken in een helder daglicht te stellen, aan iedereen vertelt dat mensenvlees een delicate smaak heeft. Lichtzinnig wellicht, maar hij weet dat ze het toch nooit zullen proeven. Totdat iemand, die de waarheid wil weten, besluit het op hem uit te proberen. En terwijl hij stukje bij beetje wordt verslonden weet hij niet meer wie er gelijk heeft en hoopt hij bijna dat de rite goed is, om ten minste zijn eigen dood te rechtvaardigen. Zo moest ik die avond wel geloven dat het Plan waar was, omdat ik anders de afgelopen twee jaar de almachtige architect van een kwaadaardige nachtmerrie geweest zou zijn. De nachtmerrie kon maar beter realiteit zijn: als iets waar is, is het waar en sta jij daar buiten.

24

Behoedt de zwakke Aischa voor de duizelingen van Nahash, behoedt de treurige Héva voor de begoochelingen van het medeleven, en mogen de Cherubijnen mij beschermen.

Joséphin Péladan, *Comment on devient Fée*, Parijs, Chamuel, 1893, p.XIII

Terwijl ik me verloor in het woud der gelijkenissen, ontving ik een brief van Belbo.

Beste Casaubon,

Tot voor gisteren wist ik niet dat u in Brazilië was, ik was u geheel uit het oog verloren, wist niet eens of u was afgestudeerd (gefeliciteerd), maar bij Pilade heb ik iemand getroffen die mij uw coördinaten heeft bezorgd. Het lijkt me opportuun u op de hoogte te stellen van een aantal nieuwe feiten inzake die zo ongelukkige kwestie met kolonel Ardenti. Er zijn meen ik meer dan twee jaar verstreken en ik moet mij nog tegenover u verontschuldigen, ik was het immers die u die ochtend, zonder het te willen, in verlegenheid heeft gebracht.

Ik was die vervelende geschiedenis bijna vergeten, maar twee weken geleden maakte ik een tochtje door Montefeltro en belandde ik bij de vesting van San Leo. Blijkbaar was dat in de achttiende eeuw pauselijk domein en had de paus Cagliostro er opgesloten in een cel zonder deur (je kwam er, voor de eerste en de laatste maal, in via een luik in het plafond) met een raampje waardoor de veroordeelde alleen de twee kerken van het dorp kon zien. Op de plank waar Cagliostro sliep en gestorven is zag ik een bos rozen liggen, en ze hebben me uitgelegd dat vele gelovigen nog ter bedevaart gaan naar de plaats van zijn marteldood. Ze hebben me verteld dat de trouwste bedevaartgangers leden waren van Picatrix, een Milanees genootschap dat de mysteriën bestudeert en een tijdschrift uitgeeft dat—hun fantasie zal aan u besteed zijn—*Picatrix* heet.

U weet dat dit soort bizarre zaken mijn belangstelling heeft en in Milaan heb ik mij een nummer van *Picatrix* aangeschaft; hierin las ik dat er binnen niet al te lange tijd een séance zou plaatsvinden waar de geest van Cagliostro zou worden opgeroepen. Daar ben ik heen gegaan.

De wanden waren bekleed met damast met daarop vaandels vol kabbalistische tekens, een overdaad aan oehoes en steenuilen, scarabeeën en ibissen, oosterse goden van onduidelijke herkomst. Achterin was een podium, met op het voortoneel brandende fakkels op standaards van knoestige stronken en tegen de achterwand een altaar met een driehoekig altaarstuk en twee beeldjes, een van Isis en een van Osiris. Daaromheen, amfitheatergewijs opgesteld, figuren van Anubis, een portret van Cagliostro (tja, van wie anders?), een vergulde mummie formaat Cheops, twee vijfarmige kandelabers, een door twee klimmende slangen opgehouden gong, een lessenaar op een verhoging waar een met hiërogliefen bedrukte cretonne overheen hing, twee kronen, twee driepoten, een soort reissarcofaagje, een troon, een namaak zeventiende-eeuwse fauteuil, vier niet bij elkaar passende stoelen van het soort 'diner bij de sheriff van Nottingham', gewone kaarsen, kleine kaarsen, grote kaarsen, kortom, alles straalde van spiritualiteit.

Enfin, er komen zes misdienaartjes in rode soutanetjes binnen met fakkels en daarachter de celebrant die blijkbaar de directeur van Picatrix is—hij heet Brambilla, moge de goden het hem vergeven—in een rozerood en olijfgroen misgewaad, daarachter de uitverkorene, het medium, en daarachter zes acolieten in het wit die allemaal op Ninetto Davoli leken maar dan met infula, die van de god, zoals u zich wellicht uit onze klassieke dichters herinnert.

Brambilla zet een tiara met een halve maan op, pakt een ritueel zwaard, trekt magische figuren op het podium, roept enkele engelengeesten aan wier namen eindigen op 'el' en dat is het moment waarop me vagelijk die pseudo-Semitische geintjes uit de boodschap van Ingolf te binnen schieten, maar het is een flits en meteen daarna ben ik afgeleid. Mede vanwege het feit dat er op dat moment iets eigenaardigs gebeurt; de microfoons op het podium zijn aangesloten op een ontvanger die in de ruimte zwevende golven zou moeten opvangen, maar de man met infula aan de knoppen moet een fout hebben gemaakt, want je hoort eerst disco-muziek en dan komt Radio Moskou de ether binnen. Brambilla doet de sarcofaag open, haalt er een *grimoire* uit, zwaait vervaarlijk met een wierookvat, roept 'o heer moge uw rijk komen' en lijkt hiermee iets te bereiken want Radio Moskou zwijgt, maar begint op het meest magische moment weer met een lied van compleet beschonken kozakken, van die types die bij het dansen met hun achterste vlak over de grond scheren. Brambilla roept de Clavicula Salomonis aan, verbrandt een perkament op de driepoot en veroorzaakt bijna een fikse brand, roept enkele godheden van de tempel van Karnak aan, vraagt aanmatigend op de kubieke steen van Esod geplaatst te worden en roept met enige aandrang een zekere

Relatie 39 op die bij het publiek bekend moet zijn, want er gaat een siddering door de zaal. Een toeschouwster raakt in trance en draait haar ogen weg, zodat je alleen nog het wit ziet, de mensen roepen een dokter een dokter, op dat moment roept Brambilla de Macht van de Pentakels op en begint de uitverkorene, die intussen op de namaak zeventiende-eeuwse fauteuil is gaan zitten, heftig te bewegen en te steunen, Brambilla is er als de kippen bij en ondervraagt haar gretig, of liever gezegd hij ondervraagt Relatie 39 die, naar ik op dat moment begrijp, Cagliostro in hoogst eigen persoon is.

En daar begint het verontrustende gedeelte, want ik heb werkelijk met het meisje te doen, ze lijdt echt, zweet, trilt, krijst, begint flarden van zinnen te zeggen, heeft het over een tempel, over een deur die open moet, zegt dat zich een draaikolk van krachten aan het vormen is, dat de Grote Piramide beklommen moet worden, Brambilla rent over het podium heen en weer, ramt op de gong en roept luidkeels Isis aan, ik geniet van het schouwspel tot ik hoor dat het zuchtende en steunende meisje het over zes zegelen heeft, over honderdtwintig jaar wachten en over zesendertig onzichtbaren. Vergissing is uitgesloten, ze heeft het over de boodschap uit Provins. Als ik probeer iets meer op te vangen, zakt het meisje uitgeput ineen, Brambilla streelt haar voorhoofd, zegent de omstanders met het wierookvat en meldt dat de rite is afgelopen.

Ik was deels onder de indruk, deels wilde ik het begrijpen, en ik probeer dichter bij het meisje te komen dat zich ondertussen weer heeft hersteld, een tamelijk haveloze overjas heeft aangeschoten en op het punt staat het pand aan de achterzijde te verlaten. Ik wil haar net op haar schouder tikken als ik voel dat ik aan mijn arm wordt vastgepakt. Ik draai me om en het is commissaris De Angelis, die me zegt haar met rust te laten, dat hij wel weet waar hij haar kan vinden. Hij nodigt me uit voor een kop koffie. Ik volg hem alsof hij me op heterdaad heeft betrapt—in zekere zin was dat ook zo—en in de bar vraagt hij me waarom ik daar was en waarom ik het meisje trachtte te benaderen. Ik word boos, antwoord dat we niet in een dictatuur leven en dat ik kan benaderen wie ik wil. Hij verontschuldigt zich en verklaart: het onderzoek naar de zaak-Ardenti had niet erg willen vlotten, maar ze hadden getracht te reconstrueren hoe hij die twee dagen in Milaan had doorgebracht voordat hij bij Garamond en de mysterieuze Rakoskij was langsgegaan. Een jaar na dato waren ze er toevalligerwijs achtergekomen dat iemand Ardenti uit het gebouw van Picatrix naar buiten had zien komen, met het medium. Overigens interesseerde het medium hem omdat zij samenwoonde met iemand die geen onbekende was van de narcoticabrigade.

Ik vertel hem dat ik daar puur toevallig was, dat het me getroffen had dat het meisje iets gezegd had over de zes zegelen waar ik ook de kolonel over had horen praten. Hij wijst me er op dat hij het, gezien het feit dat ik twee jaar geleden alleen een vage toespeling had gemaakt op een schat van de Tempeliers, vreemd vond dat ik me nu zo goed herinner wat de kolonel had gezegd. Ik vertel hem dat de kolonel het inderdaad over een schat had gehad die beschermd werd door zoiets als zes zegelen, maar dat ik niet had gedacht dat dat erg belangrijk was omdat alle schatten beschermd worden door zeven zegelen en door gouden scarabeeën. En hij merkt op dat hij niet inziet waarom de woorden van het medium mij hadden moeten treffen als alle schatten beschermd worden door gouden scarabeeën. Ik verzoek hem mij niet te behandelen als een recidivist, hij verandert van toon en begint te lachen. Zegt dat hij het niet vreemd vond dat het meisje had gezegd wat ze gezegd had, dat Ardenti haar op een of andere manier van zijn fantasieën verteld moest hebben, wie weet in een poging haar te gebruiken als tussenpersoon voor een of ander astraal contact, zoals ze in die kringen zeggen. Het medium is een spons, een fotografische plaat, ze moet een onderbewustzijn hebben dat op een lunapark lijkt—zei hij me—die lui van Picatrix hersenspoelen haar waarschijnlijk het hele jaar door, het is niet ondenkbaar dat toen ze in trance was —want het meisje is doodernstig, doet niet alsof, en is niet helemaal goed bij haar hoofd—beelden in haar boven kwamen die ze haar lange tijd geleden hebben ingeprent.

Maar twee dagen later staat De Angelis in mijn kantoor en zegt dat is ook toevallig, hij was het meisje de dag daarop op gaan zoeken, en ze was er niet. Hij vraagt bij de buren, niemand heeft haar ongeveer sinds de middag voor de fatale rite meer gezien, hij krijgt argwaan, gaat de flat binnen, treft er een enorme puinhoop aan, lakens op de grond, kussens in een hoek, vertrapte kranten, lege laden. Verdwenen, zij en haar vrijer of minnaar of huisgenoot of wat het dan ook was.

Hij zegt dat ik, als ik er wat meer van weet, maar beter mijn mond open kan doen omdat het vreemd is dat het meisje gevlogen is en dat dat voor tweeërlei uitleg vatbaar is: of iemand heeft gezien dat hij, De Angelis, haar in het oog hield, of ze hebben gemerkt dat een zekere Jacopo Belbo haar probeerde te spreken te krijgen. En dus sloegen de dingen die ze in trance had gezegd wellicht op iets heel belangrijks, en hadden zelfs Zij, wie ze dan ook waren, zich nooit gerealiseerd dat zij zoveel wist. 'Stel dat een van mijn collega's op het idee komt dat u haar vermoord hebt,' voegde De Angelis daar fijntjes glimlachend aan toe, 'dan begrijpt u dat het de moeite loont de handen ineen te slaan.' Ik begon mijn geduld te verliezen, god weet dat me dat niet vaak gebeurt, ik vroeg hem sinds wanneer iemand die niet thuis wordt aangetroffen meteen vermoord is, en hij vroeg me of ik me die geschiedenis met de kolonel herinnerde. Ik zei hem dat, of ze haar nu vermoord of verkracht hadden, het hoe dan ook op die avond was geweest die ik met hem had doorgebracht, en hij vroeg me hoe ik daar zo zeker van kon zijn: we hadden immers tegen middernacht afscheid genomen en hij wist niet wat er daarna gebeurd was; ik heb hem gevraagd of hij dat werkelijk meende en toen vroeg hij of ik nooit detectives las en of ik niet wist dat de politie in principe iedereen moet verdenken die geen alibi heeft dat net zo afdoende is als Hiroshima en dat hij zijn kop ter beschikking van de medische wetenschap stelde als ik een alibi had voor de periode van een uur 's nachts tot de ochtend daarop.

Wat moet ik zeggen, Casaubon, misschien had ik hem beter de waarheid kunnen vertellen, maar mensen uit onze streek zijn koppig en op je woord terugkomen, dat nooit.

Ik schrijf u omdat De Angelis, net als ik, achter uw adres zou kunnen komen: mocht hij contact met u opnemen dan weet u ten minste welke lijn ik heb aangehouden. Maar aangezien het me een weinig rechte lijn lijkt, moet u, als u denkt dat dat beter is, maar alles vertellen. Ik schaam mij, neemt u mij niet kwalijk, ik voel me medeplichtig aan iets en tracht daarvoor een ook maar enigszins acceptabele reden te vinden, die ik echter niet vind. Het zal mijn boerenafkomst wel zijn, bij ons op het land zijn we niet zulke lekkere jongens.

Het is een—zoals ze in het Duits zeggen—*unheimliche* geschiedenis.

Uw Jacopo Belbo

25

... die geheimzinnige Ingewijden die zo in aantal zijn toegenomen zijn vermetele samenzweerders geworden; jezuïtisme, magnetisme, Martinisme, de steen der wijzen, somnabulisme, eclecticisme, er is geen gebied waarin ze niet thuis zijn.

C.-L. Cadet-Gassicourt, *Le tombeau de Jacques de Molay*, Parijs, Desenne, 1797, p.91

De brief zat me dwars. Niet dat ik bang was dat De Angelis me op een ander halfrond zou komen zoeken, stel je voor, maar om onnavolgbaardere redenen. Ik dacht toen dat het me irriteerde dat ik helemaal daar indirect weer geconfronteerd werd met een wereld die ik achter me gelaten had. Nu begrijp ik dat het me dwarszat dat ik een zoveelste gelijkenis bespeurde, het vermoeden van een analogie had. Mijn instinctieve reactie was dat ik het vervelend vond weer in contact te komen met Belbo en zijn eeuwige schuldbewustzijn. Ik besloot er niet meer over na te denken en zei Amparo niets over de brief.

Ik werd geholpen door de tweede brief, die Belbo me twee dagen later stuurde, en wel om me gerust te stellen.

Die geschiedenis met het medium was op aannemelijke wijze afgerond. Een informant van de politie had verteld dat de geliefde van het meisje betrokken was geweest bij de vereffening van een rekening vanwege een partij drugs, die hij beetje bij beetje had verkocht in plaats van deze af te leveren bij de eerlijke groothandelaar die er al voor betaald had. Zaken die in die kringen niet erg op prijs worden gesteld. Om zijn huid te redden was hij gevlogen. Het sprak voor zich dat hij zijn vrouw had meegenomen. De Angelis had vervolgens, snuffelend tussen de kranten die in hun flat waren achtergebleven, *Picatrix*-achtige tijdschriften gevonden met een reeks opvallend met rood onderstreepte artikelen. Eén ging over de schat van de Tempeliers, een ander over de Rozenkruisers die in een kasteel of in een grot of god mag weten wat woonden waar 'post 120 annos patebo' op de muur stond geschreven; zij werden de zesendertig onzichtbaren genoemd. Toen was het De Angelis allemaal duidelijk geworden. Het medium verslond die literatuur (dezelfde die de kolonel verslond) en spuwde deze weer op als ze in trance was. De zaak werd gesloten en overgedragen aan de narcoticabrigade.

De brief van Belbo droop van opluchting. De uitleg van De Angelis leek de meest economische.

Die avond in de periscoop zei ik echter tegen mezelf dat de zaken wellicht heel anders waren gegaan: het medium had weliswaar iets geciteerd dat ze van Ardenti gehoord had, maar dat nooit in die tijdschriften had gestaan en dat niemand mocht weten. In de kringen van Picatrix was er iemand die de kolonel had laten verdwijnen om hem het zwijgen op te leggen, die persoon was het opgevallen dat Belbo het medium wilde ondervragen en had haar uit de weg geruimd. Vervolgens had hij, om de politie op een dwaalspoor te brengen, ook haar geliefde uit de weg geruimd en had hij een informant van de politie geïnstrueerd dat verhaal van die vlucht op te hangen.

Eenvoudig genoeg, als er een Plan was geweest. Maar was dat er, gezien het feit dat wij het verzonnen hadden, en wel op een veel later tijdstip? Is het mogelijk dat de werkelijkheid de fictie niet alleen achterhaalt, maar er ook aan voorafgaat, ofte wel bij voorbaat toesnelt om de schade te herstellen die de fictie zal aanrichten?

En toch waren dat toen, in Brazilië, niet de gedachten die de brief bij me opriep. Eerder voelde ik, opnieuw, dat iets op iets anders leek. Ik dacht aan de reis naar Bahia en liep een hele middag allerlei winkels met cultische boeken en voorwerpen af waar ik voordien altijd voorbijgelopen was. Ik vond bijna geheime winkeltjes, en ook warenhuizen barstens vol beeldjes en afgodsbeelden. Ik kocht perfumadores van Yemanjá, mystieke, scherp ruikende wierookspiralen, wierookstokjes, weeïg zoete spuitbussen die genoemd waren naar het Heilig Hart van Jezus en goedkope amuletten. En ik vond veel boeken, sommige voor gelovigen en andere voor mensen die de gelovigen bestudeerden, alles door elkaar, richtlijnen voor duiveluitdrijvingen, *Como adivinhar o futuro na bola de cristal*, en antropologische handboeken. En een monografie over de Rozenkruisers.

Opeens vloeide alles in elkaar over. Satanische en Moorse riten in de Tempel van Jeruzalem, Afrikaanse heksenmeesters voor het lompenproletariaat uit Nordeste, de boodschap uit Provins met zijn honderdtwintig jaar, en de honderdtwintig jaar van de Rozenkruisers. Was ik een wandelende shaker geworden die niets anders meer kon doen dan brouwsels maken van verschillende dranken, of had ik kortsluiting veroorzaakt door te blijven haken in een kluwen van veelkleurige draden die geheel uit zichzelf en al tijdenlang bezig waren steeds verder door elkaar te kronkelen? Ik kocht het boek over de Rozenkruisers. Toen zei ik tegen mezelf dat ik maar een paar uur in die boekwinkels hoefde te blijven om minstens tien kolonellen Ardenti en tien mediums tegen te komen.

Ik ging naar huis en bracht Amparo officieel op de hoogte van het feit dat de wereld vol was van ontaarde mensen. Ze zegde me haar steun toe en we beëindigden de dag zoals de natuur ons ingaf.

Het liep tegen eind '75. Ik besloot de gelijkenissen te vergeten en al mijn energie in mijn werk te stoppen. Ik moest per slot Italiaanse cultuur onderwijzen, niet de Rozenkruisers.

Ik stortte me op de filosofie van het humanisme en ontdekte dat de mensen die nog maar net de duisternis van de middeleeuwen achter zich hadden gelaten, aan de vooravond van de profane moderne tijd niets beters hadden weten te doen dan zich aan kabbala en magie te wijden.

Na twee jaar omgang met humanisten die formules opzegden om de natuur te overreden dingen te doen die deze niet van zins was te doen, ontving ik bericht uit Italië. Mijn vroegere kameraden, of tenminste enkelen van hen, schoten de mensen die het niet met hen eens waren voor hun kop om de gemeenschap te overreden dingen te doen die ze niet van zins was te doen.

Ik begreep het niet. Ik besloot dat ik inmiddels deel uitmaakte van de Derde Wereld en besloot Bahia te bezoeken. Ik vertrok met een geschiedenis van de cultuur van de renaissance onder de arm, en het boek over de Rozenkruisers, dat onopengesneden in een boekenkast was blijven liggen.

26

… van alle aardse tradities kan slechts worden gezegd dat ze voortkomen uit een fundamentele moedertraditie die aan het begin der mensheid aan de zondige mens en zijn eerste nakomelingen is toevertrouwd.

Louis-Claude de Saint Martin, *De l'esprit des choses*, Parijs, Laran, 1800, II, "De l'esprit des traditions en général"

En ik bezocht Salvador, Salvador da Bahia de Todos os Santos, het 'Roma negra' met zijn driehonderdvijfenzestig kerken die afsteken tegen de heuvellijn, of zich langs de baai vlijen, en waar de goden van het Afrikaanse pantheon worden vereerd.

Amparo kende een beoefenaar van naïeve schilderkunst die grote houten panelen vol met bijbelse en apocalyptische visioenen schilderde die blonken als middeleeuwse miniaturen, met Koptische en Byzantijnse elementen. Hij was natuurlijk, sprak over de op handen zijnde revolutie, sleet zijn dagen met dromen in de sacristieën van het sanctuarium van Nosso Senhor do Bomfim, triomf van de horror vacui, bezaaid met ex voto's die aan het plafond hingen en tegen de wanden gekoekt zaten, een mystieke assemblage van zilveren harten, houten protheses, benen, armen, beelden van moeizame reddingspogingen te midden van bliksemende zeestormen, scheepsroepers en maalstromen. Hij leidde ons naar de sacristie van een andere kerk, vol grote, naar jacaranda geurende meubelen. 'Wie is dat daar op dat schilderij?' vroeg Amparo aan de koster, 'Sint-Joris?'

De koster keek ons samenzweerderig aan: 'Ze noemen hem Sint-Joris, en zo kun je hem ook maar beter noemen, anders wordt de priester kwaad, maar het is Oxossis.'

De schilder liet ons twee dagen lang schepen en kloosters zien die verborgen lagen achter voorgevels die versierd waren als in de loop der tijd zwart geworden en versleten zilveren borden. We werden vergezeld door gerimpelde en kreupele boertjes, in de sacristieën overheerste het goud en het tin, zware kisten en kostbare lijsten. In kristallen vitrines langs de wanden troonden afbeeldingen van heiligen op ware grootte, druipend van het bloed, met open wonden vol robijnrode druppels, door het lijden verwrongen Christussen, de benen rood van de bloeduitstortingen. In het geschitter van laat-barok goud zag ik engelen met een Etruskisch gelaat, Romaanse griffioenen en oosterse sirenen die om het hoekje van de kapitelen gluurden.

Ik liep door oude straten, in de ban van namen die leken op liederen, rua da Agonia, avenida dos Amores, travessa de Chico Diabo... Ik was in Salvador gearriveerd in de tijd dat de regering, of welke andere instantie dan ook, bezig was de oude stad te saneren en zodoende de duizenden bordelen op te doeken, maar ze waren pas halverwege. Aan de voet van die verlaten en aangevreten, door hun praal gehinderde kerken, bevond zich nog een wirwar van stinkende steegjes waarin het wemelde van vijftienjarige zwarte prostituées, oude verkoopsters van Afrikaanse zoetigheid die met hun kookpotjes langs de trottoirs neerhurkten, zwermen profiteurs die tussen de open riolen dansten op het geluid van de transistor van de bar vlakbij. De voormalige, met zo langzamerhand onherkenbaar geworden wapenschilden getooide paleizen van de kolonisten waren bordelen geworden.

De derde dag gingen we met onze gids mee naar de bar van een hotel in het al gerenoveerde gedeelte van de bovenstad, in een straat vol luxueuze antiekwinkels. Hij had een afspraak met een Italiaanse heer, had hij ons gezegd, die zonder op de prijs te willen afdingen van zins was een schilderij van twee bij drie te kopen waarop krioelende engelenscharen met andere legioenen in een beslissend gevecht waren gewikkeld.

Zo leerden wij mijnheer Agliè kennen. Ondanks de hitte was hij keurig gekleed in een double-breasted krijtstreeppak, een bril met gouden montuur op een rozig gezicht en zilvergrijs haar. Hij kuste Amparo de hand als iemand die niet wist hoe je een dame op andere wijze zou moeten begroeten en bestelde champagne. De schilder moest ervan door, Agliè overhandigde hem een pakje travellercheques en zei hem het werk naar het hotel te laten brengen. We bleven zitten praten, Agliè sprak correct Portugees, maar wel als iemand die het in Lissabon had geleerd, hetgeen hem nog meer de toon van een echte heer van de oude stempel verleende. Hij vroeg ons naar onze antecedenten, stond enige tijd stil bij de mogelijke Geneefse herkomst van mijn naam, stelde veel belang in de geschiedenis van de familie van Amparo, maar had, wie weet hoe, al bedacht dat het geslacht uit Recife kwam. Over de herkomst van zijn eigen familie bleef hij in het vage. 'Ik ben net als de mensen van hier,' zei hij, 'in mijn genen hebben zich ontelbare rassen opeengehoopt... Mijn naam is Italiaans, afkomstig van een oud landgoed van een van mijn voorouders. Ja, misschien van adel, maar wie hecht daar heden ten dage nu nog aan. Nieuwsgierigheid heeft me naar Brazilië gedreven. Ik ben een hartstochtelijk liefhebber van alle vormen van de Traditie.'

Hij had een mooie godsdienstwetenschappelijke bibliotheek, zei hij, in Milaan, waar hij sinds een paar jaar woonde. 'Komt u mij gerust opzoeken als u terugbent, ik heb veel interessante dingen, van de Afro-Braziliaanse riten tot de Isis-culten in het laat-Romeinse Rijk.'

'Ik ben dol op de Isis-culten,' zei Amparo, die vaak uit overmoed veinsde oppervlakkig te zijn. 'U weet alles van de Isis-culten, stel ik me zo voor.'

Agliè antwoordde bescheiden. 'Alleen het weinige dat ik ervan heb gezien.'

Amparo trachtte terrein terug te winnen: 'Was het niet tweeduizend jaar geleden?'

'Ik ben niet zo jong als u,' glimlachte Agliè.

'Als Cagliostro dan,' grapte ik. 'Is hij het niet die men op een keer toen hij langs een crucifix liep tegen zijn knecht hoorde mompelen: "Ik heb die jood nog zo gezegd dat hij moest opletten, die avond, maar hij wilde niet naar me luisteren"?'

Agliè verstijfde, even was ik bang dat de grap te ver ging. Ik begon mijn excuus aan te bieden maar onze gastheer onderbrak me met een verzoenende glimlach. 'Cagliostro was een intrigant, want we weten namelijk precies wanneer en waar hij geboren is, en zo erg lang heeft hij nu ook weer niet geleefd. Hij pochte.'

'Dat geloof ik graag.'

'Cagliostro was een intrigant,' herhaalde Agliè, 'maar dat wil nog niet zeggen dat er geen bevoorrechte mensen bestaan die vele levens hebben doorlopen. De moderne wetenschap weet zo weinig af van de senescentieprocessen dat het niet ondenkbaar is dat sterfelijkheid eenvoudigweg voortkomt uit slechte opvoeding. Cagliostro was een intrigant, maar de graaf van Saint-Germain niet, en toen die zei dat hij een aantal van zijn scheikundige geheimen van de oude Egyptenaren had geleerd, pochte hij wellicht niet. Maar aangezien niemand hem ooit geloofde als hij het daarover had, deed hij uit beleefdheid jegens zijn gesprekspartners net of hij een grapje maakte.'

'Maar u doet of u een grapje maakt om ons te bewijzen dat u de waarheid spreekt,' zei Amparo.

'U bent niet alleen mooi, maar ook buitengewoon scherpzinnig,' zei

Agliè. 'Maar ik bid u me niet te geloven. Als ik aan u zou verschijnen in de stoffige glans van mijn eeuwen, zou uw schoonheid daar op slag bij verwelken, en dat zou ik mezelf niet kunnen vergeven.'

Amparo was verkocht en ik voelde een steek van jaloezie. Ik bracht het gesprek op de kerken, en op de Sint-Joris-Oxossis die we hadden gezien. Agliè zei dat we absoluut een candomblé moesten bijwonen. 'Maar niet zo een waar ze er geld voor vragen. Je moet naar de plekken gaan waar ze je verwelkomen zonder iets van je te verlangen, zelfs niet dat je gelooft. Eerbied te tonen, dat wel ja, met de tolerantie die elk geloof eigen is en waarmee ze ook accepteren dat jij niet gelooft. Sommige *pai* of *mãe-de-santo* zien eruit alsof ze net uit de negerhut van oom Tom zijn gestapt maar hebben de ontwikkeling van een theoloog van de Gregoriana.'

Amparo legde haar hand op de zijne. 'Neemt u ons er mee naar toe!' zei ze, 'ik ben er jaren geleden een keer geweest, in een tenda de umbanda, maar ik kan het me niet precies meer voor de geest halen, ik herinner me alleen nog een enorme verwarring...'

Agliè leek verlegen met de aanraking, maar onttrok zich er niet aan. Alleen haalde hij met zijn andere hand, zoals ik hem daarna steeds zag doen als hij in gedachten was verzonken, uit zijn vest een klein gouden en zilveren doosje te voorschijn, een tabaksdoos of een pillendoosje, waarvan de deksel met een agaat was versierd. Op het tafeltje in de bar brandde een kleine waskaars en daar hield Agliè, als toevallig, het doosje bij. Ik merkte dat je door de hitte de agaat niet meer zag, en dat daarvoor in de plaats een uiterst fijne miniatuur in groenblauw en goud verscheen, die een herderinnetje met een bloemenmand voorstelde. Hij liet het met verstrooide devotie door zijn vingers glijden, alsof het een rozenkrans was. Hij merkte mijn belangstelling op, glimlachte, en stopte het voorwerp terug.

'Verwarring? Ik zou niet willen, mijn lieve mevrouw, dat u behalve scherpzinnig ook overdreven gevoelig was. Een uitstekende eigenschap. Mits gekoppeld aan gratie en intelligentie, maar gevaarlijk voor iemand die zonder te weten wat hij zoekt en wat hij zal vinden naar bepaalde plaatsen gaat... Bovendien, haalt u de umbanda en de candomblé alstublieft niet door elkaar. De laatste is geheel autochtoon, Afro-Braziliaans, zoals men pleegt te zeggen, terwijl de eerste een laatbloeier is, voortgekomen uit het enten van inlandse riten op de esoterische Europese cultuur, van een mystiek die doet denken aan die van Tempeliers, zal ik maar zeggen...'

De Tempeliers hadden me weer gevonden. Ik vertelde Agliè dat ik een studie van ze had gemaakt. Hij bekeek me belangstellend. 'Een wonderlijke samenloop van omstandigheden, jonge vriend. Hier, onder het

Zuiderkruis een jonge Tempelier te treffen...'

'Ik zou niet willen dat u mij als een adept zag...'

'In hemelsnaam, mijnheer Casaubon. Als u eens wist hoeveel charlatanerie er op dat gebied bestaat.'

'Ik weet het, ik weet het.'

'Mooi zo. Zeg, maar we moeten elkaar weerzien voordat u vertrekt.' We maakten een afspraak voor de dag daarop: we wilden alle drie het overdekte marktje aan de haven bekijken.

Daar troffen we elkaar inderdaad de volgende morgen; het was een vismarkt, een Arabische soek, een patroonsfeest dat als een kankergezwel om zich heen had gegrepen, een door boze krachten overspoeld Lourdes waar regenmakers konden leven naast extatische en gestigmatiseerde kapucijners, overal ex-votozakjes met in de voering genaaide gebeden, hardstenen handjes met de duim tussen wijs- en middelvinger, koralen horentjes, crucifixen, Davidssterren, seksuele symbolen van pre-Judaïsche religies, hangmatten, kleden, tassen, sfinxen, heilige harten, bororo-pijlenkokers en schelpenkettingen. De gedegenereerde mystiek van de Europese conquistadores versmolt met de levenskunst van de slaven, zoals de huid van elke omstander verhaalde van een teloorgegane stamboom.

'Ziehier,' zei Agliè, 'een beeld van hetgeen de etnologische handboeken het Braziliaanse syncretisme noemen. Niet het goede woord, volgens de officiële wetenschap. Maar in de meest wezenlijke zin is syncretisme de erkenning van één enkele Traditie waar alle godsdiensten, alle kennis en alle filosofieën van doortrokken zijn en door gevoed worden. Niet hij die discrimineert is wijs, maar hij die de flarden licht, waar ze ook vandaan komen, samenvoegt... En dus zijn deze slaven of nakomelingen van de slaven wijzer dan de etnologen van de Sorbonne... Kunt u me volgen, lieve mevrouw?'

'Niet met mijn hoofd,' zei Amparo. 'Met mijn baarmoeder. Neemt u mij niet kwalijk, ik neem aan dat de graaf van Saint-Germain zich niet zo zou uitdrukken. Ik bedoel dat ik in dit land geboren ben, en dat ook dat wat ik niet weet, ergens vandaan tegen me spreekt, hier, geloof ik...' Ze legde haar hand op haar borst.

'Wat zei kardinaal Lambertini ook weer op een avond tegen een mevrouw met een schitterend diamanten kruis op haar decolleté? Welk een vreugde te sterven op deze kruisweg. En zo zou ik graag die stemmen beluisteren. Nu is het aan mij om me bij u beiden te verontschuldigen. Ik kom uit een tijdperk waarin men zichzelf kwelde om aanvalligheid eer te kunnen bewijzen. U zult wel alleen willen zijn. Wij houden contact.'

'Het zou je vader kunnen zijn,' zei ik tegen Amparo terwijl ik haar langs de koopwaar sleepte.

'Ook mijn overgrootvader. Hij liet doorschemeren dat hij ten minste duizend jaar oud was. Ben je jaloers op de mummie van de farao?'

'Ik ben jaloers op mensen die iets in je wakker roepen.'

'Wat heerlijk, als dat geen liefde is.'

27

Op een dag vertelde hij dat hij Pontius Pilatus in Jeruzalem had ontmoet en beschreef nauwgezet het huis van de stadhouder, en somde de schotels op die bij het diner werden geserveerd. De Kardinaal van Rohan die in de mening verkeerde dat hij fabeltjes hoorde, wendde zich tot de kamerheer van de graaf van Saint-Germain—een oude man met witte haren en een eerlijk gezicht: 'Beste vriend,' zei hij tegen hem, 'het kost me moeite dat wat uw baas mij vertelt te geloven. Dat hij buikspreker is, vooruit; dat hij goud maakt, akkoord; maar dat hij tweeduizend jaar oud is en Pontius Pilatus heeft gezien gaat te ver. Was u erbij?' 'Oh, nee, mijnheer,' antwoordde de kamerheer argeloos, 'ik ben pas vierhonderd jaar bij de graaf in dienst.'

Collin de Plancy, *Dictionnaire infernal*, Parijs, Mellier, 1844, p. 434

In de dagen die volgden raakte ik in de ban van Salvador. Ik bracht weinig tijd in het hotel door. Bladerend in de inhoudsopgave van het boek over de Rozenkruisers vond ik een verwijzing naar de graaf van Saint-Germain. Kijk eens aan, zei ik tegen mezelf, *tout se tient.*

Voltaire schreef over hem: 'C'est un homme qui ne meurt jamais et qui sait tout,' maar Frederik van Pruisen antwoordde hem: 'C'est un comte pour rire.' Horace Walpole beschreef hem als een Italiaan, of Spanjaard, of Pool, die in Mexico een groot fortuin had vergaard en vervolgens met de juwelen van zijn vrouw naar Constantinopel was gevlucht. De meest betrouwbare informatie over hem is te vinden in de memoires van madame de Hausset, dame de chambre van madame de Pompadour (fraaie referentie, zei Amparo, onverdraagzaam als ze was). Hij had zich uitgegeven voor diverse personen, Surmont in Brussel,

Welldone in Leipzig, markies van Aymar, van Bedmar of van Belmar, graaf Soltikoff. Was gearresteerd in Londen, waar hij schitterde als musicus en in de salons viool en clavecimbel speelde; drie jaar later in Parijs biedt hij Lodewijk XV zijn diensten aan als expert in verfstoffen, in ruil voor onderdak in het kasteel van Chambord. De koning belast hem met diplomatieke missies naar Holland, waar hij een of andere streek uithaalt, waarna hij terug vlucht naar Londen. In 1762 treffen we hem aan in Rusland, daarna weer in België. Daar ontmoet Casanova hem, die verhaalt hoe hij een muntstuk in goud zou hebben veranderd. In '76 bevindt hij zich aan het hof van Frederik II die hij verscheidene scheikundige projecten voorlegt; acht jaar later sterft hij in Sleeswijk, bij de landgraaf van Hessen, waar hij bezig was de laatste hand te leggen aan een verffabriek.

Niets bijzonders, de typische carrière van de achttiende-eeuwse avonturier, met minder liefdes dan Casanova en minder theatrale oplichterijen dan Cagliostro. In wezen geniet hij, een enkel incident daargelaten, een zeker aanzien bij de machthebbers, aan wie hij de wonderen van de alchimie belooft, maar dan met een industrieel tintje. Ware het niet dat rondom zijn persoon een beslist door hemzelf geïnstigeerd gerucht met betrekking tot zijn onsterfelijkheid vorm krijgt. Hij schept er behagen in zijn stem te laten horen in de salons waar hij luchthartig vertelt over gebeurtenissen uit een ver verleden alsof hij er met eigen ogen getuige van is geweest, en cultiveert zijn legende op stijlvolle, bijna terughoudende wijze.

In mijn boek werd ook een fragment geciteerd uit *Gog*, van Giovanni Papini, waarin een nachtelijke ontmoeting met de graaf van Saint-Germain wordt beschreven, op het dek van een oceaanstomer: bedrukt door zijn duizendjarige verleden, door de herinneringen die zijn geest bevolken, met woorden van wanhoop die doen denken aan Funes, 'el memorioso' van Borges, ware het niet dat de tekst van Papini uit 1930 stamt. 'Verbeeldt u maar niet dat ons lot benijdenswaardig is,' zegt de graaf tegen Gog. 'Na een paar eeuwen neemt een ongeneeslijke verveling bezit van de ongelukkige onsterfelijken. De wereld is monotoon, de mensen leren niets en iedere generatie vervalt opnieuw in dezelfde gruwelijke fouten, de gebeurtenissen herhalen zich niet maar lijken op elkaar... er komt een einde aan de noviteiten, de verrassingen, de onthullingen. Ik kan het u wel bekennen, nu alleen de Rode Zee naar ons luistert: mijn onsterfelijkheid is me gaan vervelen. De aarde heeft geen geheimen meer voor me en ik heb geen vertrouwen meer in mijns gelijken.'

'Curieus personage,' was mijn commentaar. 'Het is duidelijk dat Agliè hem wil personifiëren. Een rijpere heer van standing, ietwat overrijp wellicht, met geld, veel tijd om te reizen en een hang naar het bovennatuurlijke.'

'Een aartsreactionair, die de moed heeft decadent te zijn. In wezen zie ik zo iemand liever dan die bourgeois democraten,' zei Amparo.

'Women power, women power, en dan val je in zwijm voor een handkus.'

'Jullie hebben ons eeuwenlang zo opgevoed. Laat ons nou de ruimte ons beetje bij beetje te bevrijden. Ik heb niet gezegd dat ik met hem wilde trouwen.'

'Pak van mijn hart.'

Een week later werd ik gebeld door Agliè. Die avond zouden we ontvangen worden in een terreiro de candomblé. We zouden niet aanwezig mogen zijn bij de rite, want de Ialorixá wantrouwde toeristen, maar zijzelf zou ons voor de aanvang ontvangen en ons de plek laten zien.

Hij kwam ons met de auto halen en reed door de favelas, de heuvels in. Het gebouw waarvoor we stopten zag er nogal verwaarloosd uit, als een grote fabriekshal, maar op de drempel werden we ontvangen door een oude neger die ons reinigde door middel van beroking. Verderop, in een onverzorgd tuintje, troffen we een soort enorme, van grote palmbladeren gemaakte mand aan, waarop enkele tribale lekkernijen lagen, de *comidas de santo.*

Binnen kwamen we in een grote zaal, met wanden vol schilderijen, exvoto's en Afrikaanse maskers. Agliè legde ons uit hoe de opstelling was: achterin de banken voor niet-ingewijden, tegen de achterwand het podiumpje voor de instrumenten en de stoelen voor de Oğas. 'Dat zijn welgestelde personen die niet noodzakelijkerwijs gelovig zijn, maar de cultus respecteren. Hier in Bahia is de grote Jorge Amado Oga in een terreiro. Hij is verkozen door Iansa, vrouwe van de oorlog en de winden...'

'Maar waar komen deze godheden vandaan?' vroeg ik.

'Dat is een ingewikkeld verhaal. In de eerste plaats is er de Soedanese tak, die met de slavernij in het noorden in zwang raakt, en daaruit stamt de candomblé van de orixás, ofte wel van de Afrikaanse godheden. In de zuidelijke staten heb je de invloed van de Bantoe-groepen en vervolgens krijg je een reeks mengvormen. Terwijl de culten in het noorden trouw blijven aan de oorspronkelijke Afrikaanse godsdiensten, ontwikkelt de primitieve macumba zich in het zuiden tot de umbanda, die beïnvloed wordt door katholicisme, Kardecisme en Europees occultisme...'

'Vanavond doen de Tempeliers dus niet mee.'

'De Tempeliers waren een metafoor. Vanavond doen ze in ieder geval niet mee, nee. Maar het mechaniek van het syncretisme is zeer subtiel. Heeft u buiten bij de deur, vlak bij de comidas de santo, een ijzeren beeldje zien staan, een soort duiveltje met een mestvork, met enkele votiefgeschenken aan zijn voeten? Dat is Exu, die zeer machtig is in de umbanda, maar niet in de candomblé. Niettemin wordt hij ook bij de candomblé vereerd, hij wordt beschouwd als de boodschapper-geest, een soort gedegenereerde Mercurius. In de umbanda wordt men bezeten door Exu, hier niet. Maar hij wordt met welwillendheid behandeld, je weet maar nooit. Ziet u daar op de muur...' Hij wees me op een bontgekleurd beeld van een naakte Indiaan en dat van een oude, in het wit geklede negerslaaf die een pijp zat te roken: 'Dat zijn een *caboclo* en een *preto velho*, geesten van overledenen, die heel belangrijk zijn in de umbanda-riten. Wat ze hier doen? Ze nemen eerbetoon in ontvangst; ze worden niet gebruikt, want de candomblé maakt alleen contact met de Afrikaanse orixás, maar ze worden daarom nog niet afgezworen.'

'Maar wat blijft er aan gemeenschappelijks over van al deze kerken?'

'Laten we zeggen dat alle Afro-Braziliaanse culten zonder uitzondering gekarakteriseerd worden door het feit dat de ingewijden tijdens de riten in een trancetoestand bezeten worden door een hoger wezen. In de candomblé zijn dat de orixás, in de umbanda de geesten van overledenen...'

'Ik was mijn land en mijn ras vergeten,' zei Amparo. 'Mijn god, een beetje Europa en een beetje historisch materialisme hadden alles weggevaagd, en dat terwijl ik deze verhalen van mijn grootmoeder hoorde...'

'Een beetje historisch materialisme?' glimlachte Agliè. 'Daar heb ik geloof ik wel eens iets over gehoord. Een apocalyptische cultus die in Trier en omstreken bedreven wordt, is het niet?'

Ik kneep in Amparo's arm. 'No pasarán, liefje.'

'Jezus,' mompelde ze.

Agliè had onze korte, op gedempte toon gevoerde dialoog gevolgd zonder zich erin te mengen. 'De macht van het syncretisme is oneindig, mijn lieve mevrouw. Als u wilt, kan ik u de politieke versie van dit hele verhaal geven. De wetten van de negentiende eeuw geven de slaven hun vrijheid terug, maar in een poging zich te ontdoen van de schandvlekken van de slavernij worden alle archieven van de slavenmarkt verbrand. Formeel zijn de slaven dan vrij, maar ze hebben geen verleden meer. En dus proberen ze, bij gebrek aan een familiehistorische identiteit, een collectieve identiteit te creëren. Ze keren terug naar hun wortels. Het is hun manier om zich af te zetten tegen de heersende klasse, zoals jullie jongeren zeggen.'

'Maar net zei u toch dat die Europese sekten er ook iets mee te maken hadden...,' zei Amparo.

'Mijn lieve mevrouw, zuiverheid is een luxe, en de slaven nemen wat er is. Maar ze wreken zich. Tegenwoordig houden ze meer blanken gevangen dan u denkt. De oorspronkelijke Afrikaanse culten hadden de zwakte van alle religies, ze waren plaatselijk, etnisch en kortzichtig. Toen ze gecombineerd werden met de mythen van de veroveraars herhaalde een oud wonder zich: de mysterieuze culten die bedreven werden in het Middellandse-Zeegebied in de tweede en derde eeuw van onze jaartelling, de periode dat Rome langzaamaan te gronde ging en agitatie overwaaide uit Perzië, Egypte en het pre-joodse Palestina, werden weer tot leven gewekt... In de eeuwen van het laat-Romeinse Rijk ondergaat Afrika de invloed van alle godsdienstige stromingen rond de Middellandse Zee en maakt zich deze geheel eigen. Terwijl Europa wordt gecorrumpeerd door het christendom van de staatsraison, conserveert Afrika schatten aan kennis, zoals het die ook al ten tijde van de Egyptenaren geconserveerd en verspreid had door ze aan de Grieken te schenken, die er overigens niets van heel hebben gelaten.'

28

Er is een lichaam dat het gehele samenstel van de
wereld omvat: stel je dat lichaam dus ook
cirkelvormig voor want dat is de vorm van het Al.
Stel je nu voor dat er onder de cirkel van dit
lichaam 36 decanen zijn geplaatst, en wel midden
tussen de totale cirkel en de cirkel van de
dierenriem, waardoor deze twee cirkels van elkaar
gescheiden worden en de dierenriem als het ware
begrensd wordt, en dat deze langs de dierenriem
met de planeten gevoerd worden... Wisselingen
van koningen, het omverwerpen van de steden,
hongersnood, pest, het terugstromen van de zee,
aardbevingen, niets van dat al... vindt plaats
zonder de invloed van de decanen...

Corpus Hermeticum, Stobaeus, excerptum VI

'Welke kennis dan?'

'Heeft u er enig idee van hoe belangrijk de periode tussen de tweede en de derde eeuw na Christus is geweest? Niet vanwege de pracht van het Romeinse Rijk, dat was immers in zijn nadagen, maar vanwege wat er ondertussen aan de Middellandse Zee opbloeide. In Rome sneden de pretorianen hun keizers de keel af en in het Middellandse-Zeegebied had je de bloeiperiode van Apuleius en de Isis-mysteriën, vond die grote wederopleving van wijsgerige stromingen plaats, met het neoplatonisme, de gnosis... Gelukkige tijden, toen de christenen nog niet aan de macht waren en ze de ketters nog niet gedood hadden. Een schitterende periode, doortrokken van de Nous, geteisterd door extase, bevolkt door presenties, emanaties, demonen en cohorten engelen. Het is een diffuse onsamenhangende kennis, oud als de wereld, een kennis die teruggaat naar de tijd voor Pythagoras, naar de brahmanen uit India, naar de joden, de magiërs, de gymnosofisten, ja zelfs naar de barbaren uit het hoge noorden, naar de druïden uit Gallië en van de Britse eilanden. De Grieken vonden de barbaren barbaars omdat deze zich niet naar behoren wisten uit te drukken met die talen van hun die hen als geblaf in de al te beschaafde oren klonken. Maar het is juist in die periode dat men tot de slotsom komt dat de barbaren er veel meer van begrepen hadden dan de Grieken, juist omdát hun taal ondoorgrondelijk was. Gelooft u dat degenen die vanavond zullen dansen de betekenis weten van alle liederen en magische namen die ze zullen uitspreken? Gelukkig niet, want een onbekende naam fungeert als een ademhalingsoefening, een mystieke vocalisatie. Het tijdperk van de Antonijnen... De wereld was vol van wonderschone overeenkomsten, van subtiele gelijkenissen, je hoefde er alleen maar in binnen te dringen, ze in jezelf toe te laten via dromen, orakels, de magie, die je door het gelijke met het gelijke in verbinding te stellen, in staat stelt invloed uit te oefenen op de natuur en haar krachten. Wijsheid is ongrijpbaar, vluchtig, ontstijgt elke maat. Dat is ook waarom Hermes in die tijd de favoriete god was, uitvinder van alle listen, god van de kruispunten, van de dieven, maar ook schepper van het schrift—de kunst van ontwijking en verschil—van de scheepvaart die meesleurt naar het einde van elke grens, waar alles aan de horizon versmelt, van de hijskranen om stenen van de grond te tillen, van de wapenen die het leven in dood veranderen, van de pompen op waterkracht die zware materie doen opstijgen, van de filosofie die misleidt en bedriegt... En weet u waar Hermes nu staat? Hier, ik zag hem boven de deur, ze noemen hem Exu, hij is boodschapper van de goden, bemiddelaar, koopman en onbekend met het verschil tussen goed en kwaad.'

Hij bekeek ons met geamuseerd wantrouwen. 'U vindt dat ik, net als Hermes met de koopwaar, te snel ben met mijn herindeling van de goden. Bekijkt u dit boekje maar eens; ik heb het vanochtend in een willekeurige boekhandel op het Pelourinhoplein gekocht. Toverkunsten en mysteries van de heilige Cyprianus, toverrecepten om een geliefde te krijgen of om je vijand dood te laten gaan, invocaties van engelen en de Heilige Maagd. Leesvoer dat bij deze zwartgekleurde mystici populair is. Maar dit is de heilige Cyprianus van Antiochië over wie zeer uitgebreide literatuur bestaat uit de zilveren periode. Zijn ouders willen dat hij in alles onderwezen wordt en dat hij al wat er op aarde, in de lucht en in de wateren van de zee is, kent; ze zenden hem naar de verste landen om alle mysteries te leren kennen, opdat hij de familie en de afwijking van de kruiden kent en de goede eigenschappen van plant en dier, niet die van de natuurlijke historie, maar die van de occulte, diep in archaïsche en verre tradities begraven wetenschap. En Cyprianus legt in Delphi de gelofte af aan Apollo en aan de dramaturgie van de slang, neemt op vijftienjarige leeftijd op de Olympus onder begeleiding van vijftien hïerofanten kennis van de mysteriën van Mithras, woont riten bij waarin de

Prins van Deze Wereld wordt opgeroepen opdat hij de kuiperijen van die wereld onderdrukt. In Argos wordt hij ingewijd in de mysteriën van Hera, in Phrygië leert hij de hepatoscopische mantiek en er was zo langzamerhand niets meer, op aarde, in de zee of in de lucht dat hij niet kende, geen fantasma, geen onderwerp van kennis, geen ambacht van welke aard ook, zelfs niet de kunst schrifturen door tovenarij te veranderen. In de ondergrondse tempels van Memphis leert hij hoe de demonen communiceren met aardse zaken, de plekken die ze verafschuwen, de voorwerpen waar ze van houden, en hoe ze de duisternis bewonen, wat voor soort weerstand ze op bepaalde terreinen bieden, hoe ze bezit weten te nemen van ziel en lichaam, waar ze toe in staat zijn op het gebied van superieure kennis, herinnering, ontzetting, illusie, de kunst aardse beroeringen voort te brengen en de ondergrondse stromen te beïnvloeden... Later bekeert hij zich helaas, maar iets van zijn kennis blijft bewaard, wordt doorgegeven, en die vinden we nu hier terug, in de mond en de geest van deze haveloze mensen die jullie bestempelen als afgodisten. Lieve vriendin, zo net keek u mij aan alsof ik een *ci-devant* was. Wie leeft er nu in het verleden? U die dit land de gruwelen van het industriële arbeiderstijdvak zou willen schenken of ik die wil dat ons arme Europa de natuurlijkheid en het geloof van deze slavenkinderen herwint?'

'Jezus,' siste Amparo kribbig, 'u weet net zo goed als ik dat het een manier is om ze zoet te houden...'

'Zoet niet. In staat het wachten verder te cultiveren. Zonder het gevoel van wachten bestaat er ook geen paradijs, hebben jullie Europeanen ons dat niet geleerd?'

'Ik? Europees?'

'De huidkleur telt niet, wat telt is het geloof in de Traditie. Zij daar betalen, lijden wellicht om het gevoel van wachten terug te geven aan een door welvaart geparalyseerd Westen, maar ze kennen nog wel de taal van de natuurgeesten, van de luchten, de wateren, de winden...'

'Jullie buiten ons nog een keer uit.'

'Nog een keer?'

'Ja, dat zou u in '89 toch geleerd moeten hebben, mijnheer de graaf. Als we er genoeg van hebben, tsjak!' En met een engelachtige glimlach had ze haar gestrekte, prachtige hand langs haar keel gehaald. Zelfs de tanden van Amparo vond ik begerenswaardig.

'Meeslepend,' zei Agliè terwijl hij zijn tabaksdoosje uit zijn zak haalde en er met gevouwen handen over wreef. 'U hebt me dus herkend? Maar in '89 waren het niet de slaven die de koppen lieten rollen, maar die brave burgers waar u een afkeer van zou moeten hebben. Daar komt nog bij dat de graaf van Saint-Germain in al die eeuwen veel koppen heeft zien rollen, die vervolgens weer op hun nek terecht kwamen. Maar daar is de mãe-de-santo, de Ialorixá.'

De ontmoeting met de abdis van de terreiro verliep rustig, hartelijk, volks en beschaafd. Ze was een grote negerin met een blinkende glimlach. Zo op het oog zou je gezegd hebben dat ze huisvrouw was, maar toen we in gesprek raakten begreep ik waarom vrouwen als zij het culturele leven van Salvador konden bepalen.

'Die orixás, zijn dat nu personen of krachten?' vroeg ik haar. De mãe-de-santo antwoordde dat het, natuurlijk, krachten waren, water, wind, bladeren, regenboog. Maar hoe kun je de eenvoudigen van geest ervan weerhouden strijders, vrouwen, heiligen uit de katholieke kerken te zien? U aanbidt, zei ze, toch ook een kosmische kracht in de gedaante van talloze maagden? Het gaat erom dat je de kracht vereert, het uiterlijk ervan moet afgestemd zijn op een ieders bevattingsvermogen.

Daarop nodigde ze ons uit mee te komen naar de achtertuin, om voordat de rite begon de kapellen te bezichtigen. In de tuin stonden de huizen van de orixás. Een groep zwarte meisjes, in Bahia-dracht, kwam vrolijk bijeen voor de laatste voorbereidingen.

De huizen van de orixás stonden in de tuin opgesteld als kapellen op de Sacro Monte en aan de buitenkant zag je de afbeelding van de bijbehorende heilige. Binnen schreeuwden de schrille kleuren van bloemen, beelden, kort tevoren bereide en aan de goden geofferde gerechten. Wit voor Oxalá, blauw en roze voor Yemanjá, rood en wit voor Xangõ, geel en goud voor Ogun... De ingewijden knielden neer, kusten de drempel en raakten zich aan op het voorhoofd en achter het oor.

Hoe zit het nou, vroeg ik, is Yemanjá nou Onze Lieve Vrouwe van de Ontvangenis of niet? En is Xangõ nou wel of niet Sint-Hiëronymus?

'Stelt u toch niet van die lastige vragen,' raadde Agliè me aan. 'In de umbanda ligt het allemaal nog veel ingewikkelder. Tot de lijn van Oxalá behoren Sint-Antonius en de heiligen Cosmas en Damianus. Tot de lijn van Yemanjá behoren sirenen, waternimfen en cablocás van de zee en van de rivieren, zeelieden en leidsterren. Tot de lijn van het oosten behoren hindoes, artsen, wetenschappers, Arabieren en Marokkanen, Japanners, Chinezen, Mongolen, Egyptenaren, Azteken, Inca's, Caribiërs en Romeinen. Tot de lijn van Oxossis behoren de zon, de maan, de caboclo van de watervallen en de caboclo van de zwarten. Tot de lijn van Ogun behoren Ogun Beira-Mar, Rompe-Mato, Iara, Megé, Narueé... Kortom, het hangt ervan af.'

'Jezus,' zei Amparo nog eens.

'Je moet Oxalá zeggen,' fluisterde ik haar in haar oor. 'Kalm maar, no pasarán.'

De Ialorixá toonde ons een serie maskers die net door een paar acolieten naar de tempel werd gebracht. Het waren grote dominomaskers, of liever kappen van stro, die de mediums op moesten zetten tegen de tijd dat ze in trance raakten en ten prooi vielen aan de godheid. Een vorm van kuisheid, vertelde ze ons, bij sommige terreiros dansen de uitverkorenen met ontbloot gelaat waarbij ze de omstanders hun passie tonen. Maar de ingewijde behoort beschermd, gerespecteerd en onttrokken te worden aan de nieuwsgierige blik van de profanen, of in ieder geval van mensen die er de innnerlijke vreugde en de gratie niet van kunnen bevatten. Dat was gebruikelijk in deze terreiro, zei ze ons, en daarom lieten ze ongaarne buitenstaanders toe. Maar misschien ooit, wie weet, zei ze. We namen slechts tijdelijk afscheid van elkaar.

Ze wilde ons echter niet laten vertrekken voor ze ons iets had aangeboden, niet uit de manden die tot aan de rite intact moesten blijven, maar uit haar keuken, een hapje van de comidas de santo. Ze nam ons mee naar de achterzijde van de terreiro waar ons een polychroom onthaal wachtte van mandioca, spaanse peper, kokos, amedoim, gemgibre, moqueca de siri mole, vatapá, efó, caruru, zwarte bonen met farofa, met de weke geur van Afrikaanse specerijen, zoetig sterke tropische smaken waar we nederig van proefden in de wetenschap dat we meedeelden in het voedsel van oud-Soedanese goden. Terecht, vertelde Ialorixá ons, want ieder van ons was, zonder het te weten, het kind van een orixá, en vaak kon je ook uitmaken van wie. Overmoedig vroeg ik wiens kind ik was. Eerst probeerde de Ialorixá er onder uit te komen, zei dat je dat niet met zekerheid kon zeggen, daarna stemde ze erin toe mijn handpalm te bekijken, liet haar vingers erover glijden, keek me in de ogen en zei: 'Je bent het kind van Oxalá.'

Ik was er trots op. Amparo die nu helemaal ontspannen was, kwam met het idee uit te zoeken van wie Agliè een kind was, maar hij zei dat hij dat liever niet wist.

Thuisgekomen zei Amparo tegen me: 'Heb je zijn hand gezien? In plaats van een levenslijn heeft hij een hele reeks losse lijntjes. Als een beek die op een steen stuit en een meter verderop weer doorstroomt. De lijn van iemand die vele keren gestorven moet zijn.'

'De internationaal titelhouder metempsychotische marathon.'

'No pasarán,' lachte Amparo.

29

Want ze veranderen hun namen en zetten de letters ervan in een andere volgorde, ze houden hun leeftijd geheim en worden, naar ze zelf zeggen, niet herkend; er is geen logicus die kan ontkennen dat ze noodzakelijkerwijs echt bestaan;

Heinrich Neuhaus, *Advertissement pieux et très utile, des Frères de la Rosée-Croix*, Parijs, 1623, p.5

Diotallevi zei dat Hesed de sefira van de genade en de liefde is, wit vuur, zuidenwind. Die avond in de periscoop dacht ik dat de laatste dagen die ik met Amparo in Bahia doorbracht in dit teken stonden.

Ik herinnerde me—hoeveel herinnert een mens zich niet als hij urenlang in het donker wacht—een van de laatste avonden. Omdat onze voeten pijn deden van het lange wandelen door steegjes en over pleinen waren we vroeg naar bed gegaan, maar we hadden geen zin om te gaan slapen. Amparo had zich in foetushouding in de kussens genesteld en deed alsof ze tussen haar licht gespreide knieën een van mijn handboekjes over de umbanda las. Af en toe strekte ze zich lui op haar rug uit, haar benen gespreid en het boek op haar buik, en luisterde naar me; ik las een boek over de Rozenkruisers en probeerde haar bij mijn ontdekkingen te betrekken. De avond was zoel maar, zoals Belbo—wiens literaire bronnen zo langzamerhand uitgeput waren—in zijn bestanden geschreven zou hebben, er woei geen zuchtje wind. We hadden voor de verandering een goed hotel genomen; vanuit het raam zag je de zee en vanuit de kitchenette lachte me een mand tropische vruchten toe die we die ochtend op de markt gekocht hadden.

'Hier staat dat er in 1614 in Duitsland een anoniem geschrift verschijnt, *Allgemeine und general Reformation*, ofte wel *Allgemeine und General Reformation der gantzen weiten Welt. Beneben der Fama Fraternitatis, Dess Löblichen Ordens des Rosenkreutzes, an alle Gelehrte und Häupter Europae geschrieben. Auch einer kurtzen Responsion, von dem Herrn Ha-*

selmeyer gestellet, welcher deswegen von den Jesuittern ist gefänglich eingezogen, und auff eine Galleren geschmiedet: Jtzo öffentlich in Druck verfertiget, und allen treuen Hertzen communiciret worden. Kassel, Wilhelm Wessel, 1614.'

'Is het niet wat lang?'

'Het schijnt dat in de zeventiende eeuw alle titels zo lang waren. Die werden zeker door Lina Wertmüller geschreven. Het is een satirisch werk, een fabel over een algemene hervorming van de mensheid, dat bovendien deels is overgenomen uit de *Ragguagli di Parnaso* van Traiano Boccalini. Maar het bevat ook een vlugschrift, een pamflet, een manifest van een twaalftal bladzijdetjes, de *Fama Fraternitatis,* dat een jaar later opnieuw apart gepubliceerd zal worden, tegelijkertijd met een ander manifest, ditmaal in het Latijn, de *Confessio fraternitatis Roseae Crucis, ad eruditos Europae.* In allebei presenteert de Broederschap van de Rozenkruisers zichzelf en haar stichter, een mysterieuze C.R. Pas later, en op grond van andere bronnen, zal men erachter komen of besluiten dat het gaat om een zekere Christian Rosencreutz.'

'Waarom staat daar de volledige naam dan niet in?'

'Moet je horen, er wordt voortdurend met initialen gesmeten, niemand wordt hierin voluit genoemd, ze heten allemaal G.G.M.P.I. en wie echt een koosnaampje heeft wordt P.D. genoemd. Er wordt verteld over de vormingsjaren van C.R., die eerst het Heilige Graf bezoekt, dan koers zet naar Damascus, vervolgens via Egypte naar Fez gaat, dat in die tijd een van de centra van de islamitische wijsheid geweest moet zijn. Daar leert onze Christian, die al Grieks en Latijn kende, de oosterse talen, natuurkunde, wiskunde en natuurlijke historie, en vergaart hij alle eeuwenoude wijsheid van de Arabieren en Afrikanen, met inbegrip van kabbala en magie; hij vertaalt zelfs een mysterieus *Liber M* in het Latijn en kent alle geheimen van de macro- en de microkosmos. Al twee eeuwen lang is alles wat oosters is in trek, vooral als niet duidelijk is waar het over gaat.'

'Zo doen ze altijd. Uitgehongerd, uitgebuit, gefrustreerd? Vraag maar om de bokaal van het mysterie! Hier...' En ze draaide een stickie voor me. 'Het is van dat goeie spul.'

'Zie je dat jij ook wilt vergeten.'

'Maar ik weet dat het chemisch is en verder niets. Er is niets mysterieus aan, je hoeft geen Hebreeuws te kennen om high te worden. Kom hier.'

'Wacht even. Dan gaat Rosencreutz naar Spanje, maakt zich daar de meest occulte doctrines eigen en zegt dat hij het Centrum van al het weten steeds dichter nadert. En in de loop van deze reizen, die voor een intellectueel uit die tijd echt een totale kennistrip waren, begint het bij hem te dagen dat er in Europa een orde gesticht moet worden die de bestuurders de weg wijst langs de wegen van de kennis en het goede.'

'Een origineel idee. Had hij niet voor niets zoveel gestudeerd. Ik heb zin in verse mamaya.'

'In de ijskast. Wees eens lief en haal het even, ik werk.'

'Wie werkt is een mier en als je een mier bent gedraag je je als een mier en ga je op proviand uit.'

'De mamaya is zingenot, dus dat moet de krekel doen. Of anders ga ik en lees jij.'

'In godsnaam. Ik haat de cultuur van de blanke man. Ik ga al.'

Amparo liep naar de kitchenette, en ik genoot ervan haar in het tegenlicht te kunnen begeren. En intussen keerde C.R. terug uit Duitsland, en in plaats van zich toe te leggen op de transmutatie van metalen—waar hij nu gezien zijn onmetelijke kennis toe in staat zou zijn—besloot hij zich te wijden aan een geestelijke hervorming. Hij stichtte de Broederschap, waarbij hij een magische taal en een magisch schrift verzon die tot fundament voor de wijsheid van de toekomstige broeders moesten dienen.

'Nee, zo maak ik het boek vies, stop het in m'n mond, nee—hè, hou nou op—zo, ja. God wat is mamaya toch lekker, rosencreutzliche Mutti-ja-ja... Besef je wel dat de dingen die de eerste Rozenkruisers in die vroegste periode geschreven hebben de wereld, die zo gebrand was op de waarheid, hadden kunnen verlichten?'

'Wat hebben ze dan geschreven?'

'Dat is het hem juist, dat vermeldt het manifest niet, je wordt alleen maar lekker gemaakt. Het is iets heel belangrijks, maar wel zo belangrijk dat het geheim moet blijven.'

'Wat een zakkewassers.'

'Nee, nee, au, hou op. In ieder geval besluiten de gestaag in aantal toenemende Rozenkruisers zich over alle uithoeken van de wereld te verspreiden en de taak op zich te nemen gratis zieken te verzorgen, geen kleren te dragen waaraan ze herkend kunnen worden, zich aan te passen aan de zeden van de landen waar ze zich bevinden, eenmaal per jaar samen te komen en honderd jaar lang geheim te blijven.'

'Neem me niet kwalijk, maar wat voor een hervorming wilden ze eigenlijk invoeren als er net eentje geweest was? En nog wel die van Luther nota bene!'

'Maar dit vond plaats vóór de protestantse hervorming. Hier in een noot staat dat men uit een aandachtige lezing van de *Fama* en de *Confessio* kan afleiden...'

'Men... wie men?'

'Als er wordt afgeleid wordt er afgeleid. Door wie doet er niet toe. Door de rede, het gezonde verstand... Pff, wat heb je toch? We hebben het over de Rozenkruisers, een serieuze aangelegenheid...'

'Dat spreekt.'

'Goed, men leidt dus af dat Rosencreutz geboren is in 1378 en sterft in 1484, op de mooie leeftijd van honderdzes jaar, en je voelt met je klompen aan dat de geheime broederschap niet weinig heeft bijgedragen aan de Hervorming die in 1615 haar eeuwfeest vierde. Bovendien staan in het wapen van Luther een roos en een kruis.'

'Leuk bedacht.'

'Wilde je dan dat Luther een brandende giraffe of een vloeibaar horloge in zijn wapen had gezet? Een ieder is het kind van zijn tijd. Ik ben erachter van wie ik het kind ben, hou je mond, laat me verder gaan. Tegen 1604 vinden de Rozenkruisers, als ze een gedeelte van hun geheime paleis of kasteel restaureren, een gedenksteen waarin een grote spijker geslagen is. Ze trekken de spijker eruit, een stuk van de muur stort in, er verschijnt een deur, waarboven in grote letters POST CXX ANNOS PATEBO geschreven staat...'

Ik had het al gelezen in de brief van Belbo, maar ik reageerde onwillekeurig: 'Mijn god...'

'Wat is er?'

'Het lijkt wel een document van de Tempeliers dat... Het is een verhaal dat ik je nooit heb verteld, over een of andere kolonel...'

'Nou en? De Tempeliers hebben het overgeschreven van de Rozenkruisers.'

'Maar de Tempeliers waren er het eerst.'

'Nou, dan hebben de Rozenkruisers het overgeschreven van de Tempeliers.'

'Liefje, zonder jou zouden bij mij alle stoppen doorslaan.'

'Liefje, je bent verpest door die Agliè. Je zit te wachten op de onthulling.'

'Ik? Ik wacht nergens op!'

'Des te beter, pas op voor het opium van het volk.'

'El pueblo unido jamás será vencido.'

'Ja, lach jij maar. Ga door, laat eens horen wat die debielen te melden hadden.'

'Die debielen hebben alles in Afrika geleerd, dat heb je toch gehoord?'

'Die in Afrika waren al begonnen ons in te pakken en hierheen te sturen.'

'God zij dank. Je had ook in Pretoria geboren kunnen worden.' Ik zoende haar en ging verder. 'Achter de deur ontdekt men een graf met zeven zijden en zeven hoeken, op wonderbare wijze verlicht door een kunstmatige zon. In het midden een rond altaar, versierd met verschillende deviezen of emblemen zoals NEQUAQUAM VACUUM...'

'Neekwakwa? Was getekend Donald Duck?'

'Dat is Latijn, dat weet je toch nog wel? Het wil zeggen dat het luchtledige niet bestaat.'

'Gelukkig maar, wat zou het anders afschuwelijk zijn.'

'Zou je de ventilator voor me willen aanzetten, animula vagula blandula?'

'Maar het is winter.'

'Voor jullie van het verkeerde halfrond, liefje. Het is juli, niets aan te doen, zet de ventilator aan, niet omdat ik de man ben, maar omdat hij aan jouw kant staat. Dank je. Om kort te gaan, onder het altaar vindt men het intacte lijk van de stichter. In zijn hand heeft hij een *Liber T*, boordevol oneindige wijsheid, en het is jammer dat de wereld er geen kennis van kan nemen—zegt het manifest—want anders gulp, wow, brr, sguisssh!'

'Jeetje.'

'Ik bedoel maar. Aan het einde stelt het manifest een immense schat in het vooruitzicht die nog helemaal ontdekt moet worden, plus verbluffende onthullingen over de relatie tussen macrokosmos en microkosmos. Denk maar niet dat wij goedkope alchimisten zijn en dat we jullie leren goud te maken. Dat is iets voor schurken, en wij willen iets beters en richten ons op een hoger doel, in ieder opzicht. We verspreiden deze *Fama* in vijf talen, om nog maar te zwijgen van de *Confessio*, binnenkort in dit theater. Gaarne zien we antwoorden en meningen van geleerden en domoren tegemoet. Schrijf ons, bel op, zeg ons jullie namen, en we zullen zien of jullie het waard zijn te delen in onze geheimen, waar we jullie slechts een voorproefje van hebben gegeven. *Sub umbra alarum tuarum Iehova*.'

'Wat betekent dat?'

'Daarmee ondertekenen ze. Het betekent: in de schaduw van uw vleugelen Jehova. Over en uit. Kortom, het lijkt wel of de Rozenkruisers staan te popelen om rond te bazuinen wat ze geleerd hebben en alleen nog wachten op de juiste gesprekspartner. Maar niet één woord over wát ze weten.'

'Net als die vent met zijn foto, die advertentie in dat tijdschrift die we in het vliegtuig zagen: als jullie me tien dollar sturen verklap ik jullie hoe je miljonair wordt.'

'Maar hij liegt niet. Híj heeft het geheim ontdekt. Net als ik.'

'Hoor eens, je kunt maar beter doorlezen. Het lijkt wel of je me vóór vanavond nog nooit gezien hebt.'

'Het lijkt altijd weer de eerste keer.'

'Des te erger. Ik schenk mijn vertrouwen niet aan de eerste de beste. Maar hoe kan het dat jij ze allemaal vindt? Eerst de Tempeliers, dan de Rozenkruisers; heb je soms, weet ik het, Plechanov gelezen?'

'Nee, maar ik verwacht over honderdtwintig jaar zijn graf te ontdekken. Als Stalin er tenminste niet met een bulldozer overheen is gegaan.'

'Mafketel. Ik ga naar de wc.'

30

Dat ook de gehele Christenheid van tijd tot tijd met zulke denkbeelden werd overstroomd, geeft het genoemde *Fraternitas Roseae Crucis* uitvoerig te kennen. Zodra dit fantasma de kop op stak (hoewel de *Fama* en *Confessio* aantonen dat het slechts een *lusus ingenii nimium lascivientes* betrof), wekte het meteen de hoop op een universele hervorming, en bracht het deels lachwekkende, deels ongelofelijke kunsten voort. En zo hebben in alle landen ook zeer geleerde en vrome lieden zich zo voor de gek laten houden dat zij hun diensten en goede wil soms met naam en toenaam aanboden. Maar ook als zij hun naam hardnekkig verzwegen, zouden de Fratres de naam en de woonplaats van zulke goedwillende cliënten in de *Speculum Salomonis* of door andere middelen gemakkelijk hebben kunnen achterhalen.

Christoph Besold (?),
appendix bij Thomas Campanella,
Von der Spanischen Monarchy, 1623, p.48

Daarna kwam het beste stuk, en toen Amparo terugkwam kon ik haar wonderbaarlijke dingen vertellen. 'Het is een ongelofelijk verhaal. De manifesten verschijnen in een tijd waarin het wemelt van dergelijke teksten, iedereen is op zoek naar vernieuwing, een gouden eeuw, een geestelijk luilekkerland. De een grasduint in magische teksten, de ander doet oventjes zweten om metalen te fabriceren, weer een ander probeert de sterren de baas te worden, en een vierde werkt geheime alfabetten en wereldtalen uit. In Praag verandert Rudolf II het hof in een alchimistisch laboratorium; hij nodigt Comenius uit en John Dee, de astroloog van het Engelse hof die in zijn enkele pagina's tellende *Monas Hieroglyphica* alle geheimen van de kosmos uiteen had gezet. De arts van Rudolf II is dezelfde Michael Maier die een boek schrijft over visuele en muzikale emblemen, *Atalanta Fugiens,* een waar feest van filosofische eieren, draken die elkaar in de staart bijten, sfinxen, niets is zo helder als het geheime getal, alles is zinnebeeldig voor iets anders. Denk je eens in, Galilei gooit stenen van de toren van Pisa, Richelieu speelt monopoly met half Europa, en hier lopen ze met wijd open gesperde ogen rond om de signaturen van de wereld te lezen: jullie kunnen me nog meer vertellen, niks vallende lichamen, hier steekt iets heel anders achter. Ik zal jullie zeggen wat: *abracadabra.* Torricelli bouwde de barometer en zij maar waterballetten en waterspelen en vuurwerk maken in de Hortus Palatinus van Heidelberg. En de Dertigjarige Oorlog stond op het punt uit te breken.'

'Tot grote tevredenheid van Moeder Courage.'

'Maar ook zij maakten niet altijd plezier. De keurvorst van de Palts aanvaardt in '19 de kroon van Bohemen, ik geloof dat hij dat doet omdat hij sterft van verlangen over de magische stad Praag te regeren, maar een jaar later nemen de Habsburgers hem bij de Witte Berg te grazen; in Praag worden de protestanten afgeslacht, Comenius' huis en bibliotheek worden platgebrand, zijn vrouw en kinderen vermoord, en hij ontsnapt, gaat van hof naar hof om te vertellen hoe groots en hoopgevend de idee van de Rozenkruisers is.'

'Weer zo'n zielepoot, maar ja wat moest hij dan? Troost zoeken bij de barometer zeker? Maar wacht eens even, je weet dat wij vrouwen niet alles meteen begrijpen, zoals jullie: wie heeft de manifesten geschreven?'

'Dat is het mooiste: dat weten ze niet. Laat me even denken, krab even op mijn rozenkruis... nee, tussen mijn schouderbladen, nee hoger, nee meer naar links, ja, daar. Nou, onder die Duitsers bevinden zich twee ongelofelijke figuren, te weten Simon Studion, de auteur van *Naometria,* een occult traktaat over de afmetingen van de Tempel van Salomo en Heinrich Khunrath die een *Amphitheatrum sapientiae aeternae* schrijft dat overloopt van allegorieën met Hebreeuwse alfabetten en kabbalistische grotten die de auteurs van de *Fama* geïnspireerd moeten hebben. Zij zijn op hun beurt waarschijnijk weer bevriend met een van die tienduizenden clubjes van utopisten die wachten op de Wederkomst van de Heer. Het gerucht gaat dat de auteur een zekere Johann Valentin Andreae is, die het jaar daarop *Die Chymische Hochzeit des Christian Rosencreutz* zal publiceren, maar dat had hij als jongeman al geschreven dus het idee van de Rozenkruisers speelde hem al langer door het hoofd. Maar rond om hem heen in Tübingen waren er meer enthousiastelingen; ze droomden van de republiek van Christianopolis, misschien hebben ze hun krachten wel gebundeld. Maar het lijkt of ze het voor de grap deden, zomaar, ze dachten helemaal niet dat ze zo'n pandemonium zouden veroorzaken als ze deden. Andreae zal de rest van zijn leven blijven volhouden dat hij die manifesten niet geschreven heeft, dat het hoe dan ook een *lusus* was, een *ludibrium*, een geintje; zijn academische reputatie schiet er bij in, hij maakt zich kwaad, zegt dat de Rozenkruisers—als ze al bestonden—allemaal bedriegers waren. Niets helpt. De manifesten komen nog niet uit of het lijkt of de mensen er op zaten te wachten. Geleerden uit geheel Europa schrijven werkelijk naar de Rozenkruisers, en aangezien ze niet weten waar deze te vinden zijn, laten ze open brieven, geschriften en boeken in druk circuleren. Maier publiceert nog dat zelfde jaar een *Arcana arcannissima* waarin hij de Rozenkruisers niet met name noemt, maar iedereen is ervan overtuigd dat hij het wel over ze heeft en er meer van af weet dan hij wil toegeven. Een paar mensen pochen, zeggen dat ze de *Fama* al in manuscript gelezen hadden. Ik geloof dat het in die tijd geen kleinigheid was een boek voor te bereiden, helemaal als er ook nog gravures in moesten, maar Robert Fludd (en die schrijft in Engeland en drukt in Leiden, dus daar komt de reistijd van het manuscript nog eens bij) verspreidt in dat zelfde jaar, 1615, een *Apologia compendiaria Fraternitatem de Rosea Cruce suspicionis et infamiis maculis aspersam, veritatem quasi Fluctibus abluens et abstergens*, waarin hij de Rozenkruisers verdedigt, vrijpleit van verdenkingen en zuivert van de "smetten" waarmee ze zo rijkelijk bedacht waren—en dat betekent dat er al een heftige discussie op gang was gekomen tussen Bohemen, Duitsland, Engeland en Nederland, allemaal met koeriers te paard en rondreizende geleerden.'

'En de Rozenkruisers?'

'Doodse stilte. Post 120 annos patebo geen ene moer. Zij kijken toe vanuit hun niet-bestaande paleis. Ik geloof dat het juist die stilte was waardoor de gemoederen zo verhit raakten. Als ze niet antwoorden betekent dat dat ze echt bestaan. In 1617 schrijft Fludd een *Tractatus apologeticus integritatem societatis de Rosea Cruce defendens*, en een zekere Aloisius Marlianus zegt dat het moment daar is het geheim van de Rozenkruisers te onthullen.'

'En onthult het.'

'Moet je net denken. Hij compliceert de zaak. Want hij ontdekt dat, als je de 188 door de Rozenkruisers beloofde jaren van 1618 aftrekt, je dan 1430 krijgt, het jaar dus waarin de Orde van het Gulden Vlies wordt opgericht.'

'Wat heeft dat er mee te maken?'

'Die 188 begrijp ik niet want dat zou 120 moeten zijn, maar mystiek optellen en aftrekken komt altijd uit. Wat het Gulden Vlies betreft, dat is het Gulden Vlies van de Argonauten, en ik weet uit betrouwbare bron dat dat iets te maken heeft met de heilige graal, en dus, als je me toestaat, met de Tempeliers. Maar dat is nog niet alles. Tussen '17 en '19 laat Fludd, die blijkbaar nog meer publiceerde dan Barbara Cartland, nog vier boeken drukken, waaronder zijn *Utriusque cosmi historia*, iets als het universum in de notedop, geïllustreerd, een en al rozen en kruisen. Maier vat de koe bij de horens, publiceert zijn *Silentium post clamores* en beweert dat de broederschap bestaat en niet alleen gerelateerd is aan de Orde van het Gulden Vlies maar ook aan de Orde van de Kouseband. Hij is echter te onbelangrijk om er toe toegelaten te worden. Kun je je voorstellen wat de geleerden van Europa daarvan denken. Als zij daar Maier niet eens toelaten dan moet het wel echt exclusief zijn. Dus iedere onbenul zet alles op alles om toegelaten te worden. Iedereen slaat aan het beweren dat de Rozenkruisers echt bestaan of bekent ze nooit gezien te hebben, iedereen slaat aan het schrijven alsof hij een afspraak met ze wil maken, een audiëntie wil afdwingen, niemand is zo driest dat hij zegt ik ben er eentje, sommigen zeggen dat ze niet bestaan omdat zij niet benaderd zijn, anderen zeggen dat ze juist bestaan om benaderd te worden.'

'En de Rozenkruisers zwijgen.'

'Als het graf.'

'Doe je mond open. Jij kunt wel wat mamaya gebruiken.'

'Zalig. Intussen breekt de Dertigjarige Oorlog uit en schrijft Johann Valentin Andreae een *Turris Babel* waarin hij belooft dat de Antichrist binnen een jaar verslagen zal zijn, en schrijft een zekere Mundus een *Tintinnabulum sophorum*...'

'Mooi dat tintinnabulum!'

'... waarvan ik geen ene moer begrijp, maar zeker is dat Campanella—of wie dan ook—zich er in *Monarchia Spagnola* mee bemoeit en zegt dat die hele Rozenkruisersaffaire een grap is van corrupte geesten... En dan niets meer, tussen 1621 en 1623 houdt iedereen ermee op.'

'Zo maar ineens?'

'Zo maar ineens. Ze zijn het beu. Net als The Beatles. Maar alléén in Duitsland. Het is namelijk net het verhaal van een gifwolk. Hij verplaatst zich naar Frankrijk. Op een mooie dag in 1623 verschijnen er op de muren in Parijs Rozenkruisersmanifesten die de brave burgers ervan op de hoogte stellen dat de afgevaardigden van het hoogste college van het broederschap daarheen zijn verhuisd en klaar staan om met de inschrijving te beginnen. Een andere versie wil echter dat uit de manifesten onomwonden blijkt dat het gaat om zesendertig in groepen van zes opgedeelde over de wereld verspreide onzichtbaren, en dat zij de kunst verstaan hun adepten onzichtbaar te maken... Verrek! Heb je die zesendertig weer...'

'Welke?'

'Die uit mijn stuk over de Tempeliers.'

'Fantasieloze mensen. En verder?'

'En daarna ontstaat er een soort collectieve gekte, door sommigen worden ze verdedigd, anderen willen hen leren kennen, weer anderen beschuldigen hen van duivelarij, alchimie en ketterij, en dan heb je Astaroth die hen rijk en machtig wil maken en hen in staat wil stellen om zich door de lucht van de ene naar de andere plek te begeven, kortom, iedereen spreekt er schande van.'

'Slim, die Rozenkruisers. Als je iets in Parijs lanceert raakt het zeker in de mode.'

'Het lijkt erop dat je gelijk hebt, luister maar naar wat er gebeurt, mijn hemel wat een tijd. Descartes was in de daaraan voorafgaande jaren in hoogst eigen persoon in Duitsland geweest en had naar ze gezocht, maar, zegt zijn biograaf, hij had ze niet gevonden omdat ze, zoals we weten, niet als zodanig te herkennen waren. Als hij na het verschijnen van de manifesten in Parijs terugkomt ontdekt hij dat iedereen hem voor een Rozenkruiser houdt. Gezien de situatie was dat niet bepaald een aanbeveling, en ook zijn vriend Mersenne, die toch al tegen de Rozenkruisers tekeerging en hen uitmaakte voor ellendigen, subversieven, tovenaars en kabbalisten die voornemens waren perverse doctrines te verspreiden, was er bepaald niet blij mee. En wat denk je dus dat Descartes doet? Die vertoont zich, overal waar het maar kan. En omdat iedereen hem ziet—hetgeen niet te ontkennen valt—betekent dat dat hij niet onzichtbaar is en dat hij dus geen Rozenkruiser is.'

'Handig bekeken.'

'Maar ontkennen alleen was natuurlijk niet genoeg. Zoals de zaken er toen voorstonden kon je er staat op maken dat iemand die je tegenkwam en die goedenavond ik ben een Rozenkruiser tegen je zei, er zeker geen was. Een zichzelf respecterende Rozenkruiser zegt zoiets niet. Sterker nog, hij ontkent het glashard.'

'Maar je kunt niet zeggen dat iemand die beweert dat hij geen Rozenkruiser is het wel is, ik zeg namelijk dat ik het niet ben, maar daarom ben ik het nog niet.'

'Maar het ontkennen geeft op zich al reden tot verdenking.'

'Nee. Want wat doet een Rozenkruiser als hij doorheeft dat iemand die zegt dat hij het wel is, niet geloofd wordt en iemand die zegt dat hij het niet is, wordt gewantrouwd? Die begint te zeggen dat hij het is, om de mensen te doen geloven dat hij het niet is.'

'Halleluja. Dus iedereen die in het vervolg zegt dat hij een Rozenkruiser is liegt, en is het dus wel! Nee, nee, Amparo, we laten ons niet door hen in de luren leggen. Ze hebben overal spionnen, zelfs hier onder dit bed, en zijn er dus intussen van op de hoogte dat wij op de hoogte zijn. Dus zeggen ze dat ze het niet zijn.'

'Liefje, nu word ik bang.'

'Rustig maar, liefje, ik ben er ook nog en ik ben dom: als ze zeggen dat ze het niet zijn geloof ik dat ze het zijn, en zo ontmasker ik ze meteen. Een ontmaskerde Rozenkruiser wordt onschadelijk, die wapper je met je krant zo het raam uit.'

'En Agliè? Die wil ons doen geloven dat hij de graaf van Saint-Germain is. Natuurlijk opdat we denken dat hij het niet is. Dus is hij een Rozenkruiser. Of niet?'

'Zeg Amparo, zullen we gaan slapen?'

'Nee, nee, nu wil ik horen hoe het afloopt.'

'Eén grote brei. Iedereen is Rozenkruiser. In '27 komt *New Atlantis* van Bacon uit en denken de lezers dat hij het over het land van de Rozenkruisers heeft, ook al wordt dat nergens expliciet genoemd. De arme Johann Valentin Andreae blijft tot zijn dood bij hoog en bij laag beweren dat hij het niet is geweest of dat als hij het geweest was hij het voor de grap had gezegd, maar er valt nu niets meer aan te doen. Profiterend van het feit dat ze er niet zijn, zijn de Rozenkruisers overal.'

'Net God.'

'Nu je het zegt... 'ns Kijken, Mattheus, Lucas, Marcus en Johannes zijn een stelletje bon-vivants die ergens bij elkaar komen en besluiten een wedstrijd te houden; ze verzinnen een personage, leggen een aantal essentiële punten vast en hupsakee, iedereen is vrij om te doen wat hij wil en ze kijken later wie het er het beste van af heeft gebracht. Die vier verhalen komen vervolgens in handen van vrienden die er geleerd over beginnen te doen, Mattheus is behoorlijk realistisch maar hamert te veel op die affaire met de Messias, Marcus is niet slecht maar wat chaotisch, Lucas is elegant, dat moet gezegd, Johannes draaft wat door over de filosofie... maar goed, men vindt de boeken mooi, ze gaan van hand tot hand en als de vier in de gaten krijgen wat er gaande is, is het al te laat: op de weg naar Damascus is Paulus Jezus al tegengekomen, Plinius begint zijn onderzoek op bevel van de verontruste keizer, een hele horde apocriefen doen net alsof zij het ook allang wisten... toi, apochryphe lecteur, mon semblable, mon frère... Petrus krijgt het hoog in zijn bol, neemt zichzelf serieus, Johannes dreigt de waarheid te vertellen, Petrus en Paulus laten hem gevangen nemen, slaan hem op Patmos in de boeien en de arme ziel begint te hallucineren, ziet sprinkhanen aan het hoofdeinde van zijn bed, laat die trompetten zwijgen, waar komt al dit bloed vandaan... En de anderen maar zeggen dat hij drinkt, dat hij aan aderverkalking lijdt... En stel nou eens dat het echt zo is gegaan?'

'Zo is het ook gegaan. Moet je Feuerbach maar lezen in plaats van die rotboekjes van jou.'

'Amparo, de zon komt op.'

'We zijn gek.'

'De rooskruiserige dageraad liefkoost zacht de golvingen...'

'Ja, lekker. Het is Yemanjá, hoor je, ze komt.'

'Mmm, mijn Vrouwe van de Ontvangenis.'

'Oh Tintinnabulum!'

'Je bent mijn Atalanta Fugiens...'

'Oh je Turris Babel...'

'Ik wil de Arcana Arcanissima, het Gulden Vlies, bleekroze als een zeeschelp...'

'Sst... Silentium post clamores,' zei ze.

31

...en het is waarschijnlijk dat het merendeel van de vermeende Rozenkruisers of zij die daar in de regel voor doorgingen dat in feite niet waren... men kan zelfs met zekerheid stellen dat ze dat absoluut niet waren, juist omdat ze deel uitmaakten van zulke genootschappen, hetgeen op het eerste gezicht paradoxaal en zelfs tegenstrijdig mag klinken, maar toch gemakkelijk te begrijpen is.

René Guénon, *Aperçu sur l'initiation*, Parijs, Editions Traditionelles, 1981, XXXVIII, p.241

We keerden terug naar Rio en ik ging weer aan het werk. Op een dag las ik in een geïllustreerd tijdschrift dat er in de stad een Orde van het Aloude en Aangenomen Rozenkruis bestond. Ik stelde Amparo voor om er een kijkje te nemen, en zij ging met tegenzin mee.

De orde was gevestigd in een achteraf straatje, aan de buitenkant zag je een vitrine met gipsen beeldjes die Cheops, Nefertiti en de Sfinx voorstelden.

Er was die middag juist een plenaire bijeenkomst: 'De Rozenkruisers en de Umbanda'. Spreker was een zekere professor Bramanti, Referendaris van de orde in Europa, Geheime Ridder van het Groot Prioraat In Partibus van Rhodos, Malta en Thessaloniki.

We besloten naar binnen te gaan. De ruimte was tamelijk smakeloos ingericht, versierd met tantristische miniaturen die de slang Kundalini voorstelden, degene die de Tempeliers weer wilden wekken met de kus op het achterste. Ik dacht bij mezelf dat ik me, gezien het feit dat ik dezelfde dingen op het kantoor van de Picatrix had kunnen zien, de moeite had kunnen besparen om de Atlantische Oceaan over te steken ten einde een nieuwe wereld te ontdekken.

Achter een met een rode lap bedekte tafel, en voor een nogal bescheiden en slaperig gehoor stond Bramanti, een gezette heer die je, afgezien van zijn omvang, met een tapir zou kunnen vergelijken. Hij was al begonnen te praten, luid en welsprekend, maar hij was nog niet lang bezig want hij was aan het uitweiden over de Rozenkruisers ten tijde van de achttiende dynastie, onder de heerschappij van Ahmozes I.

Vier Gesluierde Heren waakten over de evolutie van het ras waaruit vijfentwintigduizend jaar voor de stichting van Thebe de beschaving van de Sahara was ontstaan. De farao Ahmozes, die door hen beïnvloed was, had een Grote Witte Broederschap gesticht, bewaarder van die wijsheid van vóór de zondvloed die de Egyptenaren zo op hun duimpje kenden. Bramanti beweerde over (natuurlijk niet voor leken toegankelijke) documenten te beschikken die teruggingen op de wijzen van de Tempel van Karnak en hun geheime archieven. Het symbool van de roos en het kruis was vervolgens bedacht door farao Achnaton. Iemand heeft de papyrus, zei Bramanti, maar vraag me niet wie.

In de schoot van de Grote Witte Broederschap vormden zich Hermes Trismegistus, wiens invloed op de Italiaanse renaissance even onweerlegbaar was als die op de Gnosis van Princeton, Homerus, de Gallische druïden, Salomo, Solon, Pythagoras, Plotinus, de Essenen, de Therapeuten, Jozef van Arimathea die de graal naar Europa heeft gebracht, Alcuin, koning Dagobert, Thomas van Aquino, Bacon, Shakespeare, Spinoza, Jakob Boehme, Debussy en Einstein. Amparo fluisterde me toe dat ze de indruk had dat alleen Nero, Cambronne, Jeronimo, Pancho Villa en Buster Keaton ontbraken.

Voor wat betreft de invloed van de oorspronkelijke Rozenkruisers op het christendom wees Bramanti, voor degenen die hier nog niet over nagedacht hadden, erop dat het geen toeval was dat de legende wilde dat Jezus aan het kruis was gestorven.

De wijzen van de Grote Witte Broederschap waren dezelfden die ten tijde van koning Salomo de eerste vrijmetselaarsloge hadden opgericht. Dat Dante Rozenkruiser en vrijmetselaar was—evenals overigens Thomas van Aquino—sprak ondubbelzinnig uit zijn werk. In *canto* XXIV en XXV van het *Paradijs* vindt men de drieledige kus van prins Rozenkruis, de pelikaan, dezelfde witte tunieken als die van de grijsaards van de Apocalyps, en de drie godvruchtige deugden uit de vrijmetselaarsstatuten (Trouw, Hoop en Barmhartigheid). De symbolische bloem van de Rozenkruisers (de witte roos uit *canto* XXX en XXXI) is dan ook door de Kerk van Rome overgenomen als symbool van de Moeder van de Heiland—en vandaar ook de *Rosa Mystica* uit de litanieën.

En dat de Rozenkruisers de middeleeuwen waren doorgekomen bleek niet alleen uit hun infiltratie in de gelederen van de Tempeliers, maar ook uit veel explicietere documenten. Bramanti citeerde een zekere Kiesewetter die aan het eind van de vorige eeuw had aangetoond dat de Rozenkruisers in de middeleeuwen vier kwintalen goud hadden gefabriceerd voor de keurvorst van Saksen; als bewijs kon hij de precieze bladzijde van het *Theatrum Chemicum* laten zien, gepubliceerd in Straatsburg in 1613. Weinigen hebben echter de verwijzingen naar de Tempeliers opgemerkt in de legende van Willem Tell: Tell snijdt zijn pijl uit een maretak, een plant uit de Arische mythologie, en schiet deze in de appel, symbool van het door de slang Kundalini geactiveerde derde oog—en het is bekend dat de Ariërs uit Indië kwamen, waar de Rozenkruisers zich zullen verbergen als ze Duitsland verlaten.

Wat daarentegen de verschillende bewegingen aangaat die, naïef als ze zijn, pretenderen dat ze banden hebben met de Grote Witte Broederschap, hiervan erkende Bramanti de Rosicrucian Fellowship van Max Heindel als voldoende orthodox, maar alleen omdat Alain Kardec in die kringen zijn vorming had gekregen. Iedereen weet dat Kardec de vader van het spiritisme is en dat uit zijn theosofie, die zich toelegt op het contact met de geesten van overledenen, de spiritualiteit van de umbanda is voortgekomen, glorie van het zo edele Brazilië. In deze theosofie staat Aum Bhandà—hetgeen uit het Sanskriet komt—voor het goddelijke principe en de bron van het leven ('Ze hebben ons weer belazerd,' mompelde Amparo, 'umbanda is ook al geen woord van ons, het klinkt alleen maar Afrikaans.').

De wortel is Aum of Um, dat weer het boeddhistische Om is, en dat is de naam van God in de Adamitische taal. *Um* is een lettergreep die, mits op de juiste manier uitgesproken, verandert in een krachtige mantra en via de *chakra's* of de Plexus Frontalis fluïde harmonie-stromen in de psyche op gang brengt.

'Wat is de plexus frontalis?' vroeg Amparo. 'Een ongeneeslijke ziekte?'

Bramanti preciseerde dat men onderscheid diende te maken tussen echte Rozenkruisers, erfgenamen van de Grote Witte Broederschap, die natuurlijk geheim waren, zoals de Aloude en Aangenomen Orde die hij op onwaardige wijze vertegenwoordigde, en de zogenaamde 'rozenkruisers', dat wil zeggen iedereen die zich om redenen van persoonlijke interesse liet inspireren door de Rozenkruisersmystiek zonder er het recht toe te hebben. Hij drukte het publiek op het hart aan geen enkele rozenkruiser die zei dat hij Rozenkruiser was geloof te schenken.

Amparo merkte op dat iedere Rozenkruiser in de ogen van een ander een rozenkruiser is.

Iemand in het publiek was zo onvoorzichtig op te staan en hem te vragen waarom zijn orde toch pretendeerde authentiek te zijn, gezien het feit dat zij de regel van de zwijgplicht schonden die kenmerkend is voor ieder waarlijk adept van de Grote Witte Broederschap.

Bramanti stond op en zei: 'Ik wist niet dat ook hier door het atheïstisch materialisme geworven provocateurs infiltreerden. Als de zaken er zo voorstaan praat ik niet verder.' En hij vertrok, met een zekere statigheid.

Die avond belde Agliè op, vroeg hoe het met ons ging en deelde ons mee dat we de volgende dag eindelijk uitgenodigd waren bij een rite. Hij stelde me voor in afwachting daarvan wat te gaan drinken. Amparo had een politieke bijeenkomst met haar vrienden, en ik ging alleen naar de afspraak.

32

De Valentinianen... hebben als grootste zorg geheim te houden wat ze verkondigen; als mensen die geheim houden althans verkondigen... Als je ze te goeder trouw iets vraagt, zeggen ze, met een strak gezicht en met opgetrokken wenkbrauwen "dat is geheim". Als je ze scherpzinnig uitvraagt, bevestigen ze hun gemeenschappelijk geloof door dubbelzinnig taalgebruik. Als je laat blijken dat je op de hoogte bent, ontkennen ze alles waarvan ze merken dat je het weet... Ze beschikken over de handigheid eerder te overtuigen dan te onderwijzen.

Tertullianus, *Adversus Valentinianos*

Agliè nodigde me uit om mee te gaan naar een plek waar ze nog een *batida* maakten zoals alleen leeftijdloze mannen dat kunnen. Al na een paar passen hadden we de beschaving van Carmen Miranda achter ons gelaten en bevond ik me in een duister oord waar een paar inlanders tabak zaten te roken die zo vet was als worst en in elkaar gedraaid als scheepstouw. Ze bewerkten het touw met hun vingertoppen, haalden de brede transparante bladeren los die ze in vloe van olieachtig stro rolden. Ze moesten vaak opnieuw worden aangestoken, maar je begreep nu hoe tabak er uit moet hebben gezien toen Sir Walter Raleigh hem ontdekte.

Ik vertelde hem over mijn avontuur van die middag.

'Nu ook al de Rozenkruisers? Uw honger naar kennis is onverzadigbaar, mijn vriend. Maar luistert u niet naar die gekken. Ze hebben allemaal hun mond vol van onaanvechtbare documenten, maar geen van hen heeft ze ooit laten zien. Die Bramanti ken ik wel, die woont in Milaan, als hij niet de wereld afreist om zijn woord te verspreiden. Kwaad kan hij niet, maar hij gelooft nog in Kiesewetter. Hordes rozenkruisers verlaten zich nog op *Theatrum Chemicum*. Maar als je het raadpleegt—en in alle bescheidenheid, het maakt deel uit van mijn kleine

Milanese bibliotheek—dan vind je de verwijzing niet.'

'Een schertsfiguur, die mijnheer Kiesewetter.'

'Hij wordt altijd geciteerd. Ook de negentiende-eeuwse occultisten zijn namelijk het slachtoffer geworden van de geest van het positivisme: iets is alleen waar als het te bewijzen valt. Kijkt u maar naar de discussie over *Corpus Hermeticum*. Toen dat in de vijftiende eeuw in Europa werd geïntroduceerd, onderkenden Pico della Mirandola, Ficino en vele andere zeergeleerde personen de waarheid: dit moest een werk zijn van een zeer oude wijsheid, nog van voor de oude Egyptenaren, zelfs nog van voor Mozes, want er stonden al ideeën in die later door Plato en Jezus naar voren zouden worden gebracht.'

'Hoezo later? Dat zijn dezelfde argumenten die Bramanti opvoert met betrekking tot het vrijmetselaarschap van Dante. Als in *Corpus* de ideeen van Plato en Jezus herhaald worden betekent dat dat het na hen geschreven is!'

'Ziet u? U ook al. En dit was inderdaad het argument van de moderne filologen, die daar nog eens zweverige linguïstische analyses aan toevoegden om aan te tonen dat *Corpus* tussen de tweede en de derde eeuw van onze jaartelling geschreven was. Dan kun je ook zeggen dat Cassandra na Homerus geboren is omdat ze al wist dat Troje vernietigd zou worden. De moderne opvatting wil dat de tijd een lineaire en doelgerichte sequens is die van A naar B gaat. De tijd kan ook van B naar A gaan, en dan komt de oorzaak voort uit het gevolg... Wat betekent eerder of later komen? Komt uw mooie Amparo voor of na haar obscure voorvaderen? Ze is te magnifiek—als u geen bezwaar hebt tegen een objectief oordeel van iemand die haar vader had kunnen zijn. Ze komt er dus vóór. Zij is de mysterieuze bron van hetgeen ertoe heeft bijgedragen haar te scheppen.'

'Maar het punt is...'

'Het hele denken in "punten" is al fout. Punten zijn bepaald door de wetenschap, na Parmenides, om vast te stellen van waar naar waar iets zich beweegt. Niets beweegt zich, en er is maar een punt, hét punt, het punt waar op één bepaald ogenblik alle andere punten uit voortkomen. De naïviteit van de negentiende-eeuwse occultisten, en van die uit onze tijd, bestaat hierin dat ze de waarheid van de waarheid willen aantonen volgens de methoden van de wetenschappelijke leugen. Je moet niet redeneren volgens de logica van de tijd, maar volgens de logica van de Traditie. Alle tijden wortelen in heden en verleden en dus bestaat de onzichtbare Tempel van de Rozenkruisers in elke tijd en heeft dus in elke tijd bestaan, onafhankelijk van de loop van de geschiedenis, van uw geschiedenis. De tijd van de uiteindelijke openbaring is niet de tijd van de klokken en zijn onderlinge samenhang krijgt vorm in de tijd van de "kleine geschiedenis" waar het voor of na van de wetenschap nauwelijks van belang is.'

'Maar hoe zit het dan met al die mensen die beweren dat de Rozenkruisers eeuwig...'

'Schertswetenschappers omdat ze proberen te bewíjzen wat je moet vóélen, zonder bewijsvoering. Gelooft u dat de gelovigen die we morgenavond zullen zien alles wat Kardec hun verteld heeft weten of in staat zijn het te bewijzen? Ze weten omdat ze bereid zijn te weten. Als wij allen een zelfde ontvankelijkheid voor het geheim hadden bewaard, zouden we verblind worden door openbaringen. Willen is niet nodig, je hoeft alleen maar bereid te zijn.'

'Neemt u mij niet kwalijk, het is wellicht een banale vraag, maar die Rozenkruisers, bestaan die nou of niet?'

'Wat betekent bestaan?'

'Zegt u het maar.'

'De Grote Witte Broederschap, noem ze Rozenkruisers, noem ze spirituele ridders waar de Tempeliers een toevallige incarnatie van zijn, is een verzameling wijze mannen, een kleine, zeer kleine groep uitverkorenen die de geschiedenis van de mensheid doorkruist om een kern van eeuwige wijsheid te bewaren. De geschiedenis voltrekt zich niet zo maar. Dat is het werk van de Heren van de Wereld aan wie niets ontgaat. Natuurlijk schermen de Heren van de Wereld zich af met behulp van het geheim. En als eens in de zoveel tijd iemand zegt dat hij Heer is, of Rozenkruiser, of Tempelier, dan liegt hij dus. Hen moet je elders zoeken.'

'Maar deze geschiedenis gaat dus eeuwig door?'

'Zo is het. Dat is de geslepenheid van de Heren.'

'Maar wat willen ze dat de mensen weten?'

'Dat er een geheim is. Waarom zou je anders leven, als alles zo is als het eruit ziet?'

'En wat is het geheim dan?'

'Dat wat de openbaringsgodsdiensten niet wisten te zeggen. Het geheim ligt elders.'

33

De beelden zijn wit, blauw, wit lichtrood. Ten slotte zijn ze gemengd of helemaal wit, de kleur van de vlam van een witte kaars, en zult u vonken zien en over uw hele lichaam kippevel krijgen; dit alles kondigt het begin van de tractie aan die het ding uitoefent op degene die het werk volbrengt.

Papus, *Martines de Pasqually*, Parijs, Chamuel, 1895, p.92

De beloofde avond was daar. Net als in Salvador kwam Agliè ons ophalen. De tenda waar de seance, of *gira*, zich zou voltrekken stond in een nogal centrale wijk, als er al sprake kan zijn van een centrum in een stad die zijn landtongen uitstrekt tussen de heuvels tot ze aan de zee likken, zodat hij, als hij 's avonds verlicht is, van bovenaf gezien net een haardos lijkt met hier en daar een kale plek.

'Denk er aan, vanavond betreft het umbanda. Men wordt niet bezeten door de orixás maar door de eguns, die geesten van overledenen zijn. En verder door Exu, de Afrikaanse Hermes die jullie in Bahia hebben gezien, en zijn metgezellin, Pomba Gira. Exu is een yoruba-godheid, een demon die neigt tot hekserij en plagerij, maar ook in de Indiaanse mythologie had je zo'n grappenmakende god.'

'En wie zijn de overledenen?'

'*Pretos velhos* en *caboclos*. De pretos velhos zijn oude Afrikaanse wijzen die hun volk ten tijde van de deportatie hebben aangevoerd, zoals Rei Congo of Pai Agostinho... Zij vormen de herinnering aan een al wat mildere fase van de slavernij, toen de neger geen beest meer was en bezig was een vriend van de familie, een oom, een opa te worden. De caboclos daarentegen zijn Indiaanse geesten, maagdelijke krachten, de zuiverheid van de oorspronkelijke natuur. In de umbanda blijven de inmiddels geheel met de katholieke heiligen versmolten Afrikaanse orixás op de achtergrond en spelen alleen de caboclos een actieve rol. Zij zijn het die de trance veroorzaken: het medium, de *cavalo*, merkt op een gegeven moment in de dans dat een hoger wezen bij hem is binnengedrongen en verliest het bewustzijn. Hij danst totdat de goddelijke entiteit hem verlaat, en daarna zal hij zich beter voelen, helder en gezuiverd.'

'Zij blij,' zei Amparo.

'Jazeker,' zei Agliè. 'Ze treden in contact met moeder aarde. Deze gelovigen zijn ontworteld geraakt, in de afschrikwekkende smeltkroes van de stad geworpen, en zoals Spengler al zei wendt het Westen met zijn handelsgeest zich in het moment van crisis opnieuw tot de wereld van de aarde.'

We waren er. Van buiten leek de tent een gewoon gebouw: ook hier kwam je binnen door een tuintje, bescheidener dan dat in Bahia, en voor de deur van de *barracão*, een soort magazijn, troffen we het reeds door zoenoffers omringde beeldje van Exu.

Terwijl we naar binnen liepen nam Amparo me terzijde: 'Ik heb het allemaal al door. Heb je het niet gehoord? Die tapir van die lezing had het over het Arische tijdvak, deze hier over de ondergang van het Westen. *Blut und Boden*, bloed en aarde, het is puur nazisme.'

'Zo eenvoudig ligt het niet, liefje, we zijn hier in een ander werelddeel.'

'Bedankt voor de informatie. De Grote Witte Broederschap! Die heeft jullie ertoe gebracht jullie eigen God op te eten.'

'Dat zijn de katholieken, liefje, dat is niet hetzelfde.'

'Het is wel hetzelfde, dat heb je toch gehoord? Pythagoras, Dante, de Maagd Maria en de vrijmetselaars. Allemaal erop uit om ons een hak te zetten. Make umbanda, not love.'

'Dan ben jij dus de gesyncretiseerde. Kom op, laten we gaan kijken. Dit is ook cultuur.'

'Er is maar één cultuur: de laatste priester ophangen aan de darmen van de laatste Rozenkruiser.'

Agliè gebaarde ons naar binnen te gaan. De buitenkant mocht dan haveloos zijn, de binnenkant was een vlammenzee van felle kleuren. Het was een rechthoekige zaal waarvan een gedeelte gereserveerd was voor de dans van de cavalos, met aan het eind een altaar dat afgeschermd was door een hek, met daarachter het podium voor de trommelaars, de atabaques. De rituele ruimte was nog leeg, terwijl zich aan onze kant van het hek al een bonte menigte bewoog, gelovigen, nieuwsgierigen, blanken en zwarten door elkaar, tussen wie de mediums met hun in het wit geklede assistenten, de cambonos, sommigen op blote voeten, anderen op tennisschoenen, duidelijk te herkennen waren. Ik werd meteen getroffen door het altaar: pretos velhos, caboclos met bontgekleurde veren, heiligen die wel van suikerbrood leken, ware het niet dat ze pantagruelesk van afmeting waren, Sint-Joris met zijn fonkelende harnas en scharlaken mantel, de heiligen Cosmas en Damianus, een met zwaarden doorboorde Maagd en een schaamteloos hyperrealistische Christus, met de armen gespreid als de Heiland van Corcovado, maar dan in kleur. De orixás ontbraken, maar hun aanwezigheid sprak uit het gelaat van de omstanders, uit de weeë lucht van suikerriet en gekookt voedsel en uit de penetrante transpiratiegeur die het gevolg was van de hitte en de opwinding voor de op handen zijnde gira.

Toen verscheen de pai-de-santo; hij ging dicht bij het altaar zitten, ontving enkele gelovigen en gasten, parfumeerde hen met dikke wolken sigarerook, zegende hen en bood hun een kopje sterke drank aan, bij wijze van snelle eucharistische rite. Ik knielde samen met mijn metgezellen en dronk: toen ik een cambono de vloeistof uit een fles zag schenken zag ik dat het Dubonnet was, maar ik deed mijn best ervan te nippen als betrof het een levenselixir. De trommelaars op het podium roerden zich al met doffe klappen, terwijl de ingewijden een lied inzetten om Exu en Pomba Gira gunstig te stemmen: *Seu Tranca Ruas é Mojuba! É Mojuba, é Mojuba! Sete Encruzilhadas é Mojuba! É Mojuba, é Mojuba! Seu Marabœ é Mojuba! Seu Tiriri, é Mojuba! Exu Veludo, é Mojuba! A Pomba Gira é Mojuba!*

Toen begon de pai-de-santo met een wierookvat te zwaaien en vermengde de zware geur van Indiase wierook zich met speciale gebeden tot Oxalá en Nossa Senhora.

De atabaques versnelden hun ritme en de cavalos betraden de ruimte voor het altaar en gaven zich langzaam over aan de bekoring van de pontos. Het waren voor het overgrote deel vrouwen en Amparo maakte een ironische opmerking over de zwakte van haar sexe ('We zijn gevoeliger, niet?').

Onder de vrouwen bevonden zich ook enkele Europeanen. Agliè wees ons op een blonde vrouw, een Duitse psychologe, die de riten al jarenlang volgde. Ze had van alles geprobeerd, maar als je niet ontvankelijk en uitverkoren bent heeft het geen zin: zij was nog nooit in trance geraakt. Ze danste en staarde met nietsziende blik in de verte, terwijl de atabaques haar en onze zenuwen geen rust gunden; bijtende rookwolken drongen de zaal binnen, bedwelmden dansers en omstanders en sloegen iedereen—naar ik meende, en mijzelf zeker—op de maag. Maar dat was me ook bij de 'escolas de samba' in Rio gebeurd, ik kende de psychagogische kracht van de muziek en het lawaai, dezelfde waaraan ook onze saturday night fever-adepten in de discotheken bezwijken. De

Duitse danste met wijd opengesperde ogen, smeekte met iedere beweging van haar hysterische ledematen vergetelheid af. Beetje bij beetje raakten de andere dochters van de heilige in extase; ze gooiden hun hoofd achterover, het leek of ze zweefden, of ze op een zee van gedachteloosheid voeren, terwijl zij gespannen bleef, bijna in tranen, overstuur, als iemand die wanhopig probeert tot een orgasme te komen en zich kronkelt, zich inspant en geen lichaamssappen afscheidt. Ze probeerde haar controle te verliezen en hervond deze voortdurend, arme door wohltemperierte klavieren verziekte Teutoonse.

De uitverkorenen volvoerden intussen hun sprong in de leegte, hun blik werd wazig, hun ledematen verstarden, hun bewegingen werden steeds mechanischer; maar ze waren niet willekeurig, want ze onthulden de aard van het wezen dat hen bezocht: sommigen bewogen hun handen, de palmen naar beneden gekeerd, in een vloeiende zijwaartse beweging alsof ze zwommen, anderen waren gebogen en bewogen zich traag, en de cambonos bedekten degenen die door een hogere geest waren beroerd met een wit laken, om ze aan de blik van de menigte te onttrekken...

Sommige cavalos schudden wild met hun lichaam en degenen die door pretos velhos bezeten waren stootten doffe klanken uit—*hoem hoem hoem*—en hielden als ze bewogen hun lichaam voorovergebogen, als een oude man die op een stok leunt; ze staken hun kaak naar voren en leken uiterlijk sterk vermagerd en tandeloos. Degenen die door de caboclos bezeten waren stootten daarentegen schrille strijdkreten uit—*iahooe!!*—en de cambonos waren druk in de weer degenen die niet tegen het geweld van de gave bestand waren te ondersteunen.

De trommelaars sloegen, de pontos verhieven zich in de lucht die stijfstond van de rook. Ik hield Amparo bij haar arm en opeens merkte ik dat haar handen zweetten, haar lichaam trilde, haar lippen halfgeopend waren. 'Ik voel me niet lekker,' zei ze, 'ik wil naar buiten.'

Agliè zag wat er aan de hand was en hielp me haar naar buiten te brengen. In de avondlucht trok ze weer bij. 'Het is niets,' zei ze, 'ik heb vast iets verkeerds gegeten. En dan die geuren, en de hitte...'

'Nee,' zei de pai-de-santo die ons gevolgd was, 'het komt omdat u mediamieke gaven hebt, u hebt goed gereageerd op de pontos, ik heb op u gelet.'

'Hou op!' schreeuwde Amparo, en voegde er een paar woorden aan toe in een taal die ik niet kende. Ik zag de pai-de-santo bleek wegtrekken, of eerder grijs, zoals in avonturenromans stond dat zwarte mensen bleek werden. 'Hou op, ik ben gewoon misselijk, ik heb iets gegeten dat ik beter niet had kunnen eten... Laten jullie me hier alsjeblieft even rustig in de frisse lucht zitten, gaan jullie maar weer naar binnen. Ik wil liever alleen zijn, ik ben geen invalide.'

We gaven haar haar zin, maar toen ik na de onderbreking in de buitenlucht weer naar binnen ging hadden de geuren, de trommels, de inmiddels doordringende zweetlucht waarvan ieder lichaam doordrenkt was en ook de lucht die bedorven was dezelfde uitwerking op me als een slok alcohol op iemand die na lange onthouding weer gaat drinken. Ik streek met mijn hand over mijn voorhoofd, en een oude man hield me een agogõ voor, een klein goudkleurig instrument, een soort triangel met belletjes waar je met een staafje op moest slaan. 'Klim op het podium,' zei hij, 'speel, dat zal u goed doen.'

Die raadgeving bezat homeopathische wijsheid. Ik sloeg op de agogõ en probeerde mee te gaan in het ritme van de trommels, en gaandeweg begon ik deel van het gebeuren uit te maken; door eraan deel te nemen kreeg ik er vat op, ontlaadde ik de spanning met bewegingen van mijn benen en voeten, bevrijdde ik me van hetgeen me omringde door het uit te dagen en aan te moedigen. Later zou Agliè me vertellen over het verschil tussen degene die weet en degene die ondergaat.

De cambonos leidden de steeds meer in trance rakende mediums naar de zijkant van de zaal, deden hen plaatsnemen en boden hun sigaren en pijpen aan. De gelovigen die niet bezeten waren geraakt snelden toe om aan hun voeten te knielen, praatten in hun oor, luisterden naar hun raad, ondergingen hun heilzame invloed, putten zich uit in bekentenissen en lieten zich door hen vertroosten. Sommigen vertoonden tekenen van een beginnende trance-toestand; zij werden door de cambonos met mate aangemoedigd en vervolgens, nu meer ontspannen, teruggevoerd in de menigte.

In het gedeelte van de dansers bewogen zich nog vele kandidaten voor de extase. De Duitse bewoog zich onnatuurlijk en wachtte tot ze bewogen zou worden, maar tevergeefs. Sommigen waren gegrepen door Exu, hadden een gemene, valse, sluwe uitdrukking op hun gezicht en bewogen zich voort met houterige schokken.

En op dat moment zag ik Amparo.

Ik weet nu dat Gedoella niet alleen de sefira van de genade en de liefde is. Zoals Diotallevi al zei is het ook het moment van expansie van de goddelijke substantie die zich verspreidt in de richting van haar oneindige periferie. Het is zorgzaamheid van de levenden jegens de doden, maar er schijnt ook iemand gezegd te hebben dat het zorgzaamheid van de doden jegens de levenden is.

Ik sloeg op de agogõ en volgde niet meer wat er in de zaal gebeurde, druk in de weer als ik was om uiting te geven aan mijn beheersing en me door de muziek te laten leiden. Amparo moest zo'n tien minuten daarvoor weer binnengekomen zijn, en had zonder twijfel hetzelfde ervaren als ik. Maar niemand had haar een agogõ gegeven, en mischien zou ze er ook geen gewild hebben. Ze was geroepen door stemmen uit de diepte en had iedere behoefte om zich af te zetten laten varen.

Ik zag hoe ze zich plotseling tussen de dansers stortte, stilstond met haar gezicht abnormaal omhoog gericht, de nek bijna kaarsrecht, en zich vervolgens als vanzelf overgaf aan een zinnelijke sarabande, waarbij ze met haar handen gebaren maakte om haar eigen lichaam te offeren. 'Voor Pomba Gira, voor Pomba Gira!' riepen enkelen, blij met het wonder, want de duivelin had zich die avond nog niet gemanifesteerd: *O seu manto é de veludo, rebordado todo em ouro, o seu garfo é de prata, muito grande é seu tesouro...Pomba Gira das Almas, vem toma cho cho...*

Ik durfde niet tussenbeide te komen. Misschien versnelde ik de slagen van mijn metalen staafje om me vleselijk met mijn vrouw, of met de chtonische geest die zij belichaamde, te verenigen.

De cambonos ontfermden zich over haar, trokken haar het rituele kleed aan en ondersteunden haar terwijl ze haar korte maar intense trance beëindigde. Toen ze haar naar een zitplaats begeleidden was ze doornat van het zweet en ademde ze moeilijk. Ze weigerde de mensen die toesnelden om orakels af te smeken te woord te staan en begon te huilen.

De gira liep ten einde, ik stapte van het podium en rende op haar toe; Agliè zat al naast haar en masseerde licht haar slapen.

'Ik schaam me dood,' zei Amparo, 'ik geloof er niet in, ik wilde niet, maar hoe heb ik het dan kunnen doen?'

'Die dingen gebeuren,' zei Agliè haar teder.

'Maar dan is er dus geen verlossing,' huilde Amparo, 'ik ben nog een slavin. Ga weg jij,' zei ze boos tegen mij, 'ik ben een arme vuile negerin, geef me een baas, die verdien ik!'

'Het overkwam de blonde Achaeërs ook,' troostte Agliè haar. 'Het is de menselijke natuur...'

Amparo vroeg of iemand haar naar de wc wilde brengen. De rite was bijna afgelopen. Alleen de Duitse danste nog midden in de zaal, na met afgunstige blik het voorval met Amparo te hebben gevolgd. Maar inmiddels bewoog ze met lusteloze halsstarrigheid.

Amparo kwam na een minuut of tien terug, terwijl wij al afscheid aan het nemen waren van de pai-de-santo die verheugd was over de schitterende afloop van ons eerste contact met de dodenwereld.

Agliè reed in stilte door de inmiddels late nacht en maakte, toen hij voor ons huis stopte, aanstalten ons gedag te zeggen. Amparo zei dat ze er de voorkeur aan gaf alleen naar binnen te gaan. 'Waarom ga je niet een ommetje maken,' zei ze tegen me, 'en kom je terug als ik al slaap. Ik neem een pil. Excuseren jullie me alle twee. Ik zei het al, ik moet iets verkeerds gegeten hebben. Al die meisjes hadden iets verkeerds gegeten en gedronken. Ik haat mijn land. Welterusten.'

Agliè begreep dat ik me ongemakkelijk voelde en stelde me voor naar een bar in Copacabana te gaan die de hele nacht open was.

Ik zweeg. Agliè wachtte tot ik een slokje van mijn batida had genomen en verbrak de pijnlijke stilte.

'Ons ras, of onze cultuur, zo u wilt, zijn deel van ons onderbewustzijn. En een ander deel wordt bevolkt door archetypen die voor alle mensen en alle eeuwen gelijk zijn. Vanavond hebben het klimaat en de omgeving de waakzaamheid van ons allen doen verslappen, u heeft dat zelf ervaren. Amparo is erachter gekomen dat de orixás, die ze meende in haar hart vernietigd te hebben, nog in haar buik woonden. U moet niet denken dat ik dit als iets positiefs beschouw. U heeft mij met respect over deze bovennatuurlijke krachten, waarvan dit land om ons heen doordrongen is, horen praten. Maar u moet niet geloven dat ik deze spiritistische sessies met bijzondere sympathie bezie. Het is niet hetzelfde of je een ingewijde of een mysticus bent. De inwijding, het intuïtieve begrip van mysteries die de rede niet kan verklaren, is een proces zonder grenzen, een langzame transformatie van lichaam en geest, die kan leiden tot de toepassing van hogere gaven en zelfs tot het bereiken van onsterfelijkheid; maar het is iets intiems, iets geheims. Het manifesteert zich niet aan de buitenkant, het is beschroomd, en bestaat bovenal uit lucidititeit en distantie. Daarom zijn de Heren van de Wereld ingewijd, maar verliezen ze zich niet in de mystiek. De mysticus is in hun ogen een slaaf, de plaats van een manifestatie van het numineuze, via wie men de symptomen van een geheim tracht te weten te komen. De ingewijde moedigt de mysticus aan, gebruikt hem zoals u de telefoon gebruikt, om op afstand contacten te leggen, zoals een chemicus gebruik maakt van lakmoespapier om vast te stellen dat op een bepaalde plek een bepaalde stof werkzaam is. De mysticus komt van pas, want hij is theatraal, biedt zichzelf aan. Ingewijden daarentegen herkennen elkaar alleen onderling. De ingewijde stuurt de krachten die de mysticus ondergaat. In die zin is er geen verschil tussen de trance van de cavalos en de extases van santa Teresa de Avila of san Juan de la Cruz. Mysticisme is een gedegradeerde vorm van contact met het goddelijke. Inwijding daarentegen is de vrucht van lange ascese van geest en hart. Mysticisme is een democratisch, om niet te zeggen demagogisch fenomeen; inwijding is aristocratisch.'

'Een geestelijke en geen vleselijke aangelegenheid?'

'In zekere zin. Uw Amparo waakte uit alle macht over haar geest maar lette niet op haar lichaam. De leek is zwakker dan wij.'

Het was erg laat. Agliè vertelde me dat hij Brazilië ging verlaten. Hij gaf me zijn adres in Milaan.

Ik ging naar huis en trof Amparo slapend aan. Ik ging zwijgend naast haar liggen, in het donker, en deed de hele nacht geen oog dicht. Het voelde alsof er een onbekende naast me lag.

De ochtend daarop zei Amparo me kortaf dat ze naar Petropolis ging om een vriendin op te zoeken. We namen gegeneerd afscheid.

Ze vertrok, met een stoffen tas en een boek over politieke economie onder de arm.

Twee maanden lang liet ze niets van zich horen, en ik probeerde geen contact te zoeken. Toen schreef ze me een kort, erg ontwijkend briefje. Ze zei me dat ze tijd nodig had om na te denken. Ik schreef niet terug.

Ik voelde geen passie, jaloezie of nostalgie. Ik voelde me leeg, lucide, schoon en helder als een aluminiumpan.

Ik bleef nog een jaar in Brazilië, maar besefte dat het tijdstip van mijn vertrek steeds naderbij kwam. Ik zag Agliè niet meer, ik zag de vrienden van Amparo niet meer en lag urenlang op het strand te zonnebaden. Ik liet vliegers op, die daar prachtig zijn.

5
GEVOERA

34

Beydelus, Demeymes, Adulex, Metucgayn, Atine,
Ffex, Uquizuz, Gadix; Zon! kom snel met uw
geesten.

Picatrix, Ms. Sloane 1305, 152 keerzijde

Het Breken van de Vaten. Diotallevi zou ons vaak vertellen over het laat-kabbalisme van Isaac Luria waarin de geordende onderverdeling tussen de verschillende sefirot verloren ging. De schepping, zei hij, is een proces van goddelijke in- en uitademing, als een verlangende zucht, of de werking van een blaasbalg.

'De Grote Goddelijke Astma,' lichtte Belbo toe.

'Probeer jij maar eens uit het niets te scheppen. Dat is iets dat je maar eens in je leven doet. Om de wereld te kunnen blazen—zoals je een glazen fles blaast—moet God zich, om lucht in te kunnen ademen, in zichzelf samentrekken, en vervolgens stoot hij het lange stralende gefluit uit van de tien sefirot.'

'Gefluit of licht?'

'God blaast en er was licht.'

'Multimedia.'

'Maar de lichten van de sefirot moeten opgevangen worden in vaten die bestand zijn tegen hun pracht. De vaten die voorbestemd waren om Keter, Chochma en Bina op te vangen weerstonden hun schittering, maar bij de lagere sefirot, van Gedoella tot Jesod, kwamen licht en zucht in een klap en met te veel kracht naar buiten en braken de vaten. De fragmenten licht verdeelden zich over het universum, en daaruit ontstond de grove materie.'

Het breken van de vaten is een ernstige ramp, zei Diotallevi zorgelijk; niets is minder leefbaar dan een geaborteerde wereld. Vanaf het allereerste begin moest er in de kosmos al een defect geweest zijn en zelfs de geleerdste rabbijnen waren er niet in geslaagd het helemaal te verklaren. Misschien dat op het moment dat God uitademt en zich leegt, er in het oorspronkelijke vat druppels olie achterbleven, een stoffelijke rest, de *resjimoe*, en stort God zich al samen met die rest uit. Of lagen de schillen, de *kelippot*, het begin van de teloorgang stiekem ergens in hinderlaag te wachten.

'Gladjanussen, die *kelippot*,' zei Belbo, 'agenten van de duivelse dokter Fu Manchu... En dan?'

En dan, zette Diotallevi geduldig uiteen, krijgen de schillen, in het licht van het Strenge Oordeel, van Gevoera, ook wel Pachad genoemd, of Vreze, de sefira waarin volgens Isaak de Blinde het Kwaad zich toont, een reëel bestaan.

'Zij zijn onder ons,' zei Belbo.

'Kijk maar om je heen,' zei Diotallevi.

'Maar als het eruit komt?'

'Het gaat er eerder in terug,' zei Diotallevi. 'Alles vloeit voort uit God, in de samentrekking van de *tsimtsoem*. Ons probleem is de *tikkoen* te realiseren, de terugkeer, de herintegratie van Adam Qadmon. Dus zullen we alles herstructureren in de evenwichtige structuur van de *partsoefim*, de gezichten, ofte wel de vormen die de plaats van de sefirot zullen innemen. De opstijging van de ziel is als een zijden streng waarlangs de vrome intentie al tastend, in de duisternis, de weg naar het licht kan vinden. Zo doet de wereld door het combineren van de letters van de tora voortdurend moeite haar natuurlijke vorm terug te vinden, die kan maken dat ze uit haar gruwelijke verwarring geraakt.'

En daar ben ik nu ook mee bezig, midden in de nacht, in de onnatuurlijke kalmte van deze heuvels. Die avond in de periscoop was ik nog gewikkeld in het slijmerige schuim van de schillen die ik rondom me kon voelen, nauw waarneembare, in de kristallen vaten van de in het Conservatoire aangekoekte asslakken, verloren tussen barometers en roestige tandwielen van klokken in stille winterslaap. Ik dacht dat, als er al sprake was van het breken van vaten, de eerste barst wellicht was ontstaan op die avond in Rio tijdens de rite, maar dat de explosie zich pas bij mijn terugkeer in het vaderland had voltrokken. Langzaam, zonder tumult, zodat we allemaal vast kwamen te zitten in het slijk van de grove materie waar wormvormige schepsels zich ontsluiten en spontaan genereren.

Ik was terug uit Brazilië en wist niet meer wie ik was. Ik liep inmiddels tegen de dertig. Op die leeftijd was mijn vader al vader, wist wie hij was en waar hij woonde.

Ik was te lang uit mijn land weg geweest terwijl daar grootse dingen gebeurden, en had geleefd in een universum dat bolstond van het ongelofelijke, waar zelfs Italiaanse aangelegenheden doordrongen met een aureool van legende. Kort voordat ik het andere halfrond verliet, kreeg ik, toen ik mijn verblijf afsloot met mezelf op een vliegreis boven de wouden van het Amazonegebied te tracteren, een plaatselijke krant in handen die tijdens een oponthoud in Fortaleza aan boord was gebracht. Op de voorpagina stond een opvallende foto van iemand die ik herkende omdat ik hem jarenlang glaasjes witte wijn had zien sippen bij Pilade. Het onderschrift luidde: 'O homem que matou Moro.'

Bij mijn terugkeer vernam ik dat hij Moro, natuurlijk, helemaal niet had vermoord. Hij zou zich, als hij moest controleren of een geladen pistool het echt deed, nog in zijn oor hebben geschoten. Hij was toevallig aanwezig toen de anti-terreurbrigade de flat binnenviel waar iemand drie pistolen en twee pakjes explosieven onder het bed had verstopt. Dat bed, daar lag hij op, helemaal van de wereld, omdat dat het enige meubelstuk was in die eenkamerwoning die een groep oudgedienden uit '68 gezamenlijk had gehuurd ter bevrediging van hun vleselijke lusten. Als de volledige inrichting niet bestaan had uit een poster van de Inti Illimani had je het een garçonnière kunnen noemen. Een van de huurders onderhield betrekkingen met een gewapende groepering, en de anderen beseften niet dat ze zijn schuilhol financierden. En dus hadden ze allemaal een jaar gekregen.

Van het Italië van de afgelopen jaren had ik niet veel begrepen. Ik had het verlaten aan de vooravond van grote veranderingen en had me bijna schuldig gevoeld omdat ik op het beslissende moment wegvluchtte. Toen ik vertrok kon ik iemands ideologie herkennen aan de manier waarop hij praatte, zijn zinswendingen en zijn exemplarische citaten. Ik kwam terug en wist niet meer wie bij wie hoorde. Over de revolutie werd met geen woord meer gerept, men had zijn mond vol van het Verlangen, mensen die zich links noemden citeerden Nietzsche en Céline, rechtse bladen juichten de revolutie in de Derde Wereld toe.

Ik ging naar Pilade maar voelde me er niet thuis. Het biljart stond er nog, er zaten min of meer dezelfde schilders, maar de jeugdige fauna was veranderd. Ik vernam dat een aantal van de vroegere vaste klanten nu scholen voor transcendentale meditatie en macrobiotische restaurants had opgezet. Ik vroeg of er al iemand een tenda de umbanda was begonnen. Nee, wellicht liep ik voor, wist ik dingen waar zij nog nooit van gehoord hadden.

Om de oude klantenkring ter wille te zijn, herbergde Pilade nog een oud model flipperkast, van het soort dat gekopieerd leek van Lichtenstein en door antiekhandelaars en masse was opgekocht. Maar daarnaast, omstuwd door de jongere garde, stond een rij andere machines met fluorescerende schermen waarop formaties door bouten bijeengehouden buizerds zweefden, kamikazes from Outer Space, of een kikker die onder het geluid van Japanse oprispingen van de hak op de tak sprong. Pilade was verworden tot een flikkering van duister licht en misschien hadden de koeriers van de Rode Brigades tijdens hun wervingsacties ook wel voor het scherm van Galactica gestaan. De flipperkast hadden ze natuurlijk links moeten laten liggen want met een pistool op je heup kun je niet flipperen.

Dat realiseerde ik me toen ik de strak op Lorenza Pellegrini gerichte blik van Belbo volgde. Ik begreep toen vagelijk wat Belbo veel duidelijker begrepen had, en wat ik in een van zijn bestanden heb aangetroffen. Lorenza wordt niet met zoveel woorden genoemd, maar het is duidelijk dat het over haar gaat: alleen zij flipperde zo.

bestandsnaam: Flipper

Flipperen doe je niet alleen met je handen maar ook met je venusheuvel. Bij flipperen gaat het er niet om het balletje tegen te houden voordat het opgeslokt wordt door de delta en ook niet om het met de onstuimigheid van een vleugelverdediger weer naar het middenveld te schieten, maar om het te dwingen bovenin te blijven hangen waar de meeste oplichtende bumpertjes zitten en waar het wanordelijk en krankzinnig, maar wel op eigen houtje, rondschiet en van de een naar de ander kaatst. En dat bereik je niet door steeds het balletje weg te schieten, maar door trillingen op de kast over te brengen, heel rustig, zodat de flipperkast het niet in de gaten heeft en niet op tilt slaat. Dat kun je uitsluitend met je venusheuvel doen, of liever door middel van een zodanige heupbeweging dat je venusheuvel niet zozeer schokt als wel aait, waardoor je jezelf voortdurend op de rand van het orgasme houdt. En als de heupen een natuurlijke beweging maken worden de voorwaartse stoten in plaats van door de venusheuvel, door de billen veroorzaakt, maar sierlijk, zodat de schok wanneer hij bij de venusheuvel arriveert al gesmoord is, net zoals in de homeopathie waar het heilzame effect des te krachtiger is naarmate je de oplossing meer verdund hebt, zodat de substantie bijna geheel is opgelost in het water dat je er beetje bij beetje aan toe hebt gevoegd, om ten slotte bijna helemaal te verdwijnen. Net zo zendt de venusheuvel een subtiele stroomstoot door de kast en gehoorzaamt de flipper zonder te verzenuwen, het balletje rolt, in tegenspraak met de natuur, in tegenspraak met de wet van de traagheid, met de zwaartekracht, met de wetten van de dynamica, met de gehaaidheid van de bouwer die juist wilde dat het wegglipte: het is dronken van vis movendi, blijft heugelijke en onheugelijke tijden in het spel. Maar er is een venusheuvel voor nodig, zodat er geen holle lichamen tussen de ileus en de machine zitten, noch erectiele materie maar uitsluitend in spijkerbroek gehuld vel, zenuwen en bot, plus een gesublimeerde erotische heftigheid, een boosaardige frigiditeit, een gedesinteresseerd vermogen tot aanpassen aan de gevoeligheid van de partner, een behagen in het aanwakkeren van diens verlangen zonder er zelf al te veel door te worden geplaagd: de amazone moet de flipperkast tot grote hoogten brengen en bij voorbaat genieten van het feit dat ze hem daarna zal verlaten.

Ik geloof dat dat het moment was waarop Belbo verliefd werd op Lorenza Pellegrini, toen hij in de gaten kreeg dat zij de belofte van een onbereikbaar geluk in zich zou kunnen sluiten. Maar ik geloof dat hij zich via haar bewust begon te worden van de wereld van de automaten: het apparaat als metafoor voor het kosmische lichaam en het gemechaniseerde spelletje in de functie van talisman. Hij was zich al aan het drogeren met Abulafia en misschien was hij al in de ban van het Hermesproject geraakt. De Slinger had hij beslist al gezien. Lorenza Pellegrini hield voor hem, via welke kortsluiting weet ik niet, de belofte van de Slinger in.

De eerste tijd had ik moeite gehad mijn draai bij Pilade weer te vinden. Maar zo langzamerhand, en niet elke avond, ontdekte ik in het woud van vreemde gezichten de vertrouwde gezichten van de overlevenden, ook al waren ze vertroebeld door de inspanning die het me kostte ze te plaatsen: de een was copywriter bij een reclamebureau, de ander belastingconsulent, weer een ander was boekverkoper–maar terwijl hij vroeger de werken van Che aan de man bracht, verkocht hij nu kruidenwijzers en werkjes over boeddhisme en astrologie. Ik zag ze terug, licht lispelend, hier en daar een grijze haar, een glas whisky in de hand, en het leek wel dezelfde scotch van tien jaar terug, waar ze langzaam, een slokje per semester, van hadden genipt.

'Zo, wat doe je? Waarom zien we je nooit meer?' vroeg een van hen.

'Wie bedoel je met *we*?'

Hij keek me aan alsof ik jaren weg was geweest: 'Wij van Kunstzaken, natuurlijk.'

Ik kon het niet meer volgen.

Ik besloot werk voor mezelf te verzinnen. Ik had gemerkt dat ik een heleboel dingen wist die onderling niets met elkaar te maken hadden, en dat ik in staat was die binnen de kortste keren, na een bezoekje aan de bibliotheek, met elkaar in verband te brengen. Ooit, toen ik begonnen was, behoorde je een theorie te hebben en leed ik er onder dat ik die niet had. Nu waren noties voldoende, iedereen was er tuk op, en hoe minder actueel ze waren, hoe beter het was. Ook op de universiteit, waar ik weer eens was binnengestapt om te zien of ik mezelf ergens kon inpassen. De collegezalen waren rustig, de studenten schuifelden als spookverschijningen door de gangen en leenden elkaar slecht in elkaar zittende bibliografieën. Ik wist hoe je een goede bibliografie moest maken.

Op een dag werd me door iemand die moest afstuderen en die me voor een docent hield (de leerkrachten waren inmiddels van dezelfde leeftijd als de studenten, of vice versa) gevraagd wat die lord Chandos geschreven had die ter sprake was gekomen tijdens het college over de cyclische crises in de economie. Ik vertelde hem dat het een figuur uit Hoffmansthal was, geen econoom.

Die zelfde avond was ik bij oude vrienden op een feest en herkende ik iemand die bij een uitgeverij werkte. Hij was daar in dienst gekomen toen de uitgeverij al was gestopt met het publiceren van de romans van Franse collaborateurs om zich toe te leggen op politieke teksten uit Albanië. Ik kwam erachter dat ze nog wel politieke uitgaven verzorgden, maar dan meer in de lijn van de regering. Maar een mooi boek over filosofie was ook nooit weg. De klassieke, verduidelijkte hij.

'A propos,' zei hij tegen me, 'jij als filosoof...'

'Nou nee hoor, maar toch bedankt.'

'Toe, vroeger was je iemand die overal van wist. Ik las vandaag de vertaling door van een tekst over de crisis van het marxisme, en zag dat daarin een passage van een zekere Anselm of Canterbury werd aangehaald. Wie is dat? Zelfs in de Encyclopedie van de Auteurs stond hij niet.' Ik vertelde hem dat het Anselmo d'Aosta was, maar dat de Engelsen hem zo noemen omdat ze het altijd anders willen doen dan de rest.

Ineens kreeg ik een inval: ik had een beroep. Ik besloot een bureau voor culturele informatie op te zetten.

Als een soort spoorzoeker van het weten. In plaats van mijn neus te laten zien in nachtelijke bars en bordelen, moest ik boekhandels, bibliotheken en gangen van universitaire instituten aflopen. En daarna in mijn kantoor gaan zitten, voeten op tafel en een papieren bekertje met uit de winkel op de hoek in een papieren zak mee naar boven genomen whisky. Iemand belt en zegt: 'Ik zit een boek te vertalen en ik stuit op een zekere–of meerdere–mutakallimin–wie of wat is dat? Ik kan daar geen chocola van maken.'

Jij weet het niet maar dat geeft niet, je vraagt twee dagen de tijd. Je kijkt wat kaartenbakken door in de bibliotheek, je biedt de man van de informatiebalie een sigaret aan, je bent iets op het spoor. 's Avonds vraag je een assistent islamologie mee naar het café, biedt hem een, twee pilsjes aan, zijn oplettenheid neemt af, hij geeft je de informatie die je zoekt, voor niets. Dan bel je de klant: 'Goed, de mutakallimin waren orthodoxe islamitische theologen uit de tijd van Avicenna, ze beweerden dat de wereld, hoe zal ik het zeggen, een stofregen van toevalligheden was en uitsluitend door een plotselinge en tijdelijke wilsdaad van de goden stolde en vorm kreeg. God hoefde maar even afgeleid te zijn en het universum viel in stukken uiteen. Louter redeloze anarchie van de atomen. Oké? Ik heb er drie dagen aan gewerkt, ik laat het aan uw beleefdheid over.'

Ik trof het en vond twee kamers met een keukentje in een oud gebouw aan de rand van de stad; het was waarschijnlijk een oude fabriek geweest, met een aparte vleugel voor de kantoren. De flats die ze ervan gemaakt hadden kwamen allemaal uit op een lange gang: ik zat tussen een makelaarskantoor en het laboratorium van een preparateur van dieren (A. Salon–Taxidermist). Het leek wel een Amerikaanse wolkenkrabber uit de jaren dertig; als ik ook nog een glazen deur had gehad had ik me helemaal Marlowe gevoeld. Ik zette een divanbed in de achterkamer, en installeerde mijn kantoor bij de ingang. Ik zette atlassen, encyclopedieën en catalogi die ik me beetje bij beetje aanschafte op twee rekken. Aanvankelijk moest ik het met mijn geweten op een akkoordje gooien en ook scripties voor desperate studenten schrijven. Moeilijk was het niet, ik hoefde alleen de scripties uit het vorige decennium over te schrijven. Daarna begonnen bevriende uitgevers me buitenlandse manuscripten en boeken ter lezing te sturen, uiteraard de vervelendste, en tegen een schamele vergoeding.

Maar ervaring en kennis hoopten zich op en ik gooide niets weg. Ik zette alles op fiche. Het kwam niet bij me op daarvoor de computer te gebruiken (ze kwamen toen net op de markt, en Belbo zou een pionier zijn); ik hield me bij het oude handwerk en had een soort geheugen gecreëerd dat bestond uit kaartjes van dun karton met kruisverwijzingen. Kant... nevelvlek... Laplace, Kant... Koenigsberg... de zeven bruggen van Koenigsberg... theorema's van de topologie... Een beetje als het spelletje waarbij je moet proberen in vijf stappen, via associatie, van worstje naar Plato te komen. 'ns Kijken: worstje-varken-borstelhaar-penseel-maniërisme-Idee-Plato. Makkelijk zat. Zelfs het meest brijige manuscript leverde me twintig fiches op voor mijn kettingbrief. Ik ging volgens dezelfde criteria te werk die geloof ik ook door geheime diensten werden gehanteerd: de ene informatie is niet meer waard dan de andere, de kracht zit hem in vastleggen en het vinden van de connecties. Connecties zijn er altijd, die hoef je alleen maar te willen vinden.

Na ongeveer twee jaar werken kon ik tevreden zijn over mezelf. Ik vermaakte me. En intussen had ik Lia ontmoet.

35

Laat iedereen die naar mijn naam vraagt weten dat
ik Lia ben, en dat ik hier mijn handen uitstrek om
voor mezelf een mooie krans te vlechten.

Dante, Louteringsberg, XXVII, vs. 100-102

Lia. Nu betwijfel ik of ik haar zal weerzien, maar ik zou haar ook nooit ontmoet kunnen hebben, en dat was erger geweest. Ik wou dat ze hier was om mijn hand vast te houden terwijl ik de verschillende fases van mijn ondergang reconstrueer. Want zij had het me gezegd. Nee, ze moet niet in deze geschiedenis betrokken raken, zij noch het kind. Ik hoop dat ze nog niet terugkomen, dat ze arriveren als alles al voorbij is, ongeacht de afloop.

Het was 16 juli '81. Milaan was aan het leeglopen, in de studiezaal van de bibliotheek zat bijna geen mens meer.

'Zeg, deel 109 wilde ik net pakken.'

'Waarom heb je het dan in de kast laten staan?'

'Ik liep even naar de tafel om een aantekening te controleren.'

'Dat is geen excuus.'

Halsstarrig was ze met het boek naar de tafel gelopen. Ik was tegenover haar gaan zitten en probeerde iets van haar gezicht te zien.

'Hoe kun je in godsnaam zo lezen, of is het in braille?' had ik gevraagd.

Ze had haar hoofd opgeheven, en ik kon werkelijk niet zien of het haar gezicht of haar nek was. 'Hè?' had ze gevraagd. 'Oh, ik kan er prima doorheen kijken.' Maar om dat te zeggen had ze haar lok opzij geschoven, en ze had groene ogen.

'Je hebt groene ogen,' had ik tegen haar gezegd.

'Ik geloof van wel. Hoezo? Is dat verkeerd?'

'Stel je voor. Waren er maar meer van zulke.'

Zo is het begonnen. 'Eet, je bent zo mager als een lat,' had ze me tijdens het eten gezegd. Om twaalf uur 's nachts zaten we elkaar in het Griekse restaurant vlak bij Pilade, terwijl de laatste restjes kaars langs de fles dropen, nog van alles te vertellen. We hadden bijna hetzelfde beroep, zij herzag lemmata van encyclopedieën.

Ik had het gevoel dat ik haar iets moest zeggen. Om half een had ze haar lok opzij geschoven om me beter te kunnen bekijken, en ik had mijn wijsvinger met omhoog geheven duim naar haar uitgestoken en gezegd: 'Poef.'

'Dat is raar,' had ze gezegd, 'ik ook.'

Zo waren we vlees van hetzelfde vlees geworden, en vanaf die avond was ik voor haar Poef.

We konden ons geen nieuw huis veroorloven, ik sliep bij haar, en zij zat vaak bij mij op kantoor, of ze ging op jacht, want ze was beter dan ik in het volgen van onze sporen en wist me kostbare verbindingen aan de hand te doen.

'Volgens mij hebben we een halfleeg fiche over de Rozenkruisers,' zei ze me.

'Ik moet er binnenkort weer eens wat aan doen, het zijn aantekeningen uit Brazilië...'

'Tja, zet er een verwijzing op naar Yeats.'

'Heeft Yeats er dan iets mee te maken?'

'Zeker wel. Ik lees hier dat hij lid was van een Rozenkruisersgenootschap dat Stella Matutina heette.'

'Wat zou ik moeten zonder jou?'

Ik was weer naar Pilade gegaan omdat het een soort beurs was, ik trof er opdrachtgevers.

Op een avond kwam ik Belbo weer tegen (de jaren daarvoor moest hij er weinig geweest zijn; hij was er pas weer heengegaan nadat hij Lorenza Pellegrini had ontmoet). Nog altijd dezelfde, misschien grijzer en iets magerder, maar niet veel.

Het was een hartelijk weerzien, voor zover dat bij hem mogelijk was. Een paar opmerkingen over vroeger, wat toespelingen op de laatste gebeurtenis waarin wij medeplichtigen waren geweest en de brieven die daaruit waren voortgevloeid. Commissaris De Angelis had niets meer van zich laten horen. Zaak gesloten, waarschijnlijk.

Ik vertelde hem over mijn werk en hij scheen geïnteresseerd. 'In wezen zou ik zoiets graag doen, de Sam Spade van de cultuur, twintig dollar per dag plus onkosten.'

'Maar er komen geen mysterieuze en fascinerende vrouwen bij me langs, en niemand komt met me praten over de Maltezer valk,' zei ik.

'Je weet maar nooit. Vindt u het leuk?'

'Vind ik het leuk?' vroeg ik hem. En, hemzelf citerend: 'Het is het enige waar ik volgens mij goed in ben.'

'*Good for you,*' antwoordde hij.

We zagen elkaar vaker, ik vertelde hem over mijn Braziliaanse wedervaren, maar ik vond dat hij altijd een beetje afwezig was, meer dan normaal. Als Lorenza Pellegrini er niet was hield hij zijn ogen strak op de deur gericht, als ze er wel was waarden zijn blikken rusteloos door de bar en volgde hij haar doen en laten. Op een avond, het liep al tegen sluitingstijd, zei hij tegen me, terwijl hij een andere kant opkeek: 'Hoort u eens, wellicht hebben we u nodig, maar niet voor een eenmalig advies. Zou u ons, laten we zeggen, een paar middagen per week ter wille kunnen zijn?'

'Dat valt te bezien. Waar gaat het over?'

'Een metaalfabriek heeft een boek over metalen bij ons besteld. Meer iets met plaatjes dan een echt verhaal. Populair, maar serieus. U kent het genre wel: de metalen in de geschiedenis van de mensheid, vanaf de ijzertijd tot en met de legeringen voor ruimteschepen. We hebben iemand nodig die bibliotheken en archieven afgaat om mooie plaatjes te zoeken, oude miniaturen, gravures uit negentiende-eeuwse boeken over, weet ik het, fusie, of over bliksemafleiders.'

'Akkoord, ik kom morgen bij u langs.'

Lorenza Pellegrini kwam op hem af. 'Breng je me naar huis?'

'Waarom vanavond ik?' vroeg Belbo.

'Omdat je de man van mijn leven bent.'

Hij werd rood zoals alleen hij dat kon en wendde zijn blik nog verder af. Hij zei tegen haar: 'Er is een getuige.'

En tegen mij: 'Ik ben de man van haar leven. Lorenza.'

'Hallo.'

'Hallo.'

Hij stond op en fluisterde haar wat in het oor. 'Wat doet dat ertoe?' zei ze. 'Ik vroeg je of je me met de auto naar huis brengt.'

'Ah,' zei hij. 'Sorry, Casaubon, ik moet taxidriver spelen voor de vrouw van het leven van ik weet niet wie.'

'Mafketel,' zei ze teder, en kuste hem op de wang.

36

Staat u me ondertussen toe mijn toekomstige of huidige lezer een raad te geven, die werkelijk melancholisch is: in het gedeelte dat volgt moet hij niet de symptomen of de prognoses lezen, opdat hij er niet van in de war raakt en ze hem uiteindelijk meer kwaad dan goed doen doordat hij hetgeen hij leest op zichzelf betrekt... zoals het grootste gedeelte van de melancholici doet.

R.Burton, *Anatomy of Melancholy*,
Oxford, 1621,
Inleiding

*H*et was duidelijk dat Belbo een bepaalde band met Lorenza Pellegrini had. Ik begreep niet in welke mate en sinds wanneer. Zelfs de bestanden van Abulafia konden me niet helpen de affaire te reconstrueren.

Het bestand over het diner met doctor Wagner is bijvoorbeeld niet gedateerd. Doctor Wagner—Belbo kende hem al voordat ik vertrok, en zou ook nadat ik bij Garamond ging werken betrekkingen met hem blijven onderhouden, zodat ook ik met hem in contact kwam. Dus had het diner kunnen volgen op of vooraf kunnen gaan aan de avond die ik in gedachten heb. Als het eraan voorafging, begrijp ik Belbo's verlegenheid, zijn beheerste wanhoop.

Doctor Wagner—een Oostenrijker die al jaren in Parijs werkte, vandaar dat sommige mensen die een zekere vertrouwelijkheid met hem wilden suggereren zijn naam als 'Waknère' uitspraken—werd al een jaar of tien door twee revolutionaire groeperingen van vlak na '68 regelmatig uitgenodigd naar Milaan te komen. Beide groepen wedijverden om zijn gunsten en gaven uiteraard diametraal tegenover elkaar staande interpretaties van zijn ideeën. Ik heb nooit begrepen waarom zo'n beroemd man zich had willen laten sponsoren door buitenparlementairen en hoe dat in zijn werk was gegaan. De theorieën van Wagner hadden geen kleur, om het zo maar te zeggen, en als hij zou willen kon hij ook door universiteiten, klinieken en academies uitgenodigd worden. Ik geloof dat hij de uitnodiging van die lui had aanvaard omdat hij in wezen een epicurist was en een vorstelijke onkostenvergoeding verlangde. Particulieren konden meer geld bijeenbrengen dan instellingen, en voor doctor Wagner betekende dat reizen eerste klas, luxehotels, plus honorering van zijn declaraties voor lezingen en seminars, opgemaakt volgens het therapeutentarief.

Waarom de twee groepen de theorieën van Wagner voor een bron van ideologische inspiratie hielden was een ander verhaal. Maar toentertijd leek de psychoanalyse van Wagner grensverleggend, ondermijnend, libidinaal en on-cartesiaans genoeg om een theoretische aanzet tot revolutionaire actie te kunnen suggereren.

Een en ander bleek er bij de arbeiders niet zo makkelijk in te gaan en wellicht zagen de twee groepen zich daarom genoodzaakt op zeker moment óf voor de arbeiders óf voor Wagner te kiezen, en kozen ze voor Wagner. Ze werkten het denkbeeld uit dat niet de proletariër het nieuwe revolutionaire subject was maar de deviant.

'Je kunt beter de devianten proletariseren dan de proletariërs doen deviëren, en dat is wel zo makkelijk gezien de prijzen van doctor Wagner,' zei Belbo me op een dag.

De revolutie van de Wagnerianen werd de duurste in de geschiedenis.

Garamond had, gefinancierd door een psychologisch instituut, een bundel kleinere, zeer technische essays van Wagner vertaald die nergens meer te krijgen waren en daarom zeer in trek waren bij zijn volgelingen. Wagner was naar Milaan gekomen voor de presentatie, en bij die gelegenheid was Belbo voor het eerst met hem in contact gekomen.

bestandsnaam: Doctor Wagner

De diabolische doctor Wagner
Zesentwintigste aflevering
Wie op die grijze morgen van de

Tijdens de discussie had ik een bedenking geopperd. De satanische grijsaard was daar beslist door geïrriteerd maar liet het niet blijken. Integendeel, hij antwoordde me alsof hij me wilde verleiden.

Het leek wel Charlus en Jupien, bij en bloem. Een genie verdraagt het niet onbemind te zijn en moet al wie het niet met hem eens is meteen verleiden zodat die hem daarna bemint. Daar is hij in geslaagd, ik heb hem bemind.

Maar vergeven had hij het me blijkbaar niet, want die avond van de echtscheiding heeft hij mij een dodelijke klap toegebracht. Zonder het te weten, instinctief: zonder het te weten had hij getracht me te verleiden en zonder het te weten heeft hij besloten me te straffen. Ten koste van de deontologie heeft hij me gratis gepsychoanalyseerd. Het onderbewustzijn bijt zelfs zijn bewakers.

Geschiedenis van de markies van Lantenac in *Quatrevingt-treize*. Het schip van de Vendeeërs vaart in de storm op zee voor de Bretonse kust, plotseling raakt een kanon los van zijn pin en terwijl het schip rolt en stampt begint het een dolle tocht van bakboord naar stuurboord en dreigt, kolos als het is, beide relingen te doorboren. Een kanonnier (wee! het is degene door wiens nalatigheid het kanon niet naar behoren vergrendeld was) stort zich met ongeëvenaarde moed, een ketting in de hand, bijna onder de kolos die hem wil verpletteren en brengt hem tot staan, pint hem vast en zet hem terug aan zijn ruif waarmee hij het schip, de bemanning en de missie redt. Met prachtig ceremonieel laat de vervaarlijke Lantenac de mannen op de brug aantreden, prijst de vermetele, haalt een hoge onderscheiding van zijn kraag, decoreert hem daarmee en omarmt hem terwijl het hoerageroep van de troep niet van de lucht is.
Daarna brengt Lantenac, bikkelhard, in herinnering dat hij, de gedecoreerde, verantwoordelijk is voor het incident, en ordonneert dat hij gefusilleerd moet worden.
Illustere Lantenac, vaardig, rechtschapen en onkreukbaar! En dat is wat doctor Wagner met mij deed, hij eerde me met zijn vriendschap en vermoordde me door me de waarheid te schenken

en vermoordde me door me te laten zien wat ik werkelijk wilde

en liet me zien waar ik, door het te willen, bang voor was.

Een verhaal dat begint met cafés. Behoefte verliefd te worden.
Bepaalde dingen voel je aankomen, je wordt niet verliefd omdat je verliefd wordt, je wordt verliefd omdat je in die periode er wanhopig naar verlangde verliefd te worden. In de periodes dat je zin hebt om verliefd te worden moet je oppassen waar je gaat en staat: het is alsof je een liefdesdrank hebt gedronken waardoor je op de eerste de beste die je tegenkomt verliefd zult worden. Stel je voor dat het een vogelbekdier is.
Want ik had er in die tijd dat ik net was opgehouden met drinken echt behoefte aan. Relatie hart-lever. Een nieuwe liefde is een goede reden om weer te gaan drinken. Iemand om de cafés mee af te gaan. Je prettig te voelen.

Een café wip je schielijk even binnen. Het stelt je in staat er een hele zoete lange dag op te wachten, totdat je je gaat verschuilen in het halfduister van de lederen fauteuils, om zes uur 's middags is er niemand, de onverkwikkelijke clientèle komt pas 's avonds, tegelijk met de pianist. Laat in de namiddag een vage lege cocktailbar opzoeken, de ober komt alleen als je hem drie keer roept en heeft de volgende martini al klaarstaan.
Martini is essentieel. Geen whisky, martini. Het vocht is wit, je tilt je glas op en ziet haar achter de olijf. Het verschil tussen het bekijken van de geliefde door een martini-cocktail in een v-vormige te kleine kelk en door een gin-martini on the rocks, groot glas, haar gezicht valt uiteen in de kubistische transparantie van het ijs, het resultaat verdubbelt zich als je de twee glazen dichter naar elkaar toebrengt elk met zijn voorhoofd tegen de koelte van de glazen en tussen voorhoofd en voorhoofd de twee glazen —met een kelk kan dat niet.
Een uurtje in het café. Daarna zul je bevend op een volgende dag wachten. Voor zekerheid hoef je niet beducht te zijn.

Wie in cafés verliefd wordt hoeft geen vrouw voor zich alleen. Iemand leent je er wel eentje uit.

En dan hij. Hij liet haar volkomen vrij, was altijd op reis. Die verdachte ruimdenkendheid van hem: ik kon midden in de nacht bellen, hij was er wel en jij niet, hij antwoordde me dat je niet thuis was, zeg nu ik je toch aan de lijn hebt weet jij soms waar ze zit? De enige momenten van jaloezie. Maar op die manier ontfutselde ik ook Cecilia aan de saxofoonspeler. Liefhebben of geloven lief te hebben als eeuwige priester van een oude vendetta.

Met Sandra waren de zaken gecompliceerder geworden: die keer had ze zich gerealiseerd dat de affaire me te veel in beslag nam, was het leven met zijn tweeën behoorlijk onder spanning komen te staan. Moeten we uit elkaar? Laten we dat dan doen. Nee, wacht, laten we het er nog eens over hebben. Nee, zo gaat het niet langer. Kortom, het probleem was Sandra. Als je cafés afloopt voltrekt het liefdesdrama zich niet met wie je daar tegenkomt maar met wie je weggaat.

Dan komt het diner met doctor Wagner. Tijdens de lezing had hij een provocateur net een definitie van psychoanalyse gegeven: La psychoanalyse? C'est qu'entre l'homme et la femme... chers amis... ça ne colle pas.
Men discussieerde over het paar, over scheiding als illusie van de Wet. Gegrepen door mijn problemen deed ik vol vuur mee aan het gesprek. We lie-

ten ons meeslepen in dialectische spelletjes, waren aan het woord terwijl Wagner zweeg en we vergaten dat we een orakel onder ons hadden. En als in gedachten verzonken

en verdiept in gepeins

en met melancholische desinteresse

en alsof hij zich buiten mededinging in het gesprek mengde, zei Wagner (ik probeer me zijn precieze woorden te herinneren, en die zijn in mijn geheugen gegrift, ik kan me onmogelijk vergist hebben): —Tijdens mijn gehele loopbaan heb ik nog nooit een patiënt gehad die zenuwziek is geworden van zijn eigen scheiding. De oorzaak van de ellende was altijd de scheiding van de Ander.
Ook als doctor Wagner sprak, zei hij Ander altijd met een hoofdletter A. Feit is dat ik als door een adder gebeten opsprong

als door een adder gebeten sprong de burggraaf op

het koude zweet parelde op zijn voorhoofd

de baron keek hem strak aan van achter de trage rookkrullen van zijn dunne Russische sigaretten

—Bedoelt u, vroeg ik, dat je niet in crisis geraakt door de scheiding van je eigen partner, maar door de mogelijke of onmogelijke scheiding van de derde persoon die een crisis heeft veroorzaakt bij het paar waar je deel van uitmaakt?
Wagner keek me aan met de verbijstering van de leek die voor het eerst een geestelijk gestoord persoon ontmoet. Hij vroeg wat ik bedoelde.
Het was waar: wat ik ook had willen zeggen, ik had het slecht geformuleerd. Ik trachtte mijn gedachtengang te concretiseren. Ik pakte mijn lepel van tafel en legde die naast mijn vork: —Kijk, dit ben ik, Lepel, getrouwd met haar, Vork. En hier is een ander paar, Mesje getrouwd met Mes of Mackie Messer. Welaan, ik, Lepel, denk dat ik lijd, want ik zal mijn Vork moeten verlaten, en dat wil ik niet, ik houd van Mesje maar het komt me goed uit dat zij het met Mes houdt. Maar, volgens u, doctor Wagner, voel ik me niet goed omdat Mesje niet van Mes scheidt. Zo is het toch?
Wagner antwoordde een andere disgenoot dat hij zoiets nooit en te nimmer had gezegd.
—Hoezo heeft u dat nooit gezegd? U heeft gezegd dat u nog nooit iemand

was tegengekomen die zenuwziek was geworden van zijn eigen scheiding, maar altijd van die van de ander.
—Dat kan wel zijn, ik herinner het me niet meer, zei Wagner toen, verveeld.
—En als u dat heeft gezegd, bedoelde u dan niet dat wat ik bedoelde?

Wagner zweeg enkele minuten.

Terwijl zijn disgenoten zonder zelf maar te slikken zaten te wachten, gebaarde Wagner dat ze hem wijn in moesten schenken, bekeek het vocht aandachtig tegen het licht en begon ten slotte te praten.

—Als u het zo begrepen hebt betekent dat dat u het zo hebt wíllen begrijpen.

Daarop wendde hij zich af, zei dat het warm was, refereerde aan een aria uit een opera terwijl hij met zijn soepstengel heen en weer bewoog alsof hij een orkest in de verte dirigeerde, gaapte, concentreerde zich op een slagroomtaartje, en verzocht ten slotte, na een nieuwe aanval van zwijgzaamheid, om naar het hotel te worden gebracht.
De anderen keken me aan alsof ik een symposium had bedorven waar Woorden van doorslaggevend belang uit voort hadden kunnen komen.

In waarheid had ik de Waarheid horen spreken.
Ik belde je. Je was thuis, met de Ander. Ik had een slapeloze nacht. Alles was me duidelijk: ik kon het niet verdragen dat je bij hem was. Sandra had er niets mee te maken.
Er volgden zes dramatische maanden waarin ik je, mijn hete adem in je nek, op je huid zat en je verhouding belaagde, tegen je zei dat ik je helemaal voor mij alleen wilde en je ervan overtuigde dat je de Ander haatte. Je begon woorden te krijgen met de Ander, de Ander begon veeleisend te worden, jaloers, ging 's avonds niet weg, belde als hij op reis was twee keer per dag, en midden in de nacht. Op een avond gaf hij je een klap. Je vroeg me om geld omdat je ervandoor wilde, ik schraapte het weinige dat ik op de bank had bij elkaar. Je verliet de echtelijke sponde, ging de bergen in met wat vrienden, liet geen adres achter. De Ander belde me wanhopig op en vroeg me of ik wist waar je was, ik wist het niet en het leek of ik loog want je had hem verteld dat je om mij bij hem wegging.
Toen je terugkwam meldde je me stralend dat je hem een afscheidsbrief had geschreven. Dat was het moment waarop ik me afvroeg wat er van mij en Sandra moest worden, maar jij liet me geen tijd om te piekeren. Zei me

dat je iemand had leren kennen, met een litteken op zijn wang en een bohémien-interieur. Dat je met hem ging samenwonen. —Houd je niet meer van me? —Integendeel, je bent de enige man in mijn leven, maar na wat er gebeurd is voel ik de behoefte ook deze ervaring door te maken, wees nou niet zo kinderachtig, probeer me te begrijpen, ik heb tenslotte voor jou mijn echtgenoot verlaten, ieder zijn eigen tempo.
—Zijn eigen tempo? Je staat me te vertellen dat je er met een ander vandoor gaat.
—Je bent een intellectueel, en nog links ook, gedraag je niet als een mafioso. Tot gauw.

Ik heb alles aan doctor Wagner te danken.

37

Ieder die de volgende vier dingen overdenkt, het
zou beter zijn dat hij niet geboren ware.

Talmoed, Chagiga 11b (II, 1)

Ik ging bij Garamond langs net op de ochtend dat Abulafia geïnstalleerd werd, en terwijl Belbo en Diotallevi zich verloren in hun geredetwist over de namen van God bekeek Gudrun met argwaan de mannen die deze nieuwe verontrustende aanwezigheid tussen de steeds stoffigere stapels manuscripten schoven.

'Gaat u zitten, Casaubon, kijk, hier zijn onze plannen voor die geschiedenis van de metalen.' We bleven alleen achter en Belbo liet me inhoudsopgaven, voorlopige hoofdstukken en opmaakschema's zien. Ik moest de teksten lezen en de illustraties erbij zoeken. Ik noemde enkele Milanese bibliotheken die me goed gesorteerd leken.

'Dat zal niet voldoende zijn,' zei Belbo. 'U zult ook wat andere plekken moeten bezoeken. In het museum voor wetenschappen in München bijvoorbeeld bevindt zich een schitterende fototheek. En dan is er het Conservatoire des Arts et Métiers in Parijs. Als ik tijd had, zou ik er zelf wel weer eens heen willen.'

'Mooi?'

'Verontrustend. De triomf van de machine in een gotische kerk...' Hij aarzelde, verschoof enkele papieren op tafel. Toen zei hij, alsof hij bang was te veel gewicht in zijn onthulling te laten doorklinken: 'De Slinger hangt er.'

'Wat voor Slinger?'

'Dé Slinger. Hij heet slinger van Foucault.'

Hij legde me de Slinger uit, precies zoals ik die afgelopen zaterdag gezien heb—en wellicht heb ik hem zaterdag zo gezien omdat Belbo me op die aanblik had voorbereid. Ik toonde toentertijd blijkbaar niet al te veel enthousiasme, en Belbo keek me aan zoals je iemand aankijkt die, als hij in de Sixtijnse Kapel staat, vraagt of dat nou alles is.

'Het zal de atmosfeer van de kerk wel zijn, maar ik verzeker u dat het een bijzonder heftige sensatie is. Het idee dat alles beweegt en dat zich daar bovenin het enige vaste punt in het universum bevindt... Voor mensen die niet geloven is het een manier om God te hervinden, en wel zonder hun eigen ongelovigheid ter discussie te stellen, want het gaat om een Nulpunt. Weet u, voor mensen van mijn generatie, die bij het ontbijt en bij het avondeten teleurstellingen te slikken kregen, kan dat geruststellend zijn.'

'De mijne heeft meer teleurstellingen geslikt, mijn generatie bedoel ik.'

'Wat een verbeelding. Nee, voor jullie was het maar een periode, jullie hebben de Carmagnole gezongen en toen zijn jullie samengekomen in de Vendée. Zo voorbij. Voor ons was het anders. Eerst het fascisme, ook al hebben we dat, jong als we waren, beleefd als een avonturenroman, hoewel alles in het teken stond van de pathetische heldenallures, een baken. Daarna kreeg je het baken van het verzet, vooral voor mensen als ik die er van buitenaf tegenaan keken en er een vegetatierite van hebben gemaakt, de terugkeer van de lente, een equinox, of een solstitium, ik haal ze altijd door elkaar... Daarna kwam voor sommigen God en voor anderen de arbeidersklasse, en voor velen allebei. De intellectueel vond het een troostrijke gedachte dat de arbeider bestond, mooi, gezond, sterk, klaar om de wereld opnieuw op te bouwen. En daarna, dat hebben jullie ook gezien, bestond de arbeider nog wel, maar de klasse niet meer. Die moeten ze in Hongarije om zeep hebben gebracht. En toen kwamen jullie. Voor u was dat wellicht vanzelfsprekend en was het een feest. Zo niet voor de mensen van mijn generatie; voor ons betekende het een afrekening, wroeging, spijt, regeneratie. We waren te kort geschoten en jullie kwamen aanzetten met inzet, moed, zelfkritiek. Voor ons, die toen vijfendertig of veertig waren betekende het hoop, zij het vernederende. We moesten weer worden zoals jullie, ook al hield dat in dat we terug naar af moesten. We droegen geen das meer, we gooiden onze trenchcoat weg en kochten een tweedehands parka, er zijn erbij die hun ontslag hebben ingediend om de kapitalisten niet te hoeven dienen...'

Hij stak een sigaret op en veinsde dat hij wrok veinsde, om zich te laten vergeven voor het feit dat hij zich zo liet gaan.

'En jullie zijn op alle fronten gezwicht. Wij, die als boetedoening pelgrimstochten ondernamen naar het verzetsmonument bij de Fosse ardeatine, wij weigerden een leus voor Coca-Cola te verzinnen, want we waren anti-fascistisch. We namen genoegen met een paar centen bij Garamond omdat boeken tenminste democratisch zijn. En nu verkopen jullie, om je te wreken op de kleine burgerman die jullie niet hebben kunnen opknopen, hem videocassettes en cultblaadjes, stompen jullie hem af met zen en de kunst van het motoronderhoud. Jullie hebben ons tegen intekenprijs jullie exemplaar van het rode boekje van Mao voorgeschreven en van het geld zijn jullie rotjes gaan kopen voor de feesten van de nieuwe creativiteit. Schaamteloos. Wij hebben ons hele leven niets anders gedaan dan ons schamen. Jullie hebben ons bedrogen, jullie vertegenwoordigden geen enkele zuiverheid, het waren gewoon jeugdpuistjes. Jullie hebben gemaakt dat wij ons wormen voelden omdat we niet de moed hadden de Boliviaanse politie open en bloot tegemoet te treden, en vervolgens hebben jullie stakkers die gewoon maar over straat liepen in de rug geschoten. Tien jaar geleden kon het gebeuren dat wij logen om jullie uit de gevangenis te krijgen, en jullie hebben gelogen om jullie vrienden de gevangenis in te sturen. En daarom hou ik van dit apparaat: het is stom, gelooft niet, laat mij niet geloven, doet wat ik zeg, als ik stom ben is hij het ook—of zij. Het is een eerlijke relatie.'

'Ik...'

'U bent onschuldig, Casaubon. U hebt de benen genomen in plaats van stenen te gooien, u bent afgestudeerd, u hebt niet geschoten. En toch voelde ik me een paar jaar geleden ook door u gechanteerd. Let wel, het is niets persoonlijks. De gebruikelijke generatiekloof. En toen ik de Slinger zag, vorig jaar, begreep ik alles.'

'Hoezo alles?'

'Bijna alles. Ziet u, Casaubon, ook de Slinger is een valse profeet. U kijkt ernaar, gelooft dat het het enige vaste punt in de kosmos is, maar als u hem losmaakt van het gewelf van het Conservatoire en hem ophangt in een bordeel doet hij het net zo goed. Er zijn nog meer slingers, één in New York in het gebouw van de VN, een andere in San Francisco in het museum voor wetenschap, en god weet hoeveel er nog meer zijn. De Slinger van Foucault staat stil terwijl de aarde onder hem doordraait, waar hij zich ook bevindt. Ieder punt in het universum is een vast punt, als je de Slinger er maar ophangt.'

'Is God op iedere plek?'

'In zekere zin wel. Daarom houdt de Slinger me bezig. Hij belooft me het oneindige, maar laat mij de verantwoordelijkheid te beslissen waar ik dat hebben wil. Dus kun je er niet mee volstaan de Slinger te aanbidden op de plek waar hij hangt; je moet opnieuw een beslissing nemen en het beste punt zoeken. En toch...'

'En toch?'

'En toch—u neemt me toch niet serieus, Casaubon? Nee, ik hoef me geen zorgen te maken, iets serieus nemen, dat doet ons soort mensen niet... En toch, zei ik, krijg je het gevoel dat een mens de Slinger in zijn leven op talloze plekken heeft opgehangen en dat deze nooit gewerkt heeft; terwijl hij het daar, in het Conservatoire, zo goed doet... En stel nu eens dat er in het universum bevoorrechte punten waren? Hier tegen het plafond van deze kamer? Nee, dat zou niemand geloven. Er is atmosfeer voor nodig. Ik weet niet, misschien zijn we altijd op zoek naar het juiste punt, misschien is het vlak bij ons, maar herkennen we het niet, en zou je er om het te herkennen in moeten geloven... Enfin, laten we naar meneer Garamond gaan.'

'Om de Slinger op te hangen?'

'Oh dwaasheid. Laten we ons met serieuzere zaken gaan bezighouden. Voordat ik u kan betalen moet de baas u eerst zien, aanraken, besnuffelen, en zeggen dat u geschikt bent. Kom, laat u aanraken door de baas, zijn aanraking doet scrofulose genezen.'

38

Geheim Meester, Volmaakt Meester,
Geheimschrijver, Intendant der Gebouwen,
Uitverkoren Meester der Negen, Ridder van het
Koninklijk Gewelf van Salomo of Meester van het
Negende Gewelf, Groot Schot van het Heilig
Gewelf, Ridder van het Oosten of van de Degen,
Prins van Jeruzalem, Ridder van het Oosten en het
Westen, Soeverein Prins van het Rozenkruis en
Ridder van de Adelaar en van de Pelikaan, Groot
Opperpriester of Verheven Schot van het Hemelse
Jeruzalem, Eerwaardige Grootmeester aller Loges
ad vitam, Noachiet of Pruisisch Ridder, Ridder van
de Koninklijke Bijl of Prins van Libanon, Hoofd
van de Tabernakel, Ridder van de Koperen Slang,
Heer van Mededogen, Soeverein Commandeur van
de Tempel, Ridder van de Zon of Prins Adept,
Groot Schot van de Heilige Andreas van Schotland
of Grootmeester van het Licht, Ridder Kadosch,
Volmaakt Aangenomene en Ridder van de Witte
en Zwarte Adelaar.

Hoge graden van de Vrijmetselarij
van de Aloude en Aangenomen Schotse Ritus

We liepen de gang door, klommen drie treedjes op en gingen een matglazen deur door. Plotsklaps stonden we in een ander universum. Waren de ruimtes die ik tot nog toe gezien had duister, stoffig, en afgebladderd, dit leek wel de VIP-room op een luchthaven. Zachte muziek, lichtblauwe wanden, een comfortabele wachtkamer met gesigneerde meubelen, de wanden vol foto's waarop mannen stonden die eruit zagen als kamerleden die een schitterende trofee overhandigen aan mannen die eruit zagen als senatoren. Op een bijzet-tafeltje slingerden, net als in de wachtkamer bij de tandarts, achteloos een aantal glanzende tijdschriften: *De Literaire Scherpzin*, *Het Poëtische Athanor*,

De Roos en de Doorn, Parnassus Enotrius, Het Vrije Vers. Ik had ze nog nooit ergens gezien, en later begreep ik hoe dat kwam: ze werden alleen onder de klanten van Manuzio verspreid.

Aanvankelijk dacht ik dat ik op de directieafdeling van Garamond terecht was gekomen, maar die gedachte moest ik snel laten varen. We waren in de burelen van een andere uitgeverij. In de hal van Garamond stond een donker, beslagen vitrinetje met de laatst verschenen boeken, maar de boeken van Garamond waren onopvallend, nog niet opengesneden en hadden een sobere grijzige omslag—ze moesten aan Franse universitaire uitgaven doen denken met papier dat binnen een paar jaar vergeelde waardoor de suggestie werd gewekt dat de auteur, in het bijzonder als deze jong was, al geruime tijd publiceerde. Hier stond ook een vitrine, die van binnen verlicht was en waarin de boeken van uitgeverij Manuzio lagen, sommige opengeslagen op weids ogende pagina's: witte dunne omslagen, overtrokken met doorzichtig plastic, zeer elegant, en van een soort rijstpapier met mooie heldere letters.

De reeksen van Garamond droegen ernstige, zwaarwichtige titels als Humanistische Studies, of Philosophie. De reeksen van Manuzio hadden delicate, poëtische namen: De Bloem die Ik Ongeplukt Liet (poëzie), Terra Incognita (vertelkunst), Het Uur der Oleanders (waarin opgenomen titels als *Dagboek van een ziek meisje*), Het Paaseiland (uiteenlopende essays, zo te zien), Nieuw Atlantis (het laatst uitgegeven werk was *Koenigsberg verlost—prolegomena voor elke toekomstige metafysica die zich als dubbel transcendentaal systeem en wetenschap van het fenomenologische noumenon voordoet*). Op alle omslagen het vignet van de uitgeverij, een pelikaan onder een palmboom, en het motto 'ik heb wat ik heb geschonken'.

Belbo hield het vaag en kort: het zat zo, mijnheer Garamond bezat twee uitgeverijen. In de daaropvolgende dagen werd het me duidelijk dat de verbinding tussen Garamond en Manuzio volslagen privé en vertrouwelijk was. De officiële ingang van Manuzio zat namelijk aan de via Marchese Gualdi en in de via Gualdi maakte het etterende universum van de via Sincero Renato plaats voor schone puien, ruime trottoirs en ingangen met aluminium liften. Niemand had kunnen vermoeden dat een flat in een oud gebouw aan de via Sincero Renato door slechts drie treedjes in verbinding stond met een verdieping in de via Gualdi. Om daarvoor toestemming te krijgen moet mijnheer Garamond zich in duizend en één bochten gewrongen hebben, hij had geloof ik de hulp ingeroepen van een van zijn auteurs, een functionaris bij Bouw- en Woningtoezicht.

We waren meteen ontvangen door mevrouw Grazia, minzaam en deftig, designer-sjaal en tailleur in de kleur van de wanden, die ons met een accurate glimlach binnengeleid had in de Globezaal.

Groot was de zaal niet, maar hij deed denken aan de salon van Mussolini in het Palazzo Venezia, met een aardbol bij de deur en het mahoniehouten bureau van mijnheer Garamond helemaal achterin, zodat het leek alsof je hem door een omgekeerde verrekijker zag. Garamond had ons gebaard dichterbij te komen en ik had me geïntimideerd gevoeld. Later, bij de binnenkomst van De Gubernatis, zou Garamond hem tegemoet lopen, een gebaar van hartelijkheid dat hem nog meer charisma zou verlenen: eerst zou hij namelijk door de zaal op de bezoeker toelopen en daarna zou laatstgenoemde aan de arm van zijn gastheer door de zaal teruglopen waardoor deze als bij toverkracht twee keer zo groot was geworden.

Garamond liet ons voor zijn bureau plaatsnemen en was bars en hartelijk tegelijk. 'De heer Belbo was vol lof over u, doctor Casaubon. Wij hebben bekwame medewerkers nodig. Zoals u begrepen zult hebben betreft het hier geen aanstelling, dat kunnen we ons niet permitteren. U zult, met uw welnemen, conform uw vlijt en uw toewijding worden beloond, want ons werk is een missie.'

Hij noemde een forfaitair bedrag op grond van een verondersteld aantal uren dat me toentertijd redelijk leek.

'Prima, beste Casaubon.' Nu ik een ondergeschikte was geworden, had hij de titel promp weggelaten. 'Deze geschiedenis van de metalen moet schitterend worden, ik zeg zelfs meer, prachtig. Vlot leesbaar maar toch wetenschappelijk verantwoord. Zij moet de fantasie van de lezer prikkelen, maar op wetenschappelijke wijze. Ik zal u een voorbeeld geven. Ik lees hier in de eerste versie dat er een, hoe heet dat ding ook weer, Maagdenburgse bol bestond, twee op elkaar gelegde halve bollen die van binnen vacuüm worden gepompt. Ze maken er twee spannen Normandische paarden aan vast, aan allebei de kanten een, ze trekken en ze trekken maar de twee halve bollen laten niet los. Goed, dat is wetenschappelijke informatie. Maar u moet het tussen al die minder schilderachtige berichten uitvissen. En heeft u dat eenmaal gedaan dan moet u er de afbeelding, het fresco, het schilderij of wat dan ook bijzoeken. Uit de periode zelf. En dan gooien we dat over een hele pagina, in kleur.'

'Er bestaat een ets,' zei ik, 'die ken ik.'

'Ziet u? Goed zo. Over een hele pagina, in kleur.'

'Als het een ets is, zal hij wel in zwart-wit zijn,' zei ik.

'Ja? Prima, zwart-wit, ook goed. Nauwkeurigheid boven alles. Maar op een gouden fond, het moet de lezer pakken, hij moet het idee hebben dat hij erbij was toen ze dat experiment deden. Begrijpt u? Wetenschappelijkheid, realisme, hartstocht. Je kunt de lezer met wetenschap in zijn diepste wezen raken. Wat is er theatraler, dramatischer dan Madame Curie die 's avonds thuiskomt en in het donker een fosforescerend licht ziet, mijn god wat mag dat zijn... Het is de koolwaterstof, golconda, het flogiston of hoe het in jezusnaam ook heten mag en voilà, Marie Curie heeft de röntgenstralen uitgevonden. Drama erin brengen, zonder de waarheid geweld aan te doen.'

'Maar hebben röntgenstralen dan wat met metalen te maken?' vroeg ik.

'Radium, is dat geen metaal dan?'

'Ik geloof het wel.'

'Nou dan? Uitgaand van de metalen kun je het gehele universum van de kennis onder de loep nemen. Hoe hebben we ook weer besloten het boek te noemen, Belbo?'

'We dachten aan iets serieus als *De metalen en de cultuur der materie.*'

'Ja, serieus moet het zijn. Maar met dat pietsje extra, dat niets dat alles zegt, laat 'ns kijken... Ja, *Universele geschiedenis der metalen.* Zitten er ook Chinezen bij?'

'Die zitten er bij, ja.'

'Wat ik zeg, universeel. Het is geen reclamestunt, het is de waarheid. Liever nog *Het wondere avontuur der metalen.*'

Dat was het moment waarop mevrouw Grazia commandeur De Gubernatis aankondigde. Mijnheer Garamond aarzelde even, nam me onderzoekend op, Belbo gaf hem een teken als om te zeggen dat hij me kon vertrouwen. Garamond gaf opdracht de bezoeker binnen te laten en liep hem tegemoet. De Gubernatis was in pak, had een rozetje in zijn knoopsgat, een vulpen in zijn borstzak, een dubbelgevouwen krant in de zak van zijn jas en een map onder zijn arm.

'Beste commandeur, neemt u plaats, mijn dierbare vriend De Ambrosiis heeft me over u verteld, een leven in dienst van de staat. En een verborgen dichtader, is het niet? Wat ik u bidden mag, laat u mij die schat zien die u daar in uw handen heeft... Mag ik u twee van mijn mededirecteuren voorstellen.'

Hij liet hem voor de met manuscripten overladen schrijftafel plaatsnemen en streelde met handen die beefden van interesse de omslag van het werk dat hem werd aangereikt: 'Zegt u niets, ik weet alles. U komt uit Vipiteno, een grootse en nobele stad. Een leven in dienst van de douane. En heimelijk, dag in dag uit, nacht na nacht, deze pagina's, beroerd door de demon der poëzie. De poezie... die de jeugd van Sappho heeft verwoest en de ouderdom van Goethe heeft gevoed... Pharmakon—zeiden de Grieken—vergif en medicijn. Natuurlijk zullen we deze schepping van u moeten lezen, ik wil dat er op zijn minst drie leesrapporten van worden gemaakt, één intern en twee door onze consulenten (tot mijn spijt anoniem, het zijn mensen in kwetsbare posities): Manuzio publiceert geen boeken als we niet overtuigd zijn van de kwaliteit, en kwaliteit, dat weet u beter dan ik, is iets ongrijpbaars dat met een zesde zintuig moet worden opgespoord; soms zitten er in een boek onvolkomenheden, stoplappen—zelfs Svevo schreef slecht, dat weet u beter dan ik—maar mijn god, met een idee, een ritme, een zeggingskracht, dat voel je gewoon. Ik weet het, zegt u maar niets, zodra ik een blik op de beginregel van dit werk wierp voelde ik iets, maar ik wil niet als enige oordelen, ook al is het vaak—oh, al te vaak—voorgekomen dat de leesrapporten lauw waren maar ik voet bij stuk hield omdat je een auteur niet kunt veroordelen zonder je geestelijk op hem te hebben afgestemd, kijk, ik open bijvoorbeeld zo maar ergens uw tekst en mijn oog valt op een vers, "als in de herfst, met maag're blik"—goed, ik weet niet hoe de rest luidt, maar ik bespeur bezieling, ik vat een beeld, soms begint het zo met een tekst, extase, vervoering... *Cela dit,* beste vriend, ah mijn god, als een mens kon doen wat hij wilde! Maar ook uitgeverijen zijn industrieën, de nobelste onder de industrieën, maar industrieën zijn het. Heeft u er enig idee van wat typografie vandaag de dag kost, en papier? Kijkt u maar in de krant van vanochtend, tot waar de *prime rate* op Wall Street is gestegen. Dat gaat ons niet aan zegt u? Integendeel, dat gaat ons wel degelijk aan. Weet u dat ze ook belasting heffen op de voorraad? Ik verkoop niet, en die lui heffen belasting op onverkochte waar. Ik betaal ook voor wat niet succesvol bleek, de lijdensweg van het door de filisters miskende genie. Dit velijnpapier—het is erg dun, als ik zo vrij mag zijn, maar het feit dat u uw tekst op zulk fijn papier hebt getypt, daarin bespeur je de poëet, de eerste de beste knoeier zou *extra strong* papier hebben gebruikt, om het oog te verblinden en de geest te verwarren, maar dit is met het hart geschreven poëzie, tja, de woorden zijn stenen en brengen de wereld in verwarring—dit velijnpapier kost mij evenveel als papiergeld.'

De telefoon rinkelde. Later zou ik horen dat Garamond op een knopje onder het bureau had gedrukt en dat mevrouw Grazia hem zogenaamd een telefoontje had doorverbonden.

'Maestro! Wat? Schitterend! Groot nieuws, de vlag kan uit. Een nieuw boek van u is een gebeurtenis. Maar natuurlijk, Manuzio is trots, geroerd, ik zeg zelfs meer, verheugd u tot haar auteurs te mogen rekenen. U heeft gezien wat de kranten over uw laatste epische poëem hebben geschreven. Een Nobelprijs waardig. Helaas bent u te vroeg geboren. We hebben er met moeite drieduizend exemplaren van kunnen verkopen...'

Commandeur De Gubernatis trok wit weg: voor hem waren drieduizend exemplaren een hoeveelheid waar hij niet op had durven hopen.

'Die hebben de produktiekosten niet gedekt. Gaat u maar eens aan de andere kant van de glazen deuren kijken hoeveel mensen er op de redactie zitten. Om vandaag de dag met een boek uit de kosten te komen moet ik er ten minste tienduizend exemplaren van distribueren, en god zij dank worden er van vele wel meer verkocht, maar dat zijn schrijvers, hoe zal ik het zeggen, met een andere roeping; Balzac was groots en zijn boeken liepen als warme broodjes, Proust was ook groots maar heeft op eigen kosten gepubliceerd. U zult wél in bloemlezingen voor het onderwijs terecht komen maar niet in stationskiosken, dat overkwam Joyce, die net als Proust op eigen kosten publiceerde ook. Boeken als de uwe kan ik me slechts eens in de twee, drie jaar permitteren. Geeft u me drie jaar de tijd...' Er volgde een lange pauze. Het gezicht van Garamond vertrok pijnlijk gegeneerd.

'Wat? Op uw kosten? Nee, nee, het gaat niet om het bedrag, het bedrag valt nog wel in te perken... Het zit zo, Manuzio gebruikt geen... Zeker, u weet beter dan ik dat ook Joyce en Proust... Zeker, ik begrijp het...'

Weer een gekwelde pauze. 'Goed, we kunnen het erover hebben. Ik ben oprecht geweest, u bent ongeduldig, laten we er, zoals de Amerikanen dat noemen, een *joint venture* van maken. Komt u morgen even langs, dan maken we de schade op... U heeft al mijn bewondering, ik groet u zeer.'

Garamond wreef met zijn hand over zijn ogen alsof hij uit een droom ontwaakte, daarna leek hij zich plotsklaps de aanwezigheid van zijn bezoeker te herinneren. 'Neemt u mij niet kwalijk. Het was een Schrijver, een waar, wellicht een Groot schrijver. En toch, juist daarom... Soms is het zo vernederend dit beroep uit te oefenen. Als er geen roeping bestond. Maar we waren met u bezig. Alles is besproken, ik zal u over, zeg, een maand een bericht sturen. Uw tekst blijft hier, in goede handen.'

De commandeur De Gubernatis was zonder een woord te zeggen weggegaan. Hij had voet gezet in de smidse van de roem.

39

Ridder van de Planisferen, Prins van de Zodiac,
Verheven Hermetische Filosoof, Hoogste
Commandant van de Sterren, Verheven
Hogepriester van Isis, Prins van de Heilige Heuvel,
Filosoof van Samotrace, Titaan van de Kaukasus,
Jongeling van de Gouden Lier, Ridder van de
waarachtige Phoenix, Ridder van de Sfinx,
Verheven Wijze van het Labyrint, Prins
Brahmaan, Mystieke Bewaker van het Heiligdom,
Architect van de Mysterieuze Toren, Sublieme
Prins van de Heilige Voorhang, Tolk van de
Hiërogliefen, Orphisch Geneesheer, Bewaker van
de Drie Vuren, Beheerder van de Onnoembare
Naam, Verheven Oedipus van de Grote Geheimen,
Geliefde Herder van de Oase der Mysteriën,
Doctor van het Heilig Vuur, Ridder van de
Lumineuze Driehoek.

Graden van de Aloude en Primitieve Ritus van Memphis-Misraim

Manuzio was een uitgeverij voor SEK's.

Een SEK was, in het Manuzio-jargon—maar waarom gebruik ik de verleden tijd? de SEK's bestaan nog steeds, alles gaat daar gewoon door alsof er niets gebeurd is; ík ben het die alles nu in een verschrikkelijk ver verleden projecteer, omdat hetgeen die avond is voorgevallen een scheur in de tijd heeft veroorzaakt; in het schip van Saint-Martin-des-Champs is de volgorde van de eeuwen omgegooid... of misschien is het omdat ik plotseling, sinds die avond, tientallen jaren ouder ben geworden, of omdat de angst dat Zij me vinden maakt dat ik praat alsof ik verslag doe van een ineenstortend rijk, terwijl ik, languit in het Romeinse bad, de aderen doorsneden, wacht tot ik in mijn eigen bloed verdrink...

Een SEK is een Schrijver op Eigen Kosten en Manuzio is een van die ondernemingen die in Angelsaksische landen 'vanity press' worden genoemd. Zeer hoge omzet, bedrijfskosten nul komma nul. Garamond, mevrouw Grazia, de boekhouder, ook wel administratief directeur genoemd, in het kleine kamertje achterin en Luciano, de invalide expediteur, in het grote magazijn in het souterrain.

'Ik heb nooit begrepen hoe Luciano boeken kan inpakken met maar één arm,' had Belbo me gezegd, 'ik denk dat hij er zijn tanden bij gebruikt. Zoveel pakt hij trouwens niet in: de expediteurs van normale uitgeverijen verzenden boeken aan de boekhandelaar, terwijl Luciano alleen maar boeken aan auteurs verzendt. Manuzio is niet geïnteresseerd in lezers... Van belang is, zegt meneer Garamond, dat de auteurs ons niet in de steek laten; zonder lezers valt te overleven.'

Belbo bewonderde meneer Garamond. Hij zag dat hij een bepaalde kracht bezat die hemzelf ontzegd was.

Het Manuzio-systeem was erg eenvoudig. Een paar advertenties in de plaatselijke kranten, vakbladen en provinciale literaire tijdschriften, vooral in diegene die na een paar nummers alweer verdwijnen. Middelgrote advertenties, met een foto van de auteur en een paar pakkende zinnen: 'een zeer verheven stem binnen onze poëzie', of 'de nieuwe narratieve proeve van de auteur van *Floriana en de zusters*'.

'Op dat moment is de val gezet,' legde Belbo uit, 'en lopen de SEK's er bij trossen in, als je in een val al bij trossen loopt, maar de manke metafoor is tekenend voor de auteurs van Manuzio en ik heb hun slechte gewoonte overgenomen, sorry.'

'En daarna?'

'Neem het geval De Gubernatis. Over een maand, terwijl onze gepensioneerde zich al opvreet van de spanning, krijgt hij een telefoontje van meneer Garamond die hem samen met nog wat andere schrijvers te eten uitnodigt. Afspraak in een Arabisch restaurant, erg exclusief, zonder uithangborden: je belt aan en zegt je naam tegen iemand achter een luikje. Luxueus interieur, diffuus licht, exotische muziek. Garamond schudt de maître de hand, tutoyeert de obers en stuurt flessen terug omdat het jaar hem niet overtuigt, of zegt sorry mijn beste, maar dit is niet de couscous die je in Marrakesh eet. De Gubernatis wordt voorgesteld aan commissaris Zus, alle luchthavendiensten onder zijn toezicht, maar bovenal de geestelijke vader, de apostel van het Kosmoranto, de taal van de universele vrede, waar zelfs bij de Unesco over wordt gesproken. Verder professor Zo, een geboren verteller, Petruzzellis della Gattinaprijs 1980, maar tevens een licht op het gebied van de medische wetenschap. Hoeveel jaar heeft de professor niet lesgegeven? Andere tijden, toen was studeren nog een serieuze aangelegenheid. En onze exquise dichteres, de aanvallige Olinda Mezzofanti Sassabetti, schrijfster van

Kuise hartekloppen, dat zult u wel gelezen hebben.'

Belbo vertrouwde me toe dat hij zich lang had afgevraagd waarom alle SEK's van vrouwelijke kunne met twee achternamen ondertekenden, Lauretta Solimeni Calcanti, Dora Ardenzi Fiamma, Carolina Pastorelli Cefalù. Waarom hebben belangrijke schrijfsters maar één achternaam, behalve Ivy Compton-Burnett, en sommige zelfs helemaal geen, zoals Colette, en noemt een SEK zich Olinda Mezzofanti Sassabetti? Omdat een echte schrijver schrijft uit liefde voor zijn werk, en het hem niet interesseert of hij bekend is onder een pseudoniem, kijk maar naar Nerval, terwijl een SEK juist herkend wil worden door de buren, de buurtbewoners, en mensen uit de buurt waar hij woonde voordat hij verhuisde. Een man kan volstaan met zijn eigen naam, een vrouw niet, want er zijn mensen die haar kennen als juffrouw en anderen die haar kennen als mevrouw. Daarom gebruikt ze twee namen.

'Kortom, een avond vol intellectuele ervaringen. De Gubernatis zal in de mening verkeren dat hij een LSD-cocktail drinkt. Hij zal naar de roddels van zijn disgenoten luisteren, de smakelijke anekdote over de grote dichter die, zoals iedereen weet, impotent is en als dichter ook al niet veel voorstelt, en zal van aandoening glanzende blikken werpen op de laatste uitgave van de *Encyclopedie van Illustere Italianen* die Garamond onverwacht te voorschijn zal toveren om een passage aan de commissaris te laten zien (ziet u, mijn beste, ook u bent toegetreden tot het pantheon, oh, niet meer dan rechtvaardig).'

Belbo had me de encyclopedie laten zien. 'Een uur geleden heb ik u vermanend toegesproken: onschuldig is echter niemand. De encyclopedie wordt uitsluitend door Diotallevi en mijzelf in elkaar gezet. Maar ik zweer u dat we het niet voor het geld doen. Het is een van de leukste dingen die er zijn, en ieder jaar moet er weer een nieuwe bijgewerkte editie worden gemaakt. Hij zit min of meer als volgt in elkaar: één lemma verwijst naar een beroemd auteur, het volgende naar een SEK, en de moeilijkheid zit hem in het vinden van een evenwichte verdeling binnen het alfabet, zodat je niet onnodig veel plaats inruimt voor beroemde auteurs. Kijkt u bijvoorbeeld eens onder de letter L.'

LAMPEDUSA, *Giuseppe Tomasi di (1889-1959). Siciliaans schrijver. Bleef lang onopgemerkt en werd pas na zijn dood beroemd met de roman* Il gattopardo.

LAMPUSTRI, *Adeodato (1919-). Schrijver, opvoeder, strijder (een bronzen medaille in Oost-Afrika), denker, verteller en dichter. Hij neemt een belangrijke plaats in in de Italiaanse literatuur van deze eeuw. Lampustri trad in*

1959 *in de openbaarheid met het eerste deel van een groots opgezette trilogie,* De gebroeders Carmassi, *de met rauw realisme en verheven poëtische inspiratie geschetste lotgevallen van een vissersfamilie uit de Basilicata. Na dit werk, dat in* 1960 *bekroond werd met de Petruzzellis della Gattinaprijs, volgden in de daaropvolgende jaren nog twee delen,* De getuigschriften *en* De panter met de wimperloze ogen *die, wellicht nog sterker dan het eerste werk, typerend zijn voor de epische kracht, de schitterende plastische verbeelding, de lyrische inspiratie van deze onvergelijkelijke kunstenaar. Lampustri, een toegewijd ambtenaar op het ministerie, wordt in de eigen kring gewaardeerd als een uiterst rechtschapen persoonlijkheid, voorbeeldig vader en echtgenoot, en voortreffelijk spreker.*

'De Gubernatis,' legde Belbo uit, 'moet in de encyclopedie willen komen. Hij had altijd gezegd dat de roem van de allerberoemdsten niets voorstelde, een samenzwering was van gewillige critici. Maar hij zal bovenal begrijpen dat hij is binnengetreden in een familie van schrijvers die tegelijkertijd directeuren van openbare instellingen, bankemployés, aristocraten en rechters zijn. In één klap zal zijn kennissenkring zich hebben uitgebreid; als hij nu iets gedaan wil krijgen zal hij weten tot wie hij zich moet wenden. Meneer Garamond heeft de macht om De Gubernatis uit de provincie te halen, hem naar de top te laten doorstoten. Tegen het eind van het diner zal Garamond hem in het oor fluisteren dat hij de volgende ochtend bij hem langs moet komen.'

'En de volgende ochtend komt hij.'

'Daar kun je een eed op zweren. Hij zal de hele nacht geen oog dichtdoen en dromen over de grootheid van Adeodato Lampustri.'

'En dan?'

'Dan zal Garamond de volgende ochtend tegen hem zeggen: gisteravond durfde ik niets te zeggen om de anderen niet in verlegenheid te brengen, maar het is grandioos, ik bedoel niet de enthousiaste, ik zeg zelfs meer, de positieve leesrapporten, maar ik heb hoogstpersoonlijk een nacht boven deze bladzijden gezeten. Dit boek is een literaire prijs waardig. Groots, groots. Dan zal hij weer achter zijn bureau plaatsnemen, zal met zijn hand op het—inmiddels verfomfaaide, door de liefdevolle blik van minstens vier lezers beduimelde—manuscript slaan—manuscripten verfomfaaien is de taak van mevrouw Grazia—en zal de SEK met een besluiteloze blik aankijken. Wat doen we ermee? Wat doen we ermee? zal De Gubernatis vragen. En Garamond zal zeggen dat de waarde van het werk niet ter discussie staat, maar dat het duidelijk iets is dat op zijn tijd vooruitloopt, en dat ze niet boven de tweeduizend, hoogstens vijfentwintighonderd exemplaren zullen uitkomen. Voor De

Gubernatis zouden tweeduizend exemplaren meer dan voldoende zijn om alle mensen die hij kent te voorzien, de SEK denkt niet in planetaire termen, of liever, zijn planeet bestaat uit bekende gezichten, schoolvrienden, bankdirecteuren, collega's die lesgeven aan dezelfde middelbare school en kolonels met pensioen. Allemaal mensen waarvan de SEK wil dat ze toetreden tot zijn poëtische wereld, ook degenen die daar helemaal geen prijs op stellen zoals de kruidenier of de dokter... Geconfronteerd met de mogelijkheid dat Garamond zich terugtrekt, terwijl iedereen thuis, in het dorp en op kantoor weet dat hij het manuscript heeft aangeboden aan een grote uitgever in Milaan, zal De Gubernatis gaan zitten rekenen. Hij zou zijn bankboekje kunnen leeghalen, een voorschot kunnen vragen, een lening kunnen afsluiten, die paar schatkistbiljetten verkopen, voor succes moet je wat overhebben. Schuchter biedt hij aan in de kosten te delen. Garamond zal doen of hij onthutst is, we zijn bij Manuzio niet gewoon, en dan hup—ik ga akkoord, u heeft me overtuigd, in wezen hebben ook Proust en Joyce moeten buigen voor de harde noodzaak, de kosten zijn zo- en zoveel, we drukken voorlopig tweeduizend exemplaren, maar u krijgt een contract voor een maximum van tienduizend. U moet rekenen dat u tweehonderd presentexemplaren krijgt, die kunt u sturen naar wie u maar wilt, tweehonderd gaan er naar de pers want we willen er een campagne van maken als betrof het de nieuwe Harold Robbins, en we distribueren er zestienhonderd. En daarover krijgt u, dat begrijpt u wel, geen auteursrechten, maar als het boek loopt, herdrukken we het en vanaf dat moment krijgt u twaalf procent.'

Later zou ik het standaardcontract te zien krijgen dat De Gubernatis, die al midden in zijn poëtische trip zat, zou tekenen zonder het ook maar te lezen, terwijl de administrateur zich erover zou beklagen dat Garamond de kosten te laag had gehouden. Tien bladzijden clausules in corps acht, buitenlandse vertalingen, subsidiaire rechten, toneelbewerkingen, radio- en filmversies, uitgaven voor blinden in braille, het afstaan van de samenvatting aan *Reader's Digest*, garanties in het geval van smaadprocessen, inspraak van de auteur inzake redactionele veranderingen, bevoegdheid van de rechtbank van Milaan in het geval van geschil... De SEK moest uitgeput, met een inmiddels in dromen van roem verstrikte blik, bij de dodelijke clausules aankomen waarin staat dat tienduizend de maximumoplage is maar niet wordt gerept over een minimumoplage, dat het te betalen bedrag niet gerelateerd is aan de oplage, waarover alleen mondelinge afspraken bestaan, en bovenal dat de uitgever zich het recht voorbehoudt de niet verkochte exemplaren binnen een jaar naar de papiermolen te sturen, als de auteur ze tenminste niet tegen halve prijs afneemt. Hij tekent.

De publiciteitscampagne zou één grote uitzuigerij worden. Een perscommuniqué van tien kantjes, met een biografie en een kritische beschouwing. Geen enkele schaamte, het zou op krantenredacties toch wel in de prullemand verdwijnen. Daadwerkelijke druk: duizend exemplaren in folio, waarvan slechts driehonderdvijftig gebonden. Tweehonderd naar de auteur, vijftig naar regionale tijdschriften, een dertigtal naar de kranten bij wijze van gebaar, voor het geval ze een regel over hadden in de boekenrubriek. Ze zouden het obligate exemplaar aan de ziekenhuizen en gevangenissen cadeau doen—en je begrijpt waarom men in de eerste niet beter wordt en in de tweede maar vast blijft zitten.

In de zomer zou dan de Petruzzellis della Gattinaprijs volgen, een schepping van Garamond. Totale kosten: eten en onderdak voor de jury, twee dagen, en de Nike van Samothrace in vermiljoen. Felicitatietelegrammen van de Manuzio-auteurs.

Dan zou, anderhalf jaar later, uiteindelijk het moment van de waarheid aanbreken. Garamond zou hem schrijven: Mijn beste vriend, ik had het voorzien. U bent vijftig jaar te vroeg verschenen. Recensies, u hebt het gezien, in overvloed, prijzen en bijval van de kritiek, *ça va sans dire.* Maar weinig verkochte exemplaren, het publiek is er nog niet klaar voor. We moeten het magazijn leegruimen, volgens de termen van het (bijgesloten) contract. Ofwel naar de papiermolen, of u koopt ze tegen halve prijs, daar heeft u recht op.

De Gubernatis wordt gek van verdriet, zijn familieleden troosten hem, de mensen begrijpen je niet, natuurlijk als je een van hen was, als je steekpenningen stuurde hadden ze je ook in de *Corriere della Sera* gerecenseerd, het is één grote mafia, je moet niet toegeven. Er zijn nog maar vijf presentexemplaren over, er zijn nog zoveel belangrijke mensen die je moet verrijken, je kunt niet toestaan dat jouw werk in de papiermolen verwerkt wordt tot toilet-papier, eens zien hoeveel we bij elkaar kunnen schrapen, het geld is welbesteed, je leeft maar één keer, laten we zeggen dat we er vijfhonderd exemplaren van kunnen kopen en verder sic transit gloria mundi.

Bij de Manzio zijn nog 650 exemplaren in ongevouwen vellen over, meneer Garamond laat 500 ervan inbinden en verzendt ze onder rembours. De balans: de auteur heeft grootmoedig de produktiekosten van 2000 exemplaren betaald, Manuzio heeft er 1000 gedrukt en 850 ingebonden, waarvan 500 een tweede keer betaald zijn. Een vijftigtal auteurs per jaar, en Manuzio heeft altijd een batig saldo.

En zonder kwaad geweten: ze verspreidt geluk.

40

Lafaards sterven vele malen voor zij sterven.

Shakespeare, *Julius Caesar*, II, 2

Het was me altijd opgevallen dat er een discrepantie bestond tussen de toewijding waarmee Belbo aan de respectabele auteurs van Garamond werkte in een poging er boeken uit te slepen waar eer aan viel te behalen, en de piraterij waarmee hij niet alleen de pechvogels van Manuzio om de tuin hielp leiden maar ook mensen die hem niet in aanmerking leken te komen voor Garamond doorverwees naar de via Gualdi, zoals ik hem met kolonel Ardenti had zien doen.

Toen ik met hem samenwerkte vroeg ik me vaak af waarom hij met een dergelijke situatie vrede had. Niet om het geld, geloof ik. Zijn vakkennis was voldoende om een beter betaalde baan te vinden.

Lange tijd heb ik geloofd dat hij het deed omdat hij zich op die manier, vanuit een uitgelezen observatorium, kon wijden aan de bestudering van de menselijk dwaasheid. Dat wat hij stompzinnigheid, het ongrijpbare paralogisme, het als vlekkeloze argumentatie vermomde arglistige delirium noemde, fascineerde hem—en hij hield er dan ook niet over op. Maar ook dat was een masker. Diotallevi, die deed voor de lol mee, wellicht in de hoop dat hij eens op een dag in een boek van Manuzio op een nog onbekende combinatie van de tora zou stuiten. En ook ik had voor de lol meegedaan, louter voor het plezier, voor de gein, uit nieuwsgierigheid, helemaal nadat Garamond het Hermesproject had gelanceerd.

Voor Belbo lag het anders. Dat is me pas duidelijk geworden nadat ik me door zijn bestanden had heengewerkt.

> bestandsnaam: Wraak huiveringwekkende wraak
>
> Ze komt zo maar. Ook als er mensen op kantoor zijn, grijpt ze me bij de kraag van mijn jasje, steekt haar gezicht naar voren en kust me. Kiss me quick. Ze kust me alsof ze staat te flipperen.
>
> Ze weet dat ik me daardoor opgelaten voel. Ze ontmaskert me.
>
> Ze liegt nooit.
>
> —Ik hou van je.

—Zien we elkaar zondag?
—Nee, dit weekend ben ik met een vriend...
—Een vriendin zul je bedoelen.
—Nee, een vriend, je kent hem, hij was vorige week met mij in het café. Ik heb het hem beloofd, je zou toch niet willen dat ik daarop terugkwam?
—Je hoeft er niet op terug te komen, maar kom me niet... Toe nou, ik moet een schrijver ontvangen.
—Een te lanceren genie?
—Een te vernietigen ellendeling.

Een te vernietigen ellendeling.
Ik was naar Pilade gegaan om je op te halen. Je was er niet. Ik heb lang op je zitten wachten, toen ben ik maar alleen gegaan, anders zou de galerie dicht zijn geweest. Iemand daar vertelde me dat jullie al naar het restaurant waren. Ik heb net gedaan of ik de schilderijen bekeek—de kunst leeft toch al sinds Hölderlin niet meer, zeggen ze. Ik moest twintig minuten zoeken naar het restaurant omdat galeriehouders altijd restaurants zoeken die pas de maand daarop beroemd zullen worden.
Daar zat je, tussen alle bekende gezichten, met naast je de man met het litteken. Geen zweem van opgelatenheid. Je hebt me samenzweerderig en—hoe doe je dat toch—tegelijkertijd uitdagend aangekeken, alsof je wilde zeggen: nou en? De indringer met het litteken nam me op alsof ik een indringer was. De anderen wachtten af, van alles op de hoogte. Ik had zo maar, om niets, ruzie moeten zoeken. Ook als hij me geslagen had zou ik er goed van af zijn afgekomen. Ze wisten allemaal dat je daar met hem zat om mij te provoceren. Of ik al dan niet provoceerde, mijn rol lag vast. Wat ik ook deed, het bleef een schertsvertoning.
Als het dan toch een schertsvertoning moest zijn koos ik voor een komische, nam beminnelijk deel aan de conversatie, in de hoop dat iemand mijn zelfbeheersing bewonderde.
De enige die me bewonderde was ik zelf.
Je bent zo laf als je je voelt.
De gemaskerde wreker. Als Clark Kent neem ik de zorg voor jonge onbegrepen genieën op me en als Superman straf ik oude terecht onbegrepen genieën af. Ik werk mee aan de uitbuiting van mensen die niet zo moedig zijn geweest als ik, die zich niet hebben weten te beperken tot de rol van toeschouwer.
Kan dat? Je leven vullen met het straffen van mensen die nooit zullen weten dat ze gestraft zijn? Je wilde Homerus worden? Pak aan, armoedzaaier, en geloof erin.
Ik haat mensen die me de schijn van hartstocht willen verkopen.

41

Wanneer we bedenken dat Daath zich op het snijpunt van de Afgrond en de Middelste Pilaar bevindt, en dat boven de Middelste Pilaar het Pad van de Pijl loopt... en dat ook Kundalini daar is, dan zien we dat het geheim van de generatie en van de regeneratie zich in Daath bevindt, de sleutel tot de manifestatie van alle dingen door middel van hun paarsgewijze differentiatie in tegenstellingen en hun eenwording in een derde grootheid.

Dion Fortune, *The Mystical Qabalah*,
Londen, Fraternity of the Inner Light, 1935, VII, 19

*H*oe het ook zij, ik hoefde me niet bezig te houden met Manuzio, maar met het wondere avontuur der metalen. Ik begon mijn speurtochten in de Milanese bibliotheken. Ik startte bij de handboeken, bracht de bibliografie ervan onder in een kaartsysteem en ging vandaar terug naar de oude of minder oude originelen waarin ik fatsoenlijke illustraties kon vinden. Er is niets ergers dan een hoofdstuk over de ruimtereizen te illustreren met een foto van de laatste Amerikaanse sonde. Meneer Garamond had me geleerd dat je daar op zijn minst een engel van Doré voor moet gebruiken.

Ik legde een hele verzameling bijzondere reprodukties aan, maar het waren er niet genoeg. Als je een geïllustreerd boek maakt gaan er tientallen afbeeldingen door je handen voordat je de goede hebt.

Ik kreeg toestemming om vier dagen naar Parijs te gaan. Dat is niet veel als je langs alle archieven wilt. Ik was samen met Lia gegaan, was donderdag aangekomen en had voor maandagavond de trein terug gereserveerd. Ik beging de fout het Conservatoire voor maandag op het programma te zetten, en op maandag kwam ik erachter dat het Conservatoire uitgerekend op die dag gesloten was. Te laat, ik keerde onverrichter zake naar huis terug.

Het was een tegenslag voor Belbo, maar ik had heel veel interessante dingen verzameld en die gingen we aan mijnheer Garamond laten zien. Hij bladerde de reprodukties door die ik verzameld had; veel ervan waren in kleur. Toen hij zag wat een en ander gekost had liet hij een zacht gefluit horen: 'Mijn beste, beste man. Wij hebben een missie, we werken voor de cultuur, *ça va sans dire*, maar we zijn het Rode Kruis niet, ik zeg zelfs meer, we zijn de Unicef niet. Was het nodig om al dit materiaal aan te schaffen? Ik bedoel, hier zie ik een meneer in onderbroek met een snor die op d'Artagnan lijkt, omringd door abracadabra en steenbokken, wie is dat in godsnaam, Mandrake?'

'Het vroegste begin van de geneeskunde. Invloed van de dierenriem op verschillende delen van het lichaam, met de bijbehorende heilzame kruiden. En de mineralen, metalen inbegrepen. Leer van de kosmische signaturen. In die tijd waren de grenzen tussen magie en wetenschap nog vaag.'

'Interessant. Maar dit titelblad, wat staat daar? Philosophia Moysaica. Wat heeft Mozes ermee te maken, is dat niet wat al te vroeg?'

'Dat is de strijd over het *unguentum armarium* ofte wel de *weapon salve*. Illustere artsen discussiëren vijftig jaar lang over de vraag of deze zalf, gesmeerd op het wapen dat heeft getroffen, de wond kan genezen.'

'Krankzinnig. En is dat wetenschap?'

'Niet in de zin die wij bedoelen. Maar ze discussiëerden erover omdat kort daarvoor de wonderen van de magneet waren ontdekt en ze ervan overtuigd waren dat er werking op afstand bestaat. Zoals ook in kringen van de magie beweerd werd. En dus, werking op afstand blijft werking op afstand... Begrijpt u, die artsen maken een fout, maar Volta en Marconi zullen geen fout maken. Wat zijn elektriciteit en radio anders dan werking op afstand?'

'Kijk kijk. Goed zo, Casaubon. Wetenschap en magie gaan hand in hand, hè? Prima idee. Vooruit, aan de slag, haal wat van die onappetijtelijke dynamo's eruit en stop er meer Mandrake in. Een of andere duivelbezwering, weet ik het, op een gouden fond.'

'Ik zou het niet willen overdrijven. Dit is het wondere avontuur der metalen. Dergelijke curiosa komen alleen te pas als ze wezenlijk iets bijdragen.'

'Het wondere avontuur der metalen moet vooral de geschiedenis van zijn dwalingen zijn. Je zet er eerst een fraai curiosum in en vervolgens vermeld je in de tekst dat het onjuist is. Ondertussen staat het er wel in en wordt de lezer erdoor gegrepen, omdat hij ziet dat ook de groten denkfouten kunnen maken, net als hijzelf.'

Ik vertelde over een voorval dat me wandelend langs de Seine, niet ver van de Quai Saint-Michel, overkomen was. Ik was een boekwinkel binnengegaan die, te beginnen met de symmetrische etalages, zijn eigen schizofrenie etaleerde. Aan de ene kant boeken over computers en de toekomst van de elektronica, aan de andere kant alleen maar occulte wetenschappen. En binnen net zo: Apple en kabbala.

'Ongelofelijk,' zei Belbo.

'Logisch,' zei Diotallevi. 'Of althans, jij bent de laatste die zich zou moeten verbazen, Jacopo. De wereld van de machine probeert het geheim van de schepping te achterhalen: letters en cijfers.'

Garamond zei niets. Hij had de handen gevouwen, alsof hij bad, en hield zijn ogen ten hemel gericht. Toen sloeg hij met zijn palmen tegen elkaar: 'Alles wat jullie vandaag gezegd hebben bevestigt een gedachte die ik sinds een paar dagen... Maar alles op zijn tijd, ik moet er nog over nadenken. Ga vooral zo door. Bravo Casaubon, we zullen uw contract herzien, u bent een waardevolle medewerker. En stop het er in, stop er veel kabbala en computers in. Computers worden toch van silicium gemaakt, of niet soms?'

'Maar silicium is geen metaal, dat is een metalloïde.'

'We gaan toch niet zitten muggenziften over uitgangen? Is het soms rosa rosarum? Computers. En kabbala.'

'Hetgeen geen metaal is,' hield ik vol.

Hij bracht ons naar de deur. Op de drempel zei hij tegen me: 'Casaubon, uitgeven is een kunst, geen wetenschap. We hangen niet de revolutionairen uit, die tijd hebben we gehad. Stop er kabbala in. Oh, en wat uw onkostendeclaratie betreft, ik ben zo vrij geweest de couchette eraf te trekken. Niet uit gierigheid, ik hoop dat u dat van me aanneemt. Maar ik ben van mening dat onderzoek gebaat is, hoe zal ik het zeggen, bij een enigszins Spartaanse instelling. Anders gelooft men er niet meer in.'

Enkele dagen later riep hij ons weer bij zich. Hij had op kantoor, zei hij tegen Belbo, een bezoeker die hij aan ons wilde voorstellen.

We gingen erheen. Garamond stond te praten met een dikke man die het gezicht had van een tapir, een blond snorretje onder een grote dierlijke neus en in het geheel geen kin. Ik had het idee dat ik hem kende; toen herinnerde ik het me, het was professor Bramanti die ik in Rio beluisterd had, de referendaris of wat dan ook van die Rozenkruisersorde.

'Professor Bramanti,' zei Garamond, 'is van mening dat dit voor een uitgever die alert is en gevoelig voor het culturele klimaat van deze tijd, het juiste moment is om een reeks over occulte wetenschappen te beginnen.'

'Voor... Manuzio,' probeerde Belbo.

'Voor wie anders?' glimlachte Garamond fijntjes. 'Professor Bramanti, die me overigens is aanbevolen door een dierbare vriend, de zeergeleerde heer De Amicis, auteur van dat schitterende *Kronieken van de dierenriem* dat we dit jaar gepubliceerd hebben, betreurt het dat de luttele reeksen over deze materie—bijna altijd het werk van weinig serieuze en betrouwbare uitgevers die notoir oppervlakkig, oneerlijk, incorrect, ik zeg zelfs meer, onnauwkeurig zijn—de rijkdom en de diepgang van dit studiegebied in het geheel geen recht doen...'

'Na het falen van de utopieën van de moderne wereld is de tijd rijp voor deze herwaardering van de cultuur van het niet-actuele,' zei Bramanti.

'U spreekt wijze woorden, professor. Maar u moet ons onze—oh god, onwetendheid zal ik niet zeggen, maar op zijn minst onze onbekendheid met het onderwerp vergeven: waaraan denkt u als u het heeft over occulte wetenschappen? Spiritisme, astrologie, zwarte magie?'

Bramanti maakte een moedeloos gebaar: 'Oh, in hemelsnaam! Dat zijn fabeltjes voor naïevelingen. Ik heb het over wetenschap, zij het occulte. Zeker, ook astrologie, als het er al van komt, maar niet om de typiste te vertellen of ze aanstaande zondag de jongeman van haar leven zal ontmoeten. Het zal eerder een serieuze studie over de Decanen zijn, om maar iets te noemen.'

'Ik snap het. Wetenschappelijk. Het ligt beslist in onze lijn, maar zou u het iets kunnen toespitsen?'

Bramanti leunde achterover in de stoel en liet zijn blik door de kamer dwalen, alsof hij op zoek was naar astrale inspiratie. 'Er zijn voorbeelden te geven, zeker. Ik zou zeggen dat de ideale lezer van een dergelijke reeks een Rozenkruiseradept zou moeten zijn, een expert dus *in magiam, in necromantiam, in astrologiam, in geomantiam, in pyromantiam, in hydromantiam, in chaomantiam, in medicinam adeptam*, om het boek Azoth te citeren—het boek dat door een mysterieus meisje aan de Staurophorus werd gegeven, zoals verteld wordt in de *Raptus philosophicus*. Maar de kennis van de adept bestrijkt nog andere gebieden, zoals de fysiognosie, die betrekking heeft op occulte, statische, dynamische en kinematische fysica, astrologie of esoterische biologie, en de studie van de geesten van de natuur, hermetische zoölogie en biologische astrologie. Voeg daarbij de kosmognosie, die de astrologie bestudeert maar dan de astronomische, kosmologische, fysiologische en ontologische kant ervan, of de antropognosie, die de homologische anatomie, de voorspellende wetenschappen, de fluïdale fysiologie, de psychurgie, de sociale astrologie en het hermetisme van de geschiedenis bestudeert. Dan heb je ook nog de kwalitatieve wiskundes, dat wil zeggen de aritmetica, maar dat weet u beter dan ik... Maar zijn voorkennis zou ook moeten bestaan uit de kosmografie van het onzichtbare, magnetisme, aura's, slapen, fluïda, psychometrie en helderziendheid—en in het algemeen de studie van de andere vijf hyperfysische zintuigen—om nog maar te zwijgen van de horoscopische astrologie, die, als zij niet met de nodige voorzorgsmaatregelen wordt bedreven, een degeneratie van het weten is—en dan fysiognomiek, gedachtenlezen, voorspellende kunsten (tarotspel, dromenboek) tot aan de hogere graden zoals profetie en extase. De lezer zal voldoende geïnformeerd moeten zijn over fluïdale behandelingen, alchimie, spagyrica, telepathie, exorcisme, ceremoniële en bezwerende magie, basale theürgie. Voor het echte occultisme zou ik onderzoek op het vlak van de primitieve kabbala adviseren, brahmanisme, gymnosofie, hiërogliefen van Memphis...'

'Fenomenologie van de Tempeliers,' insinueerde Belbo.

Bramanti veerde op. 'Zonder twijfel. Maar ik vergat nog wat, eerst enige begripsvorming inzake necromantie en hekserij van de niet-blanke rassen, onomantie, profetische vervoering, vrijwillige thaumaturgie, suggestie, yoga, hypnotisme, somnambulisme, mercuriale chemie... Wronski suggereerde met betrekking tot de mystieke stroming aandacht te besteden aan de technieken van de bezeten vrouwen van Loudun, de convulsionairen van de heilige Medardus, de mystieke dranken, wijn uit Egypte, levenselixir en arsenicum. Voor de oorsprong van het kwaad, maar ik begrijp dat we hier bij de meer exclusieve afdeling van een mogelijke reeks belanden, zou ik zeggen dat men zich vertrouwd dient te maken met mysteriën van Beëlzebub als zelfdestructie, en van Satan als onttroonde prins, van Eurynomius, van Moloch, incubi en succubi. Voor de positieve oorsprong, hemelse mysteriën van de heilige Michaël, Gabriël en Rafaël en van de agathodemonen. Dan de mysteriën van Isis, Mithras, Morpheus, Samothrace en Eleusis en de natuurlijke mysteries van het manlijke geslacht, phallus, Staaf van Leven, Clavis Sapientiae, Bafomet, heksenhamer, de natuurlijke mysteries van het vrouwelijke geslacht, Ceres, Cteis, Patera, Cybele en Astarte.'

Meneer Garamond leunde met een veelbetekenende glimlach naar voren: 'U wilt de gnostici toch niet over het hoofd zien...'

'Natuurlijk niet, hoewel er veel niet erg serieuze rommel over dit specifieke onderwerp in omloop is. In ieder geval is ieder gezond occultisme een gnosis.'

'Ik wist het wel,' zei Garamond.

'En dit alles bij elkaar zou voldoende zijn,' zei Belbo op licht vragende toon.

Bramanti blies zijn wangen bol en veranderde plotseling van een tapir in een hamster. 'Voldoende... ja, om ingewijd te raken, niet voor ingewijden—vergeeft u me het woordgrapje. Maar met een vijftigtal delen zou u al een publiek van duizenden lezers, die op niets anders wachten dan op een betrouwbaar woord, kunnen mesmeriseren... Met een investering van een paar honderd miljoen lire—ik heb juist aan u gedacht, waarde Garamond, omdat ik weet dat u genereus bent en open staat voor nieuwe avonturen—en een bescheiden percentage voor mijzelf als directeur van de reeks...'

Klaarblijkelijk had Bramanti genoeg gezegd en verloor hij in de ogen van Garamond iedere importantie. Hij werd dan ook haastig met mooie beloftes de deur uitgewerkt. De gebruikelijke adviescommissie zou het voorstel aandachtig bestuderen.

42

Maar weet dat wij het allen met elkaar eens zijn,
wat wij ook zeggen.
Turba Philosophorum

Toen Bramanti weg was, merkte Belbo op dat hij zijn stop eruit had moeten trekken. Garamond kende de uitdrukking niet en Belbo trachtte een en ander beschaafd te parafraseren, hetgeen niet lukte.

'Hoe dan ook,' zei Garamond, 'laten we er geen punt van maken. Die man had nog geen vijf woorden gezegd of ik wist al dat hij geen klant voor ons was. Hij niet. Maar wel die auteurs en lezers waar hij het over had. Die Bramanti kwam precies op tijd om te bevestigen waar ik sinds een dag of wat over liep na te denken. Kijk eens hier, mijne heren.' Hij haalde met een weids gebaar drie boeken uit zijn la.

'Hier zijn drie boeken die in de afgelopen jaren zijn uitgekomen, alle drie een succes. Het eerste is Engels en heb ik niet gelezen, maar de auteur is een illuster criticus. En wat schrijft hij? Kijkt u maar naar de ondertitel, een gnostische roman. En bekijk nu eens deze: ogenschijnlijk een misdaadroman, een best-seller. En waar gaat het over? Over een gnostische kerk in de buurt van Turijn. U weet wie de gnostici zijn...' Hij weerde ons af met een handgebaar: 'Doet er niet toe, het is mij voldoende dat ze iets met duivels te maken hebben... Ik weet het, ik weet het, misschien ga ik te snel, maar ik wil niet praten zoals jullie, ik wil praten zoals die Bramanti. Op dit moment ben ik uitgever, niet professor in de vergelijkende gnoseologie of wat dan ook. Wat maakte het discours van Bramanti zo lucide, zo veelbelovend, zo uitnodigend, ik zeg zelfs meer, zo curieus? Zijn buitengewone vermogen alles met alles te combineren; hij heeft het woord gnostici niet in de mond gehad, maar u heeft gezien dat hij het had kunnen zeggen, toen hij het had over geomantiek, gerovital, radames en mercurio. En waarom hamer ik daar zo op? Omdat ik hier nog een boek heb, van een beroemd journalist, waarin verteld wordt over ongelofelijke dingen die in Turijn plaatsvinden, let wel, Turijn, de stad van de auto: heksen, zwarte missen, duivelbezwering, en allemaal voor betalend publiek, niet voor door tarantula's gebeten vrouwen uit Zuid-Italië. Casaubon, Belbo vertelde me dat u net in Brazilië bent geweest en daar duivelse riten van die wilden van daarginds hebt bijgewoond... Prima, later moet u me eens precies vertellen wat dat waren, maar dat doet er nu niet toe. Brazilië is hier, mijne heren. Gisteren ben ik in hoogst eigen persoon die boekhandel binnengelopen, hoe heet die ook weer, nu ja dat doet er niet toe, het was een boekhandel die zes à zeven jaar geleden anarchistische, revolutionaire boeken verkocht, boeken voor Tupamaros, terroristen, ik zeg zelfs meer, marxisten... Welnu? Waar is dat op uitgedraaid? Op die dingen waar Bramanti het over had. Het is waar, op het moment leven wij in een tijd van verwarring en als u een katholieke boekwinkel binnenloopt waar ooit uitsluitend de catechismus lag, dan stuit u daar nu ook op de herwaardering van Luther, alhoewel, een boek waarin staat dat religie een grote zwendelarij is zouden ze er niet verkopen. In het soort boekwinkel dat ik bedoel daarentegen verkopen ze zowel de schrijver die erin gelooft als degene die er de vloer mee aanveegt, mits ze maar een onderwerp aanroeren dat, hoe zal ik het zeggen...'

'Hermetisch is,' suggereerde Diotallevi.

'Precies, ik geloof dat dat het juiste woord is. Ik zag daar op zijn minst tien boeken over Hermes. En daar wil ik het met jullie over hebben: een Hermesproject. Dat wordt onze tak.

'De gouden tak,' zei Belbo.

'Wat je zegt,' zei Garamond, zonder de verwijzing te snappen, 'een goudmijn. Ik heb me bedacht dat die lui alles slikken, als het maar, zoals u zei, hermetisch is, als het maar in tegenspraak is met wat er in de schoolboekjes staat. En bovendien ben ik van mening dat het ook een verplichting jegens de cultuur is: ik voel me niet geroepen om een weldoener te zijn, maar in deze zo duistere tijden iemand een geloof aanreiken, een kijkje op het bovennatuurlijke... Garamond heeft immers een wetenschappelijke missie...'

Belbo verstijfde. 'Ik had de indruk dat u aan Manuzio dacht.'

'Aan allebei. Moet u horen. Ik heb die boekhandel uitgekamd, en daarna ben ik naar een andere gegaan, zo'n hele degelijke, waar ze echter wel een keurig plankje met occulte wetenschappen hadden. Over die onderwerpen bestaan studies op universitair niveau, en die staan naast de boeken die geschreven worden door types als Bramanti. Even ons verstand gebruiken: die Bramanti mag die universitaire auteurs dan wellicht nooit ontmoet hebben, gelezen heeft hij ze wel, en hij heeft ze gelezen als waren ze zijns gelijken. Dat soort mensen denkt bij alles wat je ze zegt dat je het over hun probleem hebt; zoals dat verhaal van die poes, waarin twee echtelieden ruzieden over hun scheiding en hij dacht dat ze het over de pens voor zijn ontbijt hadden. Dat zag u ook Belbo, u komt op de proppen met de Tempeliers, en hij meteen, oké, de Tempeliers ook, en de kabbala en de lotto en het koffiedik. Het zijn omnivoren. Omnivoren. U heeft het gezicht van Bramanti gezien: een knager. Een immens groot publiek, verdeeld in twee categorieën, ik zie ze al voor mijn geestesoog passeren en ze zijn legio. In primis degenen die erover schrijven, en Manuzio staat met open armen voor ze klaar. Om ze aan te trekken hoeven we alleen maar een reeks te beginnen die opvalt, en hoe moet die heten, 'ns kijken...'

'De Tabula Smaragdina,' zei Diotallevi.

'Wat? Nee, te moeilijk, mij zegt het bijvoorbeeld niets, het moet iets zijn dat aan iets anders doet denken...'

'Isis Ontsluierd,' zei ik.

'Isis Ontsluierd! Klinkt goed, beste Casaubon, er zit wat Toetanchamon in, wat scarabee en wat piramiden. Isis Ontsluierd, met een licht onheilspellend omslag, maar niet al té. En dat is nog niet alles. Dan hebben we ook nog de tweede groep, de mensen die kopen. Goed, beste vrienden, u zult zeggen dat Manuzio niet geïnteresseerd is in mensen die kopen. Is dat soms doktersvoorschrift? Dit keer verkopen we de boeken van Manuzio, mijne heren, een kwalitatieve sprong voorwaarts! Ten slotte resten nog de studies op wetenschappelijk niveau, en daar verschijnt Garamond ten tonele. Naast de historische studies en de andere universitaire reeksen, trekken we een degelijke consulent aan en publiceren drie à vier boeken per jaar, in een degelijke, gestrenge reeks met een klinkende maar niet al te schilderachtige naam...'

'Hermetica,' zei Diotallevi.

'Prachtig. Klassiek, waardig. U zult me vragen waarom we bij Garamond geld uitgeven als we het bij Manuzio kunnen verdienen. De degelijke reeks fungeert echter als lokmiddel, trekt zinnige mensen aan die weer andere voorstellen zullen doen, ons de weg zullen wijzen, maar hij trekt daarnaast ook de anderen aan, de Bramanti's, die naar Manuzio zullen worden overgeheveld. Het lijkt me een perfect project, het Hermesproject, een gestroomlijnde winstgevende operatie die de ideale wisselwerking tussen de twee uitgeverijen nog meer zal consolideren... Heren, aan het werk. Bezoek boekhandels, stel bibliografieën op, vraag catalogi aan, bekijk wat ze er in andere landen aan doen... En daarnaast, wie weet hoeveel mensen al aan u voorbij zijn getrokken met een bepaald soort schat onder de arm die u heeft afgewezen omdat we er niets mee konden. En Casaubon, denkt u eraan dat we ook in die geschiedenis der metalen een beetje alchimie stoppen. Goud is een metaal, mag ik hopen. Commentaar later graag, u weet dat ik opensta voor kritiek, suggesties, tegenspraak, zoals dat onder beschaafde mensen gebruikelijk is. Het project gaat nu van start. Mevrouw Grazia, laat die mijnheer binnen die al twee uur zit te wachten, is dat de manier een Auteur te behandelen!' zei hij, terwijl hij de deur voor ons openhield en trachtte zich tot in de antichambre verstaanbaar te maken.

43

Mensen die men op straat tegenkomt... wijden zich in het geheim aan Zwarte Magie, zoeken contact, of pogen dit althans, met de Geesten der Duisternis om hun zucht naar ambitie, naar haat en naar liefde te bevredigen, kortom om Kwaad aan te richten.

Joris-Karl Huysmans, voorwoord bij J. Bois, *Le Satanisme et le magie*, 1895, p.VIII-IX

Ik had de indruk gekregen dat het Hermesproject alleen nog maar een vaag omlijnd idee was. Maar dan kende ik meneer Garamond nog niet. Terwijl ik me in de dagen die daarop volgden in bibliotheken ophield om illustraties over de metalen te zoeken, waren ze bij Manuzio al aan de slag gegaan.

Twee maanden later trof ik bij Belbo een nummer aan, vers van de pers, van *Parnassus Enotrius*, met een lang artikel, 'Wedergeboorte van het occultisme' getiteld, waarin de bekende hermetist doctor Moebius—een spiksplinternieuw pseudoniem van Belbo, die hiermee de eer had de spits van het Hermesproject af te bijten—gewag deed van de miraculeuze wedergeboorte van de occulte wetenschappen in de moderne wereld en aankondigde dat Manuzio voornemens was met de nieuwe reeks Isis Ontsluierd deze richting in te slaan.

In de tussentijd had meneer Garamond een hele serie brieven geschreven naar alle tijdschriften op het gebied van hermetisme, astrologie, tarot en ufologie, die hij met een willekeurige naam ondertekende en waarin hij inlichtingen vroeg over de nieuwe reeks die door Manuzio was aangekondigd. Waarop de redacteuren van de tijdschriften weer naar hem gebeld hadden om inlichtingen en hij geheimzinnig had gedaan en gezegd had dat hij de eerste tien titels, die overigens in voorbereiding waren, nog niet kon vrijgeven. Op die manier was het, door voortdurend tamtamgeroffel toch al behoorlijk onrustige universum der occultisten, van het Hermesproject op de hoogte geraakt.

'We doen of we bloemen zijn,' zei meneer Garamond, die ons even tevoren in de Globezaal bijeen had geroepen, 'en dan komen de bijen vanzelf.'

Maar dat was niet alles. Garamond wilde ons de folder laten zien ('fóólder', zoals hij het noemde—maar zo praten ze bij Milanese uitgeverijen; ze zeggen ook 'Cítroën'): het was eenvoudig gehouden, vier bladzijden, maar wel op glanspapier. Op de eerste bladzijde stond het ontwerp afgedrukt van wat de omslag van de reeks zou worden, een soort zegel in goud (dat heet Pentakel van Salomo, legde Garamond uit) op een zwart fond; de bladzijde was omlijst met een kader dat deed denken aan een heleboel in elkaar grijpende swastika's (de Aziatische swastika, preciseerde Garamond, degene die in de richting van de zon gaat, niet de nazistische die met de wijzers van de klok meedraait). Bovenaan, op de plaats waar de titel van elk deel zou komen, het opschrift: 'er is meer tussen hemel en aarde...' Aan de binnenzijde werden Manuzio's roemrijke daden ten dienste van de cultuur bejubeld, en vervolgens werd met enkele doeltreffende kreten gewezen op het feit dat de wereld van vandaag om diepgaander en duidelijker zekerheden vraagt dan die welke de wetenschap kan geven: 'Uit Egypte, uit Chaldea, uit Tibet, een vergeten wijsheid—voor de geestelijke wedergeboorte van het Westen.'

Belbo vroeg hem naar wie de folders toe gingen, en Garamond glimlachte als de duivelse raadsheer van de radja van Assam, zoals Belbo gezegd zou hebben. 'Ik heb me uit Frankrijk het jaarboek laten toesturen van alle geheime genootschappen die er vandaag de dag op de wereld bestaan, en vraag me niet hoe het mogelijk is dat er een openbaar jaarboek van geheime genootschappen bestaat, het is er, kijk maar, éditions Henry Veyrier, met adres, telefoonnummer en postcode. Of Belbo, bekijkt u het eens en streep diegene door die niet ter zake doen, want ik zie dat ook de jezuïeten, de Opus Dei, de Carbonari en de Rotary Club er instaan, en haal al diegene met een occult tintje er uit, ik heb er al een paar aangekruist.'

Hij bladerde: 'Hier: Absolutisten (die in metamorfose geloven), Aetherius Society in Californië (telepathische contacten met Mars), Astara uit Lausanne (eed van absolute geheimhouding), Atlanteans in Groot-Brittannië (queeste naar het verloren geluk), Builders of the Adytum in Californië (alchimie, kabbala, astrologie), Cercle E.B. uit Perpignan (gewijd aan Hator, godin van de liefde en bewaakster van de Berg der Doden), Eliphas Levi uit Maule (ik weet niet wie die Levi is, het zal die Franse antropoloog of hoe dat ook heet wel zijn), Chevaliers de l'Alliance Templaire uit Toulouse, College van Druïden uit Gallië, Convent Spiritualiste de Jericho, Cosmic Church of Truth in Florida, Traditionalistisch Seminarium van Ecône in Zwitserland, Mormonen (die ben ik ook een keer in een detective tegengekomen, maar misschien zijn die er niet meer), Kerk van Mithras in Londen en Brussel, Satanskerk in Los Angeles, Verenigde Kerk van Lucifer in Frankrijk, Kerk van de Apostolische Rozenkruisers in Brussel, Kinderen van de Duisternis of Groene Orde in Goudkust (of die misschien maar niet, god weet in welke taal ze schrijven), Escuela Hermetista Occidental uit Montevideo, National Institute of Kabbalah uit Manhattan, Central Ohio Temple of Hermetic Science, Tetra-Gnosis uit Chicago, Oude Broeders van het Rozenkruis uit Saint-Cyr-sur-Mer, Johannietische Broederschap voor de Herrijzenis van de Tempel in Kassel, Internationaal Broederschap van Isis in Grenoble, Ancient Bavarian Illuminati uit San Francisco, The Sanctuary of the Gnosis uit Sherman Oaks, Grail Foundation of America, Sociedade do Graal do Brasil, Hermetic Brotherhood of Luxor, Lectorium Rosicrucianum in Nederland, Beweging van de Graal in Straatsburg, Orde van Anubis in New York, Temple of Black Pentacle in Manchester, Odinist Fellowship in Florida, Orde van de Kouseband (daar schijnt de koningin van Engeland zelfs iets mee te maken te hebben), Orde van de Vril (neo-nazistische vrijmetselarij, zonder adres), Militia Templi uit Montpellier, Soevereine Orde van de Zonnetempel in Montecarlo, Rozenkruisers uit Haarlem (zie je, nu beginnen de negers ook al), Wicca (Luciferiaanse vereniging van Keltische gehoorzaamheid, ze roepen de tweeënzeventig beschermgeesten van de kabbala aan)... kortom, moet ik doorgaan?'

'Bestaan die echt allemaal?' vroeg Belbo.

'Nog meer zelfs. Aan het werk, maakt u een definitieve lijst, dan gaan we versturen. Ook als het buitenlanders zijn. Ze wisselen alle nieuwtjes onderling uit. Nu rest er nog slechts één ding: we moeten de juiste boekwinkels langsgaan en niet alleen met de boekhandelaren maar ook met de klanten praten. In het gesprek laten vallen dat de reeks zus en zo bestaat.'

Diotallevi wees erop dat zij niet op een dergelijke manier naar buiten konden treden, dat er schijnpropagandisten gevonden moesten worden, en Garamond gaf opdracht die te zoeken: 'Als ze maar niets kosten.'

Eenvoudig is anders, was Belbo's commentaar toen we eenmaal weer terug op kantoor waren. Maar de goden van de onderwereld beschermden ons. Net op dat moment kwam Lorenza Pellegrini binnen, zonniger dan ooit, Belbo begon te stralen, zij zag de folders en werd nieuwsgierig.

Zodra ze over het project van de uitgeverij naast ons hoorde lichtte haar gezicht op: 'Wat leuk, ik heb een ontzettend aardige vriend, een ex-Tupamaro uit Uruguay, die bij een tijdschrift werkt dat *Picatrix* heet; hij neemt me altijd mee naar spiritistische seances. Ik heb vriendschap gesloten met een fantastisch ectoplasma, hij vraagt nu altijd naar mij zodra hij vaste vorm aanneemt!'

Belbo keek Lorenza aan alsof hij haar wat wilde vragen, maar zag er vanaf. Ik geloof dat hij het van Lorenza gewend was dat ze met de meest verontrustende mensen omging, maar besloten had zich alleen zorgen te maken om die contacten die een schaduw konden werpen op zijn liefdesrelatie (hield hij van haar?). En in de verwijzing naar *Picatrix* had hij niet zozeer de schim van de kolonel als wel die van de wellicht te aardige Uruguayaan zien doorschemeren. Maar Lorenza had het al weer over wat anders en onthulde ons dat zij geregeld in van die boekwinkeltjes kwam waar het soort boeken dat Isis Ontsluierd wilde publiceren, verkocht wordt.

'Je kijkt er je ogen uit,' zei ze. 'Je vindt er medicinale kruiden en instructies om de homunculus te maken, precies zoals Faust met Helena van Troje, oh Jacopo laten we er eentje maken, ik zou zo graag een homunculus van jou willen hebben, en dan houden we hem als een tekkel. Het is doodsimpel, in dat boek stond dat je alleen maar wat menselijk zaad in een flesje moet opvangen, dat moet voor jou toch geen probleem zijn, hoop ik, niet blozen sufferd, dan vermeng je het met hippomanes, dat blijkbaar een vloeistof is die wordt...afgescheden...afgescheid...hoe zeg je dat?...'

'Afgescheiden,' suggereerde Diotallevi.

'Echt waar? Nou ja, dat wat zwangere paarden afscheiden, ik snap wel dat dat moeilijker is, als ik een zwanger paard was zou ik niet willen dat ze m'n hippomanes kwamen opvangen, vooral niet als ik ze niet ken, maar ik geloof dat je het ook in een pakje kunt krijgen, net zoals wierookstokjes. Dan doe je alles in een pot; je laat het veertig dagen weken en langzaam aan zie je dat zich een figuurtje vormt, een foetusje, dat na nog eens twee maanden een allersierlijkste homunculus wordt, hij komt eruit en stelt zich tot je beschikking—ik geloof dat ze nooit doodgaan, te bedenken dat hij zelfs bloemen naar je graf zal brengen als je dood bent!'

'En wie zie je nog meer in die boekwinkels?' vroeg Belbo.

'Wonderlijke mensen, mensen die met engelen praten, die goud maken, en beroepstovenaars die eruitzien als beroepstovenaars...'

'Hoe zien beroepstovenaars er uit?'

'Ze hebben meestal een haviksneus, wenkbrauwen als een Rus en dreigende ogen, haar tot op hun schouders, zoals schilders vroeger, en een baard, maar geen volle, met een kale plek tussen de kin en de wangen, en een snor die aan de voorkant in plukjes over hun bovenlip heenhangt, en dat is logisch, want hun bovenlip zit heel erg hoog opgetrokken boven hun tanden, arme stakkers, en hun tanden steken uit en staan allemaal een beetje over elkaar heen. Het zou met zulke tanden af te raden zijn, maar ze glimlachen vriendelijk; terwijl hun ogen (ik zei jullie toch dat ze dreigend waren, niet?) je op een verontrustende manier aan kijken.'

'Facies hermetica,' was Diotallevi's commentaar.

'Ja? Nou, zo dus. Als er iemand binnenkomt om naar een boek te vragen met, noem maar iets, gebeden tegen de geesten van het kwaad, doen ze de boekhandelaar meteen de juiste titel aan de hand, die de boekhandelaar vervolgens niet heeft. Maar als je vriendschap met ze sluit en ze vraagt of het een goed boek is, glimlachen ze weer begripvol alsof ze het tegen kinderen hebben en zeggen je dat je met dat soort dingen heel erg moet oppassen. Dan halen ze gevallen aan van duivels die hun vrienden de vreselijkste dingen hebben aangedaan, jij schrikt je rot en zij stellen je gerust door te zeggen dat het vaak alleen maar hysterie is. Kortom, je weet nooit of ze er nu in geloven of niet. Vaak geven de boekhandelaren me wierookstokjes cadeau, één keer heeft eentje me een ivoren handje tegen het boze oog gegeven.'

'Zeg, als het zo uitkomt,' had Belbo tegen haar gezegd, 'vraag dan als je daar toch rondhangt of ze iets weten over die nieuwe Manuzio-reeks, en wellicht kun je de folder laten zien.'

Lorenza vertrok met een stuk of tien folders. Ik stel me zo voor dat ook zij in de daaropvolgende maanden flink gewerkt heeft, maar ik had niet geloofd dat het allemaal zo snel zou kunnen gaan. Na een paar maanden kon mevrouw Grazia de toeloop van diabolici, zoals we de occultistisch georiënteerde SEK's gedoopt hadden, al niet meer aan. En zij waren, conform hun aard, legio.

44

Roep de machten van de Tafel der Eenheid op door middel van het Grote Ritueel van het Pentagram, met de Aktieve en de Passieve Geest, met Eheieh en Agla. Ga terug naar het Altaar en spreek de volgende invocatie van de Geest van Enoch uit: Ol Sonuf Vaorsag Goho Iad Balt, Lons Calz Vonpho. Sobra Z-ol Ror I Ta Nazps, od Graa Ta Malprg. Ds Hol-q Qaa Nothoa Zimz, Od Commah Ta Nobloh Zien...

Israel Regardie, *The Original Account of the Teachings, Rites and Ceremonies of the Hermetic Order of the Golden Dawn*, Ritual for Invisibility, St.Paul, Llewellyn Publications, 1969, p.229

We hadden geluk en ons eerste onderhoud was, het feit in aanmerking genomen dat we nog moesten worden ingewijd, kwalitatief van zeer hoog niveau. Het trio was voor de gelegenheid compleet, Belbo, Diotallevi en ik en het scheelde maar weinig of we hadden bij binnenkomst van onze bezoeker een kreet van verbazing geslaakt. Hij had het door Lorenza Pellegrini beschreven *facies hermetica* en was bovendien in het zwart gekleed.

Hij stapte bedachtzaam om zich heen kijkend binnen en stelde zich voor (professor Camestres). De vraag 'professor waarin?' beantwoordde hij met een vaag handgebaar als om ons tot terughoudendheid te noden. 'Neemt u mij niet kwalijk,' zei hij, 'ik weet niet of u zich vanuit puur technisch, commercieel oogpunt met een en ander bezighoudt of dat u banden hebt met een of andere groep van ingewijden...'

We stelden hem gerust. 'Het is geen overdreven voorzorg van mijn kant,' zei hij, 'maar ik zou niet graag contact hebben met iemand van de OTO.' En toen, bij het zien van onze verbijstering: 'Ordo Templi Orientis, het genootschap van de laatste vermeende getrouwen van Aleister Crowley... Ik zie dat u onbekend bent met... Dat is maar beter ook, dan zullen er van uw kant geen vooroordelen zijn.' Hij stemde erin toe plaats te nemen. 'Want ziet u, het werk dat ik u bij deze zou willen aanbieden neemt boudweg stelling tegen Crowley. Wij allen, ik incluis, zijn nog trouw aan de revelaties uit het *Liber AL vel legis* dat Crowley, zoals u wellicht weet, in 1904 in Cairo gedicteerd kreeg door een superieure intelligentie, Aiwaz genaamd. En aan deze tekst houden de volgelingen van de OTO zich vandaag de dag nog, evenals aan haar vier versies, waarvan de eerste negen maanden voor het uitbreken van de Balkanoorlog verscheen, de tweede negen maanden voor het uitbreken van de Eerste Wereldoorlog, de derde negen maanden voor de Chinees-Japanse oorlog en de vierde negen maanden voor de verschrikkingen van de Spaanse Burgeroorlog...'

Ik kon niet nalaten het af te kloppen. Hij merkte het en glimlachte treurig: 'Ik begrijp uw aarzeling. Aangezien hetgeen ik u nu breng een vijfde versie van dit boek is, vraagt u zich af wat er over negen maanden staat te gebeuren. Niets, u kunt gerust zijn, want wat ik voorstel is het vermeerderde *Liber legis*, gezien het feit dat mij het geluk ten deel is gevallen niet door een eenvoudige superieure intelligentie bezocht te worden maar door Al zelf, het opperste beginsel, ofte wel door Hoor-paar-Kraat, die weer de dubbelganger of mystieke tweelingbroer zou zijn van Ra-Hoor-Khuit. Wat mij zorgen baart is of mijn werk, ook om rampzalige invloeden tegen te gaan, vóór het wintersolstitium gepubliceerd kan worden.'

'Daar valt over te praten,' zei Belbo bemoedigend.

'Dat doet me deugd. Het boek zal stof doen opwaaien in ingewijde kringen, want zoals u kunt begrijpen is mijn bron degelijker en geloofwaardiger dan die van Crowley. Ik zie niet hoe Crowley de rituelen van het Beest kon uitvoeren zonder zich rekenschap te geven van de Liturgie van het Zwaard. Slechts door het zwaard uit de schede te trekken valt te begrijpen wat de Mahapralaya is, ofte wel het Derde oog van Kundalini. En bovendien is hij in zijn aritmetica die geheel op het Getal van het Beest is gefundeerd voorbijgegaan aan 93, 118, 444, 868 en 1001, de Nieuwe Getallen.'

'Wat betekenen die?' vroeg Diotallevi meteen opgewonden.

'Ah,' zei professor Camestres, 'zoals al gezegd werd in het eerste *Liber legis* is elk getal oneindig en is er geen enkel verschil.'

'Dat begrijp ik,' zei Belbo. 'Maar denkt u niet dat dit alles een beetje duister zal zijn voor de gemiddelde lezer?'

Camestres sprong bijna van zijn stoel op. 'Maar het is absoluut onontbeerlijk. Wie zonder de nodige voorbereiding van deze geheimen kennis zou nemen, zou in de Afgrond storten! Zelfs door ze op bedekte wijze openbaar te maken loop ik risico's, gelooft u mij. Ik beweeg me in kringen waar het Beest wordt aanbeden, maar op radicalere wijze dan Crowley deed, leest u maar wat ik schrijf over de *congressus cum daemone*, de voorschriften voor de inrichting van de tempel en de vleselijke vereniging van de Scharlaken Hoer en het Beest dat Zij Berijdt. Crowley was gestopt bij de tegennatuurlijk geachte vleselijke omgang, ik tracht het ritueel uit te tillen boven het Kwaad waar we het voor houden, ik raak aan het niet vatbare, de absolute puurheid van Goetia, de uiterste drempel van Bas-Aumgn en Sa-Ba-Ft...'

Belbo behoefde alleen nog maar de financiële reikwijdte van Camestres te peilen. Dat deed hij met veel omhaal van woorden, en ten slotte kwam het er uit dat hij, net als Bramanti, totaal niet van zins was zichzelf te financieren. Daarop begon de ontkoppelingsfase met het vriendelijk verzoek het manuscript een week te mogen houden om het te bekijken, en dat we daarna zouden zien. Waarop Camestres het manuscript tegen zijn borst had gedrukt met de woorden dat hij nog nooit met zoveel wantrouwen tegemoet was getreden; bij zijn vertrek had hij ons te verstaan gegeven dat hij over ongebruikelijke middelen beschikte om ons spijt te laten krijgen van het feit dat we hem hadden beledigd.

In korte tijd hadden we echter een tiental onbetwisbare SEK-manuscripten. Omdat we ze ook wilden verkopen moesten we een eerste selectie maken. Ze allemaal helemaal lezen was uitgesloten, we wierpen een blik op de inhoudsopgave en vertelden elkaar wat we hadden ontdekt.

45

Dat doet een opmerkelijke vraag rijzen. Kenden de Egyptenaren elektriciteit?

Peter Kolosimo, *Terra senzo tempo*, Milaan, Sugar, 1964, p.111

'Ik heb hier een tekst ontdekt over verdwenen beschavingen en mysterieuze landen,' zei Belbo. 'Klaarblijkelijk bestond er ooit een continent dat Mu heette, in de buurt van Australië, en zijn van daaruit de grote migratiestromen uitgewaaierd. Een voert naar het eiland Avalon, een naar de Kaukasus en de bronnen van de Indus, dan heb je de Kelten, de stichters van de Egyptische samenleving en ten slotte Atlantis...'

'Oude koek: van heren die boeken over Mu schrijven kan ik er zoveel op tafel gooien als jullie maar willen,' zei ik.

'Maar deze betaalt misschien. En dan staat er ook nog een zeer fraai hoofdstuk in over de Griekse migraties naar Yucatán waarin hij vertelt over het bas-reliëf van een strijder, in Chichén Itzá, die op een Romeinse legionair lijkt. Twee druppels water...'

'Alle helmen van de wereld hebben of pluimen of paardestaarten,' zei Diotallevi. 'Dat bewijst niets.'

'Voor jou, niet voor hem. Hij treft in alle beschavingen aanbidding van de slang aan en leidt daaruit af dat er een gemeenschappelijke oorsprong is...'

'Wie heeft de slang niet aanbeden?' zei Diotallevi. 'Behalve natuurlijk het Uitverkoren Volk.'

'Ja, die aanbaden kalveren.'

'Dat was een moment van zwakte. Maar ik zou deze niet nemen, ook al betaalt hij. Keltisme en arianisme, Kali Yuga, de ondergang van het Westen en ss-geest. Ik zal wel paranoïde zijn, maar mij lijkt het nazistisch.'

'Dat is voor Garamond niet per se een tegenargument.'

'Ja, maar er zijn grenzen. Ik ben trouwens wel iets dergelijks tegengekomen over aardmannetjes, waternimfen, elfen en sylfiden, feeën...

Maar ook hierin komt de oorsprong van de Arische beschaving ter sprake. Het lijkt wel of de ss afstamt van de Zeven Dwergen.'

'Niet de Zeven Dwergen, de Nibelungen zul je bedoelen.'

'Maar hierin gaat het over het Kleine Ierse Volkje. En de slechteriken zijn de feeën, de kleintjes zijn goed, alleen een beetje ondeugend.'

'Leg het even apart. En Casaubon, wat hebt u bekeken?'

'Alleen een vreemde tekst over Christoffel Columbus: de auteur analyseert zijn handtekening en vindt er zowaar een verwijzing in naar de piramiden. Het lag in zijn bedoeling de Tempel van Jeruzalem weer op te bouwen, gezien het feit dat hij grootmeester van de Tempeliers in ballingschap was. Aangezien het algemeen bekend is dat hij een Portugese jood en dus een bekwaam kabbalist was, heeft hij met bezweringen door middel van een talisman de stormen doen luwen en de scheurbuik bedwongen. De teksten over de kabbala heb ik niet bekeken omdat ik dacht dat Diotallevi dat wel zou doen.'

'Allemaal met verkeerde Hebreeuwse letters, gefotokopieerd uit flutboekjes over het tarotspel.'

'Denk er wel aan dat we teksten aan het selecteren zijn voor Isis Ontsluierd. We doen niet aan filologie. Misschien zijn de diabolici juist dol op de Hebreeuwse letters die ze uit boekjes over het tarotspel halen. Ik ben onzeker over alle bijdragen over de vrijmetselarij. Meneer Garamond heeft me op het hart gedrukt niet over één nacht ijs te gaan, hij wil zich niet mengen in de verhitte discussies over de diverse riten. Maar deze over de vrijmetselaarssymboliek in de grot van Lourdes zou ik niet laten schieten. Noch dit, zeer fraaie, exemplaar over de verschijning van een heer van standing, waarschijnlijk de graaf van Saint-Germain, intieme vriend van Franklin en van Lafayette, op het moment dat de Amerikaanse vlag wordt uitgedacht. Waarin de auteur wel de betekenis van de sterren goed uitlegt, maar in de war raakt met de strepen.'

'De graaf van Saint-Germain!' zei ik. 'Kijk eens aan!'

'Hoezo? Kent u hem?'

'Als ik ja zeg gelooft u me toch niet. Laat maar zitten. Ik heb hier een monstruositeit van vierhonderd bladzijden tegen de dwalingen van de moderne wetenschap: Het atoom, een joodse leugen. De dwaling van Einstein en het mystieke geheim van de energie, De Illusie van Galilei en de onstoffelijke natuur van de maan en de zon.'

'Ja, als we zo beginnen,' zei Diotallevi. 'Persoonlijk vond ik dit overzicht van de Fortiaanse wetenschappen het leukst.'

'Wat zijn dat?'

'Genoemd naar een zekere Charles Hoy Fort die een gigantische verzameling onverklaarbare berichten had aangelegd. Een regen van kikkers in Birmingham, sporen van een legendarisch beest in Devon, geheimzinnige trappen en sporen van zuignappen op een aantal bergruggen, onregelmatigheden in de precessie van de nachteveningen, inscripties op meteorieten, zwarte sneeuw, onweersbuien van bloed, gevleugelde wezens op achtduizend meter hoogte in de lucht boven Palermo, lichtgevende raderen in de zee, resten van reuzen, een waterval van dode bladeren in Frankrijk, neerslag van levende materie op Sumatra, en natuurlijk alle sporen op de Machu Picchu en andere toppen in Zuid-Amerika die getuigen van prehistorische landingen van machtige ruimteschepen. We zijn niet alleen in het universum.'

'Niet gek,' zei Belbo. 'Maar wat mij intrigeert is dit hier over de piramiden. Wisten jullie dat de piramide van Cheops zich precies op de dertigste breedtegraad bevindt, die weer het grootste aantal landen boven de waterspiegel kruist? Dat de geometrische verhoudingen van de piramide van Cheops dezelfde zijn als die in Pedra Pintada in het Amazonegebied? Dat Egypte twee gevederde slangen bezat, de een op de troon van Toetanchamon en de ander op de piramide van Sakkara, en dat deze laatste naar Quetzalcoatl verwijst?'

'Wat heeft Quetzalcoatl nu met het Amazonegebied te maken, die valt toch onder het Mexicaanse pantheon?' vroeg ik.

'Nou ja, misschien heb ik een link gemist. Hoe valt het trouwens te verklaren dat de beelden op het Paaseiland net Keltische megalieten zijn? Een van de Polynesische goden heet Ya en is duidelijk de equivalent van de Jod van de joden, net als de oude Hongaarse Io-v', de grote en goede god. In een oud Mexicaans manuscript wordt de aarde voorgesteld als een vierkant, omgeven door de zee; in het middelpunt van de aarde staat een piramide met aan de basis het opschrift Aztlan, dat weer lijkt op Atlas of Atlantis. Waarom bevinden zich aan beide kanten van de Atlantische Oceaan piramiden?'

'Omdat het makkelijker is om piramiden te bouwen dan bollen. Omdat de wind duinen voortbrengt in de vorm van piramiden en niet van het Parthenon.'

'Ik haat de geest van de Verlichting,' zei Diotallevi.

'Ik ga verder. De cultus van Ra verschijnt niet eerder in de Egyptische religie dan het Nieuwe Rijk en stamt dus van de Kelten. Denk maar aan de kerstman en zijn slee. In het prehistorische Egypte was het zonneschip een slee. Aangezien deze slee in Egypte niet op sneeuw had kunnen glijden moet hij wel van noordelijke oorsprong zijn...'

'Maar vóór de uitvinding van het wiel werden er ook sleden op zand gebruikt,' hield ik vol.

'Valt u me alstublieft niet in de rede. In dit boek staat dat je eerst de analogieën moet vaststellen en daar vervolgens de redenen bij moet zoeken. En hier staat dat de redenen uiteindelijk toch wetenschappelijk zijn. De Egyptenaren kenden elektriciteit, anders hadden ze niet kunnen doen wat ze gedaan hebben. Een Duitse ingenieur die belast was met de riolering van Bagdad heeft er batterijen gevonden die het nog deden en die stamden uit de tijd van de Sassanieden. Bij de opgravingen van Babylon zijn vierduizend jaar geleden gefabriceerde accu's te voorschijn gekomen. En de ark des verbonds ten slotte (die de stenen tafelen, de staf van Aäron en een kruik manna uit de woestijn had moeten bevatten) was een soort elektrische brandkast die in staat was stroomstoten in de orde van grootte van vijfhonderd volt te produceren.'

'Dat heb ik al eens in een film gezien.'

'Nou en? Waar denk je dat die scenarioschrijvers hun ideeën vandaan halen? De ark was gemaakt van acaciahout en van binnen en van buiten bekleed met goud—hetzelfde principe als dat van elektrische condensatoren, twee geleiders gescheiden door een niet-geleidende laag. Er omheen zat een omlijsting, ook van goud. Hij werd neergezet in een droog gebied waar het magnetische veld 500-600 volt per verticale meter bedroeg. Het verhaal gaat dat Porsenna zijn rijk door middel van elektriciteit heeft bevrijd van een gruwelijk beest genaamd Volt.'

'Dat is de reden dat Volta zo'n exotische bijnaam heeft uitgezocht. Eerst heette hij gewoon Szmrszlyn Krasnapolskij.'

'Even serieus. Ook omdat ik hier behalve de manuscripten nog een stoot brieven heb waarin onthullingen worden gedaan over de betrekkingen tussen Jeanne d'Arc en de Sibillijnse Boeken, de talmoedische demon Lilith en de grote hermafrodiete moeder, de genetische code en het Martiaanse schrift, de geheime intelligentie der planten, de kosmische wedergeboorte en de psychoanalyse, Marx en Nietzsche in het perspectief van een nieuwe engelenleer, de Gulden Snede en de sloppenwijken van Calcutta, Kant en het occultisme, mysteriën van Eleusis en jazz, Cagliostro en de atoomenergie, homoseksualiteit en gnosis, Golem en klassenstrijd, en ten slotte een werk in acht delen over de graal en het Heilig Hart.'

'Wat wil de schrijver daarvan aantonen? Dat de graal een allegorie van het Heilig Hart is of dat het Heilig Hart een allegorie van de graal is?'

'Ik onderken en begrijp het verschil wel, maar ik geloof dat het wat hem betreft allebei kan. Kortom, ik weet langzamerhand niet meer wat me te doen staat. We zouden eens moeten horen wat meneer Garamond ervan vindt.'

We hoorden wat hij ervan vond. Hij zei dat we in principe niets weg moesten gooien en iedereen moesten aanhoren.

'Hoort u eens, in het grootste deel van dit spul staan dingen die in iedere stationskiosk te vinden zijn,' zei ik. 'De auteurs, ook degenen die in druk verschijnen, schrijven van elkaar over, de een geeft als bewijsvoering de bewering van de ander en allemaal gebruiken ze als doorslaggevend bewijs een zin van Jamblichus, bij wijze van spreken.'

'En wat dan nog?' zei Garamond. 'Wilt u de lezers iets verkopen dat ze niet weten? De boeken van Isis Ontsluierd moeten over precies dezelfde dingen gaan als waar de andere over gaan. Ze bevestigen elkaar, en dus zijn ze waar. U dient originaliteit te wantrouwen.'

'Akkoord,' zei Belbo, 'maar we moeten wel weten wat banaal is en wat niet. We hebben een adviseur nodig.'

'Wat voor een?'

'Ik weet het niet. Hij moet afstandelijker zijn dan de diabolici, maar moet wel met hun wereld bekend zijn. En verder moet hij ons vertellen waarop we ons moeten richten voor de Hermetica. Een serieuze bestudeerder van het renaissancistische hermetisme...'

'Bravo,' zei Diotallevi tegen hem, 'en de eerste keer dat je hem dan de graal en het Heilig Hart laat zien verdwijnt hij en smijt de deur achter zich dicht.'

'Dat is niet gezegd.'

'Ik zou wel een geschikt persoon weten,' zei ik. 'Het is iemand die absoluut erudiet is, die dit soort dingen tamelijk serieus neemt, maar met inzicht, met ironie zou ik zeggen. Ik heb hem in Brazilië ontmoet, maar hij zou nu in Milaan moeten zijn. Ik moet zijn telefoonnummer ergens hebben.'

'Belt u hem maar op,' zei Garamond. 'Maar rustig aan, het hangt van de prijs af. En proberen jullie hem dan ook te gebruiken voor het wondere avontuur der metalen.'

Agliè leek blij weer van me te horen. Hij vroeg of ik nieuws had van de verrukkelijke Amparo, ik maakte hem schutterig duidelijk dat die geschiedenis voorbij was; hij verontschuldigde zich en maakte enkele welgemanierde opmerkingen over de frisheid waarmee een jongmens altijd weer een nieuw hoofdstuk van zijn leven kan opslaan. Ik maakte een terloopse toespeling op een uitgeversproject. Hij toonde zich geïnteresseerd, zei dat hij ons graag zou ontmoeten, en we maakten een afspraak bij hem thuis.

Vanaf het ontstaan van het Hermesproject tot op die dag had ik me zonder ergens bij stil te staan vermaakt achter de rug van de halve wereld om. Nu begonnen Zij de rekening te presenteren. Ook ik was een bij, en snelde in de richting van een bloem, maar ik wist het nog niet.

46

Overdag zul je je verscheidene keren naast de kikvors vleien en zul je woorden van bewondering uiten. En je zult de kikvors vragen de wonderen te verrichten die je wenst... Intussen zul je een kruis graveren waarop je hem zult offeren.

uit een ritueel van Aleister Crowley

Aglië woonde in de buurt van de Piazzale Susa: een kleine stille straat, een huis uit het eind van de vorige eeuw, sobere Jugendstil. We werden opengedaan door een oude bediende in een gestreept jasje die ons binnenliet in een salon en ons verzocht op mijnheer de graaf te wachten.

'Hij is dus graaf,' fluisterde Belbo.

'Heb ik u dat niet verteld? Hij is Saint-Germain, herrezen.'

'Hij kan niet herrezen zijn als hij nooit is gestorven,' oordeelde Diotallevi.

'Hij zal toch niet Ahasverus zijn, de Wandelende Jood?'

'Er zijn mensen die beweren dat de graaf van Saint-Germain en Ahasverus dezelfde waren.'

'Ziet u?'

Aglië kwam binnen, als altijd onberispelijk. Hij drukte ons de hand en verontschuldigde zich: een vervelende, geheel onverwachte bijeenkomst noopte hem nog een tiental minuten in zijn werkkamer door te brengen. Hij zei de bediende ons koffie te brengen en verzocht ons plaats te nemen. Daarop verliet hij het vertrek, waarbij hij een zwaar oud lederen voorhang opzij schoof. Er was geen deur en terwijl we onze koffie gebruikten bereikten ons opgewonden stemmen uit de kamer ernaast. Aanvankelijk spraken we, om niet te luisteren, onderling op luide toon, daarna zei Belbo dat we wellicht stoorden. Toen er even een stilte viel hoorden we een stem, en een zin, die onze nieuwsgierigheid wekten. Diotallevi stond op en ging vlak naast het gordijn zogenaamd een zeventiende-eeuwse gravure staan bekijken. Het was een berggrot waar een aantal pelgrims via een zevental tredes naar toe klommen. Het duurde niet lang of we deden alle drie of we de gravure aan een nader onderzoek onderworpen.

Degene die we gehoord hadden was zonder meer Bramanti die zei: 'Kom nu toch, ik stuur niemand duivels op zijn dak!'

Dat was de dag waarop het tot ons doordrong dat Bramanti niet alleen een tapirgezicht, maar ook een tapirstem had.

De andere stem kwam van een onbekende met een sterk Frans accent en een schelle, bijna hysterische toon. Van tijd tot tijd kwam de zachte en verzoenende stem van Agliè tussenbeide.

'Toe heren,' zei Agliè nu, 'u hebt een beroep gedaan op mijn oordeel en ik voel me vereerd, maar in dat geval moet u ook naar me luisteren. Staat u me allereerst toe op te merken dat u, beste Pierre, er op zijn zachtst gezegd onvoorzichtig aan hebt gedaan die brief te schrijven...'

'De affaire is zeer simple, mijnheer de graaf,' antwoordde de Franse stem, 'mijnheer Bramanti hier schrijft in een tijdschrift dat wij allen hoogachten, een article waarin hij zich nogal onbeschoft ironisch uitlaat over een aantal Luciferianen die zonder zelfs maar in de reële presence te geloven, hosties zouden stelen om er zilver uit te halen et patatí et patatá. Bon, nu weet iedereen dat de enige erkende Eglise Luciferienne de kerk is waar ik, in alle bescheidenheid Taurobolium en Psychopompus ben, en het is bekend dat mijn Kerk zich niet encanailleert met vulgair satanisme en geen ratatouille maakt van de hosties, dat is meer iets voor chanoine Docre uit Saint-Sulpice. In de brief heb ik gezegd dat wij geen vieux jeu satanisten zijn, aanbidders van het Grand Tenancier du Mal, en dat we er geen behoefte toe voelen de Kerk van Rome na te apen, met al die hostiekelken en die hoe heten ze ook weer, kazuifels... Wij zijn eerder Palladianen, maar dat weet de hele wereld, voor ons is Lucifer het prencipe van het goede en als iemand al het prencipe van het kwaad is dan is dat Adonai omdat hij deze wereld heeft geschapen en Lucifer heeft getracht zich daartegen te verzetten...'

'Goed,' zei Bramanti opgewonden,'ik heb het al gezegd, ik mag dan wellicht wat lichtvaardig zijn geweest, maar dat geeft hem nog niet het recht mij met tovenarij te bedreigen!'

'Kom, kom! Dat was een métaphore! Het lijkt me eerder dat jullie míj een envoûtement hebben aangedaan!'

'Ja, mijn medebroeders en ik hebben nogal tijd om duveltjes erop uit te sturen! Wij praktizeren Dogma en Ritueel van de Hoge Magie, we zijn geen tovenaars!'

'Monsieur le Comte, ik doe een appel op u. Monsieur Bramanti onderhoudt notoire contacten met abt Boutroux, en u weet zeer goed dat van deze priester wordt gezegd dat hij een crucifix op zijn voetzool heeft laten tatoeëren om onze heer met voeten te kunnen treden, ofte wel... Bon, deze gepretendeerde abt ontmoet ik zeven dagen geleden in boekhandel Du Sangreal, die kent u wel, hij glimlacht me slijmerig toe, zoals hij dat pleegt te doen en zegt mooi mooi we spreken elkaar een dezer dagen... En wat houdt een dezer dagen in? Dat houdt in dat twee avonden daarna de visites beginnen, ik sta op het punt naar bed te gaan en voel dat ik in mijn gezicht word geraakt door fluïde chocs, zoals u weet zijn dat eenvoudig te herkennen emanaties.'

'U zult met uw zolen over de vloerbedekking hebben geveegd.'

'Ah oui. En waarom vlogen de bibelots dan rond, treft een van mijn alambieken me op mijn hoofd, valt mijn gipsen Bafomet die een aandenken aan mijn arme vader was op de grond en verschijnen er op de muur rode opschriften, dingen, cochonnerieën die ik niet durf te herhalen? Nu moet u weten dat wijlen monsieur Gros die abt nog maar een jaar terug ervan had beschuldigd cataplasma's te vervaardigen van faecaal materiaal, pardon, en dat de abt hem ter dood heeft veroordeeld—en twee weken later stierf de pauvre monsieur Gros op geheimzinnige wijze. Dat die Boutroux giftige substanties hanteert is ook vastgesteld door de erejury die door de martinisten uit Lyon was geconvoceerd...'

'Op grond van valse aanklachten...' zei Bramanti.

'Ah, didonc! Een proces over dergelijke materie geschiedt altijd op grond van vermoedens...'

'Ja, maar dat monsieur Gros een alcoholist was met cirrose in het laatste stadium is op het tribunaal niet naar voren gebracht.'

'Doet u toch niet zo enfantile! Hekserij gaat via natuurlijke wegen, als iemand cirrose heeft wordt hij getroffen in het zieke orgaan, dat is het ABC van de Zwarte Magie...'

'Dus telkens als iemand sterft aan cirrose is het de goede Boutroux geweest, laat u me niet lachen!'

'En vertelt u dan eens wat er in die twee weken in Lyon is gebeurd... Ontwijde kapel, hostie met het tetragrammaton, uw Boutroux in een grote rode soutane met een omgekeerd kruis, en madame Olcott, zijn persoonlijke voyante, wat ze verder nog van hem is daar hebben we het even niet over, op haar voorhoofd verschijnt de drietand, de lege kelken vullen zich als vanzelf met bloed, en de abt spuugt in de mond van de gelovigen... Waar of niet?'

'U heeft te veel in Huysmans gelezen, mijn beste!' lachte Bramanti.

'Het was een cultureel evenement, een historische revocatie, zoals de celebraties van de school van Wicca en van de colleges van de druïden!'

'Ouais, het carnaval van Venise...'

We hoorden enig tumult, alsof Bramanti van plan was zich op zijn tegenstander te storten en Agliè hem daar met moeite van kon weerhouden. 'U ziet het, u ziet het,' zei de Fransman met overslaande stem.

'Maar pas op Bramanti, vraag je vriend Boutroux maar wat hem overkomen is! Jullie weten het nog niet, maar hij ligt in het hôpital, vraag hem maar wie hem zo heeft toegetakeld! Ook al bedrijf ik dat soort goëtie niet, ik weet er heus wel wat van, en toen ik doorhad dat mijn huis bewoond was heb ik een verdedigingscirkel op het parket getekend, en aangezien ik er niet in geloof maar jullie diabeltjes wel, heb ik de scapulier van de Berg Carmel afgedaan, heb hem het contresigne gemaakt, envoûtement retourné, ja, ja. Uw abt heeft een lelijk moment doorgemaakt!'

'Ziet u, ziet u?' hijgde Bramanti, 'ziet u dat hij degene is die hekserij bedrijft?'

'Heren, nu is het genoeg,' zei Agliè, vriendelijk doch beslist. 'Luistert u nu eens naar mij. U weet hoezeer ik, op het verstandelijke plan, deze heropleving van de in onbruik geraakte rituelen waardeer, en afgezien van de onderlinge demonologische verschillen zijn de kerk van Lucifer en de orde van Satan in mijn ogen even respectabel. U weet hoe sceptisch ik daar tegenover sta, maar tenslotte maken we nog altijd deel uit van hetzelfde spirituele ridderschap en verzoek ik u om een minimum aan solidariteit. En dan, heren, de Prins der Duisternis vermengen met persoonlijke gramschap! Als het waar was zou het kinderachtig zijn. Kom nu toch! Occultistische verzinsels! U gedraagt zich als de eerste de beste vrijmetselaar. Boutroux is getroebleerd, laten we wel wezen, en misschien is het een goed idee, beste Bramanti, als u die spulletjes van u, die in de *Faust* van Gounod niet zouden misstaan, naar de uitdragerij brengt...'

'Ah ah, c'est bien dit ça,' grinnikte de Fransman, 'c'est de la brocanterie...'

'Laten we de zaken tot de juiste proporties terugbrengen. Er heeft een discussie plaatsgevonden over de liturgische formalisten, zullen we maar zeggen, de gemoederen zijn verhit geraakt, maar laten we schaduwen niet als realiteit gaan zien. Let wel, beste Pierre, ik sluit de aanwezigheid van een vreemde entiteit in uw huis in het geheel niet uit, dat is de gewoonste zaak van de wereld, maar met een minimum aan gezond verstand zou alles verklaard kunnen worden met een *poltergeist*...'

'Ah, dat sluit ik niet uit,' zei Bramanti, 'de astrale conjunctuur is op dit moment...'

'Welaan dan! Toe, druk elkaar de hand, een broederlijke omhelzing.'

We hoorden over en weer gemompelde excuses. 'Dat weet u net zo goed,' zette Bramanti uiteen, 'soms moet men om uit te maken wie werkelijk op de inwijding wacht, zich ook inlaten met folklore. Zelfs die kooplieden van de Grand Orient, die helemaal nergens in geloven, hebben hun ceremonieel.'

'Bien entendu, le rituel, ah ça...'

'Maar we leven niet meer in de tijd van Crowley, zijn we het daar over eens?' zei Agliè. 'Ik moet u nu verlaten, er wachten andere gasten.'

We keerden snel naar de bank terug en wachtten Agliè bedaard op alsof we van niets wisten.

47

Onze verheven inspanning heeft er dus in bestaan
in deze zeven maten een veelomvattende
voldoende, heldere orde te vinden die immer de
zinnen wakker houdt en het geheugen blijft
treffen... Deze verheven en onvergelijkelijke
opstelling heeft niet alleen de functie de ons
toevertrouwde woorden en kunsten te bewaren,
maar ze geeft ons ook de ware wijsheid...

Giulio Camillo Delminio, *L'Idea del Theatro*,
Florence, Torrentino, 1550, inleiding.

Enkele minuten later kwam Agliè binnen. 'Excuseert u me, beste vrienden. Ik kom net uit een op zijn zachtst gezegd onplezierige discussie. Zoals mijn vriend Casaubon weet, beschouw ik mezelf als iemand die godsdienstgeschiedenissen cultiveert, en dit maakt dat mensen zich niet zelden tot mij wenden voor adviezen, misschien meer vanwege mijn gezond verstand dan vanwege mijn kennis. Het is wonderlijk, weet u, wat een zonderlinge persoonlijkheden er zich soms tussen de beoefenaars van wijsgerige studies bevinden... Ik bedoel niet de gebruikelijke zoekers naar transcendentale troost of de melancholische geesten, maar ook mensen met diepgaande kennis en grote intellectuele scherpzinnigheid, die zich desondanks overgeven aan nachtelijke fantasieën en het gevoel voor de grens tussen de traditionele waarheid en de archipel van het verrassende verliezen. De mensen waar ik me zoëven mee onderhield maakten ruzie over kinderachtigheden. Ach, zoals men zegt, het komt in de beste families voor. Maar volgt u mij alstublieft naar mijn studeerkamer, dan praten we in een aangenamere omgeving.'

Hij lichtte de leren voorhang op en liet ons de andere kamer binnengaan. We zouden hem niet direct als studeerkamer gedefinieerd hebben; hij was zeer ruim en ingericht met uitgelezen antieke kasten vol met fraai gebonden boeken die beslist allemaal van een eerbiedwaardige ouderdom waren. Wat ons meer dan de boeken trof waren een aantal vitrines vol met onbestemde voorwerpen; het schenen ons stenen en kleine beestjes toe waarvan we niet begrepen of ze opgezet, gemummificeerd of zeer nauwkeurig nagemaakt waren. Het geheel was als het ware gedompeld in een diffuus, schemerachtig licht. Het leek afkomstig van een groot tweelingvenster in de achterwand met ruitvormige amberkleurige glas-in-loodramen, maar het licht van de openslaande ramen vermengde zich met dat van een grote lamp die op een donkere mahoniehouten, met papieren bezaaide tafel stond. Het was zo'n soort lamp die je soms in oude bibliotheken op de leestafels aantreft, met een groene kap die wel een wit ovaal op de bladzijden laat vallen, maar de omgeving in een opaalachtig halfduister gehuld laat. Dit spel van verschillende, beide onnatuurlijke lichtbronnen verlevendigde echter op een bepaalde manier de veelkleurigheid van het plafond in plaats van het te vervlakken. Het was een gewelfd plafond, dat op dusdanig geraffineerde wijze was gedecoreerd dat het leek alsof het aan de vier zijden steunde op rode bakstenen zuiltjes en ranke vergulde kapitelen, maar het *trompe-l'oeuil* van de in zeven banen verdeelde afbeeldingen die erop te zien waren deed het voorkomen alsof het een kruisribgewelf was, en de gehele ruimte had het karakter van een sterfkapel, ongrijpbaar zondig en melancholisch sensueel.

'Mijn kleine theater,' zei Agliè, 'in navolging van die renaissancefantasieën waarbij men aanschouwelijke encyclopedieën uitstalde, bloemlezingen van het universum. Het is niet zozeer een woning als wel een werktuig om te herinneren. Er is geen afbeelding die u hier ziet die niet, op de juiste wijze gecombineerd met andere, een mysterie van de wereld onthult en in zich sluit. U ziet daar die rij figuren, die de schilder heeft willen doen lijken op die in het paleis van Mantua: dat zijn de zesendertig decanen, heren van de hemel. En uit een zwak, en trouw aan de traditie, wilde ik, toen ik eenmaal deze schitterende reconstructie die aan god weet wie te danken is had gevonden, dat ook de kleine vondsten in de vitrines—die corresponderen met de afbeeldingen op het plafond—de basiselementen van het universum bevatten: lucht, water, aarde en vuur. Hetgeen bijvoorbeeld de aanwezigheid verklaart van deze sierlijke salamander, een staaltje van taxidermie van een dierbare vriend, of deze delicate, eigenlijk een wat late reproduktie in miniatuur van de dampkogel van Hero, waarvan de lucht in de bol, als je dit oventje op alcohol dat als bekken dienst doet zou aansteken, doordat hij opwarmt en uit deze tuitjes aan de zijkant ontsnapt, de rotatie zou veroorzaken. Een magisch instrument, dat de Egyptische priesters al gebruikten in hun heiligdommen, zoals ons in zovele illustere teksten uiteen wordt gezet. Zij gebruikten het om een wonder te veinzen, en de menigte aanbad het wonder, maar het echte wonder zit hem in de gulden wet die het geheime en simpele, heldere en elementaire mechaniek ervan regelt, lucht en vuur. En dat is het soort kennis dat onze voorouders en de mannen van de alchimie hadden, en dat de bouwers van cyclotronen moeten ontberen. Dus richt ik mijn blik op mijn theater van de herinnering, telg van zovele, grootsere theaters die de grote geesten uit het verleden hebben gefascineerd, en ik weet. Ik weet, en meer dan de zogenaamde geleerden. Ik weet dat het boven net zo is als beneden. En verder valt er niets te weten.'

Hij bood ons een vreemdgevormde Cubaanse sigaar aan, niet recht maar gebogen, gekruld, en toch compact en dik. We slaakten enkele kreten van bewondering en Diotallevi liep op de boekenkasten af.

'Oh,' zei Agliè, 'een bescheiden kleine bibliotheek, zoals u ziet, niet meer dan tweehonderd boeken; het leeuwedeel staat op ons buiten. Maar zonder onbescheiden te willen zijn, ze zijn allemaal van een zekere waarde en zeldzaamheid, en zijn natuurlijk niet lukraak daar neergezet; het schriftelijke materiaal is gerangschikt naar analogie van de afbeeldingen en de voorwerpen.'

Diotallevi stak een aarzelende hand naar de boeken uit. 'Gaat u gang,' zei Agliè, 'het is de *Oedipus Aegyptiacus* van Athanasius Kircher. U weet, hij was de eerste na Horapollo die getracht heeft achter de betekenis van de hiërogliefen te komen. Een fascinerende man, ik wou dat mijn rariteitenkabinet zo was als het zijne, dat men nu verloren waant, want wie niet kan zoeken vindt niet... Een uiterst bekwaam spreker. Hoe trots was hij niet de dag dat hij ontdekte dat dit hiëroglief betekende dat "de weldaden van de goddelijke Osiris begeleid moeten worden door heilige ceremoniën en door de keten der beschermgeesten..." Toen kwam die intrigant van een Champollion, een zeer verfoeilijk man, gelooft u me, van een infantiele ijdelheid, die glashard bleef volhouden dat het teken slechts overeenkwam met de naam van een farao. Wat heeft de moderne mens toch een talent voor het neerhalen van gewijde symbolen. Het werk is trouwens zo zeldzaam niet: het kost minder dan een Mercedes. Bekijkt u dit liever eens, de eerste uitgave uit 1595 van het *Amphitheatrum sapientiae aeternae* van Khunrath. Er wordt beweerd dat er op de gehele wereld maar twee exemplaren van zijn. Dit is het derde. Dit daarentegen is de eerste uitgave van de *Telluris Theoria Sacra* van Burnetius. Ik kan 's avonds niet naar de platen die daarin staan kijken zonder dat me een gevoel van mystieke claustrofobie bekruipt. De diepten van onze aardbol... Onvermoed, niet? Ik zie dat de heer Diotallevi gefascineerd wordt door de Hebreeuwse letters van het *Traicté des Chiffres* van Vigenère. Dan moet u dit eens zien: het is de eerste uitgave van de *Kabbala denudata* van Knorr Christian von Rosenroth. Zoals u natuurlijk weet werd het boek aan het begin van deze eeuw gedeeltelijk en slecht in het Engels vertaald en verspreid door die ellendeling van een McGregor Mathers... U zult wel gehoord hebben van die schandalige geheime samenkomst die de Britse estheten zo bezighield, de Golden Dawn. Uit een dergelijke bende vervalsers van inwijdingsdocumenten kon alleen maar een eindeloze reeks degeneraties voortvloeien, van de Stella Matutina tot de satanskerken van Aleister Crowley, die duivels opriep ten einde bediend te worden door enkele *gentlemen* die het *vice anglais* waren toegedaan. Als u eens wist, beste vrienden, met hoeveel dubieuze, en dan druk ik me nog zwak uit, figuren men zich moet inlaten als men zich aan deze studies wijdt... daar zult u zelf nog wel achterkomen als u op dit gebied gaat publiceren.'

Belbo nam de door Agliè geboden gelegenheid te baat om ter zake te komen. Hij vertelde hem dat Garamond jaarlijks enkele boeken wilde publiceren van, zei hij, esoterische aard...

'Oh, esoterisch,' glimlachte Agliè, en Belbo bloosde.

'Hermetisch dan...?'

'Oh, hermetisch,' glimlachte Agliè.

'Wel,' zei Belbo, 'misschien gebruik ik de verkeerde termen, maar u begrijpt beslist welk genre.'

'Oh,' glimlachte Agliè weer, 'het is geen genre. Het is wetenschap. U wilt een overzicht van de niet-gedegenereerde wetenschap publiceren. Voor u is het misschien slechts een uitgeversstrategie, maar mocht ik me ermee gaan bezighouden dan zal het voor mij een zoektocht naar de waarheid zijn, een *queste du Graal*.'

Belbo maakte hem erop opmerkzaam dat er bij Garamond veel manuscripten van aanvechtbare ernst zouden arriveren, net als bij de visser die, wanneer hij zijn net uitgooit, ook lege schelpen en plastic zakken ophaalt, en dat er gezocht werd naar een strenge lezer die het kaf van het koren zou scheiden en tegelijkertijd het kaf dat de moeite waard was apart hield, omdat er een bevriende uitgeverij was die het op prijs zou stellen als de auteurs van het tweede garnituur daarheen doorgestuurd zouden worden... Natuurlijk was het ook zaak een passende vorm van vergoeding vast te stellen.

'God zij dank ben ik wat men doorgaans een vermogend man pleegt te noemen. Een nieuwsgierig en zelfs slim vermogend man. Voor mij zou het al voldoende zijn als ik in de loop van mijn onderzoekingen op nog een exemplaar van Khunrath stuit, of op nog een mooie gebalsemde salamander, of op een narwalshoorn (ik zou me bijna schamen dat ik die in mijn collectie heb, ware het niet dat zelfs de schatkamer van Wenen hem tentoonstelt als hoorn van een eenhoorn), en ik verdien met een korte en plezierige transactie meer dan u me in tien jaar als adviseur kunt bieden. Ik zal uw manuscripten in alle nederigheid bekijken. Ik ben ervan overuigd dat ik zelfs in de meest bedroevende tekst nog een fractie, zo niet van waarheid, dan ten minste van bizarre leugen zal aantreffen, en vaak raken de uitersten elkaar. Ik zal me alleen vervelen bij voor de hand liggende informatie, en die verveling zult u me moeten vergoeden. Ik zal me ertoe beperken u aan het eind van het jaar op basis van de mate waarin ik me verveeld heb een kleine nota te sturen, die ik binnen de grenzen van het symbolische zal houden. Mocht u deze rekening excessief vinden, kunt u me een doos mooie wijnen sturen.'

Belbo was perplex. Hij was gewend te onderhandelen met jammerende en uitgehongerde adviseurs. Hij maakte de tas open die hij had meegenomen en haalde er een volumineus manuscript uit.

'Ik zou niet willen dat u zich een al te optimistische voorstelling maakt. Kijkt u bijvoorbeeld eens hiernaar; dit lijkt me tekenend voor het gemiddelde.'

Agliè sloeg het manuscript op: 'De geheime taal van de Piramiden... eens even de inhoudsopgave zien... Het Pyramidion... Dood van Lord Carnavon... De getuigenis van Herodotus...' Hij sloeg het weer dicht. 'Hebt u het gelezen?'

'Ik ja, vluchtig, in de afgelopen dagen,' zei Belbo.

Hij gaf hem het pak weer terug. 'Goed, zegt u mij dan maar of mijn samenvatting correct is.' Hij ging achter het bureau zitten, stak zijn hand in zijn vestzak, haalde er het pillendoosje uit dat ik al in Brazilië had gezien, draaide het rond met zijn dunne spitse vingers die tot kort daarvoor zijn favoriete boeken hadden geliefkoosd, hief zijn blik naar de decoraties op het plafond en wekte de indruk een tekst op te zeggen die hij al lang kende.

'Als ik het wel heb brengt de auteur van dit boek onder de aandacht dat Piazzi Smyth in 1864 de heilige en esoterische afmetingen van de piramides ontdekt. Staat u me toe dat ik alleen hele getallen noem, op mijn leeftijd begint het geheugen te tanen... Het dient opgemerkt dat hun grondvlak een vierkant is waarvan de zijde 232 meter meet. Oorspronkelijk was de hoogte 148 meter. Als we dit in heilige Egyptische ellen vertalen komen we op een grondvlak van 366 el, ofte wel het aantal dagen van een schrikkeljaar. Volgens Piazzi Smyth is de hoogte vermenigvuldigd met tien tot de negende de afstand Aarde-Zon: 148 miljoen kilometer. Een aardige benadering voor die tijd, gezien het feit dat de vandaag de dag berekende afstand 149 miljoen en een halve kilometer bedraagt en het niet gezegd is dat ze nu gelijk hebben. Het grondvlak gedeeld door de breedte van een van de stenen is 365. De omtrek van het grondvlak is 931 meter. Dit deel je door het dubbele van de hoogte en dan krijg je 3,14, het getal π. Schitterend, nietwaar?'

Belbo glimlachte in verlegenheid gebracht. 'Onmogelijk! Vertelt u me eens hoe u...'

'Laat de heer Agliè uitpraten, Jacopo,' zei Diotallevi snel.

Agliè bedankte hem met een beschaafde glimlach. Terwijl hij sprak liet hij zijn blik over het plafond dwalen, maar het kwam mij voor dat zijn inspectie noch ledig noch toevallig was. Zijn ogen volgden een spoor, alsof ze in de afbeeldingen lazen wat hij veinsde uit zijn geheugen op te diepen.

48

De inhoud van de Grote Piramide van de apex tot de basis is, gemeten in kubieke inches, bijna 161.000.000.000. Hoeveel mensenzielen hebben er van Adam tot de huidige dag op aarde geleefd? Volgens een opmerkelijke benadering ergens tussen 153.000.000.000 en 171.900.000.000, het beste antwoord dat op dit moment kan worden gegeven.

Piazzi Smyth, *Our Inheritance in the Great Pyramid*, Londen, Isbister, 1880, p.583

'Ik stel me zo voor dat uw auteur beweert dat de hoogte van de piramide van Cheops gelijk is aan de vierkantswortel van de som van de oppervlakten van elk der zijden. Natuurlijk gemeten in voeten, die de Egyptische en Hebreeuwse el dichter benaderen, en niet in meters omdat de meter een abstracte maat is, een moderne vinding. De Egyptische el meet 1,728 voet. En als we niet beschikken over de precieze hoogten, kunnen we ons baseren op het Pyramidion, de kleine piramide die op de top van de grote piramide stond en er de punt van vormde. Die was van goud of een ander metaal dat oplichtte in de zon. Neem nu de hoogte van het Pyramidion, vermenigvuldig die met de hoogte van de gehele piramide, vermenigvuldig de uitkomst met tien tot de vijfde macht en dan hebben we de lengte van de omtrek van de evenaar. Niet alleen dat, als je de perimeter van het grondvlak vermenigvuldigt met vierentwintig tot de derde gedeeld door twee, heb je de middellijn van de aarde. Bovendien, als je de oppervlakte van het grondvlak van de piramide vermenigvuldigt met zesennegentig keer tien tot de achtste krijg je 196.810.000 vierkante mijl, hetgeen overeenkomt met het aardoppervlak. Klopt dat?'

Belbo placht aan zijn bewondering uitdrukking te geven met een zin die hij in een filmhuis had opgepikt bij het zien van *Yankee Doodle Dandy* met James Cagney, 'I am flabbergasted!' Zo ook nu. Klaarblijkelijk had Agliè ook geen moeite met Engels want hij slaagde er niet in zijn voldoening te verbergen en schaamde zich niet voor dit vertoon van ijdelheid. 'Beste vrienden,' zei hij, 'wanneer een heer, wiens naam ik niet ken, een compilatie brouwt over het mysterie van de piramiden, kan hij onmogelijk meer vertellen dan wat zo langzamerhand ieder kind weet. Het zou me hooglijk hebben verbaasd als hij met iets nieuws was gekomen.'

'Dus,' zei Belbo, 'deze mijnheer verkondigt eenvoudigweg waarheden als koeien?'

'Waarheden?' lachte Agliè terwijl hij ons nogmaals zijn doos kromgegroeide verrukkelijke sigaren voorhield. 'Quid est veritas, zoals een kennis van mij vele jaren geleden zei. Deels is het een opeenstapeling van dwaasheden. Als je, om te beginnen, de exacte basis van de piramide deelt door exact de dubbele hoogte, en ook de decimalen meerekent, krijg je niet het getal π maar 3,1417254. Klein verschil, maar niet onbelangrijk. Bovendien beweert een volgeling van Piazzi Smyth, Flinders Petrie, de opmeter van Stonehenge, de meester te hebben verrast toen deze op een dag, om de berekeningen kloppend te krijgen, de granieten uitsteeksels van de koningskamer bijvijlde... Kletspraatjes misschien, maar Piazzi Smyth was niet iemand die vertrouwen inboezemde, dat zag je al aan de manier waarop hij zijn das strikte. Toch zitten er behalve dwaasheden ook onweerlegbare waarheden in. Heren, wilt u even meelopen naar het raam?'

Met een weids gebaar gooide hij het raam open, noodde ons er voor te komen staan en wees ons in de verte, op de hoek van het straatje en een laan, op een van die houten hokjes waar vermoedelijk loterijloten werden verkocht.

'Heren,' zei hij, 'ik nodig u uit dat hokje op te gaan meten. U zult dan zien dat de lengte van de plank 149 centimeter is, dat wil zeggen een honderdmiljardste van de afstand tussen de Aarde en de Zon. De hoogte achter gedeeld door de raambreedte komt op 176/56=3,14. De hoogte vóór is negentien decimeter, dat wil zeggen gelijk aan het aantal jaren van de Griekse maancyclus. De som van de hoogten van de twee voor- en de twee achterribben is 190x2 + 176x2=732, ofte wel de datum van de slag bij Poitiers. De dikte van de toonbank is 3,10 centimeter en de breedte van de raamlijst 8,8 centimeter. Als je de hele getallen vervangt door de corresponderende letters uit het alfabet krijg je $C_{10}H_8$, de formule voor naftaleen.'

'Fantastisch,' zei ik, 'heeft u het nagemeten?'

'Nee,' zei Agliè. 'Een zekere Jean-Pierre Adam heeft het met een ander hokje gedaan. Ik neem aan dat alle loterijhokjes zo'n beetje dezelfde afmetingen hebben. Met getallen kun je doen wat je wilt. Als ik het heilige getal negen heb en wil komen tot 1314, het jaar waarin Jacques de Molay op de brandstapel kwam—een getal dat mensen zoals ik die de riddertraditie zijn toegewijd na aan het hart ligt—hoe doe ik dat dan? Ik vermenigvuldig het met 146, het jaar van de noodlottige verwoesting van Carthago. Hoe ben ik aan die uitkomst gekomen? Ik heb 1314 gedeeld door twee, door drie, enzovoort, totdat ik een bevredigend jaartal vond. Ik zou 1314 door 6,28 hebben kunnen delen, het dubbele van 3,14, en dan had ik 209 gekregen. En dat is dan weer het jaar waarin Antiochus III de koning van Syrië op het toppunt van zijn macht was. Tevreden?'

'Dus u hecht aan geen enkel soort getallentheorie geloof,' zei Diotallevi teleurgesteld.

'Ik? Ik geloof er heilig in, ik geloof dat het universum een wonderbaar concert van numerieke overeenkomsten is en dat het lezen en de symbolische interpretatie van het getal een weg van verheven kennis is. Maar als zowel de lagere als de hogere wereld een systeem van overeenkomsten is waarin tout se tient, dan spreekt het voor zich dat het hokje en de piramide, die beide mensenwerk zijn, in hun structuur onbewust de harmonieën van de kosmos reproduceren. Met ongelofelijk ingewikkelde middelen ontdekken die zogenaamde piramidologen een lineaire waarheid die veel ouder en allang bekend is. Het is de logica van het onderzoek die slecht is, de logica van de ontdekking, omdat het de logica van de wetenschap is. De logica van de wijsheid heeft geen ontdekkingen nodig, die weet al. Waartoe bewijzen wat niet anders zou kunnen zijn? Als er een geheim is, ligt dat veel dieper. Die auteurs van u blijven eenvoudigweg aan de oppervlakte. Ik stel me zo voor dat deze hier ook aan komt zetten met al die verzinsels over dat de Egyptenaren al bekend waren met elektriciteit...'

'Ik vraag u niet meer hoe u dat nu weer weet.'

'Ziet u? Als de eerste de beste ingenieur Marconi laten ze het bij elektriciteit. Als ze nu eens met de hypothese van de radioactiviteit kwamen, maar nee. Dat is pas een interessante veronderstelling die, in tegenstelling tot de hypothese van de elektriciteit, de overbekende vloek van Toetanchamon zou verklaren. Hoe hebben de Egyptenaren het klaargespeeld de stenen massa's van de piramiden op te tillen? Til je rotsen op met stroomstoten, krijg je ze met atoomsplitsing de lucht in? De Egyptenaren hadden de manier gevonden om de zwaartekracht op te heffen, bezaten het geheim van de levitatie. Een andere vorm van energie... Weet u dat de Chaldeeuwse priesters heilige machines enkel op geluid lieten werken, en dat de priesters van Karnak en Thebe met het geluid van hun stem deuren van tempels konden openen—gaat u maar na,

waar refereert het sprookje van Sesam Open U anders aan?'
'En dus?' vroeg Belbo.
'Daar heb ik u, beste vriend. Elektriciteit, radioactiviteit, atoomenergie, de ware ingewijde weet dat het metaforen zijn, oppervlakkige dekmantels, conventionele leugens, op zijn hoogst meelijwekkende surrogaten van een voorvaderlijke en vergeten kracht waar de ingewijde naar zoekt en die hij ooit zal leren kennen. Misschien zouden we het,' en hij aarzelde een ogenblik, 'over de tellurische stromen moeten hebben.'
'Over wat?' vroeg ik weet niet meer wie van ons drieën.
Agliè leek teleurgesteld: 'Ziet u? Ik hoopte bijna dat er tussen uw postulanten iemand was opgedoken die me iets belangwekkends kon melden. Ik zie dat het al laat is. Goed, mijn vrienden, het pact is gesloten, en de rest waren uitweidingen van een oude kamergeleerde.'

Toen hij ons de hand reikte, kwam zijn bediende binnen en fluisterde hem iets in het oor. 'Oh, mijn lieve vriendin,' zei Agliè, 'dat was ik vergeten. Laat haar even wachten... nee, niet in de salon, in het Turkse boudoir.'
De lieve vriendin kende klaarblijkelijk de weg in huis want ze stond al op de drempel van de studeerkamer en liep, zonder ons ook maar een blik waardig te keuren, in het halfduister van de inmiddels op zijn eind lopende dag op Agliè af, streelde koket zijn gezicht en zei: 'Simon, mij laat je toch niet wachten!' Het was Lorenza Pellegrini.
Agliè deed onmerkbaar een stap opzij, kuste haar de hand en zei, naar ons wijzend: 'Mijn lieve allerliefste Sophia, u weet dat u thuis bent in elk huis dat u met uw aanwezigheid verlicht. Maar ik was bezig afscheid te nemen van deze gasten.'
Lorenza zag ons en groette met een verheugd gebaar—ik herinner me trouwens niet dat ik haar ooit verrast heb gezien of verlegen met een situatie. 'Oh wat leuk,' zei ze, 'jullie kennen mijn vriend ook! Jacopo, hoe gaat het met je.' (Ze vroeg niet hoe het met hem ging, ze zei het.)
Ik zag Belbo bleek wegtrekken. We groetten elkaar, Agliè verklaarde zich verheugd over het feit dat wij elkaar allemaal kenden. 'Ik ben van mening dat onze gemeenschappelijke vriendin een van de meest zuivere wezens is die ik ooit het genoegen heb gehad te kennen. In al haar frisheid is ze, staat u mij deze oude-wijze-mannenfantasie toe, de incarnatie van de naar deze aarde verbannen Sophia. Mijn lieve Sophia, ik heb u niet tijdig op de hoogte kunnen stellen, maar de beloofde avond is een paar weken uitgesteld. Het verdriet mij zeer.'
'Het geeft niet,' zei Lorenza, 'ik wacht wel. Gaan jullie naar het café?' vroeg ze, of liever beval ze ons. 'Goed, ik blijf hier nog een half uurtje, ik

wil dat Simon mij een van zijn elixers geeft, jullie zouden ze moeten proberen, maar hij zegt dat ze alleen voor uitverkorenen zijn. Daarna kom ik ook.'

Agliè glimlachte als een toegeeflijke oom, bood haar een stoel aan en deed ons uitgeleide.

We stonden weer op straat en gingen naar Pilade, met mijn auto. Belbo zweeg. De hele weg spraken we geen woord. Maar aan de bar in het café moesten we de betovering wel doorbreken.

'Het was niet mijn bedoeling jullie uit te leveren aan een gek,' zei ik.

'Nee,' zei Belbo. 'De man is scherpzinnig, en spitsvondig. Hij leeft alleen in een wereld die niet de onze is.' Daarna voegde hij er somber aan toe: 'Bijna tenminste.'

49

De *Traditio Templi* postuleert als vanzelfsprekend
de traditie van een tempeliers-ridderschap, een
spiritueel en inwijdingsridderschap...

Henri Corbin, *Temple et contemplation*,
Parijs, Flammarion, 1980

'Ik geloof dat ik die Agliè van u wel doorheb, Casaubon,' zei Diotallevi die bij Pilade een mousserende witte wijn had besteld, terwijl wij allen vreesden voor zijn geestelijke gezondheid. 'Hij is iemand die belang stelt in de geheime wetenschappen en die napraters en dilettanten wantrouwt. Maar, zoals ons vandaag onrechtmatig ter ore is gekomen, luistert hij, hoewel hij hen minacht, toch naar hen, bekritiseert hij hen en distantieert hij zich niet van hen.'

'Vandaag heeft de heer, de graaf, de markgraaf Agliè of wat hij ook is, een sleutelwoord genoemd,' zei Belbo. 'Geestelijk ridderschap. Hij minacht hen maar voelt zich met hen verbonden door spiritueel broederschap. Ik geloof dat ik het begrijp.'

'In wat voor zin?' vroegen we.

Belbo was inmiddels aan zijn derde gin-martini ('s avonds whisky, beweerde hij, omdat het kalmeert en leidt tot rêverie, in de namiddag gin-martini omdat het prikkelt en het je opkikkert). Hij begon te vertellen over zijn jeugd in ***, waarover hij tegen mij al eens eerder had uitgeweid.

'We bevonden ons tussen 1943 en 1945, dat wil zeggen in de overgang van het fascisme naar de democratie, en vervolgens weer terug naar de dictatuur van de republiek van Salò, maar wel met in de bergen de partizanenoorlog. Aan het begin van dit verhaal was ik elf en woonde ik bij oom Carlo in huis. Wij woonden in de stad, maar in 1943 waren de bombardementen toegenomen en had mijn moeder besloten dat we moesten evacueren, zoals dat toen heette. In *** woonden oom Carlo en tante Caterina. Oom Carlo kwam uit een familie van landbouwers en hij had het huis in *** geërfd, met landerijen die gepacht werden door een zekere Adelino Canepa. De pachter werkte, maaide het koren, maakte de wijn en betaalde de helft van de opbrengst aan de eigenaar. Een gespannen situatie, dat spreekt: de pachter vond dat hij werd uitgebuit en hetzelfde gold voor de eigenaar, omdat deze slechts de helft van de inkomsten van zijn grond beurde. De eigenaren haatten de pachters en de pachters haatten de eigenaren. Maar ze leefden samen, in het geval van oom Carlo. Oom Carlo had zich in '14 vrijwillig aangemeld bij de alpenjagers. Met zijn solide Piemontese karakter, een en al plicht en vaderland, was hij eerst luitenant en daarna kapitein geworden. Om kort te gaan, bij een gevecht op de Karst had hij in de buurt gestaan van een geschifte soldaat die een granaat die hij in zijn handen hield had laten ontploffen—waarom zouden ze die dingen anders handgranaten genoemd hebben? Kortom, ze stonden op het punt hem in het massagraf te gooien toen een verpleger zag dat hij nog leefde. Ze brachten hem naar een veldhospitaal, verwijderden een van zijn ogen dat inmiddels buiten de kas bungelde, zetten hem een arm af en stopten volgens tante Caterina ook nog een metalen plaatje onder zijn hoofdhuid, omdat hij een stuk hersenpan was kwijtgeraakt. Kortom, een fraai staaltje chirurgie enerzijds en een held anderzijds. Zilveren medaille, ridderkruis van de kroon van Italië, en na de oorlog een vaste betrekking bij de overheid. Oom Carlo bracht het tot directeur van de belastingen te ***, waar hij de bezittingen van zijn familie had geërfd, en was gaan wonen in zijn voorvaderlijk huis, naast Adelino Canepa en zijn familie.'

Als directeur van de belastingen was oom Carlo een plaatselijke notabel. En als oorlogsinvalide en ridder van de kroon van Italië kon hij niet anders dan sympathiseren met de heersende regering die, zo wilde het toeval, de fascistische dictatuur was. Was oom Carlo fascist?

'In de mate waarin, zoals men in '68 zei, het fascisme de oudstrijders geherwaardeerd en beloond had met onderscheidingen en bevorderingen, kunnen we zeggen dat oom Carlo een gematigd fascist was. Genoeg om door Adelino Canepa, die om overduidelijke redenen antifascist was, gehaat te worden. Hij moest ieder jaar naar hem toe om zijn inkomstenverklaring op te stellen. Hij kwam het kantoor binnen met een schuldbewuste en drieste uitdrukking op zijn gezicht, nadat hij geprobeerd had tante Caterina te lijmen met een paar dozijn eieren. En hij stond tegenover oom Carlo, die niet alleen een held was, en dus onkreukbaar, maar die beter dan wie ook wist hoeveel Canepa in de loop van het jaar van hem had gestolen en hem elke cent berekende. Adelino Canepa zag zichzelf als slachtoffer van de dictatuur, en begon praatjes over oom Carlo rond te strooien. De een woonde op de bel-etage en de ander op de begane grond, ze kwamen elkaar elke ochtend en elke avond tegen, maar groeten was er niet meer bij. De contacten werden onderhouden door tante Caterina, en na onze komst door mijn moeder—aan wie Adelino Canepa al zijn sympathie betuigde en zei dat zij er ook niets aan kon doen dat ze de schoonzuster van een monster was. Mijn oom kwam iedere avond om zes uur thuis in zijn gebruikelijke grijze double-breasted pak, zijn gleufhoed en met een nog ongelezen exemplaar van de *Stampa*. Hij liep rechtop, als een alpenjager, zijn grijze ogen strak op de te bedwingen top gericht. Hij liep Adelino Canepa, die om die tijd een luchtje schepte op een bankje in de tuin, straal voorbij en het was alsof hij hem niet zag. Vervolgens kruiste hij mevrouw Canepa bij de deur van de begane grond en nam deftig zijn hoed af. Zo ging het iedere avond, jaar in jaar uit.'

Het was acht uur. Lorenza kwam niet zoals ze beloofd had, Belbo was aan zijn vijfde gin-martini.

'Het werd 1943. Op een ochtend kwam oom Carlo bij ons binnen, wekte me met een dikke zoen en zei mijn jongen wil je het belangrijkste nieuws van het jaar horen? Ze hebben Mussolini eruit gewerkt. Ik heb nooit begrepen of oom Carlo erdoor was aangedaan. Hij was een zeer rechtschapen burger en een dienaar van de staat. Als hij er al door was aangedaan praatte hij er niet over en ging onder de regering-Badoglio gewoon door met het bestieren van de belastingen. Toen kwam de achtste september; het gebied waarin wij woonden kwam onder toezicht van de Republiek van Salò en oom Carlo schikte zich. Hij inde de belastingen voor de Republiek van Salò. Adelino Canepa ging intussen prat op zijn contacten met de eerste partizanentroepen, ginds in de bergen, en beloofde exemplaire wraak. Wij jongens en meisjes wisten nog niet wie de partizanen waren. Er werden fabeltjes over verzonnen, maar niemand had ze nog gezien. Er werd gepraat over een aanvoerder van de aanhangers van Badoglio, een zekere Terzi (een bijnaam natuurlijk, zoals toen te doen gebruikelijk was, en velen zeiden dat hij die naam had overgenomen van Terzi, de vriend van Dick Fulmine uit de gelijknamige strip), ex-sergeant-majoor bij de marechaussee, die in de eerste gevechten tegen de fascisten en de SS een been had verloren en die het bevel voerde over alle brigades in de heuvels rondom ***. En nu komt het. Op een dag verschenen de partizanen in het dorp. Ze waren afgedaald uit de heuvels en zwierven langs de straten, nog zonder duidelijk uniform, met blauwe halsdoeken; ze vuurden salvo's af in de lucht om te laten weten dat ze er waren. Het bericht deed de ronde, iedereen sloot zich in huis op, we wisten nog niet wat voor slag het was. Tante Caterina gaf blijk van enige lichte bezorgdheid, ze zeiden per slot dat ze vrienden van Adelino Canepa waren, of tenminste, Adelino Canepa zei dat hij een vriend van hen was, ze zouden oom Carlo toch niet iets doen? Ze deden hem wel iets.

We kregen te horen dat tegen elf uur een groep partizanen met geweren in de aanslag het belastingkantoor was binnengestapt, oom Carlo had gearresteerd en meegenomen naar onbekende bestemming. Tante Caterina wierp zich op bed en terwijl zich witachtig schuim op haar lippen begon te vormen, verklaarde ze dat oom Carlo vermoord zou worden. Ze hoefden hem maar een klap met de kolf van een geweer te geven, of hij zou vanwege die onderhuidse plaat op slag dood zijn. Gealarmeerd door het geschreeuw van mijn tante arriveerde Adelino Canepa met vrouw en kinderen. Mijn tante brulde dat hij een judas was, dat hij mijn oom had aangegeven bij de partizanen omdat hij de belastingen inde voor de Republiek van Salò, Adelino Canepa zwoer bij wat hem het allerdierbaarst was dat het niet waar was, maar je zag dat hij zich verantwoordelijk voelde, omdat hij te veel gekletst had. Mijn tante joeg hem weg. Adelino Canepa huilde, deed een beroep op mijn moeder, bracht de keren in herinnering dat hij voor een lachwekkend bedrag een konijn of een kip had afgestaan, mijn moeder hulde zich in een waardig stilzwijgen, tante Caterina bleef maar witachtig schuim spuwen. Ik huilde. Eindelijk na twee uur lijden hoorden we geschreeuw en verscheen oom Carlo op de fiets; hij stuurde met maar één arm en wekte de indruk dat hij van een ommetje terugkeerde. Hij zag onmiddellijk de opschudding in de tuin en had de brutaliteit te vragen wat er gebeurd was. Zoals alle mensen uit onze streek haatte hij drama's... Hij ging naar boven, liep op het ziekbed van tante Caterina toe, die daar nog met haar spillebenen lag te spartelen, en vroeg haar waarom ze zo opgewonden was.'

'Wat was er gebeurd?'

'Wat er gebeurd was was dat de partizanen van Terzi waarschijnlijk de praatjes van Adelino Canepa hadden opgevangen, oom Carlo hadden geïdentificeerd als een van de plaatselijke vertegenwoordigers van het regime en hem hadden gearresteerd om het hele dorp een lesje te leren. Oom Carlo was met een vrachtwagen buiten de stad gebracht en was toen voor Terzi komen te staan, die blonk van de oorlogsonderscheidingen, zijn machinepistool in de rechterhand, de linker steunend op zijn kruk. En oom Carlo was, en ik geloof echt niet uit sluwheid, het was gewoon instinct, gewoonte, een hoffelijk gebruik, in de houding gesprongen en had zich gemeld, majoor van de alpenjagers Carlo Covasso, oorlogsinvalide, zilveren medaille. En ook Terzi was in de houding gesprongen en had zich gemeld, sergeant Rebaudengo, van de Koninklijke Marechaussee, bevelhebber van de Badogliaanse brigade Bettino Ricasoli, bronzen medaille. Waar, had oom Carlo gevraagd? En Terzi, geïntimideerd: Pordoi, meneer majoor, post 327. Deksels had oom Carlo gezegd, ik zat op post 328, derde regiment, Sasso di Stria! Het gevecht van het solstitium? Het gevecht van het solstitium. En het geschutvuur op de Cinque Dita? Verduiveld man, of ik het me herinner. En die bajonetaanval aan de vooravond van Sint-Crispijn? Potverdorie! Kortom, iets van dien aard. Toen hadden ze, de een zonder arm, de ander zonder been, als één man een stap naar voren gedaan en elkaar omhelsd. Terzi had tegen hem gezegd ziet u *cavaliere*, ziet u majoor, ons is gebleken dat u belastingen int voor de aan de bezetter onderworpen fascistische regering. Ziet u commandant, had oom Carlo tegen hem gezegd, ik heb een gezin en ik krijg mijn salaris van de centrale regering, en die is nu eenmaal wat zij is maar ik heb haar niet gekozen, wat zou u in mijn plaats doen? Beste majoor, had Terzi hem geantwoord, in uw plaats zou ik hetzelfde doen, maar probeert u dan ten minste de zaken wat te vertragen, doet u het rustig aan. Ik zal zien, had oom Carlo hem gezegd, ik heb niets tegen jullie, ook jullie zijn zonen van Italië en dappere strijders. Ik denk dat ze elkaar begrepen omdat ze alle twee over het Vaderland met een hoofdletter V spraken. Terzi had bevolen dat de majoor een fiets werd gegeven en oom Carlo was naar huis teruggekeerd. Adelino Canepa liet zich een paar maanden niet zien. Tja, of dit nu spiritueel ridderschap is weet ik niet, maar het zijn zonder meer banden die boven de partijen verheven zijn.'

50

Want ik ben de eerste en de laatste. Ik ben de geëerde en de gehate. Ik ben de hoer en de heilige.

fragment uit Nag Hammadi VI, 2

Lorenza Pellegrini kwam binnen. Belbo keek naar het plafond en vroeg om een laatste martini. Er hing een gespannen sfeer en ik maakte aanstalten op te staan. Lorenza hield me tegen. 'Nee, komen jullie allemaal met mij mee, vanavond is de opening van de nieuwe tentoonstelling van Riccardo, hij luidt een nieuwe stijl in! Hij is echt te gek, Jacopo, jij kent hem wel.'

Ik wist wie Riccardo was, hij hing altijd bij Pilade rond, maar op dat moment begreep ik niet waarom Belbo zich nog intensiever op het plafond concentreerde. Nu ik zijn bestanden heb gelezen weet ik dat Riccardo de man met het litteken was, de man waar Belbo geen ruzie mee had durven zoeken.

Lorenza hield aan, de galerie was niet ver van Pilade, ze hadden er een echt feest van gemaakt, nee een orgie. Diotallevi raakte geheel van slag en zei meteen dat hij naar huis moest, ik aarzelde, maar het was duidelijk dat Lorenza wilde dat ik ook meeging, en ook daar leed Belbo onder, omdat hij het moment waarop hij haar onder vier ogen te spreken zou krijgen steeds verder weg zag schuiven. Maar ik kon me niet aan de uitnodiging onttrekken en we gingen erheen.

Ik had het niet zo op die Riccardo. Begin jaren zestig maakte hij uiterst saaie schilderijen, petieterige vlechtwerkjes in zwart en grijs, heel geometrisch, een beetje op-art, het danste je voor de ogen. Ze hadden titels gehad als 'Compositie 15', 'Parallax 17', 'Euclides x'. Het jaar 1968 was nog maar net begonnen of hij exposeerde in kraakpanden; hij was van palet veranderd. Nu waren het alleen maar heftige contrasten in zwart en wit, het breisel was grover, de titels luidden 'ce n'est qu'un début', 'Molotov', 'Honderd Bloemen'. Toen ik weer terug was in Milaan had ik hem zien exposeren in een kring waar doctor Wagner werd aanbeden, het zwart had hij geëlimineerd, hij werkte aan witte structuren, met als enige contrastwerking het reliëf van de verfstreken op aquarelpapier uit

Fabriano, waardoor het profiel van de schilderijen, legde hij uit, wisselde naar gelang de lichtval. Ze waren getiteld 'Lofrede op de ambiguïteit', 'Dwars/Doorsnede', 'Ça', 'Bergstrasse' en 'Dénégation 15'.

Zodra ik die avond de nieuwe galerie binnenstapte begreep ik dat het esthetische programma van Riccardo een ingrijpende evolutie had doorgemaakt. De tentoonstelling heette 'Megale Apophasis'. Riccardo was figuratief gaan werken, in een blinkend palet. Hij stoeide met citaten, en aangezien hij, geloof ik, niet kon tekenen, stel ik me zo voor dat hij werkte door dia's van beroemde werken op het doek te projecteren—waarbij zijn keuze zich bewoog tussen de salonschilderijen uit het eind van de vorige eeuw en de symbolisten van begin deze eeuw. Hij bewerkte het originele ontwerp met een pointillé-techniek via oneindig subtiele kleurgradaties waarbij hij stap voor stap het gehele spectrum langsliep; hij ging hierbij steeds uit van een kern van stralend, vlammend licht en eindigde in het diepste zwart—of vice versa, afhankelijk van het mystieke of kosmologische concept waaraan hij uitdrukking wenste te geven. Er waren bergen die lichtstralen verspreidden en uiteenvielen in een stofregen van bollen in zachte kleuren, er vielen concentrische hemels te bespeuren met een aanzet tot engelen met transparante vleugels, iets dat leek op het 'Paradijs' van Doré. De titels luidden 'Beatrix', 'Mystica Rosa', 'Dante Gabriele 33', 'Fidèles d'Amour', 'Athanor', 'Homunculus 666'—hé, zei ik tegen mezelf, vandaar die passie van Lorenza voor de homunculi. Het grootste schilderij heette 'Sophia' en stelde een soort aan de basis vervloeiende lavastroom van zwarte engelen voor, die een wit wezen voortbracht dat werd gestreeld door grote zwartblauwe handen, overgetrokken van die hand die je tegen de hemel ziet afsteken in de 'Guernica'. De vermenging was van dubieuze aard en van dichtbij bleek de uitvoering tamelijk grof, maar van een meter of twee, drie afstand gaf het een zeer lyrisch effect.

'Ik ben een realist van de oude stempel,' fluisterde Belbo me toe, 'alleen Mondriaan begrijp ik. Wat stelt een niet-geometrisch schilderij voor?'

'Vroeger werkte hij geometrisch,' zei ik.

'Dat was geen geometrie. Dat waren badkamertegels.'

Intussen was Lorenza op Riccardo toegesneld en omhelsde hem, Belbo en hij hadden elkaar toegeknikt. Het was een heel gedrang, de galerie zag eruit als een loft in New York, helemaal wit, met de verwarmingsbuizen, of waterleidingen, open en bloot tegen het plafond. Wie weet hoeveel ze hadden neergeteld om het zo te antedateren. Een geluidsinstallatie in een hoek verdoofde de omstanders met oosterse muziek, iets met sitars, als ik het me wel herinner, waar geen melodie in te ontdekken valt. Iedereen schuifelde afwezig voor de schilderijen langs om bij de tafels achterin samen te drommen met een papieren bekertje in de hand. Toen wij aankwamen was het al een tijdje bezig, de lucht stond stijf van de rook, af en toe maakte een of ander meisje dansbewegingen in het midden van de ruimte, maar iedereen was nog aan het praten en aan het eten van het werkelijk rijke buffet. Ik nam plaats op een bank aan de voet waarvan een grote glazen schaal stond, nog half gevuld met vruchtensalade. Ik stond op het punt er wat van te nemen—want ik had niet gegeten—toen ik er de afdruk in meende te ontwaren van een voet die de stukjes fruit in het midden had platgedrukt tot een homogene massa. Onmogelijk was het niet, want op de vloer lagen zo langzamerhand plassen witte wijn, en een aantal van de genodigden was al niet meer zo vast ter been.

Belbo had een glas gevorderd en dwaalde indolent rond, ogenschijnlijk zonder duidelijk doel, terwijl hij af en toe iemand op de schouders sloeg. Hij trachtte Lorenza terug te vinden.

Slechts weinig aanwezigen bleven echter op één plaats staan. De menigte was bezig aan een soort cirkelbeweging, als bijen die een nog onbekende bloem zoeken. Ik zocht niets, maar was desondanks toch opgestaan en verplaatste me, gevolg gevend aan de impulsen die van de groep uitgingen. Niet ver van mij vandaan zag ik Lorenza die op haar zwerftocht steeds weer andere mensen begroette en hartstochtelijke gebaren van herkenning maakte, het hoofd omhoog, de blik opzettelijk bijziend, schouders en borst stevig rechtop, een luchtige giraffepas.

Op een bepaald moment deed de natuurlijke stroom mij in een hoek achter een tafel belanden, terwijl ik Lorenza en Belbo op de rug keek die elkaar eindelijk, wellicht toevallig, hadden gekruist en die ook niet verder konden. Ik weet niet of ze mijn aanwezigheid hadden opgemerkt, maar door al het achtergrondlawaai hoorde zo langzamerhand niemand meer wat de anderen zeiden. Ze verkeerden in de veronderstelling dat ze apart stonden, en ik was gedwongen hun gesprek aan te horen.

'Vertel 'ns,' zei Belbo, 'waar heb je die Agliè van jou leren kennen?'

'Van mij? Van jou anders ook, naar wat ik vandaag heb gezien. Jij mag Simon zeker wel kennen en ik niet. Mooi is dat.'

'Waarom noem je hem Simon? Waarom noemt hij jou Sophia?'

'Dat is maar een spelletje! Ik heb hem leren kennen bij vrienden van me, oké? En ik vind hem fascinerend. Hij kust mijn hand alsof ik een prinses ben. En hij zou mijn vader kunnen zijn.'

'Pas maar op dat hij niet de vader van je kind wordt.'

Het leek wel of ik daar zelf stond te praten, in Bahia, tegen Amparo. Lorenza had gelijk. Agliè wist hoe je een jongedame die onbekend is met dat ritueel de hand kust.

'Waarom Simon en Sophia?' hield Belbo aan. 'Heet hij dan Simon?'

'Dat is een schitterend verhaal. Wist jij dat ons universum de vrucht is van een vergissing en dat dat een beetje mijn schuld is? Sophia was de vrouwelijke helft van God, want God was toentertijd meer vrouwelijk dan mannelijk, jullie zijn het geweest die hem later een baard hebben gegeven en hem Hij hebben genoemd. Ik was zijn goede helft. Simon zegt dat ik zonder toestemming te vragen de wereld heb willen genereren, ik, Sophia, die ook, wacht even, ja, de Ennoia heet. Ik geloof dat mijn mannelijk deel niet wilde scheppen—misschien ontbrak hem de moed, misschien was hij impotent—en in plaats van me met hem te verbinden heb ik de wereld in mijn eentje willen maken; ik kon geen weerstand bieden, ik geloof dat het uit een teveel aan liefde was, en het is waar, ik hou van dit hele waanzinnige universum. Daarom ben ik de ziel van deze wereld. Zegt Simon.'

'Aardig van hem. Zegt hij dat tegen alle vrouwen?'

'Nee stommeling, alleen tegen mij. Omdat hij me beter doorheeft dan jij, hij probeert me niet te vormen naar zijn beeld. Hij begrijpt dat ik mijn leven op mijn eigen manier moet leven. En dat heeft Sophia ook gedaan, die heeft zich gestort op het maken van de wereld. Ze is het gevecht aangegaan met de materia prima, en smerig dat die was; deodorant was er geloof ik niet bij; en ze heeft het niet opzettelijk gedaan maar het schijnt dat zij de Demo... hoe zeg je dat, gemaakt heeft.'

'Je bedoelt toch niet de Demiurg?'

'Ja, die bedoel ik. Ik herinner me niet meer of die Demiurg door Sophia is gemaakt of dat hij er al was en zij hem heeft opgestookt; toe nou stommerd, maak de wereld nou dan kunnen we lol hebben. De Demiurg maakte er een puinhoop van, wist kennelijk niet hoe dat moest, de wereld maken, sterker nog, hij had de wereld helemaal niet mógen maken, want de materie is slecht en hij was niet gemachtigd er aan te komen. Hoe dan ook, hij heeft gebrouwen wat hij gebrouwen heeft, en Sophia is er in vast blijven zitten. Gevangene van de wereld.'

Lorenza praatte en dronk veel. Terwijl veel mensen in het midden van de ruimte met gesloten ogen zachtjes heen en weer deinden kwam Riccardo om de twee minuten langs haar gelopen en schonk wat in haar glas. Belbo trachtte hem ermee op te laten houden door te zeggen dat Lorenza al te veel op had, maar Riccardo schudde lachend zijn hoofd, en zij verzette zich met de woorden dat ze beter tegen alcohol kon dan Jacopo omdat zij jonger was.

'Oké, oké,' zei Belbo. 'Luister maar niet naar opa. Luister maar naar Simon. Wat zei die ook weer tegen je?'

'Nou, dat ik gevangene van de wereld ben, of beter, van de slechte engelen... want in dit verhaal zijn de engelen slecht en hebben ze de Demiurg geholpen er een puinhoop van te maken... de slechte engelen, zei ik, houden me bij zich, willen me niet laten ontsnappen, en maken dat ik lijd. Maar af en toe is er onder de mensen iemand die me herkent. Zoals Simon. Hij zegt dat hem dat nog een keer is overkomen, ruim duizend jaar geleden—want dat heb ik je niet verteld maar Simon is praktisch onsterfelijk, als je eens wist wat hij allemaal niet heeft gezien...'

'Goed, goed, maar nu niet meer drinken.'

'Ssst... Simon trof me een keer aan als prostituée in een bordeel in Tyrus, en toen heette ik Helena...'

'Is dat wat die man je vertelt? En jij bent helemaal tevreden. Staat u mij toe, hoertje van mijn universum van niks, dat ik u de hand kus... Een echte heer.'

'Als iemand een hoer was, was dat Helena. En bovendien, in die tijd stond prostituée gelijk aan vrije, ongebonden vrouw, een intellectueel, iemand die geen huisvrouw wilde zijn, dat weet je net zo goed als ik, dat een prostituée een courtisane was, iemand die salon hield, vandaag de dag zou ze aan public relations doen; noem jij iemand die aan public relations doet soms een hoer, alsof het de eerste de beste straatmeid is die langs de weg naar vrachtwagenchauffeurs lonkt?'

Op dat moment kwam Riccardo weer langs haar en pakte haar bij de arm. 'Kom mee dansen,' zei hij.

Ze stonden midden in de ruimte, en maakten minieme, een beetje verdwaasde bewegingen, alsof ze op een trommel sloegen. Af en toe echter trok Riccardo haar naar zich toe en legde zijn hand bezitterig in haar nek, en zij volgde hem met gesloten ogen en verhit gezicht, haar hoofd naar achteren geworpen waardoor haar haren achter haar schouders loodrecht naar beneden vielen. Belbo stak de ene sigaret na de andere op.

Na enige tijd greep Lorenza Riccardo bij zijn middel en zorgde dat hij langzaam voortbewoog totdat ze op nog geen pas afstand van Belbo waren. Doordansend pakte Lorenza het glas uit zijn hand. Ze hield Riccardo met haar linkerhand vast, het glas in haar rechter, wendde haar enigszins vochtige blik naar Jacopo, en het leek of ze huilde, maar ze glimlachte... En praatte met hem.

'En dat was heus niet de enige keer, hoor.'

'De enige keer dat wat?'

'Dat hij Sophia is tegengekomen. Vele eeuwen later is Simon ook Guillaume Postel geweest.'

'Wie was dat? Iemand die brieven rondbracht?'

'Stommeling. Dat was een wetenschapper uit de renaissance, die joods kon lezen...'

'Hebreeuws.'

'Wat maakt dat nou uit? Hij las het zoals kinderen de *Donald Duck* lezen. Zo van blad. Hoe dan ook, in een ziekenhuis in Venetië ontmoet hij een oude analfabete dienstbode, zijn Johanna, hij kijkt naar haar en zegt, ja hoor, ik heb het begrepen, dit is de nieuwe incarnatie van Sophia, de Ennoia, zij is de Grote Moeder van de Wereld, naar ons afgedaald om de gehele wereld, die een vrouwelijke ziel heeft, te verlossen. En zo neemt Postel Johanna met zich mee, iedereen verklaart hem voor gek, maar het kan hem niets schelen, hij adoreert haar, wil haar bevrijden uit de gevangenschap van de engelen, en als ze sterft blijft hij een uur lang onafgebroken in de zon staren en drinkt en eet vele dagen niet, bezeten door Johanna die er niet meer is maar het is net of ze er wel is, omdat ze er altijd is, de wereld bewoont, en af en toe bloeit ze op, hoe zeg je dat, incarneert ze... Is het niet een verhaal om te huilen?'

'De tranen biggelen over mijn wangen. En vind je het zo leuk om Sophia te zijn?'

'Maar ik ben het ook voor jou, liefje. Weet je wel dat je voordat je mij kende vreselijke dassen droeg en roos op je schouders had?'

Riccardo had haar nek weer beetgepakt. 'Mag ik meedoen aan het gesprek?' had hij gezegd.

'Jij houdt je koest en danst. Je bent het instrument van mijn wellust.'

'Mij best.'

Belbo ging door alsof de ander niet bestond. 'Dus jij bent zijn prostituée, zijn feministe die de PR regelt, en hij is jouw Simon.'

'Ik heet geen Simon,' zei Riccardo met dikke tong.

'We hebben het niet over jou,' zei Belbo. Ik maakte me al een tijdje bezorgd om hem. Hij, die doorgaans toch zo terughoudend was waar het zijn gevoelens betrof, gaf ten overstaan van een getuige, erger nog, zijn rivaal, een woordenwisseling met zijn vriendin ten beste. Maar uit zijn laatste antwoord werd me duidelijk dat hij, door zich bloot te geven tegenover de ander—terwijl zijn ware tegenstander eigenlijk weer iemand anders was—op de enige hem toegestane wijze het feit dat hij Lorenza bezat kracht bijzette.

Intussen antwoordde Lorenza, nadat ze iemand een nieuw glas had afgetroggeld: 'Maar het is voor de grap. Ik hou van jou.'

'Nog mooi dat je me niet haat. Luister, ik wil naar huis, ik heb last van mijn maag. Ik ben nog gevangene van de lage materie. Mij heeft Simon niets beloofd. Ga je met me mee?'

'Laten we nog even blijven. Het is zo leuk. Amuseer je je niet? En ik heb de schilderijen nog niet eens bekeken. Heb je gezien dat Riccardo een schilderij aan mij heeft gewijd?'

'Me aan jou wijden, dat zou ik ook wel willen,' zei Riccardo.

'Viespeuk. Ga weg. Ik ben met Jacopo aan het praten. Jezus Jacopo, mag jij alleen intellectuele spelletjes met je vrienden spelen, en ik niet? Wie behandelt me hier nou als een hoer uit Tyrus? Jij.'

'Ik had het kunnen weten. Ik. Ik ben degene die je in de armen van oude mannen drijft.'

'Hij heeft niet geprobeerd me in zijn armen te nemen. Hij is geen sater. Je vindt het vervelend dat hij niet met me naar bed wil maar me ziet als een verstandelijke partner.'

'Allumeuse.'

'Dat had je nou niet moeten zeggen. Riccardo, ga met me mee iets te drinken halen.'

'Nee, wacht even,' zei Belbo. 'Je vertelt me nu of je hem serieus neemt, ik wil begrijpen of je gek bent of niet. En hou op met drinken. Zeg me of je hem serieus neemt, verdomme!'

'Maar liefje, het is ons spel, tussen mij en hem. En het mooie van de geschiedenis is dat Sophia, als ze begrijpt wie ze is, en zich van de tirannie van de engelen bevrijdt, zich vrij van zonde kan bewegen...'

'Ben je opgehouden met zondigen?'

'Alsjeblieft, denk er over na,' zei Riccardo die haar kuis op het voorhoofd kuste.

'Integendeel,' antwoordde ze Belbo, zonder de schilder aan te kijken, 'al die dingen zijn geen zonde meer, om je te verlossen van het vlees mag je alles doen, je bent voorbij goed en kwaad.'

Ze gaf Riccardo een zetje en duwde hem van zich af. Ze verkondigde luidkeels: 'Ik ben Sophia en om me te verdrijv... te bedrijven... te bevrijden van de engelen moet ik alle zonden begaan, ook de meest heerlijke!'

Ze liep licht wankelend naar een hoek waar een in het zwart gekleed meisje zat met ogen vol kohl en een bleke huidskleur. Ze sleurde haar mee naar het midden van de ruimte en begon met haar heen en weer te deinen. Ze stonden bijna buik aan buik, hun armen neerhangend langs hun zij. 'Ik kan ook jou liefhebben,' zei ze. En kuste haar op de mond.

De anderen waren er in een halve cirkel, een beetje opgewonden, omheen gaan staan en iemand riep iets. Belbo was gaan zitten met een ondoorgrondelijke uitdrukking op zijn gezicht en bekeek het tafereel als een impresario die een auditie bijwoont. Hij was bezweet en had een tic aan zijn linkeroog die me nog nooit bij hem was opgevallen. Plotseling, toen Lorenza al minstens vijf minuten aan het dansen was en steeds uitdagender begon te bewegen, viel hij uit: 'Nu kom je hier.'

Lorenza stopte, spreidde haar benen, strekte haar armen naar voren en schreeuwde: 'Ik ben de hoer en de heilige!'

'Je bent een trut,' zei Belbo die opstond. Hij liep recht op haar af, pakte haar ruw bij de pols, en sleepte haar naar de deur.

'Stop,' schreeuwde zij, 'heb niet het hart...' Daarop barstte ze in tranen uit en sloeg haar armen om zijn hals. 'Liefje, maar ik ben jouw Sophia, daar ga je toch niet boos om worden...'

Belbo legde teder zijn arm om haar schouders, kuste haar op haar slaap, bracht haar haren in orde en zei vervolgens tegen de zaal: 'Neem het haar niet kwalijk, ze is niet gewend aan zoveel drank.'

Ik hoorde wat gegiechel onder de omstanders. Ik geloof dat Belbo het ook had gehoord. Hij ontwaarde me op de drempel, en deed iets waarvan ik nooit heb geweten of het voor mij, voor de anderen of voor hemzelf was. Hij deed het stilletjes, halfluid, toen de anderen al niet meer op hem letten.

Lorenza nog altijd bij de schouders vasthoudend, wendde hij zich om naar de zaal en zei zachtjes, op de toon van iemand die iets voor de hand liggends zegt: 'Kukeleku.'

51

Wanneer dus een Intelligent Kabbalist je iets wil zeggen, denk dan niet dat hij je iets lichtzinnigs, iets algemeens, iets gewoons zegt: maar een mysterie, een orakel...

Thomaso Garzoni, *Il Theatro de vari e diversi cervelli mondani*, Venetië, Zanfretti, 1583, discours xxxvi

Het iconografische materiaal dat ik in Milaan en Parijs had gevonden was niet voldoende. Meneer Garamond gaf me toestemming een paar dagen naar München te gaan, naar het Deutsches Museum. Ik bracht enkele avonden door in de cafés in Schwabing—of in die immense crypten waar oudere heren met snor, in korte leren broek, muziek maken en geliefden elkaar door de rook en de varkensvleesdampen heen toelachen boven bierpullen van een liter, het ene stel naast het andere—en 's middags bladerde ik het kaartsysteem van de reprodukties door. Bij tijd en wijle verliet ik het archief en wandelde door het museum, waar ze alles wat een menselijk wezen mogelijkerwijs heeft uitgevonden gereconstrueerd hebben; je drukt op een knop en er worden diorama's van olieraffinaderijen met bewegende boortorens tot leven gewekt, je stapt in een echte onderzeeër, je laat de planeten draaien, je speelt dat je zuren en kettingreacties produceert—een soort Conservatoire, maar dan minder gotisch en helemaal op de toekomst gericht, bevolkt door bezeten schoolklassen die er de liefde voor ingenieurs wordt ingegoten.

In het Deutsches Museum kom je ook alles te weten over mijnen: je daalt een trap af en gaat een mijn binnen, compleet met schachten, liften voor mannen en paarden, smalle doorgangen waardoor uitgeteerde en uitgebuite (hopelijk wassen) kinderen kruipen. Je loopt door donkere, eindeloze gangen, staat stil bij putten zonder bodem, voelt de kou in je botten en ruikt bijna de geur van het mijngas. Schaal één op één.

Ik dwaalde rond in een secundaire gang, eraan twijfelend of ik ooit het daglicht terug zou zien, toen ik, staande op de rand van een afgrond, iemand ontwaarde die ik meende te herkennen. Het rimpelige en grijze gezicht, de witte haren en de priemende uileblik waren niet nieuw voor me, maar ik had het gevoel dat de kleding anders behoorde te zijn, alsof ik dat gezicht boven een of ander uniform gezien had, alsof ik na lange tijd een priester terugzag in burger, of een kapucijn zonder baard. Hij keek ook naar mij en aarzelde ook. Na de in dergelijke gevallen gebruikelijke schermutseling van heimelijke blikken nam hij het initiatief en begroette me in het Italiaans. Plotseling kon ik me hem in de juiste kleren voor stellen: hij hoorde een lange geelachtige stofjas te dragen, en dan was hij meneer Salon. A. Salon, taxidermist. Hij had zijn werkplaats een paar deuren voorbij mijn kantoor, in de gang van het onttakelde kolossale gebouw waarin ik de Marlowe van de cultuur uithing. Ik was hem wel eens op de trap tegengekomen en dan hadden we een vage groet gewisseld.

'Curieus,' zei hij, me de hand reikend, 'we zijn al zo lang buren en we stellen ons aan elkaar voor in de ingewanden van de aarde, op duizend mijl van huis.'

We wisselden wat beleefdheidsfrasen uit. Ik had de indruk dat hij heel goed op de hoogte was van wat ik deed, en dat was niet niks, gezien het feit dat ik het zelf niet eens precies wist. 'Hoe komt u nu in een museum voor techniek verzeild? Ik dacht dat jullie je bij die uitgeverij met spirituelere zaken bezighielden.'

'Hoe weet u dat?'

'Och,' hij maakte een vaag gebaar, 'de mensen praten, ik ontvang veel bezoek...'

'Wat voor soort mensen komt er bij een opzetter, pardon, bij een taxidermist?'

'Allerlei. U zult net als iedereen zeggen dat het geen doorsnee beroep is. Maar aan klanten geen gebrek, en er zit van alles tussen. Musea, privé-verzamelaars.'

'Ik zie niet vaak opgezette dieren, in huizen,' zei ik.

'Nee? Het hangt af van de huizen waar u komt... Of van de kelders.'

'Houdt men opgezette dieren in de kelder?'

'Sommige mensen wel. Niet alle kerststalletjes krijgen het daglicht, of het maanlicht te zien. Ik wantrouw die klanten, maar u weet, het werk... Ik wantrouw het onderaardse.'

'Daarom wandelt u rond in onderaardse gangen?'

'Ik controleer. Ik wantrouw het onderaardse maar ik wil het begrijpen. Niet dat er zoveel mogelijkheden zijn. De catacomben in Rome, zult u me zeggen. Daar is geen mysterie, die zitten vol met toeristen en staan onder toezicht van de Kerk. Dan is er het riool van Parijs... Bent u daar wel eens in geweest? Je kunt het op maandag, op woensdag en op de laatste zaterdag van de maand bezoeken; en de ingang is bij Pont de l'Alma. Ook daar komen veel toeristen. Natuurlijk heb je in Parijs ook catacomben en onderaardse holen. Om nog maar te zwijgen van de metro. Bent u ooit op rue Lafayette nummer 145 geweest?'

'Eerlijk gezegd niet, nee.'

'Een beetje afgelegen, tussen het Gare de l'Est en het Gare du Nord. Een op het eerste gezicht onopvallend gebouw. Pas als je wat beter kijkt zie je dat de deuren, die van hout lijken, van beschilderd ijzer zijn; terwijl de ramen uitkomen op sinds mensenheugenis onbewoonde kamers. Nooit licht. Maar de mensen lopen er langs en weten het niet.'

'Weten wat niet?'

'Dat het geen echt huis is. Het is een gevel, een omhulsel zonder daken, zonder binnenkant. Het is alleen maar de mond van een schoorsteen en die dient voor de ventilatie en de afvoer van de dampen van de metro. En als u dat doorhebt, krijgt u de indruk dat u voor de mond van de onderwereld staat; als u maar tot binnen deze muren zou kunnen doordringen zou u toegang hebben tot het onderaardse Parijs. Het is mij wel gebeurd dat ik urenlang heen en weer liep voor deze deuren, die de deur der deuren, het vertrekstation voor de reis naar het middelpunt der aarde, aan het oog onttrekken. Waarom denkt u dat ze dat gedaan hebben?'

'Om de metro lucht te geven, zei u.'

'Dan waren ontluchtingsbuizen voldoende geweest. Nee, als ik dergelijke onderaardse gangen zie bekruipt me een gevoel van wantrouwen. Begrijpt u me?'

Al pratend over de duisternis leek hij op te lichten. Ik vroeg hem waarom hij het onderaardse wantrouwde.

'Omdat de Heren van de Wereld, als ze bestaan, uitsluitend onder de grond kunnen leven, dat is een waarheid die iedereen aanvoelt maar waar maar weinigen voor uit durven te komen. De enige die de moed heeft gehad het met zoveel woorden te zeggen is misschien wel Saint-Yves d'Alveydre geweest. Kent u die?'

Misschien had ik zijn naam wel eens door een van de diabolici horen noemen, maar ik kon het me niet meer herinneren.

'Hij is degene die ons over Agarttha heeft verteld, het onderaardse verblijf van de Koning van de Wereld, het occulte centrum van de Synarchie,' zei Salon. 'Hij was niet bang, voelde zich zeker van zijn zaak. Maar al diegenen die hem publiekelijk nagevolgd hebben zijn uit de weg geruimd omdat ze te veel wisten.'

We vervolgden onze weg, en terwijl meneer Salon tegen me praatte liet hij verstrooid zijn blik door de gang dwalen, waarop nieuwe wegen uitkwamen en waarin nieuwe putten zich openden, alsof hij in het halfduister op zoek was naar de bevestiging van zijn vermoedens.

'Hebt u zich ooit afgevraagd waarom alle grote moderne metropolen zich in de vorige eeuw gehaast hebben metro's te bouwen?'

'Om het verkeersprobleem op te lossen. Of niet soms?'

'Toen er helemaal geen autoverkeer was en er alleen nog maar rijtuigen reden? Van een man van uw intellectuele capaciteiten had ik een zinniger verklaring verwacht!'

'Hebt u er dan een?'

'Wellicht,' zei meneer Salon, en terwijl hij het zei leek hij in gedachten verzonken en afwezig. Maar het was een manier om het gesprek af te breken. En het viel hem dan ook plotseling in dat hij ervandoor moest. Nadat hij me de hand had geschud bleef hij nog even staan, alsof hem toevallig iets te binnen schoot: 'A propos, die kolonel... hoe heette hij, die man die jaren geleden een keer bij Garamond langskwam om met jullie over een schat van de Tempeliers te praten? Hebben jullie daar nooit meer iets van gehoord?'

Ik voelde me onaangenaam getroffen door het feit dat hij er op zo'n brutale en indiscrete wijze blijk van gaf op de hoogte te zijn van iets dat ik als vertrouwelijk en begraven beschouwde. Ik wilde hem vragen hoe hij het wist, maar schrok ervoor terug. Ik beperkte me ertoe op onverschillige toon te zeggen: 'Oh, dat is al zo lang geleden, ik was het vergeten. Maar à propos: waarom zei u "à propos"?'

'Zei ik à propos? Ach ja, natuurlijk, ik meende dat hij iets in een onderaards gewelf had gevonden...'

'Hoe weet u dat?'

'Ik weet het niet. Ik herinner me niet wie het me verteld heeft. Misschien een klant. Maar ik word nieuwsgierig als ergens een onderaards gewelf aan te pas komt. Heeft met de leeftijd te maken. Goedemiddag.'

Hij ging weg; ik bleef achter en dacht na over de betekenis van deze ontmoeting.

52

In bepaalde gebieden in de Himalaja—temidden van tweeëntwintig tempels die de tweeëntwintig Arcana van Hermes en de tweeëntwintig letters van bepaalde heilige alfabetten vertegenwoordigen, vormt Agarttha het mystieke Nul, het onvindbare... een enorm schaakbord dat onder de grond bijna alle gebieden van de aarde beslaat.

Saint-Yves d'Alveydre, *Mission de l'Inde en Europe*, Parijs, Calmann Lévy, 1886, p.54 en 65

Toen ik terugkwam vertelde ik Belbo en Diotallevi erover en opperden we verschillende hypothesen. Salon, een excentriekeling en een kletsmajoor, die op een of andere manier dol was op mysteries, had Ardenti gekend, en meer zat er niet achter. Of: Salon wist iets af van de verdwijning van Ardenti en werkte voor de mensen die hem hadden laten verdwijnen. Andere hypothese: Salon was een informant van de politie...

Daarna ontmoetten we andere diabolici en versmolt Salon met de menigte zijns gelijken.

Een paar dagen later kwam Agliè naar ons kantoor om verslag te doen van een aantal manuscripten die Belbo hem had toegezonden. Hij beoordeelde ze nauwkeurig, streng en mild. Agliè was gewiekst, had er niet lang voor nodig gehad het dubbelspel Garamond/Manuzio te doorzien, en we hadden hem de waarheid niet langer verzwegen. Hij leek het te begrijpen en te billijken. Hij kon een tekst aan de hand van een aantal messcherpe kanttekeningen de grond in boren om vervolgens met beschaafd cynisme op te merken dat deze geknipt was voor Manuzio.

Ik vroeg hem wat hij me kon vertellen over Agarttha en Saint-Yves d'Alveydre.

'Saint-Yves d'Alveydre...,' zei hij. 'Een wonderlijke man, zonder meer, van jongs af aan heeft hij de volgelingen van Fabre d'Olivet gefrequenteerd. Hij was slechts een ambtenaar op het ministerie van Binnenlandse Zaken, maar hij was ambitieus... Toen hij met Marie-Victoire trouwde kon dat niet bepaald onze goedkeuring wegdragen...'

Agliè had het niet kunnen laten. Hij was overgestapt op de eerste persoon. Hij haalde herinneringen op. 'Wie was Marie-Victoire? Ik ben dol op roddels,' zei Belbo.

'Marie-Victoire de Risnitch, beeldschoon toen ze intiem bevriend was met keizerin Eugénie. Maar toen ze Saint-Yves ontmoette was ze al over de vijftig. Hij liep tegen de dertig. Mesalliance voor haar, dat spreekt. En dat niet alleen, maar om hem een titel te verschaffen had ze ik weet niet meer welk landgoed gekocht, dat had toebehoord aan de markiezen van Alveydre. En zo kon onze vlotte jongeman zich met die titel sieren en zongen ze in Parijs deuntjes over de "gigolo". Omdat hij kon rentenieren wijdde hij zich volledig aan zijn droom. Hij had zich in zijn hoofd gezet dat hij een politieke formule wilde vinden voor een harmonieuzere samenleving. Synarchie als tegengestelde van anarchie. Een Europese samenleving, geregeerd door drie raden die respectievelijk de economische macht, de magistraten en de geestelijke macht, ofte wel de kerken en de wetenschappers vertegenwoordigden. Een verlichte oligarchie die de klassenstrijd zou opheffen. Er zijn ergere dingen.'

'En Agarttha?'

'Hij zei dat hij op een dag was bezocht door een geheimzinnige Afghaan, een zekere Hadji Scharipf, die onmogelijk een Afghaan kon zijn want het is duidelijk een Albanese naam... En die had hem het geheim onthuld van de zetel van de Koning van de Wereld—Saint-Yves heeft die uitdrukking echter nooit gebruikt, dat hebben anderen later gedaan —Agarttha, het Onvindbare.

'Waar lees je dit soort dingen?'

'In *Mission de l'Inde en Europe.* Een werk dat het hedendaagse politieke denken sterk heeft beïnvloed. In Agarttha bevinden zich onderaardse steden, daaronder, meer naar het centrum, zijn er vijfduizend pundits die daarover regeren—het spreekt dat het getal vijfduizend correspondeert met de hermetische wortels van de Vedische taal, dat weet u beter dan ik. En elke wortel is een magisch hiërogram dat—gesanctioneerd door een onderaardse macht—verbonden is met een hemelse macht. De centrale koepel van Agarttha wordt van boven af verlicht door een soort spiegels die het licht uitsluitend doorlaten via het enharmonische kleurengamma, waar het zonnespectrum uit onze natuurkundige traktaten slechts de diatoniek van is. Om te komen tot de universele taal, het Vattan, bestuderen de wijzen van Agarttha alle heilige talen. Als ze op te diepe mysteries stuiten stijgen ze door levitatie van de aarde op naar boven en zouden, als ze niet door hun medebroeders werden tegengehouden, met hun schedel tegen de boog van de koepel slaan. Ze maken bliksems en richten de cyclische stromen van al het vloeibare tussen polen en keerkringen, en de interferentiële afwijkingen in de verschillende zones tussen de lengte- en breedtegraden van de aarde. Ze selecteren de soorten en hebben kleine beesten geschapen met buitengewone fysieke kracht, met een schildpadschild met een geel kruis erop en een oog en een bek aan iedere kant. Veelvoetigen die zich in alle richtingen kunnen voortbewegen. Naar alle waarschijnlijkheid zijn de Tempeliers nadat ze uit elkaar zijn geslagen naar Agarttha gevlucht en oefenen daar surveillance-taken uit. Nog iets?'

'Maar... meende hij dat werkelijk?'

'Ik geloof dat hij het verhaal letterlijk nam. Aanvankelijk beschouwden we hem als een geëxalteerd mens, later realiseerden we ons dat hij, wellicht op visionaire wijze, zinspeelde op een occulte richting van de geschiedenis. Zegt men niet dat de geschiedenis een bloedig en zinloos raadsel is? Dat is niet mogelijk, er moet een ontwerp zijn. Er moet een Geest zijn. En daarom hebben mensen die niet gespeend waren van intellectuele vermogens in de loop der eeuwen, gedacht aan de Heren of aan de Koning van de Wereld, misschien niet een fysieke persoon, maar een rol, een collectieve rol, de altijd weer tijdelijke incarnatie van een Stabiele Intentie. Iets waar de grote verdwenen priester-en ridderorden beslist mee in contact stonden.'

'Gelooft u erin?' vroeg Belbo.

'Ook personen die heel wat evenwichtiger zijn dan hij zoeken naar de Onbekende Leiders.'

'En vinden ze die?'

Agliè lachte bijna in zichzelf, goedmoedig. 'Mooie Onbekende Leiders zouden dat zijn als ze zich door de eerste de beste zouden laten vinden! Heren, we moeten aan het werk. Ik heb nog een manuscript, en kijk eens wat een toeval: een tractaat over geheime genootschappen.'

'Is het wat?' vroeg Belbo.

'Wat dacht u. Maar voor Manuzio kan het ermee door.'

53

> Aangezien regeringen zich ertegen zouden verzetten wanneer dit mystieke verbond op openlijke wijze zou proberen de wereld te besturen, kan het alleen maar via geheime genootschappen zijn invloed doen gelden. ... Deze geheime genootschappen, die worden opgericht wanneer dat nodig is, vormen losstaande en ogenschijnlijk tegengestelde groeperingen die respectievelijk en om beurten de meest uiteenlopende meningen uitdragen om zo afzonderlijk en vol vertrouwen invloed uit te oefenen op alle politieke, religieuze, economische en literaire groeperingen; zij maken alle deel uit van hetzelfde onbekende centrum dat hen bestuurt en waarachter een machtige kracht schuilgaat die alle scepters op aarde onmerkbaar tracht te beïnvloeden.
>
> J.M. Hoëné-Wronski, geciteerd door P. Sédir, *Histoire et doctrine des Rose-Croix*, Rouen, 1932, p. 7-8

Op een dag zag ik meneer Salon in de deuropening van zijn werkplaats staan. Plotseling verwachtte ik dat hij in de schemering het geluid van de steenuil zou voortbrengen. Hij groette me als een oude vriend en vroeg me hoe het daar ging. Ik maakte een vaag gebaar, glimlachte naar hem en liep snel door.

Ik moest opeens weer denken aan Agarttha. De denkbeelden van Saint-Yves mochten dan wellicht fascinerend zijn voor een diabolicus—tenminste, zoals Agliè ze me verteld had—maar ze waren niet verontrustend. En toch had ik in München in de woorden, op het gelaat van Salon onrust bespeurd.

Dus besloot ik toen ik de deur uitging even langs de bibliotheek te gaan en de *Mission de l'Inde en Europe* op te zoeken.

In de zaal met de kaartenbakken en bij de aanvraagbalie was het druk als altijd. Gebruikmakend van mijn ellebogen maakte ik me meester van het laatje dat ik zocht, vond de verwijzing, vulde het briefje in en gaf het aan de bibliothecaris. Hij deelde me mee dat het boek uitgeleend was en, zoals dat gaat in bibliotheken, wekte de indruk daarvan te genieten. Maar juist op dat moment hoorde ik een stem achter me: 'Het is er wel hoor, ik heb het net teruggebracht.' Ik draaide me om. Het was commissaris De Angelis.

Ik herkende hem, en hij herkende mij—te snel, zou ik zeggen. Ik had hem gezien in omstandigheden die voor mij uitzonderlijk waren, hij mij tijdens een routineonderzoek. Bovendien had ik in de tijd van Ardenti een dun baardje en iets langer haar. Wat een opmerkingsgave.

Hield hij me soms sinds ik terug was in de gaten? Of misschien was hij gewoon fysionomist, politiemannen moeten hun observatievermogen trainen, gezichten onthouden, en namen...

'Meneer Casaubon! En we lezen dezelfde boeken!'

Ik gaf hem een hand: 'Ik ben al een tijdje doctorandus. Misschien ga ik wel solliciteren bij de politie, zoals u me die ochtend aanraadde. Op die manier krijg ik de boeken tenminste als eerste.'

'U moet er gewoon als eerste zijn,' zei hij tegen me. 'Maar het boek is nu terug, u kunt het later ophalen. Laat me u eerst een kop koffie aanbieden.'

De uitnodiging bracht me in verlegenheid, maar ik kon er niet onderuit. We gingen in een café in de buurt zitten. Hij vroeg me waarom ik me bezighield met de missie van India en ik kwam onmiddellijk in de verleiding aan hem te vragen waarom híj zich ermee bezig hield, maar besloot mezelf eerst in te dekken. Ik zei hem dat ik in verloren uurtjes mijn studie van de Tempeliers voortzette: volgens Von Eschenbach gaan de Tempeliers vanuit Europa naar India maar volgens anderen gaan ze naar het rijk Agarttha. Nu was het zijn beurt zich bloot te geven. 'Vertelt u me liever,' vroeg ik hem, 'waarom u er belang in stelt?'

'Ach weet u,' antwoordde hij, 'sinds u me dat boek over de Tempeliers hebt aangeraden ben ik me in het onderwerp gaan verdiepen. U weet beter dan ik dat je van de Tempeliers automatisch bij Agarttha terechtkomt.' Touché. Toen zei hij: 'Ik maakte maar een grapje. Ik had het boek om andere redenen nodig. Het is omdat...' Hij aarzelde. 'Nu goed, als ik geen dienst heb ga ik veel naar bibliotheken. Om geen machine te worden, of om geen smeris te blijven, u ziet maar welke formulering aardiger is. Maar vertelt u me eens iets over uzelf.'

Ik vatte mijn doen en laten kort samen, tot en met de wondere geschiedenis der metalen.

Hij vroeg me: 'Maar maken jullie bij die uitgeverij en bij die ernaast dan geen boeken over mysterieuze wetenschappen?'

Hoe kon hij van Manuzio op de hoogte zijn? Informatie die hij verzameld had toen hij Belbo in de gaten hield, jaren terug? Of volgde hij nog steeds het spoor van Ardenti?

'Er raakten dermate veel types als kolonel Ardenti bij Garamond verzeild, die meneer Garamond vervolgens trachtte door te schuiven naar Manuzio,' zei ik, 'dat hij besloten heeft het genre te ontwikkelen. Blijkbaar levert het wat op. Types als de oude kolonel vind je daar in overvloed.'

Hij zei: 'Ja, maar Ardenti is verdwenen. Ik hoop al die anderen niet.'

'Nog niet, en ik zou bijna zeggen helaas. Maar er is één ding waar ik nieuwsgierig naar ben, commissaris. Ik stel me zo voor dat u in uw beroep iedere dag wel met mensen te maken krijgt die verdwijnen, of erger. Besteedt u aan iedereen zo... veel tijd?'

Hij keek me met een geamuseerde blik aan: 'En op grond waarvan denkt u dat ik aan kolonel Ardenti nog steeds tijd besteed?'

Oké, hij speelde en had het bod verhoogd. Ik moest de moed hebben hem te vragen zijn kaarten op tafel te leggen. Ik had niets te verliezen. 'Toe nu toch, commissaris,' zei ik, 'u weet alles over Garamond en over Manuzio, u bent hier om een boek te zoeken over Agarttha...'

'Hoezo, heeft Ardenti het met jullie dan over Agarttha gehad?'

Weer in de roos. Inderdaad had Ardenti het met ons ook over Agarttha gehad, voor zover ik me herinnerde. Ik redde me er aardig uit: 'Nee, maar hij had een verhaal over de Tempeliers, zoals u zich zult herinneren.'

'Juist,' zei hij. Toen voegde hij eraan toe: 'Maar u moet niet denken dat wij één enkele zaak volgen totdat die is opgelost. Dat gebeurt alleen op de televisie. Politieman zijn is net zoiets als tandarts, er komt een patiënt, je boort, je behandelt hem, hij komt twee weken later terug en in de tussentijd heb jij alweer honderd andere patiënten gehad. Een zaak als die van de kolonel kan soms wel tien jaar in het archief blijven zitten; dan komt er tijdens een andere zaak, als je de bekentenis opneemt van totaal iemand anders, een aanwijzing aan het licht, béng, mentale kortsluiting, en dan denk je er ineens weer aan... Totdat er weer kortsluiting ontstaat, of er niets gebeurt, en dat is dan dat.'

'En wat heeft u onlangs gevonden dat bij u kortsluiting heeft veroorzaakt?'

'Een onkiese vraag, vindt u niet? Maar gelooft u me, er is niets geheimzinnigs aan. De kolonel is toevallig weer op de proppen gekomen, we hielden een vent om heel andere redenen in de gaten en kwamen erachter dat hij vaak naar de Picatrix-club ging, daar zult u wel eens van gehoord hebben...'

'Nee, ik ken het tijdschrift, maar niet de vereniging. Wat gebeurt daar?'

'Oh niets, niets, rustige mensen, misschien wat geëxalteerd. Maar ik herinnerde me dat Ardenti er ook dikwijls kwam—dat is eigenlijk alles wat een politieman goed moet kunnen, zich herinneren waar hij een naam al eens gehoord of een gezicht al eens gezien heeft, ook als er tien jaar tussen zit. En dat is de reden dat ik me afvroeg wat er bij Garamond gebeurde. Dat is alles.'

'En wat heeft de Picatrix-club met de anti-terreurbrigade te maken?'

'Het zal de vrijpostigheid van een zuiver geweten wel zijn, maar u maakt een verschrikkelijk nieuwsgierige indruk.'

'U hebt me uitgenodigd om mee koffie te gaan drinken.'

'Dat is waar, en we zijn beiden buiten dienst. Kijk, vanuit een bepaald gezichtspunt hangt alles in deze wereld met elkaar samen.' Een fraai hermetisch filosofeem, dacht ik. Maar hij voegde daar meteen aan toe: 'Daarmee wil ik niet beweren dat zij de veiligheid in gevaar brengen, maar weet u... Ooit gingen we in kraakpanden op zoek naar leden van de Rode Brigade en in vechtsportclubs naar die van de Zwarte Brigade, tegenwoordig zou zich het omgekeerde voor kunnen doen. We leven in een bizarre wereld. Ik verzeker u, tien jaar geleden was mijn beroep gemakkelijker. Tegenwoordig is er ook onder de ideologieën geen godsdienst meer. Soms zou ik wel over willen stappen naar de narcoticabrigade. Iemand die heroïne verhandelt verhandelt heroïne en daarmee uit. Je weet waar je aan toe bent.'

Hij bleef enige tijd stil, onzeker—denk ik. Toen haalde hij een opschrijfboekje uit zijn zak dat wel een missaal leek. 'Hoor eens, Casaubon, u komt uit hoofde van uw beroep met rare mensen in aanraking, u gaat in bibliotheken op zoek naar nog raardere boeken. Helpt u me eens even. Wat weet u van de synarchie?'

'Nu brengt u me in verlegenheid. Bijna niets. Ik heb erover gehoord naar aanleiding van Saint-Yves, maar dat is alles.'

'En wat wordt er zoal over verteld?'

'Als er al wat over verteld wordt is dat buiten mijn medeweten. Eerlijk gezegd, volgens mij riekt het naar fascisme.'

'Inderdaad zijn veel van deze stellingen afkomstig uit de Action Française. En als het daarbij bleef, zat ik goed. Dan stuit ik op een groep die over synarchie praat en kan ik ze plaatsen. Maar ik ben me in het onderwerp gaan verdiepen en ik weet dat tegen 1929 een zekere Vivian Postel du Mas en een zekere Jeanne Canudo de groep Polaris oprichten die geinspireerd is op de mythe van een Koning van de Wereld en vervolgens een synarchisch project lanceren: sociale voorzieningen versus kapitalististisch profijt, eliminatie van de klassenstrijd door middel van coöperatieve bewegingen... Het lijkt het socialisme van de Fabian Society wel, een personalistische, op de samenleving gerichte beweging. Zowel Polaris als de Ierse Fabianisten zijn er dan ook van beschuldigd afgezanten van een door de joden geleid synarchisch komplot te zijn. En wie beschuldigt hen? Een *Revue internationale des sociétés secrètes* die het had over een joods-bolsjewistisch-vrijmetselaarskomplot. Veel van hun medewerkers hebben banden met een, nog geheimere, rechtse integralistische vereniging, de Sapinière. En ze zeggen dat alle politieke revolutionaire organisaties slechts de dekmantel zijn voor een diabolisch komplot dat beraamd is door een occultistisch genootschap. Nu zult u zeggen, oké, we hebben ons vergist, Saint-Yves blijkt uiteindelijk reformistische groepen te inspireren, rechts gooit alles op een grote hoop en ziet ze allemaal als demo-pluto-sociaal-judaïstische afsplitsingen. Dat deed Mussolini ook. Maar waarom worden ze ervan beschuldigd bestierd te worden door occultistische genootschappen? Veel weet ik er niet van, maar gaat u maar kijken bij Picatrix, dat zijn mensen die zich uiterst weinig aan de arbeidersbeweging gelegen laten liggen.'

'Die indruk heb ik ook, o Socrates. Dus?'

'Bedankt voor het Socrates, maar nu komt het. Hoe meer ik over het onderwerp lees, hoe minder ik ervan begrijp. In de jaren veertig ontstaan er verschillende groepen die zichzelf synarchisch noemen en een nieuwe Europese orde ter sprake brengen, onder leiding van een regering van wijze mannen die boven de partijen staan. En waar vinden deze groepen elkaar? In de kringen van de collaborateurs van Vichy. Dus zegt u, we hebben ons weer vergist, de synarchie is rechts. Ho ho. Na heel veel gelezen te hebben realiseer ik me dat iedereen het over één ding eens is: de synarchie bestaat en regeert de wereld in het geheim. Maar hier komt de maar...'

'Maar?'

'Maar op 24 januari '37 wordt Dmitri Navasjine, vrijmetselaar en martinist (ik weet niet wat dat wil zeggen, martinist, maar het lijkt me een van die sektes), economisch adviseur van het volksfront en voormalig directeur van een Moskouse bank, vermoord door een Organisation secrète d'action révolutionnaire et nationale, beter bekend als de Cagoule, die door Mussolini wordt gefinancierd. Toentertijd werd gezegd dat de Cagoule was opgezet door een geheime synarchie en dat Navasjine gedood zou zijn omdat hij de mysteries daarvan had ontdekt. Een uit linkse kringen afkomstig document maakt tijdens de Duitse bezetting gewag van een synarchisch Pact van het Duitse Rijk dat verantwoordelijk is voor de Franse nederlaag, en dit pact zou de manifestatie zijn van een Portugees soort militair fascisme. Maar dan komt aan het licht dat het pact is opgesteld door Du Mas en Canudo, en dat het de denkbeelden bevat die zij al overal gepubliceerd en gepropageerd hadden. Niets geheims aan. Maar in 1946 worden deze denkbeelden als geheim, ja zelfs zeer geheim, onthuld door een zekere Husson, die gewag maakt van een links synarchisch revolutionair pact; hij schrijft dit in *Synarchie, panorama de 25 années d'activité occulte,* en ondertekent met... wacht, ik zoek even, hier, Geoffroy de Charnay.'

'Fraai is dat,' zei ik, 'Charnay is de makker van Molay, de grootmeester van de Tempeliers. Ze sterven samen op de brandstapel. Hier hebben we een neo-Tempelier die de synarchie vanuit rechts aanvalt. Terwijl de synarchie notabene in Agarttha ontstaat, de schuilplaats van de Tempeliers!'

'Wat zei ik u? Ziet u, u zet me op een ander spoor. Ongelukkigerwijs draagt het alleen maar bij tot nog grotere verwarring. Rechts maakt dus gewag van een socialistisch en geheim synarchisch Pact van het Duitse Rijk, dat helemaal niet geheim is, terwijl van hetzelfde synarchische geheime pact, dat heeft u gezien, door links gewag wordt gemaakt. En nu komen we bij weer een andere interpretatie: de synarchie is een jezuïtisch komplot om de Derde republiek omver te werpen. Een stelling die uiteen is gezet door Roger Mennevée, van links. Om me gerust te stellen vermelden mijn teksten ook dat in 1943 in sommige militaire kringen van Vichy, die wel Petainistisch maar toch anti-Duits zijn, documenten de ronde doen die aantonen dat de synarchie een nazistisch komplot is: Hitler is een Rozenkruiser die beïnvloed is door de vrijmetselaars, die —zoals u hier ziet—van een joods-bolsjewistisch komplot overstappen op dat van het Duitse Rijk.'

'En dan zijn we rond.'

'Was dat maar alles. Hier is nog een onthulling. De synarchie is een komplot van internationale technocraten. Dat beweert in 1960 ene Villemarest, *Le 14e complot du 13 mai.* Dit techno-synarchische komplot wil regeringen destabiliseren en om dat te bereiken worden oorlogen uitgelokt, staatsgrepen gesteund en aangemoedigd, en wordt verdeeldheid binnen politieke partijen gezaaid door onderlinge disputen te steunen... Herkent u deze synarchieën?'

'Mijn god, het is de Imperialistische Staat van de Multinationals waar de Rode Brigades het een paar jaar geleden over hadden...'

'Het juiste antwoord! En wat doet commissaris De Angelis nu als hij ergens een verwijzing naar de synarchie vindt? Ik vraag het aan doctor Casaubon, deskundige op het gebied van de Tempeliers.'

'En dan antwoord ik dat er een geheime club bestaat met vertakkingen over de gehele wereld, die samenspant om het gerucht te verspreiden dat er een universeel komplot bestaat.'

'U maakt grapjes, maar ik...'

'Ik maak geen grapjes. Komt u de manuscripten maar eens lezen die bij Manuzio binnenkomen. Maar als u een platvoersere interpretatie wil: het is als de anekdote van de stotteraar die zegt dat hij niet als radio-omroeper is aangenomen omdat hij geen partijlid was. Je moet je eigen mislukkingen altijd aan iemand kunnen toeschrijven; dictaturen vinden altijd een externe vijand om hun volgelingen te verenigen. Zoals iemand ooit zei, voor ieder ingewikkeld probleem bestaat een eenvoudige oplossing, en die is fout.'

'En als ik nu eens een bom in een trein vind die gewikkeld is in een stencil dat over synarchie gaat, kan ik er dan mee volstaan te zeggen dat het een eenvoudige oplossing voor een ingewikkeld probleem is?'

'Hoezo? Heeft u dan bommen in treinen gevonden die... Nee, neem me niet kwalijk. Dit zijn werkelijk mijn zaken niet. Maar waarom begint u er dan over?'

'Omdat ik hoopte dat u er meer vanaf wist dan ik. Misschien omdat ik me troost met de gedachte dat u er ook geen wijs uit kunt. U zegt dat u te veel gekken moet lezen en ziet dat als tijdverlies. Ik niet, voor mij zijn de teksten van jullie gekken—van jullie gekken, zeg ik, dat wil zeggen van normale mensen—belangrijke teksten. Mij kan de tekst van een gek misschien duidelijk maken hoe iemand redeneert die een bom in een trein legt. Of bent u bang een spion van de politie te worden?'

'Nee, erewoord. Eigenlijk is het mijn werk om in kaartenbakken naar ideeën te zoeken. Als ik de juiste mededeling in handen krijg zal ik aan u denken.'

Terwijl hij opstond stelde hij langs zijn neus weg de laatste vraag: 'Hebt u tussen uw manuscripten... ooit een verwijzing naar de Tres gevonden?'

'Wat is dat?'

'Ik weet het niet. Het moet een genootschap zijn, of iets van dien aard, ik weet niet eens of het wel echt bestaat. Ik heb erover gehoord, en ik moest eraan denken naar aanleiding van de gekken. Doet u de groeten aan uw vriend Belbo. Zegt u hem dat ik jullie gangen niet naga. Ik oefen nu eenmaal een naar beroep uit, en ik vind het nog leuk ook.'

Terwijl ik naar huis ging vroeg ik me af wie er nu eigenlijk wijzer was geworden. Hij had mij een aantal dingen verteld, ik hem niets. Als ik wantrouwig was, had ik kunnen denken dat hij me misschien iets ontfutseld had zonder dat ik er erg in had gehad. Maar als je wantrouwig bent ga je overal synarchische komplotten zien.

Toen ik het voorval aan Lia vertelde zei ze tegen me: 'Volgens mij was hij eerlijk. Wilde hij echt zijn hart luchten. Geloof je dat er op het politiebureau iemand is die naar hem luistert als hij zich afvraagt of Jeanne Canudo bij rechts of bij links hoorde? Hij wilde alleen maar begrijpen of het aan hem lag dat hij het niet begreep, of dat de geschiedenis echt te moeilijk was. En jij hebt hem het enige ware antwoord niet weten te geven.'

'Is dat er dan?'

'Natuurlijk. Dat er niets te begrijpen valt. Dat de synarchie God is.'

'God?'

'Ja. De mensheid verdraagt de gedachte niet dat de wereld bij toeval ontstaan is, bij vergissing, alleen maar omdat vier lichtzinnige atomen op een natte autobaan op elkaar zijn gebotst. En dus moet er gezocht worden naar een kosmisch komplot, God, engelen of duivels. De synarchie vervult op beperktere schaal dezelfde functie.'

'Dus ik had hem uit moeten leggen dat mensen bommen in treinen leggen omdat ze op zoek zijn naar God?'

'Misschien wel.'

54

De prins van de duisternis is een edelman.

Shakespeare, *King Lear*, III, iv, 147

Het was herfst. Op een ochtend ging ik naar de via Marchese Gualdi omdat ik mijnheer Garamond toestemming moest vragen voor het bestellen van kleurenfoto's in het buitenland. In het kantoor van mevrouw Grazia ontwaarde ik Agliè, gebogen over de kaartenbak met de auteurs van Manuzio. Omdat ik laat was voor mijn afspraak stoorde ik hem niet.

Nadat we onze technische zaken hadden besproken, vroeg ik Garamond wat Agliè in het secretariaat aan het doen was.

'Die man is een genie,' vertelde Garamond me. 'Hij is van een fijnzinnigheid, van een buitengewone onderlegdheid... Gisteravond heb ik hem mee uit eten genomen met een aantal van onze auteurs en heb ik enorme indruk met hem gemaakt. Wat een conversatie, wat een stijl. Een gentleman van de oude stempel, een heer, zo vind je ze vandaag de dag niet meer. Wat een eruditie, wat een ontwikkeling, ik zeg zelfs meer, wat een kennis. Hij heeft uiterst smakelijke anekdotes verteld over mensen van honderd jaar geleden en ik zweer het u, op een manier alsof hij ze persoonlijk heeft gekend. En weet u wat hij mij op weg naar huis voor idee aan de hand deed? Hij had zich in een oogopslag een beeld van mijn gasten gevormd, kende ze al beter dan ik ze kende. Hij zei me dat we niet moeten wachten tot de auteurs voor Isis Ontsluierd zich zelf aanmelden. Verspilde moeite, en manuscripten die gelezen moeten worden, plus dat je niet weet of ze bereid zijn bij te dragen aan de kosten. Dat we toch immers een goudmijn hebben om uit te putten: de kaartenbak met alle auteurs van Manuzio van de afgelopen twintig jaar! Begrijpt u? Je schrijft onze oude, roemrijke auteurs, of in ieder geval die auteurs die ook de restvoorraden hebben opgekocht, en je zegt, geachte heer, is het u bekend dat wij een zeer hoogstaande wijsgerige en traditionele reeks begonnen zijn? Zou het voor een schrijver van uw fijnbesnaardheid niet de moeite waard zijn deze terra incognita te betreden enzovoort enzovoort? Een genie, zeg ik u. Ik geloof dat hij wil dat we zondagavond allemaal met hem meegaan. Hij wil ons meenemen naar een kasteel, een vesting, ik zeg zelf meer, een schitterende villa in de buurt van Turijn. Het schijnt dat daar buitengewone dingen zullen plaatsvinden, een rite, een viering, een sabbat waar iemand goud of kwikzilver of iets dergelijks zal fabriceren. Een hele wereld die nog helemaal ontgonnen moet worden, beste Casaubon, ook al weet u dat ik buitengewoon veel respect heb voor die wetenschap waar u zich zo hartstochtelijk aan wijdt; en ik ben zeer, zeer te spreken over uw medewerking, daar niet van—ik weet het, die kleine bijstelling van de financiën waar u aan refereerde, die ligt er nog, ik vergeet het niet, te zijner tijd zullen we het erover hebben. Agliè zei me dat die mevrouw er ook zal zijn, die mooie mevrouw—ze mag dan misschien niet beeldschoon zijn, maar ze is bijzonder, ze heeft iets in haar blik—die vriendin van Belbo, hoe heet ze ook weer...'

'Lorenza Pellegrini.'

'Ik geloof van wel. Hebben ze iets met elkaar, zij en Belbo?'

'Ze zijn geloof ik goede vrienden.'

'Ah! Het antwoord van een heer. Prima Casaubon. Maar ik vroeg het niet uit nieuwsgierigheid, het is meer dat ik me een soort vader voor u allen voel en.... glissons, à la guerre comme à la guerre... gegroet mijn beste.'

We hadden inderdaad een afspraak met Agliè, in de heuvels in de buurt van Turijn, bevestigde Belbo. Een tweeledige afspraak. Het eerste deel van de avond een feest in het kasteel van een zeer welgestelde Rozenkruiser, waarna Agliè ons mee zou nemen naar een aantal kilometers daarvandaan, waar zich, uiteraard om middernacht, een druïdenrite zou voltrekken waarover hij zich erg op de vlakte hield.

'Maar ik zat te denken,' zei Belbo, 'dat we ook eens moeten kijken hoe het staat met het verhaal over de metalen en dat we hier altijd te veel worden gestoord. Waarom vertrekken we niet zaterdag al en gaan we twee dagen in mijn oude huis in *** zitten? Het is een mooie plek, dat zult u zien, de heuvels zijn de moeite waard. Diotallevi gaat mee en misschien komt Lorenza ook. En... u kunt meenemen wie u wilt, dat spreekt.'

Hij kende Lia niet maar wist dat ik een vriendin had. Ik zei dat ik alleen zou komen. Ik had al twee dagen ruzie met Lia. Om een kleinigheid, alles zou dan ook binnen een week weer worden bijgelegd. Maar ik had er behoefte aan een paar dagen uit Milaan weg te zijn.

En zo belandden we, het trio van Garamond, plus Lorenza Pellegrini, in

***. Bij het vertrek was er even een moment van spanning geweest. Lorenza was op de afgesproken tijd verschenen, maar had voor ze in de auto stapte gezegd: 'Misschien blijf ik hier, zodat jullie in alle rust kunnen werken. Dan kom ik later samen met Simon.'

Belbo, met zijn handen aan het stuur, had zijn armen gestrekt en strak voor zich uitkijkend zachtjes gezegd: 'Stap in.' Lorenza was voorin ingestapt en had de gehele reis haar hand in de nek van Belbo gehouden, die zwijgend reed.

*** was nog steeds het dorpje zoals Belbo dat tijdens de oorlog had gekend. Een paar nieuwe huizen, vertelde hij ons, het verval van de landbouw omdat de jongeren naar de stad waren getrokken om te trouwen. Hij wees ons een aantal heuvels, waar nu gegraasd werd, die ooit geel hadden gezien van het tarwe. Het dorp verscheen plotseling, na een bocht, aan de voet van de heuvel waarop het huis van Belbo stond. De heuvel was laag en erachter kon je de vlakte van Monferrato zien liggen, bedekt door een dunne oplichtende nevel. Toen we naar boven reden wees Belbo ons op een tegenoverliggende, bijna kale heuvel met op de top een door twee pijnbomen geflankeerde kapel. 'De Bricco,' zei hij. Daarna voegde hij er aan toe: 'Het geeft niets dat jullie dat niets zegt. Daar gingen we heen voor het traditionele paasontbijt op tweede paasdag. Nu ben je er met de auto in vijf minuten, maar in die tijd gingen we te voet en was het een pelgrimstocht.'

55

Ik noem een theater [de plek waarin] alle handelingen van woorden, van zinnen, van de details van gesproken woorden of van onderwerpen vertoond worden als in een openbaar theater, waar komedies en tragedies worden opgevoerd.

Robert Fludd, *Utriusque Cosmi Historia*, Oppenheim(?), 1620(?), II, 2, p.55

We kwamen bij de villa. Villa bij wijze van spreken; een hofstede, met op de begane grond de grote kelders waarin Adelino Canepa—de strijdlustige pachter, degene die oom Carlo bij de partizanen had aangegeven—wijn maakte van de wijngaarden op het landgoed van de Covasso's. Je zag dat het al een tijd onbewoond was.

In een klein pachtershuisje ernaast woonde nog een oude vrouw, vertelde Belbo ons, de tante van Adelino—de anderen waren inmiddels allemaal dood, oom en tante, de Canepa's; alleen de stokoude vrouw was nog over en onderhield een moestuintje, met vier kippen en een varken. De grond waren ze kwijtgeraakt door de betaling van successierechten, schulden, niemand herinnerde zich nog precies waardoor. Belbo liep naar het pachtershuis en klopte op de deur; de oude vrouw kwam naar buiten, deed er enige tijd over om de bezoeker te herkennen en begroette hem toen met veel vertoon van eerbied. Ze wilde dat we bij haar binnen kwamen, maar Belbo brak, na haar omhelsd en opgebeurd te hebben, het gesprek af.

We gingen de villa binnen en Lorenza slaakte kreten van vreugde naarmate ze meer trappen, gangen en schaduwrijke kamers met antieke meubelen ontdekte. Belbo merkte bij wijze van understatement op dat ieder het Brideshead heeft dat hij verdient, maar hij was geroerd. Hij kwam hier af en toe, zei hij, maar heel zelden.

'Maar je kunt hier prettig werken, 's zomers is het fris en 's winters beschermen de dikke muren tegen de vorst, en er zijn overal kachels. Toen ik als kind geëvacueerd was woonden we natuurlijk alleen in die twee zijkamers daar aan het eind van de grote gang. Nu heb ik me de vleugel van mijn oom en tante toegeëigend. Ik werk hier in de studeerkamer van oom Carlo.' Er stond zo'n secretaire met slechts weinig ruimte om je papier op te leggen maar met overal al dan niet geheime laatjes. 'Hier zou Abulafia niet op passen,' zei hij. 'Maar de weinige keren dat ik hier kom vind ik het leuk om met de hand te schrijven, zoals ik toen ook deed.' Hij wees op een statige kast: 'Kijk, als ik dood ben, denk er dan aan dat daarin de gehele literaire produktie uit mijn jeugd zit, de gedichten die ik schreef op mijn zestiende, de opzet voor een saga in zes delen die ik op mijn achttiende schreef... enzovoort...'

'Kijken, kijken!' riep Lorenza die in haar handen klapte en vervolgens katachtig op de kast toeliep.

'Ho daar,' zei Belbo. 'Er valt niets te zien. Ik kijk er zelf niet eens meer naar. En in ieder geval kom ik als ik dood ben de hele boel verbranden.'

'Er zitten hier toch hopelijk wel spoken,' zei Lorenza.

'Nu wel. Niet in de tijd van oom Carlo, toen was het een en al vrolijkheid. Het was georgisch. Nu kom ik juist hier omdat het bucolisch is. Het is prettig werken 's avonds terwijl de honden blaffen in het dal.'

Hij liet ons, mij, Diotallevi en Lorenza, de kamers zien waar we zouden slapen. Lorenza bekeek de hare, raakte het oude bed met de grote witte sprei aan, rook aan de lakens, zei dat ze het idee had dat ze midden in een verhaal van haar oma zat omdat ze naar lavendel roken, Belbo merkte op dat het niet waar was, dat ze gewoon muf roken, Lorenza zei dat het er niet toe deed en vroeg toen, tegen de muur leunend en haar heupen en venusheuvel licht naar voren duwend alsof ze de flipperkast moest verslaan: 'Slaap ik hier alleen?'

Belbo keek de andere kant op, de kant waar wij stonden, keek nog een andere kant op, liep toen de gang in en zei: 'We hebben het er nog wel over. In ieder geval is dit toevluchtsoord helemaal voor jou alleen.' Diotallevi en ik liepen verder en hoorden dat Lorenza hem vroeg of hij zich soms voor haar schaamde. Hij merkte op dat als hij haar de kamer níet gegeven had, zij hem gevraagd zou hebben waar hij gedacht had dat zij zou slapen. 'Ik heb de eerste zet gedaan, dus je hebt geen keus,' zei hij. 'Wise guy!' zei zij, 'goed, dan slaap ik in mijn kamertje.' 'Oké, oké,' zei Belbo geïrriteerd, 'maar de anderen zijn hier om te werken, laten we naar het terras gaan.'

En zo werkten we op een groot terras, waarop een pergola was neergezet, met koude frisdranken en veel koffie voor onze neus. Alcohol werd verbannen naar de avond.

Vanaf het terras zag je de Bricco, en onder het heuveltje van de Bricco een groot haveloos gebouw, met een binnenplaats en een voetbalveld. Het geheel werd bevolkt door bontgekleurde figuurtjes, kinderen leek het me. Belbo wees er de eerste keer op: 'Dat is het Salesiaanse parochiehuis. Ik heb de laatste twee jaar daar gezeten. Daar heb ik van Don Tico leren spelen. In de fanfare.'

Ik herinnerde me die trompet die Belbo zichzelf ontzegd had, die keer na de droom. Ik vroeg: 'Trompet of klarinet?'

Hij raakte even in paniek: 'Hoe weet u... Ah, dat is waar ook, ik had u over de droom en de trompet verteld. Nee, Don Tico heeft me trompet leren spelen, maar in de fanfare speelde ik genis.'

'Wat is een genis?'

'Ach, dat is zo lang geleden. We zijn nu aan het werk.'

Maar terwijl we werkten zag ik dat hij vaak een blik op het parochiehuis wierp. Ik had de indruk dat hij er alleen naar kon kijken als hij over iets anders praatte. Soms onderbrak hij ineens het gesprek: 'Hier beneden heeft tegen het eind van de oorlog een van de meest heftige vuurgevechten plaatsgevonden. Hier in *** waren de fascisten en de partizanen tot een soort akkoord gekomen. Twee jaar achter elkaar hadden de partizanen in de lente de stad bezet en werden ze door de fascisten met rust gelaten. De fascisten kwamen niet uit deze streek, en de partizanen waren allemaal jongens van hier. Als het op een treffen aankwam konden die tussen de rijen maïs, de bosjes en de heggen hun weg wel vinden. 's Winters was het voor de partizanen moeilijker in de vlakte te blijven; je kon je niet verbergen, in de sneeuw zagen ze je van veraf en met een mitrailleur namen ze je ook op een kilometer afstand op de korrel. Dan trokken de partizanen dus hoog de heuvels in. En ook hier waren zij het die alle passen, nauwe inhammen en schuilplaatsen kenden. En de fascisten namen bezit van de vlakte. Maar die lente stonden we aan de vooravond van de bevrijding. De fascisten zaten nog hier, maar durfden geloof ik niet terug naar de stad, omdat ze vermoedden dat de beslissende slag daar geleverd zou worden, hetgeen dan ook rond vijfentwintig april gebeurde. Ik geloof dat er afspraken bestonden, de partizanen wachtten, zij wilden niet vechten; ze waren er inmiddels zeker van dat er iets stond te gebeuren, Radio Londen gaf 's nachts steeds bemoedigender nieuws, de speciale boodschappen voor de partizanentroep van Franchi volgden elkaar steeds sneller op, morgen regent het weer, oom Mario heeft het brood gebracht, of iets dergelijks, misschien heb jij ze wel gehoord, Diotallevi... Om kort te gaan, er moet sprake zijn geweest van een misverstand, de partizanen zijn naar beneden gekomen toen de fascisten nog niet vertrokken waren, hoe dan ook, mijn zuster stond op een dag hier op het terras en kwam binnen om te zeggen dat er twee elkaar bij wijze van spelletje met een machinepistool achterna zaten. We waren niet verbaasd, het waren immers nog kinderen, aan beide zijden, die de tijd doodden door met wapens te spelen; op een keer waren er twee in de laan uit baldadigheid echt aan het schieten geslagen en had de kogel zich in de stam van de boom geboord waar mijn zusje tegenaan stond geleund. Zij had het niet eens gemerkt, de buren hebben het ons verteld, en vanaf toen was haar geleerd dat ze weg moest gaan als ze twee jongens met een machinepistool zag spelen. Ze doen het weer, zei ze toen ze binnenkwam, om te laten zien dat ze gehoorzaamde. En op dat moment hoorden we het eerste salvo. Het werd echter gevolgd door een tweede, een derde en toen steeds meer; je hoorde de droge schoten van de repeteergeweren, het ta-ta-ta van de machinepistolen, een paar doffere knallen, misschien handgranaten, en ten slotte de mitrailleur. We begrepen dat het geen spelletje meer was. Maar tijd om erover te praten hadden we niet, want inmiddels hoorden we onze eigen stemmen niet meer. Poef paf bang ratatata. We verscholen ons onder de wasbak, mijn zusje, mijn moeder en ik. Toen kwam oom Carlo op handen en voeten door de gang aangekropen om te zeggen dat het bij ons te gevaarlijk was, dat we bij hen moesten komen. We verplaatsten ons naar de andere vleugel, waar tante Caterina zat te huilen omdat oma buiten was...'

'Dat was toen uw oma plat op de grond in het veld lag, midden tussen twee vuurlinies...'

'Hoe weet u dat?'

'Dat heeft u me in '73 verteld, die dag van de demonstratie.'

'Mijn god wat een geheugen. Bij u moet je oppassen wat je zegt... Ja. Maar mijn vader was ook buiten. Naar we later vernomen hebben was hij in het centrum; hij was een portiek ingevlucht en kon er niet meer weg, omdat ze over de gehele lengte van de straat aan het schijfschieten waren en een handvol soldaten van de Zwarte Brigades vanaf de toren van het gemeentehuis met de mitrailleur het plein schoonveegden. In de portiek stond ook de fascistische oud-burgemeester van de stad. Op een gegeven moment zei hij dat het hem wel zou lukken om naar huis te rennen; hij hoefde maar één hoek om. Hij wachtte tot het even stil was, stormde de portiek uit, bereikte de hoek en werd in de rug neergemaaid door de mitrailleur op het gemeentehuis. De instinctieve reactie van mijn vader, die ook de Eerste Wereldoorlog al had meegemaakt, was: je kunt beter in de portiek blijven.'

'Wat je noemt een plek vol prettige herinneringen,' merkte Diotallevi op.

'Je zult het niet geloven,' zei Belbo, 'maar ze zijn werkelijk prettig. En bovendien het enige echte dat ik me herinner.'

De anderen begrepen het niet, ik had een vermoeden—en weet het nu zeker. Vooral in die maanden, waarin hij zich liet voortdrijven op de leugens van de diabolici, en na jaren waarin hij zijn desillusie had bedekt met romaneske leugens, kwamen de dagen in *** hem in zijn herinnering voor als een wereld waarin een kogel een kogel is: of je gaat opzij of je wordt geraakt, en de twee partijen waren onderling duidelijk te onderscheiden op grond van hun kleuren, rood en zwart, of kaki en grijsgroen, geen twijfel mogelijk—of dat dacht hij toen tenminste. Een dode was een dode was een dode was een dode. Niet zoals kolonel Ardenti die op onnaspeurbare wijze verdwenen was. Ik bedacht dat ik hem misschien over de synarchie moest vertellen, die in die jaren al op de loer lag. Was de ontmoeting tussen oom Carlo en Terzi die beiden, zij het op tegengestelde fronten, gedreven werden door hetzelfde ridderideaal, soms niet synarchisch geweest? Maar waarom moest ik Belbo zijn Combray afnemen? De herinneringen waren aangenaam omdat ze hem vertelden over de enige waarheid die hij gekend had; pas daarna had de twijfel ingezet. Met dien verstande dat hij, zoals hij had laten doorschemeren, zelfs in de dagen van de waarheid was blijven toekijken. Hij keek in zijn herinnering naar de tijd waarin hij keek naar het ontstaan van andermans herinneringen, van de Geschiedenis, en van vele geschiedenissen waar hij de schrijver niet van zou zijn.

Of was er een moment van glorie en van keuze geweest? Want hij zei: 'En toen, op die dag, verrichtte ik de heldendaad van mijn leven.'

'Mijn John Wayne,' zei Lorenza. 'Vertel op.'

'O niks. Nadat ik naar mijn oom en tante gekropen was, moest en zou ik rechtop in de gang blijven staan. Het raam was aan het eind, we zaten op de eerste verdieping, niemand kan me raken, zei ik. En ik voelde me net een veldheer die, terwijl de kogels hem om de oren fluiten, rechtop midden in het carré staat. Toen werd oom Carlo kwaad en trok me hardhandig naar binnen; ik wilde het net op een huilen zetten omdat de pret was afgelopen, en op dat moment hoorden we drie schoten, glasgerinkel en een soort weerslag, alsof er in de gang iemand met een tennisbal aan het spelen was. Een kogel was door het raam naar binnen gedrongen, had een waterbuis geraakt, was teruggekaatst en had zich laag in de vloer geboord, precies op de plek waar ik eerst had gestaan. Als ik daar nog had gestaan was ik nu kreupel geweest. Misschien.'

'Mijn god, kreupel had ik je niet gemoeten,' zei Lorenza.

'Wellicht zou ik er nu wel blij mee zijn,' zei Belbo. Hoe het ook zij, ook in dat geval had hij niet gekozen. Hij had zich door zijn oom naar binnen laten trekken.

Na een uurtje raakte hij weer afgeleid. 'Toen kwam op een gegeven moment Adelino Canepa naar boven. Hij zei dat we in de kelder allemaal veiliger zouden zijn. Hij en mijn oom praatten al jaren niet met elkaar, dat heb ik jullie verteld. Maar op het moment van de tragedie was Adelino weer een menselijk wezen geworden en heeft mijn oom hem zelfs de hand gedrukt. Zo hebben we een uur in het donker gezeten tussen de vaten, in de lucht van most die een beetje naar je hoofd steeg, met buiten dat geknal. Toen namen de salvo's af, klonken de schoten gedempter. We begrepen dat iemand zich terugtrok en wisten nog niet wie. Totdat we door een raampje boven ons hoofd, dat uitkwam op een paadje, een stem in dialect hoorden zeggen: "Monssu, i'è d'la repubblica bele si?"'

'Wat betekent dat?' vroeg Lorenza.

'Zoiets als: gentleman, zou u zo beleefd willen zijn me mede te delen of er in de omstreken nog aanhangers van de Republiek van Salò zitten? In die tijd was republiek een lelijk woord. Het was een partizaan die een voorbijganger ondervroeg, of iemand aan het raam, en dus was het paadje weer begaanbaar en waren de fascisten ervandoor. Het begon donker te worden. Na een tijdje kwamen zowel mijn vader als mijn oma thuis en vertelden ieder hun avontuur. Mijn moeder en mijn tante maakten wat te eten, terwijl mijn oom en Adelino Canepa hun oude gewoonte om elkaar niet te groeten ostentatief weer opnamen. De hele verdere avond hoorden we salvo's in de verte, in de richting van de heuvels. De partizanen joegen de vluchtelingen na. We hadden gewonnen.'

Lorenza zoende hem op zijn haar en Belbo maakte een grimas. Hij wist dat ze gewonnen hadden door tussenkomst van de partizanen. In wezen had hij alles beleefd als een film. Maar even, toen hij het risico liep geraakt te worden door de afgeketste kogel, was hij zelf de film binnengestapt. In een flits, zoals in *Helzapoppin'*, wanneer de filmrollen door de war raken en er tijdens een bal een Indiaan te paard verschijnt die vraagt waar ze heen zijn gegaan, waarop iemand zegt 'die kant op' en hij in een ander verhaal verdwijnt.

56

Terwijl zij omhoog zweefde blies zij zo krachtig op haar mooie bazuin, dat de gehele berg weergalmde van het geluid.

Johann Valentin Andreae,
Die Chymische Hochzeit des Christian Rosencreutz,
Straatsburg, Zetzner, 1616, 1, p.4

We waren bij het hoofdstuk over de wondere wereld der hydraulische buizen, en op een zestiende-eeuwse ets van de *Spiritalia* van Hero stond een soort altaar met daarop een robot die —met behulp van een soort stoommachine—een trompet bespeelde.

Ik leidde Belbo opnieuw terug naar zijn herinneringen: 'Maar hoe is dat verhaal nou van Don Ticho Brahe of hoe heette die man, die u trompet heeft leren spelen?'

'Don Tico. Ik ben er nooit achter gekomen of het een bijnaam was of z'n echte naam. Naar het parochiehuis ben ik niet meer teruggegaan. Ik was er toevallig terechtgekomen: de mis, de catechismus, allerlei spelletjes, en je won een plaatje van de Gezegende Domenico Savio, die jongeman met zijn verfomfaaide broek van ruwe stof die in de beeldjes altijd met ten hemel geslagen ogen aan de rokken van Don Bosco hangt om de schuine moppen die zijn vriendjes vertellen niet te hoeven horen. Ik kwam er achter dat Don Tico een fanfare had geformeerd, allemaal jongens tussen de tien en de veertien jaar. De jongsten speelden klarinet, piccolo, sopraansaxofoon, de grootsten steunden onder het gewicht van bombardon en grote trom. Ze waren in uniform, kaki jasjes met blauwe broeken, en pet met klep. Een droom, en ik wilde erbij horen. Don Tico zei dat hij wel een genis kon gebruiken.'

Superieur nam hij ons op en droeg voor: 'Genis is fanfarejargon voor een soort kleine schuiftrompet die eigenlijk een bugel-in-es heet. Het is het meest stupide instrument van de hele fanfare. Eerst doet hij op de tweede tel van de mars hoempá-hoempá-hoempá-hoempáp, en na het tètteretèt gaat hij over op de eerste tel en doet pa-pa-pa-pa-pa... Maar je leert het zo, het instrument behoort net als de trompet tot de familie van koperblazers en het mechaniek verschilt niet van dat van de trompet. Voor de trompet heb je meer lucht nodig en een goede embouchure—die soort rand eelt die je op je lippen krijgt, weet je wel, zoals Louis Armstrong had. Met een goede embouchure gebruik je minder lucht en komt de klank er helder en zuiver uit, zonder dat je het blazen hoort—maar je mag niet met bolle wangen spelen, dat is helemaal mis en gebeurt alleen in verhalen en karikaturen.'

'Maar de trompet?'

'Trompet leerde ik op mijn eentje spelen, op zomermiddagen waarop er niemand in het parochiehuis was en ik me verstopte in de zaal van het theatertje... Maar trompet studeerde ik uit erotische overwegingen. Zien jullie die kleine villa daar in de verte, op een kilometer van het parochiehuis? Daar woonde Cecilia, dochter van de weldoenster van de Salesianen. Dus elke keer als de fanfare zijn opwachting maakte, op voorgeschreven feestdagen, na de processie, op de binnenplaats van het parochiehuis en bovenal in het theater, voor de aanvang van de uitvoering van de toneelvereniging, zaten Cecilia en haar moeder altijd op de eerste rij op de ereplaats, naast de proost van de kathedraal. En bij die gelegenheden begon de fanfare met een mars die *Buon Principio* heette, en die mars werd ingeleid door de trompetten, de bestrompetten van voor de gelegenheid blinkend opgepoetst goud en zilver. De trompetten gingen staan en speelden een solo. Daarna gingen ze weer zitten en zette de fanfare in. Trompet spelen was voor mij de enige mogelijkheid om door Cecilia te worden opgemerkt.'

'En anders?' vroeg Lorenza vertederd.

'Anders bestond niet. Ten eerste was ik dertien en zij dertieneneenhalf, en een meisje is met dertieneneenhalf een vrouw en een jongen een snotaap. Daarbij kwam, ze hield van een altsaxofoon, een zekere Papi, een kalige engerd vond ik het, en had alleen maar oog voor hem, terwijl hij zinnelijk stond te blaten; want de saxofoon, tenminste als het niet die van Ornette Coleman is en hij in een fanfare speelt—en bespeeld wordt door de griezel Papi—is (of leek mij toen) een bokkig en hitsig instrument, heeft de stem van, hoe zal ik het zeggen, een mannequin die aan de drank is geraakt en is gaan tippelen...'

'Hoe doen mannequins die tippelen? Wat weet jij daarvan?' vroeg Lorenza.

'Kortom, Cecilia wist niet eens van mijn bestaan. Als ik in de late namiddag door de heuvels ploeterde om boven melk te gaan halen in een koestal, bedacht ik natuurlijk schitterende verhalen waarin zij werd geroofd door Zwarte Brigades en ik toesnelde om haar te redden terwijl de kogels me om de oren vlogen en ik tsjak tsjak hoorde als ze in het stoppelveld sloegen, ik openbaarde haar wat zij niet kon weten, dat ik in feite de geheime leider was van het verzet in heel Monferrato, en zij bekende mij dat ze dat altijd had gehoopt, en dan schaamde ik me, omdat ik een lavastroom van honing in mijn aderen voelde gloeien—ik zweer het, ik kreeg er niet eens een vochtige voorhuid van, het was iets anders, iets veel vreselijkers, en verheveners—en thuisgekomen ging ik biechten... Ik geloof dat zonde, liefde en glorie is, als jij je langs aan elkaar geknoopte lakens uit het raam van de Villa Triste, het hoofdkwartier van de SS naar beneden laat zakken, terwijl zij zich aan je nek vastklampt en je, hangend in de lucht, toefluistert dat ze altijd van je gedroomd heeft. De rest is pure seks, copulatie, voortzetting van het infame nageslacht. Maar goed, als ik eenmaal bij de trompetten zou staan kon Cecilia me niet meer over het hoofd zien, ik rechtop staand, flonkerend, en de armzalige saxofoon zittend. De trompet is krijgshaftig, engelachtig, apocalyptisch, zegevierend, geeft het sein tot de aanval; de saxofoon laat nozems uit buitenwijken met brillantineharen wang aan wang met bezwete meisjes dansen. En ik studeerde trompet, als een bezetene, totdat ik naar Don Tico toestapte en hem zei luistert u alstublieft naar me, en ik speelde als Oscar Levant toen hij op Broadway voorspeelde voor Gene Kelly. En Don Tico zei: jij bent een trompet. Maar...'

'Wat een verhaal,' zei Lorenza, 'vertel nou, laat ons nou niet zo in spanning zitten.'

'Maar ik moest iemand vinden die voor mij in de plaats de genis zou bespelen. Regel het maar, had Don Tico gezegd. En ik heb het geregeld. Jullie moeten namelijk weten, mijn lieve kindertjes, dat er in die dagen in *** twee misbaksels woonden; ze zaten bij mij in de klas alhoewel ze twee jaar ouder waren dan ik, dus jullie begrijpen wel hoe het gesteld was met hun leervermogen. Deze twee bruten heetten Annibale Cantalamessa en Pio Bo. Eén: historisch.'

'Hè? Wat?' zei Lorenza.

Ik legde uit, medeplichtig: 'Als Salgari in zijn avonturenromans melding maakt van een waar gebeurd feit (of een feit waarvan hij wilde dat het waar was)—bijvoorbeeld dat Sitting Bull na Little Big Horn het hart van generaal Custer opat—dan zette hij aan het eind van het verhaal een voetnoot die luidde: 1. Historisch.'

'Precies. En het is historisch dat Annibale Cantalamessa en Pio Bo zo heetten en dat dat het ergste nog niet was. Ze waren lui, stalen strips uit kiosken, pikten je patroonhulzen af als je net een mooie verzameling had en legden hun broodje salami op de avonturenroman die je met Kerstmis cadeau had gekregen en die je hun net had uitgeleend. Cantalamessa zei dat hij communist was, Bo fascist, beiden schrokken er niet voor terug zich voor een katapult aan de vijand te verkopen, ze vertelden seksueel getinte verhalen met vage anatomische kennis van zaken en schreeuwden om het hardst dat ze de vorige avond het langst hadden gemasturbeerd. Ze waren tot alles in staat, dus waarom niet tot de genis? En dus besloot ik ze te lijmen. Ik prees het uniform van de spelers de lucht in, nam ze mee naar openbare uitvoeringen en liet iets doorschemeren over amoureuze successen bij de leerlingen van het Mariacollege... Ze hapten. Ik sleet mijn dagen in het theatertje en tikte ze, zoals ik had gezien op illustraties in boekjes over missionarissen, met een stokje op hun vingers als ze een foute noot bliezen—de genis heeft slechts drie ventielen, je hoeft alleen de wijs- middel- en ringvinger te bewegen, maar voor de rest is het een kwestie van embouchure, zoals ik al zei. Ik zal jullie niet langer plagen, lieve luisteraartjes: de dag was daar dat ik Don Tico twee genissen kon presenteren, ik zal niet zeggen dat ze perfect waren, maar op de eerste repetitie—die me heel wat slapeloze middagen had gekost— konden ze er tenminste mee door. We hadden Don Tico kunnen overtuigen, hij had ze een uniform gegeven en mij bij de trompetten gezet. En binnen een week stond ik, tijdens het feest van Maria Auxiliatrix, bij de opening van het theaterseizoen met *De kleine Parijzenaar*, het doek nog neer, voor de hoogwaardigheidsbekleders het begin van *Buon Principio* te spelen.'

'Oh wat schitterend,' zei Lorenza met een gezicht dat overduidelijk doortrokken was van tedere jaloezie. 'En Cecilia?'

'Ze was er niet. Misschien was ze ziek. Wie zal het zeggen? Ze was er niet.'

Hij keek op en liet zijn blik over zijn publiek dwalen, want nu voelde hij zich bard—of troubadour. Een berekenende pauze. 'Twee dagen later liet Don Tico me bij zich roepen en legde me uit dat Annibale Cantalamessa en Pio Bo de avond hadden bedorven. Ze hielden geen maat, in de pauzes zaten ze gein te trappen en ze zetten niet op het juiste moment in. "De genis," zei Don Tico me, "is de ruggegraat van de fanfare, het ritmisch geweten, de ziel. De fanfare is als een kudde, de instrumenten zijn de schapen, de dirigent is de herder, maar de genis is de trouwe, vasthoudende hond die de schaapjes in de pas houdt. De dirigent houdt vooral de genis in het oog, en als de genis hem volgt, volgen de schaapjes hem ook. Mijn beste Jacopo, ik moet je om een groot offer vragen, maar jij moet weer terug naar de genis, samen met die twee anderen. Jij hebt ritmegevoel, jij moet ze voor me in de pas houden. Ik bezweer je dat ik je, zodra ze het alleen kunnen, weer bij de trompetten terugzet." Alles had ik aan Don Tico te danken. Ik heb toegestemd. En bij het volgende feest zijn de trompetten voor Cecilia gaan staan, die weer op de eerste rij zat, en hebben het begin van *Buon Principio* gespeeld. Ik stond in het donker, genis onder de genissen. Wat die twee ellendelingen betreft, die hebben nooit zelfstandig leren spelen. Ik ben niet meer bij de trompetten teruggekomen. Toen de oorlog was afgelopen ben ik naar huis gegaan, heb het koper achter me gelaten, en van Cecilia heb ik de achternaam nooit geweten.'

'Arme schat,' zei Lorenza terwijl ze hem bij de schouders omarmde, 'je hebt mij nog.'

'Ik dacht dat je van saxofoons hield,' zei Belbo. Daarop kuste hij haar de hand, waarbij hij zijn hoofd nauwelijks draaide. Hij werd weer ernstig. 'Aan het werk,' zei hij. 'We moeten een verhaal over de toekomst schrijven, niet een kroniek van verloren tijd.'

's Avonds vierden we uitbundig de opheffing van de drooglegging. Het leek of Jacopo zijn weemoedige bui was vergeten en hij mat zich met Diotallevi. Ze verzonnen de krankzinnigste machines, om er daarna keer op keer achter te komen dat die al uitgevonden waren. Tegen twaalven, na een volle dag, besloten allen dat het tijd werd er proefondervindelijk achter te komen hoe het is om 's nachts in de heuvels te slapen.

Ik ging naar bed in de oude kamer, met lakens die vochtiger waren dan ze 's middags waren geweest. Jacopo had erop gestaan dat we vroeg in de middag een beddepan in ons bed zouden zetten, een soort ovale constructie die de dekens omhooghoudt waarop een stoof met kooltjes wordt gezet—waarschijnlijk om ons alle geneugten van het leven in de villa te laten smaken. Maar als vochtigheid latent aanwezig is, laat de beddepan die juist extra uitkomen; je voelt een aangename warmte maar het laken blijkt doorweekt. Niets aan te doen. Ik ontstak een abatjour met van die franje waar, zoals dat bij dichters heet, nachtvlinders tegenaan fladderen alvorens te sterven. En trachtte de slaap te vatten met het lezen van de krant.

Maar een of twee uur lang hoorde ik stappen op de gang, deur openen dichtgaan, de laatste keer (de laatste keer die ik hoorde) sloeg er een met een woeste klap dicht. Lorenza stelde Belbo's zenuwen op de proef.

Ik was al bijna in slaap toen ik aan de mijne hoorde krabbelen, aan mijn deur. Het was niet duidelijk of het een dier was (maar ik had geen hond of kat gezien), en ik kreeg de indruk dat het een uitnodiging was, een verzoek, een verleiding. Misschien deed Lorenza het omdat ze wist dat Belbo haar in de gaten hield. Misschien ook niet. Ik had Lorenza tot op dat moment altijd beschouwd als Belbo's eigendom—tenminste wat mij betreft—en bovendien was ik sinds ik met Lia was niet meer ontvankelijk voor andere bekoringen. De ondeugende blikken van verstandhouding die Lorenza mij bij tijd en wijle op kantoor of in het café toewierp als ze Belbo in de maling nam, alsof ze een bondgenoot of een getuige zocht, maakten—had ik altijd gedacht—deel uit van een soort gezelschapsspelletje—en daarbij kwam dat Lorenza de gewoonte had onverschillig wie aan te kijken met een blik alsof ze wel eens nader wilde kennismaken met zijn amoureuze capaciteiten—maar op een rare manier, alsof ze wilde zeggen 'ik wil je wel, maar om je te laten zien dat je bang bent'... Die avond, toen ik dat gerasp hoorde, dat krabben van nagels tegen de lak van de opensIaande deuren, maakte zich een ander gevoel van mij meester: ik realiseerde me dat ik naar Lorenza verlangde.

Ik verborg mijn hoofd onder mijn kussen en dacht aan Lia. Ik wilde een kind met haar maken, hield ik mezelf voor. En ik zal hem (of haar) meteen als hij blazen kan, trompet laten spelen.

57

Aan drie bomen waren aan weerskanten lantaarns
bevestigd waarin alle lichten reeds door een schone
jonkvrouw in het Blauwe Kleed met een machtige
toorts waren ontstoken, het was heerlijk en
prachtig om te zien.

Johann Valentin Andreae,
Die Chymische Hochzeit des Christian Rosencreutz,
Straatsburg, Zetzner, 1616, 2, p.21

Tegen twaalven voegde Lorenza zich glimlachend bij ons op het terras en kondigde aan dat ze een prima trein had gevonden die om half één in *** stopte en haar met maar één keer overstappen 's middag naar Milaan zou terugbrengen. Ze vroeg of we haar naar het station wilden brengen.

Belbo bleef in zijn aantekeningen bladeren en zei: 'Ik kreeg de indruk dat Agliè jou ook verwachtte, sterker nog, ik kreeg de indruk dat hij de hele expeditie alleen voor jou had georganiseerd.'

'Dan heeft hij pech,' zei Lorenza. 'Wie brengt me weg?'

Belbo stond op en zei: 'Ik ben zo terug. Dan hebben we nog een kleine twee uur voordat we weg moeten. Lorenza, had je een tas?'

Ik weet niet of ze nog meer zeiden tijdens de rit naar het station. Belbo kwam een minuut of twintig later terug en hervatte het werk zonder iets over het voorval te zeggen.

Om twee uur vonden we een prettig restaurant op het marktplein, en de keuze aan spijzen en wijnen deed Belbo terugdenken aan andere gebeurtenissen uit zijn jeugd. Maar hij praatte alsof hij uit andermans biografie voorlas. De geslaagde verteltoon van de vorige dag was hij kwijt. Halverwege de middag gingen we op weg om ons bij Agliè en Garamond te voegen.

Belbo reed naar het zuidwesten, terwijl het landschap met elke kilometer gaandeweg veranderde. De heuvels van *** waren ook laat in de herfst nog klein en lieflijk; naarmate we verder reden verbreedde de horizon zich echter, hoewel de pieken waarop zich af en toe een dorp verschanst had bij iedere bocht talrijker werden. Maar tussen de pieken ontrolden zich eindeloze horizonten—Aan Gene Zijde, zoals Diotallevi opmerkte, daarmee onze ontdekkingen treffend verwoordend. Zo zagen we, terwijl we in z'n drie omhoog klommen, bij iedere bocht weidse glooiende vlaktes met een doorlopend golvend profiel dat aan het eind van de hoogvlakte vervloog in een al bijna winterse nevel. Het leek een door duinen gemoduleerde vlakte, maar het was middelgebergte. Alsof de hand van een onkundige demiurg toppen die hem buitensporig leken had samengeperst en getransformeerd tot een klonterige perenstroop die tot aan de zee doorliep, wie zal het zeggen, of tot aan de hellingen van ruigere en resolutere bergketens.

We kwamen in het dorp waar we in de bar aan het dorpsplein met Agliè en Garamond hadden afgesproken. Toen hij hoorde dat Lorenza niet met ons mee was gekomen liet Agliè, als hij er al door geïrriteerd was, dit niet merken. 'Onze verfijnde vriendin wil de mysteries die haar toebehoren niet met anderen delen. Een uitzonderlijke schroomvalligheid die ik waardeer,' zei hij. En dat was dat.

We reden verder, voorop de Mercedes van Garamond en daarachter de Renault van Belbo, door heuvels en dalen, totdat we, toen het zonlicht al begon af te nemen, een vreemd, hoog op een heuvel gesitueerd bouwwerk ontwaarden, een soort geel, achttiende-eeuws kasteel van waaruit zich, zo leek het me van veraf, terrassen met ondanks het seizoen weelderig bloeiende planten en bomen uitstrekten...

Toen we bij de voet van de steile helling aankwamen zagen we voor ons een open plek waar veel auto's geparkeerd stonden. 'Hier stoppen we,' zei Agliè, 'de rest lopen we.'

De schemering ging inmiddels over in de nacht. We zagen dat de klim naar boven verlicht werd door het schijnsel van een grote hoeveelheid brandende fakkels die langs de helling waren neergezet.

Het is vreemd, maar aan alles wat er vanaf dat moment tot diep in de nacht gebeurd is heb ik herinneringen overgehouden die tegelijkertijd helder en verward zijn. In de periscoop dacht ik aan die avond terug en had ik het gevoel dat er tussen beide ervaringen een overeenkomst was. Kijk, zei ik tegen mezelf, nu zit je hier, in een onnatuurlijke situatie, versuft door een nauw waarneembare muffe lucht van oud hout die je het gevoel geeft dat je in een graftombe zit, of in de buik van een vat waarin zich een transformatie voltrekt. Als je alleen maar je hoofd buiten het hokje zou steken zou je in het halfdonker zien hoe voorwerpen, die je vandaag nog onbeweeglijk hadden geleken, zich als schaduwen van

Eleusis roeren tussen de dampen van een betovering. En zo was die avond in het kasteel ook geweest: de lichten, de verrassingen tijdens de klim, de woorden die ik hoorde, en later beslist ook de wierook; alles spande samen om me te doen geloven dat ik droomde, maar dan in een abnormale vorm, zoals vlak voor het wakker worden, als je droomt dat je droomt.

Ik zou me niets moeten herinneren. En herinner me daarentegen alles, alsof ik het zelf niet heb meegemaakt en het me door iemand anders verteld is.

Ik weet niet of hetgeen ik me met zoveel onbestemde lucideiteit herinner echt gebeurd is, of dat ik wilde dat het gebeurd was. Maar het was beslist die avond dat het Plan in ons hoofd vaste vorm aannam, alsof we die vormeloze ervaringen in een willekeurige vorm wilden gieten, waardoor de fantasie die iemand als werkelijkheid had willen zien tot verzonnen werkelijkheid werd getransformeerd.

'Het is een rituele klim,' vertelde Agliè ons terwijl we omhoog liepen. 'Dit zijn hangende tuinen, dezelfde—of bijna tenminste—die Salomon de Caus ontworpen had voor de tuinen in Heidelberg—ik bedoel, voor de keurvorst van de Palts Frederik v, in de grote Rozenkruiserseeuw. Het licht is schaars, maar dat hoort zo, want vermoeden is beter dan zien: onze amfitryon heeft het ontwerp van Salomon de Caus niet getrouw gereproduceerd, maar het in een engere ruimte geconcentreerd. De tuinen van Heidelberg weerspiegelden de macrokosmos, maar degene die ze hier heeft aangelegd heeft zich beperkt tot een microkosmos. Moet u die in rocailles uitgevoerde grot eens zien... Decoratief, zonder twijfel. Maar De Caus had het embleem van de *Atalanta fugiens* van Michael Maier voor ogen waarin het koraal de steen der wijzen is. De Caus wist dat je met de vorm van tuinen de hemellichamen kunt beïnvloeden, omdat er tekens zijn die door hun configuratie de harmonie van het universum imiteren...'

'Verbazingwekkend, buitengewoon,' zei Garamond. 'Maar hoe krijgt een tuin het voor elkaar om de hemellichamen te beïnvloeden?'

'Er zijn sterrenbeelden die naar elkaar toebuigen, die naar elkaar kijken, elkaar omhelzen en tot liefde dwingen. Die geen definieve vorm hebben en die ook niet moeten hebben. Een ieder ervaart, afhankelijk van wat zijn vervoering of bezieling hem ingeeft, bepaalde krachten, zoals gebeurde met de hiërogliefen van de oude Egyptenaren. Het enige mogelijke contact tussen ons en de goddelijke wezens loopt via zegelen, figuren, tekens en andere ceremoniën. Dat is ook de reden waarom de godheden met ons praten door middel van dromen en enigma's. En dus ook door middel van deze tuinen. Ieder aspect van dit terras geeft een mysterie van de alchimistische kunst weer, maar helaas zijn we niet meer in staat het te lezen, ook onze gastheer niet. Een uitzonderlijke toewijding aan het geheim bij deze man die, dat zult u moeten toegeven, alles wat hij in de loop der jaren heeft vergaard, uitgeeft aan het ontwerpen van ideogrammen waarvan hij de betekenis niet meer weet.'

We liepen omhoog, en op elk terras veranderden de tuinen van aanzien. Sommige hadden de vorm van een doolhof, andere stelden een embleem voor, maar het grondplan van de lagere terrassen kon je alleen vanaf de hoger gelegen terrassen zien, zodat ik van bovenaf de omtrek van een kroon bespeurde, en nog een heleboel andere symmetrieën die ik niet had kunnen onderscheiden toen ik er doorheen liep en waar ik, ook nu hier boven, niet uit wijs kon worden. In de ogen van iemand die zich tussen de heggen doorbewoog gaf ieder terras, door een perspectivische vertekening, een aantal beelden te zien, maar van bovenaf gezien leverde dat zelfde terras nieuwe onthullingen op die wellicht een compleet tegenovergestelde betekenis hadden—en iedere trede van die trap sprak dus op hetzelfde moment twee verschillende talen.

We ontwaarden, toen we langzaam verder klommen, kleine bouwseltjes. Onder een soort boog of afdakje werd een fallisch gevormde fontein zichtbaar, met een Neptunus die een dolfijn vertrapte, een deur met vagelijk Assyrische zuilen en een boog die onduidelijk van vorm was, alsof ze driehoeken en veelhoeken op veelhoeken hadden gezet, met bovendien op iedere punt het beeld van een dier, een eland, een aap, een leeuw...

'Betekent dit nu allemaal iets?' vroeg Garamond.

'Zonder enige twijfel, u hoeft er de *Mundus symbolicus* van Picinelli, waar Alciato met bijzondere profetische geestdrift op vooruitloopt, maar op na te lezen. Je kunt de hele tuin lezen als een boek, of als een betovering, wat trouwens hetzelfde is. Je zou de woorden van de tuin, als je ze kende, zachtjes voor je uit kunnen fluisteren en zo in staat zijn een van de talrijke krachten te sturen die werkzaam zijn in de ondermaanse wereld. De tuin is een werktuig om het universum te domineren.'

Hij liet ons een grot zien. Een cultuur van algen en zeedierskeletten; ik weet niet of ze echt waren of van gips, van steen... We ontwaarden een waternimf in omarming met een stier met de geschubde staart van de grote bijbelse vis, neergevlijd in een waterstroom die vloeide uit de schelp die door een zeegod werd vastgehouden alsof het een amfoor was.

'Ik zou willen dat u de diepere betekenis hiervan vatte; anders is het slechts een banaal waterbouwkundig spelletje. De Caus wist heel goed dat als je een vat met water vult en van boven afsluit, het water er ook als je vervolgens een gat in de bodem maakt, niet uitloopt. Maar als je bovenin ook eén gat maakt, stroomt of spuit het water er beneden uit.'

'Dat is toch logisch?' vroeg ik. 'In het tweede geval komt er van bovenaf lucht in en die duwt het water naar beneden.'

'Typisch een wetenschappelijke verklaring, waarin oorzaak en gevolg worden verwisseld, of vice versa. U moet zich niet afvragen waarom het water er in het tweede geval wel uitloopt. U moet zich afvragen waarom het er in het eerste geval níet uitloopt.'

'En waarom doet het dat niet?' vroeg Garamond ongeduldig.

'Omdat als het eruit zou lopen er leegte in het vat zou achterblijven, en de natuur is bang voor leegte. *Nequaquam vacuum* was een Rozenkruisersprincipe dat de moderne wetenschap vergeten is.'

'Indrukwekkend,' zei Garamond. 'Casaubon, deze dingen moeten in onze wondere geschiedenis der metalen duidelijk naar voren komen, denk eraan. En zegt u nu niet dat water geen metaal is. Fantasie, daar gaat het om.'

'Neemt u me niet kwalijk,' zei Belbo tegen Agliè, 'maar uw argument is *post hoc ergo ante hoc*. Dat wat later komt veroorzaakt dat wat eerder kwam.'

'U moet niet volgens lineaire sequenties redeneren. Het water van deze fonteinen doet dat niet. De natuur doet het niet, de natuur kent geen tijd. Tijd is een uitvinding van het Westen.'

Terwijl we verder liepen kwamen we andere genodigden tegen. Bij het zien van een aantal van hen stootte Belbo Diotallevi aan die fluisterend schamperde: 'En ja hoor, *facies hermetica*.'

En opeens liep ik tussen de pelgrims met hun *facies hermetica* de heer Salon tegen het lijf, enigzins afzijdig, met een ernstige doch toegeeflijke glimlach op de lippen. Ik glimlachte naar hem, hij glimlachte naar mij.

'Kent u Salon?' vroeg Agliè me.

'Kent u Salon?' vroeg ik hem. 'Voor mij is het logisch, we wonen in hetzelfde gebouw. Wat vindt u van Salon?'

'Ik ken hem niet goed. Sommige vrienden van me die ik op hun woord geloof zeggen dat hij een informant van de politie is.'

Daarom was Salon natuurlijk van Garamond en van Ardenti op de hoogte. Wat was de connectie tussen Salon en De Angelis? Maar ik beperkte me ertoe aan Agliè te vragen: 'En wat doet een informant van de politie op een feest als dit?'

'De informanten van de politie,' zei Agliè, 'zijn overal. Bij het verzinnen van vertrouwelijke informatie kan iedere ervaring van pas komen.

Bij de politie word je machtiger naarmate je meer weet, of veinst te weten. En of het waar is doet er niet toe. Let wel, het belangrijkste is dat je een geheim bezit.'

'Maar waarom wordt Salon hier uitgenodigd?' vroeg ik.

'Beste vriend,' antwoordde Agliè, 'waarschijnlijk omdat onze gastheer de gulden regel van het wijsgerige denken volgt die bepaalt dat iedere dwaling de—niet herkende—brenger van de waarheid kan zijn. Het ware esoterisme is niet bang voor tegenstellingen.'

'Wat u zegt is dat zij het uiteindelijk allemaal onderling eens zijn.'

'*Quod ubique, quod ab omnibus et quod semper.* De inwijding is als het ontdekken van een eeuwigdurende filosofie.'

Zo filosoferend waren we bij het hoogste terras aangekomen en sloegen een pad in dat uitkwam op een uitgestrekte tuin die doorliep naar de ingang van de villa of het kasteeltje of wat het ook was. In het licht van een op een zuil gemonteerde toorts die groter was dan de andere, zagen we een meisje dat gehuld was in een blauw met gouden sterren bezaaid gewaad. Ze had een trompet in haar hand, van het soort waarop herauten in de opera spelen. Zoals in van die religieuze drama's waarin de engelen lopen te pronken met vleugels van velijnpapier, had het meisje twee grote witte vleugels op haar schouders die versierd waren met amandelvormige figuren met in het midden een stip, die met een beetje goede wil voor ogen zouden kunnen doorgaan.

We ontwaarden professor Camestres, een van de eerste diabolici die ons bij Garamond was komen opzoeken, de tegenstander van de Ordo Templi Orientis. We hadden moeite hem te herkennen omdat hij zich had vermomd op een manier die ons eigenaardig voorkwam, maar volgens Agliè passend was voor de gebeurtenis: hij was gekleed in wit linnen, met om zijn heupen een rood lint dat gekruist over zijn borst en achter over zijn schouders liep, en een eigenaardige hoed van zeventiende-eeuwse snit waarop hij vier rode rozen had gestoken. Hij knielde voor het meisje met de trompet en zei een paar woorden.

'Er is werkelijk meer tussen hemel en aarde...,' mompelde Garamond tegen ons.

We kwamen door een met historische afbeeldingen versierd portaal, dat me aan de Staglieno-begraafplaats deed denken. In de hoogte, boven een complexe neoklassieke allegorie, zag ik de uitgehakte woorden CONDOLEO ET CONGRATULATOR.

Binnen bevonden zich vele genodigden in geanimeerde stemming die zich verdrongen rond een buffet in een ruime hal, van waaruit twee monumentale trappen naar de hoger gelegen verdiepingen voerden. Ik ontdekte nog meer niet onbekende gezichten, waaronder Bramanti en —verrassing—commandeur De Gubernatis, een SEK waar Garamond al wel munt uit had geslagen, maar die naar alle waarschijnlijkheid nog niet geconfronteerd was met de gruwelijke mogelijkheid alle exemplaren van zijn meesterwerk in de papiermolen te zien verdwijnen, want toen hij op mijn baas toeliep straalde hij eerbied en erkentelijkheid uit. Ook Agliè werd eerbiedig begroet, en wel door een klein mannetje met een geëxalteerde blik in de ogen. Aan het onmiskenbare Franse accent hoorden we dat het Pierre was, degene die we Bramanti, achter de deur van het studeerkamertje van Agliè, van tovenarij hadden horen beschuldigen.

Ik liep naar het buffet. Er stonden karaffen met gekleurde vloeistoffen, maar ik kon niet zien wat het was. Ik schonk mezelf een geel drankje in dat wel wat van wijn weghad; vies was het niet, het smaakte naar oude brandewijn, maar het was beslist alcoholhoudend. Misschien zat er wat in: ik werd enigszins draaierig. Om me heen stroomden facies hermeticae samen naast ernstige gezichten van doktoren in ruste; ik ving flarden van gesprekken op...

'In het eerste stadium zou je moeten proberen met andere geesten te communiceren; vervolgens moet je gedachten en beelden in andere wezens projecteren, de plekken een emotionele lading geven, gezag verwerven over het dierenrijk. In een derde fase probeer je je tweede ik op een willekeurig punt in de ruimte te projecteren: bilocatie, zoals de yogi, je zou tegelijkertijd in meerdere op zichzelf staande vormen aanwezig moeten zijn. Daarna moet je overstappen op het bovenzinnelijke bewustzijn van de vegetale essenties. Ten slotte poog je los te komen, het gaat erom de tellurische eenheid van het lichaam te doorbreken, op de ene plek op te lossen en op een andere weer te verschijnen, integraal —bedoel ik—en niet alleen als tweede ik. Laatste stadium, de verlenging van het fysieke leven...'

'Niet de onsterfelijkheid...'

'Niet meteen.'

'En jij dan?'

'Er is concentratie voor nodig. Ik wil je wel verklappen dat het vermoeiend is. Weet je, ik ben ook geen twintig meer...'

Ik vond mijn groepje terug. Ze gingen net een zaal binnen met witte muren en afgeronde hoeken. Achterin, als in een wassenbeeldenmuseum—maar het beeld dat die avond bij me opkwam was dat van het altaar dat ik in Rio had gezien in de tenda de umbanda—stonden twee standbeelden op bijna ware grootte, van was, en bekleed met een glinsterend materiaal dat me toneelspul van het ergste soort leek. Een stelde een dame op een troon voor, met een zo goed als vlekkeloos, met pailletten bezet kleed. Boven haar hoofd waren aan touwtjes onduidelijke gevormde wezens opgehangen die volgens mij van Lenci-stof gemaakt waren. Uit een versterker in een hoek klonk het vage geluid van trompetten, dit wél van goede kwaliteit, misschien was het iets van Gabrieli; de muzikale aankleding getuigde duidelijk van een betere smaak dan de visuele. Aan de rechterkant een andere vrouwenfiguur, gekleed in karmozijnrood fluweel met een witte ceintuur en op haar hoofd een lauwerkrans, naast een goudkleurige weegschaal. Agliè deed moeite om ons de verschillende verwijzingen uit te leggen, maar ik zou liegen als ik zei dat ik er veel aandacht voor had. Mij interesseerde de gelaatsuitdrukking van de genodigden die met een zekere eerbied en ontroering van afbeelding naar afbeelding liepen.

'Ze verschillen niet van mensen die in een heiligdom de zwarte madonna met haar met zilveren harten geborduurde kleed gaan bekijken,' zei ik tegen Belbo. 'Denken ze soms dat dat de moeder van Christus in levenden lijve is? Dat niet, maar ze denken ook niet het tegenovergestelde. Ze zwelgen in de gelijkenis, ze ervaren het schouwspel als een visioen, en het visioen als werkelijkheid.'

'Ja,' zei Belbo, 'maar het gaat mij er niet om erachter te komen of deze mensen beter of slechter zijn dan degenen die naar het heiligdom gaan. Ik was me aan het afvragen wie wíj zijn. Voor ons is Hamlet reëler dan onze buurman. Heb ik het recht me een oordeel over deze mensen aan te matigen terwijl ikzelf op zoek ga naar Madame Bovary om haar eens even duidelijk de waarheid te zeggen?'

Diotallevi schudde zijn hoofd en zei zachtjes tegen me dat ze geen afbeeldingen van goddelijke zaken zouden moeten maken, en dat het allemaal epifanieën van het gouden kalf waren. Maar hij vermaakte zich.

58

En daarom is de alchimie een kuise hoer die vele minnaars heeft maar allen teleurstelt en niemand haar omarming gunt. Zij verandert de trotsen in dwazen, de rijken in ellendigen, de filosofen in domoren, en de bedrogenen in zeer eloquente bedriegers...

Trithemius, *Annalum Hirsaugensium*, II, Sankt Gallen, 1690, 141

Plotseling werd de zaal in schemer gehuld en lichtten de wanden op. Ik zag dat ze voor driekwart bedekt waren met een halfrond scherm waarop ze beelden zouden gaan projecteren. Toen deze verschenen drong het tot me door dat een gedeelte van het plafond en de vloer van reflecterend materiaal waren, evenals een aantal objecten die me daarvoor door hun grofheid waren opgevallen: de pailletten, de weegschaal, een schild, wat koperen bokalen. We werden ondergedompeld in een onderwaterwereld waarin de beelden zich vermenigvuldigden, zich opdeelden en versmolten met de schaduwen van de aanwezigen; de vloer reflecteerde het plafond dat op zijn beurt weer de vloer weerkaatste en samen reflecteerden ze de figuren die op de wanden verschenen. Tegelijk met de muziek verspreidden zich subtiele geuren door de ruimte, eerst Indische wierook, toen andere, minder duidelijke, soms onaangename geuren.

Eerst ging het halfdonker over in een volslagen duisternis, daarna bevonden we ons, terwijl we een kleverig gepruttel hoorden, het borrelen van lava, in een krater waar een slijmerige en donkere massa omhoog spoot in het verblindende flikkerlicht van gele en blauwige dampen.

Vet en plakkerig water verdampte boven onze hoofden om weer als dauw of regen naar beneden te dalen, er waarde een geur van bedorven aarde rond, een stank van schimmel. Ik ademde het graf in, de Tartarus, de duisternis, rondom mij lekte een vergiftig lijkegif dat stroomde tussen mesttongen, aarde, steenkoolpoeder, modder, menstruatiebloed, rook, lood, drek, schors, schuim, nafta, zwart zwarter dan zwart, dat nu oplichtte waardoor twee reptielen zichbaar werden—het een lichtblauw en het ander roodachtig—die in een soort omarming verstrengeld waren en elkaar in de staart beten waardoor ze samen een cirkel vormden.

Het was alsof ik buitensporig veel had gedronken, ik zag mijn in het halfduister verdwenen metgezellen niet meer, herkende de gedaantes niet die naast mij schuifelden en ervoer ze als onsamenhangende fluïde omhulsels... Op dat moment voelde ik dat ik bij mijn hand werd vastgepakt. Ik weet dat het niet waar was, en toch durfde ik me toen niet om te draaien omdat ik er niet achter wilde komen dat ik me vergist had. Maar ik rook de parfum van Lorenza en toen pas begreep ik hoe ik naar haar verlangde. Het moest Lorenza zijn. Ze was daar, om die uit geritsel, uit het gekras met nagels tegen de deur bestaande dialoog die ze de avond daarvoor niet had afgemaakt, weer op te pakken. Zwavel en kwikzilver leken zich te verenigen tot een vochtige warmte die mijn liezen deed kloppen, maar zonder heftigheid.

Ik verwachtte de Rebis, het androgyne jongetje, het zout van de filosofen, de kroning van het witte werk.

Ik had het idee dat ik alles wist. Misschien dat dingen die ik de laatste maanden gelezen had bij me naar boven kwamen, misschien gaf Lorenza me haar kennis door via de aanraking van haar hand, waarvan ik voelde dat de palm licht bezweet was.

En tot mijn verrassing mompelde ik verre namen, namen die, dat wist ik, de Filosofen beslist aan het Witte Werk hadden gegeven, maar waarmee ik—wellicht—bevend Lorenza aanriep—ik weet het niet, of die ik misschien in mezelf herhaalde als een verzoenende litanie: Wit Koper, Onbevlekt Lam, Aibathest, Alborach, Wijwater, Gezuiverde Mercurius, Operment, Azoth, Baurac, Cambar, Caspa, Cera, Loodwit, Chaia, Comerison, Electrum, Eufraat, Eva, Fada, Favonius, Fundament van de Kunst, Waardevolle Steen van Givinis, Diamant, Zibach, Ziva, Hymen, Narcissus, Lelie, Hermafrodiet, Hae, Hypostase, Hyle, Maagdenmelk, Unieke Steen, Volle Maan, Moeder, Levende Olie, Peulvrucht, Ei, Residu, Punt, Wortel, Zout der Natuur, Gebladerde Aarde, Tevos, Tincar, Stoom, Avondster, Wind, Virago, Faraoglas, Kinderurine, Aasgier, Placenta, Menstruatiebloed, Voortvluchtige Dienaar, Linkerhand, Sperma van de Metalen, Geest, Tin, Sap, Vettig Zwavel...

In het nu grijsachtige pikkedonker begon zich een horizon van rotsen en verdorde bomen af te tekenen, waarachter een zwarte zon onderging. Daarna was er een bijna verblindend licht en verschenen er fonkelende beelden die door alles teruggekaatst werden, hetgeen een caleidoscopisch effect teweegbracht. Nu waren de dampen liturgisch, kerkelijk, ik begon hoofdpijn te krijgen, een zwaar gevoel in mijn voorhoofd, ik zag een luisterrijke zaal die behangen was met goudkleurige wandtapijten, wellicht een bruiloftsmaal, met een prinselijke bruidegom en een bruid in het wit, daarnaast een oude koning en een koningin op de troon, naast hen een krijgsman, en nog een koning met een donkere huid. Voor de koning een klein altaartje waarop een met zwart fluweel bekleed boek en een kaars in een ivoren kandelaber stonden. Naast de kandelaber een draaiende globe en een klok met daarop een kleine kristallen fontein waaruit bloedkleurig vocht stroomde. Boven de fontein wellicht een schedel, uit de oogkassen glipte een witte slang...

Lorenza stond woorden in mijn oor te ademen. Maar ik hoorde haar stem niet.

De slang bewoog zich op het ritme van treurige, trage muziek. De oude monarchen droegen een zwart gewaad en voor hen stonden zes afgedekte doodskisten. Er klonken enkele donkere klanken van een bastuba en er verscheen een man met een zwarte kap. Eerst was het een hiëratische executie die zich in slow-motion afspeelde en door de koning met smartelijke vreugde werd ondergaan, terwijl hij dociel zijn hoofd boog. Daarop zwaaide de man met de kap met een bijl, een kling, en het was als de snelle duik van een slinger, de klap van de kling vermenigvuldigde zich met elk reflecterend oppervlak, en in elk oppervlak maal elk oppervlak verschenen er duizenden rollende hoofden, en vanaf dat moment volgden de beelden elkaar op zonder dat ik in staat was de gebeurtenissen te volgen. Ik geloof dat alle personages, met inbegrip van de koning met de donkere huid, de een na de ander werden onthoofd en in de doodskisten werden neergevlijd, daarop transformeerde de gehele zaal zich in een zeekust, of de oever van een meer, en zagen we zes verlichte schepen aanmeren waar de baren op werden gedragen, de schepen voeren weg over het wateroppervlak en losten op in de nacht, alles voltrok zich terwijl de wierook tastbare dichte dampen had gevormd, even werd ik bevangen door vrees een van de veroordeelden te zijn, en velen om mij heen mompelden 'het huwelijk, het huwelijk...'

Mijn contact met Lorenza was ik kwijt, en toen pas heb ik me omgedraaid om haar tussen de schaduwen te zoeken.

Nu was de zaal een crypte, of een bonte grafkelder, met een gewelf dat werd verlicht door een karbonkel van buitengewone afmeting.

In elke hoek verschenen vrouwen in maagdelijke gewaden, rond een ketel van twee verdiepingen, een kasteeltje met een stenen voetstuk en een portaal dat op een oven leek, twee zijtorens waaruit twee alambieken staken die eindigden in een eivormige bal, en een derde, centrale toren die eindigde in de vorm van een fontein...

In het voetstuk van het kasteeltje zag je de lichamen van de onthoofden. Een van de vrouwen droeg een kistje waaruit ze een rond voorwerp haalde dat ze op het voetstuk legde, in een gewelf van de centrale toren, waarop de fontein op de top meteen begon te spuiten. Ik kon nog net het voorwerp herkennen, het was het hoofd van de Moor, dat nu brandde als een lier en het water van de fontein aan de kook bracht. Stoom, geblaas, gegorgel...

Dit keer legde Lorenza haar hand in mijn nek, streelde die zoals ik haar, heimelijk, die van Jacopo had zien strelen in de auto. De vrouw droeg een gouden bol aan, opende een kraan in de oven van het voetstuk en liet een rode, dikke vloeistof in de bol lopen. Daarna werd de bol geopend en bevatte in plaats van de rode vloeistof een groot, mooi ei, wit als sneeuw. De vrouwen pakten het en legden het op de grond, in een hoopje geel zand, totdat het ei openging en er een nog vormeloze en bebloede vogel uitkwam. Maar gelaafd met het bloed van de onthoofden begon deze voor onze ogen te groeien en werd prachtig en stralend.

Nu waren ze de vogel aan het onthoofden en hem boven een klein altaar tot as aan het verbranden. Een paar mensen waren bezig de as te kneden, stopten dat kneedsel in twee vormen en zetten die vormen in de hete oven waarbij ze het vuur door buizen aanbliezen. Ten slotte werden de vormen opengemaakt en kwamen er twee bleke, gracieuze, bijna transparante gedaantes uit te voorschijn, een jongen en een meisje, niet meer dan vier handbreedtes lang, zacht en vlezig als levende wezens, maar met nog glazige ogen, als mineralen. Ze werden op twee kussentjes gezet en een oude man goot druppels bloed in hun mond...

Er arriveerden nog meer vrouwen die vergulde trompetten bij zich hadden, getooid met groene kronen; een daarvan reikten ze de grijsaard aan, die hem bij de mond van de twee wezens hield die nog tussen een vegetale loomheid en een zoet dierlijke slaap inhingen en hun lichamen leven begon in te blazen... De zaal vulde zich met licht, het licht zwakte af tot halfduister, daarna tot een door oranje bliksemflitsen onderbroken duisternis en vervolgens was er een immense gloed van een zonsopgang terwijl een aantal trompetten hoog en schel weerklonken, en was er een ondragelijke schittering van robijn. Toen verloor ik Lorenza nogmaals en begreep ik dat ik haar niet meer terug zou vinden.

Alles werd tot een vlammend rood dat langzaam temperde tot indigo en violet, en het scherm doofde. De pijn in mijn voorhoofd was ondraaglijk geworden.

'Mysterium Magnum,' zei Agliè, nu hardop en rustig, aan mijn zijde. 'De wedergeboorte van de nieuwe mens door middel van de dood en de passie. Mooi uitgevoerd, moet ik zeggen, al is het allegorische karakter misschien van invloed geweest op de exacte weergave van de fasen. Wat jullie hebben gezien was natuurlijk een voorstelling, maar er was wel sprake van een Ding. En onze gastheer laat zich er op voorstaan dat Ding te hebben gemaakt. Kom, laten we naar het voltrokken wonder gaan kijken.'

59

En als dergelijke monsters geboren worden,
moeten zij als natuurlijk beschouwd worden, ook
al lijken zij anders te zijn en van een mens te
verschillen.

Paracelsus, *De Homunculis*,
in *Operum Volumen Secundum*,
Genève, De Tournes, 1658, p.475

Hij nam ons mee naar buiten in de tuin, en ik voelde me meteen beter. Ik durfde de anderen niet te vragen of Lorenza werkelijk was teruggekomen. Ik had gedroomd. Maar na een paar stappen gingen we een kas binnen, en opnieuw deed de verstikkende warmte me duizelen. Tussen de voor het merendeel tropische planten stonden zes peervormige—of traanvormige—glazen ampullen die hermetisch waren afgesloten met een zegel en vol zaten met een lichtblauwe vloeistof. In iedere fles dreef een twintigtal centimeters lang wezentje: we herkenden de koning met de grijze haren, de koningin, de Moor, de strijder en de twee met lauweren gekroonde jongelingen, de een blauw en de ander roze... Ze bewogen zich met sierlijke zwembewegingen, alsof ze in hun element waren.

Mede vanwege het feit dat je door de lichte troebelheid van het water niet kon zien of het zachte hijgen dat hen bezielde optisch bedrog of werkelijkheid was, viel moeilijk vast te stellen of het plastic of wassen modellen waren, of levende wezens.

'Ze schijnen met de dag groter te worden,' zei Agliè. 'Iedere ochtend worden de flessen begraven in een hoop verse, ofte wel warme, paardemest die voor een voor de groei gunstige temperatuur zorgt. In Paracelsus worden hiervoor voorschriften gegeven waarin staat dat de homunculi het best groeien bij de temperatuur van een paardebuik. Volgens onze gastheer praten deze homunculi tegen hem, vertellen hem geheimen, doen voorspellingen, de een onthult hem de ware afmetingen van de Tempel van Salomo, de ander hoe je duivels moet uitdrijven... Eerlijk gezegd heb ik ze nog nooit horen praten.'

Ze hadden zeer beweeglijke gezichten. De koning bekeek de koningin met tederheid; hij had een erg vriendelijke blik.

'Onze gastheer vertelde me dat hij op een ochtend de blauwe jongeling, god weet hoe die uit zijn gevangenis ontsnapt was, aantrof terwijl hij probeerde de fles van zijn gezellin te ontzegelen... Maar hij was niet in zijn element, haalde met moeite adem, en ze hebben hem nog maar net op tijd kunnen redden door hem in zijn vloeistof terug te zetten.'

'Verschrikkelijk,' zei Diotallevi. 'Zo zou ik ze niet willen. Dan moet je altijd overal waar je naartoe gaat die fles meeslepen en de juiste mest vinden. Wat doe je 's zomers? Laat je ze achter bij de buurvrouw?'

'Maar misschien,' besloot Agliè, 'zijn het alleen maar Cartesiaanse duikertjes. Of robots.'

'Verduiveld nog aan toe,' zei Garamond. 'U openbaart me een nieuw universum, doctor Agliè. We zouden allemaal nederiger moeten worden, beste vrienden. Er is meer tussen hemel en aarde... Maar goed, à la guerre comme à la guerre...'

Garamond was eenvoudigweg verpletterd. Diotallevi volhardde in een houding van nieuwsgierig cynisme en Belbo toonde geen enkele emotie.

Ik wilde elke twijfel bij mezelf wegnemen en zei tegen hem: 'Wat jammer dat Lorenza niet meegekomen is, ze zou zich geamuseerd hebben.'

'Tja,' antwoordde hij afwezig.

Lorenza was niet gekomen. En ik was net als Amparo in Rio. Ik was er niet best aan toe. Ik voelde me bedrogen. Ze hadden me geen agogõ aangereikt.

Ik verliet het groepje en ging het huis weer binnen, me een weg banend door de menigte, liep langs het buffet en nam iets fris, vrezend dat het een liefdesdrank bevatte. Ik ging op zoek naar een toilet om mijn slapen en mijn nek te betten. Ik vond er een en voelde me opgelucht. Maar toen ik er weer uitkwam werd mijn nieuwsgierigheid gewekt door een wenteltrapje en kon ik geen weerstand bieden aan het nieuwe avontuur. Misschien was ik nog steeds op zoek naar Lorenza, ook al geloofde ik dat ik weer tot bezinning was gekomen.

60

En jij, dwaze, geloof jij dat wij openlijk de grootste geheimen onderwijzen en vat jij de woorden op volgens de klank van de woorden? Je moet waarachtig dit weten (ik ben geenszins afgunstig, zoals de overigen): hij die de woorden van andere filosofen opvat volgens de gebruikelijke betekenis, dwaalt weldra veelvuldig zonder de draad van Ariadne over de kronkelpaden van het labyrint.

Artephius, *De Arte occulta*, Amsterdam, Elizeum Weyerstraten, 1678, p. 15

Ik kwam uit in een schaars verlichte zaal onder de begane grond met wanden in rocaille zoals de fonteinen in het park. In een hoek ontwaarde ik een opening die leek op de beker van een ingemetselde trompet, en al van verre hoorde ik dat er geluiden uit kwamen. Ik liep erop af en de geluiden werden duidelijker, tot ik op een zeker moment zulke heldere en duidelijke zinnen kon opvangen dat het leek of ze naast me werden uitgesproken. Een Dionysiusoor!

Het was duidelijk dat het oor in verbinding stond met een van de hoger gelegen zalen en de gesprekken die naast de opening boven werden gevoerd, opving.

'Mevrouw, ik zal u vertellen wat ik nog nooit aan iemand heb verteld. Ik ben moe... Ik heb gewerkt met cinnaber, en met mercurius, ik heb geesten gesublimeerd, en fermenten, zouten van ijzer, van staal en hun slakken, maar de steen heb ik niet gevonden. Daarna heb ik sterk water geprepareerd, corrosief water, aqua ardens, maar aldoor met hetzelfde resultaat. Ik heb eierschalen gebruikt, zwavel, vitriool, arsenicum, ammoniumzout, glasgal, loogzout, zeezout, klipzout, salpeter, natriumzout, atingar-zout, wijnsteen, alembroth zout; maar gelooft u mij, vertrouwt u er niet op. U moet de onvolmaakte gerubificeerde metalen uit de weg gaan, anders zult u misleid worden zoals ook ik ben misleid. Ik heb alles geprobeerd: bloed, haren, de ziel van Saturnus, marcasiet, aes ustum, saffraan van Mars, ijzeroxyde en metaalslakken, loodglit, antimonium: niets. Ik heb getracht olie en water te verkrijgen uit zilver, ik heb zilver zowel met een geprepareerd zout als zonder zout gecalcineerd, en met aquavite en alles wat het me opleverde was corrosieve olie, meer niet. Ik heb melk gebruikt, wijn, stremsel, het sperma van de sterren dat op de aarde valt, stinkende gouwe, de placenta van foetussen, ik heb kwikzilver vermengd met metalen en ze tot kristallen gereduceerd, ik heb zelfs de as onderzocht... Ten slotte... '

'Ten slotte?'

'Niets op de wereld vereist meer omzichtigheid dan de waarheid. Haar uit te spreken is als een aderlating van het hart... '

'Genoeg, genoeg, ik raak helemaal opgewonden...'

'Alleen u durf ik mijn geheim op te biechten. Ik ben van geen enkele tijd noch plaats. Buiten tijd en ruimte leef ik mijn eeuwig bestaan. Er zijn wezens die geen beschermengelen meer hebben: daar ben ik er een van...'

'Maar waarom heeft u mij hier mee naartoe genomen?'

Andere stem: 'Zo beste Balsamo, is het weer zo ver met die mythe van die onsterfelijkheid van je?'

'Idioot! Onsterfelijkheid is geen mythe. Het is een feit.'

Ik stond op het punt door te lopen omdat het geklets me verveelde, toen ik Salon hoorde. Hij praatte op gedempte toon, gespannen, alsof hij iemand bij de arm tegenhield. Ik herkende de stem van Pierre.

'Toe nu,' zei Salon, 'u gaat me toch niet vertellen dat ook u hier bent voor die alchimistische grappenmakerij. U gaat me toch niet vertellen dat u bent gekomen om een luchtje te scheppen in de tuinen. Wist u dat Salomon de Caus er na Heidelberg op verzoek van de koning van Frankrijk in heeft toegestemd te zorgen dat Parijs een schoonmaakbeurt kreeg?'

'Les façades?'

'Hij was Malraux niet. Ik vermoed dat het ging om de riolering. Wonderlijk, nietwaar? Die man ontwierp symbolische sinaasappel- en appelboomgaarden voor keizers, maar wat hem werkelijk interesseerde waren de ondergrondse gangen van Parijs. In die tijd bestond er in Parijs geen rioleringsstelsel. Het was een allegaartje van open afvoerkanalen en ingegraven buizen waar men maar weinig van afwist. De Romeinen waren in de tijd van de republiek al geheel op de hoogte van hun Cloaca Maxima, en in het Parijs van vijftienhonderd jaar later weet men niets vàn wat er zich onder de grond afspeelt. En De Caus gaat in op de uitnodiging van de koning omdat hij er het zijne van weten wil. Wat wilde hij weten? Na De Caus stuurt Colbert gevangenen de ondergrondse gangen in om deze schoon te maken—dat was tenminste het voorwendsel: bedenk dat dat ten tijde van Masque de Fer was—maar een aantal van hen varen met de drek mee, volgen de stroom tot aan de Seine en gaan er op een boot vandoor zonder dat iemand die in onverdraaglijke stank en zwermen muskieten gehulde geduchte wezens het hoofd durft te bieden... Dus zet Colbert bij de verschillende uitgangen op de rivier gendarmes neer, en komt de rest van de dwangarbeiders in de onderaardse gangen te sterven. In driehonderd jaar hebben ze in Parijs maar drie kilometer riool kunnen bedekken. Maar in de achttiende eeuw bedekken ze zesentwintig kilometer, en dat nog wel aan de vooravond van de revolutie. Gaat u geen lichtje op?'

'Ah, weet u, ça...'

'Dat komt omdat er nieuwe mensen aan de macht komen, mensen die iets weten wat de mensen daarvoor niet wisten. Napoleon stuurt verkenningsploegen tussen het menselijk afval van de metropool het duister in. Wie toentertijd de moed had daar beneden te werken vond van alles: ringen, goud, kettingen, sieraden, god weet wat er allemaal niet in die gangen naar beneden was gevallen. Mensen die het konden opbrengen slikten door wat ze vonden, om daarna naar buiten te komen, een laxeermiddel te slikken en rijk te worden. En zo ontdekte men dat vanuit veel huizen een onderaardse gang diret naar het riool leidde.'

'Ça, alors...'

'In een tijd waarin de po uit het raam werd geleegd? En waarom vonden ze in die tijd al rioleringen met een soort stoep erlangs en ijzeren ringen in de muur waaraan je je vast kon grijpen? Die doorgangen stonden in verbinding met de *tapis francs* waar de onderwereld—de *pègre* zoals men toen zei—bijeenkwam, en als de politie arriveerde konden ze ervandoor gaan en ergens anders weer opduiken.'

'Feuilletonesque...'

'O ja? Wie probeert u te beschermen? Onder Napoleon III verplicht baron Haussman bij wet dat elk huis in Parijs een eigen reservoir moet bouwen plus een onderaardse gang die naar de hoofdriolering leidt... Een tunnel van twee meter dertig hoog en een meter dertig breed. Denkt u eens in! Elk huis in Parijs door middel van een onderaardse gang verbonden met de riolering. En weet u hoe lang het rioleringsstelsel van Parijs heden ten dage is? Tweeduizend kilometer en op verschillende lagen en niveaus. En allemaal begonnen met die man die in Heidelberg die tuinen heeft ontworpen...'

'Ja, en?'

'Ik zie dat u echt niets wenst los te laten. En toch weet u iets dat u mij niet wilt vertellen.'

'Ik bid u, laat mij gaan, het is reeds laat, men verwacht mij op een bijeenkomst.' Geluid van stappen.

Ik begreep niet waar Salon heen wilde. Ik keek om me heen en opgesloten als ik was tussen het rocaille en het Dionysiusoor waande ik me ook in een onderaards gewelf, en het kwam mij voor dat de opening van dat fonurgische kanaal eigenlijk niets anders was dan het begin van een afdaling naar van Nibelungen wemelende gangen die naar het middelpunt van de aarde voerden. Ik kreeg het koud. Net toen ik weg wilde lopen hoorde ik weer een stem: 'Gaat u mee. We beginnen zo. In de geheime zaal. Roept u de anderen.'

61

Een driekoppige Draak bewaakt dit Gulden Vlies; de eerste kop komt voort uit de wateren, de tweede uit de aarde, de derde uit de lucht: het is onvermijdelijk dat deze drie koppen uitlopen in één zeer sterke, die alle andere Draken zal verslinden.

Jean d'Espagnet, *Arcanum Hermeticae Philosophiae Opus*, 1653, p. 83

Ik vond mijn groepje weer terug. Ik zei tegen Agliè dat ik iemand iets had horen mompelen over een bijeenkomst.

'Ah,' zei Agliè, 'we zijn nieuwsgierig! Maar ik begrijp het. Als men zich in de hermetische mysteries verdiept wil men er alles van weten. Welnu, vanavond zou, voor zover ik weet, de inwijding plaats moeten vinden van een nieuw lid van de Orde van het Aloude en Aangenomen Rozenkruis.'

'Mogen we kijken?' vroeg Garamond.

'Dat mag niet. Het hoort niet. Dat hoor je niet te doen. Dat hoort niet te mogen. Maar we zullen net zo doen als die figuren uit de Griekse mythe die zagen wat ze niet mochten zien, en we zullen de toorn der goden trotseren. Ik geef u toestemming even toe te kijken.' Hij liet ons een trappetje opgaan tot aan een donkere gang, schoof een gordijn opzij, en door een gesloten venster konden we in de eronder gelegen zaal kijken, die oplichtte in het schijnsel van een aantal bekkens met gloeiende kolen. De wanden waren bekleed met damast waar lelies op waren geborduurd, en achterin verrees een troon met een goudkleurig baldakijn. Aan weerszijden van de troon stonden op twee driepoten een in karton of plastic uitgezaagde zon en een maan; ze waren tamelijk grof uitgevoerd, maar waren bedekt met tinfolie of dunne, natuurlijk gouden en zilveren metalen platen, en dit had een bepaald effect, omdat beide hemellichten direct verlicht werden door de vlammen uit een vuurbekken. Aan het plafond boven het baldakijn hing een enorme ster, die fonkelde van de edelstenen, of van stukjes glas. Het plafond was bekleed met blauw damast dat bezaaid was met grote zilveren sterren.

Voor de troon stond een lange met palmtakken versierde tafel waarop een zwaard was gelegd, en pal voor de tafel stond een opgezette leeuw met opengesperde muil. Iemand had klaarblijkelijk van tevoren een rood lampje in zijn kop aangebracht, want zijn ogen lichtten gloeiend op en uit zijn keelgat leken vlammen te schieten. Ik bedacht dat mijnheer Salon hier de hand in moest hebben gehad, en het begon me te dagen op welke eigenaardige klanten hij die dag in de mijn in München had gedoeld.

Achter de tafel zat Bramanti, uitgedost in een scharlaken tuniek met groene geborduurde paramenten, een witte koorkap met gouden franje, een flonkerend kruis op zijn borst en een met een witte en een rode veer getooide hoed die enigszins de vorm van een mijter had. Voor hem stond een twintigtal hiëratisch opgestelde personen, in net zo'n scharlaken tuniek, maar zonder paramenten. Allemaal droegen ze iets goudkleurigs op hun borst dat me bekend voorkwam. Er schoot me een renaissanceportret te binnen, een grote Habsburgse neus en dat eigenaardige aan het middel opgehangen lam met de hangende poten. Deze mensen sierden zich met een redelijke imitatie van het Gulden Vlies.

Bramanti was aan het praten, met geheven armen, alsof hij een litanie uitsprak, en van tijd tot tijd antwoordden de aanwezigen. Toen hief Bramanti het zwaard en haalden allen uit hun tuniek een stiletto of een vouwbeen te voorschijn en hielden het omhoog. En dat was het moment waarop Agliè het gordijn liet zakken. We hadden te veel gezien.

We verwijderden ons (met de karakteristieke gang van de Roze Panter zoals Diotallevi preciseerde, die buitengewoon goed op de hoogte was van de perversies van de hedendaagse wereld), en kwamen, een beetje buiten adem, weer in de tuin terecht.

Garamond was verbluft. 'Zijn het... vrijmetselaars?'

'Och,' zei Agliè, 'wat wil dat zeggen, vrijmetselaars? Het zijn volgelingen van een ridderorde die geïnspireerd is op de Rozenkruisers en indirect op de Tempeliers.'

'En dit heeft allemaal niets met vrijmetselarij te maken?' vroeg Garamond weer.

'Als in hetgeen jullie gezien hebben al enige overeenkomst schuilt met de vrijmetselarij, dan is het dat ook de rite van Bramanti een hobby is voor mensen met vrije beroepen en politicasters uit de provincie. Maar zo is het van het begin af aan geweest: de vrijmetselarij was een flauwe afspiegeling van de legende van de Tempeliers. En dit hier is de karikatuur van een karikatuur. Behalve dan dat deze heren het verschrikkelijk serieus nemen. Helaas! De wereld wemelt van dit soort zogenaamde rozenkruisers en templaristen zoals u die vanavond heeft gezien. Van hen moet je geen onthulling verwachten, ook al zou je in hun midden best een geloofwaardige ingewijde kunnen tegenkomen.'

'Maar goed,' zei Belbo, en zonder ironie, zonder argwaan, alsof de vraag hem persoonlijk aanging, 'u frequenteert hen tenslotte. Wie gelooft u... wie geloofde u—neemt u me niet kwalijk—van al die mensen?'

'Niemand natuurlijk. Zie ik eruit als iemand die lichtgelovig is? Ik bekijk ze met de afstandelijkheid, het begrip, de interesse waarmee een theoloog de Napolitaanse menigte kan bekijken die brullend op het wonder van San Gennaro wacht. Die menigte getuigt van een geloof, een diepgewortelde behoefte, en de theoloog loopt rond tussen deze bezwete, kwijlende mensen omdat hij er de heilige zou kunnen ontmoeten waarvan men het bestaan niet kent, de brenger van een hogere waarheid die eens op een dag in staat zal zijn een nieuw licht te werpen op het mysterie van de allerheiligste drieëenheid. Maar de allerheiligste drieeenheid is niet San Gennaro.'

Hij was ongrijpbaar. Ik wist niet hoe ik zijn hermetische scepsis, zijn liturgisch cynisme, dat superieure ongeloof moest definiëren dat hem ertoe bracht de waardigheid van ieder bijgeloof dat hij minachtte te erkennen.

'Het is simpel,' antwoordde hij Belbo, 'als de Tempeliers, de echte, een geheim hebben achtergelaten en een continuïteit hebben ingesteld, zullen we toch naar hen op zoek moeten gaan, en wel in de kringen waarin ze zich het gemakkelijkst zouden kunnen schuilhouden, waar zijzelf misschien riten en mythen verzinnen om zo, als vissen in het water, alle bewegingsvrijheid te hebben. Wat doet de politie als ze de briljante ontsnapte zoeken, het genie van het kwaad? Ze snuffelen in de onderwereld, in louche bars waar zich doorgaan kleine criminelen ophouden die nooit zulke grootse misdaden zullen plegen als de man die gezocht wordt. Wat doet de strateeg van de terreur om zijn toekomstige volgelingen te rekruteren, en om zijns gelijken tegen te komen en ze te herkennen? Hij gaat naar die ontmoetingsplaatsen van pseudo-oproerkraaiers waar velen die nooit zo zullen worden bij gebrek aan karakter, openlijk de veronderstelde gedragingen van hun idolen imiteren. Men zoekt het verloren licht in de vuren, of in het onderhout waar, na een verzengende hitte, de vlammen knisteren onder de dorre struiken, de drab, het halfverbrande gebladerte. En waar zou de ware Tempelier zich beter schuil kunnen houden dan tussen een veelvoud van zijn karikaturen?'

62

Onder genootschappen van druïden verstaan we per definitie die genootschappen die hun naam of hun doelstellingen aan de druïden ontlenen en inwijdingen overdragen die aan de druïden doen denken.

M. Raoult, *Les druïdes. Les sociétés initiatiques celtes contemporaines*, Parijs, Rocher, 1983, p.18

*H*et liep tegen middernacht, en volgens het programma van Agliè wachtte ons nu de tweede verrassing van die avond. We lieten de paltsgrafelijke tuinen achter ons en hernamen onze reis door de heuvels.

Na drie kwartier rijden liet Agliè de twee auto's aan de rand van een bos parkeren. We moesten wat kreupelhout door, zei hij, en dan zouden we op een open plek komen; wegen of paden waren er niet.

We schuifelden voetstaps vooruit door het struikgewas dat flauw omhoog liep: het was niet nat, maar onze schoenen gleden weg over een laag rottende bladeren en glibberige wortels. Af en toe deed Agliè zijn zaklantaarn aan om begaanbare doorgangen te zoeken, maar deed die meteen weer uit omdat—zei hij—onze aanwezigheid niet opgemerkt mocht worden door de celebranten. Op een gegeven moment probeerde Diotallevi enig commentaar te leveren, ik weet niet meer wat, misschien iets over Roodkapje, maar enigszins gespannen verzocht Agliè hem zich daarvan te onthouden.

Toen we bijna uit het kreupelhout waren, hoorden we in de verte vage stemmen. Uiteindelijk kwamen we aan de rand van een open plek die leek op te lichten door verspreide fakkels, of liever, lichten die vlak boven de grond golfden, zwakke en zilverachtige flitsen, alsof in zeepbellen die over het gras dwaalden een gasachtige substantie met scheikundige kilte brandde. Agliè gebood ons op die plek, in de beschutting van het struikgewas, te blijven wachten en ervoor te zorgen dat we niet opgemerkt werden.

'Over niet al te lange tijd arriveren de priesteressen. De druïdessen, liever gezegd. Het betreft een aanroeping van de grote kosmische maagd Milkil—waar Sint-Michaël een volkse christelijke variant van is. Dat Sint-Michaël een engel is, en dus androgyn en de plaats van een vrouwelijke godheid heeft kunnen innemen is niet toevallig...'

'Waar komen ze vandaan?' fluisterde Diotallevi.

'Uit verschillende plaatsen, uit Normandië, uit Noorwegen, uit Ierland... Het is een nogal bijzondere gelegenheid en dit is een gunstige streek voor de rite.'

'Waarom?' vroeg Garamond.

'Omdat bepaalde plekken magischer zijn dan andere.'

'Maar wie zijn ze... in het dagelijks leven?' vroeg Garamond weer.

'Mensen. Typistes, verzekeraars, dichteressen. Mensen die je morgen tegen zou kunnen komen zonder dat je ze zou herkennen.' Nu ontwaarden we een kleine groep die zich opmaakte om zich naar het centrum van de open plek te begeven. Ik begreep dat de koude lichten die ik had gezien kleine lampjes waren die de priesteressen in hun hand meedroegen; het had geleken of ze over de grond scheerden omdat de open plek bovenop de heuvel lag, en van veraf had ik in het duister de druïdessen gezien die naar boven klimmend op de top van de heuvel tevoorschijn waren gekomen, helemaal aan de rand van de vlakte. Ze waren gekleed in witte tunieken die in de wind licht heen en weer bewogen. Ze gingen in een cirkel staan, met in het midden drie celebranten.

'Dat zijn de drie *hallouines* uit Lisieux, uit Clonmacnois en uit Pino Torinese,' zei Agliè. Belbo vroeg waarom juist zij en Agliè haalde zijn schouders op: 'Stil, laten we wachten. Ik kan jullie niet in kort bestek het ritueel en de hiërarchie van de noordse magie uit de doeken doen. Jullie moeten het doen met wat ik vertel. Als ik niet verder vertel komt dat omdat ik het niet weet... of niet zeggen kan. Ik moet een zekere terughoudendheid in acht nemen...'

In het midden van de open plek waren me een hoop stenen opgevallen die, zij het vagelijk, aan een dolmen deden denken. Waarschijnlijk was de keuze op deze plek gevallen vanwege de aanwezigheid van die hoop stenen. Een van de vrouwelijke celebranten klom op de dolmen en blies op een trompet die, meer nog dan degene die we een paar uur daarvoor hadden gezien, leek op een bazuin uit de triomfmars van de *Aïda*. Maar deze had een omfloerste en nachtelijke klank die van zeer ver leek te komen. Belbo tikte me op mijn arm: 'Dat is een ramsinga, de ramsinga van de Thugs bij de heilige baniaan...'

Ik was niet erg fijngevoelig. Ik realiseerde me niet dat hij spotte om andere analogieën te verdringen, en ik strooide nog extra zout in de wonde: 'Met een genis zou het beslist minder suggestief zijn,' zei ik.

Belbo knikte instemmend. 'Dat is precies de reden waarom ik hier ben; omdat zij geen genis willen,' zei hij. Ik vraag me af of het niet die avond was dat hij één verband begon te bespeuren tussen zijn dromen en hetgeen er in die maanden allemaal met hem gebeurde.

Agliè had ons gesprek niet gevolgd maar had ons horen fluisteren. 'Het betreft noch een aankondiging, noch een oproep,' zei hij, 'het gaat om een soort ultrageluid waarmee ze in contact proberen te komen met de ondergrondse golven. Ziet u, nu houden alle druïdessen elkaar bij de hand, in een cirkel. Ze creëren een soort levende accumulator om de tellurische trillingen op te vangen en te bundelen. Nu zou de wolk moeten verschijnen...'

'Welke wolk?' fluisterde ik.

'De traditie noemt het de groene wolk. Wacht...'

Ik verwachtte geen enkele groene wolk te zien. Maar bijna onverwachts verhief zich een zachte nevel van de grond—een mist, zou ik het genoemd hebben, als het een uniforme massa was geweest. Het was een vlokkige formatie die zich in één punt concentreerde en zich daarna, voortbewogen door de wind, als een bol gesponnen suiker, in vlagen verhief en in de lucht suizend uiteen werd geblazen om op een ander punt boven de open plek weer samen te klonteren. Het gaf een bijzonder effect, soms zag je de bomen op de achtergrond, soms was alles gehuld in een wittige stoom, soms hing de wolkenmassa in het midden van de open plek en onttrok wat daar gebeurde aan onze waarneming, terwijl de zoom en de hemel, waar de maan bleef schitteren, zichtbaar bleven. De bewegingen van de vlokken waren plotseling, onverwachts, alsof ze gehoorzaamden aan de impuls van een grillige ademtocht.

Ik dacht aan een scheikundige truc, maar daarna bedacht ik me: we zaten op ongeveer zeshonderd meter hoogte, en het kon zijn dat het hier werkelijk echte wolken betrof. Door de rite voorzien of opgeroepen? Misschien niet, maar de celebranten hadden uitgerekend dat er zich op die hoogte, onder gunstige omstandigheden, dergelijke vlak boven de grond zwevende banken konden vormen.

Het was moeilijk je niet door het tafereel te laten meeslepen, niet in de laatste plaats omdat de gewaden van de celebranten amalgameerden met het wit van de rook en hun gedaantes uit die melkachtige duisternis leken op te duiken, en er weer in te verdwijnen, alsof ze erdoor gegenereerd werden.

Er kwam een moment waarop de wolk het gehele centrum van de wei besloeg en in een aantal plukken naar boven uiteenrafelden en bijna de hele maan afdekten, maar niet zodanig dat de open plek die aan de randen nog steeds helder was geheel in duisternis werd gehuld. Daarop zagen we een druïdes uit de wolk te voorschijn komen en naar het bos hollen, schreeuwend, de armen vooruit gestrekt, zodat ik dacht dat zij ons had ontdekt en ons vervloekingen toewierp. Maar op een paar meter van ons vandaan veranderde ze van richting en begon in kringen rond de nevelvlek te hollen, verdween links in het wit om er na een aantal minuten rechts weer uit te komen; opnieuw kwam ze zeer dicht bij ons in de buurt, en kon ik haar gezicht zien. Het was een sibille met een grote danteske neus boven een mond zo dun als een streep die zich opende als een zeeanemoon, zonder tanden, afgezien van twee snijtanden en een asymmetrische hoektand. Haar ogen waren beweeglijk, dreigend en priemend. Ik hoorde tegelijk met een reeks woorden die ik toen voor Gaelisch hield, een aantal evocaties in een soort Latijn, zoiets als 'o pegnia (oh, en oh!, intus) et eee uluma!!!'; althans, dat meende ik te horen, of meen ik me nu te herinneren gehoord te hebben—want daar komen nog andere herinneringen bovenop. Eensklaps verdween de mist bijna, werd de open plek weer helder en zag ik dat deze was volgestroomd met een troep varkens met elk een ketting van zure appelen om hun gedrongen nek. De druïdes die op de trompet had gespeeld zwaaide, nog steeds op de dolmen, met een mes.

'We gaan,' zei Agliè, afgemeten. 'Het is afgelopen.'

Ik merkte, terwijl ik naar hem luisterde, dat de wolk nu boven en rondom ons was en dat ik de anderen bijna niet meer kon onderscheiden.

'Hoezo afgelopen?' zei Garamond. 'Ik heb het idee dat het mooiste nog moet komen!'

'Wat u zien mocht is afgelopen. Meer mag niet. We moeten de rite respecteren. Laten we gaan.'

Hij liep terug het bos in en werd meteen opgeslokt door de vochtigheid rondom ons. We bewogen ons rillend voort, glijdend over de laag rottende bladeren, hijgend en ongeordend als een leger op de vlucht. Toen stonden we weer op de weg. We zouden in nog geen twee uur in Milaan terug zijn. Voordat Agliè met Garamond in de auto stapte zei hij ons gedag: 'Vergeeft u mij dat ik het schouwspel heb afgebroken. Ik wilde u kennis laten maken met iets, iemand die onder ons leeft, en voor wie u in feite ook al enige tijd werkt. Maar meer mochten we niet zien. Toen men mij van dit evenement op de hoogte stelde heb ik moeten beloven dat ik de ceremonie niet zou verstoren. Onze aanwezigheid zou een negatieve uitwerking hebben gehad op de fasen die nog moesten volgen.'

'Maar die varkens? En wat gebeurt er nu?' vroeg Belbo.

'Wat ik zeggen kon, heb ik gezegd.'

63

'Waar doet de vis je aan denken?'
'Aan andere vissen.'
'En waar doen andere vissen je aan denken?'
'Aan andere vissen.'

Joseph Heller, *Catch 22*,
New York, Simon and Schuster, 1980, p. 303-304

Ik kwam met veel wroeging uit Piemonte terug. Maar toen ik Lia weerzag vergat ik alle verlangens die me bekropen hadden.

Toch had die reis andere sporen bij me achtergelaten, en het baart me nu zorgen dat me dat toen geen zorgen baarde. Ik was bezig definitief, hoofdstuk voor hoofdstuk, de afbeeldingen voor de geschiedenis van de metalen te rangschikken en ik slaagde er, net als in Rio, niet meer in me te onttrekken aan de demon van de gelijkenis. Wat was het verschil tussen deze cilindrische oven van Réaumur, 1750, deze warme kamer voor het uitbroeden van eieren en deze zeventiende-eeuwse athanor, moederbuik, duistere uterus voor het uitbroeden van god weet welke mystieke metalen? Het was alsof ze het Deutsches Museum geïnstalleerd hadden in het kasteeltje in Piemonte dat ik de week daarvoor bezocht had.

Ik had er steeds meer moeite mee de wereld van de magie los te koppelen van hetgeen we vandaag de dag het universum van de precisie noemen. Figuren die ik op school bestudeerd had, grote namen op het gebied van de wis- en natuurkunde, vond ik terug in de duisternis van het bijgeloof; ik ontdekte dat ze gewerkt hadden met één voet in de kabbala en met de andere in het laboratorium. Was ik soms bezig de gehele geschiedenis door de ogen van onze diabolici te herlezen? Maar dan vond ik even later weer boven iedere verdenking verheven teksten waarin stond hoe positivistische natuurkundigen, zodra ze de universiteit verlaten hadden, zich inlieten met mediamieke seances en astrologische clubjes, en hoe Newton op de wetten van de universele zwaartekracht was gekomen omdat hij geloofde dat er occulte krachten bestonden (ik herinnerde me zijn ontdekkingsreizen in de Rozenkruiserskosmologie).

Ik had ongeloof tot mijn wetenschappelijke plicht gemaakt en zag me genoodzaakt ook de meesters te wantrouwen die me geleerd hadden ongelovig te worden.

Ik hield mezelf voor: ik ben net als Amparo, ik geloof het niet maar ik tuin er wel in. En ik betrapte mezelf erop dat ik bedacht dat de grote piramide in wezen echt een miljardste van de afstand aarde-zon hoog was, of dat er echt analogieën bestonden tussen de Keltische en de Indiaanse mythologie. En langzaam aan begon ik bij alles om me heen vraagtekens te plaatsen, de huizen, de uithangborden van de winkels, de wolken in de lucht en de gravures in de bibliotheek; ik wilde dat ze me niet hun eigen maar een andere geschiedenis vertelden, die ze ogenschijnlijk verborgen hielden maar in wezen prijsgaven door toedoen van en dank zij hun mysterieuze gelijkenissen.

Lia redde me, althans voor even. Ik had haar alles (of bijna alles) verteld over het bezoek aan Piemonte, en avond aan avond kwam ik thuis met nieuwe vreemde gegevens voor mijn kaartsysteem met kruisverwijzingen. Haar commentaar was: 'Eet, je bent zo mager als een lat.' Op een avond was ze achter het bureau gaan zitten, had de lok op haar voorhoofd in tweeën gedeeld om me recht in de ogen te kunnen kijken en had haar handen als een huisvrouw in haar schoot gelegd. Ze was nog nooit zo gaan zitten, haar benen uit elkaar, met haar rok gespannen tussen haar beide knieën. Ik bedacht dat het een onelegante houding was. Maar toen keek ik naar haar gezicht en had de indruk dat het oplichtte, dat ze een beetje kleur had. Ik hoorde haar—maar ik wist nog niet waarom—met respect aan.

'Poef,' had ze tegen me gezegd, 'de manier waarop jij met die geschiedenis van Manuzio bezig bent bevalt me niet. Eerst verzamelde je feiten zoals andere mensen schelpen verzamelen. Nu lijkt het wel of je de getallen van de lotto opschrijft.'

'Dat is alleen maar omdat ik het met getallen leuker vind.'

'Met leuk heeft het niets meer te maken, je bent gegrepen, en dat is iets anders. Je moet oppassen, anders maken ze je daar nog ziek.'

'Nu gaan we niet overdrijven. Als er iemand ziek is zijn zij het hoogstens. Als je verpleger in het gekkenhuis bent word je heus zelf niet gek.'

'Dat moet nog bewezen worden.'

'Je weet dat ik analogieën altijd heb gewantrouwd. Nu zit ik midden in een feest van analogieën, een Coney Island, een eerste mei in Moskou, een heilig jaar van analogieën, het valt me op dat sommige beter zijn dan andere en ik vraag me af of daar niet toevallig een reden voor is.'

'Poef,' had Lia me gezegd, 'ik heb je fiches bekeken, omdat ik ze op orde moet houden. Wat die diabolici van jou ook ontdekken, het zit allemaal al hier, let op,' en ze sloeg op haar buik, haar heupen, haar dijen en haar voorhoofd. Zoals ze daar zat, pontificaal met haar benen wijd zodat haar rok strak trok, leek ze—zij die zo tenger en lenig was—omdat er een rustige wijsheid van matriarchale autoriteit van haar afstraalde, een stevige en welgedane min.

'Poef, er zijn geen archetypen, er is het lichaam. Binnen in de buik is het mooi, want daar groeit het kind, jouw pikkie verdwijnt er helemaal vrolijk naar binnen en het heerlijke smakelijke eten gaat naar beneden, en daarom zijn de holte, de kromming, de mijngang, het onderaardse gewelf en zelfs de doolhof van onze mooie en heilige darmen mooi en belangrijk, en als iemand iets belangrijks moet verzinnen laat hij het daarvandaan komen, want ook jij bent daarvandaan gekomen op de dag dat je geboren bent, en de vruchtbaarheid zit altijd in een gat, waarin iets eerst verrot en dan, voilà, een Chineesje, een dadel, een apebroodboom. Maar hoog is beter dan laag, want als je op je hoofd staat stroomt het bloed naar je hoofd, want voeten stinken en haren minder, want het is beter in een boom te klimmen om vruchten te plukken dan onder de grond terecht te komen en de wurmen vet te mesten, want je doet je zelden pijn doordat je in de hoogte tegen iets aanstoot (dan moet je echt op zolder zijn) maar doorgaans als je naar beneden valt, en daarom is het hoge des engels en het lage des duivels. Maar omdat ook wat ik daarnet over mijn buikje zei waar is, zijn ze allebei waar, is het lage en het binnen mooi, op een bepaalde manier, en op een andere manier het hoge en het buiten, en de geest van Mercurius en de universele contradictie hebben daar niets mee te maken. Vuur houdt warm en van kou krijg je longontsteking, vooral als je een geleerde bent van vierduizend jaar geleden, en dus heeft het vuur mysterieuze krachten, niet in de laatste plaats omdat je er je kip op kunt braden. Maar de kou conserveert dezelfde kip en als je het vuur aanraakt krijg je zó'n blaar, dus als je aan iets denkt dat duizenden jaren geconserveerd wordt, zoals wijsheid, moet je je die voorstellen op een berg, in de hoogte (en we hebben gezien dat dat goed is), maar dan wel in een grot (ook goed) en in de eeuwige koude van de Tibetaanse sneeuw (heel goed). En als je dan wilt weten waarom de wijsheid uit het oosten komt en niet uit de Zwitserse Alpen: dat is omdat het lichaam van je voorouders 's ochtends, als het wakker werd en het nog donker was, naar het oosten keek in de hoop dat de zon zou opgaan en het niet zou regenen, want dat ontbrak er nog maar aan!'

'Ja mam.'

'Reken maar, mijn jongen. De zon is goed omdat hij goed is voor het lichaam en omdat hij zo verstandig is om iedere dag weer te verschijnen, en dus is alles wat terugkeert goed, maar niet dat wat voorbij komt en verder gaat en waar je verder niets meer van hoort. De eenvoudigste manier om terug te komen op de plek waar je al langs bent gekomen zonder twee keer dezelfde weg af te leggen is een rondje te lopen. En aangezien de slang het enige beest is dat zich in een cirkel oprolt, is het logisch dat er zoveel slangenculten en -mythen zijn, want je kunt de terugkeer van de zon bezwaarlijk weergeven met een opgerold nijlpaard. Daar komt bij dat je, als je een ceremonie moet houden om de zon aan te roepen, je beter in een kring kunt bewegen, omdat je als je je in een rechte lijn beweegt steeds verder van huis komt en de ceremonie maar heel kort zou kunnen duren, en anderzijds is de kring de gemakkelijkste structuur voor een rite, en dat weten die vuurvreters op het plein ook, want in een kring kan iedereen degene die in het midden staat even goed zien, maar als een hele volksstam zich als een eskadron soldaten in een rechte lijn op zou stellen, zouden degenen die het verste weg stonden niets zien, en dat is de reden waarom de kring en de draaibeweging en de cyclische terugkeer in iedere cultus en in iedere rite van fundamenteel belang zijn.'

'Ja mam.'

'Reken maar. En nu komen we bij de magische getallen waar jouw auteurs zo dol op zijn. Eén ben jij die niet twee bent, één is dat gevalletje van jou daar, één is mijn gevalletje hier en één zijn de neus en het hart en dus zie je hoeveel belangrijke dingen één zijn. En twee zijn de ogen, de oren, de neusgaten, mijn borsten en jouw ballen, benen, armen en billen. Drie is magischer dan allemaal want dat kent ons lichaam niet, we hebben niets dat drie dingen is, en het schijnt een oermysterieus getal te zijn dat we aan God toeschrijven, wáár we ook wonen. Maar als je erover nadenkt, ik heb één enkel dingetje en jij hebt één enkel dingetje—stil, geen grapjes alsjeblieft—en als we die twee dingetjes bij elkaar brengen komt er een nieuw dingetje uit en worden we drie. En is er nu echt een universitair professor voor nodig om te ontdekken dat alle volkeren ternaire structuren, drieëenheden en dergelijke dingen hebben? Die geloven maakten ze heus niet met de computer, dat waren allemaal fatsoenlijke mensen, die neukten zoals het hoort, en de ternaire structuren zijn geen mysterie, die zijn het relaas van wat jij doet, wat zij deden. Maar twee armen plus twee benen is vier, en dus is vier ook een mooi getal, vooral als je bedenkt dat dieren vier poten hebben en dat kleine kinderen op vier poten lopen, dat wist de Sfinx ook. Om over vijf maar te zwijgen, dat zijn de vingers van de hand, en met twee handen heb je dat andere heilige getal, tien, en natuurlijk zijn zelfs de geboden er tien, anders, als het er twaalf waren moet de priester als hij één, twee, drie zegt en zijn vingers opsteekt wanneer hij bij de laatste twee is aangekomen de hand van de koster lenen. Neem nu je lichaam en tel alle dingen die uit je romp steken, met armen, benen, hoofd en penis erbij zijn het er zes, maar bij vrouwen zeven, daarom heb ik het idee dat de zes door jouw auteurs nooit serieus is genomen, behalve dan als twee maal drie, omdat het alleen opgaat voor mannen, die geen één zeven hebben, en als zij het voor het zeggen hebben zien ze het liever als heilig getal, waarbij ze vergeten dat mijn tieten ook uitsteken, maar goed. Acht—mijn god, we hebben geen een acht...nee, wacht, als armen en benen niet voor één tellen, maar voor twee, vanwege de elleboog en de knie, hebben we acht grote lange botten die buitenboord bungelen, en neem deze acht plus de romp dan heb je negen, dat dan met het hoofd erbij tien is. Door je lichaam af te gaan haal je alle getallen eruit die je wilt, denk alleen al aan de gaten.'

'De gaten?'

'Ja, hoeveel gaten heeft je lichaam?'

'Nou,' telde ik bij mezelf. 'Ogen neusgaten oren mond kont, is acht.'

'Zie je, nog een reden waarom acht een mooi getal is. Maar ik heb er negen! En met het negende laat ik je ter wereld komen, en dat is waarom negen goddelijker is dan acht! Wil je de verklaring voor andere steeds terugkerende figuren? Wil je de anatomie van die menhirs van jou waar je auteurs het altijd over hebben? Je staat overdag rechtop en 's nachts lig je—ook jouw dingetje, nee, vertel maar niet wat het 's nachts doet, het feit blijft dat het rechtop werkt en liggend rust. En dus betekent de verticale positie leven en staat het in contact met de zon, en obelisken richten zich omhoog als bomen, terwijl de horizontale positie en de nacht slaap en dus dood zijn, en iedereen aanbidt menhirs, piramides, zuilen en niemand aanbidt balkons en balustrades. Heb je ooit gehoord van een archaïsche culte van de heilige leuning? Zie je wel? Ook al omdat je lichaam het je niet toestaat, als je een verticale steen aanbidt zie je hem, ook al ben je met heel veel, allemaal; als je daarentegen iets horizontaals aanbidt zien alleen degenen op de eerste rij het en de anderen duwen en zeggen ik ook ik ook en dat is niet zo'n fraai gezicht bij een magische plechtigheid...'

'Maar rivieren dan...'

'Bij rivieren ligt dat anders, die worden aanbeden omdat er water in zit, en ik hoef je toch niet het verband uit te leggen tussen water en lichaam... Kortom, we zitten allemaal zo in elkaar, met dit lichaam, en daarom komen we op miljoenen kilometers afstand op dezelfde symbolen uit en lijkt alles natuurlijk op elkaar, en dan zie je dat mensen met een greintje verstand in hun kop bij het zien van het oventje van de alchimist, dat helemaal dicht is en warm van binnen denken aan de buik van de moeder die het kind krijgt, terwijl jouw diabolici de madonna zien die op het punt staat het kindeke te krijgen en denken dat het een verwijzing is naar het oventje van de alchimist. En zo zijn ze duizenden jaren bezig geweest naar een boodschap te zoeken, en het was allemaal al daar, ze hoefden alleen maar in de spiegel te kijken.'

'Jij zegt me altijd de waarheid. Jij bent mijn Mij, dat weer mijn Zich is gezien door Jou. Ik wil alle geheime archetypen van het lichaam ontdekken.' Die avond wijdden we de uitdrukking 'archetypen maken' in, om onze momenten van tederheid mee aan te geven. Terwijl ik wegdoezelde raakte Lia mijn schouder aan. 'Ik vergat nog wat,' zei ze. 'Ik ben zwanger.'

Ik had naar Lia moeten luisteren. Ze praatte met de wijsheid van iemand die weet waar het leven ontstaat. Door binnen te dringen in de onderaardse gewelven van Agarttha, in de piramide van Isis Ontsluierd, waren we Gevoera binnengegaan, de sefira van de vreze, het moment waarop de toorn zich in de wereld doet gevoelen. Had ik me niet, al was het maar even, laten verleiden door de gedachte aan Sophia? Mozes Cordovero zegt dat het Vrouwelijke links zit en al haar intenties op Gevoera gericht zijn... Tenzij de man deze tendensen aanwendt om zijn Echtgenote te tooien en ze, door ze te verzachten, in de richting van het goede doet gaan. Hetgeen inhoudt dat ieder verlangen binnen zijn eigen grenzen moet blijven. Anders wordt Gevoera de Strengheid, de duistere verschijning, het universum der demonen.

Het verlangen beteugelen... Dat had ik in de tenda de umbanda gedaan, ik had op de agogõ gespeeld, ik had deelgenomen aan het schouwspel te midden van de muzikanten en ik had me aan de trance onttrokken. En zo had ik ook met Lia gedaan, ik had het verlangen gereguleerd als hommage aan de Echtgenote en ik was beloond in het diepst van mijn lendenen, mijn zaad was gezegend.

Maar ik heb niet weten te volharden. Ik stond op het punt verleid te worden door de schoonheid van Tiferet.

6
TIFERET

64

Dromen dat je in een nieuwe en onbekende stad woont betekent dat je binnenkort dood gaat. De doden wonen namelijk elders, en men weet niet waar.

Hiëronymus Cardanus, *Somniorum Synesiorum*, Basel, 1562, 1, 58

Als Gevoera de sefira van het kwaad en van de vreze is, is Tiferet de sefira van de schoonheid en de harmonie. Diotallevi zei: het is de verlichtende speculatie, de levensboom, het genoegen, de purperen verschijning. Het is het akkoord tussen de Regel en de Vrijheid.

Het werd voor ons een jaar van genoegen, van de speelse omverwerping van de grote tekst van het universum, het jaar waarin het huwelijk tussen de Traditie en het Elektronische Apparaat werd ingezegend. We schiepen, en genoten ervan. Het was het jaar waarin we het Plan bedachten.

Voor mij althans was het zonder meer een gelukkig jaar. De zwangerschap van Lia verliep probleemloos, ik bewoog me vrijelijk tussen Garamond enerzijds en mijn adviesbureautje anderzijds, het kantoor in de oude fabriek in de buitenwijk had ik aangehouden, maar het appartement van Lia hadden we verbouwd.

Het wondere avontuur der metalen was al geruime tijd in handen van typografen en correctoren. En toen had mijnheer Garamond zijn geniale inval gekregen: 'Een geïllustreerde geschiedenis van de magische en hermetische wetenschappen. Met het materiaal dat we via de diabolici binnenkrijgen, de kennis die jullie hebben opgedaan en de adviezen van een man van het ongelooflijke formaat van Agliè, zullen jullie binnen een klein jaar een flink dik boek kunnen samenstellen, vierhonderd pagina's, het geheel geïllustreerd met kleurenplaten om je vingers bij af te likken. Jullie kunnen het iconografische materiaal uit het metalen-verhaal opnieuw gebruiken.'

'Tja,' wierp ik tegen, 'het materiaal is wel anders. Wat moet ik met een foto van een cyclotron?'

'Wat u daarmee moet? Gebruik uw fantasie, Casaubon, fantasie! Wat gebeurt er in die atoommachines, in die positronen of megatronen of hoe heten die dingen? De materie wordt tot moes geslagen, je stopt er gruyère in en het komt er uit als kwark, als zwarte gaten, gecentrifugeerd uranium of weet ik het! De tot ding geworden magie, Hermes et Alchermes—kortom, het is aan jullie iets te bedenken. Hier links de gravure van Paracelsus, van het Abracadabra met zijn lambieken, op een gouden fond, en rechts de quasars, de zwaar-watermixers, de galactisch-gravitationele antimaterie, kortom, moet ik het soms allemaal zelf doen? Het is niet de magiër—die er niets van begreep en met angst in zijn ogen maar wat aanknoeide—maar de wetenschapper die de occulte geheimen aan de materie ontfutselt. Het prachtige om ons heen blootleggen, suggereren dat ze er op Mount Palomar meer van weten dan ze willen toegeven...'

Om me aan te moedigen verhoogde hij mijn vergoeding, zodat deze bijna redelijk werd. Ik stortte me op het bestuderen van de miniaturen in het *Liber Solis* van Trismosinus en van het *Liber Mutus*, van Pseudo-Lullus. Ik vulde de klappers met pentakels, sefirot-bomen, decanen en talismannen, bezocht de geheel vergeten zalen in bibliotheken, kocht tientallen boeken bij dezelfde boekhandelaars die ooit de culturele revolutie verkochten.

Ik bewoog me onder de diabolici met de onbevangenheid van een psychiater die aan zijn patiënten gehecht is en de briesjes die overwaaien uit het eeuwenoude park van zijn privé-kliniek als verkwikkend ervaart. Na een tijdje begint hij het delirium te beschrijven, daarna schrijft hij delirisch. Hij realiseert zich niet dat zijn zieken hem hebben ingepalmd: hij denkt dat hij een kunstenaar is geworden. En zo werd het idee voor het Plan geboren.

Diotallevi deed mee omdat het voor hem een vorm van gebed was. Wat Jacopo Belbo betreft dacht ik dat hij het leuk vond, net als ik. Pas nu begrijp ik dat hij er niet echt plezier in had. Hij deed mee zoals anderen op hun nagels bijten.

Ofte wel, hij speelde mee om tenminste een van de valse adressen te vinden, of het toneel zonder voetlicht waarover hij het heeft in het bestand dat Droom heet. Vervangende theologieën voor een Engel die nooit komen zou.

bestandsnaam: Droom

Ik herinner me niet meer of ik de een in de ander droomde of dat ze elkaar in de loop van dezelfde nacht opvolgden of dat ze elkaar eenvoudigweg afwisselden.

Ik zoek een vrouw, een vrouw die ik ken, waarmee ik intensief ben omgegaan, en wel zo intensief dat ik maar niet kan begrijpen waarom het contact minder werd—door mijn toedoen, omdat ik me niet meer liet zien. Het komt me onvoorstelbaar voor dat ik er zoveel tijd overheen heb laten gaan. Ik zoek ongetwijfeld haar, ofte wel hen, de vrouw is niet alleen, het zijn er vele, allemaal op dezelfde manier kwijtgeraakt, door mijn eigen laksheid—ik word gekweld door onzekerheid, en aan een zou ik al genoeg hebben, want dit weet ik wel: ik ben veel kwijtgeraakt door ze kwijt te raken. Doorgaans vind ik mijn agenda niet, heb ik hem niet meer, slaag ik er niet in te besluiten hem op te slaan; het telefoonnummer staat er in, maar als ik hem toch opsla is het alsof ik vérziend ben, lukt het me niet de namen te lezen.

Ik weet waar zij zit, of liever, ik weet niet op welke plek, maar ik weet wel hoe die eruitziet, ik herinner me duidelijk een trap, een voorhal, een trapportaal. Ik doorkruis de stad niet om die plek te vinden, eerder beklemt mij een soort angst, ben ik geblokkeerd, blijf ik mijn hersens pijnigen met de vraag waarom ik heb kunnen, of willen, toestaan dat het contact verflauwde—misschien ben ik wel weggebleven op de laatste afspraak. Ik ben er zeker van dat zij op een telefoontje van mij zit te wachten. Als ik alleen maar wist hoe ze heette, ik weet heel goed wie ze is maar slaag er niet in haar gelaatstrekken te reconstrueren.

Soms bestrijd ik mijn droom in de halfslaap die erop volgt. Probeer je te herinneren, je kent en je herinnert je alles en je hebt overal een punt achter gezet, als er al iets was om een punt achter te zetten. Er is niets waarvan jij niet weet waar het is. Er is niets.

Blijft het gevoel iets vergeten te hebben, haar achter te hebben gelaten in de plooien van de bedrijvigheid, zoals je een bankbiljet of een briefje met een belangrijke datum vergeet in een valse vouw van een broek of in een oud jasje, en je je later realiseert dat dat het belangrijkste was, het doorslaggevende, het enige.

Van de stad heb ik een helderder beeld. Het is Parijs, ik ben op de linkeroever, ik weet dat ik, als ik de rivier oversteek, zal uitkomen op een plein dat de place des Vosges zou kunnen zijn... nee, weidser, want aan het eind verrijst een soort Madeleine. Ik steek het plein over, loop achter de tempel langs, ga een straat in (er zit een antiquariaat op de hoek) die naar rechts afbuigt en uitkomt op een aantal steegjes, en ik bevind me zonder meer in de Barrio Gótico van Barcelona. Deze zou kunnen uitmonden in een zeer ruime straat vol lichtjes, en in die straat, en ik herinner het me met eidetische helderheid, bevindt zich, rechts, aan het eind van een doodlopend steegje, het Theater.

Wat er in die plaats van verrukkingen voorvalt valt niet met zekerheid te zeggen, zonder twijfel iets dat speels en lichtelijk verdacht is, als een striptease (daarom durf ik de weg niet te vragen), waar ik al genoeg van af weet om er, een en al opwinding, naar terug te keren. Maar tevergeefs: rond Chatham Road beginnen de straten door elkaar te lopen.

Ik word wakker met de nasmaak van die misgelopen ontmoeting. Ik slaag er niet in me neer te leggen bij het feit dat ik niet weet wat ik ben kwijtgeraakt.

Soms ben ik in een groot buitenhuis. Het is ruim en ik weet dat er nog een vleugel is, maar niet hoe die te bereiken, alsof de doorgangen dichtgemetseld zijn. En in die andere vleugel bevinden zich vele kamers, ik heb ze beslist ooit gezien, het is onmogelijk dat ik die in een andere droom heb gedroomd, met oude meubels en verbleekte gravures, consoles met negentiende-eeuwse theatertjes van dik ribkarton, divans met grote geborduurde spreien en planken met veel boeken, alle jaargangen van het Geïllustreerde Tijdschrift voor Expedities aller Tijden, het is niet waar dat ze door het vele lezen uit elkaar zijn gevallen, en mamma ze heeft meegegeven aan de voddenman. Ik vraag me af waarom de gangen en de trappen niet meer kloppen, want het is hier dat ik mijn buen retiro had willen bouwen, te midden van die geur van kostbare oude troep.

Waarom kan ik niet net als iedereen over mijn eindexamen dromen?

65

Het was twintig voet breed en stond in het midden van de ruimte. Het oppervlak bestond uit verscheidene stukjes hout, ongeveer zo groot als een dobbelsteen, maar sommige groter dan andere. Zij waren met dunne draden met elkaar verbonden. Op elk vlak van de stukjes hout zat een papiertje geplakt, en op de papiertjes stonden alle woorden uit hun taal geschreven, in alle vervoegingen en declinaties maar zonder de minste orde... De leerlingen pakten op zijn bevel elk een ijzeren hendel, waarvan er veertig rondom het frame zaten bevestigd, en veranderden met een plotselinge beweging de gehele schikking van de woorden. Daarop beval hij zesendertig van de jongens de verschillende regels die op het frame verschenen zacht voor te lezen; en als zij drie of vier woorden tegenkwamen die samen deel uitmaakten van een zin, dicteerden zij die aan vier andere jongens.'

Jonathan Swift, *Gulliver's Travels*, Harmondsworth, Middlesex, Engeland, 1967, p. 227, 229

Ik geloof dat Belbo, toen hij op de droom voortborduurde, terugdacht aan de gelegenheid die hij voorbij had laten gaan en aan zijn gedachte van onthouding, omdat hij het Moment—als dat er al geweest was—niet had weten te benutten. Het Plan ontstond omdat hij had berust in het construeren van fictieve momenten.

Ik had hem om ik weet niet welke tekst gevraagd, en hij had op tafel in een stapel manuscripten gewroet die ongeacht hun dikte en grootte op vervaarlijke wijze op elkaar waren gestapeld. Hij had de tekst die hij zocht ontdekt en had geprobeerd deze er tussenuit te trekken, waarbij de rest op de grond was beland. De mappen waren opengegaan en de vellen waren aan hun slappe omslagen ontsnapt.

'Had u niet beter de bovenste helft eerst ergens anders neer kunnen leggen?' vroeg ik. Verspilde moeite: zo deed hij altijd.

En onveranderlijk antwoordde hij: 'Gudrun raapt ze vanavond wel weer op. Ze moet een missie in haar leven hebben, anders verliest ze haar identiteit.'

Maar die keer had ik er persoonlijk belang bij dat er niks met de manuscripten gebeurde, want nu maakte ik zelf deel uit van de uitgeverij: 'Maar Gudrun kan ze helemaal niet op de juiste volgorde leggen, ze zal de verkeerde vellen in de verkeerde klappers stoppen.'

'Als Diotallevi u zou horen zou hij in gejuich uitbarsten. Daar zullen andere, eclectische, onvoorziene boeken uit ontstaan. Dat strookt met de logica van de diabolici.'

'Maar dan zouden we ons in de situatie van de kabbalisten bevinden. Zou het duizenden jaren kosten om de juiste combinatie te vinden. U laat Gudrun gewoon de plaats innemen van die aap die eeuwig op de typemachine tikt. Het verschil zit hem alleen in de duur. In evolutie-termen zouden we er niets mee opschieten. Is er geen programma dat Abulafia dit werk kan laten doen?'

Ondertussen was Diotallevi binnengekomen.

'Dat is er zeker,' had Belbo gezegd, 'en in theorie kunnen daar tweeduizend gegevens in worden ingevoerd. Je moet alleen maar zin hebben ze in te tikken. Stel dat het regels zijn uit mogelijke gedichten. Het programma vraagt je hoeveel versregels het gedicht moet tellen en jij besluit, tien, twintig, honderd. Dan onttrekt het programma het juiste aantal seconden aan de interne klok van de computer en slaat aan het randomiseren. In simpele bewoordingen: het onttrekt er een formule aan die steeds nieuwe combinaties oplevert. Gisteren heb ik dichtregels ingevoerd van het type *de jonge linden trillen, mijn oogleden zwaar, als de aspidistra wilde, leven schenk ik je* en meer van dat soort. Hier zijn wat resultaten.'

Ik tel de nachten, het sistrum weerklinkt...
Dood, jouw overwinning
Dood, jouw overwinning...
Als de aspidistra wilde...

Vanuit het hart van de ochtendstond (o hart)
Jij duistere albatros
(als de aspidistra wilde...)
Dood, jouw overwinning.

De jonge linden trillen,
Ik tel de nachten, het sistrum weerklinkt,
Reeds staart de hop mij aan.
De jonge linden trillen.

'Herhalingen heb ik niet kunnen voorkomen, dan schijnt het programma te gecompliceerd te worden. Maar ook de herhalingen hebben iets poëtisch.'

'Interessant,' zei Diotallevi. 'Dit verzoent me met je apparaat. Dus als ik er de hele tora in zou stoppen en hem vervolgens zou opdragen om dat te—wat is de term?—randomiseren, zou hij heuse Temoera bedrijven en de verzen van het Boek hergroeperen?'

'Zeker, het is alleen een kwestie van tijd. In een paar eeuwen red je het wel.'

Ik zei: 'Maar als u er nu eens een stuk of tien voorstellen uit de werken van de diabolici instopt, bijvoorbeeld dat de Tempeliers naar Schotland zijn gevlucht, of dat het Corpus Hermeticum in 1460 in Florence is gearriveerd, plus een paar verbindingen als *het is duidelijk dat* of *dit bewijst dat*, zouden we onthullende reeksen kunnen krijgen. Vervolgens vullen we de lege plekken in of beschouwen de herhalingen als voorspellingen, insinuaties en vermaningen. Desnoods verzinnen we een nog onbekend hoofdstuk van de geschiedenis van de magie.'

'Geniaal,' zei Belbo, 'we beginnen meteen.'

'Nee, het is zeven uur. Morgen.'

'Ik doe het vanavond. Doe me een plezier, raapt u even zomaar een twintigtal van die vellen op en lees de eerste de beste zin waar uw oog op valt, die wordt dan een gegeven.'

Ik bukte me en pakte op: 'Jozef van Arimathea brengt de graal naar Frankrijk.'

'Prima, genoteerd. Gaat u verder.'

'Volgens de overlevering van de Tempeliers sticht Godfried van Bouillon in Jeruzalem het Groot Prioraat van Zion. Debussy was een Rozenkruiser.'

'Neem me niet kwalijk,' zei Diotallevi, 'maar er moeten ook wat neutrale gegevens in, bijvoorbeeld dat de koala in Australië leeft of dat Papin de snelkookpan heeft uitgevonden.'

'Minnie is verloofd met Mickey Mouse,' suggereerde ik.

'We gaan niet overdrijven.'

'Ja, juist wel. Als we beginnen toe te geven dat er in het universum ook maar één gegeven bestaat dat niet iets anders onthult, zitten we al niet meer in de hermetische denktrant.'

'Dat is waar. Groen licht voor Minnie. En als jullie het ermee eens zijn wilde ik er ook nog een fundamenteel gegeven instoppen: de Tempeliers hebben overal mee te maken.'

'Dat spreekt vanzelf,' bevestigde Diotallevi.

Zo gingen we nog enkele tientallen minuten door. En toen was het echt laat. Maar Belbo zei dat dat geen punt was, dat hij wel alleen verder zou gaan. Gudrun kwam zeggen dat ze aan het afsluiten was, Belbo deelde haar mee dat hij nog bleef doorwerken en vroeg haar de vellen van de grond op te rapen. Gudrun uitte enkele klanken die zowel tot het Latino sine flexione als tot het Cheremis konden behoren en in beide talen verontwaardiging en teleurstelling uitdrukten, hetgeen een bewijs is voor de universele verwantschap van alle talen, die immers afstammen van de enige stamvader Adam. Ze deed wat hij vroeg, waarbij ze beter randomiseerde dan een computer.

De volgende ochtend straalde Belbo: 'Het werkt,' zei hij. 'Het werkt en levert onverhoopte resultaten op.' Hij gaf ons de geprinte output.

De Tempeliers hebben overal mee te maken
Wat nu volgt is niet waar
De druïden vereerden de zwarte maagden
De wijze Ormus stichtte de Rozenkruisers in Egypte
Er zijn kabbalisten in de Provence
Wie is er getrouwd op de bruiloft te Kana?
Hieruit volgt dat
Als
Jezus is gekruisigd onder Pontius Pilatus
Minnie is verloofd met Mickey Mouse
Dus
Simon de tovenaar herkende Sophia in een hoer uit Tyrus
Wie is er getrouwd op de bruiloft te Kana?
De Merovingers verklaarden zich koning uit goddelijk
recht
De Tempeliers hebben overal mee te maken

'Een beetje verwarrend,' zei Diotallevi.

'Je moet de verbanden weten te zien. En je onderschat het belang van dat vraagteken dat twee keer voorkomt: wie is er getrouwd op de bruiloft te Kana? De herhalingen zijn magische sleutels. Natuurlijk heb ik er een geheel van gemaakt, maar de ingewijde heeft het recht de waarheid aan te vullen. Mijn interpretatie is als volgt: Jezus is niet gekruisigd, en dat is de reden waarom de Tempeliers het crucifix afzworen. Achter de legende van Jozef van Arimathea steekt een diepere waarheid: Jezus, en niet de graal, arriveert in Frankrijk bij de kabbalisten uit de Provence. Jezus is de metafoor voor de Koning van de Wereld, de koninklijke grondlegger van de Rozenkruisers. En wie heeft Jezus bij zich? Zijn vrouw. Waarom staat in de evangeliën niet wie er in Kana getrouwd is? Omdat het de bruiloft van Jezus zelf was, een bruiloft waarover niet gesproken kon worden omdat hij trouwde met een zondares, Maria Magdalena. En daarom zijn vanaf dat moment alle verlichten, van Simon de Tovenaar tot en met Postel, het principe van het eeuwig vrouwelijke gaan zoeken in een bordeel. En dus is Jezus de grondlegger van het Franse koningshuis.'

66

Als onze hypothese correct is zou de Heilige Graal... het geslacht en de nakomelingen van Jezus geweest zijn, de 'Sang Real'... waarvan de Tempeliers... de aangewezen bewakers waren. Te zelfder tijd zou de Heilige Graal, letterlijk, het receptaculum... moeten zijn dat het bloed van Jezus had opgevangen en bevat. Met andere woorden, het had de schoot van Magdalena moeten zijn.

M. Baigent, R. Leigh, H. Lincoln,
The Holy Blood and the Holy Grail,
Londen, Cape, 1982, p. 423

'Tja,' zei Diotallevi, 'niemand zou je au serieux nemen.'

'Integendeel, er zouden enkele honderdduizenden exemplaren van verkocht worden,' zei ik somber. 'Het verhaal bestaat, het is al geschreven, met een kleine variatie. Het is een boek over het graalmysterie en over de geheimen van Rennes-le-Chateau. In plaats van alleen maar manuscripten te lezen zouden jullie ook eens moeten kijken wat er bij andere uitgevers in druk verschijnt.'

'Heilige serafijnen,' zei Diotallevi. 'Zei ik het niet. Dit apparaat vertelt alleen maar wat iedereen al weet.' En aangeslagen vertrok hij.

'Dat is helemaal niet waar,' zei Belbo gepikeerd. 'Zijn er ooit anderen op dit zelfde idee gekomen? Nou dan! Dit is nu wat je noemt literair polygenisme. Mijnheer Garamond zou zeggen dat het het bewijs is dat ik de waarheid spreek. Die heren moeten er jaren over hebben nagedacht, terwijl ik het allemaal in één avond heb opgelost.'

'Ik doe met u mee, dit spel lijkt me wel wat. Maar volgens mij gebieden de spelregels dat er veel gegevens worden ingevoerd die niet van de diabolici afkomstig zijn. Het gaat er niet om de occulte verbanden te leggen tussen Debussy en de Tempeliers, dat doet iedereen al. Het gaat er om occulte verbanden te leggen tussen, bijvoorbeeld, de kabbala en de bougies in een auto.'

Ik zei zo maar wat, maar ik had er Belbo een uitgangspunt mee aan de hand gedaan. Een paar ochtenden later sprak hij me daarover aan.

'U had gelijk. Willekeurig welk gegeven dat in verband wordt gebracht met een ander, wordt belangrijk. De verbinding verandert het perspectief. Daardoor ben je geneigd te denken dat elk denkbaar verschijnsel, elke uitlating, elk geschreven of gesproken woord niet de betekenis heeft die het lijkt te hebben, maar ons iets meedeelt over een Geheim. Het uitgangspunt is eenvoudig: achterdochtig zijn, altijd maar achterdochtig zijn. Ook een verkeersbord met verboden in te rijden kan een dubbele bodem hebben.'

'Zeker. Kathaars moralisme. De angst voor de reproduktie. Dat je er niet in mag rijden is een bedenksel van de Demiurg. Het is niet de richting waarin je de Weg zult vinden.'

'Gisteravond keek ik toevallig in de *Vraagbaak voor de Auto*. Het zal de schemering geweest zijn, of wat u tegen me gezegd had, maar ik kreeg het vermoeden dat daarin Iets Anders werd gezegd. Als de auto nu eens alleen maar een metafoor was voor de schepping? Maar je moet je niet beperken tot de buitenkant of tot de illusie van het dashboard, je moet datgene weten te zien wat alleen de Maker ziet, dat wat beneden zit. Dat wat beneden zit is als dat wat boven zit. Het is de sefirot-boom.'

'Dat meent u niet.'

'Dat is niet *míjn* mening. Dat blijkt. Om te beginnen vertoont de krukas met al die vertakkingen grote overeenkomst met de sefirot-boom. Reken maar uit, voorin de motor, dan de twee voorwielen, de koppeling, de versnelling, twee cardan-koppelingen, het differentieel en de twee achterwielen. Tien onderdelen, net zoveel als de sefirot.'

'Maar de posities komen niet overeen.'

'Wie zegt dat? Diotallevi heeft ons uiteengezet dat Tiferet in bepaalde versies niet de zesde maar de achtste sefira was, en onder Netsach en Hod stond. Ik ga uit van de boom van Belbot, dat is een andere traditie.'

'Fiat.'

'Maar laten we de dialectiek van die boom eens bekijken. Bovenaan zit de Motor, Omnia Movens, die we de Scheppende Bron zullen noemen. De Motor geeft zijn scheppende energie door aan de twee Verheven Wielen—het Wiel van de Wijsheid en het Wiel van de Kennis.'

'Ja, mits de auto over voorwielaandrijving beschikt...'

'Het mooie van de boom van Belbot is dat je er ook een alternatieve metafysica op kunt loslaten. Het beeld van een spirituele kosmos met voorwielaandrijving, waarin de Motor zijn wil rechtstreeks kenbaar maakt aan de Verheven Wielen, terwijl de materialistische interpretatie het beeld geeft van een gedegradeerde kosmos, waarin de Beweging door een Ultieme Motor aan de twee Lagere Wielen wordt opgelegd: uit de diepte van de kosmische emanatie maken zich de lage krachten van de materie vrij.'

'En bij een motor met achterwielaandrijving?'

'Satanisch. Het Verhevene valt samen met het Lagere. God identificeert zich met de bewegingen van de grove materie aan de achterkant. God als eeuwig gefrustreerd streven naar het goddelijke. Het moet afhangen van het Breken van de Vaten.'

'Moet dat niet het Breken van de Knalpot zijn?'

'Dat is in de Geaborteerde Kosmossen, waar de giftige ademtocht van de Archonten zich verspreidt over de Kosmische Ether. Maar laten we niet afdwalen. Na de Motor en de twee Wielen komt de Koppeling, de sefira van de Schoonheid, die de Liefdesstroom, die de rest van de Boom met de Allerhoogste Energie verbindt, tot stand brengt of onderbreekt. Een Plaat, een mandala die een andere mandala streelt. Vandaar het Schrijn van de Verandering—of de versnellingsbak, zoals de positivisten zeggen, die het begin is van het Kwaad omdat hij de menselijke wil in staat stelt het voortdurende emanatieproces te versnellen of te vertragen. Daarom kost een automaat meer, omdat de Boom in dat geval zelf beslist, volgens het Soevereine Evenwicht. Dan volgt een Koppeling die, let wel, de naam draagt van een magiër uit de renaissance, Cardanus, en vervolgens een Konisch Koppel—opvallend is de tegenstelling met de vier paardenkrachten van de motor—waarin een Kroonwiel zit (Lagere Keter) dat de beweging naar de wielen op aarde doorgeeft. En hier wordt de functie duidelijk van de sefira van de Differentie—of differentieel, dat met een majestueus gevoel voor Schoonheid de kosmische krachten verdeelt over de twee Wielen van de Glorie en de Overwinning, die in een niet-geaborteerde kosmos (met voorwielaandrijving) de door de Verheven Wielen voorgeschreven beweging volgen.'

'De lezing klopt. En het hart van de Motor, zetel van het Een, de Kroon?'

'Je hoeft alleen maar te lezen door de ogen van de ingewijde. De Hoogste Motor leeft op een beweging van Opzuiging en Uitlating. Een complexe goddelijke ademhaling, die oorspronkelijk uit twee eenheden bestond, Cilinders geheten (duidelijk een geometrisch archetype), die vervolgens een derde genereren, en elkaar ten slotte diep in de ogen kijken en zich uit wederzijdse liefde ter meerdere glorie van de vierde voortbewegen. In dit ademhalen in de eerste Cilinder daalt de Piston—etymologische terug te voeren op *Pistis Sophia*—van het Bovenste Dode Punt af naar het Onderste Dode Punt in de Eerste Cilinder (geen van hen bezet op grond van hiërarchie permanent de eerste plaats, maar ieder om de beurt, op grond van een wonderbaarlijke afwisseling van plaats en verhouding), terwijl de Cilinder zich vult met energie in pure vorm. Ik versimpel het, want hier komen hiërarchieën van engelen of Bemiddelaars van de Distributie om de hoek kijken die, zoals in mijn handboek staat "zorgen voor het openen en het sluiten van de Lichten die het binnenste van de Cilinders in verbinding stellen met de zuigerstangen van het mengsel"... Het binnenste van de Motor kan uitsluitend via deze bemiddeling met de rest van de kosmos communiceren en ik geloof dat zich hier, wellicht, ik bedoel het niet godslasterlijk, de oergrens van het Een openbaart, die op een of andere manier, om te scheppen afhankelijk is van de Grote Excentrieken. Maar daarvoor zou ik de Tekst nog eens zorgvuldig moeten lezen. Hoe dan ook, als de Cilinder volloopt met Energie, stijgt de Piston naar het Bovenste Dode Punt en bewerkstelligt de Maximale Compressie. Dat is de *tsimtsoem*. En dan, op dat punt, de glorieuze Grote Knal, de Explosie en de Expansie. Een Vonk schiet over, de benzine fonkelt en ontvlamt, het is, zegt het handboek, de enige Actieve Fase van de Cyclus. En o wee, o wee, als er schillen, *kelippot*, in het Mengsel komen, druppels onzuivere materie als water of Coca-Cola, dan vindt er geen Explosie plaats, of alleen een schoksgewijze...'

'Betekent *kelippot* niet Shell? Als dat zo is, is wantrouwen geboden. Van nu af aan alleen maar Maagdenmelk...'

'Dat zoeken we uit. Het zou een machinatie van de Zeven Zusters kunnen zijn, lagere principes die invloed willen uitoefenen op het voortschrijden van de Schepping... Hoe dan ook, op de Expansie volgt de grote goddelijke ademtocht, die in de alleroudste teksten de Uitlaat wordt genoemd. De Piston gaat weer omhoog naar het Bovenste Dode Punt en stoot de inmiddels verbrande vormeloze materie uit. Slechts als deze zuiveringsoperatie slaagt begint de Nieuwe Cyclus. Een mechanisme dat, als je er goed over nadenkt, hetzelfde is als het neoplatonische mechanisme van het Laatste Koorlied en het Opkomstlied, de wonderbare dialectiek van de Weg Omhoog en de Weg Omlaag.'

'*Quantum mortalia pectora caecae noctis habent*! En de kinderen van de materie hadden er nog nooit iets van gemerkt!'

'Daarom zeggen de meesters van de gnosis dat je in de Pneumatici moet vertrouwen en niet in de Hylici.'

'Voor morgen zal ik een mystieke interpretatie van het telefoonboek voorbereiden...'

'Altijd maar bezig, onze Casaubon. Bedenk dat u in dat geval het onpeilbare probleem van de Ene in de Velen zult moeten oplossen. U kunt beter niet te hard van stapel lopen. Kijkt u eerst eens naar het mechaniek van de wasmachine.'

'Dat is makkelijk zat. Alchimistische transformatie, van het zwarte werk naar het witter dan witte werk.'

67

Van de Roos, laten we daar nu maar niets van zeggen.

Sampayo Bruno, *Os Cavaleiros do Amor*, Lissabon, Guimarães, 1960, p.155

Als je eenmaal wantrouwig bent geworden zie je geen enkel spoor meer over het hoofd. Na het gefantaseer over de krukas was het mij mogelijk in ieder voorwerp dat ik in handen kreeg onthullende signaturen te zien.

Ik onderhield nog altijd contact met mijn Braziliaanse vrienden, en in die dagen werd er in Coimbra een congres gehouden over de Lusitaanse cultuur. Meer uit verlangen om me terug te zien dan als eerbetoon aan mijn capaciteiten hadden mijn vrienden uit Rio ervoor gezorgd dat ik uitgenodigd werd. Lia ging niet mee, ze was in de zevende maand; de zwangerschap was weliswaar nauwelijks van invloed geweest op haar tengere figuur, maar van reizen zag ze liever af.

Ik bracht drie vrolijke avonden door met oude bekenden, en terwijl we met de bus naar Lissabon terugreden, ontstond er een discussie of we in Fatima of in Tomar zouden stoppen. Tomar was het kasteel waar de Portugese Tempeliers zich verschanst hadden nadat ze door de goedhartigheid van de koning en de paus waren behoed voor het proces en voor de ondergang, en veranderd waren in de Orde van de Ridders van Christus. Een kasteel van de Tempeliers kon ik niet laten schieten, en gelukkig liet de rest van het gezelschap zich niet veel aan Fatima gelegen liggen.

Als ik me al een voorstelling van een Tempelierskasteel kon maken, dan beantwoordde Tomar daar precies aan. Je klimt ernaar toe over een gefortificeerde weg die langs de buitenste bastions vol kruisvormige schietgaten loopt, en vanaf het eerste moment ademt het de sfeer van de kruistochten. De Ridders van Christus hadden op die plek eeuwenlang gedijd: de overlevering wil dat zowel Hendrik de Zeevaarder als Christoffel Columbus een van hen waren en dat het dus niet toevallig was dat ze zich toegelegden op het veroveren van de wereldzeeën—waarmee ze Portugal veel voorspoed brachten. Het lange en succesvolle bestaan dat ze daar genoten hadden heeft wel met zich meegebracht dat het kasteel in verschillende eeuwen verbouwd en uitgebreid is; zo zijn er aan het middeleeuwse gedeelte renaissancistische en barokke stukken toegevoegd. Ik was ontroerd toen ik de Tempelierskerk met de achthoekige rotonde—die een kopie is van die in het Heilige Graf—binnenging. Mijn nieuwsgierigheid werd gewekt door het feit dat de Tempelierskruizen in de verschillende gedeelten van de kerk anders van vorm waren: het was een vraag die ik mezelf al gesteld had bij het bekijken van de verwarde iconografie over dit onderwerp. Terwijl het kruis van de ridders van Malta min of meer hetzelfde was gebleven, leek dat van de Tempeliers onderhevig te zijn geweest aan de invloeden van periodes of van plaatselijke tradities. Reden waarom de mensen die op Tempeliers jagen maar op een willekeurig kruis hoeven te stuiten om er een spoor van de ridders in te zien.

Toen nam onze gids ons mee naar het raam in Manuelstijl, de *janela* bij uitstek, een opengewerkte collage van vondsten uit de zee, algen, schelpen, ankers, kabels en kettingen, ter verheerlijking van het wedervaren van de ridders op de oceanen. Rondom de twee torens aan weerszijde van het venster waren, bij wijze van gordels, de insignes van de Kouseband uitgehakt. Wat deed het symbool van een Engelse orde in dat gefortificeerde Portugese klooster? De gids wist het ons niet te vertellen, maar liet ons even later, aan een andere kant, ik geloof noordwest, de insignes van het Gulden Vlies zien. Ik dacht onwillekeurig aan het subtiele spel van bondgenootschappen dat de Kouseband met het Gulden Vlies verbond, het Gulden Vlies met de Argonauten, de Argonauten met de graal en de graal met de Tempeliers. Ik herinnerde me de verzinsels van Ardenti en een aantal passages waar we in de manuscripten van de diabolici op waren gestuit... Ik schrok op toen onze gids ons naar een volgende zaal leidde, met een in een aantal sluitstenen uitlopend plafond. Het waren kleine rozetten, maar op sommige zag ik een vagelijk bokkengezicht met een baard gebeeldhouwd. Bafomet...

We daalden af in een crypte. Na zeven treden volgt er een kale steen naar de apsis, waar mogelijk een altaar of een zetel van de grootmeester zou kunnen staan. Maar om er te komen moet je onder zeven sluitstenen door, elk in de vorm van een roos, elke roos telkens iets groter dan de voorgaande; de laatste, de grootste, zit boven een put. Het kruis en de roos, en dat in een klooster van de Tempeliers, en dat in een zaal die beslist vóór de Rozenkruisersmanifesten is gebouwd... Ik stelde de gids wat vragen, en hij glimlachte: 'Als u eens wist hoeveel bestudeerders van occulte wetenschappen hier op pelgrimstocht komen... Men zegt dat dit de inwijdingszaal was...'

Toen ik toevallig een nog niet gerestaureerde, met een paar stoffige meubels ingerichte kamer binnenging vond ik de vloer bezaaid met kartonnen dozen. Ik graaide er op goed geluk in en stond met stukken van boeken in het Hebreeuws in mijn handen, vermoedelijk uit de zeventiende eeuw. Wat deden de joden in Tomar? De gids vertelde me dat de ridders goede betrekkingen onderhielden met de plaatselijke joodse gemeenschap. Door het raam wees hij me op een Franse tuin in de vorm van een kleine elegante doolhof. Het werk, zei hij me, van een zeventiende-eeuwse joodse architect, Samuel Schwartz.

De tweede afspraak in Jeruzalem... En de eerste in het Kasteel. Luidde de boodschap van Provins niet zo? Verdomme, het door Ingolf gevonden Kasteel van de Ordonation was niet het onwaarschijnlijke Montsalvat uit de ridderromans, het hyperboreïsche Avalon. Als de Tempeliers uit Provins, die het gemakkelijker afging hoofdkwartieren te leiden dan romans van de tafelronde te lezen, een plek hadden moeten kiezen voor een eerste bijeenkomst, wat hadden ze dan beter kunnen kiezen dan Tomar? Het kasteel van de Ridders van Christus, een plek waar de overlevenden van de orde volledige vrijheid en onaantastbare immuniteit genoten, en waar ze in contact stonden met de vertegenwoordigers uit de tweede groep!

Geheel in vuur geraakt verliet ik Tomar en Portugal. Eindelijk nam ik de boodschap die Ardenti ons had laten zien serieus. Nadat ze zichzelf tot geheime orde hebben uitgeroepen, werken de Tempeliers een plan uit dat zeshonderd jaar moet duren en in onze eeuw zijn beslag moet krijgen. De Tempeliers waren serieuze mensen. Dus als ze het over een kasteel hadden, hadden ze het over een bestaande plek. Het plan begon in Tomar. En wat voor route zouden ze dan idealiter hebben uitgestippeld? Waar zouden de volgende vijf afspraken moeten plaatsvinden? Plekken waar de Tempeliers konden rekenen op vriendschap, protectie, medeplichtigheid. De kolonel noemde Stonehenge, Avalon, Agarttha... Onzin. De boodschap moest helemaal herlezen worden.

Nu begrijp ik het, zei ik tegen mezelf toen ik thuiskwam: het geheim van de Tempeliers moet niet ontdekt maar gereconstrueerd worden.

Belbo leek niet erg enthousiast bij het idee weer aan de gang te gaan met het document dat de kolonel bij hem had achtergelaten, en hij vond het pas nadat hij met tegenzin wat in een onderste lade had gerommeld. Maar, bedacht ik, hij had het bewaard. Samen herlazen we de boodschap van Provins. Na al die jaren.

Het begon met de zin in geheimschrift volgens Trithemius: *Les* XXXVI *inuisibles separez en six bandes.* En dan:

a la...Saint Jean
36 p charrete de fein
6...entiers avec saiel
p...les blancs mantiax
r...s...chevaliers de Pruins pour la...j.nc
6 foiz 6 en 6 places
chascune foiz 20 a...120 a...
iceste est l'ordonation
al donjon li premiers
it li secunz joste iceus qui...pans
it al refuge
it a Nostre Dame de l'altre part de l'iau
it a l'ostel des popelicans
it a la pierre
3 foiz 6 avant la feste...la Grant Pute.

'Zesendertig jaar na de hooiwagen, de nacht van Sint-Jan in het jaar 1344, zes verzegelde boodschappen voor de ridders met de witte mantels, zes relapsi ridders van Provins, voor de wraak. Zesmaal in zes gebieden, iedere keer twintig jaar met een totaal van honderdtwintig jaar, dat is het Plan. De eersten naar het kasteel, vervolgens opnieuw naar degenen die het brood hebben gegeten, opnieuw naar de schuilplaats, opnieuw naar Onze Vrouwe aan gene zijde van de rivier, opnieuw naar het huis van de populicanen en opnieuw naar de steen. Zien jullie wel, in 1344 vermeldt de boodschap dat de eersten naar het Kasteel moeten gaan. En inderdaad zullen de ridders zich in 1357 in Tomar vestigen. Nu moeten we ons afvragen waar die van de tweede ploeg naartoe moeten. Vooruit: stel dat jullie voortvluchtige Tempeliers zijn; waar gaan jullie de tweede ploeg dan vestigen?'

'Tja... Als het waar is dat die van de wagen naar Schotland zijn gevlucht... Maar waarom ze in Schotland toch brood hebben moeten eten...?'

Ik was een meester geworden in het associatiespel. Je hoefde maar bij een willekeurig punt te beginnen. Schotland, Highlands, druïdenriten, nacht van Sint-Jan, zomerzonnestilstand, Sint-Jansvuren... Daar was een aanwijzing, zij het een zwakke. Ik had over de Sint-Jansvuren gelezen in de *Golden Bough* van Frazer.

Ik belde Lia. 'Doe me een plezier, pak de *Golden Bough* en kijk wat er in staat over de Sint-Jansvuren.'

Lia was heel goed in dat soort dingen. Ze vond het hoofdstuk meteen. 'Wat wil je weten? Het is een heel oude rite die in bijna alle landen van Europa uitgevoerd wordt. Het is de viering van het moment waarop de zon op het hoogste punt van zijn baan is; Sint-Jan is erbij gehaald om de zaak te verchristelijken...'

'Eten ze brood, in Schotland?'

'Even kijken... Ik dacht het niet... Ah hier, brood, dat wordt niet op Sint-Jan, maar in de nacht voor de eerste mei gegeten, de nacht van de vuren van Beltane, van oorsprong een druïdenfeest, met name in de Schotse Hooglanden...'

'Dat is het! Waarom eten ze brood?'

'Ze kneden een taart van meel en haver en roosteren die op het houtskoolvuur... Dan volgt een rite die teruggaat op de oude mensenoffers... Het zijn asbroden die *bannocks* heten...'

'Hoe? Spel het eens!' Ze spelde het, ik bedankte haar en zei haar dat ze mijn Beatrice was, mijn fata morgana, en nog meer liefs. Ik trachtte me mijn scriptie voor de geest te halen. Volgens de legende zoekt de geheime kern bescherming bij koning Robert Bruce en helpen de Tempeliers de koning de slag bij Bannockburn te winnen. Als beloning verenigt hij hen in de nieuwe orde van de Ridders van Sint-Andreas van Schotland.

Ik pakte een groot Engels woordenboek uit de kast en zocht: *bannok* in het Middelengels (*bannuc* in het Oud-Saksisch, *bannach* in het Gaelisch) is een soort pasteitje, gebakken op een ovenplaat of op een rooster, van haver of een andere graansoort. *Burn* is bergstroom. Je hoefde het alleen maar te vertalen zoals de Franse Tempeliers het vertaald zouden hebben als ze vanuit Schotland hun landgenoten uit Provins berichten stuurden; er kwam dan iets uit als de bergstroom van het asbrood, of van het boerenbrood, of gewoon van het brood. Hij die het brood gegeten heeft is hij die gewonnen heeft bij de bergstroom van het brood, en dat is dus de Schotse ploeg, die zich tegen die tijd misschien al verspreid had over alle Britse eilanden. Logisch: van Portugal naar Engeland, dat is de kortste weg, helemaal geen reis van de pool naar Palestina.

68

Mogen je gewaden wit zijn... Als het nacht is steek dan veel lichten aan, zodat alles schittert... Begin nu een paar letters te combineren, of vele, verplaats ze en combineer ze totdat je hart is verwarmd. Let op de klinkers van de letters en op hetgeen je al dooreenmengend kunt produceren. En als je gemerkt zult hebben dat je hart warm is, wanneer je ziet dat je via de combinaties van letters dingen te weten komt die je alleen of met de hulp van de traditie niet had kunnen ontdekken, wanneer je gereed bent om de invloed van de goddelijke macht te ontvangen die in je binnendringt, richt dan het hele wezen van je denken erop in je hart de Naam en Zijn verheven engelen te verbeelden, alsof het levende wezens waren die je nabijstaan.

Abulafia, *Chajjei ha-Olam ha-Ba*

'Klinkt plausibel,' zei Belbo. 'En waar zou in dat geval de Schuilplaats zijn?'

'De zes groepen vestigen zich op zes plekken, maar slechts een daarvan wordt de Schuilplaats genoemd. Wonderlijk. Dat houdt in dat de Tempeliers elders, zoals in Portugal of Engeland, ongestoord kunnen leven, zij het onder een andere naam, terwijl ze zich op die ene plek verborgen moeten houden. Volgens mij is de Schuilplaats de plek waar de Parijse Tempeliers naartoe zijn gevlucht nadat ze de Tempel hebben verlaten. En omdat het me wel zo economisch lijkt dat de route vanuit Engeland naar Frankrijk loopt, waarom er dan niet van uitgegaan dat ze zich in dat zelfde Parijs verstopt hebben op een geheime en beschermde plek? Ze waren goede politici en gingen er vanuit dat de situatie tweehonderd jaar later wel zo veranderd zou zijn dat ze open en bloot, of zo goed als, zouden kunnen opereren.'

'Goed, Parijs dus. En wat doen we dan met de vierde plek?'

'De kolonel dacht aan Chartres, maar als we Parijs als derde plek hebben, kunnen we Chartres niet als vierde nemen, want het spreekt dat alle Europese centra bij het plan betrokken moeten zijn. En daarbij komt dat we het mystieke spoor verlaten ten gunste van een politiek spoor dat een sinuslijn lijkt te vormen, en daarom moeten we het nu in het noorden van Duitsland zoeken. Welnu, aan gene zijde van de rivier of van het water, dat wil zeggen aan de andere kant van de Rijn, ligt er op Duits grondgebied een stad, niet een kerk, van Onze Vrouwe. Dicht bij Dantzig lag een Maagdenstad, Marienburg.'

'En waarom een afspraak in Marienburg?'

'Omdat het de hoofdstad van de Duitse Orde was! De betrekkingen tussen de Tempeliers en Duitsers zijn niet zo verstoord als die tussen de Tempeliers en de Hospitaal-ridders, die als aasgieren zitten te wachten op de opheffing van de Tempel ten einde zich van de bezittingen ervan meester te maken. De Duitse Orde werd in Palestina in het leven geroepen door de Duitse keizers als tegenwicht tegen de Tempeliers, maar werd al snel naar het noorden ontboden om het binnenvallen van Pruisische barbaren een halt toe te roepen. En dat deden ze zo goed dat ze in de loop van twee eeuwen tot een staat uitgroeiden die zich over het gehele Baltische gebied, over Polen, Litouwen en Lijfland uitstrekt. Ze stichten Königsberg, worden slechts een keer, door Aleksander Nevskij, in Estland, verslagen en zo rond de tijd dat de Tempeliers in Parijs worden gearresteerd maken ze Marienburg tot de hoofdstad van hun rijk. Als er een plan van het spirituele ridderschap bestond om de wereld te veroveren, dan hadden de Tempeliers en de Duitsers de invloedssferen onderling verdeeld.'

'Zal ik u eens wat zeggen?' zei Belbo, 'Ik ga hierin mee. Nu de vijfde groep. Waar zijn die populicanen?'

'Ik weet het niet,' zei ik.

'U stelt me teleur, Casaubon. Misschien moeten we het Abulafia vragen.'

'Nee, helemaal niet,' antwoordde ik gepikeerd. 'Abulafia is er om onbekende verbanden te leggen. De populicanen zijn gewoon een gegeven, geen verband, en gegevens zijn meer iets voor Sam Spade. Geeft u mij een paar dagen de tijd.'

'Ik geef u twee weken,' zei Belbo. 'Binnen twee weken krijg ik óf de populicanen óf een fles Ballantine's 12 Years Old.'

Dat kon ik me financieel niet veroorloven. Binnen een week kon ik mijn vraatzuchtige vrienden alles vertellen over de populicanen.

'Het is allemaal duidelijk. Volgt u me, want we moeten terug naar de vierde eeuw, naar Byzantijns grondgebied, als er zich al verschillende manicheïstische bewegingen over het Middellandse-Zeegebied hebben verspreid. We beginnen bij de archonten, gesticht in Armenië door Peter van Capharbarucha, geef toe, een mooie naam. Ze waren tegen de joden, de duivel was de zoon van Zebaoth, de God van de joden die in de zevende hemel leeft. Om in de achtste hemel bij de Grote Moeder van het Licht te komen is het geboden zowel Sabaoth als de doop te verloochenen. Oké?'

'Zullen we doen,' zei Belbo.

'Maar de archonten zijn nog beste jongens. In de vijfde eeuw verschijnen de Messalianen ten tonele, die overigens tot aan de elfde eeuw in Thracië zullen voortleven. De Messalianen zijn geen dualisten, maar monisten. Maar ze zijn door en door bekend met de helse machten en worden in een aantal teksten dan ook aangeduid als Borborieten, van *borboros*, modder, vanwege de onbeschrijfelijke dingen die ze deden.'

'Wat deden ze dan?'

'De gebruikelijke dingen. Mannen en vrouwen hieven hun in de palm van hun hand opgevangen schande, dat wil zeggen sperma en menstruatiebloed, ten hemel en aten het vervolgens op met de woorden dat het het lichaam van Christus was. En als ze per ongeluk hun vrouw zwanger maakten, staken ze op het juiste moment hun hand in haar buik, rukten het embryo eruit, kwakten het in een vijzel, deden er honing en peper bij en smakelijk eten.'

'Getverdemme,' zei Diotallevi, 'honing en peper!'

'Dat zijn dus de Messalianen, die door sommigen Stratioten en Phibionieten worden genoemd, of ook wel Barbelieten, en volgens anderen waren samengesteld uit Naassenen, Stratioten en Phemionieten. Andere kerkvaders hielden de Barbelieten voor verlate gnostici, dualisten dus, ze aanbaden de Grote Moeder Barbelo, en hun ingewijden noemden de Hylici Borborianen, ofte wel kinderen van de materie, niet te verwarren met de Psychici, die al wat beter waren, en de Pneumatici die echt uitverkoren waren, de Rotary Club van de hele handel. Maar wellicht waren de Stratioten slechts de Hylici van de Mithraïsten.'

'Loopt het allemaal niet een beetje door elkaar?' vroeg Belbo.

'Ja, natuurlijk. Geen van die mensen heeft documenten nagelaten. Het enige wat we van ze weten is afkomstig uit roddelpraat van hun vijanden. Maar dat geeft niet. Het is om duidelijk te maken wat voor een warwinkel het in het vroegere Midden-Oosten was. En om duidelijk te maken waar de Paulicianen vandaan kwamen. Dat zijn de volgelingen van een zekere Paulus van Samosata, bij wie de iconoclasten die uit Albanië waren gegooid zich aansloten. Vanaf de achtste eeuw nemen deze Paulicianen snel in aantal toe, breiden zich van sekte uit tot gemeenschap, van gemeenschap tot bende, van bende tot politieke macht; de keizers van Byzantium beginnen zich zorgen te maken en de keizerlijke troepen op ze af te sturen. Ze waaieren uit tot aan de grenzen van de Arabische wereld, verbreiden zich in de richting van de Eufraat en dringen het Byzantijnse gebied binnen tot aan de Zwarte Zee. Ze stichten zo'n beetje overal kolonies en in de zeventiende eeuw komen we ze nog tegen als ze door de jezuïeten worden bekeerd; en nog steeds bestaan er enkele Pauliciaanse gemeenschappen op de Balkan en contreien. En waar geloven die Paulicianen nu eigenlijk in? In God, een- en drievuldig, behalve dan dat de Demiurg met alle geweld de wereld wilde scheppen, en met het resultaat daarvan zijn we bekend. Ze verwerpen het Oude Testament, wijzen de sacramenten af, verachten het kruis en vereren de Maagd niet, omdat Christus in de hemel al tot vlees is geworden en alleen maar door Maria heen is gegaan als door een soort buis. De Bogomilen, die zich deels door hen zullen laten inspireren, zullen zeggen dat Christus Maria door het ene oor is binnengegaan en door het andere heeft verlaten, en dat ze daar helemaal niets van gemerkt heeft. Sommigen beschuldigen hen er ook van de zon en de duivel te aanbidden en het bloed van kinderen te vermengen met het eucharistische brood en de wijn.'

'Zoals allen.'

'Het moet in die tijd voor een ketter een ellende zijn geweest naar de mis te gaan. Kon je net zo goed islamiet worden. Maar zulk soort mensen waren het. En ik breng ze ter sprake omdat de ketterse dualisten, als ze zich later over Italië en de Provence zullen verspreiden, popelicanen zullen worden genoemd of publicani, populicani, om aan te geven dat ze zoals de Paulicianen waren, die *gallice etiam dicuntur ab aliquis popelicant*!'

'Daar heb je ze.'

'Inderdaad. De Paulicianen blijven de keizers van Byzantium tot in de negende eeuw lastig vallen, totdat keizer Basileius zweert dat als hij hun leider in handen krijgt, Chrysocheir, die de Sint-Johannesbasiliek in Ephesus was binnengedrongen en de paarden aan de wijwaterbak hun dorst had laten lessen...'

'... altijd hetzelfde liedje,' zei Belbo.

'... hij hem drie pijlen in zijn hoofd zou planten. Hij stuurt de keizerlijke troepen op hem af, die nemen hem gevangen, snijden hem zijn hoofd af, sturen het naar de keizer, en die zet het op een tafel, op een trumeau, op een pilaar van porfier en tsjak tsjak tsjak plant er drie pijlen in, ik denk een in elk oog en de derde in zijn mond.'

'Lekkere jongens,' zei Diotallevi.

'Ze deden het niet uit slechtheid,' zei Belbo. 'Het waren geloofskwesties. Vaste grond voor wat men hoopt. Gaat u door, Casaubon, aan onze Diotallevi zijn deze theologische finesses toch niet besteed, vuile godsmoordenaar die hij is.'

'Ter afsluiting: de wegen van de kruisvaarders en de Paulicianen kruisen elkaar. Ze treffen elkaar vlakbij Antiochië tijdens de eerste kruistocht, waar de Paulicianen aan de kant van de Arabieren strijden, en bij het beleg van Constantinopel, waar de Pauliciaanse gemeenschap van Philippopolis de stad probeert uit te leveren aan de Bulgaarse tsaar Kalojan om de Fransen een hak te zetten, aldus Villehardouin. Ziedaar het verband met de Tempeliers en ziedaar de oplossing van ons raadsel. Volgens de legende zijn de Katharen de inspirators van de Tempeliers, maar in werkelijkheid hebben de Tempeliers de Katharen geïnspireerd. Ze zijn de Pauliciaanse gemeenschappen tijdens de kruistochten tegengekomen en hebben mysterieuze betrekkingen met hen aangeknoopt, net zoals ze dat trouwens met de mystici en de ketterse islamieten hadden gedaan. En je hoeft het spoor van de Ordonation maar te volgen. Dat kan alleen maar via de Balkan lopen.'

'Hoezo?'

'Omdat het volgens mij duidelijk is dat de zesde afspraak in Jeruzalem is. De boodschap geeft de opdracht naar de steen te gaan. En waar is een steen die vandaag de dag door de islamieten wordt vereerd en waarvoor we als we hem willen zien onze schoenen uit moeten doen? Midden in het centrum van de Omarmoskee in Jeruzalem, waar ooit de Tempel van de Tempeliers stond. Ik weet niet wie er in Jeruzalem zit te wachten, misschien een kern van overgebleven en vermomde Tempeliers, of enkele aan de Portugezen gerelateerde kabbalisten, maar het is zeker dat de meest voor de hand liggende route van Duitsland naar Jeruzalem via de Balkan loopt, en daar wachtte de vijfde kern, die van de Paulicianen. Ziet u hoe helder en economisch het Plan nu wordt?'

'Het klinkt overtuigend, dat moet ik zeggen,' zei Belbo. 'Maar waar in de Balkan wachtten de populicanen?'

'Volgens mij waren de meest aannemelijke opvolgers van de Paulicianen de Bogomilen uit Bulgarije, maar de Tempeliers uit Provins konden toen nog niet weten dat Bulgarije enkele jaren later door de Turken bezet zou worden en vijf eeuwen lang onder hun bewind zou blijven.'

'Dus is het denkbaar dat het Plan bij de wissel van de Duitsers op de Bulgaren blijft steken. Wanneer zou die moeten plaatsvinden?'

'In 1824,' zei Diotallevi.

'Pardon? Hoe dat zo?'

Diotallevi tekende snel een schemaatje.

PORTUGAL	ENGELAND	FRANKRIJK	DUITSLAND	BULGARIJE	JERUZALEM
1344	1464	1584	1704	1824	1944

'In 1344 installeren de eerste grootmeesters van elke groep zich op de zes voorgeschreven plekken. In de loop van de honderdtwintig daaropvolgende jaren volgen in elke groep zes grootmeesters elkaar op en in 1464 ontmoet de zesde meester van Tomar de zesde meester van de Engelse groep. In 1584 ontmoet de twaalfde Engelse meester de twaalfde Franse meester. Zo gaat dat in hetzelfde ritme door, en als de afspraak met de Paulicianen misloopt, loopt die mis in 1824.'

'Aangenomen dat hij misloopt,' zei ik, 'dan nog begrijp ik niet dat zulke scherpzinnige mensen, met vier zesde van de uiteindelijke boodschap in handen, niet in staat zijn deze te reconstrueren. Of waarom ze, toen de afspraak met de Bulgaren misliep, geen contact hebben gezocht met de volgende groep.'

'Casaubon,' zei Belbo, 'gelooft u nu werkelijk dat de wetgevers uit Provins niet goed bij hun hoofd waren? Als ze wilden dat de onthulling zeshonderd jaar geheim bleef zullen ze toch wel de nodige voorzorgsmaatregelen hebben getroffen. De meester van elke kern weet wel waar hij de meester van de daaropvolgende kern kan vinden, maar niet die van andere kernen, en geen van de anderen weet waar hij de meester van de vorige kern vinden kan. De Duitsers hoeven alleen maar de Bulgaren mis te lopen en ze zullen nooit meer kunnen achterhalen waar ze de Jeruzalemmers kunnen vinden, terwijl de Jeruzalemmers helemaal nergens meer iemand zullen kunnen vinden. En of je een boodschap waar je niet alle fragmenten van hebt kunt reconstrueren, hangt af van de manier waarop de fragmenten zijn verdeeld. En die is zonder twijfel niet logisch. Er hoeft maar een enkel stukje te ontbreken en de boodschap is onbegrijpelijk, en degene die het ontbrekende stukje heeft weet op zijn beurt niet wat hij daarmee aanmoet.'

'Denkt u eens in,' zei Diotallevi, 'als de ontmoeting niet heeft plaatsgevonden, dan is Europa vandaag de dag het toneel van een geheime dans van groepen die elkaar zoeken maar niet vinden, en elke groep weet dat er maar dìt voor nodig is of ze zijn baas over de hele wereld. Hoe heet die opzetter waarover u het had, Casaubon? Misschien is er wel echt een komplot en is de geschiedenis niets anders dan het resultaat van dit gevecht om een verloren boodschap te reconstrueren. Wij zien ze niet en zij zijn rondom ons bezig, onzichtbaar.'

Belbo en ik dachten duidelijk hetzelfde en begonnen tegelijk te praten. Maar veel was er ook niet voor nodig om de juiste link te leggen. We hadden per slot vernomen dat ten minste twee onderdelen van de boodschap van Provins—de verwijzing naar zesendertig over zes groepen verdeelde onzichtbaren en de termijn van honderdtwintig jaar—ook in de discussie over de Rozenkruisers ter sprake waren gekomen.

'Tenslotte waren het Duitsers,' zei ik. 'Ik zal de Rozenkruisersmanifesten er op nalezen.'

'En u zei dat die niet waar waren,' zei Belbo.

'Nou en? Wij construeren toch ook iets dat niet waar is?'

'Dat is waar,' zei hij. 'Dat was me ontschoten.'

69

Zij worden de Duivel: achterlijk, onverschrokken,
heldhaftig op onverwachte momenten,
onophoudelijk wreed, en aanhalig, wenend, met
armen die de wetten negeren... Schande! Schande!
Ze zijn niets waard, geschapen uit een rib, een
krom stuk bot, een en al achterbaksheid... Zij
kussen de slang...

Jules Bois, *Le satanisme et la magie*,
Parijs, Chailley, 1895, p.12

Het was hem ontschoten; dat weet ik nu. En dit korte en verwarde bestand stamt beslist uit die periode.

bestandsnaam: Ennoia

Je bent mijn huis binnen gekomen, onverwacht. Je had die weed. Ik wilde niet, omdat ik geen enkele plantaardige stof toesta te interfereren met mijn hersenfuncties (maar ik lieg, want ik rook tabak en drink graandistillaten). Hoe het ook zij, die paar keer dat iemand me begin jaren zestig dwong als er een joint rondging mee te doen, met die van speeksel doorweekte slijmerige rotvloe, en het laatste trekje met de speld, moest ik altijd lachen.

Maar gister bood jíj het me aan, en ik dacht dat het misschien jouw manier was om jezelf aan te bieden en heb vol vertrouwen gerookt. We hebben dicht tegen elkaar aan gedanst, zoals al jaren niet meer gedaan wordt, en terwijl—hoe schandelijk—de Vierde van Mahler opstond. Het voelde alsof er tussen mijn armen een antiek schepsel vorm kreeg, met het lieve en gerimpelde gezicht van een oude geit, een slang die oprees uit het diepst van mijn lendenen, en ik aanbad je als een heel oude en universele tante. Waarschijnlijk ging ik gewoon door met me dicht tegen je aan bewegen, maar tegelijkertijd voelde ik dat je opsteeg, je veranderde jezelf in goud, je opende gesloten deuren, bewoog voorwerpen midden in de lucht. Ik drong je donkere buik binnen, Megale Apophasis. Je was gevangene van de engelen.

Ben jij wellicht niet degene die ik zocht? Wellicht zit ik hier nog steeds op jou te wachten. Ben ik je iedere keer kwijtgeraakt omdat ik je niet herkend heb? Ben ik je iedere keer kwijtgeraakt omdat ik je herkend heb en niet gedurfd heb? Ben ik je iedere keer kwijtgeraakt omdat ik door je te herkennen wist dat ik je kwijt zou raken?
Waar ben je gisteravond gebleven? Ik ben vanochtend wakker geworden en had hoofdpijn.

70

...We konden ons toch nog een geheim herinneren,
dat door A, de opvolger van D, die uit een andere
groep kwam maar met velen van ons had
samengeleefd, door heimelijke gesprekken over de
honderdtwintig jaren aan ons, de derde groep was
toevertrouwd...

Fama Fraternitas,
in *Allgemeine und general Reformation*,
Kassel, Wessel, 1614

Ik haastte me de twee Rozenkruisersmanifesten, de *Fama* en de *Confessio*, geheel te lezen. En ik wierp ook een blik in de *Chymische Hochzeit des Christian Rosencreutz* van Johann Valentin Andreae, omdat Andreae de vermeende auteur van de manifesten was. De twee manifesten waren tussen 1614 en 1616 in Duitsland verschenen: een dertigtal jaren na de ontmoeting tussen de Fransen en de Engelsen, in 1584, maar bijna een eeuw voordat de Fransen en de Duitsers samen zouden komen.

Ik las de manifesten met het voornemen niet te geloven wat er in werd beweerd maar tussen de regels door te lezen, alsof ze iets anders beweerden. Ik wist dat ik, om ze andere dingen te laten beweren, stukken moest overslaan en de ene bewering relevanter moest vinden dan de andere. Maar dat was nu precies datgene wat de diabolici en hun meesters ons voorhielden. Als je je in de verheven tijd van de onthullingen voortbeweegt, moet je niet de monotone en zo pietluttige en stompzinnige aaneenschakelingen van de logica volgen. Anderzijds, als je de manifesten letterlijk opvatte, waren ze een opeenstapeling van absurditeiten, raadsels en contradicties.

Er kon derhalve niet in staan wat er ogenschijnlijk in stond, en dus waren ze noch een oproep tot diepgaande spirituele hervorming, noch het verhaal van de arme Christian Rosencreutz. Ze waren een boodschap in code die je moest lezen door er een rooster overheen te leggen waardoor bepaalde plekken open en andere bedekt bleven. Net zoals de boodschap in geheimschrift van Provins, waar alleen de beginletters van belang waren. Ik had geen rooster, maar doen alsof kon ook en om te doen alsof moest ik bij het lezen op mijn hoede zijn.

Dat er in de manifesten sprake was van het Plan van Provins leed geen twijfel. In het graf van C.R. (allegorie van de Grange-aux-Dîmes, de nacht van 23 juni 1344!) was een schat opgeborgen opdat de nakomelingen die zouden ontdekken, een schat 'verborgen... voor honderdtwintig jaar'. Dat dit geen schat was van het pecuniaire soort was evident. Niet alleen werd er op de naïef inhalige manier van de alchimisten tekeergegaan, maar er werd openlijk gesteld dat hetgeen dat beloofd werd een grote historische verandering was. En voor het geval iemand het niet begrepen had, herhaalde het daaropvolgende manifest dat een aanbieding die de *miranda sextae aetatis* betrof (de wonderen van de zesde en laatste afspraak!) niet afgeslagen kon worden en werd er herhaald: 'Had het God maar behaagd het licht van zijn zesde *Candelabrum* tot ons te brengen... konden we maar alles in een enkel boek lezen en al lezend begrijpen en ons dat wat geweest is herinneren... wat zou het prettig zijn als we door middel van zang (van de hardop gelezen boodschap!) de rotsen (*lapis exilis*!) in paarlen en kostbare stenen konden veranderen...' Verder was er nog sprake van verborgen geheimen, en van een regering die in Europa geïnstalleerd had moeten worden, en van een 'groot werk' dat volbracht moest worden...

Men zei dat C.R. naar Spanje (of Portugal?) was gegaan en de geleerden van daarginds getoond had 'waar ze achter de ware *indicia* voor de toekomstige eeuwen konden komen' maar tevergeefs. Waarom tevergeefs? Omdat een Duitse groep Tempeliers aan het begin van de zeventiende eeuw een zeer groot geheim in de openbaarheid bracht als reactie op het feit dat de overlevering op een of andere manier was vastgelopen?

Het viel niet te ontkennen dat de pogingen die in de manifesten werden ondernomen om de fasen van het Plan te reconstrueren veel weg hadden van die van Diotallevi. De eerste broeder over wiens dood—of over het feit dat hij de 'grens' had bereikt—werd gerept, was broeder I.O. die in Engeland stierf. Iemand was dus triomfantelijk op de eerste afspraak verschenen. En er was sprake van een tweede en een derde successieve lijn. En tot dan was alles waarschijnlijk volgens de regels verlopen: de tweede lijn, de Engelse, ontmoet de derde lijn, de Franse, in 1584, en mensen die aan het begin van de zeventiende eeuw schrijven, kunnen uitsluitend gewag maken van hetgeen er met de eerste drie groepen is gebeurd. In de *Chymische Hochzeit* die Andreae op jeugdige leeftijd had geschreven, dus nog voor de manifesten (ook al verschenen deze in 1616), wordt melding gemaakt van drie majestueuze tempels, de drie plekken die al bekend hadden moeten zijn.

Ik merkte evenwel dat de manifesten zich weliswaar in dergelijke termen uitlieten, maar op een toon alsof er iets onrustbarends voorgevallen was.

Waarom bijvoorbeeld werd het feit zo benadrukt dat de tijd daar was, dat het juiste moment was aangebroken, ondanks het feit dat de vijand alles in het werk had gesteld om te voorkomen dat de gebeurtenis zou plaatsvinden? Welke gebeurtenis? Men zei dat het einddoel van C.R. Jeruzalem was, maar dat hij dat niet had kunnen bereiken. Waarom niet? Men prees de Arabieren omdat die onderling boodschappen uitwisselden, terwijl de geleerden in Duitsland niet in staat waren elkaar te helpen. Er werd gerefereerd aan 'een grotere groep die de weide helemaal voor zich alleen wil'. Hier was niet alleen sprake van iemand die trachtte het Plan omver te werpen om zijn eigen belangen na te streven, maar zelfs van een daadwerkelijke opstand.

In de *Fama* werd gezegd dat iemand aan het begin een magisch geschrift had opgesteld (natuurlijk, de boodschap van Provins) maar dat de klok van God elke minuut tikt 'terwijl de onze nog niet eens in staat is de uren te slaan'. Wie was ten aanzien van het getik van de goddelijke klok te kort geschoten, wie had niet op het juiste moment op de juiste plaats weten te zijn? Er was sprake van een eerste kern van broeders die een geheime filosofie hadden kunnen onthullen, maar besloten hadden zich over de wereld te verspreiden.

De manifesten verrieden ongemakkelijkheid, onzekerheid, een gevoel van verlorenheid. De broeders uit de eerste successieve lijn hadden er voor zorggedragen dat ze elk 'door een waardig opvolger' werden opgevolgd, maar 'zij hadden bepaald dat... de plek waar ze begraven werden geheim moest blijven en vandaag de dag weten we nog niet waar ze zijn begraven.'

Waar werd op gezinspeeld? Wat wist men niet? Van welk 'graf' ontbrak het adres? Het was duidelijk dat de manifesten geschreven waren omdat er informatie verloren was gegaan, en dat degene die daar eventueel van op de hoogte was, opgeroepen werd om zich bekend te maken.

Het einde van de *Fama* was maar voor één uitleg vatbaar: 'Wij verzoeken wederom alle geleerden van Europa... ons aanbod met welwillendheid in overweging te nemen... ons hun overwegingen kenbaar te maken... Want ook al hebben we tot op heden onze namen niet vrijgegeven... al wie ons zijn eigen naam zal doen toekomen zal met ons mondeling of—mochten er beletsels zijn—schriftelijk kunnen confereren.'

Precies hetzelfde als waar het de kolonel met de publikatie van zijn verhaal om te doen was geweest. Iemand te dwingen zijn stilzwijgen te verbreken.

Er was een leemte geweest, een pauze, een parenthese, een coupure. In het graf van C.R. stond niet alleen *post 120 annos patebo* geschreven, om aan de frequentie van de afspraken te herinneren, maar er stond ook *Nequaquam vacuum.* Niet 'de leegte bestaat niet', maar 'de leegte zou niet mogen bestaan'. En toch was er een leegte ontstaan, en die diende opgevuld!

Maar nogmaals vroeg ik me af: waarom werd dit in Duitsland opgeworpen, waar de vierde lijn niets anders hoefde te doen dan rustig haar beurt af te wachten? De Duitsers konden—in 1614—bezwaarlijk een gemiste afspraak in Marienburg betreuren, aangezien de afspraak van Marienburg was vastgesteld voor 1704!

Er was slechts één conclusie mogelijk: de Duitsers uitten hun ongenoegen over het feit dat de voorgaande afspraak niet had plaatsgevonden!

Dat was de sleutel! De Duitsers van de vierde lijn beklaagden zich erover dat de Engelsen van de tweede lijn de Fransen van de derde lijn waren misgelopen! Natuurlijk. De tekst zat vol allegorieën van een ronduit kinderlijke doorzichtigheid: men opent het graf van C.R. en daar worden de namen van de broeders van de eerste en van de tweede cirkel aangetroffen, maar niet die van de derde! Portugezen en Engelsen zijn er wel, maar waar zijn de Fransen?

Kortom, in de twee Rozenkruisersmanifesten werd, als je ze wist te lezen, gerefereerd aan het feit dat de Engelsen de Fransen waren misgelopen. En volgens onze beredeneringen waren de Engelsen de enigen die wisten waar ze de Fransen hadden kunnen vinden en de Fransen de enigen die wisten waar ze de Duitsers konden vinden. Maar zelfs al hadden de Fransen in 1704 de Duitsers weten te vinden, dan nog zouden ze hun verschenen zijn zonder de twee derden van hetgeen ze moesten overleggen.

De Rozenkruisers treden, met alle risico's van dien, in de openbaarheid omdat dat de enige manier is om het Plan te redden.

71

Wij weten dus niet zeker of [de Broeders] van de andere lijn even wijs waren als die van de eerste, en tot alle [geheimen] toegang hadden

Fama Fraternitas,
in *Allgemeine und general Reformation*,
Kassel, Wessel, 1614

Ik vertelde het meteen aan Belbo en Diotallevi, en zij moesten toegeven dat de esoterische betekenis van de manifesten zelfs voor een occultist volkomen voor zichzelf sprak.

'Nu is alles duidelijk,' zei Diotallevi. 'Wij hadden ons vastgebeten in het idee dat het Plan bij de wissel tussen de Duitsers en de Paulicianen was gestrand, maar dat was al in 1584 gebeurd bij de wissel van Engeland naar Frankrijk.'

'Maar waarom?' vroeg Belbo. 'Kunnen we een gegronde reden bedenken voor het feit dat de Engelsen er in 1584 niet in slagen hun afspraak met de Fransen na te komen? De Engelsen wisten waar de Refuge was, sterker nog, zij waren de enigen die het wisten.'

Hij wilde de waarheid. En hij zette Abulafia aan. Hij vroeg, bij wijze van proef, een combinatie van slechts twee gegevens. En de output was:

Minnie is verloofd met Mickey Mouse
Dertig dagen heeft november met april juni en september

'Hoe moeten we dit interpreteren?' vroeg Belbo. 'Minnie heeft een afspraak met Mickey Mouse, maar per vergissing spreekt ze met hem af op eenendertig september en Mickey Mouse...'

'Ho allemaal!' zei ik. 'Minnie had alleen een fout kunnen maken als ze een afspraak had gemaakt vóór 5 oktober 1582!'

'Waarom?'

'De Gregoriaanse hervorming van de kalender! Dat is het! In 1582 wordt de Gregoriaanse hervorming van kracht waarmee de Juliaanse kalender gecorrigeerd wordt, en om het evenwicht te herstellen komen er tien dagen van de maand oktober te vervallen, van de 5de tot en met de 14de!'

'Maar de afspraak in Frankrijk is vastgesteld voor 1584, in de nacht van Sint-Jan, 23 juni,' zei Belbo.

'Inderdaad. Maar als ik het me goed herinner is de hervorming niet meteen overal van kracht geworden.' Ik liep naar de boekenkast en raadpleegde de Eeuwigdurende Kalender. 'Hier, de hervorming wordt afgekondigd in 1582, en 5 tot en met 14 oktober komen te vervallen, maar dat gaat alleen op voor het gebied dat onder het pauselijk gezag viel. Frankrijk voert de hervorming in 1583 in en daar vervallen 10 tot en met 19 december. In Duitsland ontstaat er een schisma en de katholieke gebieden voeren de hervorming in 1584 in, zoals Bohemen, terwijl de protestantse gebieden dat pas in 1775 doen, snap je, bijna tweehonderd jaar later; om nog maar te zwijgen van Bulgarije—dit is een gegeven dat we niet uit het oog moeten verliezen—dat hem pas in 1917 invoert. Laten we nu eens kijken naar Engeland... Dat neemt de Gregoriaanse hervorming over in 1752! Natuurlijk, uit haat voor de papisten verzetten ook die anglicanen zich twee eeuwen. En jullie snappen dus wel wat er gebeurd is. In Frankrijk vervallen tien dagen aan het eind van '83 en in juni 1584 is iedereen eraan gewend. Maar als het in Frankrijk 23 juni 1584 is, is het in Engeland nog 13 juni en jullie denken toch niet dat een rechtschapen Engelsman, ook al is hij Tempelier, en met name in die tijd waarin de berichtgeving nog uiterst langzaam ging, met die kwestie rekening heeft gehouden. Ze rijden vandaag de dag nog steeds links en kennen geen decimaal metriek systeem... De Engelsen melden zich dus bij de Refuge op hun 23ste juni, als het voor de Fransen inmiddels al 3 juli is. Nu mag je veronderstellen dat ze elkaar niet onder de klanken van een fanfarekorps zullen ontmoeten, maar dat het een heimelijke ontmoeting was op een bepaalde plek en op een bepaalde tijd. De Fransen zijn op 23 juni ter plekke, wachten één, twee, drie, zeven dagen, en dan vertrekken ze weer met het idee dat er iets gebeurd moet zijn. Misschien geven ze het uitgerekend aan de vooravond van de 2de juli wanhopig op. De Engelsen arriveren op 3 juli en er is niemand. Misschien wachten ook zij acht dagen, maar dan is er nog steeds niemand. Op dat moment zijn de twee grootmeesters elkaar kwijtgeraakt.'

'Meesterlijk,' zei Belbo. 'Zo is het gegaan. Maar waarom roeren de Duitse Rozenkruisers zich, en niet de Engelsen?'

Ik vroeg nog een dag de tijd, keek mijn hele kaartsysteem door en kwam glimmend van trots weer op kantoor. Ik was iets op het spoor dat ogenschijnlijk van geen enkel belang was, maar zo werkt Sam Spade nu eenmaal, niets ontsnapt aan zijn speurende blik. Tegen 1584 wordt John Dee, tovenaar en kabbalist, astroloog van de koningin van Engeland, belast met het bestuderen van de hervorming van de Juliaanse kalender!

'De Engelsen hebben de Portugezen ontmoet in 1464. Het lijkt of de Britse eilanden na die datum gegrepen worden door een kabbalistische koorts. Er wordt voortgeborduurd op hetgeen vernomen is en men bereidt zich voor op de volgende ontmoeting. John Dee is de kopman van deze magische en hermetische wedergeboorte. Hij stelt een eigen bibliotheek samen met vierduizend boeken die ingericht lijkt door de Tempeliers van Provins. Zijn *Monas Hiëroglyphica* wekt de indruk rechtstreeks geïnspireerd te zijn op de *Tabula smaragdina*, de bijbel van de alchimisten. En wat doet John Dee vanaf 1584? Hij leest de *Steganographia* van Trithemius! En hij leest het in manuscript, want het zal pas begin 1600 voor het eerst in druk verschijnen. Als grootmeester van de Engelse kern die de nederlaag van de gemiste afspraak aan den lijve heeft ondervonden wil Dee erachter komen wat er gebeurd is, waar de fout zat. En aangezien hij daarnaast een goede astronoom is, slaat hij zichzelf voor zijn kop en zegt wat ben ik stom geweest. En hij begint een diepgaande studie van de Gregoriaanse hervorming, waarvoor hij van Elizabeth een toelage weet los te peuteren, om te zien hoe de fout hersteld kan worden. Maar hij realiseert zich dat het te laat is, hij weet niet met wie hij in Frankrijk contact moet opnemen. Hij onderhoudt echter wel contacten met Midden-Europa. Het Praag van Rudolf II is een alchimistisch laboratorium, en het is dan ook in die tijd dat Dee naar Praag gaat en daar Khunrath ontmoet, de auteur van *Amphitheatrum Sapientiae Aeternae* met die allegorische platen die zowel voor Andreae als voor de Rozenkruisersmanifesten een inspiratiebron zijn geweest. Welke contacten legt Dee? Ik weet het niet. In de wetenschap een onherstelbare fout te hebben gemaakt sterft hij verteerd door wroeging in 1608. Niets aan de hand, want in Londen doet een andere figuur van zich spreken die, daar is men het inmiddels over eens, een Rozenkruiser was en de Rozenkruisers ter sprake heeft gebracht in *New Atlantis*. Ik bedoel Francis Bacon.'

'Brengt Bacon ze werkelijk ter sprake?' vroeg Belbo.

'Niet met zoveel woorden, maar een zekere John Heydon herschrijft *New Atlantis* onder de titel *The Holy Land* en voert de Rozenkruisers erin ten tonele. Maar voor ons is het genoeg. Bacon heeft het niet openlijk over ze omdat hij om voor de hand liggende redenen terughoudendheid betracht, maar het is alsof hij het over ze had.'

'En wie dat niet gelooft kan de pest krijgen.'

'Precies. En het is op instigatie van Bacon dat men tracht de banden tussen de Engelse en de Duitse kringen wat toe te halen. In 1613 vindt het huwelijk plaats tussen Elizabeth, dochter van James I die dan op de troon zit, en Frederik V, keurvorst van de Palts aan de Rijn. Na de dood van Rudolf II is Praag niet meer de aangewezen plaats voor het huwelijk en wordt het Heidelberg. Het huwelijk van de prins en de prinses is een triomf van Tempeliers-allegorieën. De regie van de Londense plechtigheden is in handen van Bacon zelf, en er wordt een allegorie van het mystieke ridderschap opgevoerd met een verschijning van ridders op de top van een heuvel. Het is duidelijk dat Bacon Dee is opgevolgd en nu grootmeester van de Engelse Tempelierskern is...'

'... en aangezien hij onmiskenbaar de auteur van de stukken van Shakespeare is zouden we ook alles van Shakespeare moeten herlezen, want die had het natuurlijk over niets anders dan over het Plan,' zei Belbo. 'Nacht van Sint-Jan, midzomernachtsdroom.'

'23 juni is aan het begin van de zomer.'

'Dichterlijke vrijheid. Ik vraag me af hoe het komt dat dit soort voor de hand liggende aanwijzingen, nog nooit iemand zijn opgevallen. Het lijkt me allemaal van een bijna pijnlijke duidelijkheid.'

'We zijn op een dwaalspoor gebracht door de rationalistische denktrant,' zei Diotallevi, 'ik heb het altijd wel gezegd.'

'Laat Casaubon verder gaan; volgens mij heeft hij uitstekend werk verricht.'

'Er valt weinig meer te zeggen. Na de Londense feesten beginnen de feestelijkheden in Heidelberg, waar Salomon de Caus voor de keurvorst de hangende tuinen had aangelegd waarvan we, zoals jullie je zult herinneren, die avond in Piemonte een zwakke imitatie hebben gezien. En tijdens deze feestelijkheden verschijnt er een allegorische wagen die de bruidegom roemt als Jason, en aan de twee masten van het op de wagen afgebeelde schip zijn de symbolen van het Gulden Vlies en de Kouseband bevestigd; ik hoop dat jullie niet vergeten zijn dat het Gulden Vlies en de Kouseband ook te zien zijn op de zuilen van Tomar... Alles valt samen. Binnen een jaar verschijnen de Rozenkruisersmanifesten, de oproep die de Engelse Tempeliers, geholpen door een paar Duitse vrienden, over heel Europa verspreiden in een poging de draad van het onderbroken Plan weer op te pakken.'

'Maar waar willen ze uitkomen?'

72

Onze vermeende onzichtbaren, zijn—naar men zegt—zesendertig in getal, verdeeld in zes groepen.

Effroyables pactions faictes entre le diable et les pretendus Inuisibles, Parijs, 1623, p.6

'Misschien is het een tweeledige operatie en trachten ze enerzijds de Fransen een teken te geven en anderzijds de verspreide gelederen van de Duitse kern weer bijeen te krijgen die, waarschijnlijk door toedoen van de Lutherse hervorming, uiteen is geslagen. Maar juist in Duitsland voltrekt zich de grootste ellende. Vanaf het moment dat de manifesten verschijnen, rond ongeveer 1621, worden de auteurs bedolven onder de reacties...'

Ik noemde een aantal van de ontelbare schotschriften die hierover waren verschenen, degene waarmee ik mij die nacht in Salvador met Amparo had vermaakt. 'Waarschijnlijk zit daar iemand tussen die iets weet, maar die verdwijnt in de overdaad aan geëxalteerden, enthousiastelingen die de manifesten letterlijk opvatten, provocateurs wellicht, die proberen de operatie te voorkomen, onverlaten... De Engelsen trachten zich in het debat te mengen, het te sturen; het is niet toevallig dat Robert Fludd, een andere Engelse Tempelier, binnen een jaar drie werken schrijft waarin hij de, volgens hem juiste, interpretatie van de manifesten geeft... Maar de reacties zijn al niet meer te stuiten, de Dertigjarige Oorlog is begonnen, de keurvorst van de Palts is door de Spanjaarden verslagen, het Palatinaat en Heidelberg worden gebrandschat, Bohemen staat in brand... De Engelsen besluiten uit te wijken naar Frankrijk en het daar te proberen. En dat verklaart waarom de Rozenkruisers in 1623 met hun manifesten in Parijs opduiken, en de Fransen in grote trekken hetzelfde aanbod doen als ze de Duitsers hadden gedaan. En wat lezen we in een van die schotschriften die tegen de Parijse Rozenkruisers geschreven werden door iemand die hen niet vertrouwde of verwarring wilde zaaien? Dat ze aanbidders van de duivel waren, dat spreekt, maar aangezien men zelfs met laster de waarheid niet vermag uit te wissen, werd geïnsinueerd dat ze in de Marais bijeenkwamen.'

'Ja... en?'

'Maar je kent Parijs toch wel? De Marais is de wijk van de Tempel en, is me dat toevallig, de wijk van het joodse getto! Nog afgezien van het feit dat in die schotschriften staat dat de Rozenkruisers contacten onderhouden met een Spaanse kabbalistensekte, de Alumbrados! Misschien wordt er in de pamfletten tegen de Rozenkruisers, onder het mom van een aanval op de zesendertig onzichtbaren, wel getracht hun identificatie te bewerkstelligen... Gabriel Naudé, bibliothecaris van Richelieu, schrijft *Instructions à la France sur la verité de l'histoire des Frères de la Rose-Croix*. Wat voor instructies? Is hij spreekbuis van de Tempeliers van de derde kern, is hij een avonturier die zich in andermans zaken mengt? Aan de ene kant lijkt het of ook hij de Rozenkruisers voor waardeloze diabolici wil laten doorgaan, aan de andere kant laat hij zich insinuerend over hen uit, zegt hij dat er nog drie Rozenkruiserscolleges bestaan, en dat is waar, na de derde kern zijn er nog drie. Hij geeft bijna sprookjesachtige aanwijzingen (een zou er zich in India bevinden op de drijvende eilanden) maar suggereert dat een van de colleges zich onder de grond van Parijs bevindt.'

'Gelooft u dat dit alles een verklaring vormt voor de Dertigjarige Oorlog?' vroeg Belbo.

'Zonder enige twijfel,' zei ik, 'Richelieu beschikt via Naudé over vertrouwelijke informatie, hij wil een vinger in de pap hebben maar doet alles fout, hij komt met het leger tussenbeide en zaait nog meer verwarring. Maar twee andere feiten zou ik niet veronachtzamen. In 1619 komt, na zesenveertig jaar stilte, het kapittel van de Ridders van Christus in Tomar bijeen. In 1573, een aantal jaren vóór 1584, waren ze bijeengekomen om, naar verondersteld mag worden, voorbereidingen te treffen voor de reis naar Parijs samen met de Engelsen, en na de affaire met de Rozenkruisersmanifesten komen ze nogmaals bijeen om te bepalen welke lijn er moest worden aangehouden, of ze zich bij de operatie van de Engelsen zullen aansluiten of andere wegen zullen inslaan.'

'Natuurlijk,' zei Belbo, 'tegen die tijd zijn ze verloren in een doolhof, de een kiest voor de ene, de ander voor een andere weg, iemand verspreidt geruchten, niemand begrijpt of de antwoorden die gegeven worden de stem van iemand anders zijn of een echo van de eigen stem... Iedereen tast in het duister. En wat doen de Paulicianen en de Jeruzalemmers ondertussen?'

'Het weten,' zei Diotallevi. 'Maar ik zou niet uitvlakken dat in die periode de kabbala van Luria bekend raakt en dat er voor het eerst gesproken wordt over het Breken van de Vaten... En in die periode begint men steeds meer het idee te krijgen dat de tora een onvolledige boodschap is.

Er is een Pools chassidisch geschrift dat zegt: had er echter een andere gebeurtenis plaatsgevonden, dan zou dat andere lettercombinaties hebben opgeleverd. Maar het moge duidelijk zijn dat de kabbalisten het niet prettig vinden dat de Duitsers op de tijd vooruit hebben willen lopen. De juiste opeenvolging en ordening van de tora zijn duister gebleven en zijn uitsluitend bekend aan de Heilige, geprezen zij Hij. Maar laat me geen onzin uitkramen. Als ook de heilige kabbala bij het Plan betrokken wordt...'

'Als er een Plan is is alles erin betrokken. Of het is allesomvattend of het verklaart niets,' zei Belbo. 'Maar Casaubon had het nog over een tweede aanwijzing.'

'Ja. Of liever, niet een, maar een reeks aanwijzingen. Nog voordat de ontmoeting van 1584 misloopt, was John Dee zich gaan bezighouden met cartografische studies en het bevorderen van ontdekkingsreizen over zee. En in overleg met wie? Met Pedro Nuñez, de koninklijke cartograaf van Portugal... Dee geeft de aanzet tot de ontdekkingsreizen naar Cathay via de noordwestroute, investeert geld in de expeditie van een zekere Frobisher die doorstoot naar de pool en terugkeert met een Eskimovrouw die iedereen voor een Mongoolse houdt, hitst Francis Drake op en zet hem ertoe aan zijn reis om de wereld te maken, wil dat er in oostelijke richting wordt gevaren omdat het oosten het begin van alle occulte kennis is, en roept bij het vertrek van ik weet niet meer welke expeditie de engelen aan.'

'Wat wilt u daarmee zeggen...?'

'Het lijkt me dat Dee niet zozeer geïnteresseerd was in de ontdekking van die plekken, als wel in hun cartografische registratie, en dat is de reden dat hij gewerkt heeft in overleg met de grote cartografen Mercator en Ortelius. Het lijkt erop alsof hij uit die fragmenten van de boodschap waarover hij beschikte, begrepen had dat de uiteindelijke reconstructie zou leiden tot de ontdekking van een kaart, en dat hij trachtte die op eigen kracht te vinden. Ik zou, om met mijnheer Garamond te spreken, zelfs meer willen zeggen. Is het mogelijk dat de discrepantie tussen de twee kalenders een geleerde van zijn formaat werkelijk ontgaan was? En als hij het er nu eens om gedaan had? Het ziet ernaar uit dat Dee de boodschap alleen wil reconstrueren om daarmee de andere kernen te overvleugelen. Ik vermoed dat bij Dee het idee postvat dat de boodschap met magische of wetenschappelijke middelen gereconstrueerd kan worden en dat niet gewacht hoeft te worden tot het Plan zijn beslag krijgt. Het syndroom van ongeduld. Het tekent de opkomst van de burger-veroveraar, de aantasting van het solidariteitsprincipe waarop het spirituele ridderschap berustte. En dit was nog maar het idee van Dee; over Bacon hebben we het maar niet eens. Vanaf dat moment trachten de Engelsen het geheim bloot te leggen en maken daarbij gebruik van alle geheimen van de nieuwe wetenschap.'

'En de Duitsers?'

'Het lijkt me beter de Duitsers gewoon de weg der traditie te laten bewandelen. Dat verklaart dan ten minste twee eeuwen geschiedenis van de filosofie, Angelsaksisch empirisme versus romantisch idealisme...'

'Zo langzamerhand zijn we bezig de wereldgeschiedenis te reconstrueren,' zei Diotallevi. 'We zijn het Boek aan het herschrijven. Dat bevalt me, ja, dat bevalt me wel.'

73

Een ander merkwaardig geval met betrekking tot de cryptografie werd in 1917 door Alfred Von Weber Ebenhoff uit Wenen, één van de beste historiografen van Bacon, aan het publiek gepresenteerd. Hij baseerde zich op de verschillende, al op de werken van Shakespeare uitgeprobeerde systemen, die hij begon toe te passen op de werken van Cervantes... Toen hij het onderzoek voortzette deed hij een onthutsende feitelijke ontdekking: de eerste Engelse door Sheldon gemaakte vertaling van *Don Quichote* bevat met de hand geschreven correcties van Bacon. Hij concludeerde hieruit dat deze Engelse versie de originele versie van de roman moest zijn en dat de roman vervolgens door Cervantes in het Spaans moest zijn vertaald.

J. Duchaussoy, *Bacon, Shakespeare ou Saint-Germain?*, Parijs, La Colombe, 1962, p.122

Dat Jacopo Belbo in de daaropvolgende dagen geschiedkundige werken over de periode van de Rozenkruisers begon te verslinden leek me logisch. De conclusies die hij ons vertelde waren echter niet meer dan de grote lijn van wat zich in zijn fantasieën afspeelde—en waaraan wij waardevolle suggesties ontleenden. Nú weet ik dat hij op Abulafia een heel wat complexer verhaal aan het schrijven was, waarin een opeenstapeling van citaten zich vermengde met zijn persoonlijke mythen. Nu hij zich geconfronteerd zag met de mogelijkheid fragmenten uit de geschiedenissen van anderen met elkaar te combineren, hervond hij de drang om de zijne in een narratieve vorm te gieten. Ons heeft hij het nooit verteld. En nog steeds weet ik niet of hij dapper experimenteerde met zijn mogelijkheden om gestalte te geven aan een bedenksel of dat hij, als een willekeurige diabolicus, langzaam begon op te gaan in de Grote Geschiedenis die hij aan het verdraaien was.

bestandsnaam: Het vreemde kabinet van doctor Dee

Lang ben ik vergeten dat ik Talbot ben. Sinds ik besloten heb me Kelley te laten noemen, tenminste. In wezen had ik alleen papieren vervalst, dat doet iedereen. De mannen van de koningin zijn meedogenloos. Om mijn arme gecoupeerde oren te bedekken ben ik gedwongen deze zwarte kap te dragen, en iedereen heeft gefluisterd dat ik een tovenaar zou zijn. En zo zij het. Doctor Dee gedijt op deze faam.

Ik ben hem gaan opzoeken in Mortlake en hij was een kaart aan het bestuderen. Hij was vaag, de oude diabolicus. Een sinistere gloed in zijn arglistige ogen, de knokige hand strelend over zijn sikje.

—Het is een manuscript van Roger Bacon, zei hij tegen me, en het is me uitgeleend door keizer Rudolf II. Kent u Praag? Ik raad u aan het te bezoeken. U zou er iets kunnen vinden dat uw leven zal veranderen. Tabula locorum rerum et thesaurorum absconditorum Menabani...

Toen ik nauwkeurig van dichtbij keek zag ik iets van de transcriptie van een geheim alfabet dat de doctor probeerde te ontcijferen. Maar hij verborg het manuscript onmiddellijk onder een stapel andere vergeelde papieren. Leven in een tijdperk, en in een omgeving waarin ieder vel papier, ook al komt het net uit de werkplaats van de papiermaker, vergeeld is.

Ik had doctor Dee een paar van mijn probeersels laten zien, met name mijn gedichten over de Dark Lady. Een uiterst helder beeld uit mijn kindertijd, duister omdat het weer is opgeslokt door de schaduw van de tijd en zich aan mijn bezit heeft onttrokken. En de opzet voor een tragisch verhaal, de geschiedenis van Island Jim, die in het gevolg van sir Walter Raleigh terugkeert naar Engeland en ontdekt dat zijn vader vermoord is door zijn incestueuze broer. Bilzekruid.

—U hebt aanleg, Kelley, had Dee me gezegd. En u hebt geld nodig. Er is een jongeman, de natuurlijke zoon van iemand die u niet eens in gedachten durft te nemen, die ik in roem en aanzien wil doen stijgen. Hij heeft weinig talent, u zult zijn verborgen ziel zijn. Schrijf, en leef in de schaduw van zijn roem, een roem waarvan alleen u en ik zullen weten dat het de uwe is, Kelley.

En al jaren schrijf ik nu stukken die de koningin en heel Engeland onder ogen krijgen met de naam van deze bleke jongeman eronder. If I have seen further it is by standing on ye sholders of a Dwarf. Ik was dertig en ik zal niemand toestaan te beweren dat dat de mooiste tijd van je leven is.

—William, heb ik tegen hem gezegd, laat je haar tot over je oren groeien, dat staat je goed. Ik had een plan (zijn plaats innemen?).

Valt er te leven als je de Schudspeer haat die je eigenlijk zelf bent? That sweet thief which sourly robs from me.—Rustig Kelley, zegt Dee me, groeien in de schaduw is voorbehouden aan degene die zich opmaakt om de wereld te veroveren. Keepe a Lowe Profyle. William zal een van onze façades zijn. En hij bracht me op de hoogte—oh, gedeeltelijk slechts—van het Kosmische Komplot. Het geheim van de Tempeliers!—De inzet, vroeg ik?—Ye Globe.

Lang ben ik vroeg gaan slapen, maar op een avond, om twaalf uur, heb ik het kistje met de privé-bezittingen van Dee doorzocht; ik heb formules ontdekt, ik heb engelen willen aanroepen zoals hij dat doet in nachten bij volle maan. Dee heeft me gevonden terwijl ik, als getroffen door een klap met een karwats, midden in de cirkel van de Macrokosmos op mijn rug lag. Op mijn voorhoofd stond het Pentakel van Salomo. Nu moet ik mijn kap nog verder over mijn ogen trekken.

—Je weet nog niet hoe het moet, zei Dee tegen me. Pas maar op jij, of ik laat ook je neus nog afrukken. I will show you Fear in a Handful of Dust... Hij hief een magere hand en sprak het verschrikkelijke woord: Garamond! Ik voelde een vlam binnenin me branden. Ik ben gevlucht (in de nacht). Het duurde een jaar voordat Dee me vergaf en zijn Vierde Boek der Mysteriën aan me opdroeg, 'post reconciliationem kellianam'.

Die zomer was ik ten prooi aan abstracte hartstochten. Dee had me naar Mortlake laten komen, ik was er, William, Spenser en een aristocratische jongeman met een ontwijkende blik, Francis Bacon. He had a delicate, lively, hazel Eie. Doctor Dee told me it was like the Eie of a Viper. Dee bracht ons op de hoogte van een gedeelte van het Kosmische Komplot. Het was zaak de Franse vleugel van de Tempeliers in Parijs te ontmoeten, en twee delen van een zelfde kaart samen te voegen. Hij vertrouwde Bacon en mij enige documenten toe die we, dat moesten we zweren, alleen zouden openen in het geval zij niet zouden terugkeren.

Ze keerden terug en scholden elkaar de huid vol.—Het is onmogelijk, zei Dee, het plan is mathematisch, het heeft de astrale perfectie van mijn *Monas Hiëroglyphica.* We hadden ze moeten ontmoeten, het was de nacht van Sint-Jan.

Ik haat het als ik onderschat word. Ik zei—De nacht van Sint-Jan voor ons of voor hun?

Dee sloeg zichzelf voor zijn kop en braakte de meest afgrijselijke vloeken uit.—Oh, zei hij, from what power hast thou this powerful might? De bleke William schreef de zin op, de laffe plagiator. Koortsachtig raadpleegde Dee almanakken en efemeriden.—Om godswil, in godsnaam, hoe heb ik zo stom kunnen zijn? Hij beledigde Nuñez en Spenser:—Moet ik dan overal aan denken? Kosmograaf van lik-me-vestje, brulde hij woest tegen Nuñez. En toen schreeuwde hij:—Amanasiel Zorobabel. Waarop Nuñez als het ware door een onzichtbare ram in zijn maag werd getroffen, bleek enkele

stappen achteruit deed en op de grond ineenzeeg.—Stommeling, zei Dee tegen hem.
Spenser zag bleek. Hij zei moeizaam:—We kunnen ze een lokaas voorhouden. Ik ben bijna klaar met een gedicht, een allegorie op de feeënkoningin, en ik had er bijna een ridder van het Rode Kruis in opgenomen... Laat me schrijven. De echte Tempeliers zullen zichzelf herkennen, zullen snappen dat wij op de hoogte zijn en contact met ons opnemen...
—Ik ken jou, zei Dee tegen hem. Voordat jij wat hebt opgeschreven en de mensen jouw gedicht hebben opgemerkt is er een lustrum voorbij, als het niet meer is. Maar dat idee van het lokaas is zo gek nog niet.
—Waarom communiceert u niet met hen via uw engelen, doctor? vroeg ik hem.
—Stommeling, zei hij opnieuw, en dit keer tegen mij. Heb je Trithemius niet gelezen? Als iemand een boodschap ontvangt interveniëren zijn engelen om hem die boodschap te verklaren. Mijn engelen zijn geen koeriers te paard. De Fransen zijn verloren. Maar ik heb een plan. Ik weet hoe ik iemand van de Duitse lijn kan vinden. Daarvoor moeten we naar Praag.
We hoorden een geluid, een zwaar damasten gordijn werd opgelicht, we ontwaarden een doorschijnende hand, en toen verscheen Zij, de Fiere Maagd.—Majesteit, zeiden we terwijl we neerknielden.—Dee, zei Zij, ik weet alles. Gelooft niet dat mijn voorouders de ridders gered hebben om hen vervolgens met de heerschappij over de wereld te belasten. Ik eis, begrijpen jullie, ik eis dat het geheim ten slotte vervalt aan de Kroon.
—Majesteit, ik wil het geheim, tegen iedere prijs, en ik wil het voor de Kroon. Ik wil de andere bezitters ervan terugvinden, als dat de kortste weg is; maar als die stomkoppen me eenmaal hebben toevertrouwd wat ze weten, zal het geen probleem voor me zijn ze uit de weg te ruimen, hetzij met de dolk hetzij met arseen.
Op het gelaat van de Hemelkoningin tekende zich een wrede glimlach af.—Goed zo, zei ze, mijn beste Dee... Veel wil ik niet, alleen Totale Macht. U krijgt, als u slaagt, de Kouseband. Jij, William—en ze wendde zich met obscene vriendelijkheid tot de kleine parasiet—krijgt een andere kouseband, en een ander gulden vlies. Volg me.
Ik fluisterde William in het oor:—Perforce I am thine, and that is in me...William beloonde me met een blik van temerige erkentelijkheid en volgde de koningin die achter het gordijn verdween. Je tiens la reine!

. . . .

Ik was met Dee in de Gouden Stad. We liepen door nauwe onwelriekende stegen niet ver van de joodse begraafplaats, en Dee zei me op mijn hoede te zijn.—Tegen de tijd dat het bericht van de misgelopen ontmoeting zich verspreid heeft, zei hij, zullen de andere groepen zelf al stappen hebben ondernomen. Ik vrees de joden, de Jeruzalemmers hebben hier in Praag te veel agenten...

Het was avond. De sneeuw lichtte blauw op. Bij de donkere ingang van de joodse wijk hurkten de kraampjes van de kerstmarkt met in hun midden, bekleed met rode stof, het toneel van een met rokende fakkels verlicht afzichtelijk poppentheater. Maar meteen daarna ging je onder een arcade van vierkante stenen door en opende zich, dicht bij een bronzen fontein met een rooster waaraan lange ijspegels hingen, de doorgang naar een andere steeg. Op oude deuren beten gouden leeuwekoppen in bronzen ringen. Een lichte siddering liep langs die muren, onverklaarbare geluiden reutelden van de lage daken en sijpelden naar beneden in de dakgoten. De huizen verrieden een spookachtig leven, occulte vrouwen uit het leven... Een oude, in een versleten overjas gehulde woekeraar raakte ons toen hij langs ons liep bijna aan en ik dacht dat ik hem hoorde mompelen:—Hoed u voor Athanasius Pernath... Dee mompelde:—Ik vrees een heel andere Athanasius... En plotseling stonden we in de Goudmakerssteeg...

Daar, en de oren die ik niet meer heb sidderen bij de herinnering onder de versleten kap, stond plotseling, in de duisternis van een nieuwe onverwachte steeg een reus voor ons, een wanstaltig grijs wezen met een nietszeggende gelaatsuitdrukking, het lichaam beschermd door een bronzen laag, leunend op een spiraalvormige knoestige stok van wit hout. De verschijning verspreidde een sterke geur van sandelolie. Ik ervoer een gevoel van doodsangst, die als door tovenarij belichaamd leek in dat wezen dat tegenover me stond. En toch kon ik mijn blik niet losmaken van de doorschijnende nevelwolk die om zijn schouders hing, en ternauwernood lukte het me het roofdierachtige gezicht van een Egyptische ibis te onderscheiden, met daarachter een veelheid aan gezichten, nachtmerries van mijn verbeelding en mijn herinnering. De omtrekken van het spookbeeld die zich in de duisternis van de steeg aftekenden verwijdden en versmalden zich, alsof een trage, minerale ademhaling de gehele gestalte doorvoer... En—gruwel—in plaats van zijn voeten zag ik, terwijl ik naar hem staarde, in de sneeuw vormeloze stompen waarvan het grijze en bloedeloze vlees opgerold was in een soort cirkelvormige gezwellen.

Oh mijn verslindende herinneringen...

—De Golem! zei Dee. Toen hief hij beide armen ten hemel zodat de wijde mouwen van zijn zwarte mantel op de grond vielen, als om een cingulum te creëren, een navelstreng tussen de positie van de handen in de lucht en de oppervlakte, of de diepten, van de aarde.—Jezebel, Malchoet, Smoke

Gets in Your Eyes! zei hij. En plotseling loste de Golem op als een zandkasteel dat omvergeblazen wordt door een windstoot; we werden bijna verblind door de deeltjes van zijn lemen lichaam die als atomen in de lucht uiteen spatten, en uiteindelijk lag er een hoopje verbrande as aan onze voeten. Dee bukte zich, wroette in het stof met zijn magere vingers, en haalde er een kaartje uit dat hij onder zijn mantel borg.

Op dat moment kwam er uit de schaduw een oude rabbijn te voorschijn met een smerige pet die veel weghad van mijn kap.—Doctor Dee, veronderstel ik, zei hij.—Here Comes Everybody, antwoordde Dee nederig, Rabbi Löw. Het doet me genoegen u te zien... En hij:—Hebben jullie toevallig een wezen gezien dat hier in de buurt rondwaarde?

—Een wezen? zei Dee met geveinsde verbazing. Wat voor soort wezen?

—Verdomme Dee, zei Rabbi Löw. Het was mijn Golem.

—Uw Golem? Ik weet van niets.

—Past u maar op, doctor Dee, zei Rabbi Löw woedend. U speelt een spel dat groter is dan uzelf.

—Ik weet niet waar u het over heeft, Rabbi Löw, zei Dee. Wij zijn hier om wat goudstukken voor uw keizer te maken. We zijn niet zo maar een stelletje geestenbezweerders.

—Geef me dan op zijn minst het kaartje terug, smeekte Rabbi Löw.

—Welk kaartje? vroeg Dee duivels onbevangen.

—Wees vervloekt, doctor Dee, zei de rabbijn. Voorwaar, ik zeg u dat u het begin van de nieuwe eeuw niet zult aanschouwen. En hij verwijderde zich in de nacht, duistere medeklinkers zonder een enkele klinker mompelend. Oh, Duivelse en Heilige Taal!

Dee stond tegen de vochtige muur van de steeg geleund, zijn gezicht lijkbleek, zijn haren recht overeind, zoals die van de slang.—Ik ken Rabbi Löw, zei hij. Op 5 augustus 1608 van de Gregoriaanse kalender zal ik sterven. En dus, Kelley, moet u me helpen mijn plan ten uitvoer te brengen. U zult degene zijn die het moet volbrengen. Gilding pale streams with heavenly alchymy, denk daaraan. Ik zou eraan denken, en William met mij, en tegen mij.

Meer zei hij niet. De bleke nevel die met zijn rug tegen de ruiten wrijft, de gele rook die met zijn rug tegen de ruiten wrijft, likte met zijn tong langs de hoeken van de avond. We waren nu in een andere steeg, uit de roosters vlak boven de grond stegen witachtige dampen op, waardoorheen je krotten zag met scheve muren, gescandeerd door een gradatie van sombere grijzen... Ik ontwaarde de gestalte van een oude man met een versleten overjas en een hoge hoed, die op de tast een trap (met onnatuurlijk rechthoekige treden) afkwam. Dee zag hem ook:—Caligari! riep hij uit. Ook hij

hier, en in huis van madame Sosostris, The Famous Clairvoyante! We moeten opschieten.
We versnelden onze pas en kwamen bij de deur van een onooglijk huisje, in een slecht verlicht, onheilspellend Semitisch steegje.
We klopten aan, en de deur opende zich als bij toverslag. We traden binnen in een ruime salon, die versierd was met zevenarmige kandelaars, tetragrammen in reliëf, en kransen van Davidsterren. Oude violen in de kleur van de vernislaag van oude schilderijen lagen bij de ingang opgestapeld op een kloostertafel van een anamorfe onregelmatigheid. Een grote, gemummificeerde krokodil hing aan het hoge gewelf van het hol en zwaaide bij het zwakke schijnsel van een enkele toorts, of van vele—of van geen een, zachtjes heen en weer in de avondbries. Achterin, voor een soort scherm of baldakijn, waaronder zich een tabernakel verhief, knielde een Grijsaard in gebed verzonken en prevelde onophoudelijk en blasfemisch de tweeënzeventig namen van God. Ik begreep, door een plotselinge blikseminslag van de Nous, dat het Heinrich Khunrath was.
—Terzake Dee, zei deze, terwijl hij zich omdraaide en zijn gebed onderbrak, wat wilt u? Hij leek op een opgezet gordeldier, een leeftijdsloze leguaan.
—Khunrath, zei Dee, de derde ontmoeting heeft niet plaatsgevonden.
Khunrath barstte uit in een verschrikkelijke vloek:—Lapis Exilis! En nu?
—Khunrath, zei Dee, u zou een lokaas kunnen uitwerpen en me in contact kunnen brengen met de Duitse Tempelierstak.
—Eens kijken, zei Khunrath. Ik zou het Maier kunnen vragen; die onderhoudt contact met veel mensen aan het hof. Maar dan moet u me het geheim van de Maagdenmelk vertellen, van de Allergeheimste Oven van de Filosofen.
Dee glimlachte—oh de goddelijke glimlach van die Wijze! Vervolgens kromp hij ineen als in gebed en fluisterde halfluid:—Als je gesublimeerd Mercurium wilt veranderen en op wilt lossen in water of in Maagdenmelk, leg het dan op de metalen plaat tussen de hoopjes en de bokaal te zamen met het nauwkeurig verpulverde Ding; dek het niet af maar zorg ervoor dat de warme lucht de kale materie raakt, voeg er het vuur van drie kolen aan toe, en houd dit acht zonnedagen brandend, haal het er vervolgens uit en stamp het op marmer goed fijn totdat het niet meer tastbaar is. Als je dat gedaan hebt stop je materie in een glazen alambiek en laat het boven een grote waterketel distilleren in Balneum Mariae, te weten zodanig neergezet dat het twee vingers boven het water in de lucht blijft hangen, en maak gelijktijdig vuur onder het bad. Dan, en dan alleen zal de zilveren materie, hoewel die het water niet raakt, door zich in deze warme en vochtige buikholte te bevinden in water veranderen.

—Maestro, zei Khunrath terwijl hij op zijn knieën viel en de magere en doorschijnende hand van doctor Dee kuste. Maestro, zo zal ik doen. En jij krijgt wat je hebben wilt. Onthoud deze woorden, Roos en Kruis. Je zult er nog meer van horen.

Dee wikkelde zich in zijn wijde schoudermantel en alleen zijn glinsterende en boosaardige ogen waren zichtbaar.—We gaan, Kelley, zei hij. Deze man is nu van ons. En jij, Khunrath, hou de Golem bij ons uit de buurt totdat we teruggaan naar Londen. En moge Praag daarna één grote vuurzee zijn.

Hij maakte aanstalten weg te gaan. Kruipend pakte Khunrath hem bij de zoom van zijn mantel:—Er zal misschien, op een dag, een man bij je komen. Hij zal over je willen schrijven. Wees als een vriend voor hem.

—Geef me de Macht, zei Dee met een onbeschrijfelijke uitdrukking op zijn magere gelaat, en zijn fortuin is verzekerd.

We gingen naar buiten. Boven de Atlantische Oceaan bevond zich een barometrisch minimum, het trok oostwaarts, in de richting van een boven Rusland hangend maximum.

—Laten we naar Moskou gaan, zei ik tegen hem.

—Nee, antwoordde hij, we gaan terug naar Londen.

—Naar Moskou, naar Moskou, mompelde ik waanzinnig. Je wist heel goed, Kelley, dat je er nooit heen zou gaan. Jou wachtte de Toren.

. . . .

We zijn teruggegaan naar Londen. Doctor Dee zei:—Zij proberen de Oplossing vóór ons te vinden. Kelley, je moet voor William iets... duivels insinuerends over hen schrijven.

Verduiveld, ik heb het nog gedaan ook, en vervolgens heeft William de tekst bezoedeld en heel Praag naar Venetië verplaatst. Dee was razend. Maar de bleke, slijmerige William voelde zich beschermd door zijn koninklijke concubine. En zelfs dat was hem niet voldoende. Terwijl ik hem beetje bij beetje zijn beste sonnetten leverde, informeerde hij met onbeschaamde blik naar U, naar Jou, my Dark Lady. Wat een gruwel jouw naam uit de mond van die schooier te horen (ik wist niet dat hij—die door verdoemenis gespleten en plaatsvervangende geest— haar probeerde te krijgen voor Bacon).—Genoeg, zei ik hem. Ik ben het zat om in de schaduw aan jouw roem te bouwen. Schrijf zelf maar.

—Dat kan ik niet, antwoordde hij me, met de blik van iemand die Lemures heeft gezien. Hij staat het me niet toe.

—Wie, Dee?

—Nee, Verulamius. Heb je niet gemerkt dat hij nu degene is die het spel leidt? Hij dwingt me al die werken te schrijven en gaat er vervolgens mee pronken als waren ze van hem. Begrijp je, Kelley, ik ben de echte Bacon, en het nageslacht zal het niet weten. Oh parasiet! Wat haat ik die godvergeten schurk!

—Bacon is een ellendeling, maar hij heeft talent, zei ik. Waarom schrijft hij niet zelf?

Ik wist niet dat hij er de tijd niet voor had. Dat realiseerden we ons toen Duitsland jaren later werd geteisterd door de Rozenkruiserskoorts. Toen maakte ik uit losse opmerkingen en woorden die hij zich terloops had laten ontglippen op dat hij de schrijver van de Rozenkruisersmanifesten was. Hij schreef onder de valse naam Johann Valentin Andreae!

In die tijd begreep ik niet voor wie Andreae schreef, maar nu, in de duisternis van deze cel waarin ik, helderder van geest dan Don Isidro Parodi, wegkwijn, weet ik het. Soapes heeft het me verteld, mijn maat uit gevangenschap, een Portugese ex-Tempelier: Andreae schreef een ridderroman voor een Spanjaard die intussen in een andere gevangenis zat. Waarom weet ik niet, maar het plan diende de perfide Bacon, die de geschiedenis in had willen gaan als de geheime auteur van de avonturen van de ridder van La Mancha en Andreae vroeg het werk in het geheim voor hem op te tekenen, waarop hij dan weer geveinsd zou hebben de echte occulte auteur te zijn, om in de schaduw (maar waarom, maar waarom?) van andermans triomf te kunnen genieten.

Maar ik dwaal af, nu dat ik het koud heb in deze kerker en mijn duim pijn doet. Bij het zwakke schijnsel van een zieltogende olielamp ben ik de laatste werken die onder de naam William zullen voortleven aan het optekenen.

. . . .

Doctor Dee is gestorven terwijl hij Licht, meer Licht mompelde en om een tandenstoker vroeg. Daarna zei hij: Qualis Artifex Pereo! Bacon heeft hem laten vermoorden. Al jaren voordat de koningin langzaam wegkwijnde, uitzinnig van geest en hart, had Verulamius haar op de een of andere manier verleid. Inmiddels was haar gezicht veranderd en was ze gereduceerd tot een skelet. Haar voedsel was teruggebracht tot een klein wit broodje en koolsoep. Aan haar zijde bewaarde ze een zwaard en in momenten van woede stak ze dat met geweld in de gordijnen en de damasten die de wanden van haar boudoir bedekten. (En als nu eens iemand erachter had staan luisteren? Of een muis, een muis? Goed idee, oude Kelley, daar moet ik een aantekening van maken.) Nu de oude vrouw in zo'n deplorabele staat verkeerde was het gemakkelijk voor Bacon haar te doen geloven dat hij

William was, haar bastaard—hij liet zich voor de inmiddels blinde vrouw op zijn knieën vallen, bedekt met een schapevel. Het Gulden Vlies! Ze zeiden dat hij op de troon aasde, maar ik wist dat hij heel iets anders wilde, de controle over het Plan. Toen werd hij burggraaf van Saint-Albans. En aangezien hij zich sterk voelde, ruimde hij Dee uit de weg.

. . . .

De koningin is dood, lang leve de koning... Ik was zo langzamerhand een lastige getuige. Hij heeft me in een hinderlaag gelokt, op een avond dat de Dark Lady eindelijk de mijne had kunnen zijn en zij met haar armen om me heen danst, onder invloed van grassen die visioenen kunnen geven, zij de eeuwige Sophia, met haar gerimpelde gelaat als van een oude geit... Hij kwam binnen met een handvol soldaten, liet me mijn ogen bedekken met een zakdoek, en plotseling begreep ik het: vitriool! En zoals ze lachte, Zij, zoals je lachte, Pin Ball Lady—oh maiden virtue rudely strumpeted, oh gilded honor shamefully misplac'd!—toen hij je aanraakte met zijn hebzuchtige handen, en jij hem Simon noemde en zijn sinistere litteken zoende... In de Toren, in de Toren, lachte Verulamius. En sindsdien zit ik hier, met die menselijke schim die zegt dat hij Soapes is, en de cipiers kennen me alleen als Island Jim. Nu heb ik terdege, en met hartstochtelijke ijver, filosofie, recht en medicijnen gestudeerd, en helaas ook theologie. En hier zit ik nu, arme gek, en ik weet er nog steeds even veel van als vroeger.

. . . .

Vanuit een kelderraam heb ik de koninklijke bruiloft meegemaakt, met de ridders van het Rode Kruis die voltigeerden op het geluid van de trompetten. Ik had daar trompet moeten staan spelen, Cecilia wist het, en voor de zoveelste keer was de prijs, het doel, me ontnomen. William speelde. Ik schreef in de schaduw, voor hem.

—Ik zal je zeggen hoe je je moet wreken, fluisterde Soapes me toe, en die dag heeft hij bekend gemaakt wie hij werkelijk was, een Bonapartistische abt, al eeuwenlang opgesloten in deze kerker.—Zul je er ooit uitkomen? vroeg ik hem.

—If... was hij begonnen te antwoorden. Maar toen zweeg hij. Door met zijn lepel in een geheimzinnig alfabet, dat hij, naar hij me toevertrouwde, van Trithemius had ontvangen, op de muur te slaan begon hij boodschappen door te seinen aan iemand in de cel naast hem. De graaf van Montsalvat.

. . . .

Er zijn jaren voorbijgegaan. Soapes is nooit opgehouden met op de muur te slaan. Nu weet ik voor wie en met welk doel. Hij heet Noffo Dei. Dei (welke geheimzinnige kabbala maakt dat Dei en Dee zo aanverwant klinken? Wie heeft de Tempeliers aangegeven?) heeft, in opdracht van Soapes, Bacon aangegeven. Wat hij gezegd heeft weet ik niet, maar een aantal dagen geleden is Verulamius gevangen genomen. Beschuldigd van sodomie omdat, zeiden ze (ik beef bij de gedachte dat het waar mocht zijn), jij, de Dark Lady, de Zwarte Maagd van de druïden en de Tempeliers, niets meer of minder bent dan de eeuwige hermafrodiet die ontsproten is aan de kundige handen van wie, van wie? Nu, nu weet ik het, van je minnaar, de graaf van Saint-Germain! Maar wie is Saint-Germain anders dan dezelfde Bacon (hoeveel dingen weet Soapes, die duistere Tempelier met de vele levens...)?

. . . .

Verulamius is uit de gevangenis, hij heeft door middel van magische kunsten de gunst van de monarch herwonnen. Nu, vertelt William me, brengt hij de nachten door aan de oever van de Theems, in de Pilad's Pub, waar hij met dat vreemde apparaat speelt, dat voor hem bedacht is door iemand uit Nola die hij vervolgens gruwelijk heeft laten verbranden in Rome, na hem naar Londen te hebben gelokt om hem zijn geheim te ontfutselen: een astrale machine, verslinder van op drift geraakte ballen die hij, per infiniti et diversi mondi, onder het fonkelen van engelachtige lichten, terwijl hij obsceen als een triomferend beest met zijn schaambeen tegen de kast duwde, om het wedervaren van de hemellichamen in de verblijfplaats van de decanen te imiteren en de laatste geheimen te begrijpen van zijn fameuze installatie, en zelfs het geheim van de New Atlantis, Gottlieb's heeft genoemd, waarmee hij de gewijde taal van de aan Andreae toegeschreven manifesten parodiëerde... Ach! krijt ik (s'écria-t-il), inmiddels geheel bij mijn positieven, te laat en tevergeefs, terwijl mijn hart zichtbaar klopt onder de kanten stroken van mijn wambuis: dit is nu waarom hij me de trompet, amulet, talisman, kosmische band die de demonen kon bevelen heeft ontnomen. Wat zal hij aan het beramen zijn in zijn Huis van Salomo? Het is te laat, zeg ik weer tegen mezelf, inmiddels heeft hij te veel macht gekregen.

. . . .

Ze zeggen dat Bacon dood is. Soapes verzekert me dat het niet waar is. Niemand heeft het lijk gezien. Hij woont onder een valse naam bij de landgraaf van Hessen; is ondertussen ingewijd in de hoogste mysteriën en dus onsterfelijk, klaar om zijn duistere strijd voor het welslagen van het Plan, in zijn naam en onder zijn toezicht, voort te zetten.
Na deze vermeende dood is William me komen opzoeken, met die schijnheilige glimlach van hem die het tralievenster me niet vermocht te verhullen. Hij vroeg me waarom ik in sonnet 111 over een zekere Verver geschreven had, hij citeerde me het vers: To What It Works in, Like the Dyer's Hand...
—Ik heb die woorden nooit geschreven, zei ik hem. En het was waar... Het is duidelijk dat Bacon die ertussen heeft gevoegd, voordat hij verdween, om een of ander geheimzinnig teken te geven aan hen die daarna Saint-Germain van hof tot hof onderdak zullen moeten verlenen, als deskundige in verfstoffen... Ik denk dat hij in de toekomst zal trachten de mensen te laten geloven dat hij de werken van William geschreven heeft. Wat wordt alles duidelijk als je het vanuit de duisternis van een gevangenis bekijkt!

. . . .

Where Art Thou, Muse, That Thou Forget'st So Long? Ik voel me moe, ziek. William verwacht nieuw materiaal van me voor zijn vulgaire clownerieën daar in the Globe.
Soapes is aan het schrijven. Ik kijk over zijn schouder. Hij is bezig een onbegrijpelijke boodschap op te stellen: Rivverrun, past Eve and Adam's... Hij schermt het papier af, kijkt me aan, ziet dat ik bleker ben dan een Geest, leest de Dood in mijn ogen. Hij fluistert me toe:—Rust uit. Wees niet bang. Ik zal voor je schrijven.
En dat doet hij, masker van een masker. Ik brand langzaam op, en hij ontneemt me ook het laatste licht, dat van de duisternis.

74

Hoewel hij van goede wil is lijken zijn geest en zijn profetiën duidelijke illusies van de duivel... Ze zijn in staat vele nieuwsgierige personen te bedriegen en de kerk van God Onze Heer grote schade en schandaal te berokkenen.

(Oordeel over Guillaume Postel; door de paters jezuïeten Salmeron, Lhoost en Ugoletto naar Ignatius van Loyola gestuurd, 10 mei 1545)

Belbo vertelde ons afstandelijk wat hij had bedacht, zonder ons voor te lezen wat hij had opgeschreven en met weglating van de persoonlijke passages. Hij wilde ons eigenlijk doen geloven dat Abulafia hem die combinaties had verschaft. Dat Bacon de auteur van de Rozenkruisersmanifesten was, had ik al eens ergens gelezen. Maar één ding viel me op: dat Bacon de burggraaf van Saint-Albans was.

Er gonsde iets door mijn hoofd, iets dat samenhing met mijn oude scriptie. De nacht daarop besteedde ik aan het doorkijken van mijn fiches.

'Heren,' zei ik de ochtend daarop enigszins plechtig tegen mijn medeplichtigen, 'we hoeven geen verbanden te verzinnen. Ze zijn er. Als Sint Bernardus, in 1164, om de Tempeliers te legitimeren met het idee voor het concilie in Troyes komt, bevindt zich onder de mensen die met de organisatie belast zijn de prior van Saint-Albans—hetgeen overigens de naam van de eerste Engelse martelaar is, prediker op de Britse Eilanden, geboren in Verulam, wat een leengoed van Bacon was. Albanus, Kelt, ongetwijfeld druïde en evenals Sint Bernardus een ingewijde.'

'Dat zegt niet zoveel,' zei Belbo.

'Wacht, wacht. Die prior van Saint-Albans is abt van Saint-Martin-des-Champs, de abdij waar het Conservatoire des Arts et Métiers zal worden gevestigd!'

Belbo veerde op. 'Godallemachtig!'

'Dat niet alleen,' ging ik door, 'maar het Conservatoire is opgezet als eerbetoon aan Bacon. Op de 25ste brumaire in het Derde Revolutiejaar gaf de Conventie het Comité d'Instruction Publique toestemming het complete oeuvre van Bacon te laten drukken. En op de 18de vendémiaire van dat zelfde jaar neemt die zelfde Conventie een wet aan waarin bepaald wordt dat er een huis voor kunsten en ambachten gebouwd gaat worden dat een kopie moest zijn van het Huis van Salomo, waarin, volgens Bacon in zijn *New Atlantis*, alle technische uitvindingen van de mens verzameld zouden zijn.'

'Ja en?' vroeg Diotallevi.

'In het Conservatoire hangt de Slinger,' zei Belbo. Naar de reactie van Diotallevi te oordelen begreep ik dat Belbo hem deelgenoot had gemaakt van zijn overwegingen ten aanzien van de slinger van Foucault.

'Kalm aan,' zei ik. 'De Slinger wordt in de vorige eeuw uitgevonden en opgehangen. Laten we die voorlopig even vergeten.'

'Even vergeten?' zei Belbo. 'Hebt u dan nooit de Monas Hiëroglyphica van John Dee bekeken, de talisman die naar men zegt alle kennis van de wereld bevat? Die lijkt toch op een slinger?'

'Oké,' zei ik, 'laten we aannemen dat we de twee feiten met elkaar in verband kunnen brengen. Hoe komen we van Saint-Albans naar de Slinger?'

Daar had ik maar een paar dagen voor nodig.

'Welnu, de prior van Saint-Albans is abt van Saint-Martin-des-Champs, dat daarmee dus een Tempeliersgezind centrum wordt. Bacon komt via zijn landgoed in contact met andere ingewijden, druïden die volgelingen zijn van Albanus. En nu opgelet: terwijl Bacon in Engeland zijn carrière begint, loopt die van Guillaume Postel in Frankrijk af.'

(Ik zag dat Belbo's gezicht nauw waarneembaar even samentrok en ik herinnerde me het gesprek op de tentoonstelling van Riccardo; Postel deed hem weer denken aan degene die hem naar zijn idee Lorenza had ontnomen. Maar het was een kwestie van seconden.)

'Postel bestudeert het Hebreeuws, tracht aan te tonen dat dat de matrix van alle talen is, vertaalt het boek Zohar en het boek Bahir, onderhoudt contacten met de kabbalisten, lanceert een plan voor de wereldvrede dat lijkt op dat van de Duitse Rozenkruisersgroepen, tracht de koning van Frankrijk over te halen tot een alliantie met de sultan, bezoekt

Griekenland, Syrië, Klein-Azië, bestudeert het Arabisch, legt kortom dezelfde weg af die Christian Rosencreutz heeft bewandeld. Het is niet toevallig dat hij een aantal geschriften ondertekent met de naam Rorsispergius ofte wel "hij die de dauw strooit". En Gassendi zegt in zijn *Examen Philosophiae Fluddanae* dat Rosencreutz niet van *rosa* komt maar van *ros*, dauw. In een van zijn manuscripten heeft hij het over een geheim dat bewaard moet blijven totdat de tijden daar zijn en zegt: "Opdat de paarlen niet voor de zwijnen worden geworpen." En weten jullie waar dit evangelische citaat ook te lezen valt? Op het titelblad van de *Chymische Hochzeit*. En pater Marin Mersenne verklaart als hij de Rozenkruiser Fludd aanklaagt, dat deze van hetzelfde laken een pak is als die *atheus magnus* van een Postel. Bovendien schijnt het dat Dee en Postel elkaar in 1550 ontmoet hebben, maar natuurlijk nog niet wisten wat ze pas dertig jaar later zouden weten, namelijk dat zijzelf de twee grootmeesters van het Plan waren die voorbestemd waren elkaar in 1584 te ontmoeten. Nu verklaart Postel, luister goed, dat de koning van Frankrijk, omdat deze direct afstamt van de oudste zoon van Noach, en omdat Noach de stichter is van het Keltische geslacht en dus van de beschaving der druïden, dat de koning van Frankrijk dus de enige wettelijke pretendent is voor de titel van Koning van de Wereld. Dat zegt hij letterlijk zo, Koning van de Wereld van Agarttha, maar hij zegt het drie eeuwen eerder. Nog even afgezien van het feit dat hij verliefd wordt op een oude vrouw, Johanna, en in haar de goddelijke Sophia ziet, moet die man ze toch niet alle vijf op een rijtje hebben gehad. Let wel, hij had machtige vijanden, ze hebben hem een hond genoemd, een execrabel monster, riool van alle ketterijen, iemand die bezeten was door een legioen demonen. En toch, ondanks het schandaal met Johanna, houdt de inquisitie hem niet voor ketter, maar voor *amens*, een beetje getikt zogezegd. Ze durven de man dus niet te gronde te richten omdat ze weten dat hij de spreekbuis is van een of andere zeer machtige groepering. Het zal Diotallevi interesseren dat Postel ook naar het oosten reist en een tijdgenoot is van Isaac Luria, zie maar wat jullie daar voor conclusies aan verbinden. Goed, in 1564 (het jaar waarin Dee de *Monas Hiëroglyphica* schrijft) herroept Postel zijn ketterijen en trekt hij zich terug... en raad eens waar? In het klooster van Saint-Martin-des-Champs! Waar wacht hij op? Op 1584, dat is duidelijk.'

'Dat is duidelijk,' bevestigt Diotallevi.

Ik ging door: 'Dringt het tot jullie door? Postel is de grootmeester van de Franse kern die op contact met de Engelse groep wacht. Maar in 1581 sterft hij, drie jaar voor de ontmoeting. Conclusies: ten eerste, in 1584 loopt het mis omdat er op het juiste moment een scherpzinnige geest als die van Postel ontbreekt, een geest die in staat zou zijn geweest de verwarring met de twee kalenders te doorzien; ten tweede, Saint-Martin was een plek waar de Tempeliers al van oudsher thuis waren en waar de man die belast is met het tot-stand-brengen van het derde contact zich verschanst. Saint-Martin-des-Champs is de Refuge!'

'Het past allemaal als een puzzel in elkaar.'

'Luister nu goed. Ten tijde van de misgelopen afspraak is Bacon nog maar twintig jaar oud. Maar in 1621 wordt hij graaf van Saint-Albans. Wat vindt hij tussen zijn voorvaderlijke bezittingen? Mysterie. Vaststaat dat iemand hem uitgerekend in dat jaar van corruptie beschuldigt en hem voor enige tijd de gevangenis laat indraaien. Bacon had iets gevonden dat angst inboezemde. Maar bij wie? Zeker is echter dat Bacon rond die tijd inziet dat Saint-Martin in de gaten gehouden moet worden en op het idee komt daar zijn Huis van Salomo te verwezenlijken, het laboratorium waar hij, langs experimentele weg, achter de ontdekking van het geheim kan komen.'

'Maar,' vroeg Diotallevi, 'wat zouden we kunnen bedenken waardoor de erfgenamen van Bacon in contact komen met de revolutionairen van het einde van de achttiende eeuw?'

'De vrijmetselarij soms?' zei Belbo.

'Schitterend idee. In feite heeft Agliè ons dat die avond op het kasteel al gesuggereerd.'

'Dan moeten we de loop van de gebeurtenissen reconstrueren. Wat is er precies in die kringen gebeurd?'

75

Aan de eeuwige slaap... zouden dus slechts zij ontkomen die tijdens hun leven hun bewustzijn al hebben weten te richten naar de verheven manier. De Ingewijden, de Adepten staan op de grens van deze weg. Als de herinnering, de anamnesis volgens de woorden van Plutarchus is bereikt, worden zij vrij, gaan zij zonder beperkingen, celebreren zij gekroond de 'mysteriën' en zien zij op aarde de menigte van hen die niet ingewijd en niet 'zuiver' zijn elkaar verpletteren en elkaar in de modder en de duisternis duwen.

Julius Evola, *La tradizione ermetica*,
Rome, Edizioni Mediterranee, 1971, p. 111

Vol overmoed wierp ik me op om een en ander snel en diepgaand te onderzoeken. Had ik het maar nooit beloofd. Ik bevond me in een moeras van boeken die zowel historische studies als hermetische roddels omvatten en had er moeite mee de betrouwbare van de gefantaseerde informatie te onderscheiden. Ik werkte een week aan één stuk door en toen was ik zover dat ik een bijna onbegrijpelijke lijst met sektes, loges en geheime genootschappen kon produceren. Wel had me bij het opstellen ervan af en toe een rilling over de rug gelopen als ik bekende namen tegenkwam die ik in dat gezelschap niet verwachtte aan te treffen en chronologische coïncidenties die ik met verbazing had opgetekend. Ik liet het document aan mijn twee handlangers zien.

1645 Londen: Ashmole sticht het op de Rozenkruisers geïnspireerde Invisible College.

1662 Vanuit het Invisible College ontstaat de Royal Society, en vanuit de Royal Society, zoals iedereen weet, de vrijmetselarij.

1666 Parijs: Académie des Sciences.

1707 Geboorte van Claude-Louis de Saint-Germain, als hij tenminste echt geboren is.

1717 Oprichting van de Londense grootloge.

1721 Anderson stelt de Constituties op van de Engelse vrijmetselarij. Nadat hij in Londen is ingewijd sticht Peter de Grote een loge in Rusland.

1730 Montesquieu wordt op doorreis in Londen ingewijd.

1737 Ramsay bevestigt de Tempeliersoorsprong van de vrijmetselarij. Ontstaan uit de Schotse Ritus, vanaf dat moment in strijd gewikkeld met de Londense grootloge.

1738 Frederik, toenmalig kroonprins van Pruisen, wordt ingewijd. Hij zal de beschermheer van de encyclopedisten worden.

1740 Rond deze datum ontstaan er in Frankrijk verscheidene loges: de Ecossais Fidèles van Toulouse, Le Souverain Conseil Sublime, de Mère Loge Ecossaise du Grand Globe Français, het Collège des Sublimes Princes du Royal Secret van Bordeaux, de Cour des Souverains Commandeurs du Temple van Carcassonne, de Philadelphes van Narbonne, het Chapitre des Rose-Croix van Montpellier, de Sublimes Elus de la Vérité...

1743 Eerste verschijning in het openbaar van de graaf van Saint-Germain. In Lyon ontstaat de graad van Ridder Kadosch, die de Tempeliers moet wreken.

1753 Willermoz sticht de loge van de Parfaite Amitié.

1754 Martines de Pasqually sticht de Tempel van de Elus Cohen (of misschien doet hij dat in 1760).

1756 Baron von Hund sticht de Strikte Observantie van de Tempeliers. Iemand zegt dat dit gebeurt op instigatie van Frederik II van Pruisen. Er wordt voor het eerst over de Onbekende Leiders gesproken. Iemand insinueert dat de Onbekende Leiders Frederik en Voltaire zijn.

1758 Saint-Germain arriveert in Parijs en biedt de koning zijn diensten aan als scheikundige en expert in verfstoffen. Hij frequenteert madame De Pompadour.

1759 In dit jaar wordt, neemt men aan, een Conseil des Empereurs d'Orient et d'Occident gevormd dat drie jaar later de Constitutions et règlement de Bordeaux zou opstellen waar de Aloude en Aangenomen Schotse Ritus uit zou ontstaan (die echter pas officieel in 1801 ten tonele verschijnt). Kenmerkend voor de Schotse Ritus zal zijn dat daarin het aantal hoge graden uitgebreid zal worden tot drieëndertig.

1760 Saint-Germain op een tweeslachtige missie in Holland. Hij moet vluchten, wordt gearresteerd in Londen en dan weer vrijgelaten. Dom Pernety richt de Illuminaten van Avignon op. Martines de Pasqually sticht de Chevaliers Maçons Elus de l'Univers.

1762 Saint-Germain in Rusland.

1763 Casanova ontmoet Saint-Germain in België: hij laat zich De Surmont noemen en verandert een munt in goud. Willermoz sticht de Souverain Chapitre des Chevaliers de l'Aigle Noire Rose-Croix.

1768 Willermoz treedt toe tot de Elus Cohen van Pasqually. In Jeruzalem wordt het apocriefe *Les plus secrets mystères des hauts grades de la maçonnerie devoilée, ou le vrai Rose-Croix* gedrukt: er staat in dat de loge van de Rozenkruisers zich op de berg van Heredon bevindt, op zestig mijl van Edinburg. Pasqually ontmoet Louis Claude de Saint-Martin, die bekend zal worden als Le Philosophe Inconnu. Dom Pernety wordt bibliothecaris van de koning van Pruisen.

1771 De hertog van Chartres, later bekend als Philippe Egalité, wordt grootmeester van de Grand Orient, later Grand Orient de France, en tracht alle loges te verenigen. Verzet van de kant van de loges van de Schotse Ritus.

1772 Pasqually vertrekt naar Santo Domingo en Willermoz en Saint-Martin stichten een Tribunal Souverain dat later de Grande Loge Ecossaise zal worden.

1774 Saint-Martin trekt zich terug om Philosophe Inconnu te worden en een afgevaardigde van de Strikte Observantie van de Tempeliers gaat met Willermoz onderhandelen. Hieruit ontstaat een Schots Directorium van de Provincie Auvergne. Uit het Directorium van Auvergne zal de Gerectificeerde Schotse Ritus ontstaan.

1776 Saint-Germain legt, onder de naam graaf Welldone, Frederik II zijn scheikundige projecten voor. Er ontstaat een Société des Philathètes om alle hermetici te verenigen.

Loge van de Neuf Soeurs: Guillotin en Cabanis, Voltaire en Franklin treden toe. Weishaupt sticht de Illuminaten van Beieren. Volgens sommigen wordt hij ingewijd door een Deense koopman, Kölmer, op terugreis uit Egypte, die de mysterieuze meester van Cagliostro, Altotas zou zijn.

1778 Saint-Germain heeft in Berlijn een ontmoeting met Dom Pernety. Willermoz sticht de Ordre des Chevaliers Bienfaisants de la Cité Sainte. De Strikte Observantie van de Tempeliers zoekt aansluiting bij de Grand Orient opdat de Gerectificeerde Schotse Ritus geaccepteerd wordt.

1782 Grote bijeenkomst van alle loges van ingewijden in Wilhelmsbad.

1783 Markies Thomé sticht de Ritus van Swedenborg.

1784 Saint-Germain zou sterven terwijl hij in dienst van de landgraaf van Hessen de laatste hand legt aan een verffabriek.

1785 Cagliostro sticht de Ritus van Memphis, die de Aloude en Primitieve Ritus van Memphis-Misraim zal worden, waarin het aantal hoge graden verhoogd zal worden tot negentig.

Het door Cagliostro bewerkstelligde schandaal van het collier van de koningin breekt los. Dumas beschrijft het als een vrijmetselaarskomplot om de monarchie in diskrediet te brengen. De van revolutionaire samenzweringen verdachte orde van de Illuminaten van Beieren wordt opgeheven.

1786 Mirabeau wordt in Berlijn ingewijd door de Illuminaten van Beieren. In Londen verschijnt een aan Cagliostro toegeschreven Rozenkruisersmanifest. Mirabeau schrijft een brief aan Cagliostro en aan Lavater.

1787 Er zijn ongeveer zevenhonderd loges in Frankrijk. De *Nachtrag* van Weishaupt wordt gepubliceerd; hierin beschrijft hij het schema van een geheime organisatie waarin iedere aanhanger alleen zijn directe superieur mag kennen.

1789 Begin van de Franse Revolutie. Crisis van de loges in Frankrijk.

1794 Op de 8ste vendémiaire legt de afgevaardigde Grégoire de Conventie een plan voor voor een Conservatoire des Arts et Métiers. Het zal in 1799 gevestigd worden in Saint-Martin-des-Champs, door de Raad van Vijfhonderd.

De hertog van Brunswijk verzoekt de loges zichzelf op te heffen omdat een kwalijke subversieve sekte ze inmiddels allemaal gecorrumpeerd heeft.

1798 Aanhouding van Cagliostro in Rome.

1804 In Charleston wordt de officiële stichting afgekondigd van een Aloude en Aangenomen Schotse Ritus, met drieëndertig graden.

1824 Document van het Weense hof aan de Franse regering, waarin geheime genootschappen als de Absoluten, de Onafhankelijken en de Hoge Carbonari Vendita worden aangeklaagd.

1835 De kabbalist Oettinger zegt dat hij Saint-Germain in Parijs heeft ontmoet.

1846 De Weense schrijver Franz Gräffer publiceert het relaas van een ontmoeting tussen zijn broer en Saint-Germain, tussen 1788 en 1790. Saint-Germain ontvangt zijn bezoeker terwijl hij in een boek van Paracelsus bladert.

1864 Bakoenin sticht de Sociaaldemocratische Alliantie die volgens sommigen geïnspireerd is op de Illuminaten van Beieren.

1865 Stichting van de Societas Rosicruciana in Anglia (volgens andere bronnen in 1860 of in 1867). Bulwer-Lytton, schrijver van de Rozenkruisersroman *Zanoni*, treedt toe.

1875 Helena Petrovna Blavatsky sticht de Theosofische Vereniging. *Isis Ontsluierd* komt uit. Baron Spedalieri roept zichzelf uit tot lid van de Grootloge van de eenzame Broeders van de Berg, Illuminate Broeder van de Oude en Gerestaureerde Orde van de Manicheeërs en Hoog Illuminaat van de Martinisten.

1877 Madame Blavatsky brengt de theosofische rol van Saint-Germain ter sprake. Onder zijn incarnaties bevonden zich Roger en Francis Bacon, Rosencreutz, Proclus en de heilige Albanus.
De Grand Orient van Frankrijk schaft de invocatie van de Grote Architect van het Universum af en kondigt absolute gewetensvrijheid af. De Orient verbreekt de banden met de Engelse grootloge, en wordt uitgesproken profaan en radicaal.

1879 Stichting van de Societas Rosicruciana in de VS.

1880 Begin van de praktijken van Saint-Yves d'Alveidre. Leopold Engler reorganiseert de Illuminaten van Beieren.

1884 Leo XIII veroordeelt de vrijmetselarij met de encycliek *Humanum Genus*. De katholieken trekken zich eruit terug en de rationalisten storten zich erop.

1888 Stanislas de Guaita sticht de Ordre Kabbalistique de la Rose-Croix. Stichting in Engeland van de Hermetic Order of the Golden Dawn. Elf graden van neofiet tot Ipsissimus. Imperator is Mc Gregor Mathers. Zijn zuster trouwt met Bergson.

1890 Josephin Péladan verlaat de Guaita en sticht de Rose+Croix Catholique du Temple et du Graal, waarbij hij zichzelf uitroept tot Sar Merodak. De strijd tussen de Rozenkruisers van de Guaita en die van Péladan zal de oorlog van de twee rozen genoemd worden.

1898 Aleister Crowley ingewijd bij de Golden Dawn. Hij zal vervolgens op eigen houtje de orde van Thelema stichten.

1907 Vanuit de Golden Dawn ontstaat de Stella Matutina waartoe Yeats toetreedt.

1909 In Amerika doet Spencer Lewis de Anticus Mysticus Ordo Rosae Crucis 'herleven' en in 1916 brengt hij in een hotel met succes de transformatie van een stuk zink in goud tot stand.
Max Heidel sticht het Rosicrucian Fellowship. Op onbekende data volgen de Lectorium Rosicrucianum, Les Frères Aînés de la Rose-Croix, de Fraternitas Hermetica en de Templum Rosae-Crucis.

1912 Annie Besant, aanhanger van Blavatsky, sticht in Londen de Orde van de Tempel van het Rozenkruis.

1918 In Duitsland ontstaat de Thule Gemeenschap.

1936 In Frankrijk ontstaat Le Grand Prieuré des Gaules. In de 'Cahiers de la fraternité polaire' heeft Henri Contardi-Rhodio het over een bezoek dat de graaf van Saint-Germain hem heeft gebracht.

'Wat betekent dit allemaal?' vroeg Diotallevi.

'Dat moeten jullie mij niet vragen. Jullie wilden toch gegevens? Hier heb je ze. Meer weet ik niet.'

'We zullen Agliè moeten raadplegen. Ik wed dat zelfs hij niet al deze organisaties kent.'

'Kom nou, het is z'n stokpaardje. Maar we kunnen hem op de proef stellen. Laten we er een sekte aan toevoegen die niet bestaat. Kortgeleden gesticht.'

Ik moest opeens weer denken aan die vreemde vraag van De Angelis, of ik ooit van de Tres had gehoord. En ik zei: 'De Tres.'

'Wat is dat?' vroeg Belbo.

'Aan een acrostichon moet altijd een complete onderliggende betekenis ten grondslag liggen,' zei Diotallevi, 'anders hadden mijn rabbijnen geen Notarikon kunnen beoefenen. Eens kijken... Templi Resurgentes Equites Synarchi. Lijkt het jullie wat?'

De naam beviel ons, en we schreven hem onderaan de lijst.

'Met zoveel van die geheime genootschappen was het niet eenvoudig er nog een extra te verzinnen,' zei Diotallevi, in een vlaag van ijdelheid.

76

Als men het voornaamste kenmerk van de
vrijmetselarij in het achttiende-eeuwse Frankrijk
in één enkel woord zou moeten samenvatten zou
slechts het volgende van toepassing zijn:
dilettantisme.

René Le Forestier,
La Franc-Maçonnerie Templière et Occultiste,
Parijs, Aubier, 1970, 2

De avond daarop vroegen we Agliè naar Pilade te komen. Ook al droeg de nieuwe klandizie van de bar weer gewoon een jasje en een das, toch baarde de aanwezigheid van onze gast met zijn blauwe krijtstreep, zijn smetteloze overhemd en zijn met een gouden speld vastgezette das enig opzien. Gelukkig was het bij Pilade rond zes uur 's avonds niet al te druk.

Agliè bracht Pilade van zijn stuk door een Franse cognac te bestellen. Die was er uiteraard wel, maar troonde wellicht al sinds jaar en dag onaangebroken bovenop de planken achter de zinken bar.

Agliè sprak terwijl hij zijn glas tegen het licht bekeek, om het daarna in zijn handen te warmen waardoor zijn, vagelijk Egyptische, gouden manchetknopen zichtbaar werden.

We lieten hem de lijst zien en vertelden dat die was samengesteld aan de hand van de geschriften van de diabolici.

'Dat de Tempeliers gerelateerd waren aan de oude loges van de meester-metselaars die zich gedurende de bouw van de Tempel van Salomo hadden gevormd, is zeker. Ook zeker is dat de leden van die loges sinds die tijd rouwen om het offer van de architect van de Tempel, Hiram, slachtoffer van een mysterieuze moord, en zwoeren hem te wreken. Na de vervolging verdwenen vele Tempelridders ongetwijfeld de ambachtelijke broederschappen in, waardoor de mythe van de wraak van Hiram versmolt met die van Jacques de Molay. In de achttiende eeuw bestonden er in Londen echte vrijmetselaarsloges, de zogenaamde operatieve loges; gaandeweg echter begon een aantal verveelde, maar uiterst respectabele heren—aangetrokken als ze waren door de traditionele riten —moeite te doen om er deel van uit te mogen maken. Zo is de operatieve vrijmetselarij, de geschiedenis van echte metselaars, tot speculatieve vrijmetselarij geworden, het verhaal van de symbolische metselaars. Dit is het klimaat waarin een zekere Desaguliers, verspreider van het werk van Newton, ene Anderson beïnvloedt, een protestant predikant die de constituties opstelt voor een loge van Broeders-Vrijmetselaars op deïstische grondslagen en als een van de eersten zegt dat vrijmetselaars broederschappen zijn die vierduizend jaar teruggaan, tot op de bouwers van de Tempel van Salomo. Dat verklaart die metselaarsvertoning, het schootsvel, de winkelhaak en de hamer. Maar misschien dat de vrijmetselarij juist wel daarom in de mode raakt en niet alleen aantrekkelijk is voor de adellijken die zich daar in goed gezelschap weten, maar ook voor de burgers die zich niet alleen als gelijken bij de adel kunnen aansluiten maar die het nu bovendien is toegestaan een degen te dragen. In die ellendige moderne wereld hebben de adellijken behoefte aan een omgeving waar zij in contact kunnen komen met de nieuwe producenten van het kapitaal, die op hun beurt—stel je voor—een rechtvaardiging zoeken.'

'Maar het schijnt dat de Tempeliers later naar buiten treden.'

'Degene die als eerste in direct contact komt met de Tempeliers is Ramsey, en over hem heb ik het liever niet. Ik verdenk hem ervan dat hij beïnvloed was door de jezuïeten. Uit zijn gepreek ontstaat de Schotse tak van de vrijmetselarij.'

'Schots in welke zin?'

'De Schotse Ritus is een Frans-Duitse uitvinding. De Londense vrijmetselarij had drie graden ingesteld: leerling, gezel en meester. De Schotse vrijmetselarij vermeerdert het aantal graden, want het aantal graden vermeerderen betekent een vermeerdering van het aantal inwijdings- en geheime niveaus... De van nature ijdele Fransen zijn er helemaal gek van...'

'Welk geheim?'

'Geen enkel, dat spreekt. Als er een geheim geweest was—ofte wel als zij dat bezeten hadden—dan zou de complexiteit daarvan een rechtvaardiging zijn geweest voor de complexiteit van de inwijdingsgraden. Ramsey daarentegen vermeerdert het aantal graden om de indruk te wekken dat er een geheim is. U kunt zich de opwinding voorstellen van de brave handelslieden die eindelijk prinsen van de wraak kunnen worden...'

Agliè strooide kwistig met vrijmetselaarsroddels, waarbij hij, zoals hij gewoon was, al sprekend gaandeweg overstapte op het gebruik van de eerste persoon. 'In die periode schreven ze in Frankrijk al *couplets* over de nieuwe Franc-maçon-mode, er kwamen steeds meer loges, er circuleerden monseigneuren, broeders, markiezen en kooplui, en de leden van het koninklijk huis werden grootmeesters. Tot de Strikte Observantie van de Tempeliers van die onbetrouwbare Von Hund traden mensen toe als Goethe, Lessing, Mozart en Voltaire, er ontstonden militaire loges, in de regimenten werden komplotten gesmeed om Hiram te wreken en besprak men de op handen zijnde revolutie. En voor de anderen was de vrijmetselarij een *société de plaisir*, een club, een statussymbool. Er zat van alles tussen, Cagliostro, Mesmer, Casanova, baron d'Holbach, d'Alembert... Encyclopedisten en alchimisten, libertijnen en hermetici. En dat bleek dan ook wel bij het uitbreken van de revolutie, toen de leden van dezelfde loges onderling verdeeld raakten en het leek of de grote broederschap voor altijd in een crisis was geraakt...'

'Was er geen oppositie tussen het Groot Oosten en de Schotse loge?'

'Alleen in naam. Een voorbeeld: Franklin was toegetreden tot de loge van de Neuf Soeurs en mikte er natuurlijk op dat deze zou verwereldlijken—hem interesseerde immers alleen het steunen van de Amerikaanse Revolutie... Terwijl tegelijkertijd een van de grootmeesters de graaf van Milly was die het levenselixer zocht. Aangezien hij oerstom was heeft hij zich tijdens zijn experimenten vergiftigd en is gestorven. Denk anderzijds eens aan Cagliostro: aan de ene kant verzon hij Egyptische riten, aan de andere kant was hij betrokken bij de affaire van het collier van de koningin, een door de nieuwe heersende klassen gesmeed schandaal om het Ancien Régime in diskrediet te brengen. Ook Cagliostro zat ertussen, begrijpt u? Probeert u zich eens voor te stellen met wat voor soort mensen je je moest inlaten...'

'Dat moet moeilijk zijn geweest,' zei Belbo begripvol.

'Maar wie zijn die baronnen von Hund die op zoek zijn naar de Onbekende Leiders...'

'Door die bourgeois-onzin waren groeperingen verrezen die heel andere dingen op het oog hadden en die om die volgelingen aan te trekken, zich dan misschien met de vrijmetselaarsloges vereenzelvigden, maar die in feite heel wat occultere doelen nastreefden. Dat is het moment waarop de discussie over de Onbekende Leiders begint. Maar helaas was Von Hund geen serieus mens. Aanvankelijk laat hij de adepten geloven dat de Onbekende Leiders de Stuarts zijn. Daarna bepaalt hij dat de orde zich tot doel moet stellen de oorspronkelijke bezittingen van de Tempeliers terug te vorderen en harkt van overal fondsen bij elkaar. Als hij niet genoeg geld bijeenkrijgt valt hij in handen van een zekere Starck die zegt dat hij de geheime formule voor het maken van goud gekregen heeft van de echte Onbekende Leiders die in Sint Petersburg verbleven. Rondom Von Hund en Starck verzamelen zich theosofen, alchimisten waarvan er dertien in het dozijn gaan, kersverse Rozenkruisers en allen te zamen kiezen zij een onkreukbare heer, de hertog van Brunswijk als grootmeester. Die meteen doorheeft dat hij zich in zeer slecht gezelschap bevindt. Een van de leden van de Observantie, de landgraaf van Hessen, ontbiedt de graaf van Saint-Germain bij zich in de overtuiging dat die edelman goud voor hem kan maken, en er is niets aan te doen, toentertijd moest er aan de grillen van de machthebbers gehoor worden gegeven. Maar bovendien gelooft hij dat hij de heilige Petrus is. Ik verzeker u, eens zag Lavater zich genoodzaakt toen hij bij de landgraaf te gast was, de hertogin van Devonshire terecht te wijzen die dacht dat ze Maria Magdalena was.'

'Maar die Willermoz, die Martines de Pasqually, die de ene sekte na de andere oprichtten...'

'Pasqually was een avonturier. Die verrichtte theürgische handelingen in een geheim kamertje, de geesten der engelen vertoonden zich aan hem in de vorm van lichtbanen en hiëroglifische lettertekens. Willermoz had hem au serieux genomen omdat hij enthousiast was, eerlijk maar naïef. Hij was gefascineerd door de alchimie, dacht aan het Grote Werk waar de uitverkorenen zich aan zouden moeten wijden om de ideale combinatie van de zes edele metalen te ontdekken, door de maten te bestuderen die besloten lagen in de zes letters van de eerste naam van God, die Salomo aan zijn uitverkorenen had bekendgemaakt.'

'En dus?'

'Willermoz dwingt velen tot gehoorzaamheid en treedt, zoals toen te doen gebruikelijk was, gelijktijdig tot vele loges toe, steeds op zoek naar een doorslaggevende onthulling, steeds in de vrees dat die zich elders verborgen hield—hetgeen ook waar is; sterker nog, misschien is dat wel het enige dat waar is... En zo voegt hij zich bij de Elus Cohen van Pasqually. Maar in '72 verdwijnt Pasqually, reist af naar Santo Domingo en laat alles voor wat het is. Waarom gaat hij ervandoor? Ik vermoed dat hij in het bezit van een of ander geheim was gekomen en het niet met anderen heeft willen delen. Hoe dan ook, moge hij rusten in vrede, hij verdwijnt ergens op dat duistere continent, en verdiende ook niet beter...'

'En Willermoz?'

'Dat was de tijd dat iedereen geschokt was door de dood van Swedenborg, een man die het zieke Westen, als dat naar hem had geluisterd, vele dingen had kunnen leren, ware het niet dat de eeuw de idiotie van de revolutie reeds tegemoet holde, om de ambities van de Derde Stand na te streven... Nu, dat is de tijd waarin Willermoz hoort spreken over de Strikte Observantie van de Tempeliers van Von Hund en erdoor gefascineerd raakt. Er was hem verteld dat een Tempelier die zich blootgeeft, ik bedoel door een openbaar genootschap op te richten, geen Tempelier is, maar in de achttiende eeuw was men zeer lichtgelovig. Willermoz gaat met Von Hund de verschillende allianties aan die op uw lijst voorkomen, totdat Von Hund ontmaskerd wordt—ik bedoel hiermee te zeggen dat men ontdekt dat hij van het soort was dat er met de kas vandoor gaat—en de hertog van Brunswijk hem uit de organisatie zet.'

Hij keek weer even vluchtig op de lijst: 'Ah, ja, Weishaupt, die vergat ik nog. De Illuminaten van Beieren, met zo'n naam trekken ze aanvankelijk vele nobele geesten aan. Maar die Weishaupt was een anarchist, vandaag de dag zouden we hem een communist noemen, en als u eens wist wat er in die kringen niet allemaal werd geraaskald over staatsgrepen, onttroning van soevereinen, bloedbaden... Let wel, ik heb Weishaupt zeer bewonderd, niet zozeer om zijn denkbeelden als wel om zijn glasheldere ideeën over hoe een geheim genootschap behoort te functioneren. Maar schitterende ideeën op het organisatorische vlak kunnen zeer wel gecombineerd worden met uiterst verwarde doelstellingen. Hoe dan ook, de hertog van Brunswijk ziet zich geplaatst voor de taak de door Von Hund achtergelaten warboel te bestieren en begrijpt dat in de Duitse vrijmetselaarswereld op zijn minst drie visies met elkaar in botsing zijn geraakt, de wijsgerige en occulte richting, met inbegrip van een aantal Rozenkruisers, de rationalistische richting en de anarcho-revolutionaire richting van de Illuminaten van Beieren. En dus stelt hij de verschillende ordes en riten voor in Wilhelmsbad bijeen te komen voor een 'conventie', van wat we voor het gemak de Staten-Generaal zullen noemen. Er moesten antwoorden worden gegeven op de volgende vragen: stamt de orde werkelijk af van een oud genootschap en zo ja van welk? Bestaan er werkelijk Onbekende Leiders, bewaarders van de oude traditie, en zo ja wie zijn zij? Wat zijn de werkelijke doelstellingen van de orde? Is die doelstelling het herstel van de orde van de Tempeliers? Enzovoort, met inbegrip van de vraag of de orde zich met occulte wetenschappen moest inlaten. Willermoz stemt enthousiast toe, eindelijk zou hij antwoord krijgen op de vraag die hij zich, in alle eerlijkheid, zijn hele leven had gesteld... En daar begint de zaak De Maistre.'

'Welke De Maistre?' vroeg ik. 'Joseph of Xavier?'

'Joseph.'

'De reactionair?'

'Als hij reactionair was, dan was hij dat niet in voldoende mate. Het was een wonderlijke man. Het was namelijk zo dat hij, die toch achter de katholieke Kerk stond, uitgerekend op het moment dat de eerste pausen bullen tegen de vrijmetselarij begonnen uit te vaardigen, lid wordt van een loge onder de naam Josephus a Floribus. Om precies te zijn, hij zoekt toenadering tot de vrijmetselarij als in 1773 een pauselijk schrijven de jezuïeten veroordeelt. Uiteraard zocht De Maistre toenadering tot Schotse loges, dat is logisch, hij is geen verlichte bourgeois, hij is een illuminaat—dat soort onderscheid is van het grootste belang, want de Italianen noemen de jakobijnen illuministen, terwijl ze daar in andere landen de volgelingen van de traditie mee aanduiden—een curieuze verwarring...'

Hij nipte aan zijn cognac, haalde cigarillos van ongebruikelijke vorm uit een bijna wit metalen sigarettendoos ('die maken ze voor me bij mijn sigarenhandel in Londen,' zei hij, 'net als de sigaren die ik thuis had, gaat uw gang, ze zijn uitstekend...'), en sprak, zijn blik verloren in herinnering.

'De Maistre... Een man van uiterst verfijnd gedrag, naar hem luisteren was een spiritueel genot. En in kringen van ingewijden had hij zich grote autoriteit verworven. In Wilhelmsbad logenstraft hij evenwel een ieders verwachtingen. Hij stuurt de hertog een brief waarin hij elke affiniteit met de Tempeliers en de Onbekende Leiders, plus het nut van de esoterische wetenschappen ontkent. Hij wijst een en ander af uit trouw aan de katholieke Kerk, maar doet dat met de argumenten van de eerste de beste encyclopedist. Toen de hertog de brief in kleine kring voorlas, wilde niemand hem geloven. De Maistre beweerde dat de orde niets anders voor ogen stond dan een geestelijke reïntegratie en dat de ceremoniën en de traditionele riten uitsluitend tot doel hadden de mystieke geest alert te houden. Hij prees alle nieuwe vrijmetselaarssymbolen maar zei dat het beeld dat meerdere dingen vertegenwoordigt niets meer vertegenwoordigt. Hetgeen—als u mij niet kwalijk neemt—in tegenspraak is met de gehele hermetische traditie, want hoe voller, relevanter en machtiger het symbool is, des te ambiguer en vluchtiger is het, wat zou er anders overblijven van de geest van Hermes, de god met de duizend gezichten? En wat de Tempeliers betreft zei De Maistre dat de orde van de Tempel gecreëerd was uit hebzucht en door hebzucht te gronde was gegaan. De Savooiaard kon niet vergeten dat de orde met instemming van de paus te gronde was gericht. Vertrouw nooit een katholieke legitimist, hoe heftig zijn hermetische roeping ook is. Ook het antwoord inzake de Onbekende Leiders was lachwekkend: ze zijn er niet, en het bewijs daarvoor is dat we ze niet kennen. Daar werd tegenin gebracht dat we ze natuurlijk niet kennen, nee, anders zouden ze niet onbekend zijn, wat is dat nu voor manier van redeneren? Wonderlijk dat een gelovige van zijn kaliber zo ontoegankelijk was voor het gevoel van mysterie. Waarna De Maistre een laatste oproep deed, laten we terugkeren naar het evangelie en de dwaasheden van Memphis achter ons laten. Hij deed niets anders dan de eeuwenoude lijn van de Kerk nogmaals herhalen. U begrijpt hoe de sfeer was op de bijeenkomst in Wilhelmsbad. Doordat een autoriteit als De Maistre het af liet weten, was Willermoz in de minderheid en kon op zijn hoogst een compromis worden bereikt. De Tempeliersrite werd behouden, definitieve uitspraken aangaande de oorsprong werden uitgesteld, kortom, het was een mislukking. Dat is het moment geweest dat de Schotse richting een kans heeft laten liggen; als de zaken anders waren gelopen had de geschiedenis van de eeuw daarna er wellicht anders uitgezien.'

'En daarna?' vroeg ik. 'Hebben ze geen pogingen gedaan het bij te leggen?'

'Wat viel er bij te leggen, om uw woorden te gebruiken... Drie jaar later wordt een evangelieprediker die zich bij de Illuminaten van Beieren had aangesloten, een zekere Lanze, in een bos door de bliksem getroffen en komt om het leven. Op zijn lichaam treft men instructies van de orde aan, de Beierse regering bemoeit zich ermee, er wordt ontdekt dat Weishaupt tegen de regering samenzwoer en de orde wordt het jaar daarop ontbonden. Dat niet alleen, maar er worden geschriften van Weishaupt gepubliceerd met de vermeende plannen van de Illuminaten, waardoor het gehele Franse en Duitse neo-Templarisme een eeuw lang in diskrediet werd gebracht... Bedenk dat de Illuminaten van Weishaupt hoogstwaarschijnlijk aan de kant van de jakobijnse vrijmetselarij stonden en in de neotemplaristische tak waren geïnfiltreerd om deze te gronde te richten. Het zal niet toevallig zijn dat dat stelletje schurken Mirabeau aan hun kant hadden gekregen, de tribuun van de revolutie. Zal ik u eens iets toevertrouwen?'

'Zegt u het maar.'

'Mannen als ik die de draad van de verloren Traditie weer op wensen te pakken, raken bij gebeurtenissen als die in Wilhelmsbad geheel uit het veld geslagen. Iemand had een vermoeden en heeft gezwegen, iemand wist en heeft gelogen. En daarna was het te laat; eerst de storm van de revolutie, daarna het gekrakeel van het negentiende-eeuwse occultisme... Bekijkt u uw lijst maar, een grote kermis van kwade trouw en lichtgelovigheid, beentjelichterij, excommunicaties over en weer, geheimen die op ieders lippen liggen. Het theater van het occultisme.'

'De occultisten zijn niet erg betrouwbaar, is het wel?' vroeg Belbo.

'Men moet occultisme van esoterisme weten te onderscheiden. Het esoterisme is het zoeken naar kennis die slechts door middel van symbolen, verzegeld voor de profanen, kan worden overgedragen. Het occultisme daarentegen, dat in de negentiende eeuw opgang maakt, is de top van de ijsberg, dat kleine beetje van het esoterisch geheim dat aan de oppervlakte komt. De Tempeliers waren ingewijden, en het bewijs daarvoor is dat zij, toen zij gemarteld werden, stierven om hun geheim te bewaren. De energie waarmee zij het geheim verborgen hebben gehouden overtuigt ons ervan dat ze ingewijd zijn en doet ons verlangen naar hetgeen zij geweten moeten hebben. De occultist is een exhibitionist. Zoals Péladan zei: een onthuld inwijdingsgeheim dient nergens toe. Ongelukkigerwijs was Péladan geen ingewijde, maar een occultist. De negentiende eeuw is de eeuw van de denunciatie. Iedereen put zich uit in het openbaren van de geheimen van de magie, van de theürgie, van de kabbala, van de tarot. En misschien geloven ze het ook nog.'

Agliè las weer in onze lijst en meesmuilde af en toe. 'Helena Petrovna. Een best mens, in wezen, maar ze heeft niet één ding gezegd dat niet al op alle muren geschreven stond... De Guaita, een gedrogeerde bibliomaan. Heidel: die is goed.' Toen stopte hij ineens. 'Tres... Waar komt dat uit? Uit welk manuscript?'

Heel goed, dacht ik, het is hem opgevallen. We hielden ons op de vlakte: 'Tja, de lijst is samengesteld op basis van verschillende teksten, en de meeste hebben we al teruggestuurd, dat was toch niks. Weet u waar die Tres uit komt, Belbo?'

'Geen idee. Diotallevi?'

'Het is al weer zo'n tijd geleden... Is het belangrijk?'

'Helemaal niet,' verzekerde Agliè ons. 'Het is dat ik er nog nooit van gehoord had. Kunt u mij werkelijk niet zeggen waar het instond?'

Het speet ons zeer, we wisten het niet meer.

Agliè haalde zijn horloge uit zijn vest. 'Mijn god, ik had nog een andere afspraak. U moet me verontschuldigen.'

Hij was weggegaan, en wij waren blijven napraten.

'Nu is alles duidelijk. De Engelsen lanceren het vrijmetselaarsvoorstel om alle ingewijden van Europa te verenigen rond het Bacon-project.'

'Maar het project slaagt slechts ten dele: het idee dat de Bacon-adepten uitwerken is dermate fascinerend dat dat resultaten oplevert die niet stroken met hun verwachtingen. De zogeheten Schotse tak beschouwt het nieuwe conventikel als een manier om de draad van het Plan weer op te pakken en treedt in contact met de Duitse Tempeliers.'

'Agliè vindt het verhaal onbegrijpelijk. Dat is duidelijk. Wij kunnen nu alleen zeggen wat er gebeurd is, wat we willen dat er gebeurd is. Op dat moment treden de verschillende nationale kernen tegen elkaar in het strijdperk, die Martines de Pasqually zou best eens een agent van de groep uit Tomar kunnen zijn, de Engelsen vallen de Schotten af, die eigenlijk Fransen zijn, de Fransen zijn duidelijk in twee groepen verdeeld, de Engelsgezinden en de Duitsgezinden. De vrijmetselarij is de dekmantel, het voorwendsel waaronder al die agenten van verschillende groeperingen—god weet waar de Paulicianen en de Jeruzalemmers uithangen—elkaar ontmoeten en in de haren vliegen, terwijl ze trachten elkaar gedeelten van het geheim te ontfutselen.'

'De vrijmetselarij als Rick's Café in Casablanca,' zei Belbo. 'Precies het tegenovergestelde van wat men doorgaans denkt. De vrijmetselarij is geen geheim genootschap.'

'Ach welnee, alleen een vrijhaven, zoals Macao. Een façade. Het geheim was elders.'

'Arme vrijmetselaars.'

'De vooruitgang eist zijn slachtoffers. Jullie zullen echter moeten toegeven dat we de intrinsieke logica van de geschiedenis op het spoor zijn.'

'De logica van de geschiedenis is het resultaat van een degelijke herschrijving van de tora,' zei Diotallevi. 'En dat is waar we mee bezig zijn, eeuwig geprezen zij de naam van de Allerhoogste.'

'Oké,' zei Belbo. 'Nu hebben de Bacon-aanhangers Saint-Martin-des-Champs, de Frans-Duitse neo-Tempelierstak valt langzaam uiteen in een myriade van sekten... Maar we hebben nog niet vastgesteld om welk geheim het gaat.'

'Daar zijn jullie mooi klaar mee,' zei Diotallevi.

'Jullie? We zitten allemaal in hetzelfde schuitje, als we dit niet tot een waardig einde kunnen brengen slaan we een vreselijk figuur.'

'In wiens ogen?'

'Van de geschiedenis natuurlijk, van het tribunaal van de Waarheid.'

'Quid est veritas?' vroeg Belbo.

'Wij,' zei ik.

77

Dit kruid wordt Duivelverjager van de Filosofen genoemd. De ervaring heeft geleerd dat alleen dit zaad duivels en hun hallucinaties verjaagt... Het is toegediend aan een jong meisje dat gedurende de nacht gekweld werd door een duivel, en dit kruid heeft hem doen vluchten.

Johannes de Rupescissa,
La virtu et propriété de la quinte essence, Lyon, 1581, II

In de dagen die daarop volgden liet ik het Plan voor wat het was. Lia's zwangerschap liep op haar eind en zodra ik maar even kon was ik bij haar. Lia nam mijn bezorgdheid weg; het was nog niet zo ver, zei ze. Ze was een cursus pijnloos bevallen aan het volgen en ik probeerde haar oefeningen mee te doen. Lia had de mogelijkheid die de wetenschap haar bood om van tevoren het geslacht van de ongeborene te weten van de hand gewezen. Ze wilde dat het een verrassing was. Ik had die wens van haar gerespecteerd. Ik betastte haar buik en vroeg me niet af wat er uit te voorschijn zou komen; we hadden besloten het het Ding te noemen.

Ik vroeg alleen hoe ik mee zou kunnen doen met de bevalling. 'Het is ook van mij, het Ding,' zei ik. 'Ik wil niet zo'n vader zijn die je in films ziet, die in de gang loopt te ijsberen en de ene sigaret aansteekt met het peukje van de andere.'

'Poef, veel meer zul je niet kunnen doen. Er komt een moment dat ik het werk moet doen. En bovendien rook je niet en zou ik me die slechte gewoonte voor deze gelegenheid maar niet aanwennen.'

'Wat moet ik dan?'

'Je doet ervoor en erna mee. Erna, als het een jongen is, voed je hem op, vorm je hem, bezorg je hem, zoals dat gaat, een stevig Oedipuscomplex; je leent je, als het moment daar is, glimlachend en zonder uitvluchten voor de rituele vadermoord, en dan zul je hem op een dag je armzalige kantoor laten zien, de fiches, de drukproeven van de wondere geschiedenis der metalen, en zul je hem zeggen mijn zoon dit alles zal op een dag van jou zijn.'

'En als het een meisje is?'

'Dan zul je haar zeggen mijn dochter dit alles zal op een dag van die nietsnut van een man van je zijn.'

'En ervoor?'

'Tijdens de weeën, tussen de ene wee en de andere zit tijd en moet er geteld worden, want naarmate de tussentijd korter wordt komt het moment naderbij. We zullen samen tellen en jij zult het ritme aangeven, zoals bij de roeiers op de galeien. Het zal zijn alsof ook jij het Ding beetje bij beetje uit zijn donkere onderaardse gangetje te voorschijn laat komen. Arm kleintje... Voel maar, nu zit het zo lekker in het donker, zuigt als een inktvis lichaamssappen op, allemaal gratis, en dan plof, schiet het naar buiten in het zonlicht, knippert eens flink met zijn ogen en zegt waar ben ik nu in jezusnaam beland?'

'Arm kleintje. En dan heeft het meneer Garamond nog niet eens leren kennen. Kom op, laten we het tellen oefenen.'

We telden in het donker en hielden elkaars hand vast. Ik fantaseerde. Het Ding was een echt ding dat door geboren te worden zin zou geven aan alle verzinsels van de diabolici. Arme diabolici, die hun nachten doorbrachten met het simuleren van het scheikundige huwelijk en zich afvroegen of er echt achttien-karaats goud uit zou komen en of de steen der wijzen de lapis exilis was, een armzalige graal van aardewerk: en mijn graal zat daar in de buik van Lia.

'Ja,' zei Lia, terwijl ze met haar hand over haar dikgebuikte en gespannen vat wreef, 'hier wordt jouw materia prima geweekt. Wat dachten die mensen die je in dat kasteel gezien hebt dat er in het vat gebeurde?'

'Oh, dat er melancholie, zwavelhoudende aarde, zwart lood en olie van Saturnus in borrelde, dat er een Styx was van verweking, verzadiging, humificatie, liquefactie, vermenging, impregnatie, onderdompeling, smerige aarde, stinkend graf...'

'Waren ze soms impotent of zo? Wisten ze niet dat in het vat ons Ding rijpt, een helemaal mooi wit en roze ding?'

'Dat wisten ze wel, maar voor hen is jouw buikje ook een metafoor, vol geheimen...'

'Er zijn geen geheimen, Poef. We weten heel goed hoe het Ding vorm krijgt, met zijn zenuwtjes, zijn spiertjes, zijn oogjes, z'n miltjes, zijn alvleeskliertjes...'

'Lieve god, hoeveel milten? Wat is het, Rosemary's Baby?'

'Bij wijze van spreken. Maar we moeten wel bereid zijn het ook te nemen als het twee hoofden heeft.'

'Logisch. Dan leer ik ze duetten spelen voor trompet en klarinet... Nee, dan zou het vier handen moeten hebben en dat zou te veel zijn, hoewel, denk je eens in wat een concertpianist het dan zou worden, daar is wel wat anders voor nodig dan een concert voor de linkerhand. Brr... Maar ja, ook mijn diabolici weten dat op die dag in de kliniek ook het witte werk er zal zijn, dat de Rebis, de hermafrodiet geboren zal worden...'

'Gut, dat ontbrak er nog maar aan. Luister liever. We noemen het Giulio, of Giulia, naar mijn opa, lijkt je dat wat?'

'Ik vind het best, het klinkt goed.'

Het was voldoende geweest als ik er hier een punt achter had gezet. Als ik een witboek had geschreven, een goede grimoire, voor alle adepten van Isis Ontsluierd, om hen uit te leggen dat er niet meer naar het secretum secretorum gezocht hoefde te worden, dat de lezing van het leven geen enkele geheime betekenis verborgen hield en dat alles er al was, in de buiken van alle Lia's van de wereld, in de kamers van de klinieken, op strozakken, op rivierbeddingen, en dat de stenen die terugkeren uit ballingschap en de heilige Graal niets anders zijn dan aapjes die gillen terwijl hun navelstreng erbij bungelt en de dokter hun klappen op hun billen geeft. En dat voor het Ding, Lia en ik de Onbekende Leiders waren, en dat hij ons meteen zou herkennen, zonder dat hij het hoefde te gaan vragen aan die sukkel van een De Maistre.

Maar nee, wij—de sardonici—wilden met de diabolici verstoppertje spelen en hun aantonen dat, als er dan toch een kosmisch komplot moest zijn, wij er een konden verzinnen dat kosmischer dan kosmisch was.

Eigen schuld—zei ik die avond tegen mezelf—nu zit je hier te wachten op wat er onder de slinger van Foucault staat te gebeuren.

78

Ik zou waarachtig zeggen dat hij niet uit de schoot
van zijn moeder, maar uit een Ephialtes of een
Incubus of een andere huiveringwekkende demon
is voortgekomen, dit monster, als het ware de
bastaard van een rotte en giftige paddestoel, een
zoon van Faunen en Nymfen, meer lijkend op een
demon dan op een mens.

Athanasius Kircher,
Mundus Subterraneus,
Amsterdam, Jansson, 1665, II, p. 279-280

Die dag wilde ik thuisblijven, voorvoelde ik iets, maar Lia had me gezegd niet de prins-gemaal uit te hangen en naar mijn werk te gaan. 'Tijd genoeg, Poef, het wordt nog niet geboren. Ik moet ook de deur uit. Ga nu.'

Ik stond net voor de deur van mijn kantoor toen die van mijnheer Salon openging. De oude man verscheen, zijn geel werkschort voor. Ik moest hem wel groeten en hij noodde me binnen. Ik had zijn laboratorium nog nooit gezien en nam de uitnodiging aan.

Als er achter die deur een flat was geweest, moest Salon de tussenmuren hebben laten wegbreken want wat ik zag was een spelonk van ruime en onduidelijke afmeting. Om de een of andere duistere architectonische reden had die vleugel van het huis een mansardedak, en het licht drong door de schuine ramen naar binnen. Ik weet niet of de ruiten vuil waren of van matglas of dat Salon ze had afgeplakt om te voorkomen dat de middagzon naar binnen scheen, of dat het de opeenstapeling van voorwerpen was die vanuit elke hoek de vrees voor lege ruimte verkondigde, maar het licht in de spelonk leek op dat van een late schemering, mede vanwege het feit dat de grote ruimte opgedeeld werd door oude apothekersrekken waardoor gewelven ontstonden die doorgangen, passages en perspectieven te zien gaven. De overheersende nuance was bruin, de voorwerpen waren bruin, de rekken, de tafels, het diffuse amalgaam van het daglicht en dat van de oude lampen die hier en daar bepaalde plekken verlichtten. De eerste indruk was dat je de werkplaats van een vioolbouwer was binnengestapt die ten tijde van Stradivarius verdwenen was en dat het stof zich in de loop der jaren had opgehoopt op de gestreepte buiken van de teorben.

Daarna, toen mijn ogen langzaam aan de schemering wenden, begreep ik dat ik me, zoals ik had kunnen verwachten, in een versteende dierentuin bevond. Ik zag een beertje met glanzende glazen ogen dat zich aan een kunstmatige tak vastklemde, naast me stond een verstijfde hiëratische katuil, voor me op de tafel zag ik een wezel—of een steenmarter, of een bunzing, daar wil ik af zijn. Midden op tafel een prehistorisch dier dat ik eerst niet kon thuisbrengen, een soort aan röntgenstralen blootgesteld katachtig beest.

Het kon een poema zijn, een luipaard, een hond van behoorlijke afmetingen, ik kon het skelet zien waarop gedeeltelijk een stoffen vulling was vastgeplakt die op zijn plaats werd gehouden door een ijzeren armatuur.

'De Deense dog van een rijke vrouw met een hart zo week als boter,' grijnsde Salon, 'ze wil hem zich kunnen herinneren zoals hij was tijdens hun huwelijksleven. Begrijpt u? Je vilt het dier, je smeert de huid van binnen helemaal in met arsenicumzeep, dan laat je de botten weken en wit worden... Kijkt u maar op die plank wat een mooie collectie ruggegraten en borstkassen. Een fraai ossuarium vindt u niet? Daarna bevestig je de botten met ijzerdraad aan elkaar en als het skelet eenmaal is gereconstrueerd maak je er een armatuur omheen, ik gebruik meestal hooi, of wel papier-maché of gips. En ten slotte breng je de huid aan. Ik herstel de schade van dood en ontbinding. Bekijkt u deze uil eens, net levend niet?'

Vanaf dat moment zouden alle levende uilen in mijn ogen dode uilen lijken, door Salon overgeleverd aan die eeuwigdurende sclerose. Ik keek naar het gezicht van die man die dierlijke farao's balsemde, zijn borstelige wenkbrauwen, zijn grijze wangen, en trachtte erachter te komen of hij een levend wezen was of de kroon op zijn eigen werk.

Om hem beter te kunnen bekijken deed ik een stap naar achteren en voelde iets langs mijn nek strijken. Ik keerde me met een huivering om en zag dat ik een slinger in beweging had gezet.

Een grote opengesneden vogel volgde zwaaiend de beweging van de pijl die hem doorboorde; deze stak door zijn kop en in zijn open borst zag je dat hij was binnengedrongen op de plek waar ooit zijn hart en zijn keel hadden gezeten, en zich daar, vanuit een knoop, vertakte in een omgekeerde drietand. Het dikste gedeelte doorboorde de plek waar zijn darmen hadden gezeten en wees als een degen naar de aarde, de andere twee floretten drongen zijn poten binnen en kwamen er, elk aan een kant, door zijn klauwen weer uit. De vogel wiegde zachtjes heen en weer en de drie punten wezen op de grond het spoor aan dat ze, zouden ze de grond raken, er op achter zouden laten.

'Een mooi exemplaar van de koningsadelaar,' zei Salon. 'Maar ik moet er nog wel enige dagen aan werken. Ik was net zijn ogen aan het uitzoeken.' En hij liet me een doos vol glazen hoornvliezen en pupillen zien, de souvenirs uit de carrière van de beul van de heilige Lucia. 'Het is niet altijd zo makkelijk als bij insekten, daar heb je aan een doosje en een speld genoeg. De ongewervelde dieren bijvoorbeeld moeten met formaline behandeld worden.'

Er hing inderdaad een lijkenlucht. 'Het lijkt me fascinerend werk,' zei ik. En intussen dacht ik aan het levende ding dat pulseerde in Lia's buik. Een koude rilling ging door me heen: als het Ding doodgaat, hield ik mezelf voor, wil ik het eigenhandig begraven, opdat het alle wormen onder de grond voedt en de aarde vetmest. Alleen dan zou ik het nog als iets levends ervaren...

Ik vermande me, want Salon stond tegen me te praten en pakte een vreemd wezen van een van de planken. Het zal zo'n dertig centimeter lang geweest zijn en het was zonder twijfel een draak, een reptiel met grote zwarte vlezige vleugels, een hanekam en een opengesperde muil vol piepkleine scherpe zaagtandjes. 'Mooi, niet waar? Een eigen compositie. Ik heb er een salamander, een vleermuis en slangevel in verwerkt... Een draak uit de onderwereld. Ik heb me hierdoor laten inspireren...' Hij liet me een in oud perkament gebonden groot boek in folioformaat zien met leren veters dat op een andere tafel lag. 'Het heeft me een fortuin gekost, ik ben geen bibliofiel, maar dit wilde ik per se hebben. Het is de *Mundus Subterraneus* van Athanasius Kircher, eerste druk, 1665. Kijk, hier is de draak. Precies hetzelfde vindt u niet? Hij leeft in de krochten van vulkanen, tenminste, dat zei deze brave jezuïet die van alles afwist, het bekende, het onbekende en het niet-bestaande...'

'U denkt nog steeds aan wat er onder de grond is,' zei ik, denkend aan ons gesprek in München en de opmerkingen die ik had opgevangen door het Dionysiusoor.

Hij sloeg het boek open op een andere pagina: daarop stond een afbeelding van de aardbol die eruitzag als een gezwollen, zwart, blootgelegd orgaan dat doorsneden werd door een spinneweb van stralende, slingerende en vlammende aderen. 'Als Kircher gelijk had, zijn er meer wegen in het hart van de aarde dan aan de oppervlakte. Als er in de natuur iets gebeurt, komt dat door de warmte die daar onder dampt...' Ik dacht aan het zwarte werk, aan de buik van Lia, aan het Ding dat trachtte uit zijn zoete vulkaan los te breken.

'... en als er in de wereld van de mensen iets gebeurt, dan wordt dat daar beneden uitgedacht.'

'Zegt Kircher dat?'

'Nee, die houdt zich uitsluitend met de natuur bezig... Maar het is eigenaardig dat de tweede helft van het boek over alchimie en alchimisten gaat en dat juist in dat gedeelte, kijkt u maar, hier op dit punt, de Rozenkruisers worden aangevallen. Waarom valt hij de Rozenkruisers aan in een boek over de onderaardse wereld? Onze jezuïet was ook niet gek, die wist al dat de laatste Tempeliers hun toevlucht hadden gezocht tot het onderaardse rijk van Agarttha...'

'En daar nog steeds zitten, schijnt het,' waagde ik.

'Ze zitten er nog,' zei Salon. 'Niet in Agarttha, in andere krochten. Misschien wel hier, onder ons. Ook Milaan heeft nu zijn metro. Wiens idee was dat? Wie stond aan het hoofd van de graafwerkzaamheden?'

'Gespecialiseerde ingenieurs zou ik zeggen.'

'Daar heb je het al. Steek uw kop maar in het zand. En intussen geven jullie bij die uitgeverij van jullie boeken uit van god mag weten wie. Hoeveel joden zitten er onder uw auteurs?'

'We vragen onze auteurs niet om genetische informatie,' antwoordde ik kortaf.

'U moet niet denken dat ik antisemiet ben. Sommige van mijn beste vrienden zijn joden. Ik denk aan een bepaald soort joden...'

'Wat voor soort dan?'

'Dat zou u wel willen weten, hè?'

79

Hij opende zijn koffertje. In een onbeschrijflijke
chaos lagen losse boorden, elastiekjes,
huishoudelijke voorwerpen, insignes van
verschillende technische hogescholen, zelfs het
monogram van keizerin Alexandra Feodorovna en
het kruis van het Legioen van Eer door elkaar. Hij
verbeeldde zich dat hij op al deze voorwerpen het
'zegel van de Antichrist' in de vorm van een
driehoek of twee gekruiste driehoeken zag staan.

Alexandre Chayla,
"Serge A. Nilus et les Protocoles",
La Tribune Juive, 14 mei 1921, p.4

'Ziet u,' ging hij verder, 'ik ben geboren in Moskou. Toen ik jong was verschenen er uitgerekend in Rusland joodse documenten waarin met zoveel woorden stond geschreven dat je regeringen alleen omver kunt werpen door ondergronds te werken. Moet u horen.' Hij pakte een schriftje waarin hij citaten had opgeschreven: '"In die tijd zullen alle steden metro's hebben en onderaardse gangen: van daaruit zullen we alle steden van de wereld in de lucht laten vliegen..." Protocollen van de Oude Wijzen van Zion, document nummer negen!'

Het flitste door me heen dat de verzameling wervels, de bak met ogen, de huiden die hij op de armaturen spande wellicht uit een of ander vernietigingskamp afkomstig waren. Maar nee, ik had hier te maken met een oude nostalgische man die nog rondliep met herinneringen aan het Russische antisemitisme.

'Als ik het goed begrijp, is er een genootschap van joden, maar niet van alle, dat iets beraamt. Maar waarom ondergronds?'

'Dat lijkt me duidelijk! Wie beraamt, als hij beraamt, beraamt beneden, en niet in het daglicht. Sinds onheuglijke tijden weet iedereen dat de heerschappij over wat er beneden is de heerschappij over de wereld impliceert. Ondergrondse stromen.'

Ik moest denken aan een vraag van Agliè in zijn studeerkamer, en aan de druïdessen in Piemonte die de tellurische stromen opriepen.

'Waarom groeven de Kelten heiligdommen in het hart van de aarde, met gangen die in verbinding stonden met een gewijde put?' vervolgde Salon. 'De put liep door tot in radioactieve lagen, dat is bekend. Hoe is Glastonbury gebouwd? En betreft het hier misschien niet het eiland Avalon, waar de mythe van de graal zijn oorsprong vindt? En wie anders dan een jood bedenkt de graal?'

Weer de graal, godallemachtig. Maar welke graal, er is maar één graal, dat is mijn Ding, dat in verbinding staat met de radioactieve lagen van Lia's baarmoeder, en misschien stevent het nu blij op de rand van de put af, misschien maakt het zich gereed om naar buiten te komen en sta ik hier maar tussen deze opgezette uilen, honderd doden en een die doet alsof hij leeft.

'Alle kathedralen zijn gebouwd op plaatsen waar de Kelten hun menhirs hadden. Waarom plantten ze stenen in de grond, terwijl dat toch zoveel moeite kostte?'

'En waarom deden de oude Egyptenaren zoveel moeite om piramides te bouwen?'

'Precies. Antennes, thermometers, sondes, naalden zoals die van de Chinese dokters, daar gestoken waar het lichaam reageert, in de knooppunten. In het middelpunt van de aarde zit een vuurkern, iets dat vergelijkbaar is met de zon, of zelfs een heuse zon waar iets omheen draait, in verschillende banen. Omlopen van de tellurische stromen. De Kelten wisten waar ze waren en hoe ze te sturen. En Dante, en Dante? Wat wil hij ons zeggen met het verhaal van zijn afdaling in de diepte? Begrijpt u me, beste vriend?'

Ik vond het niet prettig zijn beste vriend te zijn, maar ik bleef naar hem luisteren. Giulio Giulia, mijn als Lucifer in het binnenste van Lia's buik zetelende Rebis; maar hij, zij, het Ding zou zich omdraaien, zou omhoog schieten en op een of andere manier naar buiten komen. Het Ding is ervoor gemaakt om de ingewanden te verlaten, om zich te openbaren in zijn doorzichtige geheim, niet om er met het hoofd naar beneden binnen te gaan en naar een slijmerig geheim te zoeken.

Salon ging verder, verloren in een monoloog die hij uit zijn hoofd leek op te zeggen: 'Weet u wat de Engelse leys zijn? Als u met een vliegtuig boven Engeland vliegt zult u zien dat alle gewijde plaatsen door rechte lijnen met elkaar verbonden worden, een netwerk van lijnen die elkaar over het gehele grondgebied kruisen en dat nog zichtbaar is omdat het tracé van de latere wegen erop gebaseerd is...'

'Als er gewijde plaatsen waren, waren ze verbonden door wegen en zullen ze geprobeerd hebben die wegen zo recht mogelijk te maken...'

'O ja? En waarom voert de vogeltrek langs deze lijnen? Waarom komen ze overeen met de trajecten die door vliegende schotels worden afgelegd? Het is een geheim dat na de Romeinse invasie verloren is gegaan, maar er zijn mensen die het nog kennen...'

'De joden,' suggereerde ik.

'Ook zij graven. Het eerste principe van de alchimie is VITRIOL: Visita Interiora Terrae, Rectificando Invenies Occultum Lapidem.'

Lapis Exilis. Mijn Steen die langzaam te voorschijn begon te komen uit zijn ballingschap, uit de zoete gedachteloze hypnotische ballingschap in het ruime vat van Lia, zonder andere diepten te zoeken, mijn mooie witte Steen die naar de oppervlakte wil... Ik wilde vlug naar huis, naar Lia, met haar wachten op de komst van het Ding, uur na uur, de triomf van de heroverde oppervlakte. In de spelonk van Salon hing de muffe lucht van onderaardse gewelven; het onderaardse is de te verlaten oorsprong, niet het te bereiken doel. En toch volgde ik Salon en spookten er nieuwe boosaardige ideeën voor het Plan door mijn hoofd. Terwijl ik wachtte op de enige Waarheid in deze ondermaanse wereld kwelde ik mezelf met het verzinnen van nieuwe leugens. Blind als de dieren onder de grond.

Ik schrok op. Ik moest die tunnel uit. 'Ik moet gaan,' zei ik. 'Misschien kunt u me wat boeken aanraden over dit onderwerp.'

'Tja, alles wat ze over deze kwestie geschreven hebben is leugenachtig, leugenachtig als de ziel van Judas. Dat wat ik weet heb ik van mijn vader geleerd...'

'Geoloog?'

'Oh nee,' lachte Salon, 'nee, beslist niet. Mijn vader—ik schaam me er niet voor, gebeurd is gebeurd—werkte bij de Ochrana. Direct onder bevel van de Chef, de legendarische Račkovskij.'

Ochrana, Ochrana, iets als de KGB, was het niet de tsaristische geheime politie? En wie was Račkovskij? Wie had er toch net zo'n soort naam? Verdomd, de geheimzinnige bezoeker van de kolonel, graaf Rakoskij... Nee, kom nou, ik liet me overrompelen door een toevallige samenloop van omstandigheden. Ik zette geen dode dieren op, ik bracht levende dieren voort.

80

Wanneer het wit opkomt in de materie van het Grote Werk, heeft het leven over de dood gezegevierd, is hun koning herrezen, zijn aarde en water lucht geworden, is de heerschappij van de Maan aangebroken, is hun Kind geboren ... De materie is dan zo vast geworden dat zij zelfs door het Vuur niet meer kan worden vernietigd. ... De filosofen zeggen dat, wanneer de Kunstenaar het perfecte wit ziet alle boeken verscheurd moeten worden omdat deze overbodig zijn geworden.

Dom. J. Pernety,
Dictionnaire mytho-hermétique,
Parijs, Bauche, 1758, ''Blancheur'', ''Blanchir''

Gehaast mompelde ik een excuus. Ik geloof dat ik zei: 'Mijn vriendin moet morgen bevallen.' Salon feliciteerde me uitbundig en keek alsof hij niet begreep wie de vader was. Ik holde naar huis, ik had behoefte aan frisse lucht.

Lia was er niet. Op tafel, in de keuken, lag een briefje: 'Liefje, mijn vliezen zijn gebroken. Je was niet op kantoor. Ik ben met de taxi naar de kliniek. Kom ook, voel me eenzaam.'

Even was ik in paniek, ik moest bij Lia zijn, om te tellen, ik had op kantoor moeten blijven, ik had moeten zorgen dat ik te bereiken was. Het was mijn schuld, het Ding zou dood geboren worden, Lia zou ook sterven, Salon zou ze allebei opzetten.

Ik stapte de kliniek binnen alsof ik aan sint-vitusdans leed, vroeg de weg aan mensen die van niets wisten, vergiste me twee keer in de afdeling. Ik zei tegen iedereen dat ze toch moesten weten waar Lia aan het bevallen was, en iedereen zei mij dat ik moest kalmeren omdat iedereen daar aan het bevallen was.

Eindelijk, hoe weet ik niet, stond ik in een kamer. Lia was bleek, maar van een paarlemoeren bleekheid, en ze glimlachte. Iemand had haar lok weggestreken en onder een wit kapje weggestopt. Voor de eerste keer zag ik het voorhoofd van Lia in al zijn pracht. Naast haar lag een Ding.

'Het is Giulio,' zei ze.

Mijn Rebis. Ik had meegeholpen hem te maken, en niet met stukken dode lichamen, en zonder arsenicumzeep. Alles zat erop en eraan, al zijn vingers zaten op de goede plaats.

Ik wilde hem helemaal zien. 'Oh wat een mooi piemeltje, oh wat een grote ballen heeft hij!' Daarna kuste ik Lia op haar naakte voorhoofd. 'Maar het is jouw verdienste, liefste, het hangt af van het vat.'

'Natuurlijk is het mijn verdienste, zak. Ik heb alleen geteld.'

'Voor mij telt er maar een, en dat ben jij,' zei ik.

81

Het onderaardse volk heeft de hoogste kennis bereikt... Als onze dwaze mensheid een oorlog tegen hen zou beginnen zouden ze in staat zijn het oppervlak van onze planeet op te blazen.

Ferdinand Ossendowski,
Beasts, Men and Gods, Londen 1924, v

Ook toen ze uit de kliniek kwam week ik niet van Lia's zijde, want ze was nog niet thuis of ze barstte, terwijl ze op het punt stond de kleine een schone luier te geven, in huilen uit en zei dat ze het nooit zou redden. Iemand legde ons toen uit dat dat normaal was: na de opwinding over het slagen van de bevalling krijgt opeens het gevoel van onmacht ten aanzien van de enorme omvang van de taak de overhand. In die dagen, waarin ik voor mijn gevoel nutteloos, in ieder geval wat het voeden betreft, door het huis dwaalde, las ik uren aan één stuk; ik las alles wat ik over de tellurische stromen had kunnen vinden.

Bij mijn terugkeer sprak ik erover met Agliè. Hij maakte een overdreven verveeld gebaar: 'Povere metaforen om het geheim van de slang Kundalini mee aan te duiden. Ook de Chinese geomantiek zocht in de aarde naar sporen van de draak, maar de tellurische slang was niet meer dan een slang van de inwijding. De godin rust in de gedaante van een opgerolde slang en slaapt haar eeuwige slaap. Kundalini palpiteert zachtjes, palpiteert met een licht gesis en verbindt de zware met de ijle lichamen. Als een draaikolk, of een maalstroom in het water, als de helft van de lettergreep OM.'

'Maar naar welk geheim verwijst de slang?'

'Naar de tellurische stromen. Maar dan de echte.'

'Wat zijn de echte tellurische stromen dan?'

'Een grote kosmologische metafoor, en ze verwijzen naar de slang.'

Bekijk het maar Agliè, zei ik tegen mezelf. Ik weet er meer van.

Ik las mijn aantekeningen opnieuw voor aan Belbo en Diotallevi, en nu twijfelden we niet meer. We waren eindelijk bij machte de Tempeliers van een waardig geheim te voorzien. Het was de meest economische en de meest elegante oplossing, waarbij alle stukjes van onze duizendjarige puzzel op hun plaats vielen.

Dus, de Kelten waren op de hoogte van de tellurische stromen: ze hadden erover gehoord van de bewoners van Atlantis, toen de overlevenden van het gezonken continent deels naar Egypte en deels naar Bretagne waren getrokken.

De bewoners van Atlantis hadden op hun beurt alles overgeleverd gekregen van onze voorvaderen die vanuit Avalon, via het continent Mu, naar de woestijn in Midden-Australië waren getrokken—toen alle continenten nog één bereisbare kern vormden, het wonderbaarlijke Pangeae. Als je het mysterieuze, in de grote rots van Ayers Rock uitgehakte alfabet nog zou kunnen lezen (zoals de aboriginals kunnen, maar die houden hun mond) had je de Verklaring. Ayers Rock is de antipode van de grote (onbekende) berg, te weten de Pool, de echte, de inwijdings-Pool, niet die waar iedere doorsnee onderzoeker terechtkomt. Zoals altijd, hetgeen duidelijk is voor een ieder wiens ogen niet verblind zijn door de leugenachtige kennis van de westerse wetenschap, is de Pool die je ziet degene die niet bestaat, en degene die bestaat degene die niemand kan zien, behalve een enkele adept wiens lippen vergrendeld zijn.

De Kelten meenden echter dat ze alleen maar het allesomvattende plan van de stromen hoefden te ontdekken. Daarom richtten ze ook megalieten op: menhirs waren stralingsgevoelige apparaten, een soort stekkers of stopcontacten die geplaatst waren op de plekken waar de stromen zich in verschillende richtingen vertakten. De leys gaven het traject aan van een al ontdekte stroom. De dolmens waren kamers voor het condenseren van energie, waar de druïden met geomantische kunstgrepen trachtten het allesomvattende ontwerp te extrapoleren, de cromlechs en Stonehenge waren micro-macrokosmische sterrenwachten van waaruit men zich inspande om, via de stand van de sterrenbeelden, de ligging van de stromen te ontdekken—want de Tabula Smaragdina bepaalt dat hetgeen wat boven is, isomorf is aan dat wat onder is.

Maar dat was het probleem niet, of tenminste niet het enige. De andere uit Atlantis geëmigreerde tak had dat begrepen. De occulte kennis van de Egyptenaren was van Hermes Trismegistus overgegaan op Mozes, die wel uitgekeken had om dat wat hij wist door te geven aan die armoedzaaiers van hem, met hun pens nog vol manna—aan hen had hij de tien geboden geschonken, want die konden ze tenminste begrijpen. De waarheid, die aristocratisch is, had Mozes in geheimtaal in de Pentateuch geschreven. De kabbalisten hadden dit begrepen.

'Denk je eens in,' zei ik, 'alles viel al zonneklaar af te lezen aan de afmetingen van de Tempel van Salomo, en de bewakers van het geheim waren de Rozenkruisers die de Grote Witte Broederschap oprichtten, ofte wel de Essenen, die zoals bekend Jezus deelgenoot maken van hun geheimen, en dat is de reden voor de anders onverklaarbare kruisiging van Jezus...'

'Natuurlijk, het lijden van Christus is een allegorie, een voorbode van het proces van de Tempeliers.'

'Inderdaad. En Jozef van Arimathea neemt het geheim van Jezus mee of mee terug naar het land van de Kelten. Maar het geheim is duidelijk nog onvolledig, de christelijke druïden kennen er slechts een fragment van. En dat is nu precies de esoterische betekenis van de graal: er is iets, maar we weten niet wat het is. Wat het moest zijn, wat al onomwonden uit de vorm van de Tempel sprak, vermoedt alleen een groep rabbijnen die in Palestina is gebleven. Zij vertrouwen het toe aan de islamitische inwijdingssekten, de Soefi's, de Ismaëlieten en de mutakallimin. En de Tempeliers vernemen het weer van hen.'

'Hè hè, de Tempeliers. Ik begon al ongerust te worden.'

We kneedden het Plan, dat als zacht leem aan onze confabulerende wil gehoorzaamde. De Tempeliers waren in die slapeloze nachten in de armen van hun zadelgenoot achter het geheim gekomen, daar in de woestijn waar de onvermijdelijke samoem woei. Ze hadden het stukje bij beetje ontfutseld aan degenen die de kosmische concentratie-krachten van de Zwarte Steen van Mekka kenden, erfdeel van de Babylonische magiërs—want het was duidelijk dat de toren van Babel niets anders was geweest dan een, helaas te overhaaste en met het oog op de hoogmoed van zijn ontwerpers terecht mislukte poging de meest krachtige menhir van allemaal te bouwen. De Babylonische architecten hadden echter fouten gemaakt in hun berekeningen want, zoals Kircher had aangetoond, als de toren zijn voltooiing zou hebben bereikt, zou deze door zijn buitensporige gewicht de aardas negentig graden en misschien meer hebben doen draaien en zou onze aardbol niet opgescheept blijken te zijn met een erectiel naar boven wijzende ithyphallische kroon, maar met een steriel aanhangsel, een verslapte mentula, een omlaag bungelende apestaart, een Sjechina, verloren in de duizelingwekkende diepten van een antarctisch Malchoet, slappe hiëroglief voor pinguïns.

'Alles goed en wel, maar wat is het geheim dat de Tempeliers ontdekt hebben?'

'Rustig aan, we komen er wel. Er waren zeven dagen voor nodig om de wereld te scheppen. We proberen het gewoon.'

82

De aarde is een magnetisch lichaam: een aantal geleerden heeft zelfs ontdekt dat ze één grote magneet is, zoals Paracelsus zo'n driehonderd jaar geleden al zei.

H.P. Blavatsky, *Isis Unveiled*, New York, Bouton, 1877, I, p. XXIII

We probeerden het, en het lukte. De aarde is een grote magneet en de kracht en de richting van zijn stromen worden mede bepaald onder invloed van de hemelse sferen, van de seizoenswisselingen, van de precessie van de equinoxen en van de kosmische cycli. Daarom is het systeem van stromen naar twee kanten onbestendig. Maar het moet golven als haar dat, alhoewel het over het gehele schedeldak groeit, spiraalsgewijs voort lijkt te komen uit één punt in de nek, daar waar het zich het meest tegen de kam verzet. Als dat punt eenmaal is vastgesteld, en op dat punt het meest krachtige station is geplaatst, zou men alle tellurische stromen op de planeet kunnen bedwingen, sturen en commanderen. De Tempeliers hadden doorzien dat het geheim niet alleen bestond uit het bezit van de wereldkaart, maar dat ze ook het kritische punt moesten kennen, de Omphalos, de Umbilicus Telluris, het Centrum van de Wereld, de Oorsprong van het Commando.

Al die alchimistische verzinsels, de chtonische afdaling van het zwarte werk, de elektrische ontlading van het witte werk, waren voor ingewijden niet meer dan doorzichtige symbolen voor die eeuwenoude auscultatie die zou hebben moeten uitmonden in het rode werk, de kennis van de wereld, de schitterende greep op het planetaire systeem van de stromen. Het geheim, het echte geheim van de alchimisten en dat van de Tempeliers bestond uit het vinden van de Oorsprong van dat innerlijke, zoete, huiveringwekkende en regelmatige ritme dat lijkt op het pulseren van de slang Kundalini, nog onbekend in vele van zijn gedaanten, maar even nauwgezet als een klok; van de enige, ware Steen die ooit uit de hemel in ballingschap is gevallen, de Grote Moeder Aarde.

Ook Filips de Schone wilde dit begrijpen. Vandaar die boosaardige volharding van de inquisiteurs waar het de geheimzinnige kus *in posteriori parte spine dorsi* betrof. Ze waren op zoek naar het geheim van Kundalini. Van sodomie was geen sprake.

'Klopt helemaal,' zei Diotallevi. 'Maar dan, als je de tellurische stromen kan sturen, wat moet je dan?'

'Toe nou,' zei ik, 'begrijpen jullie dan niet wat deze ontdekking inhoudt? Stop de sterkste plug in de Tellurische Navel... Als je dat station bezit kun je regen en droogte vooraf bepalen, orkanen, vloedgolven en aardbevingen ontketenen, continenten doen splijten, eilanden in de diepte doen zinken (Atlantis is zonder twijfel verdwenen door toedoen van een overhaast experiment), wouden en bergen doen verrijzen... Dringt het tot jullie door? Wel even wat anders dan de atoombom die ook degeen die hem gooit treft. Jij belt vanaf je commandotoren, weet ik het, de president van de Verenigde Staten en je zegt: vóór morgen wil ik een fantastiljoen dollar, of onafhankelijkheid voor Latijns Amerika, of Hawaï, of de vernietiging van je nucleaire reserves, anders opent de Sint-Andreasbreuklijn in Californië zich definitief en wordt Las Vegas een drijvend speelhol...'

'Maar Las Vegas ligt in Nevada...'

'Wat maakt dat nou uit. Als je de tellurische stromen de baas bent splijt je ook Nevada, of Colorado nog wel. En daarna bel je naar de Opperste Sovjet en zegt, beste vrienden, vóór maandag wil ik alle kaviaar van de Wolga, en Siberië om er een diepvrieskluis van te maken, of anders slok ik jullie Oeral op, laat de Kaspische Zee overlopen en Litouwen en Estland afdrijven en wegzakken in de Filippijnentrog.'

'Het is waar,' zei Diotallevi. 'Een waanzinnige macht. De aarde herschrijven net als de tora. Japan verplaatsen naar de Golf van Panama.'

'Paniek in Wall Street.'

'Dat is nog eens iets anders dan een ruimteschild, of metaal veranderen in goud. Je bepaalt de juiste ontlading, je brengt het binnenste van de aarde tot een orgasme, je laat het in tien seconden doen waar het al een miljard jaar mee bezig is, en het gehele Roergebied verandert in een diamantmijn. Eliphas Levi zegt dat kennis van de bewegingen van de wateren en de wereldstromen het geheim vormt van de menselijke omnipotentie.'

'Zo moet het wel zijn,' zei Belbo, 'het is alsof je de gehele wereld verandert in een orgone kamer. Het is duidelijk, Reich was beslist een Tempelier.'

'Ze waren het allemaal, behalve wij. Maar goed dat we dat beseffen. Nu verslaan we ze op punten.'

Ja, wat had de Tempeliers eigenlijk weerhouden toen ze het geheim eenmaal doorzagen? Ze moesten het benutten. Maar tussen weten en weten te doen ligt een wereld van verschil. Intussen hadden de Tempeliers, op instigatie van de diabolicus Sint Bernardus, de menhirs, die armzalige Keltische pluggen, vervangen door de heel wat gevoeliger en machtiger gotische kathedralen met door zwarte maagden bewoonde ondergrondse crypten die in direct contact stonden met de radioactieve lagen. Ze hadden Europa bedekt met een netwerk van zend- en ontvanginstallaties die de krachten en de richtingen van de wateren, het vocht en de spanningen van de stromen aan elkaar doorseinden.

'Volgens mij hebben ze de zilvermijnen van de Nieuwe Wereld ontdekt, uitbarstingen veroorzaakt, en daarna door de Golfstroom te sturen het mineraal laten wegvloeien naar de Portugese kust. Tomar was het verdeelcentrum, het Forêt d'Orient, de voornaamste graanschuur. Ziedaar de bron van hun rijkdommen. Maar dat was nog maar kinderspel. Zij zagen in dat ze, om hun geheim ten volle te kunnen benutten moesten wachten op een technologische ontwikkeling die nog minstens zeshonderd jaar in het verschiet lag.'

De Tempeliers hadden het Plan dus zodanig opgezet dat hun opvolgers pas op het moment dat ze in staat zouden zijn hun kennis goed te gebruiken, zouden ontdekken waar de Umbilicus Telluris zich bevond. Maar hoe hadden ze de verschillende fragmenten van de onthulling verdeeld over de zesendertig, die over de hele wereld verspreid waren? Waren het allemaal stukjes van dezelfde boodschap? En was er wel een zo ingewikkelde boodschap nodig om te melden dat de Umbilicus zich in, bijvoorbeeld, Baden Baden bevindt, of in Cuneo, of in Chattanooga?

Een kaart? Maar op een kaart kun je exact aangeven waar de Umbilicus zich bevindt. En als je dan het juiste stuk in handen hebt weet je alles al en heb je de andere stukken niet nodig. Nee, het moest ingewikkelder zijn. We pijnigden een paar dagen onze hersens af totdat Belbo besloot Abulafia te hulp te roepen. En het antwoord luidde:

> Guillaume Postel sterft in 1581.
> Bacon is burggraaf van Saint-Albans.
> In het Conservatoire hangt de Slinger van Foucault.

Nu moest er een functie voor de Slinger worden gezocht.

Binnen een paar dagen was ik in staat een tamelijk elegante oplossing te produceren. Een diabolicus had ons een tekst voorgelegd over het hermetische geheim van de kathedralen. Volgens onze auteur hadden de bouwers van Chartres op een dag een schietlood aan een sluitsteen laten hangen en daar probleemloos de rotatie van de aarde uit afgelezen. Dat verklaart het proces tegen Galilei, had Diotallevi gezegd, de Kerk had het vermoeden gekregen dat hij Tempelier was—nee, had Belbo gezegd, de kardinaals die Galilei hadden veroordeeld waren in Rome geïnfiltreerde Tempeliersadepten die zich hadden gehaast die verwenste Toscaan de mond te snoeren, die Tempeliersverrader die uit ijdelheid, vierhonderd jaar voordat het Plan zijn beslag behoorde te krijgen, alles dreigde te verklappen.

In ieder geval verklaarde deze ontdekking waarom die meester-metselaars onder de Slinger een labyrint hadden getekend, een gestileerde weergave van het onderaardse stromensysteem. We pakten een plaat van het labyrint van Chartres: een zonnewijzer, een windroos, een aderstelsel, een slijmerig spoor van de slaapdronken bewegingen van de Slang. Een overzichtskaart van alle stromen.

'Goed, laten we aannemen dat de Tempeliers de Slinger gebruikten om de Umbilicus aan te wijzen. In plaats van het labyrint, wat toch altijd een abstract schema blijft, leg je een kaart van de wereld op de grond en zeg je, bijvoorbeeld, dat de Umbilicus zich bevindt op het punt dat op een bepaald moment door de bek van de Slinger wordt aangewezen. Maar waar?'

'Dat kan maar op één plek zijn: Saint-Martin-des-Champs, de Refuge.'

'Ja maar,' spitste Belbo het toe, 'stel nu dat de Slinger om twaalf uur 's nachts langs de as Kopenhagen-Kaapstad oscilleert, ik zeg maar wat. Waar is de Umbilicus dan, in Denemarken of in Zuid-Afrika?'

'Een goede vraag,' zei ik. 'Maar onze diabolicus vertelt tevens dat er in Chartres een spleet in een raam van het koor zit en dat er op een bepaald moment van de dag een zonnestraal door die spleet naar binnen valt en altijd op dezelfde plek dezelfde steen op de grond beschijnt. Ik herinner me niet meer wat hij daar voor conclusies aan verbindt, maar het gaat in ieder geval om een groot geheim. Het werkt als volgt. In het koor van Saint-Martin zit een raam waar een gat is ontstaan op de plek waar twee gekleurde of matglazen ramen met lood aan elkaar zijn verbonden. Het is precies uitgerekend, en hoogstwaarschijnlijk is er al zeshonderd jaar lang iemand die zich de moeite getroost het zo te houden. Bij zonsopgang op een bepaalde dag van het jaar...'

'... wat alleen maar 24 juni kan zijn, op Sint-Jan, het midzomerfeest...'

'... precies, wel, de eerste zonnestraal die op die dag en op dat uur door het raam binnendringt, valt op de Slinger en daar waar de Slinger zich bevindt op het moment dat hij geraakt wordt door de zonnestraal, op exact dat punt van de kaart bevindt zich de Umbilicus!'

'Perfect,' zei Belbo. 'En als het bewolkt is?'

'Dan wachten ze op het jaar daarop.'

'Zeg,' zei Belbo, 'de laatste ontmoeting is in Jeruzalem. Zou de Slinger niet in de koepel van de Omarmoskee moeten hangen?'

'Nee,' overtuigde ik hem. 'Op bepaalde punten op de aardbol duurt de omloop van de Slinger zesendertig uur, op de Noordpool zou hij er vierentwintig uur over doen, op de evenaar zou het slingervlak nooit variëren. De plek is dus belangrijk. Als de Tempeliers hun ontdekking in Saint-Martin hebben gedaan, dan gaat hun berekening alleen op voor Parijs, want in Palestina zou de Slinger een andere curve beschrijven.'

'En wie zegt dat ze hun ontdekking in Saint-Martin hebben gedaan?'

'Het feit dat ze Saint-Martin tot Schuilplaats hebben gekozen, dat ze dat sinds de tijd van de prior van Saint-Albans, tot aan Postel, zelfs tot aan de Conventie, onder hun beheer hebben gehouden, dat ze de Slinger na de eerste experimenten van Foucault daar hebben laten ophangen. Er zijn te veel aanwijzingen.'

'Maar de laatste ontmoeting is toch in Jeruzalem?'

'Nou en? In Jeruzalem wordt de boodschap in elkaar gepast, en dat doe je niet in een paar minuten. Daarna treffen ze een jaar lang voorbereidingen, en op 23 juni van het jaar daarop komen alle zes groepen samen in Parijs om eindelijk uit te vinden waar de Umbilicus zich bevindt en te beginnen met de verovering van de wereld.'

'Maar,' hield Belbo aan, 'er is volgens mij nog iets dat niet klopt. Dat de uiteindelijke onthulling de Umbilicus betreft, dat weten ze alle zesendertig. De Slinger was al gebruikt in de kathedralen en daar was dus niets geheims aan. Wat weerhield Bacon of Postel of Foucault ervan—want hij heeft die lariekoek over de Slinger natuurlijk opgehangen omdat hij ook bij de bende hoorde—wat weerhield ze er verdomme van om een wereldkaart op de vloer uit te spreiden en die op grond van een aantal kardinale punten te oriënteren? We zijn op de verkeerde weg.'

'We zijn niet op de verkeerde weg,' zei ik. 'In de boodschap staat wat niemand weten kon: welke kaart ze moesten gebruiken!'

83

Een kaart is niet het gebied...

Alfred Korzybski, *Science and sanity*, 1933; 4de ed., The International Non-Aristotelian Library, 1958, II, 4, p. 58

'Jullie zijn op de hoogte van de stand van de cartografie ten tijde van de Tempeliers,' zei ik. 'In die tijd circuleren er Arabische kaarten, waarop Afrika trouwens boven ligt en Europa beneden, kaarten van zeevaarders, die alles bij elkaar tamelijk nauwkeurig zijn, en kaarten van drie- of vierhonderd jaar daarvoor, die op de scholen nog gebruikt werden. Bedenk wel dat je, om te onthullen waar de Umbilicus zich bevindt, geen nauwkeurige kaart nodig hebt, in de betekenis die wij aan de term geven. Maar het moet wel een kaart zijn die, als hij eenmaal georiënteerd is, op het punt waar de Slinger op de 24ste juni bij zonsopgang beschenen wordt de plek aanwijst waar de Umbilicus zich bevindt. En let nu op: stel, louter als hypothese, dat de Umbilicus in Jeruzalem is. Op onze moderne kaarten bevindt Jeruzalem zich op een bepaalde plaats, en ook vandaag de dag hangt die samen met het soort projectie. Maar de Tempeliers beschikten over een kaart van duistere makelij. Maar dat kon hen niets schelen. De Slinger is er niet voor de kaart, de kaart is er voor de Slinger. Volgen jullie me? Het kon de meest krankzinnige kaart van de wereld zijn, zolang de profetische zonnestraal, als de kaart eenmaal onder de Slinger was gelegd, bij de zonsopgang van 24 juni maar het punt aanwees waar daar, op die kaart, en niet op een andere, Jeruzalem lag.'

'Maar daarmee is ons probleem niet opgelost,' zei Diotallevi.

'Absoluut niet, en ook niet dat van de zesendertig onzichtbaren. Want als je niet de juiste kaart hebt, gebeurt er niets. Laten we ons een kaart proberen voor te stellen die canoniek georiënteerd is, net als een kerk, dus met de apsis naar het oosten en het schip naar het westen gericht. Nu opperen we een willekeurige hypothese, ik zeg maar wat: dat de Slinger zich bij die bewuste zonsopgang ergens in oostelijke richting moet bevinden, bijna op de grens van de noordoost-kwadrant. Als het om een klok ging, zouden we zeggen dat de Slinger op vijf voor half zes moet staan. Akkoord? Dan moeten jullie nu eens kijken.'

Ik ging op zoek naar een geschiedenis van de cartografie.

'Kijk, nummer één, een kaart uit de twaalfde eeuw. Deze ontleent zijn structuur aan de T-vormige kaarten; bovenin Azië met het Aardse Paradijs, links Europa, rechts Afrika en voorbij Afrika ook nog de Antipoden. Nummer twee, een kaart die geënt is op de *Somnium Scipionis* van Macrobius, maar die je in verschillende versies tot aan de zestiende eeuw terugvindt. Afrika is een beetje smal, maar goed. Nu opgelet, oriënteer de twee kaarten op dezelfde manier en je ziet dat vijf voor half zes op de eerste correspondeert met Arabië en op de tweede met Nieuw-Zeeland, gezien het feit dat zich op die plek de antipoden bevinden. Je kunt wel alles over de Slinger weten, maar als je niet weet welke kaart je moet gebruiken ben je verloren. De boodschap bevatte instructies, in zeer ingewikkeld geheimschrift, hoe je de juiste kaart kon vinden, een kaart die wellicht speciaal voor dit doel was ontworpen. In de boodschap stond waar de kaart gezocht moest worden, in welk manuscript, in welke bibliotheek, abdij of kasteel. En het zou zelfs kunnen dat Dee of Bacon of iemand anders de boodschap heeft gereconstrueerd, wie weet; dat in de boodschap stond de kaart is daar en daar maar dat in de tussentijd, met alles wat er in Europa was voorgevallen, de abdij waar hij zich bevond was afgebrand of dat de kaart gestolen was of god weet waar verborgen. Misschien heeft iemand de kaart in zijn bezit, maar weet hij niet waar hij voor dient, of weet hij dat hij ergens voor dient maar niet precies waarvoor en reist hij de hele wereld af om een koper te vinden. Denk je eens in, een constante stroom van aanbiedingen, dode sporen, boodschappen die over iets anders gingen en gelezen werden alsof ze over de kaart gingen, en boodschappen die over de kaart gingen en gelezen werden alsof ze naar, weet ik het, het maken van goud verwezen. En waarschijnlijk proberen sommigen de kaart rechtstreeks te reconstrueren op basis van gissingen.'

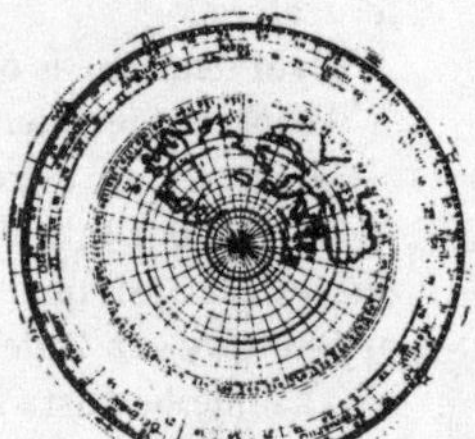

'Wat voor soort gissingen?'

'Micro-macrokosmische overeenkomsten bijvoorbeeld. Hier is een andere kaart. Weten jullie waar die uit komt? Hij staat in het tweede tractaat van de *Utriusque Cosmi Historia* van Robert Fludd. Fludd is de man van de Rozenkruisers in Londen, laten we dat niet vergeten. En wat doet onze Roberto de Fluctibus, zoals hij zichzelf graag liet noemen? Hij komt niet met een kaart, maar met een wonderlijke projectie van de gehele aardbol gezien vanuit de Pool, de mystieke Pool natuurlijk, en dus gezien vanuit een ideale Slinger die aan de sluitsteen van een ideale boog hangt. Dit is een kaart die ervoor gemaakt is om onder een Slinger gelegd te worden! De feiten spreken voor zich, hoe is het mogelijk dat nog nooit iemand daaraan gedacht heeft...'

'Dat komt omdat de diabolici zo oertraag zijn,' zei Belbo.

'Dat komt omdat wij de enige waardige erfgenamen van de diabolici zijn. Maar laat me verdergaan: jullie hebben het model herkend, het is een beweegbare schijf, zoals Trithemius ook gebruikte voor zijn boodschappen in geheimschrift. Dit is geen kaart. Het is het ontwerp voor een werktuig om afwijkingen te onderzoeken, om alternatieve kaarten te produceren, net zolang tot de juiste gevonden is! En Fludd zegt het zelf, in het onderschrift: dit is de schets voor een *instrumentum*, het moet nog uitgewerkt worden.'

'Maar was Fludd niet de man die hardnekkig ontkende dat de aarde draaide? Hoe kwam hij dan bij de Slinger?'

'We hebben te maken met ingewijden. Een ingewijde ontkent wat hij weet, ontkent dat hij het weet en liegt om een geheim te ontdekken.'

'Dit,' zei Belbo, 'zou verklaren waarom Dee al vroeg zo druk in de weer was met die koninklijke cartografen. Niet om achter de 'echte' vorm van de wereld te komen, maar om de enige goede kaart, namelijk degene die hij nodig had, tussen alle foute uit te halen.'

'Niet slecht, niet slecht,' zei Diotallevi. 'De waarheid vinden door een onware tekst exact te reconstrueren.'

84

De voornaamste en nuttigste bezigheid van dit
Gezelschap moet, mijns inziens, zijn om zich in de
kennis der natuur te verdiepen waarbij de ideeën
van Verulamius min of meer moeten worden
nagevolgd.

Christaan Huygens, brief aan Colbert,
Oeuvres Complètes, Den Haag, 1888-1950, VI, p. 95-96

De wederwaardigheden van de zes groepen bleven niet beperkt tot het zoeken naar de kaart. Waarschijnlijk zinspeelden de Tempeliers in de eerste twee delen van de boodschap, de twee die in handen van de Portugezen en de Engelsen waren, op een Slinger, maar waren de denkbeelden over slingers nog vaag. Een schietlood te laten dansen is één ding, iets anders is om een en ander zo nauwkeurig te berekenen dat de slinger exact op een bepaalde seconde door de zon wordt beschenen. Daar hadden de Tempeliers zes eeuwen voor uitgetrokken. De Baconianen gaan zich daarop toeleggen en trachten wanhopig in contact te komen met alle ingewijden om deze op hun hand te krijgen.

Het is geen toeval dat de man van de Rozenkruisers, Salomon de Caus, voor Richelieu een traktaat schrijft over zonnewijzers. Daarna, te beginnen met Galilei, wordt er krankzinnig veel onderzoek naar slingers gedaan. Zogenaamd wordt onderzocht hoe ze gebruikt kunnen worden voor het bepalen van de lengtegraden, maar als Huygens in 1681 ontdekt dat een slinger die in Parijs een bepaalde snelheid heeft in Cayenne langzamer gaat, begrijpt hij meteen dat dat samenhangt met de verandering van de, door de rotatie van de Aarde veroorzaakte, middelpuntvliedende kracht. En als hij zijn *Horologium* publiceert waarin hij de ideeën van Galilei over de slinger uitwerkt, wie roept hem dan naar Parijs? Colbert, die ook Salomon de Caus naar Parijs roept om zich met het ondergrondse bezig te houden!

Als de Accademia del Cimento in 1661 op de conclusies van Foucault vooruit loopt, ontbindt Leopold van Toscane deze binnen vijf jaar, en ontvangt kort daarop, als onderhandse beloning, een kardinaalshoed.

Maar daar bleef het niet bij. Ook in de eeuwen die volgden gaat de jacht op de slinger door. In 1742 (een jaar voor de eerste geboekstaafde verschijning van Saint-Germain!) presenteert een zekere De Mairan in de Académie Royale des Sciences een verhandeling over slingers; in 1756 (als in Duitsland de Strikte Observantie van de Tempeliers het daglicht ziet!) schrijft ene Bouger: 'sur la direction qu'affectent tous les fils à plomb.'

Ik stuitte op fantasmagorische titels als die van Jean Baptiste Biot, uit 1821: *Recueil d'observations géodesiques, astronomiques et physiques, exécutées par ordre du Bureau des Longitudes de France, en Espagne, en France, en Angleterre et en Ecosse, pour déterminer la variation de la pésanteur et des degrés terrestres sur le prolongement du méridien de Paris.* In Frankrijk, Spanje, Engeland en Schotland! En in relatie met de meridiaan van Saint-Martin! En sir Edward Sabine die in 1823 *An Account of Experiments to Determine the Figure of the Earth by Means of the Pendulum Vibrating Seconds in Different Latitudes* publiceert? En die mysterieuze graaf Fjodor Petrovitsj Litke die in 1836 de resultaten van zijn onderzoekingen over het gedrag van de slinger tijdens een boottocht rond de aarde publiceert? En in opdracht van de Keizerlijke Academie van Wetenschappen in Sint Petersburg. Doen de Russen ook mee?

Stel nu eens dat in de tussentijd een groep—en die zou dan ongetwijfeld uit volgelingen van Bacon bestaan—besloten had het geheim van de stromen te achterhalen zonder kaart en zonder slinger, en wel door opnieuw, vanaf het begin, de ademhaling van de slang aan een nader onderzoek te onderwerpen? Dan bleken de intuïties van Salon toch te kloppen: het is min of meer rond de tijd van Foucault dat de industriële wereld, schepping van de vleugel van Bacon, een begin maakt met de graafwerkzaamheden voor het metronet in het hart van de Europese metropolen.

'Het is waar,' zei Belbo, 'de negentiende eeuw is geobsedeerd door alles wat er onder de grond zit, Jean Valjean, Fantomas en Javert, Rocambole, iedereen holt af en aan in gangen en rioleringen. O god, nu ik er aan denk, het gehele werk van Verne is een en al inwijdingsonthulling over de mysteriën van het onderaardse! Reis naar het middelpunt van de aarde, twintigduizend mijlen onder zee, het geheimzinnige eiland, het immense onderaardse rijk van de beide Zwarte Indiën! We zullen een kaart van zijn wonderbare reizen moeten maken, zonder twijfel zullen we dan een beeld krijgen van de windingen van de Slang, een kaart waarop alle leys van alle continenten staan. Verne exploreert het netwerk van de tellurische stromen van onder tot boven.'

Ik deed ook een duit in het zakje. 'Hoe heet de hoofdpersoon van de beide Zwarte Indiën? John Garral, bijna een anagram van graal.'

'We zijn geen fantasten, we staan met beide benen op de grond. Verne geeft heel wat explicietere signalen. Robur le Conquérant, R.C., Rose-Croix, Rozenkruiser. En Robur achterstevoren gelezen is Rubor, het rood van de roos.'

85

Phileas Fogg. Een naam als een signatuur: EAS geeft in het Grieks het idee van totaliteit weer (en is dus synoniem van *pan* of *poly*). Daarom betekent PHILEAS precies hetzelfde als POLIPHILE. FOGG is het Engelse woord voor MIST. ... Jules Verne maakte zonder twijfel deel uit van het Genootschap "Le Brouillard". Hij was zelfs zo vriendelijk om ons precies uit te leggen wat de verbanden waren tussen dit genootschap en de orde van de Rozenkruisers, want is deze nobele reiziger, Phileas Fogg genaamd, uiteindelijk niet ook een Rozenkruiser? ... En was hij bovendien niet ook lid van de Reform-Club waarvan de initialen R.C. verwijzen naar de reformatorische Rozenkruisersorde? Deze Reform-Club, waarvan het gebouw aan Pall-Mall staat, brengt wederom de *Droom van Poliphile* in herinnering.

Michel Lamy, *Jules Verne, initié et initiateur*, Parijs, Payot, 1984, p. 237-238

De reconstructie kostte ons dagen, we onderbraken ons werk om elkaar van nieuwe verbanden op de hoogte te stellen, alles wat we toevallig in onze handen kregen, encyclopedieën, kranten, stripverhalen, catalogi van uitgeverijen, lazen we vluchtig door, op zoek naar mogelijke aanknopingspunten, we snuffelden in alle boekenstalletjes, we neusden in kiosken, we stalen vrijelijk uit de manuscripten van onze diabolici, we haastten ons naar kantoor om triomfantelijk onze laatste trouvaille op tafel te gooien. Nu ik aan die weken terugdenk herinner ik het me als een flitsende en hectische periode, als een film van Larry Semon, met horten en stoten, deuren die met supersonische snelheid open- en dichtgaan, rondvliegende slagroomtaarten, heen en weer gehol over trappen, botsingen van oude auto's, stellingen in kruideniers-winkels die omvallen onder een stortvloed van blikjes, flessen, zachte kazen, stralen sodawater en openbarstende zakken meel. En toch, als ik aan de rustpunten, de verstilde momenten terugdenk—de rest van het leven dat rondom ons gewoon doorging—kan ik me alles als een verhaal in slow motion voor de geest halen; het Plan dat vorm kreeg als een soort atletische grondoefening, als de langzame omwenteling van de discuswerper, de behoedzame op- en neergaande beweging van de kogelstoter, de eindeloze pauzes bij het golfen, het onzinnige gewacht bij het baseball. Hoe het ook zij, en wat het ritme ook was, het lot beloonde ons, want als je verbanden wilt vinden vind je die altijd, overal en in alles, de wereld explodeert in een netwerk, in een draaikolk van verwantschappen en alles verwijst naar alles, alles verklaart alles...

Ik zei er niets over tegen Lia, om haar niet van streek te maken, maar ik begon zelfs Giulio te verwaarlozen. Ik werd 's nachts wakker en bedacht me dat Renatus Cartesius, die met zoveel energie naar de Rozenkruisers gezocht had om vervolgens te ontkennen dat hij hen gevonden had, de initialen R.C. had. Waarom zo geobsedeerd door de Methode? De methode diende om de oplossing te zoeken voor het mysterie dat zo langzamerhand alle ingewijden van Europa in zijn ban hield... En wie had de magie van de gotiek geroemd? René de Chateaubriand. En wie had, ten tijde van Bacon, *Steps to the Temple* geschreven? Richard Crashaw. En Ranieri de' Calzabigi, René Char en Raymond Chandler dan? En Rick uit Casablanca?

86

Deze kennis die, tenminste wat zijn materiële kant betreft, niet verloren is gegaan, is door de monniken van Cîteaux aan de religieuze bouwmeesters overgedragen... In de vorige eeuw waren ze bekend onder de naam "Compagnons du Tour de France". Eiffel had hen gevraagd om zijn toren te bouwen.

L. Charpentier, *Les mystères de la cathédrale de Chartres*, Parijs, Laffont, 1966, p. 55-56

We hadden nu de gehele moderne geschiedenis doorgewerkt als ijverige mollen die holen in de grond graven en de planeet van onderaf bespieden. Maar er moest iets anders zijn, een andere onderneming die de Baconianen in gang hadden gezet en waarvan de resultaten, de fases voor iedereen zichtbaar waren, terwijl niemand zich dat realiseerde... Want mét het boren in de grond werden de dieperliggende lagen onderzocht; de Kelten en de Tempeliers hadden het echter niet bij putten graven gelaten, ze hadden hun pluggen rechtop, naar de hemel neergeplant om van megaliet naar megaliet te kunnen communiceren, om de invloeden van de sterren op te kunnen vangen...

Het idee viel Belbo in tijdens een slapeloze nacht. Hij had voor het raam gestaan en in de verte, boven de daken van Milaan, de lichten van de zendmast van de RAI gezien, de grote stadsantenne. Een bescheiden en waakzame toren van Babel. En toen had hij het begrepen.

'La Tour Eiffel,' vertelde hij ons de volgende morgen. 'Dat we daar niet aan gedacht hebben! De stalen megaliet, de menhir van de laatste Kelten, de hoogste holle spits van alle gotische torenspitsen. Parijs had dit nutteloze monument toch helemaal niet nodig? Het is de hemelsonde, de antenne die de informatie van alle hermetische, in de aardkost geplante pluggen verzamelt: van de beelden op het Paaseiland, van de Machu Picchu, van het door de ingewijde Lafayette verlangde Vrijheidsbeeld in de haven van New York, van de obelisk in Luxor, van de hoogste toren van Tomar, van de Kolossus van Rhodos die vanaf de bodem van de haven waar niemand hem meer terugvindt doorgaat met uitzenden, van de tempels in de brahmaanse jungle, van de uitkijktorentjes op de Grote Muur, van de top van Ayers Rock, van de torenspitsen van Straatsbourg waar de ingewijde Goethe zo mee weg liep, van de gezichten op Mount Rushmore—wat had de ingewijde Hitchcock niet allemaal begrepen—van de antenne van het Empire State Building, zeg nu zelf, waar kon deze creatie van ingewijde Amerikanen anders naar verwijzen dan naar het rijk van Rudolf van Praag! De Tour vangt ondergrondse informatie op en vergelijkt die met de informatie die uit de lucht komt. En wie geeft het eerste huiveringwekkende filmbeeld van de Tour? René Clair in *Paris qui dort.* René Clair, R.C.'

De gehele geschiedenis van de wetenschap diende herlezen te worden: zelfs ruimtestations worden begrijpelijk, met die idiote satellieten die niets anders doen dan de aardkorst fotograferen om onzichtbare spanningen, onderzeese stromingen en warmeluchtstromen op te sporen. En door met elkaar te praten, met de Tour te praten, met Stonehenge te praten...

87

Het is een opmerkelijk toeval dat de Folio editie
van 1623, die bekend staat als de *Shakespeare Folio*
precies *zesendertig* toneelstukken telt...

W.F.C. Wigston, *Francis Bacon versus Phantom Captain Shakespeare: The Rosicrucian Mask*, Londen, Kegan Paul, 1891, p.353

Toen we de resultaten van ons gefantaseer uitwisselden hadden we het idee, en terecht, dat we volgens ondeugdelijke associaties en merkwaardige kortsluitingen te werk waren gegaan; en we zouden ons geschaamd hebben er geloof aan te hechten—als ze ons daarvan zouden hebben beschuldigd. Wat ons voortdreef was de—inmiddels stilzwijgende, zoals de etiquette van de ironie voorschrijft—afspraak dat we bezig waren andermans logica te parodiëren. Maar in de lange tussenpozen waarin ieder van ons—in de vaste overtuiging stukjes voor een parodie op een puzzel te verzamelen—bewijzen zocht voor de gezamenlijke bijeenkomsten, raakten onze hersenen eraan gewend te verbinden, te verbinden, ieder ding met willekeurig welk ander ding te verbinden, totdat het een automatisme werd. Ik geloof dat er op een bepaald moment geen verschil meer is tussen je aanwennen om te doen alsof je gelooft en je aanwennen te geloven.

Het is het verhaal van de spionnen: ze infiltreren de geheime diensten van de vijand, ze wennen zich er aan te denken zoals hij en als ze overleven is het omdat ze daarin slagen; logisch dat ze na een tijdje overlopen naar de andere kant, die hun kant is geworden. Of zoals mensen die alleen met hun hond wonen en de hele dag tegen hem praten; aanvankelijk doen ze moeite om zijn logica te volgen en dan eisen ze dat hij de hunne volgt; eerst ontdekken ze dat hij verlegen is, dan dat hij jaloers is, dan prikkelbaar, ten slotte doen ze niets anders dan hem pesten en jaloerse scènes maken, en als ze er zeker van zijn dat hij net zo geworden is als zij, zijn zij net zo geworden als hij, en als ze er trots op zijn dat ze hem mens gemaakt hebben, zijn zij in feite honds geworden.

Misschien omdat ik Lia en het kind dagelijks om me heen had was ik, van ons drieën, het minst door het spel gegrepen. Ik was ervan overtuigd dat ik erboven stond, ik voelde me alsof ik weer op de agogõ speelde tijdens de rite: je staat aan de kant van degene die de emoties veroorzaakt en niet van degene die ze ervaart. Van Diotallevi wist ik toen niet wat ik nu weet; Diotallevi was bezig zijn lichaam eraan te wennen diabolisch te denken. Wat Belbo betreft, die ging er helemaal in op, bij zijn volle bewustzijn. Ik gewende me, Diotallevi richtte zich te gronde en Belbo bekeerde zich. Maar alle drie raakten we langzaam aan het doorzicht kwijt dat ons het soortgelijke van het identieke, en de metafoor van de dingen zelf doet onderscheiden, die mysterieuze, verblindende en prachtige eigenschap waardoor we in staat zijn te zeggen dat die en die verdierlijkt is hoewel we absoluut niet denken dat hij een vacht en slagtanden heeft gekregen; terwijl de zieke 'verdierlijkt' denkt en onmiddellijk iemand voor zich ziet die blaft of wroet of kruipt of vliegt.

Van Diotallevi hadden we het kunnen merken, als we niet zo door het dolle heen waren geweest. Ik zou zeggen dat het allemaal begonnen was tegen het eind van de zomer. Hij was magerder teruggekomen, maar het was niet de pezige slankheid van iemand die een paar weken in de bergen heeft gewandeld. Zijn delicate albinohuid vertoonde nu gelige plekken. Misschien zagen we het wel en dachten we dat hij de hele vakantie boven zijn rabbijnse rollen gebogen had gezeten. Maar in werkelijkheid dachten we aan heel andere dingen.

In de dagen die volgden lukte het ons namelijk beetje bij beetje ook de groepen die niet tot de Bacon-stroming behoorden, in kaart te brengen.

De gangbare maçonnieke geschiedschrijving ziet de Illuminaten van Beieren, die de vernietiging van naties en de ontwrichting van de staat nastreefden, niet alleen als de inspirators van het anarchisme van Bakoenin maar zelfs van het marxisme. Kinderachtig. De Illuminaten waren provocateurs die zich op instigatie van de volgelingen van Bacon als infiltranten onder de Duitsers hadden gemengd, en dat was heel wat anders dan hetgeen Marx en Engels voor ogen stond toen ze het Manifest van '48 begonnen met de welluidende zin 'Er waart een spook door Europa'. Waarom toch die gotische metafoor? Omdat het Communistisch Manifest sarcastisch zinspeelt op de spookachtige jacht op het Plan die het continent al enige eeuwen in beroering houdt. En het biedt zowel de volgelingen van Bacon als de neo-Tempeliers een alternatief. Marx was een jood, misschien was hij aanvankelijk de spreekbuis voor de rabbijnen van Gerona, of van Safed en probeerde hij het gehele volk Gods in zijn onderzoek te betrekken. Dan verliest hij de controle over zijn geesteskind, vereenzelvigt de Sjechina, het volk in ballingschap in het Koninkrijk, met het proletariaat, verloochent de verwachtingen van zijn inspirators en haalt de beginselen van het joodse messianisme overhoop. Tempeliers aller landen, verenigt u. De kaart aan de arbeiders. Schitterend! Is er een betere rechtvaardiging voor het communisme denkbaar?

'Ja,' zei Belbo, 'maar ook de volgelingen van Bacon hebben hun pech onderweg, dachten jullie niet? Een aantal van hen gaat dromend van wetenschap van start, om vervolgens te eindigen in een doodlopend steegje. Ik bedoel dat de Einsteins en de Fermi's, die het geheim in het hart van de microkosmos zoeken, aan het einde van hun imperium de verkeerde uitvinding doen. In plaats van de schone, natuurlijke, wijsgerige, tellurische energie ontdekken ze de technologische, vieze, vervuilende atoomenergie...'

'Ruimte-tijd, de fout van het Westen,' zei Diotallevi.

'Het is het verlies van het Centrum. Het vaccin en de penicilline als karikatuur van het Levenselixir,' mengde ik me erin.

'Net als die andere Tempelier, Freud,' zei Belbo, 'die niet in de doolhoven van het fysieke ondergrondse graaft maar in die van het psychische ondergrondse, alsof de alchimisten daarover al niet alles gezegd zouden hebben, en beter.'

'Maar jij bent het,' insinueerde Diotallevi, 'die de boeken van doctor Wagner probeert te publiceren. Voor mij is psychoanalyse iets voor neuroten.'

'Ja, en de penis is alleen maar een fallussymbool,' besloot ik. 'Vooruit heren, laten we er een beetje bij blijven. En laten we geen tijd verliezen. We weten nog niet waar we de Paulicianen en de Jeruzalemmers moeten inpassen.'

Maar voordat we deze nieuwe vraag hadden kunnen beantwoorden, waren we een andere groep tegengekomen die geen deel uitmaakte van de zesendertig onzichtbaren, maar die het spel tamelijk snel had opgepikt en de plannen ervan, door flinke verwarring te stichten, deels ondergraven had. De jezuïeten.

88

Baron von Hund, ridder Ramsay, ... en talrijke anderen die voor deze riten nieuwe graden hebben ingevoerd, gingen te werk volgens de instructies van de generaal der Jezuïeten... Templarisme is Jezuïtisme.

Brief aan Mme Blavatskij van Charles Sotheran, 32 ∴ A en P.R. ∴ Memphis, K.R. ✠, K. Kadosch, M.M. 104, Eng. etc., Ingewijde van de Engelse Broederschap van de Rozenkruizers en andere geheime genootschappen, 11.1.1877; uit *Isis Unveiled*, 1877, p. 390.

We waren ze al te vaak tegengekomen, al vanaf de tijd van de eerste Rozenkruisersmanifesten. Reeds in 1620 verschijnt er in Duitsland een *Rosa Jesuitica* waarin eraan herinnerd wordt dat de roos, voordat die symbool van de Rozenkruisers wordt, een katholiek symbool is, het symbool van Maria; en waarin wordt geïnsinueerd dat de twee ordes aan elkaar verwant zijn en dat de Rozenkruisers slechts een van de vele herformuleringen van de jezuïetenmystiek zijn, ten behoeve van de bevolking van het gereformeerde Duitsland.

Ik herinnerde me de woorden van Salon over de animositeit waarmee Kircher de Rozenkruisers voor schut had gezet, en uitgerekend op het moment dat hij het had over diepten van de aardbol.

'Kircher is een centrale figuur in dit verhaal,' zei ik. 'Waarom heeft deze man, die talloze malen heeft aangetoond over observatievermogen en experimenteerlust te bezitten, de paar goede ideeën die hij had, weggemoffeld tussen al die onwaarschijnlijke hypothesen waarmee hij duizenden pagina's heeft gevuld? Hij correspondeerde met de meest vooraanstaande Engelse wetenschappers, en verder duiken in elk van zijn boeken de typische Rozenkruisersthema's op, ogenschijnlijk tracht hij ze te weerleggen maar in feite wil hij ze zich eigen maken, er zijn contrareformatorische versie van geven. In de eerste druk van de *Fama* doet die door de jezuïeten om zijn reformatorische ideeën tot de galeien veroordeelde mijnheer Haselmeyer zijn uiterste best te verklaren dat zij, de Rozenkruisers, de enige echte jezuïeten zijn. Goed, Kircher schrijft ruim dertig boeken vol om te poneren dat zij, de jezuïeten, de enige echte Rozenkruisers zijn. De jezuïeten proberen de hand op het Plan te leggen. Hij is het, Kircher, die slingers wil bestuderen, en dat doet hij dan ook, al is het op zijn manier; hij vindt een planeet-klok uit om precies te weten hoe laat het is in alle over de hele wereld verspreide zetels van de Sociëteit.'

'Maar hoe konden de jezuïeten nu weten dat er een Plan was, als de Tempeliers zich hadden laten vermoorden om dat maar niet te hoeven bekennen?' vroeg Diotallevi. Antwoorden dat de jezuïeten het altijd net even beter weten had geen zin. We wilden een overtuigender verklaring.

Die vonden we al snel. Guillaume Postel, nogmaals. Toen we de geschiedenis van de jezuïeten van Cretineau-Joly doorbladerden (en we hebben ons rot gelachen om die ongelukkige naam) ontdekten we dat Postel, gegrepen door mystieke vervoering en door zijn drang naar geestelijke wedergeboorte, zich in 1544 te Rome bij Ignatius van Loyola had vervoegd. Ignatius had hem met open armen ontvangen, maar Postel had geen afstand kunnen doen van zijn dwangdenkbeelden, van zijn kabbalistiek en van zijn oecumenisme, en dat waren zaken die de jezuïeten niet bijzonder konden bekoren, om nog maar te zwijgen van het grootste dwangdenkbeeld waar Postel zich echt in vastbeet, dat de Koning van de Wereld niemand anders was dan de koning van Frankrijk. Ignatius was heilig, maar Spaans.

En zo kwam het op een gegeven moment tot een breuk en had Postel de jezuïeten verlaten—of liever, hadden de jezuïeten hem de deur gewezen. Maar als Postel, al was het maar heel even, jezuïet was geweest, dan kon het niet anders of hij moest Ignatius—aan wie hij gehoorzaamheid *perinde ac cadaver* had gezworen—zijn missie hebben toevertrouwd. Beste Ignatius, moet hij gezegd hebben, weet dat je door mij op te nemen tevens het geheim van het Tempeliers-Plan opneemt waar ik, onwaardige, de Franse vertegenwoordiger van ben, en het geval wil dat we allen in afwachting zijn van de derde ontmoeting in 1584, en daar kunnen we net zo goed *ad majorem Dei gloriam* op wachten.

En zo komen de jezuïeten, via Postel, dank zij een moment van zwakte van laatstgenoemde, achter het geheim van de Tempeliers. Een dergelijk geheim moet uitgebuit worden. Ignatius verruilt het tijdelijke voor het eeuwige, maar zijn opvolgers zijn op hun hoede en blijven Postel in de gaten houden. Ze willen weten wie hij in dat bewuste jaar 1584 zal ontmoeten. Maar helaas, Postel sterft voor die tijd en het feit dat er—zoals een van onze bronnen meldt—een onbekende jezuïet aan zijn doodsbed zit haalt niets uit. De jezuïeten weten niet wie zijn opvolger is.

'Sorry Casaubon,' had Belbo gezegd, 'er is iets dat ik niet snap. Als de zaken zo liggen, konden de jezuïeten niet weten dat de ontmoeting van 1584 is misgelopen.'

'Maar,' had Diotallevi opgemerkt, 'we moeten niet vergeten dat—te oordelen naar wat de gojim zoal vertellen—die jezuïeten harde jongens waren die zich niet zo makkelijk in lieten pakken.'

'O, hou op,' had Belbo gezegd, 'de jezuïeten lusten de Tempeliers rauw, met een uitje. Ook zij zijn meer dan eens ontbonden; alle regeringen van heel Europa hebben zich ermee bemoeid, en toch zijn ze er nog.'

We moesten in de huid van de jezuïeten kruipen. Wat doet een jezuïet als Postel hem door de vingers glipt? Mij was meteen iets ingevallen, maar dat was zo diabolisch dat ik meende dat zelfs onze diabolici het niet geslikt zouden hebben: de Rozenkruisers waren een uitvinding van de jezuïeten!

'Toen Postel dood was,' opperde ik, 'hebben de jezuïeten—gewiekst als ze zijn—de verwarring met de kalenders feilloos doorzien en besloten het initiatief te nemen. Ze zetten de mystificatie rond de Rozenkruisers in gang en berekenen precies wat er in werkelijkheid dan ook gebeurt. Onder de vele heethoofden die happen zit iemand van de oorspronkelijke kern die argeloos in de openbaarheid treedt. Stel je de razernij van Bacon voor als zoiets gebeurt: Fludd, imbeciel, had je je mond niet kunnen houden? Ja maar graaf, my lord, het leek of ze de onzen waren... Stomkop, hebben ze je niet geleerd de papisten te wantrouwen? Jou hadden ze moeten verbranden, niet die ongeluksvogel uit Nola!'

'Ja maar,' zei Belbo, 'hoe kan dat nou: als de Rozenkruisers naar Frankrijk verhuizen vallen de jezuïeten, of die katholieke onrustzaaiers die voor hen werken, hen aan alsof ze door de duivel bezeten ketters zijn?'

'U kunt toch niet verlangen dat jezuïeten er een lineaire werkwijze op na houden; mooie jezuïeten zouden het dan zijn!'

We hadden lang over mijn voorstel geredetwist en ten slotte met algemene stemmen besloten dat de aanvankelijke hypothese beter was: de Rozenkruisers waren het lokaas dat Bacon en zijn kornuiten samen met de Duitsers de Fransen hadden voorgehouden. Maar de manifesten waren nog niet verschenen of de jezuïeten hadden de zaak doorzien. En hadden het spel meteen meegespeeld, om verwarring te zaaien. Doel van de jezuïeten was natuurlijk te verhinderen dat de Engelse en Duitse groepen met de Franse samen zouden komen, en elke stoot, al was die onder de gordel, was een daalder waard.

En al die tijd registreerden ze nieuwtjes, verzamelden ze informatie en legden die... waar vast? In Abulafia, had Belbo gegrapt. Maar Diotallevi die zich intussen op eigen houtje had gedocumenteerd, had gezegd dat hier geen sprake was van een grap. De jezuïeten waren ongetwijfeld bezig met het bouwen van een immense, zeer krachtige computer die een conclusie moest trekken uit dat allegaartje aan eeuwenoude flarden waarheid en leugens die ze met zoveel geduld aan het verzamelen waren.

'De jezuïeten,' zei Diotallevi, 'hadden begrepen wat noch de arme oude Tempeliers uit Provins noch de Bacon-aanhang hadden kunnen bevroeden, namelijk dat de kaart gereconstrueerd kon worden langs combinatorische weg, ofte wel door middel van procédés die vooruitlopen op die van de moderne elektronische hersens! De jezuïeten zijn de uitvinders van Abulafia! Kircher leest alle traktaten over de combineerkunst, vanaf Lullus. En jullie zien wat hij publiceert in zijn *Ars Magna Sciendi*...'

'Ik vind het meer een haakwerkje lijken,' zei Belbo.

'Nee beste man, het zijn alle mogelijke combinatie van *n* elementen. De faculteitsberekening, die van het *Sefer Jetsira*. De berekening van de combinaties en de permutaties, de essentie van Temoera!'

Zo zat het, zonder enige twijfel. Het was één ding het vage plan van Fludd te bedenken en uitgaande van een projectie vanaf de pool de juiste kaart te vinden, maar iets heel anders te weten hoeveel proefnemingen ervoor nodig waren—en ze alle weten uit te voeren—om tot de optimale oplossing te komen. Om nog maar te zwijgen van het creëren van het abstracte model van mogelijke combinaties en het bedenken van een machine die in staat was deze uit te werken. En ziedaar, zowel Kircher als zijn discipel Schott ontwerpen mechanische apparaatjes, mechanismen met geperforeerde kaarten, computers ante litteram. Gebaseerd op het binaire stelsel. Kabbala toegepast op de moderne mechanica.

IBM: Iesus Babbage Mundi, Iesum Binarium Magnificamur. AMDG: Ad Maiorem Dei Gloriam? Nee: Ars Magna, Digitale Gaudiam! IHS: Iesus Hardware & Software!

EPILOGISMUS

Combinationis Linearis.

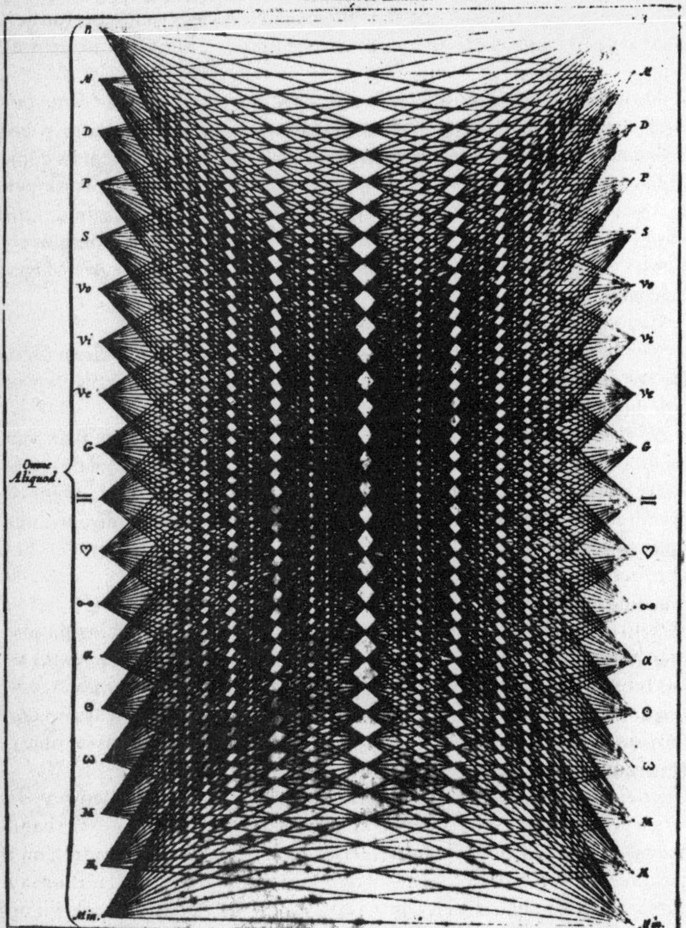

89

In het diepste geheim is er een nieuw genootschap opgericht van mensen die elkaar kennen zonder elkaar te hebben ontmoet, die elkaar begrijpen zonder ooit een woord met elkaar te hebben gesproken, die elkaar helpen zonder door vriendschap te zijn verbonden... Van het jezuïtisme heeft dit genootschap de blinde gehoorzaamheid overgenomen,... van de vrijmetselarij de uiterlijke proeven en ceremoniën; van de Tempeliers de ondergrondse evocaties en de onvoorstelbare stoutmoedigheid. ... De graaf van Saint-Germain heeft in feite niets anders gedaan dan Guillaume Postel imiteren die zich voortdurend ouder voordeed dan hij in werkelijkheid was...

Markies de Luchet, *Essai sur la secte des illuminés*, Parijs, 1789, p 21, 22, 58

De jezuïeten hadden begrepen dat je de positie van je tegenstander het beste kon ondermijnen door geheime sektes te creëren en dan te wachten tot de fanatici zich erin stortten, om hen vervolgens allemaal een halt toe te roepen. Ofte wel, als je bang bent voor een komplot, organiseer het dan zelf, zodat iedereen die erbij wil horen onder jouw toezicht komt te staan.

Ik herinnerde me dat Agliè zo zijn twijfels had gehad over Ramsay, de eerste die de vrijmetselarij en de Tempeliers direct met elkaar in verband had gebracht, waarbij hij geïnsinueerd had dat er ook banden waren met katholieke kringen. Inderdaad had ook Voltaire al verklaard dat Ramsay met de jezuïeten heulde. Het antwoord van de jezuïeten in Frankrijk op het ontstaan van de Engelse vrijmetselarij is het Schotse neotemplarisme.

Dit verklaarde waarom een zekere markies de Luchet in 1789 op dit komplot reageerde met een anoniem, beroemd *Essai sur la secte des illuminés*, waarin hij van leer trok tegen de illuminaten van alle rassen, of ze nu uit Beieren kwamen of ergens anders vandaan, of het nu anarchistische papenvreters waren of mystieke neo-Tempeliers, en veegde (ongelofelijk hoe alle stukjes van onze legpuzzel een voor een op hun plaats vielen) zelfs de Paulicianen op dezelfde hoop, om van Postel en Saint-Germain nog maar te zwijgen. Zijn klacht bestond hierin dat deze vormen van Tempeliers-mystiek de betrouwbaarheid ondergraven hadden van de vrijmetselarij, die juist een club van beste brave mensen was.

De vrijmetselarij, die veel weg had van Rick's Café in Casablanca, was verzonnen door de Baconianen, het neotemplarisme van de jezuïeten boorde hun verzinsel de grond in en Luchet was een huurmoordenaar die erop uit was gestuurd om alle groepen die niet Bacon-gezind waren onschadelijk te maken.

Toen we daar waren aangekomen zagen we ons geconfronteerd met een feit waar de arme Agliè maar geen plausibele verklaring voor had kunnen geven. Waarom was De Maistre, die immers op de hand van de jezuïeten was, naar Wilhelmsbad gegaan—en wel zeven jaar voordat de markies de Luchet ten tonele was verschenen—om tweedracht te zaaien onder de neo-Tempeliers?

'In de eerste helft van de achttiende eeuw ging het prima met het neotemplarisme,' zei Belbo, 'en aan het eind heel erg slecht, in de eerste plaats omdat de revolutionairen het naar zich toe hadden getrokken, die alles, van godin Ratio tot het Opperwezen, aangrepen om de koning een kopje kleiner te maken, kijk maar naar Cagliostro, en ook omdat in Duitsland de Duitse prinsen zich erin gemengd hadden, met name Frederik van Pruisen, wiens doeleinden niet bepaald samenvielen met die van de jezuïeten. Wanneer het mystieke neotemplarisme, wie het dan ook verzonnen heeft, de *Zauberflöte* voortbrengt, is het logisch dat de mannen van Loyola besluiten zich ervan te ontdoen. Het is als in geldzaken, je koopt een bedrijf, je verkoopt het weer, liquideert het en verklaart het failliet; je revalueert het kapitaal ervan, afhankelijk van het beleidsplan, en hoe het met de portier zal aflopen interesseert je niet in het minst. Of als met een tweedehands auto: als hij het niet meer doet breng je hem naar de sloop.'

90

In de ware vrijmetselaarscode bestaat er geen andere god dan Mani... Hij is de god van de kabbalistische vrijmetselaars, van de oude Rozenkruisers, die van de Martinisten ... Overigens werden de leden van de orde der Tempeliers van precies dezelfde schanddaden beticht als de manicheeërs.

Abbé Barruel, *Mémoires pour servir à l'histoire du jacobinisme*, Hamburg, 1798, 2, XIII

De strategie van de jezuïeten werd ons duidelijk toen we pater Barruel op het spoor kwamen. Deze schrijft, als reactie op de Franse revolutie, tussen '97 en '98, zijn *Mémoires pour servir à l'histoire du jacobinisme*, een heus feuilleton dat, kijk eens aan, met de Tempeliers begint. Deze worden na de terechtstelling van Molay tot een geheim genootschap ten einde de monarchie en het pausdom te vernietigen en een wereldrepubliek te creëren. In de achttiende eeuw ontfermen zij zich over de vrijmetselaarsbewegingen en maken die tot hun instrument. In 1763 richten ze een literaire academie op, bestaand uit Voltaire, Turgot, Condorcet, Diderot en d'Alembert, die samenkomt in het huis van baron d'Holbach. Onverbeterlijke samenzweerders als ze zijn roepen ze in 1776 de jakobijnen in het leven. Die overigens marionetten zijn van de werkelijke leiders, de Illuminaten van Beieren—koningsmoordenaars bij uitstek.

Niks naar de sloop. Na de vrijmetselarij met Ramsay's hulp uiteen te hebben geslagen, lappen de jezuïeten de boel weer op om vervolgens tot een frontale aanval over te gaan.

Het boek van Barruel sorteerde enig effect want in de Franse Archives Nationales bleken zich ten minste twee op verzoek van Napoleon opgestelde politierapporten over clandestiene sekten te bevinden. Die rapporten zijn van de hand van een zekere Charles de Berkheim die niets beters kan verzinnen dan eerst het boek van de markies de Luchet en daarna dat van Barruel zo'n beetje over te pennen—zoals geheime diensten doen die vertrouwelijke informatie daar zoeken waar deze al openbaar is gemaakt.

Als hij die ijselijke beschrijvingen van de Illuminaten en die glasheldere aanklacht tegen een directorium van Onbekende Leiders die in staat zijn de wereldmacht in handen te krijgen, eenmaal gelezen heeft, aarzelt Napoleon niet langer: hij besluit een van hen te worden. Hij laat zijn broer Joseph benoemen tot grootmeester van Grand Orient en zelf zoekt hij, getuige vele bronnen, contact met de vrijmetselarij en wordt daar, getuige andere, een van de opperste waardigheidsbekleders. Van welke rite is echter niet duidelijk. Misschien, uit voorzorg, van alle.

Wat Napoleon precies wist wisten we niet, maar we vergaten niet dat hij enige tijd in Egypte had doorgebracht en dat het best mogelijk was dat hij in de schaduw van de piramides wellicht met allerlei wijzen gesproken had (en een kind begreep dat die beroemde veertig eeuwen die op hem neerkeken een duidelijke toespeling waren op de Hermetische Traditie).

Maar dat hij van veel dingen op de hoogte was bleek duidelijk uit het feit dat hij in 1806 de Franse joden in vergadering bijeen had geroepen. De officiële redenen waren banaal: een poging om de woeker terug te dringen, zich te verzekeren van de trouw van de joodse minderheid, nieuwe financiers te vinden... Maar dat verklaart niet waarom hij ertoe besloten had die vergadering Grote Sanhedrin te noemen, een naam die deed denken aan een directorium van, min of meer Onbekende, Leiders. In werkelijkheid was de sluwe Corsicaan de vertegenwoordigers van de Jeruzalemse tak op het spoor gekomen en trachtte hij de verschillende verstrooide groepen samen te voegen.

'De troepen van maarschalk Ney zijn in 1808 niet zo maar in Tomar. Zien jullie het verband?'

'Daarvoor zijn we hier: om verbanden te zien.'

'Als Napoleon op het punt staat tegen Engeland ten strijde te trekken, heeft hij al bijna alle Europese centra in handen, en via de Franse joden ook de Jeruzalemmers. Wie ontbreken er nog?'

'De Paulicianen.'

'Precies. En wij zijn het er nog niet over eens waar die gebleven zijn. Maar dat vertelt Napoleon ons, want die gaat ze zoeken waar ze zijn: in Rusland.'

Het sprak voor zich dat de Paulicianen zich, na eeuwenlang vastgezeten te hebben in het Slavische gebied, hadden gereorganiseerd onder de vlag van de verschillende Russische mystieke groeperingen. Een invloedrijke raadsheer van Alexander I, prins Alexander Golitsyn, had banden met een aantal Martinistische sektes. En wie troffen we, een goede twaalf jaar eerder dan Napoleon, in Rusland aan waar hij als gevolmachtigd gezant van het huis van Savoye betrekkingen met de mystieke genootschappen in Sint Petersburg aanknoopte? De Maistre.

Deze wantrouwde inmiddels elke organisatie van Illuminaten, die voor hem in niets verschilden van de verlichten die verantwoordelijk waren voor het bloedbad van de revolutie. Rond die tijd sprak hij dan ook—en haalde daarmee bijna letterlijk Barruel aan—van een satanische sekte die de wereld wilde veroveren, waarbij hij waarschijnlijk aan Napoleon dacht. Als onze aartsreactionair dus voornemens was de Martinisten in te palmen, was dat omdat hij haarscherp in de gaten had dat zich achter die groepering, ook al vond die zijn inspiratie in dezelfde bronnen als het Franse en Duitse neotemplarisme, de enige groepering verborg die nog niet door de westerse denktrant was gecorrumpeerd: de Paulicianen.

Het heeft er echter de schijn van dat het plan van De Maistre niet gelukt is. In 1816 worden de jezuïeten uit Sint Petersburg verdreven en keert De Maistre terug naar Turijn.

'Oké,' zei Diotallevi, 'we hebben de Paulicianen teruggevonden. Laten we Napoleon maar weer afvoeren; hij is duidelijk niet in zijn opzet geslaagd, anders had hij vanaf Sint Helena maar met zijn vingers hoeven te knippen om zijn tegenstanders te hebben doen beven. Wat gebeurt er nu met al die mensen? Mijn hoofd tolt.'

'Wees blij dat het nog op je nek staat, de helft van hen was het al kwijt,' zei Belbo.

91

O wat hebben jullie die helse sektes die de weg van de Antichrist bereiden goed ontmaskerd... Er is echter één sekte die jullie slechts licht aangeraakt hebben.

Brief van kapitein Simonini aan Barruel, uit *La civiltà cattolica*, 21.10.1882

Het initiatief van Napoleon met betrekking tot de joden had een koerscorrectie bij de jezuïeten tot gevolg. De *Mémoires* van Barruel bevat geen enkele toespeling op de joden. Maar in 1806 ontvangt Barruel een brief van een zekere kapitein Simonini die hem eraan herinnert dat ook Mani en de Oude van de Berg joden waren, dat de vrijmetselaars gesticht waren door de joden en dat de joden alle bestaande geheime genootschappen hadden geïnfiltreerd.

De brief van Simonini, die de tegenstanders van de joden met vaardige hand in Parijs hadden laten circuleren, had Napoleon, die net met het Grote Sanhedrin contact had gezocht, in problemen gebracht. Dat contact had klaarblijkelijk ook de Paulicianen verontrust, want in die jaren verklaarde de Heilige Synode van de Russische Orthodoxe Kerk: 'Napoleon is van plan om nu alle joden, die door de woede Gods over het aangezicht der aarde zijn verstrooid, te herenigen om hen de Kerk van Christus omver te laten werpen en Hem tot de ware Messias uit te roepen.'

Bij de goede Barruel vat het idee post dat het komplot niet alleen een vrijmetselaars-, maar zelfs een joods vrijmetselaarskomplot is. Daar kwam nog bij dat het eventuele bestaan van dit satanische komplot goed van pas kwam bij de aanvallen op een nieuwe vijand, te weten de Hoge Carbonari Vendita, en dus de antiklerikale voorvaders van de Risorgimento, van Mazzini tot Garibaldi.

'Maar dit alles gebeurt aan het begin van de negentiende eeuw,' zei Diotallevi, 'terwijl het grote antisemitische offensief daarentegen aan het eind van de eeuw wordt ingezet met de publikatie van de *Protocollen van de Wijzen van Zion*. En de Protocollen verschijnen op Russisch grondgebied. En zijn dus een Pauliciaans initiatief.'

'Natuurlijk,' zei Belbo. 'Het is duidelijk dat de groep uit Jeruzalem nu drie vertakkingen heeft. De eerste vormde, via de Spaanse en Provençaalse kabbalisten, de inspiratiebron voor de neo-Tempeliers en de tweede is opgeslokt door de Bacon-adepten, die wetenschappers en bankiers zijn geworden. Het is tegen hen dat de jezuïeten zo tekeergaan. Maar er is nog een derde vertakking, en die is gevestigd in Rusland. De Russische joden zijn voor het merendeel kleine handelaartjes en geldschieters, en dus niet bijster geliefd bij de arme boeren; en aangezien de joodse cultuur er een van het Boek is en alle joden kunnen lezen en schrijven, gaan ze voor een groot deel op in de gelederen van de liberale en revolutionaire intelligentsia. De Paulicianen zijn mystiek, reactionair, twee handen op een buik met de grootgrondbezitters en ze zijn tot het hof doorgedrongen. Logisch dat het tussen hen en de Jeruzalemmers niet echt botert. Dus hebben ze er belang bij de joden in diskrediet te brengen, en via de joden—dat hebben ze van de jezuïeten geleerd—brengen ze hun externe tegenstanders, te weten de neo-Tempeliers en de Baconianen, in de problemen.'

92

Er is geen twijfel mogelijk. Met alle macht en terreur van Satan, nadert het koninkrijk van de Koning, triomfator van Israël, onze niet geregenereerde wereld; de uit het bloed van Zion geboren Koning, de Antichrist, nadert de troon van de universele macht.

Sergius Nilus, *Epiloog bij de Protocollen*

*H*et idee sneed hout. Restte ons na te gaan wie de Protocollen Rusland had binnengebracht.

Een van de meest invloedrijke Martinisten van het eind van de eeuw, Papus, had eerst Nicolaas II ingepalmd tijdens diens bezoek aan Parijs en was vervolgens naar Moskou gegaan, in gezelschap van een zekere Philippe, ofte wel Philippe Nizier Anselme Vachod. Zowel Nicolaas II als die hysterica van een vrouw van hem waren door die man gefascineerd geweest; hij was op zijn zesde door de duivel bezeten en op zijn dertiende genezer-magnetiseur te Lyon. Philippe werd aan het hof genood, benoemd tot arts van de militaire academie van Sint Petersburg, tot generaal en staatsadviseur.

Om zijn prestige te ondermijnen besluiten zijn tegenstanders daar een even charismatische figuur tegenover te stellen. Te weten Nilus.

Nilus was een zwervende monnik die in een lange pij door de bossen zwierf (tja, wat moest hij anders?) en pronkte met een enorme profetenbaard, twee vrouwen, een dochtertje en een assistent of een liefje of wat het dan ook was, die allemaal aan zijn lippen hingen. Half goeroe, van het soort dat er later met de kas vandoor gaat, half heremiet, van het soort dat schreeuwt dat het einde nabij is. En hij was dan ook geobsedeerd door de komplotten van de antichrist.

De voorstanders van Nilus waren van plan hem tot pope te laten benoemen zodat hij daarna door een huwelijk (ach, een vrouw meer of minder) met Helena Alezandrovna Ozerova, hofdame van de tsarina, de biechtvader van de vorsten zou worden.

'Ik ben een zachtaardig mens,' zei Belbo, 'maar ik begin te vermoeden dat de slachting in Tsarkoje Selo misschien wel een ontrattingsoperatie is geweest.'

Hoe dan ook, op een gegeven moment hadden de aanhangers van Philippe Nilus ervan beschuldigd een zinnelijk leven te leiden, en god weet hadden ze misschien nog wel gelijk ook. Nilus had het hof moeten verlaten, maar op dat moment was iemand hem te hulp gekomen en had hem de tekst van de Protocollen doorgegeven. Omdat iedereen de Martinisten (die zich baseerden op Saint-Martin) en de Martinesisten (de volgelingen van Martines de Pasqually waar Agliè zo weinig mee op had) met elkaar verwarde, en aangezien Pasqually, zo ging het gerucht, een jood was, bracht men door de joden in diskrediet te brengen de Martinisten in diskrediet, en door de Martinisten in diskrediet te brengen werd Philippe onderuit gehaald.

Een eerste incomplete versie van de Protocollen was namelijk reeds in 1903 verschenen in *Znamja*, een krant uit Sint Petersburg onder directie van de militante antisemiet Kroesjevan. In 1905 werd deze eerste, complete versie met goedkeuring van de staatscensuur, anoniem opgenomen in *De bron van ons lijden*, een boek dat waarschijnlijk werd uitgegeven door een zekere Boetmi. Deze had met Kroesjevan deelgenomen aan de oprichting van de Bond van het Russische Volk, later bekend onder de naam Zwarte Honderden, die gewone misdadigers inhuurde om pogroms te houden en extreem rechtse aanslagen te plegen. Boetmi zou later, maar dan onder zijn eigen naam, nog meer edities van het werk publiceren onder de titel *De vijanden van het menselijk ras—Protocollen afkomstig uit de geheime archieven van de centrale kanselarij van Zion.*

Maar dat waren goedkope boekjes. De uitgebreide versie van de Protocollen, die over de gehele wereld vertaald zou worden, verschijnt in 1905 in de derde editie van Nilus' boek *Het Grote in het Kleine: de Antichrist als aanstaande politieke mogelijkheid,* in Tsarkoje Selo, onder de vlag van een plaatselijke afdeling van het Rode Kruis. Hij had een ander in een ruimer mystiek kader geplaatst en het boek komt terecht in de handen van de tsaar. De metropoliet van Moskou schrijft voor dat het in alle Moskouse kerken gelezen moet worden.

'Maar wat,' had ik gevraagd, 'is de connectie tussen de Protocollen en ons Plan? We hebben het aldoor maar over die Protocollen, zouden we die niet eens lezen?'

'Niets is eenvoudiger,' had Diotallevi ons gezegd, 'er is altijd wel weer een uitgever die ze uitbrengt—een tijd terug gebeurde dat met vertoon van verontwaardiging, plichtmatig, maar langzamerhand beginnen ze er weer plezier in te krijgen.'

'Christelijk van ze.'

93

> De enige ons bekende sociëteit die met ons in deze kunsten zou kunnen wedijveren zou die van de jezuïeten kunnen zijn, maar we zijn er in geslaagd de jezuïeten in de ogen van het domme volk in diskrediet te brengen omdat ze een zichtbare organisatie vormden terwijl wij onszelf bleven, in de schaduw, met onze geheime organisatie.
>
> *Protocollen*, v

De Protocollen zijn een reeks van vierentwintig programmaverklaringen die worden toegeschreven aan de Wijzen van Zion. De plannen van deze Wijzen hadden een tamelijk tegenstrijdige indruk op ons gemaakt; soms willen ze de persvrijheid afschaffen, dan weer de vrijheid van meningsuiting aanmoedigen. Ze bekritiseren het liberalisme, maar lijken het programma te verkondigen dat radicaal links doorgaans aan de kapitalistische multinationals toeschrijft, met inbegrip van het gebruik van sport en visuele vorming om het volk dom te houden. Ze zetten verschillende technieken uiteen voor het veroveren van de wereldmacht en roemen de kracht van het goud. Ze besluiten overal de revolutie een handje te helpen door de ontevredenheid uit te buiten en het volk in de war te brengen door liberale denkbeelden te verkondigen, maar zijn tevens voorstanders van de ongelijkheid. Ze berekenen hoe ze overal presidentiële regimes kunnen installeren die onder toezicht staan van stromannen van de Wijzen. Ze besluiten oorlogen te laten uitbreken, de wapenproduktie op te voeren en—Salon had het ook al gezegd—(ondergrondse!) metro's aan te leggen om zo de grote steden te ondergraven.

Ze zeggen dat het doel de middelen heiligt en zijn voornemens het antisemitisme aan te wakkeren om enerzijds de arme joden onder de duim te houden en anderzijds de niet-joden mild te stemmen bij het zien van zoveel leed (een hoge prijs, zei Diotallevi, maar doeltreffend). Ze beweren openhartig: 'We hebben een grenzeloze ambitie, een allesverslindende gulzigheid, we verlangen naar meedogenloze wraak en koesteren een intense haat' (waarmee ze van een geraffineerd masochisme getuigen, omdat ze zich gedragen comform het cliché van de slechte jood, dat al circuleerde in de antisemitische pers en dat op de omslagen van alle edities van hun boek zal prijken), en ze besluiten de studie van de klassieken en van de oude geschiedenis af te schaffen.

'Kortom,' zei Belbo, 'de Wijzen van Zion waren een stelletje klootzakken.'

'Geen grapjes,' zei Diotallevi. 'Dat boek is zeer serieus genomen. Er is trouwens iets dat me verbaast. Dat er uitsluitend in gerefereerd wordt aan onbelangrijke Franse fin-de-siècle polemieken, terwijl het toch de schijn wil wekken een eeuwenoud joods plan te zijn. De verwijzing naar de visuele vorming die tot doel had de massa dom te houden, lijkt een toespeling op het opvoedkundige programma van Léon Bourgeois die negen vrijmetselaars in zijn regering haalt. In een andere passage wordt aangeraden mensen te laten verkiezen die zich met het Panamaschandaal gecompromitteerd hebben en zo iemand was Emile Loubet, die in '99 president van de republiek zal worden. De toespeling op de metro komt voort uit het feit dat er in de rechtse kranten in die tijd geprotesteerd werd omdat de Compagnie du Métropolitain zoveel joodse aandeelhouders had. Dat is de reden waarom wordt verondersteld dat de tekst in Frankrijk, in het laatste decennium van de negentiende eeuw, ten tijde van de affaire-Dreyfus is opgesteld, en wel om het liberale front te verzwakken.'

'Dat is niet wat me het meeste treft,' had Belbo gezegd. 'Het is het *déjà vu*. Samenvattend komt het erop neer dat deze Wijzen een plan uiteenzetten om de wereld te veroveren, en iets dergelijks hebben we al eens ergens anders gehoord. Laat maar eens een aantal verwijzingen naar feiten en problemen uit de vorige eeuw weg, vervang de onderaardse gangen van de metro door de onderaardse gewelven van Provins en schrijf iedere keer als er jood staat Tempelier en iedere keer als er Wijzen van Zion staat Zesendertig Onzichtbaren verdeeld in zes groepen... Beste vrienden, dit is de Ordonation van Provins!'

94

Voltaire zelf is als jezuïet gestorven, maar had hij daar ook maar het flauwste vermoeden van?

F.N. de Bonneville,
Les Jésuites chassés de la Maçonnerie et leur poignard brisé par les Maçons,
Orient de Londres, 1788, 2, p. 74

We hadden alles al tijden voor onze neus liggen en we hadden ons er nooit ten volle rekenschap van gegeven. Zes eeuwen lang beijveren zes groepen zich om het Plan van Provins te realiseren, en elke groep neemt de basistekst van dat Plan, verandert eenvoudigweg het onderwerp en schrijft het toe aan zijn tegenstander.

Nadat de Rozenkruisers in Frankrijk zijn opgedoken, geven de jezuïeten een negatieve draai aan het Plan: door de Rozenkruisers in diskrediet te brengen, brengen ze de Bacon-aanhangers en de opkomende Engelse vrijmetselarij in diskrediet.

Als de jezuïeten het neotemplarisme uitvinden, schrijft de markies de Luchet het plan toe aan de neo-Tempeliers. De jezuïeten, die zich tegen die tijd ook van de neo-Tempeliers ontdoen, kopiëren Barruel en daarmee Luchet, maar schrijven het plan toe aan alle vrijmetselaars in het algemeen.

Tegenoffensief van de Bacon-kant. Bij het napluizen van alle teksten die met de liberale en niet-confessionele polemiek te maken hadden waren we erachter gekomen dat, van Michelet en Quinet tot aan Garibaldi en Gioberti, de Ordonation toegeschreven werd aan de jezuïeten (en dat het idee wellicht afkomstig was van de Tempelier Pascal en zijn vrienden). Het thema werd populair met de *Juif errant* van Eugène Sue en zijn boosaardige personage monsieur Rodin, de zuiverste belichaming van het mondiale jezuïetenkomplot. Maar zoekend in Sue hadden we nog heel wat meer gevonden: een tekst die—maar een halve eeuw te vroeg—woord voor woord leek overgeschreven uit de Protocollen. Het was het laatste hoofdstuk van *Les mystères du peuple*. Hierin werd het diabolische jezuïetenplan tot in de kleinste misdadige details uiteengezet in een door de generaal van de Sociëteit, pater Roothaan (historisch personage) aan monsieur Rodin (personage dat ook in de *Juif errant* voorkwam) toegezonden document. Dat kwam in handen van Rodolphe de Gerolstein (tevens held uit *Mystères de Paris*) die het onthulde aan de democraten: 'Ziet u beste Lebrenn, hoe goed deze helse intrige is opgezet, wat een verbijsterende smartelijkheden, wat een gruwelijke overheersing, wat een vreselijk despotisme Europa en de wereld te wachten staan, als het ongelukkigerwijs mocht slagen...'

Het leek het voorwoord van Nilus bij de Protocollen wel. En Sue dichtte de jezuïeten het motto toe (dat we later, toegeschreven aan de joden, terug zullen vinden in de Protocollen) 'het doel heiligt de middelen'.

95

Niemand zal van ons vragen nog meer bewijzen te leveren voor het feit dat deze Rozenkruisersgraad op handige wijze door de geheime leiders van de Vrijmetselarij is ingesteld. ... Omdat we weten welke leer de vrijmetselaars aanhangen, welke haat zij koesteren en omdat we weten dat ze zich met de ontwijdende praktijken van de kabbala, van het gnosticisme en het manicheïsme bezighouden, is ons ook bekend wie deze graad hebben ingesteld, namelijk joodse kabbalisten.

Mons. Léon Meurin, S.J.,
La Franc-Maçonnerie, Synagogue de Satan,
Parijs, Retaux, 1893, p. 182

Als *Les mystères du peuple* uitkomt zien de jezuïeten dat de Ordonation aan hen wordt toegeschreven en haasten zich de enige aanvallende tactiek toe te passen die nog door niemand was gebruikt: ze zorgen dat ze de brief van Simonini in handen krijgen en schrijven de Ordonation toe aan de joden.

Gougenot de Mousseaux, die beroemd is geworden met twee boeken over de magie in de negentiende eeuw, publiceert in 1869 *Les juifs, le judaïsme et la judaïsation des peuples chrétiens,* waarin staat dat de joden de kabbala gebruiken en aanbidders van Satan zijn, omdat een geheime afstamming Kaïn rechtstreeks verbindt met de gnostici, de Tempeliers en de vrijmetselaars. De Mousseaux ontvangt een speciale zegen van Pius IX.

Maar het door Sue in romanvorm verpakte Plan wordt ook weer door anderen die geen jezuïeten zijn opgepikt. Veel later was er een fraaie geschiedenis voorgevallen, die wel op een detectiveroman leek. In 1921 had de *Times* na het verschijnen van de Protocollen—die door de krant zeer serieus waren genomen—ontdekt dat een naar Turkije gevluchte monarchistische Russische grondeigenaar van een naar Constantinopel gevluchte ex-officier van de Russische geheime dienst een stapel oude boeken had gekocht, waarvan een zonder omslag. Op de rug daarvan stond alleen 'Joli', het bevatte een voorwoord gedateerd 1864 en het liet zich aanzien dat het de literaire bron van de Protocollen was. De *Times* had onderzoek gedaan in het British Museum en had het originele boek van Maurice Joly ontdekt, *Dialogue aux enfers entre Montesquieu et Machiavel*, Bruxelles (maar met de vermelding Genève, 1864). Maurice Joly had niets te maken met Cretineau-Joly, maar er diende hoe dan ook op de analogie gewezen te worden; iets moest het toch betekenen.

Het boek van Joly was een liberaal pamflet tegen Napoleon III waarin Machiavelli, die stond voor het cynisme van de dictator, discussieerde met Montesquieu. Joly was voor dit revolutionaire initiatief gearresteerd, had vijftien maanden in de gevangenis gezeten en in 1878 zelfmoord gepleegd. Het programma van de joden zoals dat in de Protocollen uiteen werd gezet kwam bijna letterlijk overeen met het programma dat Joly aan Machiavelli (het doel heiligt de middelen), en via Machiavelli aan Napoleon toeschreef. De *Times* was het echter niet opgevallen (maar ons wel) dat Joly vrijelijk had gekopieerd uit het document van Sue, dat van minstens zeven jaar daarvoor dateerde.

Een antisemitische schrijfster, een hartstochtelijk aanhangster van de theorie van het komplot en de Onbekende Leiders, een zekere Nesta Webster, had ons naar aanleiding van dit tijdsverschil—hetgeen de Protocollen reduceerde tot banaal overschrijfwerk—een schitterend idee aan de hand gedaan, iets waar alleen de echte ingewijde, of jager op ingewijden, op kan komen. Joly was een ingewijde en kende het Plan van de Onbekende Leiders; uit haat voor Napoleon III had hij het aan hem toegeschreven, maar dit betekende niet dat het plan niet los van Napoleon ook zou bestaan. Aangezien het door de Protocollen geponeerde plan precies was toegesneden op hetgeen joden gewoonlijk doen, was het dus het plan van de joden. Wij hoefden mevrouw Webster slechts conform een zelfde logica te corrigeren: aangezien het plan precies was toegesneden op hetgeen Tempeliers hadden moeten denken, was het dus het plan van de Tempeliers.

Daar kwam nog bij dat onze logica stoelde op feiten. Die kwestie van de begraafplaats in Praag had ons erg aangesproken. Het was het verhaal van een zekere Hermann Goedsche, een onbelangrijke Pruisische postbeambte. Deze had al valse documenten gepubliceerd, waarin hij, om de democraat Waldeck in diskrediet te brengen, deze ervan beschuldigde dat hij de koning van Pruisen wilde vermoorden. Eenmaal ontmaskerd was hij redacteur van het orgaan van de conservatieve kapitalisten geworden, *Die Preussische Kreuzezeitung*. Vervolgens was hij onder de naam sir John Retcliffe begonnen sensatieromans te schrijven, waaronder *Biarritz* uit 1868. Hierin beschreef hij een occultistische scène die zich afspeelde op de begraafplaats in Praag en zeer veel gelijkenis vertoonde met de bijeenkomst van de Illuminaten, die door Dumas beschreven was aan het begin van *Joseph Balsamo,* waarin Cagliostro, hoofd van de Onbekende Leiders, waaronder Swedenborg, het komplot van het collier van de koningin beraamt. Op de begraafplaats in Praag komen de vertegenwoordigers van de twaalf stammen van Israël samen en zetten hun plannen voor het veroveren van de wereld uiteen.

In 1876 haalt een Russisch pamflet de scène uit *Biarritz* aan, maar dan alsof deze echt gebeurd was. Hetzelfde doet in 1881, in Frankrijk, *Le Contemporain.* Er wordt gezegd dat het bericht van een betrouwbare bron afkomstig is, te weten de Engelse diplomaat sir John Readcliff. In 1896 publiceert een zekere Bournand een boek, *Les juifs, nos contemporains,* waarin hij de scène van de begraafplaats in Praag aanhaalt en zegt dat het subversieve betoog gehouden wordt door de grote rabbijn John Readclif. Volgens een overlevering van latere datum daarentegen was de echte Readclif naar de noodlottige begraafplaats meegevoerd door Ferdinand Lasalle.

En deze plannen komen min of meer overeen met degene die in 1880, een paar jaar eerder, beschreven worden in de (antisemitische) *Revue des Etudes Juives,* waarin twee aan joden uit de vijftiende eeuw toegeschreven brieven waren gepubliceerd. De joden van Arles roepen de hulp in van de joden van Constantinopel omdat ze vervolgd worden, en die antwoorden: 'Zeergeliefde broeders in Mozes, als de koning van Frankrijk jullie verplicht om christen te worden, doe dat dan, want jullie kunnen niet anders, maar koester de wet van Mozes in jullie harten. Als ze jullie je bezittingen afnemen zorg dan dat jullie zonen kooplieden worden, zodat ze de christenen beetje bij beetje kunnen uitkleden. Als ze jullie naar het leven staan, laat jullie zonen dan artsen en apothekers worden, zodat zij de christenen van hun levens kunnen beroven. Als ze jullie synagoges verwoesten, laat jullie zonen dan kanunniken en kosters worden, zodat ze hun kerken kunnen verwoesten. Als ze jullie ander leed aandoen, maak dan dat jullie zonen advocaten en notarissen worden en een stem krijgen in de zaken van alle landen, zodat jullie door de christenen onder jullie juk te brengen, over de wereld kunnen heersen en jullie je op hen kunnen wreken.'

We waren weer terug bij het plan van de jezuïeten en, daarvoor, bij de Ordonation van de Tempeliers. Weinig varianten, minieme permutaties: de Protocollen schreven zichzelf. Een abstract ontwerp voor een komplot dat van komplot naar komplot verhuisde.

En toen we ons best hadden gedaan om de ontbrekende schakel te vinden waarmee deze hele fraaie geschiedenis aan Nilus gekoppeld kon worden, waren we op Račkovskij gestuit, chef van de verschrikkelijke Ochrana, de geheime politie van de tsaar.

96

Een dekmantel is altijd noodzakelijk. In de verheimelijking schuilt een groot deel van onze kracht. Daarom moeten wij ons altijd verschuilen achter de naam van een ander genootschap.

Die Neuesten Arbeiten des Spartacus und Philo in dem Illuminaten-Orden, 1794, p. 143

Net in die tijd lazen we in een van de manuscripten van de diabolici dat de graaf van Saint-Germain onder zijn verschillende gedaanten ook die van Rackoczi aannam; als zodanig had de ambassadeur van Frederik II in Dresden hem tenminste ontmoet. En de landgraaf van Hessen waar Saint-Germain klaarblijkelijk overleed, had gezegd dat hij van Transsylvanische origine was en Ragozki heette. Daar komt nog bij dat Comenius zijn *Pansophiae Prodomus* (een werk dat beslist naar Rozenkruiserij riekt) opgedragen had aan een landgraaf (wat komen er toch een hoop landgraven voor in ons verhaal) die Ragovsky heette. Als laatste stukje van de legpuzzel had ik bij een stalletje op de Piazza Castello een anoniem Duits werk over de vrijmetselarij op de kop getikt met op het schutblad een aantekening in een onbekend handschrift, waarin de tekst werd toegeschreven aan een zekere Karl Aug. Ragotgky. En gezien het feit dat de mysterieuze figuur waarmee kolonel Ardenti contact had gezocht, en die hem misschien wel vermoord had, Rakosky heette, was er altijd wel een manier om onze graaf Saint-Germain in het Plan in te passen.

'Maken we die avonturier niet te belangrijk?' vroeg Diotallevi bezorgd.

'Nee, nee,' antwoordde Belbo, 'dat hoort. Net als sojasaus bij Chinees eten. Als dat er niet bij zit, is het niet Chinees. Kijk naar Agliè die er verstand van heeft: die heeft toch niet Cagliostro of Willermoz als voorbeeld genomen? Saint-Germain is de vleesgeworden Homo Hermeticus.'

Pierre Ivanovitsj Račkovskij. Joviaal, innemend, katachtig, intelligent en geslepen, geniaal vervalser. Kleine ambtenaar, daarna contacten met revolutionaire groeperingen, wordt in 1879 door de geheime politie gearresteerd en ervan beschuldigd bevriende terroristen die een aanslag hadden gepleegd op generaal Alexander Romanovitsj Drentel, onderdak te hebben verleend. Hij loopt over naar de politie en (kijk kijk) schrijft zich in bij de Zwarte Honderden. In 1890 komt hij in Parijs een organisatie op het spoor die bommen fabriceert voor aanslagen in Rusland en slaagt erin in zijn vaderland drieënzestig terroristen te laten arresteren. Tien jaar later zal ontdekt worden dat de bommen door zijn eigen mannen waren vervaardigd.

In 1887 verspreidt hij de brief van een zekere Ivanov, een gewezen revolutionair die beweert dat de meerderheid van de terroristen uit joden bestaat; in '90 een 'confession par un vieillard ancien revolutionnaire' waarin de naar Londen verbannen revolutionairen ervan beschuldigd worden Britse agenten te zijn. In '92 een valse tekst van Plechanov waarin de leiding van de Narodnaja Volia-partij ervan beschuldigd wordt die bekentenis te hebben laten publiceren.

In 1902 tracht hij een Frans-Russische antisemitische bond op te richten. Om zijn doel te bereiken maakt hij gebruik van een techniek die veel wegheeft van die van de Rozenkruisers. Hij bevestigt eerst dat de bond bestaat zodat iemand anders deze vervolgens opricht. Maar hij past ook een andere techniek toe: hij vermengt op sluwe wijze waarheid en onwaarheid, verdraait ogenschijnlijk de waarheid, zodat niemand de onwaarheid in twijfel trekt. Hij laat in Parijs een mysterieuze oproep circuleren waarin de Fransen wordt gevraagd de Patriottische Russische Bond in Charkov te steunen. In die oproep valt hij zichzelf aan als zijnde iemand die de bond wil laten stranden en spreekt de hoop uit dat hij, Račkovskij, van idee zal veranderen. Hij beschuldigt zichzelf ervan in diskrediet geraakte personen als Nilus voor zijn karretje te spannen, hetgeen klopt.

Waarom kunnen de Protocollen aan Račkovskij worden toegeschreven?

De beschermheer van Račkovskij was minister Sergeij Witte, een progressist die van Rusland een modern land wilde maken. Waarom de progressist Witte zich bediende van een reactionair als Račkovskij weet alleen de goede God, maar wij keken zo langzamerhand nergens meer van op. Witte had een politiek tegenstander, ene Elie de Cyon, die hem al eens publiekelijk had aangevallen met polemische ideeën die aan bepaalde passages uit de Protocollen deden denken. Maar in de geschriften van Cyon zaten geen verwijzingen naar de joden, hijzelf was namelijk van joodse origine. In 1879 laat Račkovskij, op bevel van Witte, de villa van Cyon in Territat doorzoeken en vindt een pamflet van Cyon dat gebaseerd is op het boek van Joly (of op dat van Sue), waarin de ideeën van Machiavelli-Napoleon III aan Witte worden toegeschreven. Račkovskij, die zo goed kan falsifiëren, vervangt de joden door Witte en brengt de tekst in omloop. De naam Cyon lijkt ervoor gemaakt om met Zion te worden geassocieerd, en zo kan het bewijs geleverd worden dat een gezaghebbende jood een joods komplot verraadt. En in die vorm zien de Protocollen het daglicht. In die tijd valt de tekst tevens in handen van Iuliana of Justine Glinka die in Parijs in dezelfde kringen verkeert als madame Blavatskij en die tussen de bedrijven door Russische revolutionairen in ballingschap bespionneert en aangeeft. Glinka is zonder twijfel een agent van de Paulicianen, die op hun beurt weer banden hebben met de landeigenaren, en de tsaar er dus van willen overtuigen dat de programma's van Witte dezelfde zijn als die van het internationale joodse komplot. Glinka stuurt het document naar generaal Orgeievskij, en deze doet het door tussenkomst van de commandant van de keizerlijke wacht toekomen aan de tsaar. Witte zit in de problemen.

Zo draagt Račkovskij, meegesleurd door zijn antisemitische razernij, bij tot de ondergang van zijn beschermheer. En hoogstwaarschijnlijk ook tot die van hemzelf. Vanaf dat moment raakten we zijn spoor namelijk bijster. Misschien was Saint-Germain overgegaan in nieuwe gedaanten en nieuwe reïncarnaties. Maar ons verhaal had een plausibel, rationeel, helder kader gekregen omdat het onderbouwd werd door een reeks feiten, echte feiten—zei Belbo—net zo echt als God echt is.

Dit alles deed mij terugdenken aan de verhalen van De Angelis over de synarchie. Het mooie van de hele geschiedenis—van onze geschiedenis wel te verstaan, maar misschien van de Geschiedenis, zoals Belbo met koortsige blik insinueerde terwijl hij me zijn fiches aanreikte—was dat groeperingen die in een dodelijke strijd waren gewikkeld elkaar, elk met dezelfde wapens, wederzijds afslachtten. 'Het eerste wat een goede infiltrant te doen staat,' was zijn commentaar, 'is verklaren dat de groeperingen die hij geïnfiltreerd heeft infiltranten zijn.'

Belbo had gezegd: 'Dat doet me denken aan een verhaal uit ***. Bij zonsondergang kwam ik op de weg altijd een Fiat Balilla tegen met daarin, een zekere Remo of zo'n soort naam. Zwarte snor, zwarte krulharen, zwart hemd en zwarte tanden, een en al gat. En hij zoende een meisje. Ik walgde van die zwarte tanden die dat mooie blonde ding zoenden. Ik herinner me niet eens meer wat voor gezicht ze had, maar voor mij was ze maagd en hoer, was ze het eeuwig vrouwelijke. En ik was door grote woede bevangen.' Voelend dat hij zich had laten meeslepen door onschuldige zwakheden uit zijn herinnering, had hij instinctief een verheven toon aangeslagen om blijk te geven van zijn ironie. 'Ik vroeg me af en had me al tijden afgevraagd hoe het kwam dat deze Remo, die deel uitmaakte van de Zwarte Brigades, zo open en bloot kon rondlopen, en dat nog wel in tijden dat *** nog niet door de fascisten was bezet. En men had mij gezegd dat er gefluisterd werd dat hij een infiltrant van de partizanen was. Hoe het ook zat, op een avond zie ik hem weer in die zelfde Fiat Balilla, nog steeds met die zelfde zwarte tanden hetzelfde blonde meisje kussen, maar nu met een rode zakdoek om zijn hals en een kaki hemd. Hij zat nu bij de Garibaldijnse Partizanen Brigades. Iedereen droeg hem op handen en hij had een schuilnaam aangenomen, X9, net als het personage van Alex Raymond, waarover hij in het stripblad *Avventuroso* had gelezen. Ga zo door X9, zeiden ze tegen hem... En ik haatte hem nog meer, omdat hij het meisje met goedvinden van het volk bezat. Maar anderen zeiden dat hij een fascistische infiltrant was, en ik geloof dat dat degenen waren die het meisje begeerden, maar zo was het, X9 was verdacht...'

'En toen?'

'Sorry Casaubon, maar waarom stelt u zoveel belang in mijn zaken?'

'Omdat u vertelt, en vertellingen zijn de vrucht van de collectieve verbeelding.'

'Good point. Nu goed, op een ochtend begaf X9 zich op verboden terrein, misschien had hij met het meisje een afspraak in de velden om verder te gaan dan dat armzalige gevoos en te laten zien dat zijn roede minder aangevreten was dan zijn tanden—neem me niet kwalijk, maar van hem houden kan ik nog steeds niet—hoe dan ook, de fascisten laten hem in een hinderlaag lopen, brengen hem naar de stad en fusilleren hem de dag daarop, om vijf uur 's ochtends.'

Pauze. Belbo had naar zijn handen gekeken die hij gevouwen hield alsof hij aan het bidden was. Daarna had hij ze uitgestrekt en gezegd: 'Dat was het bewijs dat hij geen infiltrant was.'

'Betekenis van de parabel?'

'Wie heeft u gezegd dat parabels een betekenis moeten hebben? Maar nu ik er nog eens over nadenk, misschien is het wel zo dat je vaak, om iets te bewijzen, moet sterven.'

97

Ik ben die Ik ben.

Exodus 3:14

Ik ben die ik ben. Een axioma van hermetische filosofie.

Mme Blavatskij, *Isis Unveiled*, p.1

'Wie ben jij?' vroegen ooit driehonderd stemmen terwijl twintig zwaarden flonkerden in de handen van de meest nabije fantasma's.
'Ik ben die ik ben,' zei hij.

Alexandre Dumas, *Joseph Balsamo*, II

Ik had de volgende ochtend weer met Belbo afgesproken. 'Gisteren hebben we een aardig stukje feuilleton geschreven,' had ik hem gezegd. 'Maar als we een betrouwbaar Plan willen maken moesten we misschien dichter bij de werkelijkheid blijven.'

'Welke werkelijkheid?' had hij me gevraagd. 'Misschien geeft alleen het feuilleton ons de werkelijke maat van de werkelijkheid. Ze hebben ons misleid.'

'Wie?'

'Ze hebben ons doen geloven dat je aan de ene kant de kunst met een grote K hebt, die typische personages in typische omstandigheden laat zien, en aan de andere kant de keukenmeidenroman, waarin verteld wordt over atypische personages in atypische omstandigheden. Ik dacht dat een echte dandy nooit met Scarlett O'Hara zou vrijen, en ook niet met Constance Bonacieux, of met Violette Valéry. Ik speelde met het feuilleton, om een beetje afstand te nemen van het dagelijkse leven. Het stelde me gerust, omdat het het onbereikbare liet zien. Maar nee.'

'Nee?'

'Nee. Proust had gelijk: het leven wordt beter weergegeven door slechte muziek dan door een Missa Solemnis. De kunst neemt een loopje met ons en sust ons, laat ons de wereld zien zoals de kunstenaar zou willen dat hij eruit ziet. Het feuilleton doet alsof het een spel is, maar toont ons vervolgens de wereld zoals hij is, of tenminste zoals hij zal zijn. De vrouwen lijken meer op Milady dan op Emma Bovary, Fu Manchu is echter dan Nathan der Weise en de Geschiedenis lijkt meer op wat Sue vertelt dan op hetgeen Hegel heeft bedacht. Shakespeare, Melville, Balzac en Dostojevski hebben feuilletons geschreven. Wat werkelijk is gebeurd, is niet meer dan wat er van tevoren al in keukenmeidenromans beschreven was.'

'Het is nu eenmaal gemakkelijker een feuilleton te imiteren dan kunst. Mona Lisa word je niet zo maar, terwijl je om Milady te worden alleen maar je aangeboren neiging tot gemakzucht hoeft te volgen.'

Diotallevi, die tot dan toe zijn mond had gehouden, had opgemerkt: 'Kijk maar naar onze Agliè. Hij vindt het gemakkelijker Saint-Germain te imiteren dan Voltaire.'

'Ja,' had Belbo gezegd, 'in wezen vinden vrouwen Saint-Germain ook interessanter dan Voltaire.'

Later heb ik dit bestand teruggevonden, waarin Belbo onze conclusies in romantermen had samengevat. Ik zeg in romantermen, omdat ik me realiseer dat hij er schik in had gehad het voorval te reconstrueren zonder er veel meer dan een paar verbindingszinnen van zichzelf aan toe te voegen. Ik kan niet alle citaten, plagiaat en geleende fragmenten thuisbrengen, maar veel passages van deze krankzinnige collage heb ik herkend. Ook nu weer had Belbo, om te ontsnappen aan de druk van de geschiedenis, het leven geschreven en heroverwogen, en daarbij gebruikgemaakt van andermans pennevruchten.

bestandsnaam: De terugkeer van Saint-Germain

Vijf eeuwen geleden al heeft de wrekende hand van de Almachtige me vanuit de binnenlanden van Azië tot aan deze streken gedreven. Ik draag de ontzetting, de verslagenheid, de dood met me mee. Maar kom, ik ben de notaris van het Plan, ook al weten de anderen dat niet. Ik heb wel ergere dingen gezien, en het beramen van de Bartholomeusnacht kwam me op meer verveling te staan dan het vertellen van het nu volgende. Oh, waarom krullen mijn lippen zich in deze satanische glimlach? Ik ben degene die is, ware het niet dat die vervloekte Cagliostro me ook van dit laatste recht heeft beroofd.

Maar de triomf is nabij. Toen ik Kelley was, heeft Soapes me alles geleerd, in de Toren in Londen. De truc is iemand anders te worden.

Met list en bedrog heb ik Giuseppe Balsamo in de vesting van San Leo laten opsluiten en heb ik me zijn geheimen toegeëigend. Als Saint-Germain ben ik verdwenen; iedereen gelooft nu dat ik graaf Cagliostro ben.

Alle klokken van de stad hebben zojuist twaalf uur geslagen. Wat een onnatuurlijke rust. Ik vertrouw deze stilte niet. Het is een schitterende, zij het zeer koude avond; de maan verlicht hoog aan de hemel de ondoordringbare steegjes van het oude Parijs met een ijzig schijnsel. Het zou tien uur 's avonds kunnen zijn: de klokketoren van de abdij van de Black Friars heeft net traag acht uur geslagen. Met een luguber geknars rukt de wind aan de ijzeren weerhanen op de verlaten vlakte der daken. Een dik pak wolken bedekt de hemel.

Kapitein, stijgen we weer? Nee, in tegendeel, we storten neer. Vervloekt, over een tijdje zal de *Patna* vergaan, spring Island Jim, spring. Zou ik er soms niet een diamant zo groot als een hazelnoot voor geven om aan deze angst te ontsnappen? Helmstok, gaffelzeil, bramsteng, en wat je maar wilt naar loefzijde. Aannemen, oorlam! There blows!

Ik ontbloot vervaarlijk de omheining mijner tanden terwijl een doodse bleekheid mijn wasachtige gelaat doet ontvlammen in een groenige gloed. Hoe ben ik hier gekomen, ik die wel het evenbeeld van de wraak lijk? De schimmen in de hel zullen misprijzend glimlachen om de tranen van het wezen wiens dreigende stem hen zo vaak heeft doen beven in de schoot van hun vurige krochten.

Vooruit nu, een fakkel.

Hoeveel treden ben ik afgegaan voordat ik in dit krot ben binnengedrongen? Zeven? Zesendertig? Er is geen steen die ik beroerd heb, geen stap die ik gezet heb, waarachter zich niet een hiëroglief verbergt. Wanneer ik die eenmaal gevonden heb zal aan mijn getrouwen eindelijk het Mysterie onthuld worden. Daarna hoeft het slechts nog ontcijferd te worden, en de oplossing ervan zal de Sleutel zijn waarachter de Boodschap verborgen zit, die aan de ingewijde, en alleen aan hem, in klare taal zal zeggen wat de aard van het Raadsel is.

Het is een kleine stap van het raadsel naar zijn ontcijfering, waar ondubbelzinnig het hiërogram uit zal voortkomen waarop het gebed van de ondervraging gescherpt moet worden. Dan zal er niemand meer zijn die het Arcanum niet kent, sluier, sprei, Egyptische gobelin die het Pentakel bedekt. En vanaf daar naar het licht om de Occulte Betekenis van het pentakel te openbaren, de Kabbalistische Vraag waarop slechts weinigen zullen antwoorden, om met donderende stem te zeggen wat het Ondoorgrondelijke Teken is. Zesendertig Onzichtbaren zullen zich hierover buigen en het antwoord moeten geven, de bekendmaking van de Rune waarvan de betekenis alleen toegankelijk is voor de zonen van Hermes; en moge aan hen het Sardonische Zegel gegeven worden, het Masker waarachter zich het gelaat aftekent dat zij trachten bloot te leggen, de Mystieke Rebus, het Sublieme Anagram...

—Sator Arepo! riep ik met een stem die een spook zou doen sidderen. En

nadat hij het rad dat zijn vakkundige moordenaarshanden omklemmen heeft losgelaten, verschijnt Sator Arepo, slaaf van mijn bevel. Ik herken hem, en ik vermoedde al wie hij was. Het is Luciano, de invalide expediteur, die de Onbekende Leiders hebben aangewezen om mijn infame en moorddadige opdracht ten uitvoer te brengen.
—Sator Arepo, vraag ik spottend, weet jij wat het uiteindelijke antwoord is dat schuilgaat achter het Sublieme Anagram?
—Nee graaf, antwoordt de onvoorzichtige, en ik verwacht het uit jouw mond te horen.
Een hels gelach klinkt op van mijn bleke lippen en weergalmt onder de oude gewelven.
—Begoochelde! Alleen de echte ingewijde weet dat hij het niet weet!
—Ja baas, antwoordt de invalide expediteur stompzinnig, zoals u wilt. Ik ben bereid.
We zitten in een smerig krot in Clignancourt. Vanavond moet ik jou straffen, vóór alle anderen, jij die me hebt ingewijd in de edele kunst van de misdaad. Jij die veinst van me te houden en, wat nog erger is, het zelf gelooft, en de naamloze vijanden met wie je het komend weekend zal doorbrengen. Luciano, lastige getuige van mijn vernederingen, zal me zijn arm lenen—zijn enige—waarna ook hij zal sterven.
Een krot met een luik in de vloer, dat uitkomt in een soort put, een reservoir, een onderaards darmkanaal, dat sinds onheuglijke tijden gebruikt wordt om smokkelwaar in op te slaan en dat verontrustend vochtig is omdat het grenst aan de rioleringskanalen van Parijs, doolhof van de misdaad; de oude wanden laten onuitsprekelijke kwalijke dampen door, zodat ik slechts met hulp van de in het kwaad zeer trouwe Luciano een gat in de wand hoef te maken of het water stroomt naar binnen, zet het souterrain blank, laat de toch al bouwvallige muren instorten en maakt de put en de rest van de kanalen tot één geheel; nu drijven er vergane rioolratten in, het zwartbruine oppervlak dat je met moeite van bovenaf door het luik ontwaart is het voorportaal van de nachtelijke ondergang: heel ver weg, de Seine, dan de zee...
Aan de rand van het luik is een laddertje bevestigd, en hierop installeert Luciano zich, net boven het wateroppervlak, met een mes: een hand stevig op de eerste sport, de andere die de dolk omklemt, de derde klaar om het slachtoffer te grijpen. Wacht maar, en hou je gedeisd—zeg ik hem—je zult zien.
Ik heb je overreed om alle mannen met een litteken uit de weg te ruimen —ga met me mee, wees de mijne voor altijd, laten we deze lastige aanwezigen uit de weg ruimen, ik weet wel dat jij niet van ze houdt, je hebt het me gezegd, jij en ik zullen overblijven, en de ondergrondse stromen.

Nu ben je binnengekomen, trots als een Vestaalse Maagd, schor en verstijfd als een megaera,—o hels visioen dat mijn honderdjarige lendenen schokt en mijn borst samenperst in de bankschroef van het verlangen, o schitterende mulat, werktuig van mijn ondergang. Met mijn klauwvormige handen scheur ik het fijn batisten overhemd dat mijn borst siert aan flarden en trek ik er met mijn nagels bloederige voren in, terwijl een vreselijke droogte op mijn koude lippen brandt als de handen van de slang. Een dof gebrul stijgt op uit de donkerste spelonken van mijn ziel en breekt door de haag van mijn wrede tanden—ik door de tartarus uitgebraakte centaur—en je hoort bijna geen salamander vliegen, want ik hou mijn kreet in en loop op je toe met een huiveringwekkende glimlach.
—Mijn liefste, mijn Sophia, zeg ik tegen je met de katachtige charme waarmee alleen de geheime chef van de Ochrana kan praten. Kom, ik verwachtte je, houd je met mij schuil in de duisternis, en wacht—en jij lacht hees, ongrijpbaar terwijl je al zwelgt in de gedachte aan een of andere erfenis of oorlogsbuit, een manuscript van de Protocollen om aan de tsaar te verkopen... Hoe goed weet je niet achter dat engelengezicht je demonische aard te verbergen, zo kuis gewikkeld in je androgyne spijkerbroek, het bijna doorzichtige T-shirt waarachter desalniettemin de infame lelie schuilgaat die door de beul van Lille op je witte vlees is afgedrukt!

De eerste door mij in de val gelokte dwaas is gearriveerd. Ik ontwaar ternauwernood zijn gedaante onder de wijde cape waarin hij gehuld is, maar hij laat me het teken van de Tempeliers uit Provins zien. Het is Soapes, de sluipmoordenaar van de groep van Tomar. —Graaf, zegt hij tegen me, het moment is daar. Te lang hebben we verspreid over de wereld gedwaald. U hebt het laatste stukje van de boodschap, ik dat wat te voorschijn kwam aan het begin van het Grote Spel. Maar dat is een ander verhaal. Laten we onze krachten bundelen, en de anderen...
Ik maak zijn zin af—de anderen kunnen naar de hel lopen. Ga, broeder, midden in de kamer staat een schrijn, en in die schrijn zit wat je al eeuwen zoekt. Wees niet bang voor de duisternis; die bedreigt ons niet maar beschermt.
De dwaas doet een paar schreden, bijna op de tast. Een doffe klap. Hij is door het luik omlaag gestort, net boven het wateroppervlak grijpt Luciano hem en zwaait met zijn lemmet, een snelle houw langs de keel, het gegorgel van het bloed vermengt zich met het gisten van het chtonische lijkegif.

Er wordt op de deur geklopt. —Ben jij dat Disraeli?
—Ja, antwoordt de onbekende, waarin mijn lezers de grootmeester van de Engelse groep herkend zullen hebben, inmiddels opgeklommen tot de

hoogste toppen van de macht, maar nog steeds niet tevreden. Hij spreekt:
—My lord, it is useless to deny, because it is impossible to conceal, that a great part of Europe is covered with a network of these secret societies, just as the superficies of the earth is now being covered with railroads...
—Dat heb je in het Lagerhuis al gezegd, 14 juli 1856, niets ontgaat me. Ter zake.
De Baconiaanse jood vloekt binnensmonds. Hij vervolgt: —Het zijn er te veel. De zesendertig onzichtbaren zijn er nu driehonderdzestig. Vermenigvuldig dat met twee, zevenhonderdtwintig. Trek er de hondertwintig jaar aan het eind waarvan de deuren opengaan van af en je hebt zeshonderd, net als bij de charge van de lichte brigade.
Duivelse kerel, de geheime wetenschap van de getallen heeft voor hem geen geheimen. —En dus?
—Wij hebben het goud, jij de kaart. Als we ons verenigen zullen we onoverwinnelijk zijn.
Met een hiëratisch gebaar wijs ik hem op de vermeende schrijn die hij, verblind door zijn begeerte, in de schaduw denkt te ontwaren. Hij gaat erheen, valt.
Ik hoor het sinistere geflikker van het lemmet van Luciano, ondanks de duisternis zie ik het gereutel dat oplicht in de verstilde pupil van de Engelsman. Eindelijk gerechtigheid.

Ik wacht op de derde, de man van de Franse Rozenkruisers, Montfaucon de Villars, die, daar ben ik al van op de hoogte gesteld, bereid is om de geheimen van zijn sekte te verraden.
—Ik ben de graaf de Gabalis, stelt hij zich voor, leugenachtig en onnozel.
Ik hoef hem maar een paar woorden in te fluisteren of hij begeeft zich in de richting van zijn noodlot. Hij valt en de op bloed beluste Luciano doet wat hij doen moet.
Jij glimlacht met mij in de schaduw en zegt me dat je de mijne bent, en dat mijn geheim het jouwe zal zijn. Maak je maar illusies, sinistere karikatuur van de Sjechina. Ja, ik ben jouw Simon, wacht, het beste weet je nog niet. En als je het eenmaal weet zul je ophouden het te weten.
Wat valt er nog aan toe te voegen? Een voor een komen de anderen binnen. Pater Bresciani had me medegedeeld dat de vertegenwoordiger van de Duitse Illuminaten Babette van Interlaken zou zijn, achterkleinkind van Weishaupt, de grote maagd van het Zwitserse communisme, opgegroeid te midden van braspartijen, roof en bloed, expert in het ontfutselen van onbegrijpelijke geheimen, het openen van depêches zonder het zegel te verbreken en het toedienen van vergif wanneer haar sekte haar dat beval.
Ze komt dus binnen, de jonge agathodemon van de misdaad, gehuld in een

bontjas van ijsbeer, met lange blonde haren die onder de uitdagende pelsmuts uitgolven, een hooghartige blik en een sarcastische gelaatsuitdrukking. En met de gebruikelijke list zend ik haar naar de ondergang.
Oh, ironie van de taal—deze gift die de natuur ons heeft gegeven om de geheimen van onze geest te verzwijgen! De illuminate valt ten prooi aan het Duister. Ik hoor haar verschrikkelijke vloeken uitbraken, de onboetvaardige, terwijl Luciano het mes drie keer in haar hart ronddraait. Déjà vu, déjà vu...

De beurt is aan Nilus, die even had geloofd dat hij én de tsarina én de kaart bezat. Vuile wellustige monnik, wilde je de Antichrist? Hij staat voor je, maar je herkent hem niet. En blind wijs ik hem, onder duizend mystieke vleierijen, het infame valluik dat op hem wacht. Luciano rijt zijn borst open in een kruisvormige wond en hij verzinkt in de eeuwige slaap.

Ik moet de voorvaderlijke argwaan overwinnen jegens de laatste, de Wijze van Zion, die zich voordoet als Ahasverus, de Wandelende Jood, die net als ik onsterfelijk is. Hij vertrouwt het niet, terwijl hij zalvend glimlacht met zijn baard nog nat van het bloed van de lieflijke christenschepsels die hij op de begraafplaats in Praag pleegt te verscheuren. Volgens mij is hij Račkovskij, ik moet hem overtreffen in sluwheid. Ik maak hem wijs dat de schrijn niet alleen de kaart bevat, maar ook ruwe diamanten die nog geslepen moeten worden. Ik weet welke aantrekkingskracht ruwe diamanten op deze bende godsmoordenaars uitoefenen. Meegesleept door zijn hebzucht gaat hij zijn noodlot tegemoet, en terwijl hij, doorstoken als Hiram, sterft vervloekt hij zijn God die wreed en wraakzuchtig is, hetgeen hem moeilijk valt, omdat hij er niet in slaagt de naam van zijn God over zijn lippen te krijgen.

Begoochelde, ik die geloofde dat ik het Grote Werk ten einde had gebracht. Als door een wervelwind getroffen opent zich nogmaals de deur van het krot en verschijnt er een figuur met een lijkbleek gezicht, de handen devoot tegen de borst geklemd, met schichtige blik, die niet in staat is zijn aard te verhullen omdat hij de zwarte kleren draagt van zijn zwarte Sociëteit. Een zoon van Loyola!
—Cretineau! roep ik, misleid.
Hij heft zijn hand in een hypocriet zegenend gebaar. —Ik ben niet wie ik ben, zegt hij me met een glimlach die niets menselijks meer heeft.
Het is waar, dat is altijd hun techniek geweest: soms ontkennen ze tegenover zichzelf hun eigen bestaan, dan weer verkondigen ze de macht van hun orde om de lafaard te intimideren.

—Wij zijn altijd anders dan wat jullie denken, zonen van Belial (zegt die verleider van soevereinen nu). Maar jij, o Saint-Germain...
—Hoe weet je dat ik het echt ben? vraag ik ontdaan.
Hij glimlacht dreigend: —Je hebt me in andere tijden gekend, toen je getracht hebt me weg te lokken van het hoofdkussen van Postel, toen ik je onder de naam abt d'Herblay heb meegenomen om een van je incarnaties om te brengen in het hart van de Bastille (oh, nog voel ik op mijn gelaat het ijzeren masker waartoe de Sociëteit, met hulp van Colbert, me had veroordeeld!), je hebt me gekend toen ik je geheime samenkomsten met d'Holbach en Condorcet bespiedde...
—Rodin! roep ik uit, als door de bliksem getroffen.
—Ja, Rodin, de geheime generaal van de jezuïeten! Rodin, die je niet zult misleiden en in het luik zult laten vallen, zoals je met die andere begoochelden hebt gedaan. Weet, o Saint-Germain, dat er geen misdrijf, noodlottige kunstgreep of misdadige hinderlaag is, die wij niet al eerder dan jullie bedacht hebben, tot meerdere glorie van onze God die de middelen heiligt! Hoeveel gekroonde hoofden hebben wij niet, in de nacht die geen ochtend heeft, in heel wat subtielere valluiken laten verdwijnen om de heerschappij over de wereld te verkrijgen. En nu wil jij verhinderen dat wij, zo dicht bij ons doel, onze roofzuchtige handen op het geheim leggen dat sinds vijf eeuwen de wereldgeschiedenis bepaalt?
Als hij zo praat wordt Rodin angstaanjagend. Al die bloeddorstige, heiligschennende en gruwelijke driften die zich geopenbaard hadden bij de pausen uit de renaissance worden nu zichtbaar op het voorhoofd van die zoon van Ignatius. Ik zie het goed: een onlesbare dorst naar overheersing doet zijn onzuivere bloed sneller stromen, een brandend zweet overspoelt hem, rondom hem verspreidt zich een misselijkmakend soort damp.
Hoe moet ik die laatste vijand verslaan? Ik word gered door een onverwachte inval, die alleen hij kan hebben die de menselijke geest al eeuwenlang tot in zijn diepste diepte heeft doorgrond.
—Kijk naar me, ook ik ben een Tijgerin.
Met een enkele beweging duw ik jou midden in de kamer, ruk je het T-shirt af en scheur de ceintuur van het nauwsluitende harnas dat de lieftalligheid van je amberen buik verhult, aan flarden. Nu richt je je op, in het bleke maanlicht dat binnendringt door de kier van de deur, mooier dan de slang die Adam verleidde, fier en wellustig, maagd en hoer, alleen gekleed in je vleselijke macht, want de naakte vrouw is de gewapende vrouw.
De Egyptische klaft daalt neer op je dikke haar, zo zwart dat het blauw is, je boezem klopt onder de dunne mousseline. Rond je kleine gewelfde en koppige voorhoofd wikkelt zich de gouden uraeus met zijn ogen van smaragd, die zijn driedelige robijnen tong boven je hoofd heen en weer laat

schieten. Oh jouw tuniek van zwart fluweel met de zilveren weerschijn, bijeengehouden door een sjerp waarop met zwarte parels noodlottige irissen zijn geborduurd. Je gezwollen venusheuvel glad geschoren opdat je, in de ogen van je minnaars, de naaktheid van een standbeeld hebt! De toppen van je tepels reeds zachtjes beroerd door de penseel van je slavin uit de Malabar, gedompeld in hetzelfde karmijn dat je lippen, uitnodigend als een wond, de kleur van bloed geeft!

Rodin hijgt nu. De lange abstinenties, het in een machtsdroom geleefde leven, hadden niets anders gedaan dan hem gaandeweg voorbereiden op zijn onstuitbare verlangen. Ten overstaan van deze mooie en schaamteloze koningin, met haar ogen zo zwart als die van de duivel, met haar ronde schouders, haar geurende haren, haar witte en zachte huid, wordt Rodin gegrepen door de hoop op ongekende liefkozingen, onuitsprekelijke wellust, hij beeft in zijn vlees, zoals een bosgod beeft bij het zien van een naakte nimf die zich spiegelt in het water dat ook Narcissus reeds in het verderf heeft gestort. In het tegenlicht vermoed ik zijn onstuitbare rictus, hij is als versteend door Medusa, gebeeldhouwd in het verlangen van een onderdrukte en nu afnemende mannelijkheid; een kwellend vuur van zinnelijkheid stuurt zijn vlees, hij is als een gespannen boog, gericht op het doel, zo gespannen dat hij het begeeft en breekt.

Plotseling is hij op de grond gevallen, kruipend voor deze verschijning, de hand als een klauw uitgestoken om een slok elixir af te smeken.

—Oh, steunt hij, oh wat ben je mooi, oh die kleine wolvetandjes die flitsen als je je rode gezwollen lippen ontsluit... Oh je grote ogen van smaragd die soms fonkelen en dan weer kwijnen. Oh duivel van wellust.

Hij heeft er goede reden voor, de ellendeling, terwijl jij nu je met de blauwachtige stof omwikkelde heupen beweegt en je venusheuvel naar voren duwt om de flipperkast tot de ultieme waanzin te drijven.

—Oh visioen, zegt Rodin, wees de mijne, voor één ogenblik slechts, bekroon met een moment van genot een leven geleefd in dienst van een jaloerse godheid, troost met één ogenblik van ontucht de eeuwige hartstocht waar jouw verschijning me nu naartoe drijft en in meesleurt. Ik bid je, beroer mijn gelaat met je lippen, jij Antinea, jij Maria Magdalena, jij naar wie ik verlangd heb in het gelaat van de door extase verbijsterde heilige vrouwen, die ik begeerd heb tijdens mijn hypocriete aanbidding van maagdelijke gezichten, o Vrouwe, schoon ben jij gelijk de zon, wit als de maan, ja, ik verloochen en God en de heiligen, en ook de Romeinse pontifex, ik zeg zelfs meer, ik verloochen Loyola en de misdadige eed die me aan mijn Sociëteit bindt, ik smeek om een enkele kus, en dat ik eraan moge sterven.

Hij heeft nog een stap gedaan, kruipend op zijn verstijfde knieën, zijn pij boven zijn lendenen geheven, zijn hand nog verder uitgestrekt naar dit on-

bereikbare geluk. Plotseling is hij achterover gevallen, zijn ogen lijken uit hun kassen te puilen. Vreselijke stuipen vertrekken zijn gelaat in onmenselijke schokken, gelijk aan die welke de kolom van Volta teweegbrengt op het gezicht van de lijken. Een blauwig schuim kleurt zijn lippen purper, uit zijn mond klinkt een sissende en afgesneden stem, zoals die van een hydrofobie-leider; want, zoals Charcot zo mooi zegt, als het laatste stadium bereikt is vertoont deze angstaanjagende ziekte, satyriasis, de straf voor de ontucht, dezelfde stigmata als hondsdolheid.
Het is het einde. Rodin barst uit in een krankzinnig gelach. Vervolgens stort hij levenloos ter aarde, evenbeeld van rigor mortis.
In een oogwenk is hij gek geworden en verdoemd gestorven.
Ik heb me ertoe beperkt het lijk naar het luik te duwen, voorzichtig, om mijn rijglaarzen van kopallak niet vies te maken aan de vettige pij van mijn laatste vijand.
De moordenaarsdolk van Luciano is niet nodig, maar de sluipmoordenaar slaagt er niet meer in zijn gebaren te bedwingen, gespannen als hij is in een dodelijke drang om te herhalen. Hij lacht en doorsteekt een inmiddels levenloos lijk.

Nu begeef ik me met jou naar de rand van het valluik, ik liefkoos je hals en je nek terwijl jij je uitrekt om van het tafereel te genieten en zeg tegen je:
—Ben je tevreden met je Rocambole, mijn ontoegankelijke geliefde?
En terwijl je wellustig knikt en hoonlacht, waarbij je in het gat kwijlt, knijp ik onmerkbaar mijn vingers samen, wat doe je mijn liefje, niets Sophia, ik vermoord je, nu ik Giuseppe Balsamo ben heb ik je niet meer nodig.
Het liefje van de Archonten blaast de laatste adem uit en stort in het water. Met een messteek bekrachtigt Luciano het vonnis van mijn meedogenloze hand en ik zeg hem: —Nu kun je weer naar boven komen, mijn getrouwe, mijn scherprechter, en terwijl hij omhoog klimt en mij zijn rug toekeert steek ik hem een dunne stiletto met een driehoekig lemmet dat bijna geen litteken achterlaat tussen de schouderbladen. Hij stort naar beneden, ik sluit het luik, het is gebeurd, en ik verlaat het krot terwijl acht lijken in de richting van le Chatelet drijven, via afvoerkanalen die alleen mij bekend zijn.

Ik keer terug naar mijn appartementje in Faubourg Saint-Honoré, ik kijk in de spiegel. Kijk, zeg ik tegen mezelf, ik ben de Koning van de Wereld. Vanuit mijn holle spits overheers ik het universum. Op bepaalde momenten doet mijn macht me duizelen. Ik ben een meester van energie. Ik ben dronken van autoriteit.

Wee mij, want de wraak van het leven zal niet lang op zich laten wachten. Maanden later, in de diepste crypte van het kasteel van Tomar, zou ik, inmiddels meester van het geheim van de onderaardse stromen en heer van de zes gewijde plaatsen van hen die ooit de Zesendertig Onzichtbaren waren, laatste van de laatste Tempeliers en Onbekende Leider van alle Onbekende Leiders, Cecilia huwen, de hermafrodiet met de ijzige ogen, van wie niets mij nu meer scheidt. Ik heb haar na eeuwen teruggevonden, nadat ze me was afgenomen door de man met de saxofoon. Nu balanceert ze op de rugleuning van de bank, blauw en blond, en ik weet nog niet wat ze onder de doorschijnende tule heeft die haar siert.

De kapel is uitgehouwen in de rots, boven het altaar hangt een verontrustend doek waarop de folteringen van de verdoemden in het binnenste van de hel staan afgebeeld. Een aantal monniken met de kap over het hoofd vormen een onheilspellende haag om me heen, en nog ben ik niet verontrust, gefascineerd als ik ben door de Iberische fantasie...

Maar—gruwel—het doek wordt opgetild, en aan de andere kant ervan verschijnt, bewonderenswaardig werk van een Arcimboldi van de spelonken, nog een kapel, geheel identiek aan die waar ik ben, en daar, voor een ander altaar, knielt Cecilia en wie zie ik—koud zweet parelt op mijn voorhoofd, mijn haren gaan recht overeind staan—spottend naast haar staan pronken met zijn litteken? De Ander, de echte Giuseppe Balsamo, die door iemand bevrijd is uit de kerker van San Leo!

En ik? Het is op dit moment dat de oudste monnik zijn kap afdoet, en ik herken de afschuwelijke glimlach van Luciano—god weet hoe hij ontsnapt is aan mijn stiletto, aan het riool, aan het bloederige slijk dat hem, zijn lijk, had moeten meesleuren naar de stille bodem van de oceanen—die uit gegronde wraakzucht is overgelopen naar mijn vijanden.

De monniken ontdoen zich van hun pijen en blijken beschermd door een tot nu toe verborgen harnas, een vlammend kruis op de sneeuwwitte mantel. Het zijn de Tempeliers uit Provins!

Ze grijpen me beet, dwingen me mijn hoofd om te draaien, en achter me is nu een beul verschenen met twee mismaakte helpers, ik word over een soort wurgpaal gebogen, en met een brandmerk wijdt men me tot eeuwige prooi van de cipier, de beruchte glimlach van Bafomet wordt voor altijd op mijn schouder afgedrukt—nu begrijp ik het, opdat ik Balsamo kan vervangen in San Leo, ofte wel opnieuw de plaats kan innemen die mij sinds onheuglijke tijden was toebedeeld. Maar ze zullen me herkennen, zeg ik tegen mezelf, en aangezien iedereen zo langzamerhand gelooft dat ik hem ben en hij de verdoemde, zal iemand me toch wel te hulp komen—op zijn minst mijn handlangers—je kunt een gevangene niet vervangen zonder dat iemand het merkt, we leven niet meer in de tijd van Masque de Fer... Be-

goochelde! In een flits begrijp ik het, terwijl de beul mijn hoofd buigt over een koperen bekken waaruit groenige dampen opstijgen... Het vitriool!
Ik krijg een doek voor mijn ogen, en mijn gezicht wordt in de verslindende vloeistof geduwd, een ondraaglijke, stekende pijn, de huid van mijn wangen, neus, mond, kin schrompelt ineen, schilfert af, één ogenblik is genoeg, en als ik aan mijn haar weer opgetild word is mijn gezicht inmiddels onherkenbaar, een zweer, een etterpuist, een onbeschrijfelijk niets, een lofzang op de weerzinwekkendheid; ik zal terugkeren naar de cel zoals vele vluchtelingen terugkeerden die de moed hadden zichzelf te mismaken om niet weer opgepakt te worden.
Ah, roep ik verslagen, en naar zeggen van de verteller komt er een woord over mijn ontaarde lippen, een zucht, een kreet van hoop: Verlossing!
Maar verlossing van wat, oude Rocambole, je wist heel goed dat je niet moest proberen de held te spelen! Je bent gestraft, en nog wel met je eigen kunsten. Je hebt de schrijvers van de illusie vernederd en nu—je ziet het—schrijf je, met het apparaat als alibi. Je maakt jezelf wijs dat je toeschouwer bent, omdat je jezelf op het scherm leest alsof de woorden van een ander waren, maar je bent in de val gelopen, kijk maar, je probeert sporen in het zand achter te laten. Je hebt de tekst van de roman van de wereld durven veranderen, en de roman van de wereld vangt je in zijn netten en omklemt je in de intrige waar jij geen zeggenschap over hebt.
Je had beter op je eilanden kunnen blijven, Island Jim; dan zou zij in de mening hebben verkeerd dat je dood was.

98

De nationaal-socialistische partij verbood het bestaan van geheime genootschappen omdat zijzelf een geheim genootschap was, met haar eigen grootmeester, racistische gnosis, riten en inwijdingen.

René Alleau, *Les sources occultes du nazisme*, Parijs, Grasset, 1969, p. 214

Ik geloof dat het in die periode was dat we onze greep op Agliè verloren. Zo bracht Belbo het onder woorden, op buitengewoon afstandelijke toon. Ik had ook dit aan zijn jaloezie geweten. In stilte geobsedeerd door de macht die Agliè over Lorenza had, maakte hij met luide stem grapjes over de macht die Agliè over mijnheer Garamond kreeg.

Misschien was het voor een deel ook onze schuld geweest. Agliè was bijna een jaar eerder al begonnen Garamond in te palmen, sinds het alchimistische feest in Piemonte. Garamond had hem de kaartenbak van de SEK's toevertrouwd opdat hij daar nieuwe slachtoffers uit zou kunnen halen die aangezet konden worden de catalogus van Isis Ontsluierd te verrijken, en consulteerde hem zo langzamerhand voor elke beslissing, schoof hem ongetwijfeld maandelijks een cheque toe. Gudrun, die aan het einde van de gang, voorbij de glazen deur die toegang gaf tot het gecapitonneerde rijk van Manuzio, periodiek op onderzoek uitging, vertelde ons af en toe op bezorgde toon dat Agliè zich praktisch geïnstalleerd had in het kantoor van mevrouw Grazia, haar brieven dicteerde, nieuwe bezoekers naar het kantoor van Garamond begeleidde, kortom—en hier slikte Gudrun uit pure nijd nog meer klinkers in—deed alsof hij haar baas was. We zouden ons inderdaad hebben kunnen afvragen waarom Agliè zich uren achtereen boog over het adressenbestand van Manuzio. Hij had voldoende tijd gehad om uit te zoeken welke SEK's ertoe konden worden aangespoord nieuwe auteurs van Isis Ontsluierd te worden. En toch bleef hij maar schrijven, contacten leggen, oproepen. Maar in feite moedigden wij zijn autonomie aan.

De gang van zaken kwam Belbo niet ongelegen. Meer Agliè in Via Marchese Gualdi betekende minder Agliè in Via Sincero Renato, en daarmee minder kans dat het onverwachte binnenvallen van Lorenza Pellegrini—in wier aanwezigheid hij een steeds pathetischer vreugde uitstraalde, zonder ook nog maar enige poging te doen zijn opwinding te verbergen—verstoord werd door de plotselinge binnenkomst van 'Simon'.

Mij kwam het niet ongelegen omdat Isis Ontsluierd me allang niet meer boeide, en ik steeds meer in de greep van mijn geschiedenis van de magie kwam. Ik meende dat ik van de diabolici alles geleerd had wat er te leren viel, en liet Agliè de contacten (en de contracten) met de nieuwe auteurs afhandelen.

Diotallevi kwam het niet ongelegen, in die zin dat de wereld hem steeds onverschilliger scheen te laten. Nu ik er aan terugdenk, werd hij gaandeweg zorgwekkend mager, soms verraste ik hem in zijn kantoor, gebogen over een manuscript, zijn blik op oneindig, terwijl zijn pen bijna uit zijn hand viel. Hij was niet in slaap gevallen, hij kon niet meer.

Maar ook om een andere reden aanvaardden we dat Agliè zich steeds minder liet zien, ons de door hem afgekeurde manuscripten terugbracht en de gang in verdween. We wilden namelijk niet dat hij onze gesprekken hoorde. Als ons gevraagd was waarom, zouden we gezegd hebben dat we ons geneerden, of dat we het niet kies vonden omdat we tenslotte metafysica's parodieerden waar hij op de een of andere manier in geloofde. In werkelijkheid was het omdat we wantrouwend waren; de terughoudendheid van mensen die weten dat ze een geheim bewaren had zich van ons meester gemaakt en we waren bezig Agliè onwillekeurig te verwijzen naar de profane massa, wij die langzaam aan, terwijl het lachen ons verging, begonnen in te zien wat we hadden uitgevonden. Bovendien wisten we, zoals Diotallevi op een dag zei toen hij even een goed humeur had, nu we een echte Saint-Germain in handen hadden, niet wat we met een vermeende Saint-Germain aanmoesten.

Onze gereserveerdheid leek Agliè niet te raken. Hij groette ons uiterst aimabel en verdween. Een houding die begon te grenzen aan hovaardigheid.

Op een maandagmorgen was ik laat op kantoor gekomen, en had Belbo me ongeduldig in zijn kamer uitgenodigd en ook Diotallevi geroepen. 'Groot nieuws,' had hij gezegd. Hij wilde net van wal steken toen Lorenza binnenkwam. Belbo werd heen en weer geslingerd tussen zijn vreugde over dat bezoekje en zijn ongeduld ons van zijn ontdekkingen op de hoogte te stellen. Meteen daarna hadden we horen kloppen en had Agliè zijn hoofd om de deur gestoken: 'Ik wil u niet lastig vallen, blijft u vooral zitten. Het ligt niet in mijn macht een dergelijke zitting te verstoren. Ik wijs onze dierbare Lorenza er alleen op dat ik bij mijnheer Garamond zit. En hoop dat het tenminste wel in mijn macht ligt haar om twaalf uur, in mijn kantoor te inviteren voor een sherry.'

In zijn kantoor. Toen had Belbo zijn zelfbeheersing verloren. Dat wil zeggen, op zijn manier dan. Hij had gewacht tot Agliè de kamer uit was en had gemompeld: 'Trek je stop d'r uit.'

Lorenza die nog vrolijke instemmende gebaren maakte, had hem gevraagd wat het betekende.

'Dat is Turijns. Het betekent haal die kurk er uit, ofte wel, zo je wilt, wilt u alstublieft zo vriendelijk zijn die kurk er uit te halen. Te zeggen tegen mensen die hoogmoedig en hoogborstig zijn, in de veronderstelling dat zij opgeblazen zijn door hun eigen onbescheidenheid, en tevens in de veronderstelling dat die onmatige zelfbeschouwing het lichaam uitsluitend uitgezet houdt door middel van een kurk die, in de sfincter ingebracht, voorkomt dat al die aerostatische waardigheid vervliegt, zodat, als men het subject verzoekt zich van deze stop te ontdoen, men hem onvermijdelijk veroordeelt tot verslapping dewelke niet zelden vergezeld gaat van een scherp gefluit en de reductie van het overtollige omhulsel tot een armzalig hoopje, vleesloos beeld en bloedeloos fantasma van de gewezen verhevenheid.'

'Ik wist niet dat je zo vulgair was.'

'Dan weet je het nu.'

Lorenza was weggegaan, irritatie veinzend. Ik wist dat Belbo daaronder nog meer leed: een echte woedeaanval daar had hij vrede mee kunnen hebben, maar een gespeelde humeurigheid noopte hem te denken dat bij Lorenza ook de hartstocht schijn was, een vorm van theater, altijd.

En daarom was het, geloof ik, dat hij meteen resoluut zei: 'Laten we doorgaan.' Waarmee hij bedoelde laten we verder gaan met het Plan, laten we echt aan het werk gaan.

'Ik heb geen zin,' had Diotallevi gezegd. 'Ik voel me niet lekker. Ik heb hier pijn,' en legde zijn hand op zijn maag, 'ik denk dat het gastritis is.'

'Hoe kom je daar nu bij,' had Belbo tegen hem gezegd, 'gastritis dat heb ik nog niet eens... Waar heb je die gastritis dan van gekregen, van mineraalwater zeker?'

'Het zou kunnen,' had Diotallevi geglimlacht, gespannen. 'Gisteravond ben ik me te buiten gegaan. Ik ben gewend aan Fiuggi maar heb San Pellegrino gedronken.'

'Dan moet je oppassen, een dergelijke onmatigheid kan je fataal worden. Maar laten we doorgaan want ik sterf al twee dagen van verlangen het jullie te vertellen. Eindelijk weet ik waarom de Zesendertig Onzichtbaren er al eeuwen niet in slagen de vorm van de kaart te bepalen. John Dee had zich vergist, de geografie klopt niet. Wij leven binnenin een holle wereld, omwikkeld door aardse oppervlakten. En Hitler had dat ingezien.'

99

Het nazisme was het moment waarop de geest van de magie de teugels van de materiële vooruitgang in handen heeft genomen. Lenin heeft gezegd dat het communisme de optelsom van socialisme en elektriciteit was. In zekere zin is het nationaal-socialisme de optelsom van het Guénonisme en de pantserdivisies.

Louis Pauwels en Jacques Bergier, *Le matin des magiciens*, Parijs, Gallimard, 1960, p. 326

Belbo was erin geslaagd ook Hitler in het plan in te passen. 'De teksten spreken voor zich. Het is bewezen dat de grondleggers van het nazisme banden hadden met de Duitse neo-Tempeliers.'

'Geen speld tussen te krijgen.'

'Ik verzin dit niet zelf, Casaubon, ik verzin niet altijd alles zelf!'

'Rustig nou maar, wanneer hebben wij ooit iets verzonnen? We zijn altijd uitgegaan van objectieve gegevens, of in ieder geval van informatie die gemeengoed is.'

'Ook dit keer. In 1912 ontstaat er een Germanenorde die een ariosofie voorstaat, ofte wel een filosofie van de Arische superioriteit. In 1918 sticht een zekere baron von Sebottendorff een aanverwante beweging, het Thule Gesellschaft, een geheim genootschap en een zoveelste variant op de Strikte Observantie van de Tempeliers, maar met een sterk racistische, pangermanistische en neo-Arische inslag. En in '33 zal deze Sebottendorff schrijven dat hij gezaaid heeft wat Hitler daarna heeft opgekweekt. Overigens doemt in de kringen van het Thule Gesellschaft het hakenkruis op. En wie maakt van meet af aan deel uit van het Thule Gesellschaft? Rudolf Hess, de duivelse raadsheer van Hitler! En dan Rosenberg! En Hitler zelf! Bovendien zullen jullie het wel in de krant hebben gelezen, Hess houdt zich in zijn gevangenis in Spandau vandaag de dag nog steeds bezig met esoterische wetenschappen. Sebottendorff schrijft in '24 een pamflet over alchimie, en merkt op dat de eerste experimenten met atoomsplitsing de waarheden van het Grote Werk aantonen! En hij schrijft een boek over de Rozenkruisers! Bovendien zal hij aan het hoofd staan van een astrologisch tijdschrift, de *Astrologische Rundschau*, en Trevor-Roper heeft geschreven dat de hele nazi-top, Hitler voorop, geen stap verzette voordat ze hun horoscoop hadden laten trekken. In 1943 schijnen ze een groep helderzienden geraadpleegd te hebben om erachter te komen waar Mussolini gevangen werd gehouden. Kortom, de hele nazi-top is verbonden met het Duitse neo-occultisme.'

Belbo leek het voorval met Lorenza vergeten te zijn, en ik hielp hem een handje door wat vaart achter de reconstructie te zetten: 'In wezen valt vanuit dit gezichtspunt ook Hitlers kracht als volksmenner te verklaren. Fysiek gesproken was hij een misbaksel, hij had een schelle stem; hoe bracht hij de mensen in godsnaam het hoofd op hol? Hij moet mediamieke gaven gehad hebben. Waarschijnlijk was hij geïnstrueerd door een of andere druïde bij hem uit de buurt, en kon hij in contact treden met de ondergrondse stromen. Ook hij was een plug, een biologische menhir. Hij bracht de energie van de stromen over op zijn getrouwen in het stadion van Neurenberg. Een tijdje lang moet het hem goed af zijn gegaan, toen raakten zijn batterijen op.'

100

Aan de hele wereld: ik verklaar dat de aarde hol is en van binnen bewoonbaar, dat hij een zeker aantal vaste, concentrische sferen bevat, zodat de ene in de andere zit, en dat er bij de twee polen een opening zit met een omvang van twaalf à zestien graden.

I. Cleves Symmes, Kapitein der infanterie, 10 april 1818;
geciteerd in Sprague de Camp en Ley, *Lands Beyond*, New York, Rinehart, 1952, x

'Mijn complimenten, Casaubon, in uw onschuld heeft u het goed aangevoeld. De waarlijke, enige obsessie van Hitler waren de onderaardse stromen. Hitler hing de theorie van de holle wereld aan. De *Hohlweltlehre*.'

'Jongens, ik ga, ik heb gastritis,' zei Diotallevi.

'Wacht, nu komt het mooiste. De aarde is hol: wij wonen er niet op, op de buitenste, bolle korst, maar binnenin, op de holle binnenkant. Dat waarvan wij denken dat het de hemel is, is een gasmassa met helder verlichte gebieden, gas dat het binnenste van de globe vult. Alle astronomische maten moeten herzien worden. De hemel is niet oneindig, maar omschreven. De zon, als die al bestaat, is niet groter dan hij lijkt. Een stofje van dertig centimeter doorsnee in het centrum van de aarde. Dat vermoedden de Grieken al.'

'Dit heb je gewoon zelf bedacht,' zei Diotallevi vermoeid.

'Dit heb ik toevallig niet zelf bedacht nee! Dat idee is in het begin van de negentiende eeuw, in Amerika, al door een zekere Symmes naar voren gebracht. Daarna is het aan het eind van de eeuw overgenomen door een andere Amerikaan, een zekere Teed, die zich baseert op alchimistische experimenten en op de lezing van Jesaja. En na de Eerste Wereldoorlog wordt de theorie uitgewerkt door een Duitser, hoe heet hij ook weer, die inderdaad de beweging van de *Hohlweltlehre* sticht hetgeen, zoals het woord al zegt, de theorie van de holle wereld inhoudt. Hitler en de zijnen vinden dat de theorie van de holle aarde precies aansluit bij hun principes, en er wordt zelfs beweerd dat ze de V1 een aantal keren foutief richten omdat ze de baan ervan berekenen op grond van de hypothese van een hol en niet van een bol oppervlak. Hitler is er inmiddels van overtuigd geraakt dat hijzelf de Koning van de Wereld is, en dat de Generale Staf de Onbekende Leiders zijn. En waar woont de Koning van de Wereld? Er in, er onder, niet er op. En op grond van die hypothese besluit Hitler de volgorde van de onderzoeken, de conceptie van de laatste kaart, de manier om de Slinger te interpreteren helemaal om te draaien! De zes groepen moeten een nieuwe samenstelling krijgen en alle berekeningen moeten over. Denk maar aan de logica van Hitlers veroveringen... Eerste revindicatie, Dantzig, om de traditionele plekken van de Duitse groep aan zich te onderwerpen. Daarna verovert hij Parijs, en heeft daarmee de Slinger en de Eiffeltoren in zijn macht, zoekt contact met de synarchistische groepen en brengt ze onder bij de regering in Vichy. Daarna verzekert hij zich van de neutraliteit en in feite van de medeplichtigheid van de Portugese groep. Vierde doel, dat is duidelijk, Engeland, maar we weten dat dat niet makkelijk is. In de tussentijd tracht hij met de Afrikaanse campagnes Palestina te bereiken, maar ook daar slaagt hij niet in. Dus concentreert hij zich op de onderwerping van de Pauliciaanse gebieden door de Balkan en Rusland binnen te vallen. Als hij meent vier zesde van het Plan in handen te hebben, stuurt hij Hess op een geheime missie naar Engeland om een alliantie voor te stellen. Aangezien de volgelingen van Bacon niet happen, krijgt hij een idee: het kan niet anders of het belangrijkste deel van het geheim is in handen van de eeuwige vijand, de joden. En de joden hoeven niet noodzakelijkerwijs in Jeruzalem te worden gezocht, waar er nog maar weinig over zijn. Het fragment van de boodschap van de Jeruzalemmer groep bevindt zich helemaal niet in Palestina, maar in handen van een of andere groep in de diaspora. En dat is de verklaring voor de Holocaust.'

'Hoezo?'

'Maar denken jullie nu eens even na. Stel je nu eens voor dat je een genocide wilt plegen...'

'Alsjeblieft zeg,' zei Diotallevi, 'dit gaat te ver, ik heb maagpijn, ik stap op.'

'Wacht nou, goddomme, toen de Tempeliers de buik van de Saracenen openreten vond je het leuk omdat het zo lang geleden was, en nu hang je de moralistische bekrompen intellectueel uit. We proberen hier de Geschiedenis te herschrijven, we moeten nergens voor terugdeinzen.'

Aangestoken door zijn geestdrift lieten we hem verder praten.

'Wat opvalt aan de genocide van de joden is de omslachtigheid van de werkwijze, eerst worden ze in kampen gestopt om te worden uitgehongerd, daarna worden ze uitgekleed, daarna de douche, daarna de nauwgezette bewaring van bergen kadavers, en de archivering van kleren, de inventarisatie van de persoonlijke bezittingen... Als het er alleen om ging om te doden was het geen rationele werkwijze. Het wordt pas rationeel als er naar iets gezocht werd, naar een boodschap die een van die miljoenen mensen, de Jeruzalemmer vertegenwoordiger van de Zesendertig Onzichtbaren, bij zich hield, in de plooien van zijn pak, in zijn mond, getatoeëerd op zijn huid... Alleen het Plan verklaart de onverklaarbare bureaucratie van de genocide! Hitler zoekt op de joden de aanwijzing, het idee dat hem, met hulp van de Slinger, in staat stelt het precieze punt te bepalen waarop, onder het holronde gewelf dat de holle aarde zelf vormt, de onderaardse stromen elkaar snijden—want op dat punt, let op de volmaaktheid van het concept, vallen ze samen met de hemelse stromen, waardoor de theorie van de holle aarde als het ware de eeuwenoude hermetische intuïtie bevestigt: dat wat onder is is gelijk aan dat wat boven is! De Mystieke Pool valt samen met het Hart van de Aarde, het geheime grondplan van de hemellichamen is niets anders dan het geheime grondplan van de onderaardse gangen onder Agarttha, er is geen verschil meer tussen hemel en hel, en de graal, de *lapis exilis* is de *lapis ex coeli* in die zin dat het de steen der wijzen is die ontstaat als omhulsel, grens, limiet, chtonische uterus der hemelen! En als Hitler eenmaal weet waar dat punt is, in het holle centrum van de aarde dat het volmaakte centrum van de hemel is, dan zal hij baas zijn over de wereld waar hij krachtens zijn ras Koning van is. En dat is waarom hij tot op het allerlaatst, vanuit de diepte van zijn bunker, nog denkt dat hij kan vaststellen waar de Mystieke Pool zich bevindt.'

'Genoeg,' had Diotallevi gezegd. 'Nu voel ik me echt ziek. Ik heb pijn.'

'Hij heeft echt pijn, het is geen ideologische polemiek,' zei ik.

Pas toen scheen het tot Belbo door te dringen. Hij stond bezorgd op om zijn vriend die tegen de tafel leunde en op het punt leek flauw te vallen te ondersteunen. 'Sorry, jongen, ik liet me meeslepen. Je voelt je toch niet ziek omdat ik al die dingen heb gezegd? Je kent me toch langer dan vandaag? Maar je bent echt ziek, misschien is het werkelijk gastritis. In dat geval moet je een Rennie nemen, dat helpt heel goed. En een warme kruik. Toe, ik breng je thuis, maar misschien kun je voor de zekerheid toch maar beter een dokter bellen.'

Diotallevi zei dat hij wel alleen naar huis kon met de taxi, dat hij nog niet op sterven lag. Dat hij even moest liggen. Dat hij meteen een dokter zou bellen, beloofde hij. En dat het niet het verhaal van Belbo was dat hem had geschokt, maar dat hij zich de avond daarvoor ook al niet goed voelde. Belbo leek opgelucht en bracht hem naar de taxi.

Hij kwam bezorgd terug: 'Nu ik erover nadenk, die jongen ziet er al een paar weken slecht uit. Hij heeft zúlke ogen... Maar godallemachtig, ik had al tien jaar geleden aan cirrose moeten overlijden en zit hier nog steeds, en hij, die als een asceet leeft, heeft gastritis en wie weet wel erger, volgens mij is het een maagzweer. Naar de hel met dat Plan. We leiden allemaal een krankzinnig leven.'

'Volgens mij gaat het met een Rennie wel weer over,' zei ik.

'Volgens mij ook. Maar een warme kruik is nog beter. Hopelijk gebruikt hij een beetje z'n verstand.'

101

Wie zich bezighoudt met kabbala... zal, als hij bij het werk een fout maakt of het benadert zonder gereinigd te zijn, door Azazel worden verorberd.

Pico della Mirandola, *Conclusiones Magicae*

Eind november was Diotallevi's toestand plotseling verergerd. De dag daarna verwachtten we hem op kantoor en had hij ons gebeld om te zeggen dat hij zich liet opnemen. De dokter had gezegd dat de symptomen niet verontrustend waren, maar dat het beter was wat onderzoeken te doen.

Belbo en ik brachten zijn ziekte in verband met het Plan, waarmee we misschien wat te ver waren gegaan. We zeiden zo half en half tegen elkaar dat dat onzinnig was, maar we voelden ons toch schuldig. Het was de tweede keer dat ik me Belbo's handlanger voelde: één keer hadden we samen gezwegen (tegen De Angelis), deze keer hadden we—samen—teveel gepraat. Het was onzinnig om ons schuldig te voelen—daar waren we toen van overtuigd—maar het zat ons toch niet lekker. En dus hielden we meer dan een maand onze mond over het Plan.

Na twee weken was Diotallevi weer verschenen en had ons op nonchalante toon gezegd dat hij Garamond om ziekteverlof had gevraagd. Ze hadden hem een kuur aangeraden—waarover hij niet al te veel had uitgeweid—waarvoor hij iedere twee, drie dagen naar de kliniek moest en die hem enigszins zou verzwakken. Ik weet niet hoeveel zwakker hij nog kon worden: zijn gezicht had nu dezelfde kleur als zijn haar. 'En hou op met die verhalen van jullie,' had hij gezegd, 'ze zijn slecht voor de gezondheid, zoals jullie zien. Het is de wraak van de Rozenkruisers.'

'Maak je geen zorgen,' had Belbo hem glimlachend gezegd, 'we nemen die Rozenkruisers zo te grazen dat ze jou wel met rust zullen laten. We hoeven maar dít te doen.' En hij had in zijn vingers geknipt.

De kuur had tot aan het begin van het nieuwe jaar geduurd. Ik had me verdiept in de geschiedenis van de magie—de echte, de serieuze, hield ik mezelf voor, niet de onze. Garamond kwam minstens één keer per dag bij ons binnenlopen om te vragen hoe het met Diotallevi was. 'En denk eraan heren, houdt me op de hoogte van alles wat hij nodig mocht hebben, ik bedoel, van ieder probleem dat rijst, van iedere situatie waarin wij, als firma, iets voor onze waardevolle vriend kunnen betekenen. Hij is als een zoon voor me, ik zeg zelfs meer, een broer. Hoe het ook zij, we leven in een beschaafd land, god zij dank, en wat men er verder ook van vindt, we mogen ons verheugen in een uitstekende gezondheidszorg.'

Agliè had zich bezorgd betoond, had naar de naam van de kliniek geïnformeerd en de directeur opgebeld, een dierbare vriend van hem (bovendien, had hij gezegd, broer van een SEK met wie hij inmiddels op uiterst vriendschappelijke voet stond). Diotallevi zou met speciale zorg omringd worden.

Lorenza was aangedaan. Ze kwam bijna iedere dag bij Garamond langs om het laatste nieuws te horen. Dit had Belbo gelukkig moeten maken, maar hij had kans gezien er een sombere diagnose aan te verbinden: hoewel ze aanwezig was ontglipte ze hem, omdat ze niet voor hem kwam.

Vlak voor Kerstmis had ik toevallig een flard van een gesprek opgevangen. Lorenza zei tegen hem: 'Ik garandeer het je, schitterende sneeuw en ze hebben verrukkelijke kamers. Jij kan er langlaufen. Ja?' Ik had eruit opgemaakt dat ze oud-en-nieuw samen zouden doorbrengen. Maar na Driekoningen was Lorenza op een dag in de gang verschenen en had Belbo tegen haar gezegd: 'Gelukkig nieuwjaar,' terwijl hij haar poging om hem te omhelzen ontweek.

102

Van hieruit vertrekkend kwamen we in een streek die Milestre heette... waar naar men zegt iemand placht te wonen die de Oude van de Berg heette... En hij heeft daar op de hoogste bergen die een vallei omgordden, een zeer grote en hoge muur gebouwd, met een omtrek van xxx mijl en je ging er naar binnen door twee in de rots uitgehouwen, moeilijk vindbare deuren.

Odorico da Pordenone, *De rebus incognitis*, Impressus Esauri, 1513, b. 21, p. 15

Op een dag, tegen eind januari, liep ik door de Via Marchese Gualdi waar ik mijn auto had geparkeerd, en had Salon uit Manuzio zien komen. 'Een babbeltje met mijn vriend Agliè...' had hij gezegd. Vriend? Voor zover ik me herinnerde van het feest in Piemonte had Agliè het niet erg op hem begrepen. Trachtte Salon zijn licht op te steken bij Manuzio of gebruikte Agliè hem om een of ander contact te leggen?

Tijd om daarover na te denken had hij me niet gegund want hij had me meteen voorgesteld een aperitiefje te gaan drinken, en we waren bij Pilade beland. Ik had hem daar nog nooit gezien, maar hij had de oude Pilade gegroet alsof ze elkaar al tijden kenden. We waren gaan zitten, hij had me gevraagd hoe het met mijn verhaal over de magie stond. Dat wist hij dus ook. Ik had hem uit de tent proberen te lokken met de holle aarde, en met die Sebottendorff waar Belbo het over had gehad.

Hij had gelachen. 'Ah, aan gekken hebben jullie geen gebrek als ik dat zo hoor! Over dat verhaal met die holle aarde is me niets bekend. Wat die Sebottendorff betreft, tja, dat was een vreemde snuiter... Het scheelde niet veel of hij had Himmler en trawanten op ideeën gebracht die het Duitse volk wel eens fataal hadden kunnen worden.'

'Wat voor ideeën?'

'Oosterse fantasieën. Die man wantrouwde de joden en zwijmelde voor de Arabieren en de Turken. Wist u dat op het bureau van Himmler behalve *Mein Kampf* ook altijd de koran lag? In zijn jeugd had Sebottendorff gedweept met ik weet niet wat voor Turkse inwijdingssekte, en had zich op de islamitische gnosis gestort. Hij zei "Führer" maar dacht aan de Oude van de Berg. En toen ze met elkaar de SS oprichtten, hadden ze een organisatie als die van de Assassijnen voor ogen... Heeft u zich wel eens afgevraagd waarom Duitsland en Turkije in de Eerste Wereldoorlog bondgenoten waren...'

'Hoe weet u al die dingen toch?'

'Ik heb u, geloof ik, verteld dat mijn arme vader voor de Russische Ochrana werkte. Goed, ik herinner me dat de tsaristische politie zich zorgen maakte om de Assassijnen, ik geloof dat Račkovskij daar als eerste mee kwam... Maar daarna hadden ze hun koers gewijzigd want als de Assassijnen er iets mee te maken hadden, hadden de joden er niets meer mee te maken, en toentertijd zag men de joden als het gevaar. Zoals altijd. De joden zijn naar Palestina teruggegaan en hebben die anderen gedwongen uit hun holen te voorschijn te komen. Maar dit is een warrige geschiedenis, laten we er maar over ophouden.'

Het leek of hij zijn loslippigheid betreurde, en hij had haastig afscheid genomen. En er was nog iets gebeurd. Na alles wat er is voorgevallen, ben ik er nu van overtuigd dat ik het niet gedroomd heb, maar op de dag zelf dacht ik dat ik hallucineerde, want toen ik Salon die de bar uitliep met mijn ogen volgde, meende ik dat ik zag dat hij, op de hoek, een man met een oosters gezicht ontmoette.

Hoe dan ook, Salon had genoeg gezegd om mijn verbeelding weer te prikkelen. De Oude van de Berg en de Assassijnen waren geen onbekenden voor me: ik had ze genoemd in mijn scriptie, de Tempeliers waren ervan beschuldigd ook met hen geheime afspraken te hebben gehad. Hoe hadden we dat kunnen vergeten?

En zo gebeurde het dat ik mijn hersens weer aan het werk zette, en vooral mijn vingertoppen, bij het doorlopen van mijn oude fiches; en dat me zo'n schitterend idee inviel dat ik het niet voor me kon houden.

Op een ochtend stormde ik de kamer van Belbo binnen: 'Zij hadden het helemaal mis. Wij hadden het helemaal mis.'

'Rustig Casaubon, wie? Oh, mijn god, het Plan.' Hij aarzelde even. 'Weet u dat de berichten over Diotallevi niet al te best zijn? Hij praat niet, ik heb het ziekenhuis gebeld maar die hebben niets naders willen zeggen omdat ik geen familie ben—hij heeft geen familie, wie moet zich dan over hem ontfermen? Hun terughoudendheid beviel me niets. Iets goedaardigs, zeggen ze, maar de behandeling is niet afdoende geweest, het is beter dat hij een maandje wordt opgenomen, en misschien zou een kleine chirurgische ingreep aanbeveling verdienen... Kortom, die mensen vertellen me niet alles en die geschiedenis bevalt me niets.'

Ik wist niet wat ik moest zeggen, begon ergens in te bladeren om de indruk die mijn triomfantelijke entree had gewekt, weg te nemen. Maar het was Belbo die zwichtte. Als een speler die ze plotsklaps een spel kaarten voorhielden. 'Ach verdomme,' zei hij. 'Het leven gaat helaas door. Ik ben een en al oor.'

'Ze hebben het helemaal mis. We hebben het helemaal mis, of bijna. Het zit zo: Hitler doet wat hij doet met de joden, maar komt van een koude kermis thuis. Occultisten over de gehele wereld zijn al eeuwenlang bezig Hebreeuws te leren, iedereen is in de weer met de kabbala, en veel meer dan een horoscoop levert het niet op. Waarom?'

'Eh... omdat het fragment van de Jeruzalemmers natuurlijk nog ergens verborgen is. Alhoewel, het fragment van de Paulicianen is ook niet echt te voorschijn gekomen, voor zover wij weten...'

'Dat had Agliè kunnen antwoorden, maar wij niet. Ik heb wat beters. De joden hebben er niets mee te maken.

'Hoezo?'

'De joden hebben niets met het Plan te maken. Dat kan helemaal niet. Laten we proberen ons de situatie van de Tempeliers voor te stellen, eerst in Jeruzalem, en later in de hoofdkwartieren van Europa. De Franse ridders ontmoeten de Duitse, de Portugese, de Spaanse, de Italiaanse, de Engelse, allen onderhouden ze contacten met het Byzantijnse gebied, en voor alles meten ze zich met de tegenstander, de Turk. Een tegenstander waarmee gevochten, maar ook onderhandeld wordt, dat hebben we gezien. Dat waren de krachten die speelden, en de contacten verliepen tussen heren van gelijke stand. Hoe stond het in die tijd met de joden in Palestina? Ze vormden een religieuze en getolereerde minderheid die door de Arabieren gerespecteerd en met welwillende inschikkelijkheid bejegend werd; ze werden zeer slecht behandeld door de christenen, want laten we niet vergeten dat er, onderweg, tijdens de verschillende kruistochten, getto's werden geplunderd en flink werd gemoord. En dan denken wij dat de Tempeliers, die het zo hoog in hun bol hebben, met de joden mystieke informatie uitwisselden? Nooit van z'n leven. En in de hoofdkwartieren van Europa doken de joden op als woekeraars —die men liever zag gaan dan komen—die je wel kon gebruiken maar niet moest vertrouwen. Wij hebben het hier over betrekkingen tussen ridders onder elkaar, we zijn het plan van een spiritueel ridderschap aan het reconstrueren, en stelden ons voor dat de Tempeliers van Provins tweederangs burgers bij hun zaken betrekken? Nooit van z'n leven.'

'En de hele renaissance-magie dan die de kabbala gaat bestuderen...'

'Natuurlijk, we staan aan de vooravond van de derde ontmoeting, men wordt ongedurig, zoekt naar een kortere weg, het Hebreeuws lijkt een heilige en mysterieuze taal, de kabbalisten hebben zich er uit eigenbelang of om andere redenen op gestort en bij de zesendertig over de wereld verspreiden vat het idee post dat een onbegrijpelijke taal wel eens geheimen zou kunnen verbergen. Het zal Pico della Mirandola zijn die zegt dat *nulla nomina, ut significativa et in quantum nomina sunt, in magico opere virtutem habere non possunt, nisi sint Hebraica.* Nou? Pico della Mirandola was een halve gare.'

'Toe maar!'

'En bovendien was hij, als Italiaan, uitgesloten van het Plan. Wat wist hij ervan? Des te erger voor de verschillende Agrippa's en Reuchlins en trawanten die de verkeerde weg inslaan. Ik ben bezig de geschiedenis van de verkeerde weg te reconstrueren, snapt u? We hebben ons laten beïnvloeden door Diotallevi met zijn kabbalistiek. Door die kabbala van Diotallevi hebben wij de joden in het Plan opgenomen. Als Diotallevi zich met de Chinese cultuur had beziggehouden, hadden we dan de Chinezen een plaats in het Plan gegeven?'

'Misschien wel.'

'Misschien niet. Maar daarom hoeven we ons nog niet de haren uit het hoofd te trekken, we zijn door iedereen op een dwaalspoor gebracht. Iedereen heeft dezelfde vergissing begaan, te beginnen met Postel, naar alle waarschijnlijkheid. Ze waren er, tweehonderd jaar na Provins, van overtuigd dat de zesde groep de groep uit Jeruzalem was. En dat was niet zo.'

'Maar neem me niet kwalijk, Casaubon, we hebben zélf de interpretatie van Ardenti bijgesteld, en gezegd dat de afspraak op de steen niet in Stonehenge maar op de steen in de Omarmoskee was.'

'En we hebben ons vergist. Stenen zijn er te over. Het moest een plek zijn die gesticht was op de steen, op de berg, op de rots, op de krib, op ravijnen... De zesde groep wacht in de vesting van Alamoet.'

103

Daar verscheen Kairos met een scepter in de hand,
hetgeen een teken was van koninklijk gezag, en hij
gaf de scepter terug aan de god die het eerst
geschapen was, en deze nam de scepter aan en
sprak: 'Je geheime naam zal zesendertig letters
tellen.'

al-Hasan ibn al-Sabbah, *Sargozast-i Sayyid-na*

Ik had het met veel aplomb gebracht, maar nu moest ik het nog onderbouwen. In de dagen die volgden was ik met lange, minutieuze, gedocumenteerde verklaringen gekomen; op de tafeltjes bij Pilade toonde ik Belbo het ene bewijs na het andere; hij raakte steeds benevelder, stak de ene sigaret met de andere op en strekte om de vijf minuten zijn lege glas met een restje ijs op de bodem naar Pilade uit, die zich haastte om het weer bij te vullen, zonder op verdere orders te wachten.

De vroegste bronnen waren die waarin de eerste berichten over de Tempeliers opdoken, van Gerard de Strasbourg tot Joinville. De Tempeliers waren in contact getreden met de Assassijnen van de Oude van de Berg—een contact dat soms het karakter had van een conflict, maar vaker van een mysterieuze alliantie.

De geschiedenis was natuurlijk complexer. Het begon allemaal na de dood van Mohammed, met de breuk tussen de volgelingen van de gewone wet, de soennieten, en de voorvechters van Ali, de schoonzoon van de Profeet, de man van Fatima, die de opvolging aan zijn neus voorbij had zien gaan. Het waren de bewonderaars van Ali, die elkaar vonden in de *shi'a*, de groep adepten die de ketterse vleugel van de islam, de sjiieten, in het leven had geroepen. Een inwijdingsleer, waarvoor de continuïteit van de openbaring niet besloten lag in het traditionele overdenken van de woorden van de Profeet, maar in de persoon van de Imam zelf, heer, hoofd, manifestatie van het goddelijke, theofanische werkelijkheid, Koning van de Wereld.

Wat gebeurde er nu met deze ketterse vleugel van de islam, die gaandeweg geïnfiltreerd raakte door alle esoterische doctrines in het Middellandse-Zeegebied, van de manicheeërs tot de gnostici, van de neoplatonici tot de Perzische mystiek en door al die stromingen waarvan wij al jaren de westerse ontwikkelingen volgden? Het was een lange geschiedenis en we slaagden er niet in deze te ontwarren, ook al omdat de verschillende Arabische auteurs en hoofdpersonen ellenlange namen hadden; in de serieuzere teksten werden deze getranscribeerd met de diacritische tekens, en laat op de avond konden we geen verschil meer zien tussen Abu 'Abdillah Muhammed b. 'Ali ibn Razzam at-Ta'i al-Kufi, Abu Muhammad 'Ubaydu-llah en Abu Mu'ini-ddin Nasir ibn Khusraw Marwazi Qubadyani (ik denk dat een Arabier het net zo moeilijk zou hebben met het uit elkaar houden van Aristoteles, Aristoxenus, Aristarchus, Aristides, Anaximander, Anaximenes, Anaxagoras, Anacreon en Anacharsis).

Maar één ding was zeker. Het sjiisme kent twee grote vertakkingen: de ene wordt de sekte der twaalf genoemd, en is in afwachting van een verdwenen Imam die terug zal keren, de andere is die van de Ismaëlieten en ontstaat in het rijk van de Fatimiden van Caïro om vervolgens, door toedoen van een fascinerende, mystieke en strijdlustige figuur, al-Hasan ibn al-Sabbah, na enige omzwervingen ingang te vinden in Perzië als gereformeerd Ismaëlisme. Daar vestigt Sabbah zijn centrum, zijn onneembare troon ten zuidwesten van de Kaspische Zee, in de vesting van Alamoet, het Nest van de Roofzuchtige.

Hier omringde al-Sabbah zich met volgelingen, de *fida'iyyun* of *fedayin*, die hem trouw waren tot in de dood en die hij zijn politieke moorden liet plegen, werktuigen van de *djihaad hafi*, de geheime heilige oorlog. De *fedayin*, of hoe hij ze ook noemde, die later navrant genoeg berucht zouden worden onder de naam Assassijnen—hetgeen nu geen fraaie naam is, maar waar zij toen bijzonder verguld mee waren, embleem van een type strijdlustige monniken die erg veel weg hadden van de Tempeliers en die bereid waren voor hun geloof te sterven. Spiritueel ridderschap.

De burcht of het kasteel van Alamoet: de Steen. Gebouwd op een hoge, vierhonderd meter lange bergkam die soms maar enkele, hooguit dertig, passen breed was, zag hij er, voor wie aankwam over de weg naar Azerbaidzján van verre uit als een natuurlijke vestingmuur, verblindend wit in de zon, hemelsblauw in de purperen zonsondergang, bleek bij zonsopgang en bloedrood in de dageraad, op sommige dagen verscholen in de wolken of oplichtend in bliksemflitsen. Als je omhoog keek kon je met enige moeite zien dat de bovenranden slordig waren afgewerkt met kunstmatige vierkante torens die er van beneden af uitzagen als een rij stenen lemmeten die honderden meters de lucht in staken en dreigend boven je uittorenden; de meest toegankelijke wand was een lawine van verschuivend grind waar archeologen ook nu nog niet tegenop kunnen komen. In die tijd liep de toegang via een aantal geheime in de rots uitgesleten wendingen, die eruitzagen alsof iemand een fossiele appel geschild had en die door slechts één boogschutter verdedigd konden worden. Onneembaar, duizelingwekkend in het Elders. Alamoet, de vesting van de Assassijnen. Je kon er alleen komen op de rug van een adelaar.

Van daaruit regeerde al-Sabbah, en na hem al degenen die als de Oude van de Berg bekend zouden worden, in het bijzonder zijn opvliegende opvolger Sinan.

Al-Sabbah had een techniek ontwikkeld om zich van de heerschappij over zowel de zijnen als zijn tegenstanders te verzekeren. Zijn vijanden vertelde hij dat hij hen zou doden als ze niet slaafs aan zijn wensen gehoorzaamden. En aan de Assassijnen viel niet te ontkomen. In de tijd dat de kruisvaarders nog druk bezig waren om Jeruzalem te veroveren wordt de eerste minister van de sultan, Nizam al-Moelk, in een draagstoel op weg naar de verblijven van zijn vrouwen, doodgestoken door een sluipmoordenaar die hem als derwisj verkleed benaderd had. De atabeg van Hims wordt, wanneer hij omringd door een tot de tanden gewapende patrouille zijn kasteel verlaat om naar het vrijdaggebed te gaan, doodgestoken door de sluipmoordenaars van de Oude.

Sinan vat het plan op de christelijke markies Corrado da Montefeltro te vermoorden en instrueert hiertoe twee van zijn volgelingen, die zich na lange voorbereiding onder de ongelovigen mengen en hun gebruiken en taal nabootsen. Als de bisschop van Tyrus de nietsvermoedende markies een banket aanbiedt storten ze zich op hem, verkleed als monniken, en verwonden hem. Eén Assassijn wordt meteen door de lijfwachten gedood, de ander zoekt zijn toevlucht in een kerk, wacht totdat de gewonde daarheen wordt gebracht, overvalt hem, maakt hem af en gaat gelukzalig ten onder.

Want, zeiden de Arabische geschiedschrijvers van de soennitische lijn, en daarna de christelijke kroniekschrijvers, van Odorico da Pordenone tot Marco Polo, de Oude had een gruwelijke manier bedacht om te zorgen dat zijn ridders hem onvoorwaardelijk, tot aan het laatste offer, als onoverwinnelijke oorlogsmachines trouw zouden blijven. Als jonge jongens sleepte hij ze in hun slaap mee tot boven in de burcht, verzwakte hen met geneugten, wijn, vrouwen, bloemen, zinsbedwelmende banketten, versufte ze met hasjiesj—vandaar de naam van de sekte. En als ze eenmaal zover waren dat ze het niet meer zonder de perverse geneugten van dat namaakparadijs konden stellen, sleepte hij ze in hun slaap weer naar buiten en stelde ze voor de keuze: ga en dood, en als het je lukt zal dit Paradijs dat je nu verlaat opnieuw voor altijd van jou zijn; als je faalt zul je terugvallen in de alledaagse djahanna.

Helemaal verdoofd door de drugs en volkomen onderworpen aan zijn wil offerden zij, die veroordeeld waren tot moorden, slachtoffers die gedoemd waren slachtoffers te maken, zich op.

Wat waren ze gevreesd, wat een fabels vertelden de kruisvaarders over hen in de maanloze nachten terwijl de samoem door de woestijn gierde! Wat werden ze bewonderd door de Tempeliers, die als dieren gebukt gingen onder het juk van die onontkoombare wens om martelaar te zijn en zich onderwierpen om hun tolgelden te betalen, waarvoor ze in ruil formele schattingen vroegen; een spel van concessies over en weer, medeplichtigheid, wapenbroederschap, waarbij ze elkaar op het open veld afslachtten, in het geheim liefkoosden en elkaar mystieke visioenen, magische formules, alchimistische subtiliteiten influisterden...

En van de Assassijnen leerden de Tempeliers hun occulte riten. Slechts de laffe onbenulligheid van de baljuws en de inquisiteurs van koning Filips had hen belet te begrijpen dat het spugen op het kruis, de kus op de anus, de zwarte kat en de aanbidding van Bafomet niets anders waren dan de herhaling van andere riten die ze uitvoerden onder invloed van het eerste geheim waarover hen in het oosten iets ter ore was gekomen, namelijk het gebruik van hasjiesj.

En dus was het logisch dat het Plan daar ontstaan was, ontstaan moest zijn: de mannen van Alamoet vertellen de Tempeliers over de onderaardse stromen, met de mannen van Alamoet waren ze in Provins bijeengekomen en hadden ze het occulte komplot van de Zesendertig Onzichtbaren in het leven geroepen, en daarom zou Christian Rosencreutz naar Fez en naar andere plaatsen in de Oriënt reizen; daarom zou Postel zich op de Oriënt richten, daarom zouden de magiërs in de renaissance uit de Oriënt, en uit Egypte, zetel van de Ismaëlitische Fatimiden, de eponieme godheid van het Plan importeren—Hermes, Hermes-Teuth of Toth—en had de intrigant Cagliostro zijn riten geënt op Egyptische figuren. En de jezuïeten, de jezuïeten die heel wat minder onnozel waren geweest dan we verondersteld hadden, hadden zich onmiddellijk met de goede Kircher op de hiërogliefen gestort, en op het Koptisch, en op de andere oosterse talen, terwijl het Hebreeuws alleen een dekmantel was, een concessie aan de mode van die tijd.

104

Deze teksten richten zich niet tot gewone stervelingen... De gnostische apperceptie is een weg die is voorbehouden aan een elite... Want zoals in de bijbel staat: werpt uw paarlen niet voor de zwijnen.

Kamal Jumblatt, interview in *Le Jour*, 31.3.1967

Geheimen worden waardeloos als ze prijsgegeven worden; en ontheiligd verliezen ze hun gratie: Dus: werp geen paarlen voor de zwijnen, of: spreid geen rozen uit voor een ezel

Johann Valentin Andreae, *Die Chymische Hochzeit des Christian Rosencreutz*, Straatsburg, Zetner, 1616, titelpagina

En trouwens, waar konden we iemand anders vinden die niet alleen in staat was zes eeuwen bovenop de steen te wachten maar dit ook inderdaad gedaan had? Natuurlijk, Alamoet was uiteindelijk onder de Mongoolse druk bezweken, maar de sekte van de Ismaëlieten had zich in de gehele Oriënt gehandhaafd. Ze waren deels opgegaan in het niet-sjiietische soefisme, hadden deels de verschrikkelijke sekte van de Druzen voortgebracht en hadden zich deels teruggetrokken te midden van de khodja's, volgelingen van de Aga Khan, niet ver van de plek van Agarttha.

Maar ik had nog iets anders ontdekt. Tijdens de dynastie van de Fatimiden waren de hermetische begrippen van de oude Egyptenaren, waarschijnlijk via de academie van Heliopolis, weer opgedoken in Caïro, waar een Huis der Wetenschappen was opgezet. Het Huis der Wetenschappen! Waar had Bacon zich voor zijn Huis van Salomo door laten inspireren, wat was het model voor het Conservatoire geweest?

'Zo zit het, zo zit het, het kan gewoon niet anders,' zei Belbo verrukt. Daarna: 'Maar de kabbalisten dan?'

'O dat loopt er gewoon parallel aan. De rabbijnen van Jeruzalem vermoeden dat er tussen Tempeliers en Assassijnen iets is voorgevallen, en de rabbijnen van Spanje, die rondreizen onder het mom dat ze Europese hoofdkwartieren tegen rente geld uitlenen, hebben hun vermoedens. Ze zijn buiten het geheim gehouden, en in een vlaag van nationale trots besluiten ze er op eigen kracht achter te komen. Wát, wij, het Uitverkoren Volk, worden in het duister gelaten over het geheim der geheimen? En hup, daar zet de kabbalistische traditie in, de heroïsche poging van de ballingen, van de verstotenen, om de heren, de heersers die voorgeven alles te weten een loer te draaien.'

'Maar daarmee wekken ze bij de christenen de indruk dat zíj alles precies weten.'

'En op een gegeven moment begaat iemand de blunder van het jaar en haalt Ismaël en Israël door elkaar.'

'Dus Barruel, en de Protocollen, en de Holocaust zijn het gevolg van een eenvoudige medeklinker-verwisseling.'

'Zes miljoen joden vermoord door een vergissing van Pico della Mirandola.'

'Of misschien is er een andere reden. Het uitverkoren volk had de taak op zich genomen het Boek te interpreteren. Dat was het begin van een obsessie. En toen hebben de anderen, omdat ze in het Boek niets vonden, zich gewroken. De mensen zijn bang voor iemand die hen rechtstreeks met de Wet confronteert. Maar waarom geven die Assassijnen niet eerder een teken van leven?'

'Toe nu Belbo! U moet wel bedenken dat de situatie in dat gebied er na de slag bij Lepanto niet beter op wordt. Toch begrijpt die Sebottendorff van u dat er onder de Turkse Derwisjen naar iets gezocht moet worden, maar Alamoet is er niet meer, de Assassijnen hebben godweetwaar een veilig heenkomen gezocht. Ze wachten af. En nu is hun tijd gekomen, in de schaduw van het opkomende islamitische irredentisme steken ze hun kop weer op. Door Hitler in het Plan op te nemen hebben we een goede reden voor de Tweede Wereldoorlog gevonden. Door de Assassijnen van Alamoet erin op te nemen kunnen we alles wat er al jarenlang tussen de Middellandse Zee en de Perzische Golf voorvalt verklaren. En dat is ook waar we de Tres, Templis Resurgentes Equites Synarchici, kunnen plaatsen. Een genootschap dat zich ten doel stelt ten langen leste de contacten tussen de spirituele ridderschappen van verschillende geloofsovertuigingen te herstellen.'

'Of dat de conflicten aanwakkert zodat alles vastloopt en zij in troebel water vissen. Het is duidelijk. We zijn aan het einde gekomen van onze poging de geschiedenis opnieuw aan elkaar te breien. Het zal toch niet zo zijn dat de Slinger op het moment suprème onthult dat Alamoet de Umbilicus Mundi is?'

'Laten we niet overdrijven. Die kwestie hangt nog.'
'Net als de Slinger.'
'Zo u wilt. Je kunt nu eenmaal maar beter niet alles zeggen wat in je hoofd opkomt.'
'Zeker, zeker. Logica voor alles.'

Die avond was ik er alleen maar trots op dat ik zo'n mooi verhaal had geconstrueerd. Ik was een estheet die het vlees en het bloed van de wereld gebruikt om er Schoonheid uit te maken. Belbo was toen al een adept. Zoals iedereen, niet uit overtuiging, maar *faute de mieux*.

105

Het verstand is kreupel, de tong raaskalt, de geest
wankelt.

Lucretius, *De rerum natura*, III, 453

Het moet rond die tijd geweest zijn dat Belbo geprobeerd heeft zich rekenschap te geven van wat er met hem gebeurde. Maar zonder dat de meedogenloosheid waarmee hij zichzelf had weten te analyseren hem vermocht los te maken van het kwaad waaraan hij zich begon te gewennen.

Bestandsnaam: En als het bestond?

Een Plan bedenken: het Plan rechtvaardigt je dermate dat je niet eens verantwoordelijk bent voor het Plan zelf. Als je maar zorgt dat je niet betrapt wordt. Het zou geen ramp zijn als er werkelijk een Plan bestond.

Je hebt Cecilia nooit gehad omdat de Archonten Annibale Cantalamessa en Pio Bo ongeschikt hebben gemaakt voor het meest vriendelijke onder de koperblaasinstrumenten. Je bent gevlucht voor de bende van het Canaletto omdat de Decanen je hebben willen ontzien met het oog op een andere holocaust. En de man met het litteken heeft een talisman die krachtiger is dan de jouwe.

Een Plan, een schuldige. De droom van de soort. An Deus sit. Als het er is, is het zijn schuld.

Het ding waarvan ik het adres kwijt ben is niet het Einde, maar het Begin. Niet het te bezitten object maar het Subject dat mij bezit. Gedeelde smart is halve smart, wat bedoelt de Mythe anders? Twee achtlettergrepige versregels.

Wie heeft die gedachte opgeschreven, de meest opbeurende die ooit gedacht is? Niets zal me van het denkbeeld afbrengen dat deze wereld de vrucht is van een duistere god waarvan ik de schaduw leng. Het geloof leidt tot Absoluut Optimisme.

Het is waar, ik heb ontucht gepleegd (of ik heb geen ontucht gepleegd): maar God is degene die het probleem van het Kwaad niet heeft weten op te lossen. Vooruit, laten we de foetus fijnstampen in de vijzel, met honing en peper. God wil het.

Als er dan toch geloofd moet worden, laat het dan een godsdienst zijn die je geen schuldgevoel bezorgt. Een onsamenhangende, dampende, onderaardse godsdienst die nooit ophoudt. Als een roman, niet als een theologie. Vijf wegen die slechts naar één eindpunt leiden. Wat een verspilling. Dan liever een doolhof dat overal en nergens heenvoert. Om stijlvol te sterven, barok te leven.
Alleen een slechte Demiurg maakt dat we ons goed voelen.
Maar als het kosmische Plan nu eens niet bestond?
Wat een grap, in ballingschap leven als niemand je verbannen heeft. En verbannen uit een plaats die niet bestaat.
En als het wel bestond, het Plan, maar je voor eeuwig zou ontgaan?
Als de godsdienst wikt, beschikt de kunst. Het Plan verzin je, metafoor van dat onkenbare. Ook een menselijk komplot kan de leegte opvullen. Ze hebben mijn *Gefoel en hardstocht* niet gepubliceerd omdat ik niet tot de Tempelierskliek behoor.
Leven alsof er een Plan bestond: de steen der wijzen.
If you cannot beat them, join them. Als het Plan bestaat, hoef je je er slechts naar te schikken...
Lorenza stelt me op de proef. Deemoed. Als ik de deemoed kon opbrengen om de engelen aan te roepen, ook zonder in ze te geloven, en de juiste cirkel te trekken, zou ik rust hebben. Misschien.
Je denkt dat er een geheim is en je zult je ingewijd voelen. Het kost niets. Een onpeilbare hoop creëren die nooit uitgeroeid kan worden omdat hij geen wortels heeft. Voorouders die niet bestaan zullen nooit zeggen dat je verraad hebt gepleegd. Een godsdienst die je kunt naleven door hem tot in het oneindige te verraden.
Zoals Andreae: als spel de grootste onthulling van de geschiedenis creëren en terwijl de anderen zich erin verliezen, voor de rest van je leven zweren dat jij het niet geweest bent.

Een waarheid creëren met onbestemde contouren: zodra iemand probeert er een definitie van te geven, excommuniceer je hem. Alleen rechtvaardigen wie onbestemder is dan jezelf. Jamais d'ennemis à droite.
Waarom romans schrijven? De Geschiedenis herschrijven. De Geschiedenis die je vervolgens wordt.
Waarom situeert u het niet in Denemarken, meneer William S.? Island Jim Johann Valentin Andreae Lucasmattheus trekt door de Soenda-archipel tussen Pathmos en Avalon, van de Witte Berg naar Mindanao, van Atlantis naar Thessaloniki... Bij het concilie van Nicaea snijdt Origenes zijn testikels af en toont ze bloedend en wel aan de vaderen van de Civitas Solis, aan Hiram die knarst filioque filioque terwijl Constantijn zijn roofzuchtige

nagels in de lege oogkassen van Robert Fludd plant, dood dood aan de joden uit het getto van Antiochië, Dieu et mon droit, laat de Beauceant wapperen, grijp de ofieten en de gif opborrelende borborieten. Trompetgeschal, en daar komen de Chevaliers Bienfaisants de la Cité Sainte met het op de spies gestoken hoofd van de Moor, de Rebis, de Rebis! Magnetische orkaan, de Tour stort in. Račkovskij hoonlacht boven het geroosterde lijk van Jacques de Molay.

Ik heb je niet gehad, maar ik kan de geschiedenis laten exploderen.

Als het probleem deze afwezigheid van zijn is, als het zijn dat is wat men op vele manieren zegt, is er naarmate we meer praten, meer zijn.
De droom van de wetenschap is dat er weinig zijn zou zijn, geconcentreerd en benoembaar, $E=mc^2$. Fout. Als we vanaf het begin van de eeuwigheid gered willen worden moet er sprake zijn van een stuurloos zijn. Als een door een dronken zeeman geknoopte slang. Onontwarbaar.

Verzinnen, zinneloos verzinnen, zonder te letten op verbanden, zodat je er niet meer in slaagt het samen te vatten. Een eenvoudig estafettespel tussen emblemen, het een dat het ander verwoordt, zonder pauze. De wereld ontleden in een sarabande van opeenvolgende anagrammen. En dan geloven in het Onuitsprekelijke. Is dit niet de ware lezing van de tora? De waarheid is een anagram van een anagram. Anagrams = ars magna.

Het moet dus rond die tijd gebeurd zijn. Belbo had besloten het universum van de diabolici serieus te nemen, niet bij wijze van uitspatting maar bij gebrek aan geloof.

Vernederd als hij was door zijn onvermogen om te creëren (zijn leven lang had hij zijn gefrustreerde verlangens gebruikt als metafoor voor de nooit geschreven bladzijden en vice versa, dit alles ten teken van zijn vermeende, ongrijpbare lafheid), realiseerde hij zich nu dat hij door het Plan te construeren echt gecreëerd had. Hij was verliefd aan het raken op zijn Golem en putte er troost uit. Het leven—het zijne en dat van de mensheid—als kunst, en bij gebrek aan kunst de kunst als leugen. *Le monde est fait pour aboutir à un livre (faux).* Maar in dit valse boek probeerde hij nu te geloven omdat—hij had het ook opgeschreven—als er een komplot geweest was, hij niet meer laf, verslagen en bang zou zijn.

Daaruit volgde dat wat er later gebeurde: zijn gebruik van het Plan —waarvan hij wist dat het irreëel was—om een rivaal te verslaan —waarvan hij dacht dat die reëel was. En toen hij merkte dat het Plan hem aan het inpakken was alsof het echt bestond, of alsof hij, Belbo, uit hetzelfde hout gesneden was als zijn Plan, is hij naar Parijs gegaan als ging hij een openbaring, een bevrijding tegemoet.

Jarenlang, dag in dag uit gekweld door de wroeging alleen zijn eigen hersenschimmen te hebben nagejaagd, ervoer hij de hersenschimmen die zich aftekenden en steeds objectiever werden, en ook aan een ander bekend waren, ook al was hij de Vijand, als een opluchting. Heeft hij zich in het hol van de leeuw gewaagd? Beslist, want die leeuw kreeg vaste vorm, was echter dan Island Jim, misschien echter dan Cecilia, misschien zelfs echter dan Lorenza Pellegrini.

Belbo, ziek van zoveel gemiste afspraken, voelde dat er nu een werkelijke afspraak met hem werd gemaakt. En wel zo dat hij er niet eens uit lafheid onderuit kon, want hij stond met zijn rug tegen de muur. Angst verplichtte hem moedig te zijn. Al verzinnend had hij het realiteitsprincipe gecreëerd.

106

De vijfde lijst
6 hemden
6 onderbroeken
6 zakdoeken
heeft de geleerden altijd voor een raadsel gesteld,
vooral vanwege de totale afwezigheid van sokken.

Woody Allen, *Getting even*, New York, Random House, 1966, "The Metterling List", p.8

*H*et was in die dagen, niet meer dan een maand geleden, dat Lia besloot dat een maand vakantie me goed zou doen. Je ziet er moe uit, zei ze tegen me. Misschien had het Plan me uitgeput. Bovendien moest het kind, zoals de grootouders zeiden, de frisse lucht in. Van vrienden hadden we een huisje in de bergen geleend.

We vertrokken niet meteen. Er moesten nog wat dingen geregeld in Milaan, en daar kwam bij dat Lia had gezegd dat niets meer rust geeft dan een vakantie in de stad, als je weet dat je daarna weggaat.

In die dagen heb ik voor het eerst met Lia over het Plan gesproken. Daarvoor had ze het veel te druk met het kind: ze wist vagelijk dat ik met Belbo en Diotallevi een soort puzzel aan het oplossen was die ons dagen en nachten lang in beslag nam, meer had ik haar niet verteld, sinds ze haar preek had afgestoken over mijn gelijkenissen-neurose. Misschien schaamde ik me.

In die dagen heb ik haar het hele Plan tot in de kleinste details verteld. Ze wist dat Diotallevi ziek was en ik had een kwaad geweten, alsof ik iets gedaan had wat niet mocht, en trachtte het voor te stellen als een spelletje, wat het ook was.

En de reactie van Lia was: 'Poef, je verhaal staat me niet aan.'

'Vind je het geen mooi verhaal?'

'De sirenen waren ook mooi. Luister: wat weet jij van je eigen onderbewustzijn?'

'Niets, ik weet niet eens of het er is.'

'Precies. Stel je nu eens voor dat een Weense bon-vivant zo maar, om zijn vrienden te amuseren, die hele affaire met het Es en Oedipus verzonnen had, en dromen heeft bedacht die hij nooit gehad had en kleine Hansen die hij nooit had gezien... En wat is er vervolgens gebeurd? Ineens werden miljoenen mensen echt neurotisch. En stonden er weer duizenden anderen klaar om daar een slaatje uit te slaan.'

'Lia, je bent paranoïde.'

'Ik? Jij!'

'Oké, misschien zijn we wel paranoïde, maar één ding moet je me nageven: we zijn uitgegaan van de tekst van Ingolf. Neem me niet kwalijk, als je ineens een boodschap van de Tempeliers voorgeschoteld krijgt wil je die wel eens tot op de bodem uitpluizen. Misschien overdrijf je ôm de ontcijferaars van boodschappen in de maling te nemen, maar de boodschap bestond.'

'Intussen weet jij alleen dat wat die Ardenti je heeft gezegd, en te oordelen naar wat je me verteld hebt was dat een ongeneeslijke kletsmajoor. En die boodschap zou ik trouwens ook wel eens willen zien.'

Dat was eenvoudig genoeg, die zat in een van mijn mappen.

Lia pakte het velletje aan, bekeek het van voor en van achter, haalde haar neus op, streek haar lok uit haar ogen om het eerste gedeelte, dat in geheimschrift, beter te kunnen zien. En zei: 'Is dit alles?'

'Is het niet genoeg dan?'

'Meer dan genoeg. Geef me twee dagen bedenktijd.' Als Lia twee dagen bedenktijd vraagt wil ze me aantonen dat ik stom ben. Ik beschuldig haar daar altijd van, en zij antwoordt dan: 'Als ik inzie dat je stom bent, ben ik er zeker van dat ik echt van je hou. Ik hou van je, ook al ben je stom. Is dat niet geruststellend?'

Twee dagen lang hadden we het er niet meer over, en bovendien was zij steeds weg. 's Avonds zag ik haar weggekropen in een hoekje aantekeningen zitten maken, het ene na het andere velletje verscheurend.

In de bergen aangekomen, scharrelde het kind de hele dag op het grasveld, maakte Lia eten en zei dat ik moest eten omdat ik zo mager was als een lat. Na het eten vroeg ze me haar een dubbele whisky in te schenken met veel ijs en weinig soda, stak een sigaret op, iets dat ze alleen op belangrijke ogenblikken doet, vroeg me te gaan zitten en stak van wal.

'Let op Poef, want ik ga je aantonen dat de eenvoudigste verklaringen altijd het waarst zijn. Die kolonel heeft jullie gezegd dat Ingolf een boodschap heeft gevonden in Provins, en daar twijfel ik niet aan. Hij zal wel onder de grond zijn afgedaald en een foedraal met deze tekst hier gevonden hebben,' en ze trommelde met haar vingers op de Franse versregels. 'Uit niets blijkt dat hij een met diamanten bezet foedraal heeft gevonden. Het enige wat de kolonel jullie verteld heeft is dat er, volgens de aantekeningen van Ingolf, een foedraal was verkocht: en waarom niet, het was een antiek voorwerp, hij zal er allicht wat voor gevangen hebben, maar uit niets blijkt dat hij op de opbrengst daarvan heeft geteerd. Hij zal een kleine erfenis van zijn vader hebben gehad.'

'En waarom zou die foedraal een goedkope foedraal moeten zijn?'

'Omdat die boodschap zo maar een lijstje is. Vooruit, laten we het nog eens lezen.'

a la ... Saint Jean
36 *p charrete de fein*
6 *... entiers avec saiel*
p ... les blancs mantiax
r ... s ... chevaliers de Pruins pour la ... j . nc
6 *foiz* 6 *en* 6 *places*
chascune foiz 20 *a ...* 120 *a ...*
iceste est l'ordonation
al donjon li premiers
it li secunz joste iceus qui ... pans
it al refuge
it a Nostre Dame de l'altre part de l'iau
it a l'ostel des popelicans
it a la pierre
3 *foiz* 6 *avant la feste ... la Grant Pute.*

'Ja en?'

'Godallemachtig! Zijn jullie nooit op het idee gekomen een gids, of een boek over de geschiedenis van dat Provins in te kijken? Dan weet je meteen dat de Grange-aux-Dîmes waar de boodschap gevonden is, een plek was waar de kooplui samenkwamen, omdat Provins het handelscentrum van de Champagne was. En dat de Grange in de rue Saint-Jean staat. In Provins werd in alles gehandeld, maar vooral de handel in stoffen gedijde, de *draps* of *dras* zoals je dat toen schreef. En aan elke lap stof zat een garantiemerk, een soort zegel. Het tweede produkt van Provins waren rozen, rode rozen die de kruisvaarders uit Syrië hadden meegenomen. Zo beroemd dat als Edmund of Lancaster met Blanche d'Artois trouwt en hij de titel van graaf van Champagne krijgt, hij de rode roos van Provins in zijn wapenschild opneemt, en daarom heet de Rozenoorlog zo, omdat de mannen van York een witte roos in hun wapenschild voerden.'

'Hoe weet je dat?'

'Dat staat in een tweehonderd pagina's tellend boekje dat door het toeristenbureau van Provins is uitgegeven, en dat ik gevonden heb in het Centre Français. Maar daarbij blijft het niet. In Provins is een rots die de Donjon heet, het woord zegt het al, er was een Porte-aux-Pains, er was een Eglise du Refuge, er waren, dat spreekt vanzelf, her en der verscheidene Onze-Lieve-Vrouwekerken, er was of er is nog steeds een rue de la Pierre Ronde waar een *pierre de cens* was waar de onderdanen van de graaf hun tienden naartoe brachten, en een rue des Blancs Manteaux en een straat die Grande Pute Muce heette omdat het, je mag driemaal raden, een straat met bordelen was.'

'En de Popelicans?'

'Er waren in Provins Katharen geweest, die later zoals dat hoort werden verbrand, en de grootinquisiteur was een gewezen Kathaar, en werd Robert le Bougre genoemd. Zo vreemd was het dus niet dat er nog een straat of een wijk naar de Katharen verwees terwijl de Katharen er zelf niet meer waren.'

'Maar in 1344...'

'Maar wie heeft je nou ooit gezegd dat dit document uit 1344 is? Jouw kolonel las 36 *jaar post de hooiwagen*, maar bedenk wel dat in die tijd een *p* die op een bepaalde manier werd geschreven met een soort apostrof *post* betekende, maar een andere *p* zonder apostrof *pro*. De auteur van deze tekst is een vreedzaam koopman die wat notities heeft gemaakt over zaken die hij in de Grange heeft gedaan, in de rue Saint-Jean dus, en niet in de nacht van Sint-Jan; en hij heeft een prijs genoteerd van zesendertig stuivers, of penningen of welke muntsoort het dan ook was voor een of voor elke hooiwagen.'

'En die honderdtwintig jaar?'

'Wie heeft het over jaar? Ingolf heeft iets gevonden dat hij overgeschreven heeft als 120 *a*.... Wie heeft gezegd dat het een *a* was? Ik ben een lijst nagelopen van afkortingen die in die tijd gebruikelijk waren en heb gezien dat men voor *denier* of *dinarium* vreemde tekens gebruikt, een die op een delta en een andere die op een theta lijkt, een soort cirkel die links doorbroken is. Als dat slordig of in haast of door een eenvoudige koopman wordt opgeschreven kan een fanaat als de kolonel dat gemakkelijk voor een *a* verslijten, want die had al ergens het verhaal over honderdtwintig jaar gelezen—dat kun je, dat weet jij beter dan ik, in willekeurig welk verhaal over de Rozenkruisers terugvinden—en hij wilde iets vinden dat leek op *post* 120 *annos patebo!* En wat doet hij dus? Hij ziet een paar keer *it* en leest dat als *iterum*. Maar *iterum* werd afgekort als *itm*, terwijl *it item* betekent, idem, hetzelfde, dat gebruikt wordt in lijsten met opsommingen. Onze koopman is aan het berekenen hoeveel bepaalde bestellingen die hij heeft ontvangen, hem opleveren en maakt een lijst van de leveranties. Hij moet bossen rozen van Provins leveren, dat is wat *r ...s ...chevaliers de Pruins* betekent. En waar de kolonel *vain-*

jance las (omdat hij de ridders Kadosch in zijn achterhoofd had) moet je lezen *jonchée.* De rozen werden of voor het maken van bloemenhoeden of voor het maken van bloementapijten gebruikt, bij verschillende feesten. En jouw boodschap van Provins luidt dus:

In de rue Saint Jean
36 stuivers per hooiwagen.
Zes nieuwe lappen met zegel
naar de rue de Blancs Manteaux.
Rozen van de kruisridders om een jonchée te maken:
zes bossen van zes naar de zes plaatsen die volgen,
elk van 20 deniers, te zamen maakt dat 120 deniers.
En wel in deze volgorde:
de eerste naar de Rots
item de tweede naar die van de Porte-aux-Pains
item naar de Eglise du Refuge
item naar de Onze-Lieve-Vrouwekerk, aan gene zijde van de rivier
item naar het oude gebouw van de Katharen
item naar de rue du Pierre Ronde.
En vóór het feest drie bossen van zes, naar de hoerenstraat

omdat ook zij, die arme vrouwen, misschien wel aan het feest wilden meedoen en daar een mooi hoedje met rozen voor wilden laten maken.'

'Jezus,' zei ik, 'volgens mij heb je gelijk, weet je.'

'Natuurlijk heb ik gelijk. Het is gewoon een lijstje zeg ik je.'

'Ho, ho. Dit mag dan gewoon een lijstje zijn, maar de eerste is een boodschap in code waarin sprake is van zesendertig in zes groepen opgedeelde onzichtbaren.'

'Wat je zegt. De Franse tekst had ik in een uur rond, maar de andere heeft me wel twee dagen zweten gekost. Ik heb er in de Ambrosiana- en de Trivulziana-bibliotheek Trithemius voor moeten doorwerken, en je weet hoe bibliothecarissen zijn, voordat ze je een oud boek in handen geven bekijken ze je eerst alsof je het wilt opeten. Maar het verhaal is uiterst simpel. Om te beginnen, en dat had je zelf moeten bedenken, weet je wel zeker dat "les 36 inuisibles separez en six bandes" het Frans is van onze koopman? En inderdaad was het ook jullie opgevallen dat het hier een uitdrukking betrof uit een zeventiende-eeuws pamflet, toen de Rozenkruisers in Parijs opdoken. Maar jullie hebben net zo geredeneerd als jullie diabolici: als voor de boodschap het geheimschrift van Trithemius is gebruikt, betekent dat dat Trithemius het van de Tempeliers heeft overgeschreven, en aangezien hij een zin citeert die circuleerde in Rozenkruisers-kringen, betekent dat dat het aan de Rozenkruisers toegeschreven plan daarvóór al het plan van de Tempeliers was. Maar probeer de redenering nu eens om te draaien, zoals iedereen zou doen die zijn hersens gebruikt: omdat de boodschap à la Trithemius geschreven is, is zij na Trithemius geschreven, en omdat er zinnen instaan die in de zeventiende eeuw onder Rozenkruisers circuleerden, is hij na de zeventiende eeuw geschreven. Wat is nu de meest economische hypothese? Ingolf vindt de boodschap van Provins en omdat hij, net als de kolonel, helemaal gek is van hermetische mysteries, leest hij zesendertig en honderdtwintig en denkt meteen aan de Rozenkruisers. En omdat hij helemaal gek is van cryptografieën, vindt hij het leuk de boodschap van Provins in geheimschrift om te zetten. Hij ziet het als een oefening, en schrijft zijn mooie Rozenkruiserszin volgens een crypto-systeem van Trithemius.'

'Een ingenieuze verklaring. Maar even steekhoudend als die van de kolonel.'

'Tot op dit punt, ja. Maar stel nu eens dat je meer vondsten doet dan een, en dat deze elkaar onderling bevestigen. Dan ben je er al zekerder van dat je het geraden hebt, nietwaar? Ik ben uitgegaan van een vermoeden. De door Ingolf gebruikte woorden zijn niet de woorden die door Trithemius gesuggereerd zijn. Het is wel dezelfde Assyrisch-Babylonisch kabbalistische stijl, maar het zijn niet dezelfde woorden. Maar als Ingolf woorden wilde die begonnen met de letters die voor hem van belang waren, dan had hij er in Trithemius toch genoeg kunnen vinden? Waarom heeft hij die dan niet gekozen?'

'Tja.'

'Misschien had hij ook op de tweede, de derde en de vierde plek bepaalde specifieke letters nodig. Misschien wilde onze ingenieuze Ingolf

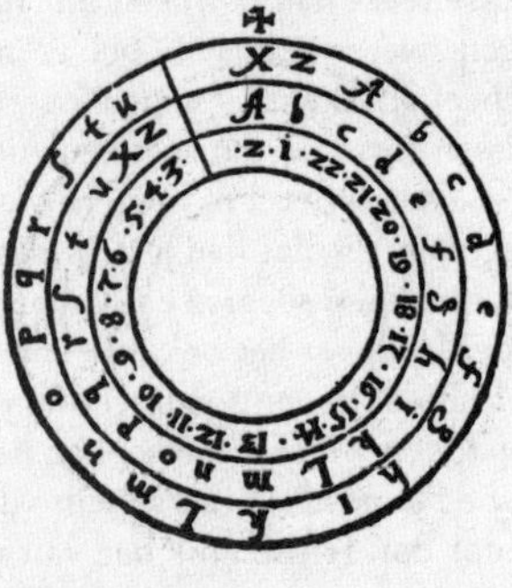

een boodschap met meerdere sleutels. Wilde hij slimmer zijn dan Trithemius. Trithemius gaat uit van veertig grote crypto-systemen: in het eerste gelden alleen de beginletters, in het tweede de eerste en de derde letter, in het derde neem je om de andere beginletter, enzovoort, zodat hij met een beetje goede wil zo nog honderd andere systemen kon bedenken. Wat de tien kleinere crypto-systemen betreft heeft de kolonel alleen de eerste schijf bekeken, de makkelijkste. Maar de volgende systemen werken volgens het principe van de tweede, kijk hier heb je een kopie. Stel je voor dat je de middelste cirkel kunt bewegen en dat je die zo kunt draaien dat de begin-A samenvalt met willekeurig welke letter van de buitenste cirkel. Dan heb je een systeem waarin de A een X wordt en ga zo maar door, een ander waar de A samenvalt met de U en ga zo maar door... Met tweeëntwintig letters op elke cirkel heb je zo niet tien, maar eenentwintig crypto-systemen en blijft alleen de tweeëntwintigste ongebruikt, waar de A samenvalt met de A ...'

'Je gaat me toch niet vertellen dat je voor elke letter van elk woord al die eenentwintig systemen hebt uitgeprobeerd...'

'Het was een combinatie van gezond verstand en geluk. Omdat de kortste woorden zes letters hebben, is het duidelijk dat alleen de eerste zes van belang zijn, en dat de rest er gewoon voor de show bijstaat. Waarom zes letters? Ik heb me bedacht dat Ingolf de eerste in geheimschrift had gezet, er daarna eentje had overgeslagen, de derde had omgezet, er vervolgens twee had overgeslagen en daarna de zesde had omgezet. Hij heeft voor de beginletter schijf nummer één gebruikt, en dus heb ik voor de derde letter schijf nummer twee geprobeerd, en daar kwam wat uit. Toen heb ik schijf nummer drie voor de zesde letter geprobeerd, en daar kwam weer wat uit. Ik sluit niet uit dat Ingolf ook andere letters heeft gebruikt, maar drie onomstotelijke bewijzen vind ik genoeg, en als je wilt maak je het zelf maar af.'

'Hou me niet in spanning. Wat kreeg je eruit?'

'Bekijk de boodschap nog eens goed, ik heb de letters die van belang zijn onderstreept.'

Kuabris Defrabax Rexulon Ukkazaal Ukzaab Urpaefel Taculbain Habrak Hacoruin Maquafel Tebrain Hmcatuin Rokasor Himesor Argaabil Kaquaan Docrabax Reisaz Reisabrax Decaiquan Oiquaquil Zaitabor Qaxaop Dugraq Xaelobran Disaeda Magisuan Raitak Huidal Uscolda Arabaom Zipreus Mecrim Cosmae Duquifas Rocarbis

'Nou, we weten hoe de eerste boodschap luidt, dat is die over de zesendertig onzichtbaren. Luister nu wat eruit komt als je aan de hand van de tweede schijf de derde letters vervangt: *chambre des demoiselles, l'aiguille creuse.*'

'Maar dat ken ik, dat is...'

'*En aval d'Etretat—La Chambre des Demoiselles—Sous le Fort du Fréfossé—Aiguille Creuse.* Dat is de door Arsène Lupin gedecreteerde boodschap als hij het geheim van de Holle Spits ontdekt! Je weet nog wel: in Etretat verrijst aan de rand van het strand de Aiguille Creuse, een natuurlijk bewoonbaar kasteel, het geheime wapen van Julius Caesar toen deze Gallië binnenviel en later van de koningen van Frankrijk. De bron van de immense macht van Lupin. En je weet dat de Lupinologen dol zijn op dat verhaal, dat ze pelgrimstochten maken naar Etretat, andere geheime doorgangen zoeken, anagrammen zoeken achter elk woord van Leblanc... Ingolf was naast Lupinoloog ook Rozenkruisoloog, dus dat was ontcijferen geblazen!'

'Maar mijn diabolici zouden daar tegenin kunnen brengen dat de Tempeliers het geheim van de spits kenden, en dat de boodschap dus in de veertiende eeuw in Provins is geschreven...'

'Natuurlijk, dat weet ik. Maar nu de derde boodschap. De derde schijf toegepast op de zesde letters. Luister maar: *merde i'en ai marre de cette steganographie.* En dat is Modern Frans, zo praatten de Tempeliers niet. Dat zijn de woorden van Ingolf die het leuk vond om nadat hij zich het hoofd had gebroken over het omzetten van die kletspraatjes van hem, dat wat hij aan het doen was in geheimschrift te verwensen. Maar hij was niet gespeend van enige scherpzinnigheid, dat zie je aan het feit dat de boodschappen alle drie zesendertig letters tellen. Mijn arme Poef, Ingolf speelde een spel, net als jullie, en die imbeciel van een kolonel heeft hem serieus genomen.'

'En waarom is Ingolf dan verdwenen?'

'Wie zegt je nou dat ze hem vermoord hebben? Ingolf had gewoon geen zin meer om nog langer in Auxerre te blijven, daar zag hij alleen de apotheker en die oude vrijster van een dochter van hem die de hele dag liep te jammeren. Die gaat naar Parijs of zoiets, verkoopt een van zijn oude boeken tegen een mooi prijsje, loopt een weduwvrouwtje tegen het lijf die er wel zin in heeft en begint een nieuw leven. Zo iemand die even sigaretten gaat kopen waarna zijn vrouw hem nooit meer terugziet.'

'En de kolonel?'

'Je zei toch dat zelfs die politieman er niet zeker van was dat ze hem vermoord hadden? Die heeft iets op zijn lever, zijn slachtoffers hebben hem herkend, en hij heeft zijn hielen gelicht. Misschien staat hij nu wel de Eiffeltoren te verkopen aan Amerikaanse toeristen en noemt hij zich Dupont.'

Ik kon niet op alle fronten toegeven. 'Oké, we zijn uitgegaan van een lijst, maar we zijn hooguit inventief geweest. We wisten zelf heus wel dat we aan het verzinnen waren. We hebben poëzie geschreven.'

'Jullie plan is niet poëtisch. Het is grotesk. Het komt niet bij de mensen op Troje nog een keer plat te branden omdat ze Homerus hebben gelezen. Door hem is de brand van Troje tot iets geworden dat er nooit geweest is, er nooit zal zijn en er toch altijd is. Het heeft zoveel betekenissen omdat het helemaal duidelijk is, helemaal helder. Jouw Rozenkruisersmanifesten waren noch het een, noch het ander, ze waren een oprisping en beloofden een geheim. Dat is waarom velen hebben geprobeerd ze te bewaarheiden, en iedereen er dat in heeft gevonden wat hij wílde vinden. In Homerus zit geen enkel geheim. Jullie plan zit vol geheimen, en wel omdat het vol contradicties zit. Dat is de reden waarom je duizenden wankelmoedigen bereid zou kunnen vinden zich er in te herkennen. Hou er toch mee op. Homerus heeft niet gedaan alsof. Jullie wel. Wee als je doet alsof, iedereen gelooft je. De mensen hebben Semmelweis niet willen geloven toen hij zei dat artsen voor een bevalling eerst hun handen moesten wassen. Hij zei te voor de hand liggende dingen. De mensen geloven de man die lotion verkoopt waar je haar weer van gaat groeien. Ze ruiken instinctief dat die waarheden combineert die niet samengaan, dat hij niet logisch is en niet te goeder trouw. Maar men heeft hun gezegd dat God complex is, en onpeilbaar, en dus is incoherentie dat wat in hun ogen het meest weg heeft van God. Het onwaarschijnlijke is het meest na aan het mirakel. Jullie hebben een haargroeimiddel uitgevonden. Het bevalt me niets, het is geen leuk spelletje.'

Het is niet zo dat deze geschiedenis onze week in de bergen heeft bedorven. Ik heb mooie wandelingen gemaakt, ik heb serieuze boeken gelezen, ben nog nooit zoveel bij het kind geweest. Maar tussen Lia en mij bleef iets onbenoemds. Enerzijds had Lia me met de rug tegen de muur gezet, en vond ze het vervelend dat ze mij vernederd had. Anderzijds was ze er niet van overtuigd dat ze mij had overtuigd.

En inderdaad had ik heimwee naar het Plan, ik wilde er niet mee ophouden, had me te veel ingeleefd.

Een paar ochtenden geleden ben ik vroeg opgestaan om de enige trein naar Milaan te nemen. En in Milaan zou ik het telefoontje van Belbo uit Parijs krijgen, en zou ik de gebeurtenissen in gang zetten waar ik nog middenin zit.

Lia had gelijk. We hadden het er eerder over moeten hebben. Maar ik zou haar toch niet geloofd hebben. Ik had de schepping van het Plan ervaren als het moment van Tiferet, het hart van het sefirot-lichaam, het akkoord tussen de regel en de vrijheid. Diotallevi had me gezegd dat Mozes Cordovero ons had gewaarschuwd: 'Wie zich op grond van zijn tora verhovaardigt op de onwetende, dat wil zeggen op het gezamenlijke volk van Jahweh, maakt dat Tiferet zich hovaardigt op Malchoet.' Maar wat Malchoet, het Koninkrijk van deze aarde, in zijn fonkelende eenvoud is, dat begrijp ik pas nu. Nog op tijd om te begrijpen, te laat wellicht om de waarheid te overleven.

Lia, ik weet niet of ik je nog terugzie. Mocht dat niet het geval zijn, het laatste beeld dat ik van je heb is van een paar ochtenden geleden, slapend onder de dekens. Ik heb je gekust en aarzelde bij het weggaan.

7
NETSACH

107

Zie je die zwarte hond door zaaisel en stoppels dwalen?... Het lijkt me dat hij rond onze voeten fijne magische lussen trekt...De cirkel wordt kleiner, hij is reeds nabij!

Faust, I, Vor dem Tor

Wat er tijdens mijn afwezigheid, en in het bijzonder tijdens de laatste dagen voor mijn terugkeer was gebeurd kon ik alleen afleiden uit de bestanden van Belbo. Daarvan was er echter slechts één overzichtelijk en ingedeeld in geordende berichten, en dat was het laatste, dat hij waarschijnlijk geschreven had voor zijn vertrek naar Parijs, opdat ik of iemand anders—wellicht het nageslacht—het kon lezen. De andere teksten, die hij zoals hij gewoon was beslist voor zichzelf had geschreven, waren niet gemakkelijk te begrijpen. Alleen ik, die inmiddels het privé-domein van zijn confidenties aan Abulafia was binnengedrongen, kon er wijs uit, of er op zijn minst het een en ander uit afleiden.

Het was begin juni. Belbo was geagiteerd. De artsen hadden zich neergelegd bij het idee dat Gudrun en hij de enige verwanten van Diotallevi waren en hadden ten langen leste hun mond open gedaan. De vragen van de typografen en de correctoren beantwoordde Gudrun nu door met getuite lippen een afgemeten tweelettergrepig woord te vormen, zonder enige klank te laten horen. Zo benoem je de ziekte die taboe is.

Gudrun ging Diotallevi iedere dag opzoeken, en ik geloof dat haar van medelijden glanzende ogen hem stoorden. Hij wist het, maar hij schaamde zich ervoor dat de anderen het ook wisten. Hij praatte moeizaam. Belbo had geschreven: 'Zijn gezicht is een en al jukbeen.' Zijn haar viel uit, maar dat kwam door de therapie. Belbo had geschreven: 'Zijn handen zijn een en al vingers.'

Ik geloof dat Diotallevi tijdens een van hun ongemakkelijke gesprekken al vooruit was gelopen op wat hij Belbo de laatste dag zou zeggen. Belbo was zich er al van bewust dat het niet goed was dat hij zo in het Plan opging; misschien was het wel het Kwaad. Hij had het Plan echter, misschien om het te objectiveren en terug te brengen tot louter fictieve dimensies, woord voor woord opgeschreven, alsof het de memoires van de kolonel waren. Hij vertelde het als een ingewijde die zijn laatste geheim bekend maakte. Ik denk dat het een vorm van therapie voor hem was: hij gaf dat wat geen leven was terug aan de literatuur, hoe slecht die ook mocht zijn.

Maar op 10 juni moet er iets gebeurd zijn dat hem van streek had gemaakt. De aantekeningen dienaangaande zijn verward, ik kan alleen maar gissen.

Lorenza had hem gevraagd of hij haar met de auto naar de Rivièra wilde brengen, waar ze bij een vriendin langs moest om ik weet niet wat op te halen, een officieel stuk, een notariële akte, iets onbenulligs dat ook over de post gestuurd had kunnen worden. Belbo had toegestemd, stralend bij de gedachte samen met haar een zondag aan zee door te brengen.

Ze waren naar die plaats gereden, waar het precies was werd me niet geheel duidelijk, wellicht in de buurt van Portofino. De beschrijving van Belbo was opgebouwd uit stemmingen, er schemerden geen landschappen in door maar excessen, spanning, verslagenheid. Lorenza had haar zaakjes geregeld terwijl Belbo wachtte in een bar, en toen had ze voorgesteld om vis te gaan eten in een tentje op de rotsen boven zee.

Vanaf dat moment verbrokkelt het verhaal, moet ik het afleiden uit flarden dialoog die Belbo achter elkaar opschreef, zonder aanhalingstekens, alsof hij bang was dat hetgeen hem door het hoofd speelde hem zou ontglippen. Ze waren met de auto gegaan tot ze niet verder konden, hadden daarna hun weg vervolgd over de met bloemen omzoomde onbegaanbare Ligurische kustpaden en hadden het restaurant gevonden. Maar ze zaten nog niet of ze lazen op het kaartje op de tafel naast hen dat deze gereserveerd was voor de heer Agliè.

De wereld is klein, moet Belbo gezegd hebben. Mij iets te klein, had Lorenza gezegd; ze wilde niet dat Agliè wist dat zij daar met hem was. Waarom wilde ze dat niet, wat stak er voor kwaads in, waarom had Agliè het recht jaloers te zijn? Wat nou recht, het is een kwestie van fatsoen, hij had me gevraagd om vandaag mee de stad uit te gaan en ik heb gezegd dat ik bezet was, ik wil niet voor leugenaar versleten worden. Je wordt niet voor leugenaar versleten, je was echt bezet, met mij, is dat iets om je voor te schamen? Schamen niet, maar ik mag toch hopelijk zelf wel uitmaken wat ik kies vind.

Ze hadden het restaurant verlaten en waren het pad weer opgelopen. Maar plotseling was Lorenza blijven staan, ze had mensen zien aankomen die Belbo niet kende, vrienden van Agliè, zei ze, en ze wilde niet dat ze haar zagen. Een vernederende situatie, zij tegen een bruggetje recht boven een helling met olijfbomen geleund, haar gezicht verborgen achter een krant, alsof ze stierf van nieuwsgierigheid om te weten wat er in de wereld gebeurde, en hij die op tien passen afstand een sigaret rookte alsof hij daar toevallig langs kwam.

Agliè's disgenoten waren voorbij gelopen, maar nu, zei Lorenza, zouden ze als ze dit pad bleven volgen hem ook nog tegenkomen, want hij was natuurlijk ook in aantocht. Belbo zei verdomme, verdomme, en wat dan nog? En Lorenza voegde hem toe dat hij geen greintje gevoel had. Oplossing: afsteken naar de parkeerplaats via de steile hellingen en zo het pad vermijden. Een amechtige vlucht over een reeks zonovergoten terrassen, en Belbo's hak was afgebroken. Lorenza zei zie je niet dat het zo veel leuker is, als je zoveel blijft roken als je nu rookt raak je wel buiten adem natuurlijk.

Ze waren bij de auto gekomen en Belbo had gezegd dat ze net zo goed terug konden gaan naar Milaan. Nee, had Lorenza gezegd, misschien is Agliè te laat, dan kruisen we hem op de snelweg, hij kent je auto, kijk toch eens wat een mooie dag, laten we binnendoor gaan, het is vast heerlijk, en dan nemen we de autostrada del Sole en gaan we eten in de buurt van Pavia.

Waarom in de buurt van Pavia, wat bedoel je met binnendoor, er is maar één oplossing, kijk maar op de kaart, we moeten na Uscio de bergen in en dan helemaal de Apennijnen over, stoppen in Bobbio en vandaar kom je dan in Piacenza, ben je gek geworden, Hannibal en zijn olifanten waren er niets bij. Jij bent niet avontuurlijk aangelegd, had ze gezegd, en dan te bedenken hoeveel leuke restaurantjes we in de heuvels tegenkomen. Vlak voor Uscio heb je Manuelina die twaalf sterren heeft in de Michelin-gids, zoveel vis als we maar willen.

Manuelina was vol, met een rij klanten die naar de tafeltjes loerden waar de koffie geserveerd werd. Lorenza had gezegd geeft niks, een paar kilometer verderop zijn er honderd andere tentjes die beter zijn dan dit. Om half drie hadden ze een restaurant gevonden, in een of ander gat waarvan Belbo zei dat zelfs stafkaarten het weigerden te vermelden, en ze hadden te lang gekookte pasta met vlees uit blik gegeten. Belbo vroeg wat erachter stak, want het was geen toeval dat ze zich uitgerekend mee had laten nemen naar de plek waar Agliè ook naar toe ging, ze wilde iemand provoceren en hij kwam er niet achter wie van hen tweeën, en zij vroeg hem of hij paranoïde was.

Na Uscio hadden ze op goed geluk een pas genomen, en toen ze door een dorpje reden waar het wel zondagmiddag in Sicilië ten tijde van de Bourbons leek, was er opeens een grote zwarte hond de weg overgestoken, alsof hij nog nooit een auto had gezien. Belbo had hem geraakt met zijn voorbumper; het leek niets, maar toen ze uitgestapt waren hadden ze gezien dat de buik van het arme beest rood zag van het bloed en dat er enkele vreemde, roze dingen (geslachtsdelen, ingewanden?) uitstaken, en dat hij kwijlend jankte. Er waren enkele dorpelingen toegesneld, er had zich een volksvergadering gevormd. Belbo vroeg wie zijn baas was, hij zou de schade vergoeden, maar de hond had geen baas. Hij vertegenwoordigde misschien tien procent van de bevolking van dat godverlaten oord, maar niemand wist wie hij was, ook al kenden ze hem allemaal van gezicht. Iemand zei dat de wachtmeester van politie gevonden moest worden die hem wel af zou schieten, en dat was dan dat.

Ze waren nog steeds op zoek naar de wachtmeester toen er een dame gearriveerd was die verklaarde dat ze een dierenvriend was. Ik heb zes katten, had ze gezegd. Wat heeft dat er nu mee te maken, had Belbo gezegd, dit is een hond, hij ligt hier dood te gaan en ik heb haast. Hond of kat, je moet er een beetje hart voor hebben, had de mevrouw gezegd. Niks wachtmeester, we moeten iemand van de dierenbescherming gaan zoeken, of van het ziekenhuis van het dorp verderop, misschien haalt het beest het wel.

De zon brandde op Belbo, op Lorenza, op de auto, op de hond en op de omstanders, en ging maar niet onder, Belbo had het gevoel dat hij in zijn onderbroek naar buiten was gegaan maar er niet in slaagde wakker te worden, de mevrouw liet niet af, de wachtmeester was onvindbaar, de hond bleef maar bloeden en klagelijk hijgen. Hij kermt, had Belbo laatdunkend gezegd, en de mevrouw zei natuurlijk, natuurlijk kermt hij, hij lijdt de arme stakker, kon u dan ook niet uitkijken? De dorpsbevolking maakte onderhand een explosieve groei door, Belbo, Lorenza en de hond waren de attractie van die troosteloze zondag geworden. Een meisje met een ijsje was naderbij gekomen en had gevraagd of zij die mensen van de tv waren die de missverkiezingen van de Ligurische Apennijnen organiseerden, Belbo had haar geantwoord dat ze moest maken dat ze wegkwam omdat hij haar anders net zo zou toetakelen als die hond en het meisje was begonnen te huilen. De dorpsdokter was erbij gekomen en had gezegd dat het meisje zijn dochter was en of Belbo soms niet wist wie hij was. Ze hadden zich gehaast allebei hun excuses aan te bieden en zich aan elkaar voor te stellen, waarbij gebleken was dat de dokter een *Dagboek uit een afgelegen plattelandspraktijk* had gepubliceerd bij de beroemde uitgever Manuzio in Milaan. Belbo was in de val gelopen en had gezegd dat hij magna pars bij Manuzio was, daarop wilde de dokter dat hij en Lorenza bleven eten, Lorenza werd rusteloos en porde hem in zijn zij, dadelijk komen we nog in de krant, de diabolische geliefden, had je je mond niet kunnen houden?

De zon stond nog steeds hoog aan de hemel toen de torenklok luidde voor het avondgebed (we zijn in het Ultima Thule, merkte Belbo binnensmonds op, zes maanden lang zon, van middernacht tot middernacht, en ik heb geen sigaretten meer), de hond beperkte zich tot lijden en niemand lette meer op hem, Lorenza zei dat ze een astma-aanval had, Belbo was er inmiddels van overtuigd dat de kosmos een vergissing van de Demiurg was. En ten slotte was hij op het idee gekomen dat zij met de auto in het dichtstbijzijnde dorp hulp konden gaan halen. De diervriendelijke mevrouw ging akkoord, ze moesten vooral haast maken, in een meneer die bij een uitgeverij van poëzie werkte had ze het volste vertrouwen, zij hield zelf ook zo van Prévert.

Belbo was vertrokken en was het dichtstbijzijnde dorp hardvochtig voorbijgereden, Lorenza vervloekte alle dieren waarmee de Heer van de eerste tot en met de vijfde dag de aarde had bezoedeld, en Belbo was het met haar eens maar ging zelfs verder en bekritiseerde ook het werk van de zesde dag, en wellicht ook de rust van de zevende, want hij vond dat dit de meest vervloekte zondag was die hij ooit had meegemaakt.

Ze waren aan de oversteek van de Apennijnen begonnen, maar hoewel het op de kaart gemakkelijk leek hadden ze er flink wat uren over gedaan, ze hadden Bobbio links laten liggen en waren tegen de avond in Piacenza aangekomen. Belbo was moe, wilde dan ten minste met Lorenza eten, en had een tweepersoonskamer genomen in het enige hotel waar plaats was, in de buurt van het station. Toen ze boven kwamen had Lorenza gezegd dat ze in zo'n tent niet wilde slapen. Belbo had gezegd dat ze wat anders zouden zoeken, of ze hem even de tijd wilde geven om naar de bar te gaan en een Martini te drinken. Ze hadden alleen een nationale cognac, hij was teruggegaan naar de kamer en Lorenza was verdwenen. Hij was bij de balie om nieuws gaan vragen en had een boodschap gevonden: 'Liefje, ik heb een schitterende trein naar Milaan ontdekt. Ik vertrek. Tot over een week.'

Belbo was naar het station gehold, maar het perron was inmiddels leeg. Als in een western.

Belbo had geslapen in Piacenza. Hij was op zoek gegaan naar een detectiveroman, maar ook de stationskiosk was gesloten. In het hotel had hij alleen een tijdschrift van de Touring Club gevonden.

Tot zijn ongeluk bevatte het tijdschrift een reportage over de Apennijnse passen waar hij zojuist overheen was gekomen. In zijn herinnering—verbleekt alsof het voorval hem heel lang geleden overkomen was—was het een dor, zonovergoten, stoffig gebied, bezaaid met brokken ruwe steen. Op het glanspapier van het tijdschrift waren het droomgebieden, waar je ook te voet naar terug zou gaan, om ze stap voor stap opnieuw te savoureren. De Samoa-eilanden van Island Jim.

Hoe is het mogelijk dat een man alleen omdat hij een hond heeft aangereden zijn ondergang tegemoet snelt? En toch is het zo gegaan. Belbo heeft die nacht in Piacenza besloten dat hij, als hij zich opnieuw in het Plan terug zou trekken, niet nog meer nederlagen zou hoeven te leiden, omdat hij daar zelf degene was die kon besluiten wie, hoe en wanneer.

En het moet die avond geweest zijn dat hij besloten heeft zich op Agliè te wreken, ook al wist hij niet goed waarom en waarvoor. Hij had het plan opgevat Agliè in het Plan op te nemen zonder dat deze het wist. Het was trouwens typisch iets voor Belbo om revanches te nemen waarvan hij de enige getuige was. Niet uit discretie, maar uit wantrouwen jegens andermans getuigenis. Als Agliè eenmaal het Plan binnen was geloodst, zou hij vernietigd worden, hij zou in rook opgaan als de pit van een kaars. Onwerkelijk zoals de Tempeliers van Provins, de Rozenkruisers, Belbo zelf.

Zo moeilijk kan het niet zijn, dacht Belbo: we hebben Bacon en Napoleon tot onze eigen proporties teruggebracht, waarom Agliè dan niet? We sturen hem er ook op uit om de Kaart te zoeken. Ik heb me van Ardenti en de herinnering aan hem bevrijd door hem een plaats te geven in een verzinsel dat beter was dan het zijne. Zo zal het met Agliè ook gaan.

Ik geloof dat hij er echt in geloofde; zoveel vermag ontgoochelde begeerte. Zijn bestand eindigde, en hoe kon het ook anders, met het obligate citaat van een ieder die door het leven verslagen is: *Bin ich ein Gott?*

108

Wat is de verborgen invloed achter de pers, achter alle subversieve bewegingen om ons heen? Zijn er verschillende Machten aan het werk? Of is er één Macht, één onzichtbare groep die alle andere stuurt—de kring der Ware Ingewijden?

Nesta Webster, *Secret Societies and Subversive Movements*, Londen, Boswell, 1924, p. 348

Misschien zou hij zijn voornemen vergeten zijn. Misschien was het genoeg geweest dat hij het had opgeschreven. Misschien had hij alleen Lorenza hoeven terug te zien. Zou hij weer door begeerte zijn gegrepen en zou de begeerte hem ertoe verplicht hebben zich bij het leven neer te leggen. Maar nee, uitgerekend die maandagmiddag was een naar exotische odeurs geurende Agliè glimlachend zijn kantoor binnengestapt om een aantal te veroordelen manuscripten bij hem af te geven en had gezegd dat hij deze tijdens een schitterend weekend aan de Rivièra had gelezen. Belbo's wrok was weer opgelaaid, en hij had besloten hem ertussen te nemen en hem de heliotroop voor te houden.

En zo had hij hem, als een echte Buffalmacco, te verstaan gegeven dat hij al meer dan tien jaar gebukt ging onder een inwijdingsgeheim. Een manuscript dat hem was toevertrouwd door een zekere kolonel Ardenti, die zei dat hij in het bezit was van het Plan van de Tempeliers... De kolonel was ontvoerd of vermoord door iemand die zich meester had gemaakt van zijn papieren; hij was bij Garamond de deur uitgegaan met een opzettelijk foute, verzonnen, regelrecht kinderachtige, misleidende neptekst, die uitsluitend diende om duidelijk te maken dat hij de boodschap van Provins en de echte uiteindelijke aantekeningen van Ingolf onder ogen had gehad, de aantekeningen waar zijn moordenaars naar op zoek waren. Maar een dun mapje, met maar tien velletjes erin, met op die tien velletjes de echte tekst, de tekst die daadwerkelijk tussen de papieren van Ingolf was gevonden, was bij Belbo gebleven.

Maar dat is interessant, had Agliè gereageerd, vertelt u verder. En Belbo had verteld. Hij had hem het Plan zoals wij dat hadden verzonnen uit de doeken gedaan, alsof het de onthulling van dat vroegste manuscript was. Hij had hem zelfs op een allengs omzichtiger en vertrouwelijker toon gezegd dat ook een politieman, een zekere De Angelis, bijna achter de waarheid was gekomen, maar op de—een ander woord was er niet voor—hermetische stilte van hem, Belbo, was gestrand, de bewaker van het grootste geheim van de mensheid. Een geheim dat in wezen neerkwam op het geheim van de Kaart.

Daar had hij gepauzeerd, en was er, zoals dat bij pauzes gebruikelijk is, een veelbetekenende stilte gevallen. Zijn terughoudendheid ten aanzien van de uiteindelijke waarheid was de garantie voor de waarheid van de premissen. Voor iemand die werkelijk gelooft in een geheime traditie (dacht hij berekenend) was niets zo oorverdovend als stilte.

'Maar dat is interessant,' zei Agliè terwijl hij, voorwendend dat hij aan iets anders dacht, zijn tabaksdoos uit zijn jasje pakte. 'En... de kaart?'

En Belbo dacht: oude voyeur, je raakt opgewonden, net goed, met al die gewichtigdoenerij over Saint-Germain ben je maar een charlatan die leeft van het dopjesspel en zich vervolgens het Colosseum laat aansmeren door de eerste de beste charlatan die doortrapter is dan jij. Nu stuur ik je eropuit om kaarten te zoeken, en zo verdwijn je in het binnenste van de aarde, word je meegesleurd door de stromen en zal je met je hoofd tegen de zuidpool van een of andere Keltische plug te pletter slaan.

En omzichtigheid veinzend: 'In het manuscript stond natuurlijk ook de kaart, of liever de nauwkeurige beschrijving daarvan, met een verwijzing naar het origineel. Het is verbazingwekkend, maar u kunt zich niet voorstellen hoe eenvoudig de oplossing van het probleem was. De kaart was binnen ieders handbereik, iedereen kon hem zien, al eeuwenlang lopen er duizenden mensen elke dag langs. En trouwens, het oriënteringssysteem is zo simpel dat je alleen maar het schema hoeft te onthouden; en dan kun je de kaart overal reproduceren. Zo eenvoudig, zo onvoorzien... Denkt u eens in—ik bedoel, alleen maar om een idee te krijgen—het is alsof de kaart in de piramide van Cheops staat gebeiteld, open en bloot voor ieders neus, en eeuwenlang heeft iedereen de piramide gelezen en herlezen en ontcijferd op zoek naar andere verwijzingen, andere berekeningen, zonder ook maar enig idee te hebben van de ongelofelijke, schitterende eenvoud ervan. Een meesterwerk van onschuld. En van verraderlijkheid. De Tempeliers van Provins waren magiërs.'

'U maakt me werkelijk nieuwsgierig. Zou u mij de kaart niet willen laten zien?'

'Ik moet u bekennen dat ik alles vernietigd heb, de tien velletjes en de kaart. Ik was doodsbang, dat begrijpt u toch, niet?'

'U gaat me toch niet vertellen dat u een zo belangrijk document vernietigd hebt...'

'Dat heb ik gedaan, ja, maar ik heb u al gezegd dat de onthulling van een buitengewone eenvoud was. De kaart zit hier,' en hij tikte tegen zijn hoofd—en schoot bijna in de lach omdat hij moest denken aan dat mopje over een Duitser die zegt "zitst alles hier in mein kont". 'Al meer dan tien jaar draag ik het bij me, dat geheim, al meer dan tien jaar heb ik die kaart hier,' en tikte zich nogmaals tegen zijn hoofd, 'als een obsessie, en ik ben doodsbang voor de macht die ik mogelijkerwijs zou krijgen als ik ertoe zou besluiten de erfenis van de Zesendertig Onzichtbaren te aanvaarden. Nu begrijpt u ook waarom ik Garamond heb overgehaald Isis Ontsluierd en de Geschiedenis van de Magie uit te geven. Ik wacht op het juiste contact.' En vervolgens, steeds meer opgaand in de rol die hij speelde, en om Agliè definitief op de proef te stellen, had hij bijna letterlijk de vlammende woorden herhaald die Arsène Lupin aan het einde van *Aguille Creuse* tegen Beautrelet zegt: 'Op sommige momenten doet mijn macht mijn hoofd tollen. Ik ben dronken van macht en gezag.'

'Toe nu beste vriend,' had Agliè gezegd, 'misschien heeft u wel buiten proporties veel geloof gehecht aan de hersenspinsels van een fanaticus? Bent u er zeker van dat die tekst authentiek was? Waarom vertrouwt u niet op mijn ervaring? Als u eens wist hoe vaak men mij dergelijke onthullingen heeft gedaan, en daar heb ik, al zeg ik het zelf, op zijn minst altijd de ondeugdelijkheid van kunnen aantonen. Eén blik op de kaart en ik zie of hij betrouwbaar is. Ik meen te kunnen bogen op een bescheiden maar afdoende kennis inzake de traditionele cartografie.'

'Mijnheer Agliè,' had Belbo gezegd, 'u zou toch de eerste moeten zijn om me eraan te herinneren dat een inwijdingsgeheim als het eenmaal is onthuld nergens meer toe dient. Ik heb al die jaren gezwegen, ik kan blijven zwijgen.'

En hij zweeg. Ook Agliè, charlatan of niet, zat helemaal in zijn rol. Hij had zich zijn leven lang voor zijn genoegen met ondoorgrondelijke geheimen onledig gehouden en geloofde zonder meer dat de lippen van Belbo voor altijd vergrendeld zouden blijven.

Op dat moment was Gudrun binnengekomen die had aangekondigd dat de afspraak in Bologna was vastgesteld op vrijdagmiddag om twaalf uur. 'U kunt 's ochtends de TEE nemen,' had zij gezegd.

'Een heerlijke trein, de TEE,' had Agliè gezegd. 'Maar het verdient aanbeveling te reserveren, vooral in dit seizoen.' Belbo had gezegd dat er op het laatste moment altijd nog wel plaats was, je kon altijd nog in de restauratie gaan zitten waar ze het ontbijt serveerden. 'Dat help ik u hopen,' had Aglié gezegd. 'Mooie stad, Bologna. Maar erg warm in juni...'

'Ik blijf er maar een uur of twee, drie. Ik moet een tekst voor een motto bespreken, we hebben problemen met de reproduktie.' En toen, als klap op de vuurpijl: 'Ik heb nog geen vakantie. Mijn vrije dagen neem ik op rond de zonnestilstand, het zou kunnen dat ik ertoe besluit om... U begrijpt wat ik bedoel. En ik reken erop dat dit onder ons blijft. Ik heb het u in vertrouwen verteld.'

'Zwijgen kan ik als de beste. Ik dank u in ieder geval voor uw vertrouwen, werkelijk.' En hij was weggegaan.

Deze ontmoeting had Belbo goedgedaan. Zijn astrale narrativiteit had het glansrijk gewonnen van de ellende en de schande van het ondermaanse.

De dag daarop had hij een telefoontje gekregen van Aglié: 'Excuseert u mij, beste vriend. Ik zie mij voor een klein probleem gesteld. U weet dat ik op bescheiden schaal handel in oude boeken. Aan het eind van de middag komt er uit Parijs een twaalftal gebonden, achttiende-eeuwse boeken voor mij aan, die een zekere waarde vertegenwoordigen, en die ik voor morgen absoluut moet doen toekomen aan een handelsvriend van mij in Florence. Ik had ze zelf zullen brengen, maar heb hier een verplichting. Ik had gedacht aan de volgende oplossing: u moet naar Bologna, ik wacht u morgen bij de trein op, tien minuten voor vertrek, ik geef u een klein koffertje, u legt dat in het net en laat het in Bologna gewoon liggen, desnoods stapt u als laatste uit om er zeker van te zijn dat niemand het meeneemt. Als de trein in Florence stilstaat vist mijn handelsvriend het uit de trein. Het is wat lastig voor u, dat weet ik, maar als u me dit plezier zoudt willen doen, zal ik u eeuwig dankbaar zijn.'

'Geen probleem,' had Belbo geantwoord, 'maar hoe komt uw vriend in Florence te weten waar ik de koffer heb achtergelaten?'

'Ik heb een vooruitziende blik, en heb een plaats besproken, nummer 45, rijtuig 8. Tot Rome, zodat er noch in Bologna noch in Florence iemand gaat zitten. Ziet u, in ruil voor het ongemak dat ik u bezorg, bied ik u de zekerheid van een zitplaats, en hoeft u niet uw toevlucht te nemen tot de restauratie. Ik heb niet ook nog uw kaartje durven kopen, ik wilde niet dat u dacht dat ik van plan was op een zo weinig subtiele wijze mijn schuld bij u in te lossen.'

Een echte heer, had Belbo gedacht. Hij zal me wel een kistje mooie wijnen sturen. Om op zijn gezondheid te drinken. Gisteren wilde ik hem laten verdwijnen en nu bewijs ik hem zelfs een dienst. Tja, ik kan bezwaarlijk nee zeggen.

Woensdagochtend was Belbo op tijd naar het station gegaan, had een kaartje naar Bologna gekocht en Agliè bij rijtuig 8 aangetroffen met het koffertje. Het was behoorlijk zwaar, maar nam niet te veel plaats in.

Belbo had de koffer boven plaats 45 gelegd, en had zich geïnstalleerd met een stapel kranten. Het nieuws van de dag was de begrafenis van Berlinguer. Kort daarop was er een mijnheer met een baard op de plaats naast hem gaan zitten. Belbo had de indruk dat hij hem al eens eerder had gezien (toen hij er later over nadacht, misschien op het feest in Piemonte, maar zeker was hij er niet van). Toen de trein vertrok was de coupé vol.

Belbo las de krant, maar de reiziger met de baard probeerde met iedereen een gesprek aan te knopen. Hij was begonnen met enige kanttekeningen over de warmte, over het gebrekkige functioneren van de airconditioning, over het feit dat je in juni nooit wist of je nu zomerkleren aan zou trekken of niet. Hij had opgemerkt dat de beste dracht een lichte blazer was, precies zo een als Belbo aanhad, en had gevraagd of die Engels was. Belbo had geantwoord dat het een Engelse was, Burberry, en was weer gaan lezen. 'Dat zijn de beste,' had de man gezegd, 'maar deze is wel bijzonder mooi want er zitten niet van die opzichtige gouden knopen op. En, staat u mij toe, hij kleurt goed bij die bordeauxrode das.' Belbo had hem bedankt en zijn krant weer opengeslagen. Vervolgens besprak de man met de anderen hoe moeilijk het was de juiste das bij het juiste jasje te vinden, en Belbo las. Ik weet het, dacht hij, ze vinden me allemaal onbehouwen, maar ik reis juist met de trein om geen persoonlijke relaties aan te hoeven knopen. Daarvan heb ik er op aarde al genoeg.

Toen had de man tegen hem gezegd: 'Wat een hoeveelheid kranten leest u, en zoveel verschillende. U bent zeker rechter of politicus.' Belbo had ontkennend geantwoord, had gezegd dat hij bij een uitgeverij werkte die boeken publiceerde over Arabische metafysica, in de hoop dat hij daarmee zijn tegenstander de schrik op het lijf zou jagen. En de ander was zich inderdaad doodgeschrokken.

Toen was de conducteur gekomen. Hij had Belbo gevraagd hoe het kon dat hij maar een kaartje had tot Bologna terwijl zijn plaats was besproken tot Rome. Belbo had geantwoord dat hij op het laatste moment van gedachten was veranderd. 'Wat heerlijk,' had de man met de baard gezegd, 'zo zelf te kunnen beslissen precies zoals je pet staat, zonder rekening te hoeven houden met je portemonnee. Ik benijd u.' Belbo had geglimlacht en zich afgewend. Daar heb je het nou, hield hij zichzelf voor, nu houden ze me allemaal voor iemand die met geld smijt, of voor iemand die een bank heeft beroofd.

In Bologna was Belbo opgestaan en had zich opgemaakt om uit te stappen. 'Pas op, u vergeet uw koffertje,' had zijn buurman gezegd. 'Nee, in Florence komt er iemand die het ophaalt,' had Belbo gezegd, 'ach, zoudt u er een oogje op willen houden?'

'Komt voor elkaar,' had de man met de baard gezegd. 'Laat dat maar aan mij over.'

Tegen de avond was Belbo weer in Milaan terug en was met twee blikjes paté en wat toastjes thuis voor de televisie gaan zitten. Nog steeds Berlinguer, natuurlijk. Dus was het korte berichtje, aan het slot, hem bijna ontgaan.

Laat in de ochtend had, in rijtuig 8 van de TEE van Bologna naar Florence, een reiziger met een baard uiting gegeven aan zijn achterdocht jegens een in Bologna uitgestapte reiziger die een koffertje in het net had achtergelaten. Weliswaar had deze gezegd dat iemand dat in Florence zou komen ophalen, maar deden terroristen dat niet ook altijd? En waarom had hij eigenlijk een plaats besproken tot Rome, als hij in Bologna was uitgestapt?

In de coupé had zich een bedrukte ongerustheid van zijn medereizigers meester gemaakt. Op een gegeven moment had de man met de baard gezegd dat hij het niet langer uithield. Beter een fout begaan dan sterven, en hij had de hoofdconducteur geroepen. De hoofdconducteur had de trein tot staan gebracht en de spoorwegpolitie erbij gehaald. Ik weet niet precies wat er gebeurd is, de trein stond in de bergen stil, de reizigers zwermden angstig langs de rails, de komst van de explosieven opruimingsdienst... Experts hadden de koffer opengemaakt en er een tijdbom in aangetroffen die stond afgesteld op de aankomsttijd in Florence. Genoeg om enkele tientallen mensen om zeep te helpen.

De politie was er niet in geslaagd de man met de baard op te sporen. Wellicht was deze in een ander rijtuig gaan zitten en in Florence uitgestapt omdat hij niet in de krant wilde komen. Men verzocht hem zich alsnog te melden.

De andere reizigers herinnerden zich de man die de koffer had achtergelaten bijzonder duidelijk. Het moest iemand zijn die op het eerste gezicht argwaan wekte. Hij had een blauw, Engels, jasje aan zonder gouden knopen, een bordeauxrode das, het was een zwijgzaam type en leek tot elke prijs onopgemerkt te willen blijven. Maar hij had zich laten ontvallen dat hij bij een krant werkte, bij een uitgever, bij iets dat te maken had met (hier liepen de meningen van de getuigen uiteen) natuurkunde, methaan of metempsychose. Maar in ieder geval iets met Arabieren.

Het hele politieapparaat was in staat van alarm. Er kwamen al tips binnen, die nauwgezet werden nagetrokken. Twee Libiërs aangehouden in Bologna. De politietekenaar had een compositieportret gemaakt dat hem van het scherm tegemoet straalde. De tekening leek niet op Belbo, maar Belbo wel op de tekening.

Voor Belbo was er geen twijfel mogelijk. Die man van het koffertje, dat was hij. Maar het koffertje bevatte de boeken van Agliè. Hij had Agliè opgebeld maar er werd niet opgenomen.

Het was al laat in de avond, hij had zich niet buiten durven vertonen, was naar bed gegaan met een slaappil. De volgende ochtend had hij Agliè nogmaals trachten te bereiken. Stilte. Hij was naar beneden gelopen om de kranten te kopen. Gelukkig stond de voorpagina nog vol met de begrafenis en stond het bericht over de trein, met compositieportret, ergens binnenin. Hij was met opgezette kraag weer naar huis gegaan, had daarna gemerkt dat hij die blazer nog aanhad. Gelukkig zonder bordeauxrode das.

Terwijl hij de feiten nogmaals op een rijtje trachtte te zetten, ging de telefoon. Een vreemde, onbekende stem, met een licht Balkan-accent. Een zoetsappig telefoontje van iemand die deed of hij er zelf helemaal niets mee te maken had en zo maar uit goedertierenheid opbelde. Arme mijnheer Belbo, zei hij, zo in de problemen geraakt door deze onverkwikkelijke geschiedenis. Dat zou je eigenlijk nooit moeten doen, andermans postbode spelen, zonder de inhoud van de bagage te inspecteren. Het zou toch behoorlijk vervelend zijn als iemand de politie ervan verwittigde dat mijnheer Belbo de onbekende man was van zitplaats 45.

Zeker, een dergelijke verregaande stap zou voorkomen kunnen worden, maar dan moest Belbo wel besluiten mee te werken. Bijvoorbeeld door te zeggen waar de kaart van de Tempeliers was. En omdat het hem in Milaan wellicht een beetje te heet onder de voeten werd, omdat iedereen wist dat de dader van de aanslag op de TEE uit Milaan was vertrokken, was het wellicht verstandiger de gehele affaire te verplaatsen naar neutraal terrein, laten we zeggen Parijs. Waarom geen afspraak gemaakt in boekhandel Sloane, rue de la Manticore nummer 3, over een week? Maar misschien deed Belbo er beter aan meteen af te reizen, voordat iemand hem herkende. Boekhandel Sloane, rue de la Manticore nummer 3. Op 20 juni om twaalf uur 's middags zou hij daar een bekend gezicht treffen, die man met die baard waarmee hij zich in de trein zo gemoedelijk had onderhouden. Die zou hem vertellen waar zijn andere vrienden zaten, dan zouden ze rustig, onder elkaar, de zonnestilstand afwachten en zou hij ten slotte vertellen wat hij wist, en zou hem niets overkomen. Rue de la Manticore, nummer 3, makkelijk te onhouden.

109

Saint-Germain... Zeer intelligent, zeer spiritueel ... Hij zei dat hij allerlei geheimen kende ... Hij bediende zich, voor zijn verschijningen, vaak van die beroemde magische spiegel die mede bepalend was voor zijn reputatie... Aangezien hij, door middel van catoprische effecten, de gevraagde en bijna altijd herkende schaduwen opriep, was het bewezen dat hij contacten met de andere wereld had.

Le Coulteux de Canteleu, *Les sectes et les sociétés secrètes*, Parijs, Didier, 1863, p. 170-171

Belbo had zich verloren gevoeld. Alles was duidelijk. Agliè verkeerde in de veronderstelling dat zijn verhaal waar was, hij wilde de kaart, had een val voor hem uitgezet, en nu had hij hem in zijn macht. Of Belbo ging naar Parijs om datgene te onthullen wat hij niet wist (maar dat hij het niet wist dat wist alleen hij, ik was vertrokken zonder een adres achter te laten en Diotallevi lag op sterven), of hij zou de hele Italiaanse politiemacht op zijn dak krijgen.

Hoe kon het toch dat Agliè mee was gegaan in zo'n laag spelletje? Wat hield hij eraan over? Hij moest die oude gek bij zijn kladden grijpen en naar het politiebureau sleuren. Alleen zo zou hij zich uit deze geschiedenis kunnen redden.

Hij had een taxi genomen en was naar zijn huis gegaan, in de buurt van de piazza Piola. Dichte ramen, en op het hek het bord van een makelaarskantoor: TE HUUR. Dat was toch te dol, een week eerder woonde Agliè daar nog, hij had hem zelf opgebeld. Hij had aangebeld bij het huis ernaast. 'Die meneer? Die is net gisteren verhuisd. Ik weet echt niet waarheen, ik wist amper hoe hij eruit zag, hij leefde erg teruggetrokken en was altijd op reis, geloof ik.'

Er zat niets anders op dan bij het makelaarskantoor te informeren. Maar daar had niemand ooit van Agliè gehoord. Het huis was indertijd verhuurd aan een Franse firma. De huur, die regelmatig via de bank werd overgemaakt, was binnen vierentwintig uur opgezegd, en ze hadden de borgsom gelaten voor wat hij was. Al hun contacten, ook die per brief, hadden via een zekere meneer Ragotgky gelopen. En meer wisten ze niet.

Het was niet mogelijk. Rakosky of Ragotgky of hoe hij ook heette, de geheimzinnige bezoeker van de kolonel die gezocht werd door de sluwe De Angelis en door Interpol, huurde zo maar links en rechts onroerend goed. In ons verhaal was de Rakosky van Ardenti een reïncarnatie van de Račkovskij van de Ochrana, en die weer van die eeuwige Saint-Germain. Maar wat had Agliè ermee te maken?

Belbo was naar kantoor gegaan, binnengeslopen als een dief, en had zich in zijn kamer opgesloten. Hij had geprobeerd de balans op te maken.

Het was om krankzinnig van te worden, en Belbo was er zeker van dat hij het al was. En er was niemand die hij in vertrouwen kon nemen. Terwijl hij het zweet van zijn voorhoofd wiste bladerde hij bijna werktuiglijk de een dag daarvoor binnengekomen manuscripten door die op tafel lagen, zonder zelfs maar te weten wat hij deed, en plotseling had hij aan het begin van een bladzijde de naam Agliè zien staan.

Hij had gekeken hoe het manuscript heette. Het werkje van een willekeurige diabolicus, *De waarheid over de graaf van Saint-Germain.* Hij had de bladzijde weer opgeslagen en las, in een citaat uit de biografie van Chacornac, dat Claude-Louis de Saint-Germain zich in de loop der tijd had uitgegeven voor monsieur de Surmont, graaf Soltikof, mister Welldone, markies van Belmar, prins Rackoczi of Ragozki en ga zo maar door, maar zijn familienamen waren graaf van Saint-Martin en markies van Agliè, naar een landgoed in Piemonte van zijn voorvaderen.

Fijn zo, nu kon Belbo gerust zijn. Niet alleen werd hij onherroepelijk gezocht voor terrorisme, niet alleen was het Plan waar, niet alleen was Agliè in een tijdsbestek van twee dagen verdwenen, maar bovendien was hij geen fantast maar de echte en onsterfelijke graaf van Saint-Germain en had hij nooit iets gedaan om dat te verbergen. Het enige ware, in die maalstroom van onwaarheden die aan het licht kwamen, was zijn naam. Of niet, was ook zijn naam vals, was Agliè niet Agliè, maar deed het er niet toe wie hij wel was; want in werkelijkheid gedroeg hij zich, en dat al jarenlang, als het personage in een geschiedenis die wij pas later zouden bedenken.

Hoe de zaak ook in elkaar stak, Belbo had geen keus. Nu Agliè verdwenen was kon hij de politie niet aantonen wie hem de koffer gegeven had. En ook al zou de politie hem geloven, dan nog zou gebleken zijn dat hij hem gekregen had van iemand die gezocht werd voor moord en die hij al minstens twee jaar als adviseur gebruikte. Een fraai alibi.

Maar om van deze hele geschiedenis—die op zich al tamelijk veel van een roman weghad—een coherent verhaal te maken en de politie zover te krijgen er geloof aan te hechten, diende er van een andere vooronderstelling te worden uitgegaan die nog veel verder voerde. Te weten dat het door ons bedachte Plan punt voor punt, tot en met het moeizame gezoek naar de Kaart, overeenkwam met een echt Plan, een Plan waarin Agliè, Rakoskij, Račkovskij, Ragotgky, de man met de baard, de Tres, iedereen, tot en met de Tempeliers van Provins, al voorkwamen. En dat de kolonel het bij het rechte eind had gehad. Maar als hij het nu eens bij het verkeerde rechte eind had gehad, omdat ons Plan uiteindelijk anders was dan het zijne, en als het zijne nu eens waar was en het onze dat dus niet kon zijn, of andersom, en wij dus gelijk hadden, waarom moest Rakoskij tien jaar eerder dan zonodig een valse uiteenzetting van de kolonel stelen?

Alleen al bij het lezen van wat Belbo aan Abulafia had toevertrouwd kreeg ik die ochtend de neiging mijn kop tegen de muur te slaan. Om mezelf ervan te overtuigen dat de muur tenminste echt bestond. Ik stelde me voor hoe Belbo zich die dag, en de dagen daarop, gevoeld moest hebben. Maar het was nog niet alles.

Op zoek naar iemand die hij om inlichtingen kon vragen had hij Lorenza gebeld. En zij was er niet. Hij durfde te wedden dat hij haar niet meer terug zou zien. Op een of andere manier was Lorenza een schepsel dat door Agliè bedacht was, Agliè een schepsel dat door Belbo bedacht was en Belbo wist niet meer door wie hij zelf bedacht was. Hij had de krant weer gepakt. Het enige dat vaststond was dat hij de man van het compositieportret was. Om dat te onderstrepen had hij precies op dat moment, op kantoor, een nieuw telefoontje gekregen. Hetzelfde Balkan-accent, dezelfde aanmaningen. De afspraak in Parijs.

'Wie bent u?' had Belbo geschreeuwd.

'Wij zijn de Tres,' had de stem geantwoord. 'En u weet meer van de Tres dan wij.'

Toen had hij een besluit genomen. Hij had de telefoon gepakt en De Angelis gebeld. Op het politiebureau hadden ze moeilijk gedaan, de commissaris werkte er blijkbaar niet meer. Toen hij bleef aandringen hadden ze hem ten slotte toch doorverbonden.

'Wie hebben we daar, mijnheer Belbo,' had De Angelis gezegd op een toon die Belbo sarcastisch in de oren klonk. 'U treft me nog net. Ik ben mijn koffers aan het pakken.'

'Koffers?' Belbo had gevreesd dat het een toespeling was.

'Ik ben overgeplaatst naar Sardinië. Het schijnt een rustige baan te zijn.'

'Mijnheer De Angelis, ik moet u dringend spreken. Vanwege die geschiedenis...'

'Geschiedenis? Welke?'

'Die van de kolonel. En vanwege die andere... U heeft Casaubon ooit gevraagd of hij wel eens van de Tres had gehoord. Ik heb ervan gehoord. Ik moet u een aantal dingen vertellen, belangrijke dingen.'

'Vertelt u ze me maar niet. Het is mijn zaak niet meer. Bovendien is het wat laat, vindt u niet?'

'Ik geef toe, ik heb u wat verzwegen, jaren geleden. Maar nu wil ik praten.'

'Nee mijnheer Belbo, vertelt u me maar niets. Ik wil u er wel op wijzen dat er beslist iemand is die ons gesprek afluistert en ik wil dat men weet dat ik niets wil horen en niets weet. Ik heb twee kinderen. Kleine kinderen. En iemand heeft me laten weten dat hen iets zou kunnen overkomen. En om me te laten zien dat het menens was vloog, toen mijn vrouw gisteren de auto startte, de motorkap de lucht in. Een heel kleine lading, niet veel meer dan een rotje, maar genoeg om me duidelijk te maken dat ze me als het zover komt weten te vinden. Ik ben naar de hoofdcommissaris gegaan en heb hem gezegd dat ik altijd mijn plicht gedaan had en meer dan dat, maar dat ik geen held was. Mijn eigen leven zou ik nog wel geven, maar niet dat van mijn vrouw en kinderen. Ik heb om overplaatsing gevraagd. En toen ben ik aan iedereen gaan vertellen dat ik een lafaard ben, dat ik het in mijn broek doe. En nu zeg ik het ook tegen u en tegen degenen die meeluisteren. Ik heb mijn carrière geruïneerd, ik ben mijn gevoel voor eigenwaarde kwijt, simpel gezegd zie ik in dat ik een eerloos man ben, maar ik red de mensen van wie ik hou. Ze zeggen dat Sardinië heel erg mooi is, en sparen om de kinderen 's zomers naar zee te sturen hoeft ook niet meer. Tot ziens.'

'Wacht, het is een ernstige zaak, ik zit in de problemen...'

'Zit u in de problemen? Dat doet me dan deugd. Toen ik u om hulp vroeg heeft u me die niet geboden. Net zo min als uw vriend Casaubon. Maar nu u zelf in de problemen zit komt u bij mij om hulp. Ik zit ook in de problemen. U bent te laat. De politie is je beste kameraad, zoals de kreet luidt, is dat waaraan u denkt? Welnu, gaat u dan naar de politie, naar mijn opvolger.'

Belbo had opgehangen. Schitterend gewoon: ze hadden het hem ook onmogelijk gemaakt hulp te zoeken bij de enige politieman die hem had kunnen geloven.

Toen had hij bedacht dat Garamond, met al zijn kennissen, afgevaardigden, hoofdcommissarissen en hooggeplaatste functionarissen hem misschien een handje zou kunnen helpen. Hij was naar hem toegesneld.

Garamond had minzaam naar zijn verhaal geluisterd, hem af en toe onderbrekend met beleefde uitroepen als 'u meent het niet', 'wat ik nu toch hoor', 'het lijkt wel een roman, ik zeg zelfs meer, een verzinsel'. Toen had hij zijn handen gevouwen, had Belbo met grote genegenheid aangekeken en had gezegd: 'Mijn jongen, sta me toe dat ik u zo noem want ik zou uw vader kunnen zijn—oh god, uw vader misschien niet, want ik ben nog jong, ik zeg zelfs meer, jeugdig, maar een oudere broer, met uw welnemen. Ik praat openhartig met u, we kennen elkaar per slot al zo lang. Mijn indruk is dat u overspannen bent, aan het eind van uw krachten, een zenuwinzinking nabij, ik zeg zelfs meer, uitgeput. Denk niet dat ik het niet op prijs stel, ik weet dat u zich met hart en ziel aan de uitgeverij geeft, en op een gegeven moment zal dat ook vertaald moeten worden in, hoe zeg je dat, materiële termen, want dat kan ook geen kwaad. Maar als ik u was zou ik vakantie opnemen. U zegt dat u zich in een lastig parket bevindt. Eerlijk gezegd zou ik er niet al te zwaar aan tillen ook al zou het, met uw welnemen, vervelend zijn voor Garamond als een van onze werknemers, en nog wel de beste, in een duistere geschiedenis verzeild was geraakt. U zegt dat iemand wil dat u naar Parijs gaat. Ik hoef geen details te horen, ik geloof u gewoon. Nu? Gaat u er toch heen, is het niet beter de zaken meteen op te helderen? U zegt dat u op—hoe zeg je dat—conflictuele voet staat met een heer als doctor Agliè. Ik wil niet weten wat er precies tussen u tweeën is voorgevallen, en ik zou niet te lang blijven tobben over dat geval van homonymie waarover u me vertelde. Er zijn toch ook talloze mensen op deze wereld die Germain heten, dacht u niet? Als Agliè u, oprecht, laat weten: kom naar Parijs en alles zal opgehelderd worden, wel, ga dan naar Parijs. De wereld zal heus niet vergaan. Mensen moeten openhartig met elkaar omgaan. Ga naar Parijs en als u iets op uw lever heeft, houdt dat dan niet voor u. Zeg gewoon wat u op uw hart hebt. Wat zijn dat toch allemaal voor geheimen! Als ik het goed begrepen heb beklaagt de heer Agliè zich erover dat u hem niet wilt zeggen waar zich een of andere plattegrond bevindt, een kaart, een boodschap of weet ik het, die u in uw bezit hebt en waarmee u niets doet, terwijl de goede Agliè er misschien iets aan heeft voor zijn studie. We staan ten dienste van de cultuur, of heb ik het mis? Geeft u hem die plattegrond toch, die atlas, die topografische kaart, ik wil niet eens weten wat het is. Als hij er zoveel belang aan hecht zal er wel een, ongetwijfeld respectabele, reden voor zijn, een heer blijft altijd een heer. Gaat u naar Parijs, een ferme handdruk en alles is voorbij. Akkoord? En kwelt u zichzelf niet meer dan nodig. U weet dat ik altijd voor u klaarsta.' Toen had hij op de intercom gedrukt: 'Mevrouw Grazia... Hè, ze is er niet, ze is er nooit als je haar nodig hebt. U mag dan met tegenslagen te kampen hebben, beste Belbo, maar u bent niet de enige. Tot ziens, en als u mevrouw Grazia in de gang ziet, stuur haar dan naar me toe. En rust uit, denk eraan.'

Belbo was naar buiten gegaan. Mevrouw Grazia was niet in het secretariaat, en hij had het rode lampje van de privé-lijn van Garamond zien aangaan, die blijkbaar iemand aan het bellen was. Hij had zich niet kunnen bedwingen (ik geloof dat het de eerste keer in zijn leven was dat hij iets onoorbaars deed). Hij had de hoorn opgepakt en het gesprek afgeluisterd. Garamond zei tegen iemand: 'Maakt u zich geen zorgen. Ik geloof dat ik hem overtuigd heb. Hij komt naar Parijs... Niet meer dan mijn plicht. We behoren niet voor niets tot dezelfde spirituele ridderschap.'

Garamond maakte dus ook deel uit van het geheim. Van welk geheim? Van datgene wat alleen hij, Belbo, nu nog kon onthullen. En dat niet bestond.

Het was inmiddels avond. Hij was naar Pilade gegaan, had met deze en gene een paar woorden gewisseld en had overmatig gedronken. En de dag daarop was hij de enige vriend gaan opzoeken die hij nog over had. Hij was naar Diotallevi gegaan. Hij was hulp gaan vragen aan een man die op sterven lag.

En van hun laatste gesprek had hij op Abulafia een koortsig verslag achtergelaten waaruit ik niet duidelijk kon opmaken hoeveel van wat er in stond van Diotallevi was en hoeveel van Belbo, want in beide gevallen was het als het gemompel van iemand die de waarheid spreekt in de wetenschap dat het niet meer het moment is om tijd te verdoen met illusies.

110

En zo geschiedde aan Rabbi Ishmael ben Elisja en zijn discipelen, die het Sefer Jetsira bestudeerden en zich vergisten in de klinkers en achteruitgingen totdat zij zelf door de aarde werden verzwolgen tot aan de navel, door toedoen van de kracht van de letters.

Pseudo Sa'adja, *Commentaar op het Sefer Jetsira*

Zo wit had hij hem nog nooit gezien, ook al had hij bijna geen haren, wenkbrauwen of wimpers meer. Hij leek wel een biljartbal.

'Sorry,' had hij tegen hem gezegd, 'mag ik je even lastig vallen met mijn besognes?'

'Ga je gang. Ik heb toch geen besognes meer. Alleen maar onontkoombaarheid. Met hoofdletter N.'

'Ik hoorde dat ze een nieuwe therapie gevonden hebben. Als je twintig bent is er binnen de kortste keren niets meer van je over, maar als je vijftig bent loopt het zo'n vaart niet meer en vinden ze nog wel een oplossing.'

'Jij hebt mooi praten. Ik ben nog geen vijftig. Ik heb het fysiek van een jonge man. Ik heb het voorrecht sneller te sterven dan jij. Maar zoals je ziet heb ik moeite met praten. Vertel maar, dan kan ik wat uitrusten.'

Uit gehoorzaamheid, uit respect, had Belbo hem zijn verhaal helemaal verteld.

En toen had Diotallevi gesproken, ademend als het Ding in science-fictionfilms. En hij had ook dat transparante van het Ding, die afwezigheid van de scheidslijn tussen binnen en buiten, tussen huid en vlees, tussen dat lichte blonde dons dat nog door zijn open pyjama op zijn buik zichtbaar was en die slijmerige darmmassa die alleen door röntgenstralen of een ziekte in een vergevorderd stadium zichtbaar gemaakt kan worden.

'Jacopo, ik lig hier in een bed, ik kan niet zien wat er buiten gebeurt. Voor zover ik kan nagaan, speelt hetgeen je me vertelt zich óf alleen binnen in jouw hoofd af, óf daarbuiten. Hoe het ook zij, of jij nu gek geworden bent of de wereld, dat is om het even. In beide gevallen heeft iemand de woorden van het Boek vermengd en dooreengegooid en daarbij de grenzen van het welvoeglijke overschreden.'

'Wat bedoel je?'

'We hebben gezondigd tegen het Woord, het Woord dat geschapen heeft en de wereld overeind houdt. Jij wordt daar nu voor gestraft, zoals ook ik ervoor gestraft ben. Tussen jou en mij is geen verschil.'

Er was een verpleegster binnengekomen, zij had hem iets gegeven om zijn lippen te bevochtigen, had tegen Belbo gezegd dat hij hem niet mocht vermoeien, maar Diotallevi had zich ertegen verzet: 'Laat me met rust, alstublieft. Ik moet hem de Waarheid zeggen. Kent ú de Waarheid?'

'Wat, ik, wat vraagt u me nu, mijnheer...'

'Nou, gaat u dan weg alstublieft. Ik heb mijn vriend iets belangrijks te zeggen. Luister Jacopo. Net als in het menselijk lichaam, heb je in de tora ledematen en gewrichten en organen, oké? En net als in de tora heb je in het menselijk lichaam ledematen en gewrichten en organen, oké?'

'Oké.'

'En toen rabbi Meir bij rabbi Akiva in de leer was mengde hij vitriool in de inkt, en de meester zei er niets van. Maar toen rabbi Meir aan rabbi Ishmael vroeg of hij daar goed aan deed, had deze hem gezegd: zoon, ga voorzichtig te werk, want het is een goddelijk werk, en als je ook maar één letter weglaat of één letter te veel schrijft, vernietig je de gehele wereld... Wij hebben getracht de tora te herschrijven, maar we hebben niet op een letter meer of minder gekeken...'

'Het was maar een spelletje...'

'Met de tora speel je niet.'

'Maar wij speelden met de geschiedenis, met de geschriften van anderen...'

'Is er een geschrift dat de wereld sticht, dat niet het Boek is? Geef me wat water aan, nee, niet in een glas, maak dat lapje nat. Dank je. Nu luister. De letters van het Boek dooreengooien betekent de wereld dooreengooien. Daar ontkom je niet aan. Willekeurig welk boek, ook het aap-noot-mies. Die mensen, hoe heten ze, zoals uw doctor Wagner, zeggen die niet dat iemand die met woorden speelt, en anagrammeert, en het lexicon omgooit, bezield is door lelijke dingen en zijn vader haat?'

'Zo is het niet helemaal. Dat zijn psychoanalytici, die zeggen dat om geld te verdienen, die zijn niet als uw rabbijnen.'

'Rabbijnen, het zijn allemaal rabbijnen. Ze hebben het allemaal over hetzelfde. Geloof je dat de rabbijnen die over de tora spraken het over een boekrol hadden? Ze hadden het over ons, wij die ons lichaam door middel van taal opnieuw trachten te vernieuwen. Luister nu. Om de letters van het Boek te manipuleren is veel godsvrucht nodig, en die hadden wij niet. Elk boek is doorweven met de naam van God, en wij hebben zonder de verschuldigde devotie alle boeken van de geschiedenis geanagrammeerd. Hou je mond, luister. Hij die zich met de tora bezighoudt, houdt terwijl hij leest of herschrijft, de wereld in beweging en zijn lichaam in beweging omdat elk lichaamsdeel zijn pendant heeft in de wereld... Maak het lapje nat, dank je. Als je het Boek verandert, verander je de wereld, als je de wereld verandert verander je je lichaam. Dat hebben wij niet begrepen. De tora laat een woord los uit haar schrijn, het is heel even zichtbaar en verbergt zich meteen weer. En zij openbaart zich alleen even voor wie haar liefheeft. Het is als een beeldschone vrouw die zich in haar huis in een kleine afgelegen kamer verbergt. Zij heeft een enkele minnaar, van wiens bestaan niemand afweet. En als iemand behalve hij haar wil overweldigen en zijn smerige handen aan haar wil slaan, verzet ze zich. Zij kent haar minnaar, opent een klein kiertje, en laat zich heel even zien. En verbergt zich meteen weer. Het woord van de tora laat zich alleen zien aan degene die het liefheeft. En wij hebben getracht over boeken te praten, zonder liefde, om ze belachelijk te maken...'

Belbo had zijn lippen weer natgemaakt met het lapje. 'Wat bedoel je?'

'Ik bedoel dat wij iets hebben willen doen wat niet mocht en waar we niet klaar voor waren. Door de woorden van het Boek te manipuleren hebben we de Golem willen maken.'

'Ik begrijp het niet...'

'Dat kun je niet meer begrijpen. Je bent gevangen in je eigen creatie. Maar je verhaal voltrekt zich nog buiten je, in de wereld. Ik weet niet hoe, maar je kunt er nog uit komen. Voor mij ligt het anders, dat wat wij, bij wijze van spel met het Plan deden, voltrekt zich nu in mijn lichaam.'

'Zeg niet van die onzin, het is een kwestie van cellen...'

'En cellen, wat zijn dat? Maandenlang hebben we als devote rabbijnen met onze lippen een andere combinatie van de letters van het Boek gevormd, GCC, CGC, GCG, CGG. Wat onze lippen zeiden, namen onze cellen over. Wat hebben mijn cellen gedaan? Die hebben een ander Plan bedacht, en nu gaan ze op eigen houtje verder. Mijn cellen zijn een geschiedenis aan het bedenken die niet ieders geschiedenis is. Mijn cellen hebben intussen geleerd dat je bij het anagrammeren van het Boek, van alle boeken van de wereld, kunt lasteren. En dat hebben ze ook met mijn lichaam leren doen. Ze inverteren, transponeren, alterneren, permuteren, creëren nieuwe cellen zonder betekenis, of met een betekenis die tegengesteld is aan de juiste. Er moet een juiste betekenis zijn, en verkeerde betekenissen, anders ga je dood. Maar zij spelen trouweloos, blindelings. Jacopo, ik heb, totdat ik niet meer lezen kon, de laatste maanden veel in woordenboeken gekeken. Ik bestudeerde de geschiedenis van woorden om te begrijpen wat er zich in mijn lichaam afspeelde. Wij rabbijnen doen dat. Heb je er ooit over nagedacht dat de retorische term metathesis lijkt op de oncologische term metastase? Wat is metathesis? Dat je in plaats van bron born zegt. En in plaats van A. Hitler *The Liar*. Dat is Temoera. Volgens het woordenboek is metathesis omzetting, verplaatsing. En metastase betekent verplaatsing, omzetting. Stomme woordenboeken. De wortel is hetzelfde, het is óf het werkwoord metatithemi óf het werkwoord methistemi. Maar metatithemi betekent ik plaats te midden van, ik verplaats, ik breng elders heen, ik stel in de plaats van, ik hef een wet op, ik verander de betekenis. En methistemi? Dat is gewoon hetzelfde, ik doe van plaats veranderen, ik verander, ik zet om, ik verander de heersende mening, ik verlies mijn verstand. Wij en ieder ander die achter de letters een geheime betekenis zoeken, wij hebben ons verstand verloren. Net als mijn cellen, gehoorzaam als ze zijn. En daarom ga ik dood, Jacopo, en dat weet je.'

'Dat zeg je nu omdat je je niet goed voelt...'

'Dat zeg ik nu omdat ik eindelijk mijn lichaam helemaal heb begrepen. Ik bestudeer het dag in dag uit, en ik weet precies wat er binnen in me gebeurt, maar ik kan er niets meer aan doen, mijn cellen gehoorzamen niet meer. Ik ga dood omdat ik mijn cellen ervan heb overtuigd dat de norm niet bestaat, en dat je van elke tekst kunt maken wat je wilt. Ik ben mijn leven lang bezig geweest mezelf, mijn hersens, daarvan te overtuigen. En mijn hersens moeten de boodschap aan hen hebben doorgegeven. Waarom zouden zij verstandiger zijn dan mijn hersens? Ik ga dood omdat wij met onze fantasie over de schreef zijn gegaan.'

'Luister, wat er met jou gebeurt heeft helemaal niets met ons Plan te maken...'

'O nee? En waarom overkomt jou dan wat je overkomt? De wereld gedraagt zich net als mijn cellen.'

Hij was uitgeput in de kussens teruggezakt. Er was een arts binnengekomen die had gefluisterd dat iemand die op zijn sterfbed lag zich niet zo mocht opwinden.

Belbo was weggegaan, en dat was de laatste keer geweest dat hij Diotallevi had gezien.

Oké, schreef hij, ik word door de politie gezocht om dezelfde redenen als waarom Diotallevi kanker heeft. Arme vriend, hij sterft, maar ik, ik die geen kanker heb, wat moet ik? Ik ga naar Parijs om te zoeken naar de norm van het neoplasma.

Hij had zich niet meteen gewonnen gegeven. Hij had zich vier dagen in huis opgesloten, had zijn bestanden zin voor zin geordend op zoek naar een verklaring. Toen had hij het hele verhaal opgeschreven, als een soort testament, voor zichzelf, voor Abulafia, voor mij of voor wie het ook maar zou lezen. En was ten slotte dinsdag vertrokken.

Ik geloof dat Belbo naar Parijs ging om ze te vertellen dat er geen geheimen waren, dat het ware geheim er in bestond de cellen volgens hun intrinsieke wijsheid hun gang te laten gaan, dat je door onder het oppervlak naar geheimen te zoeken de wereld reduceerde tot een weerzinwekkend kankergezwel. En dat híj het weerzinwekkendst en het stomst van allemaal was, omdat hij niets wist en alles had verzonnen—en dat moet hem veel moeite hebben gekost; maar hij had zich al te lang neergelegd bij het idee dat hij een lafbek was, en De Angelis had hem aangetoond dat echte helden een zeldzaamheid zijn.

In Parijs moet hij voor het eerst met hen in contact zijn gekomen en zich gerealiseerd hebben dat Zij zijn woorden niet geloofden. Ze waren te eenvoudig. Wat zij verwachtten was een onthulling, op straffe des doods. Belbo had geen onthullingen te doen, de laatste van zijn lafheden was geweest dat hij bang was geweest om te sterven. En dus had hij getracht zijn spoor uit te wissen, en had mij gebeld. Maar ze hadden hem te pakken gekregen.

111

U kunt hier voor de toekomst lering uit trekken. Als uw vijand weer opduikt—want hij heeft zich nog niet voor de laatste keer laten zien—stuur hem dan kortaf weg en ga hem vooral niet in grotten zoeken.

Jacques Cazotte, *Le diable amoureux*, 1772, pagina verwijderd in de latere uitgaven.

Wat moet ik nu doen, vroeg ik me af in de flat van Belbo toen ik klaar was met het lezen van zijn ontboezemingen. Het heeft geen zin om naar Garamond te gaan, De Angelis is vertrokken, Diotallevi heeft alles gezegd wat hij te zeggen had. Lia zit ergens ver weg zonder telefoon. Het is zes uur 's ochtends, zaterdag 23 juni, en als er iets gaat gebeuren zal het vannacht gebeuren, in het Conservatoire.

Ik moest snel iets beslissen. Waarom heb je er, vroeg ik me die nacht in de periscoop af, niet voor gekozen te doen alsof er niets aan de hand was? Je zat hier met de tekst van een gek die vertelde over zijn gesprekken met andere gekken en over zijn laatste gesprek met een overspannen of zwaar gedeprimeerde stervende. Je wist niet eens zeker of Belbo je vanuit Parijs had gebeld, misschien had hij wel van vlak buiten Milaan gebeld, misschien vanuit de cel op de hoek. Waarom zou je je inlaten met een wellicht verzonnen geschiedenis die je niet aanging?

Dat vroeg ik me af in de periscoop, terwijl mijn voeten gevoelloos werden, het licht afnam en ik de onnatuurlijke en toch zo natuurlijke angst voelde die ieder menselijk wezen 's nachts zou voelen als hij alleen was, in een verlaten museum. Die ochtend was ik echter niet bang. Alleen nieuwsgierig. En misschien voelde ik me verplicht, of voelde ik me verbonden door vriendschap.

En ik hield mezelf voor dat ik ook naar Parijs moest gaan, ik wist niet goed om wat te doen, maar ik kon Belbo niet aan zijn lot overlaten. Misschien was dit wat hij van mij verwachtte, alleen dit, dat ik in de nacht tot zijn kerker zou doordringen en dat ik me, terwijl Pizarro op het punt stond het mes in zijn hart te steken, met geweld een weg zou banen naar zijn cel, in gezelschap van de oude Rocco, en hem, dreigend met mijn pistool, in veiligheid zou brengen.

Gelukkig had ik wat geld op zak. In Parijs had ik een taxi genomen en had me naar de rue de la Manticore laten rijden. De taxichauffeur had flink zitten vloeken, want het was zelfs op zijn kaart niet te vinden; en het was inderdaad een steegje dat zo breed was als het gangpad van een trein, in de buurt van de rue de Bièvre, achter de Saint-Julien-le-Pauvre. De taxi kon er niet eens inrijden en had me op de hoek afgezet.

Ik was weifelend de steeg ingelopen waarop geen enkele deur uitkwam, maar op een gegeven moment werd de straat wat breder en zag ik de boekhandel. Ik weet niet waarom het nummer 3 was, gezien het feit dat er noch een nummer 1, noch een nummer 2, noch een ander nummer was. Het was een winkeltje met maar één lamp, en de helft van de deur diende als etalage. Aan weerszijden van de deur stonden enkele tientallen boeken, genoeg om aan te geven wat voor soort winkel het was. Beneden een serie pendels, stoffige pakjes wierookstokjes en kleine oosterse of Zuidamerikaanse amuletten. Veel tarotspelen, in verschillende stijlen en verpakkingen.

Binnen zag het er niet veel uitnodigender uit, een hoop boeken langs de wanden en op de grond, met achterin een tafeltje, en een boekhandelaar die er leek neergezet om een schrijver de gelegenheid te geven te schrijven dat hij ouder was dan zijn boeken. Hij bladerde in een groot handgeschreven register en toonde geen belangstelling voor zijn klanten. Er waren op dat moment trouwens maar twee bezoekers, die wolken stof deden opwaaien door oude boeken, bijna allemaal zonder kaft, uit krakkemikkige boekenkasten te pakken, die ze vervolgens begonnen te lezen zonder de indruk te wekken ze te willen kopen.

De enige wand waar geen boekenkasten voor stonden, werd bedekt door een affiche. Schreeuwende kleuren, een reeks portretten in een cirkel met een dubbele rand, zoals op de affiches van de illusionist Houdini. 'Le Petit Cirque de l'Incroyable. Madame Olcott et ses liens avec l'Invisible.' Een olijfkleurig, manlijk gezicht, twee banen zwart haar die in een knoet in de nek samengebonden waren; ik had de indruk dat ik dat gezicht al eens gezien had. 'Les Derviches Hurleurs et leur danse sacrée. Les Freaks Mignons, ou Les Petits-fils de Fortunio Liceti.' Een verzameling hartverscheurend weerzinwekkende monstertjes. 'Alex et Denys, les Géants d'Avalon. Theo, Leo et Geo Fox, Les Enlumineurs de l'Ectoplasme...'

Boekhandel Sloane leverde werkelijk alles, van de wieg tot het graf, ook het verantwoorde avondje uit, iets om de kinderen mee naar toe te nemen alvorens ze in de vijzel fijn te stampen. Ik had een telefoon horen rinkelen en had de boekhandelaar een stapel papier opzij zien schuiven totdat hij de hoorn ontwaarde. 'Oui monsieur,' zei hij, 'c'est bien ça.' Hij had een paar minuten geluisterd zonder iets te zeggen, eerst knikkend, toen met een verbouwereerde blik, maar meer—had ik het idee—ten behoeve van de aanwezigen, alsof iedereen het gesprek kon horen en hij er niet de verantwoording voor wilde nemen. Toen had hij de beledigde houding aangenomen van de Parijse handelaar aan wie je iets vraagt dat hij niet in voorraad heeft, of van hotelportiers die je moeten zeggen dat er geen kamers meer vrij zijn. 'Ah non, monsieur. Ah ça... Non, non, monsieur, c'est pas notre boulot. Ici, vous savez, on vend des livres, on peut bien vous conseiller sur des catalogues, mais ça... Il s'agit de problèmes très personnels, et nous... Oh, alors, il-y-a—sais pas, moi—des curés, des... oui, si vous voulez, des exorcistes. D'accord, je le sais, on connait des confrères qui se prêtent... Mais pas nous. Non, vraiment la description ne me suffit pas, et quand même... Désolé, monsieur. Comment? Oui... si vous voulez. C'est un endroit bien connu, mais ne demandez pas mon avis. C'est bien ça, vous savez, dans ces cas, la confiance c'est tout. A votre service, monsieur.'

De andere twee klanten waren verdwenen en ik voelde me niet op mijn gemak. Ik had me vermand, had de aandacht van de oude man getrokken door te hoesten, en had hem gezegd dat ik een kennis zocht, een vriend die daar nogal eens kwam, monsieur Agliè. Hij had me aangekeken alsof ik de man van het telefoongesprek was. Misschien, had ik gezegd, kende hij hem niet als Agliè, maar als Rakosky, of Soltikoff, of... Hij had me weer aangekeken, zijn ogen samenknijpend, geheel uitdrukkingsloos, en had me erop gewezen dat ik er rare vrienden op na hield met zoveel namen. Ik had hem gezegd dat het niet belangrijk was, ik had het zo maar gevraagd. Als u even wacht, had hij me gezegd, mijn compagnon komt eraan en misschien kent hij de persoon die u zoekt. Gaat u toch vooral zitten, daar achterin staat een stoel. Ik bel en vraag het even na. Hij had de hoorn van de haak genomen, een nummer gedraaid en was zachtjes begonnen te praten.

Casaubon, had ik tegen mezelf gezegd, je bent nog stommer dan Belbo. Wat verwacht je nu? Dat Zij binnenkomen en zeggen oh, kijk eens wie we daar hebben, ook de vriend van Jacopo Belbo, kom, gaat u toch mee...

Ik stond plotseling op, groette en ging naar buiten. Ik liep in een ommezien de rue de la Manticore uit, dwaalde wat door andere nauwe steegjes en kwam uit bij de Seine. Stommeling, zei ik tegen mezelf, wat wilde je nou? Daar binnenstappen, Agliè vinden en hem bij z'n jasje pakken, en dat hij zich verontschuldigt, het was allemaal een misverstand, hier is uw vriend, we hebben hem geen haar gekrenkt. En nu weten ze dat jij ook hier bent.

Het was twaalf uur 's middags, die avond zou er wat gebeuren in het Conservatoire. Wat moest ik doen? Ik was de rue Saint-Jacques ingeslagen en keek af en toe om. Op een gegeven moment kreeg ik de indruk dat ik gevolgd werd door een Arabier. Maar waarom dacht ik dat het een Arabier was? Kenmerk van Arabieren is dat ze niet op Arabieren lijken, tenminste in Parijs; in Stockholm ligt dat anders.

Ik was langs een hotel gekomen, was naar binnen gegaan en had om een kamer gevraagd. Terwijl ik met de sleutel naar boven liep, een houten trap op die uitkwam op een eerste verdieping met een balustrade waarvandaan je de receptie kon zien, had ik de vermeende Arabier binnen zien komen. Toen had ik in de gang nog meer mensen gezien die ook Arabieren hadden kunnen zijn. Logisch, in die buurt waren er alleen maar hotelletjes voor Arabieren. Wat wilde ik nou?

Ik was de kamer binnengegaan. Hij was redelijk, er was zelfs telefoon, jammer dat ik absoluut niet wist wie ik zou moeten bellen.

En daar was ik ingedut, onrustig, tot drie uur. Toen had ik mijn gezicht gewassen en was op weg gegaan naar het Conservatoire. Er restte me nu niets anders dan het museum binnen te gaan, me er te laten insluiten en te wachten tot het middernacht was.

Dat had ik dus gedaan. En zo bevond ik me enkele uren voor middernacht in de periscoop, in afwachting van wat komen ging.

Netsach is voor sommige interpretatoren de sefira van het Verzet, van de Lijdzaamheid, van het onwrikbare Geduld. Ons wachtte dan ook een Proeve. Maar voor andere interpretatoren is het de Overwinning. Wiens overwinning? Misschien was ik, in die geschiedenis van verslagenen, van door Belbo bedrogen diabolici, van de door de diabolici bedrogen Belbo, van de door zijn cellen bedrogen Diotallevi, op dit ogenblik de enige overwinnaar. Ik lag op de loer in de periscoop, ik wist van de anderen en de anderen wisten niet van mij. In het eerste gedeelte van mijn opzet was ik geslaagd.

En het tweede? Zou het volgens mijn plan gaan, of volgens het Plan, dat mij inmiddels niet meer toebehoorde?

8
HOD

112

Voor onze Ceremoniën en Riten hebben we twee ruime en mooie galerijen in de Tempel der Rozenkruisers. In de ene plaatsen we modellen en allerlei voorbeelden van de meer zeldzame en bijzondere uitvindingen; in de andere zetten we de Standbeelden van alle belangrijke Uitvinders.

John Heydon, *The English Physitians Guide: Or A Holy Guide*, Londen, Ferris, 1662, Voorwoord.

Ik bevond me al te lang in de periscoop. Het zal een uur of tien, half elf geweest zijn. Als er iets te gebeuren stond, zou dat in het schip gebeuren, voor de Slinger. En dus moest ik me naar beneden haasten om een schuilplaats te zoeken, een uitkijkpost. Als ik te laat zou zijn, als Zij al binnen waren gekomen (hoe?), zouden ze me zien.

Naar beneden. Bewegen... Ik verlangde al uren naar niets anders, maar nu het kon, nu het verstandig was het te doen, voelde ik me als het ware verlamd. Ik zou in de nacht al die zalen door moeten lopen en maar af en toe mijn zaklantaarn kunnen gebruiken. Er kwam maar weinig nachtelijk licht door de grote ruiten; als ik me een in het maanlicht spookachtig museum had voorgesteld kwam ik bedrogen uit. De reflecties van de ruiten werden onduidelijk weerspiegeld in de vitrines. Als ik me niet behoedzaam voortbewoog, zou ik tegen iets aan kunnen stoten en het met gekletter van kristal of ijzer op de grond doen belanden. Ik knipte af en toe de zaklantaarn aan. Ik voelde me alsof ik in The Crazy Horse Saloon was, soms werd me door een plotseling licht een naaktheid onthuld, geen vleselijke, maar een van schroeven, klemmen en bouten.

En stel dat ik plotseling op een levend wezen had geschenen, iemands gestalte, een afgezant van de Heren, die mijn gang spiegelbeeldig imiteerde? Wie zou als eerste schreeuwen? Ik spitste mijn oren. Waartoe? Ik maakte geen geluid, sloop. Hij dus ook.

's Middags had ik de volgorde van de zalen nauwkeurig bestudeerd, was ik er zeker van dat ik de grote trap ook in het donker zou kunnen vinden. Nu dwaalde ik echter bijna op de tast rond en was mijn gevoel voor richting volkomen kwijt.

Misschien kwam ik voor de tweede keer door dezelfde zalen, misschien zou ik daar nooit meer wegkomen, en was dit, dit dwalen tussen doelloze machines, de rite.

In werkelijkheid wilde ik niet naar beneden, in werkelijkheid wilde ik de afspraak voor me uit schuiven.

Ik had de periscoop na een lang, onbarmhartig gewetensonderzoek verlaten, in al die uren had ik onze dwaling van de afgelopen jaren voor mijn geestesoog laten passeren en getracht te begrijpen waarom ik, zonder dat daar een gegronde reden toe was, nu daar op zoek was naar Belbo die op die plek terecht was gekomen om redenen die nog minder gegrond waren. Maar ik had nog geen stap gezet, of alles was anders geworden. Terwijl ik voortliep dacht ik met het hoofd van een ander. Ik was Belbo geworden. En net als Belbo, die nu aan het einde van zijn lange reis naar de verlichting was, wist ik dat elk aards object, zelfs het meest kleurloze, gelezen dient te worden als de hiëroglief van iets anders, en dat er niets Anders is dat even reëel is als het Plan. Oh, ik was geslepen, ik had genoeg aan een flits, één blik in een lichtstraal, om te begrijpen. Ik liet me niets wijsmaken.

... Motor van Froment: een verticale structuur op parallellogramvormige basis met daarin opgesloten, als een anatomisch demonstratiemodel dat zijn kunstmatige ribben toont, een reeks bobines, weet ik het, batterijen, stroomverbrekers, hoe noemen ze die dingen in godsnaam in schoolboekjes, in werking gezet door een drijfriem die via een tandwiel van zenuwen werd voorzien door een pignon... Waar zou het voor gediend hebben? Antwoord, om de tellurische stromen te meten natuurlijk.

Accumulatoren. Wat accumuleren ze? Je hoefde je de Zesendertig Onzichtbaren maar voor te stellen als even zovele eigenzinnige secretarissen (de bewakers van het geheim) die 's nachts op hun cembaloschrijver zitten te typen om er een geluid aan te ontlokken, een vonk, een oproep, verwikkeld in een dialoog van kust tot kust, tussen diepte en oppervlakte, van de Machu Picchu tot Avalon, bliep bliep bliep hallo hallo hallo, Pamersiël Pamersiël, ik heb het geruis ontvangen, de stroom Mu 36, die de brahmanen vereerden als de bleke ademtocht van God, nu steek ik de plug er in, het micro-macrokosmische circuit is in werking, onder de aardkorst trillen alle wortels van de mandragora's, hoor je het gezang van de Universele Sympathie, over en uit.

Mijn god, legers besmeurden elkaar met bloed op de vlakten van Europa, pausen spraken hun anathema's uit, incestueuze keizers met bloederziekte ontmoetten elkaar in het jachthuis van de Paltsgrafelijke tuinen, als dekmantel, als luisterrijke façade voor het werk van hen die in het

Huis van Salomo de zwakke signalen van de Umbilicus Mundi ausculteerden.

Zij waren hier, om deze pseudo-thermische, hexatetragrammatische elektrocapillatoren—zo zou Garamond het gezegd hebben, niet?—in werking te stellen, en af en toe, weet ik het, zou iemand, ter rechtvaardiging van het wondere avontuur der metalen, een vaccin hebben uitgevonden, of een gloeilamp, maar de opdracht was een heel andere, en nu waren ze hier dan allemaal om middernacht bijeengekomen om die statische machine van Ducretet rond te laten draaien, een doorzichtige schijf die op een bandelier lijkt, met daarachter twee trillende balletjes, die omhooggehouden werden door twee gebogen stokjes en misschien elkaar wel raakten en waar vonken vanaf sprongen; Frankenstein had gehoopt dat hij zijn golem tot leven kon wekken, maar nee, er moest op een ander teken worden gewacht: gis, werk, graaf graaf oude mol...

... Een naaimachine (iets anders was het niet, van het soort dat in advertenties wordt aangeboden, samen met pillen om een vollere boezem te krijgen, en met de grote adelaar die tussen de bergen doorvliegt met in zijn klauwen de bittere regenerator, Robur le Conquérant, R-C), maar als je die aanzet, doet hij een wiel draaien, en dat wiel een ring, en de ring... wat doet die, wie luistert naar de ring? Op het kaartje stond 'door de aardbodem geïnduceerde stromen'. Zo maar open en bloot, ook de kinderen die 's middags het museum bezoeken kunnen het gewoon lezen, de mensheid geloofde toch dat ze een andere richting insloeg; als je maar zei dat het de mechanica diende, mocht je alles proberen, het supreme experiment doen. De Heren van de Wereld hebben ons eeuwenlang bedrogen. We waren verwikkeld, omwikkeld, ingepalmd door het Komplot, en schreven een loflied op de locomotief.

Ik bleef maar ronddwalen. Ik kon me voorstellen dat ik kleiner was, microscopisch klein, en dan zou ik verdwaasd door de straten van een mechanische stad reizen, met torens als even zovele metalen wolkenkrabbers. Cilinders, accu's, boven elkaar gestapelde Leidse flessen, een kleine, twintig centimeter hoge carrousel, tourniquet électrique à attraction et repulsion. Een talisman voor het opwekken van sympathische stromen. Colonnade étincelante formée de neuf tubes, électro-aimant, een guillotine, in het midden—het leek op een drukpers—hingen haken die opgehouden werden door stalkettingen. Een pers waar je je hand in kunt steken, een hoofd tussen kan kraken. Een door een pneumatische pomp met twee cilinders bewogen glazen stolp, een soort alambiek met een beker eronder en rechts ervan een bol van koper. Saint-Germain brouwde er zijn verfstoffen in voor de landgraaf van Hessen.

Een pijpenrek met een heleboel kleine clepsydra's met een hals zo lang als van een vrouw van Modigliani, met een ongedefinieerde substantie erin, twee rijen van elk tien die ieder op een andere hoogte uitliepen in een bol, als kleine montgolfières die op het punt stonden de lucht in te gaan, aan de grond gehouden door een gezicht in de vorm van een bal. Het toestel voor de vervaardiging van de Rebis, open en bloot.

Afdeling verrerie. Ik was op mijn schreden teruggekeerd. Groene flesjes, een sadistische gastheer bood me het vergif der vergiften aan. IJzeren machines om flessen te maken, ze gingen open en dicht met twee handvaten, en als iemand daar in plaats van een fles zijn pols in stak? Tsjak, zoals ook gebeurde met die tangen, die scharen, die bistouri's met gebogen bek die in sluitspieren, in oren gestoken konden worden, en in de uterus om er de nog verse foetus uit te trekken en die vervolgens met honing en peper fijn te stampen om de dorst van Astarte te lessen... De zaal waar ik nu doorheen liep had grote vitrines, ik ontwaarde knoppen waarmee je spiezen in een onontkoombare schroefbeweging in de richting van het oog van het slachtoffer kon sturen, de Put en de Slinger, bijna waren we bij de karikatuur, bij de zinloze machines van Goldberg, bij de folterbanken waar Big Pete Mickey Mouse op vastbond, l'engrenage extérieur à trois pignons, triomf van de renaissancistische mechanica, Branca, Ramelli, Zonca, ik kende deze raderwerken, ik had ze opgenomen in het wondere avontuur der metalen, maar hier waren ze later neergezet, in de vorige eeuw, ze stonden al klaar om na de verovering van de wereld de oproerlingen te ontvangen, de Tempeliers hadden van de Assassijnen geleerd hoe ze Noffo Dei, de dag dat ze hem gevangen hadden genomen, het zwijgen moesten opleggen, de swastika van Sebottendorff zou de van pijn verkrampte ledematen van de vijanden van de Heren van de—compleet voorbereide—Wereld verwrongen hebben in de richting van de zon, ze wachtten op een teken, alles open en bloot, het Plan was openbaar, maar niemand had het kunnen bevroeden, knarsende muilen zouden hun overwinningshymnes zingen, grote orgie van tot louter tanden gereduceerde monden die met bouten aan elkaar vastzaten, in een uit tik tik bestaand spasme alsof alle tanden op hetzelfde moment op de grond waren gevallen.

En ten slotte stond ik voor de émetteur à étincelles soufflées die bedoeld was voor de Eiffeltoren, voor het verzenden van tijdseinen tussen Frankrijk, Tunesië en Rusland (Tempeliers van Provins, Paulicianen en Assassijnen uit Fez—Fez ligt niet in Tunesië en de Assassijnen zaten in Perzië, maar ach, dat soort subtiliteiten zijn niet van belang als je in de spiralen van de Verheven Tijd woont) en die waanzinnige grote machine die boven mij uittorende had ik al eerder gezien, de wanden zaten vol met luiken, ontluchtingsbuizen, wie wilde mij wijsmaken dat het een radiotoestel was? Natuurlijk, ik kende het, ik was er 's middags nog langsgelopen. Beaubourg!

Open en bloot. En inderdaad, waar had die onmetelijk grote doos midden in Lutetia (Lutetia, het luik dat toegang gaf tot de onderaardse modderzee), daar waar eens de Buik van Parijs was, anders voor moeten dienen, met die slurven die de luchtstromen grepen, die waanzin van buizen, gangen, dat Dionysiusoor dat opengesperd was naar de leegte buiten om geluiden, boodschappen, tot in het centrum van de globe op te zuigen en ze terug te geven door informatie uit de hel uit te braken? Eerst het Conservatoire, als laboratorium, dan de Tour als sonde, en ten slotte Beaubourg, als interglobale zend- en ontvanginstallatie. Dachten we nu werkelijk dat ze die onmetelijke zuignap hadden neergezet om die anderhalve langharige, stinkende student een plezier te doen die met een Japanse koptelefoon naar de nieuwste platen kwam luisteren? Open en bloot. Beaubourg als deur naar het onderaardse rijk Agarttha, het monument van de Equites Synarchici Resurgentes. En de andere twee, drie, vier miljard Anderen wisten het niet of dwongen zich het niet te weten. Stomkoppen en Hylici. En de Pneumatici gingen al zes eeuwen lang recht op hun doel af.

Plotseling had ik de trap gevonden. Ik was naar beneden gegaan, steeds behoedzamer. Het was bijna middernacht. Voordat Zij er waren moest ik me in mijn uitkijkpost verborgen hebben.

Ik geloof dat het elf uur was, misschien vroeger. Ik was, de hallucinaties van die middag indachtig, zonder mijn zaklantaarn aan te doen de zaal van Lavoisier en de gang met de schaalmodellen van treinen doorgelopen.

In het schip was al iemand. Ik zag zwakke lichtjes bewegen. Ik hoorde geschuifel, geluiden van voorwerpen die verplaatst of versleept werden.

Ik deed de lantaarn uit. Zou ik nog op tijd op mijn post komen? Ik schoof langs de vitrines met de treinen, en was al snel dicht bij het beeld van Gramme, in het transept. Op een sokkel van hout, in de vorm van een kubus (de kubieke steen van Esod), verhief hij zich als om uit te kijken over de ingang van het koor. Ik herinnerde me dat mijn Vrijheidsbeeld min of meer direct achter hem stond.

De voorzijde van de sokkel was neergeklapt en vormde een opening die uitkwam op een gang. En daar kwam iemand uit met een lantaarn —misschien een gaslantaarn, met gekleurde ruitjes die zijn gezicht deden oplichten in een rossige gloed. Ik schoot een hoek in en hij zag me niet. Iemand uit het koor voegde zich bij hem. 'Vite,' zei hij tegen hem, 'snel, over een uur zijn ze er.'

Dat was dus de voorhoede die iets voor de rite aan het voorbereiden was. Als het er niet veel waren kon ik ze nog ontwijken en de Vrijheid bereiken. Voordat zij van god weet waar en met hoeveel, langs dezelfde weg zouden arriveren. Ik hield me lang verborgen en volgde de weerschijn van de lantaarns in de kerk, het steeds wisselende licht dat nu eens sterker en dan weer zwakker werd. Ik berekende hoe ver ze van de Vrijheid af waren en hoe lang het nog in het donker gehuld zou blijven. Op een gegeven moment waagde ik het er op, schoof links langs Gramme terwijl ik me zoveel mogelijk tegen de muur drukte en mijn buik inhield. Nog een geluk dat ik zo mager was als een lat. Lia... Met een duik schoof ik het hokje in.

Om uit het zicht te zijn, liet ik me op de grond vallen, moest me bijna in foetushouding opvouwen. Ik versnelde het tikken van mijn hart, en van mijn tanden.

Ik moest me uitstrekken. Ik ademde ritmisch door mijn neus, beetje bij beetje de intensiteit van de ademhaling opvoerend. Ik geloof dat dat de manier is waarop je, als je gemarteld wordt, kunt besluiten je bewustzijn te verliezen om de pijn niet te hoeven voelen. Ik voelde dan ook dat ik langzaam wegzonk in de omhelzing van de Onderaardse Wereld.

113

Onze zaak is een geheim in een geheim, het
geheim van iets dat verhuld blijft, een geheim dat
slechts door een ander geheim uitgelegd kan
worden, het is een geheim op een geheim dat
tevredenheid vindt in een geheim.

Ja'far al-Sadiq, zesde Imam

Ik kwam langzaam weer bij bewustzijn. Ik hoorde klanken, ik had last van het licht dat nu feller was. Mijn voeten waren gevoelloos. Ik probeerde langzaam op te staan zonder geluid te maken en had het gevoel dat ik me staande hield op een veld zeeëgels. De Kleine Zeemeermin. Ik maakte wat geluidloze bewegingen, bewoog mijn tenen op en neer en de pijn werd minder. Pas toen, nadat ik behoedzaam mijn hoofd naar links en naar rechts had gewend en me ervan had overtuigd dat mijn uitkijkpost tamelijk in de schaduw was gebleven, lukte het me het tafereel te overzien.

Het schip was overal verlicht. Het waren de lantaarns, maar nu waren het er tientallen, die meegebracht werden door de aanwezigen die achter mijn rug binnenkwamen. Ze kwamen zonder twijfel uit de gang, passeerden me aan de linkerkant, liepen in een rij naar het koor en stelden zich op in het schip. Mijn God, zei ik bij mezelf, de Nacht op de Kale Berg in de versie van Walt Disney.

Ze praatten niet hardop, ze fluisterden, maar allemaal samen produceerden ze een aanzwellend gegons, zoals figuranten bij de opera: rabarber rabarber.

Links van mij waren de lantaarns in een halve kring op de grond geplaatst, waardoor ze samen met de oostelijke boog van het koor een afgeplatte cirkel vormden; het uiterste puntje van die pseudo-halve cirkel raakte aan de zuidkant het standbeeld van Pascal. Daarbeneden was een brandend vuurbekken geplaatst, waarop iemand kruiden en essences gooide. De rook drong door tot in mijn uitkijkpost en bezorgde me een droge keel en een gevoel van overspannen verdoving.

Tussen de heen en weer slingerende lantaarns zag ik in het midden van het koor iets bewegen, een dunne en zeer beweeglijke schaduw.

De Slinger! De Slinger slingerde niet meer op zijn gewone plek halverwege het kruis. Deze was groter en hing aan de sluitsteen, midden in het koor. De bol was groter en het koord steviger; het leek wel een ankertouw of een staalkabel.

De Slinger was nu net zo enorm als hij in het Panthéon geleken moet hebben. Zoals wanneer je de maan door een telescoop ziet.

Ze hadden hem terug willen brengen in de staat waarin de Tempeliers hem de eerste keer uitgeprobeerd moesten hebben, een half millenium voor Foucault. Om hem vrij te laten slingeren hadden ze een aantal schotten verwijderd, waardoor het amfitheater van het koor het aanzien kreeg van een door lantaarns gemarkeerde ruw symmetrische antistrofe.

Ik vroeg me af hoe het kon dat de Slinger zo regelmatig bleef slingeren, terwijl er onder de vloer van het koor toch geen magnetische regulateur kon zitten. Toen begreep ik het. Aan de zijkant van het koor, vlak bij de dieselmotoren, stond iemand die iedere keer als de bol in zijn richting kwam, er een licht duwtje tegen gaf, met een preciese handbeweging, met een lichte aanraking van zijn vingers—waarbij hij zich, als het slingervlak afwijkingen vertoonde, zonodig als een kat verplaatste.

Hij was in rokkostuum, zoals Mandrake. Pas later, toen ik al zijn metgezellen had gezien, zou ik begrijpen dat hij een goochelaar was, een illusionist van het Petit Cirque van madame Olcott, een professional die complete controle had over zijn vingertoppen, met een vaste hand, vaardig in het doen van de meest subtiele trucs met kaarten. Misschien was hij in staat om, via de dunne zool van zijn glimmende schoenen, de trillingen van de stromen op te vangen en zijn handen te bewegen volgens de logica van de bol en van de aarde waaraan de bol gehoorzaamde.

Zijn metgezellen. Nu zag ik hen ook. Ze bewogen zich tussen de auto's in het schip, schoven snel langs de *draisiennes* en de motorfietsen, struikelden bijna in het donker; de een droeg een stoel met een hoge leuning en een met rode stof beklede tafel naar de brede koorgang achterin, een volgende zette nog meer lantaarns neer. Kleine, brabbelende wezens van de nacht, net kinderen met Engelse ziekte; toen er één vlak langs me liep zag ik dat hij mongoloïde trekken en een kaal hoofd had. Les Freaks Mignons van madame Olcott, de weerzinwekkende kleine monsters die ik op het affiche bij Sloane had gezien.

Het hele circus was compleet, staf, ordedienst en de choreografen van de rite. Ik zag Alex et Denys, les Géants d'Avalon, gehuld in een uitrusting van leer met metaalbeslag. Ze waren werkelijk gigantisch, hadden blond haar en leunden afwachtend met hun armen over elkaar tegen het grote gevaarte van de Obéissant.

Ik had geen tijd om me nog meer af te vragen. Iemand was plechtig binnengekomen en maande met uitgestrekte hand tot stilte. Ik herkende Bramanti alleen omdat hij de scharlaken tuniek, de witte koorkap en de mijter droeg die ik hem die avond in Piemonte had zien dragen. Bramanti liep op het bekken toe en wierp er iets in, waardoor het vuur eerst opvlamde en er vervolgens een vette witte rookwolk opsteeg waarvan de geur zich langzaam door de zaal verspreidde. Net als in Rio, dacht ik, net als bij het alchimistische feest. En ik heb geen agogõ. Ik hield mijn zakdoek voor mijn neus en mond bij wijze van bescherming. Maar al snel meende ik twee Bramanti's te zien, en voor me slingerde de Slinger alle kanten op, als een draaimolen.

Bramanti begon te psalmodiëren: 'Alef bet gimel dalet he waw zain het tet jod kaf lamed mem nun samek ajin pe sade qof resh shin tau!'

De menigte antwoordde, biddend: 'Parmesiël, Padiël, Camuel, Aseliël, Barmiël, Gediël, Asyriël, Maseriël, Dorchtiël, Usiël, Cabariël, Raysiël, Symiël, Armadiël...'

Bramanti gaf een teken, iemand kwam uit de menigte te voorschijn en knielde aan zijn voeten. Slechts heel even zag ik zijn gezicht. Het was Riccardo, de man met het litteken, de schilder.

Bramanti ondervroeg hem en hij antwoordde door uit zijn hoofd de formules van het ritueel op te zeggen.

'Wie ben jij?'

'Ik ben een adept die nog geen toegang heeft tot de hoogste mysteriën van de Tres. Ik heb me in stilte voorbereid, in de analogische meditatie van het mysterie van Bafomet, in de wetenschap dat het Grote Werk draait om zes onverbroken zegelen en dat we pas aan het eind het geheim van het zevende te weten zullen komen.'

'Hoe ben je ontvangen?'

'Door via de loodlijn naar de Slinger te gaan.'

'Wie heeft je ontvangen?'

'Een Mystieke Afgezant.'

'Zou je hem herkennen?'

'Nee, want hij was gemaskerd. Ik ken alleen de Ridder die één graad hoger is dan ik en deze kent alleen de Naometra die één graad hoger is dan hij en ieder kent er slechts één. En zo wil ik het.'

'Quid facit Sator Arepo?'

'Tenet Opera Rotas.'

'Quid facit Satan Adama?'

'Tabat Amata Natas. Mandabas Data Amata, Nata Sata.'

'Heb je de vrouw meegebracht?'

'Ja, ze is hier. Ik heb haar overgedragen aan degene die me was opgedragen. Ze is gereed.'

'Ga, en blijf in afwachting.'

De dialoog was door beide partijen in slordig Frans gevoerd. Toen had Bramanti gezegd: 'Broeders, we zijn hier bijeen in de naam van de Enige Orde, de Onbekende Orde, waar jullie altijd toe behoord hebben ook al wisten jullie dat tot voor vandaag niet! Laten we een eed zweren. De schender van het geheim zij vervloekt. De verklikker van het Occulte zij vervloekt, hij die een parade heeft gemaakt van de Riten en de Mysteriën zij vervloekt!'

'Hij zij vervloekt!'

'Moge er een vloek rusten op het Onzichtbare College, op de bastaardzonen van Hiram en de weduwe, op de operatieve en speculatieve meesters van de Aloude, Aanvaarde of Gerectificeerde leugen van het oosten of van het westen, op Misraim en Memphis, op de Philateten en op de negen Zusters, op de Strikte Observantie en op de Ordo Templi Orientis, op de Illuminaten van Beieren en van Avignon, op de Ridders Kadosch, op de Elus Cohen, op de Volmaakte Vriendschap, op de Ridders van de Zwarte Adelaar en van de Heilige Stad, op de Rozenkruisers in Anglia, op de Kabbalisten van het Gouden Roze+ Kruis, op de Golden Dawn, op het Katholieke Roze Kruis van de Tempel en de Graal, op de Stella Matutina, op de Astrum Argentinum en op Thelema, op de Vril en op het Thule, op iedere oude en mystieke usurpator van de naam van de Grote Witte Broederschap, op de Wachters van de Tempel, op ieder College en Prioraat van Zion of Gallië!'

'Hij zij vervloekt!'

'Laat een ieder die uit naïviteit, op bevel, uit bekeringsdrang, berekening of kwade trouw ingewijd is in een loge, college, prioraat, kapittel of orde die zich onrechtmatig beroept op gehoorzaamheid aan de Onbekende Leiders en de Heren van de Wereld, deze nacht een afzwering doen en smeken om exclusieve terugplaatsing in de geest en het lichaam van de enige echte observantie, de Tres, Templi Resurgentes Equites Synarchici, de drievuldige en trinosofische, mystieke en zeer geheime orde van de Synarchische Ridders van de Wedergeboorte van de Tempeliers.'

'Sub umbra alarum tuarum!'

'Laten dan nu de waardigheidsbekleders van de zesendertig laatste en allergeheimste graden binnentreden.'

En terwijl Bramanti de namen van de uitverkorenen een voor een afriep, kwamen zij binnen in liturgische gewaden, allemaal met het insigne van het Gulden Vlies op de borst.

'Ridder van Bafomet, Ridder van de Zes Onverbroken Zegelen, Ridder van het Zevende Zegel, Ridder van het Tetragrammaton, Ridder Scherprechter van Florian en Dei, Ridder van de Athanor... Achtbare Naometra van de Turris Babel, Achtbare Naometra van de Grote Piramide, Achtbare Naometra van de Kathedralen, Achtbare Naometra van de Tempel van Salomo, Achtbare Naometra van de Hortus Palatinus, Achtbare Naometra van de Tempel van Heliopolis...'

Bramanti declameerde de waardigheden en de genoemden kwamen in groepjes binnen, zodat ik er niet in slaagde precies te zien welke titel bij wie hoorde, maar in ieder geval herkende ik onder de eerste twaalf De Gubernatis, de oude man uit boekhandel Sloane, professor Camestres en anderen die ik die avond in Piemonte had ontmoet. En ik zag, ik geloof als Ridder van het Tetragrammaton, meneer Garamond, beheerst en hiëratisch, opgaand in zijn nieuwe rol, die met trillende handen het Vlies dat op zijn borst hing aanraakte. En ondertussen ging Bramanti door: 'Mystieke Afgezant van Karnak, Mystieke Afgezant van Beieren, Mystieke Afgezant van de Barbelognostici, Mystieke Afgezant van Camelot, Mystieke Afgezant van Montsegur, Mystieke Afgezant van de Verborgen Imam... Hoogste Patriarch van Tomar, Hoogste Patriarch van Kilwinning, Hoogste Patriarch van Saint-Martin-des-Champs, Hoogste Patriarch van Marienbad, Hoogste Patriarch van de Onzichtbare Ochrana, Hoogste Patriarch in partibus van de Vesting van Alamoet...'

En de patriarch van de Onzichtbare Ochrana was zonder twijfel Salon, nog steeds met een grijs gezicht maar zonder stofjas en nu in een schitterende met rood afgezette gele tuniek. Hij werd gevolgd door Pierre, de psychopompus van de Eglise Luciferienne, die echter op zijn borst in plaats van het Gulden Vlies een degen in een vergulde schede droeg. En ondertussen ging Bramanti door: 'Verheven Hiërogamos van het Scheikundige Huwelijk, Verheven Rodostaurotische Psychopompus, Verheven Referendaris van de Arcana Arcanissima, Verheven Steganograaf van de Monas Hiëroglyphica, Verheven Astrale Verbinder Utriusque Cosmi, Verheven Bewaker van het Graf van Rosencreutz... Onnavolgbare Archont van de Stromen, Onnavolgbare Archont van de Holle Aarde, Onnavolgbare Archont van de Mystieke Pool, Onnavolgbare Archont van de Labyrinten, Onnavolgbare Archont van de Slinger der Slingers...' Bramanti pauzeerde even, en ik had het idee dat hij de laatste formule met tegenzin uitsprak: 'En de Onnavolgbare onder de Onnavolgbare Archonten, de Dienaar der Dienaren, Allerootmoedigste Secretaris van de Oedipus Aegypticus, Nederige Boodschapper van de Heren van de Wereld en Portier van Agarttha, Laatste Wierookvatdrager van de Slinger, Claude-Louis graaf van Saint-Germain, prins Rakoczi, graaf van Saint-Martin en markies van Agliè, heer van Surmont, markies van Welldone, markies van Monferrato, Aymar en Belmar, graaf Soltikof, ridder Schoening, graaf van Tzagory!'

Terwijl de anderen zich in de koorgang opstelden met hun gezicht naar de Slinger en de getrouwen in het schip, trad Agliè binnen, in een donkerblauw krijtstreeppak, bleek en ernstig, terwijl hij, alsof hij een ziel begeleidde op het pad naar de Hades, de even bleke en als het ware gedrogeerde Lorenza Pellegrini aan de hand meevoerde. Zij was slechts gekleed in een witte, half doorschijnende tuniek en had het haar los over de schouders hangen. Ik zag haar en profil terwijl ze langsliep, puur en kwijnend als een prerafaëlitische echtbreekster. Zo teer dat ze er in slaagde nogmaals mijn begeerte op te wekken.

Agliè leidde Lorenza naar het vuurbekken in de buurt van het standbeeld van Pascal, streelde haar over haar afwezige gezicht en gebaarde naar de Géants d'Avalon, die naast haar kwamen staan om haar te ondersteunen. Vervolgens nam hij plaats aan de tafel, tegenover de getrouwen, waar ik hem uitstekend kon zien; hij haalde zijn tabaksdoos uit zijn vest en wreef er even zwijgend overheen voordat hij begon te praten.

'Broeders, ridders. Jullie zijn hier bijeen omdat de Mystieke Afgezanten jullie dezer dagen op de hoogte hebben gesteld, en dus weten jullie nu allemaal om welke reden we bijeenkomen. We hadden bijeen moeten komen in de nacht van 23 juni 1945, en misschien waren enkelen van jullie toen nog niet geboren—althans niet in de huidige vorm. We zijn hier omdat we na zeshonderd jaar van allersmartelijkst dwalen iemand hebben gevonden die weet. Hoe hij te weten is gekomen—en meer dan wij te weten is gekomen—is een verontrustend mysterie. Maar ik reken erop dat er in ons midden iemand is—en je kon niet ontbreken, nietwaar, mijn reeds eenmaal te nieuwsgierige vriend—ik vertrouw erop zei ik dat er in ons midden iemand is die het ons kan opbiechten. Ardenti!'

Kolonel Ardenti—hij was het beslist, ravezwart als altijd, ook al was hij ouder geworden—baande zich een weg door de omstanders en begaf zich naar dat wat zijn tribunaal aan het worden was, op een afstand gehouden door de Slinger die een onoverbrugbare ruimte afbakende.

'Dat is lang geleden, broeder,' glimlachte Agliè. 'Ik wist dat je, als het bericht verspreid werd, geen weerstand zou kunnen bieden. En? Je weet wat de gevangene gezegd heeft, en hij zegt dat hij het van jou te weten is gekomen. Jij wist dus en zweeg.'

'Graaf,' zei Ardenti, 'de gevangene liegt. Ik verneder me door het te zeggen, maar mijn goede naam gaat voor alles. Het verhaal dat ik hem verteld heb is niet dat wat de Mystieke Afgezanten me verteld hebben. De interpretatie van de boodschap—ja, het is waar, ik had de hand weten te leggen op een boodschap en dat heb ik jullie jaren geleden in Milaan ook niet verzwegen—luidt anders... Ik zou niet in staat zijn geweest hem te lezen zoals de gevangene hem gelezen heeft, daarom zocht ik die keer hulp. En ik moet zeggen dat ik niet op aanmoedigingen ben gestuit, maar alleen op wantrouwen, weerstand en dreigementen...' Misschien wilde hij nog meer zeggen, maar door Agliè strak aan te kijken keek hij ook naar de Slinger, die een betoverende uitwerking op hem had. Gehypnotiseerd viel hij op zijn knieën en zei slechts: 'Vergiffenis, want ik weet niet.'

'Je bent vergeven, want je weet dat je niet weet,' zei Agliè. 'Ga heen. Dus, broeders, de gevangene weet te veel dingen die niemand van ons wist. Hij weet zelfs wie wij zijn, en wij hebben het van hem vernomen. We moeten snel handelen, dra gaat de zon op. Terwijl jullie hier in meditatie blijven zal ik me nu nogmaals met hem terugtrekken om hem de onthulling te ontlokken.'

'Nee nee, meneer de graaf!' Pierre was in de halve cirkel naar voren getreden met verwijde pupillen. 'U heeft twee dagen lang met hem gepraat, buiten ons medeweten, en hij heeft niets gezien, niets gezegd en niets gehoord, net zoals de drie aapjes. Wat wilt u hem vannacht nog meer vragen? Nee, hier, hier, in ieders aanwezigheid!'

'Bedaart u, beste Pierre. Vanavond heb ik haar hierheen laten komen die ik beschouw als de meest exquise incarnatie van Sophia, mystieke band tussen de wereld van de dwaling of de Hoogste Ogdoade. Vraagt u me niet hoe en waarom, maar door haar tussenkomst zal de man praten. Zeg het hun, wie ben je, Sophia?'

En Lorenza zei langzaam, nog steeds slaapdronken, struikelend over haar woorden: 'Ik ben ...de hoer en de heilige.'

'Ah, fraai is dat,' lachte Pierre. 'We hebben hier de crème de l'initiation en nemen onze toevlucht tot hoeren. Nee, híer met die man en wel meteen, voor de Slinger!'

'Laten we niet kinderachtig zijn,' zei Agliè. 'Geef me een uur de tijd. Waarom denkt u dat hij hier zou praten, voor de Slinger?'

'Hij zal praten terwijl hij dissolveert. Le sacrifice humain!' riep Pierre naar het schip.

En het schip, uit volle borst: 'Le sacrifice humain!'

Salon trad naar voren: 'Graaf, het mag dan kinderachtig zijn, maar de broeder heeft gelijk. We zijn geen politiemannen...'

'En dat zegt u,' spotte Agliè.

'We zijn geen politiemannen en we achten het niet gepast door te gaan met de gebruikelijke onderzoeksmethoden. Maar ik geloof ook niet dat we gebaat zouden zijn met offers aan de krachten van de onderwereld. Als zij ons een teken hadden willen geven, hadden ze dat allang gedaan. Naast de gevangene wist nog iemand, maar die is verdwenen. Welnu, vanavond hebben we de mogelijkheid hen die wisten met de gevangene te confronteren en...' hij glimlachte terwijl hij Agliè vanonder zijn borstelige wenkbrauwen met toegeknepen ogen aankeek, 'hen ook te confronteren met ons, of met sommigen van ons...'

'Wat wilt u daarmee zeggen, Salon?' vroeg Agliè, met bepaald onvaste stem.

'Als meneer de graaf me toestaat, zou ik dat graag uitleggen,' zei madame Olcott. Zij was het, ik herkende haar van het affiche. Lijkbleek in een olijfgroen gewaad, het in de nek samengebonden haar glimmend van de olie, de stem van een hese man. In boekhandel Sloane had ik het idee gehad dat ik dat gezicht kende, en nu herinnerde ik het me: het was de druïde die ons op de open plek bijna in de armen was gehold, die nacht: 'Alex, Denys, breng de gevangene hier.'

Ze had op gebiedende toon gesproken, het gegons in het schip leek op haar hand, de twee reuzen hadden gehoorzaamd en Lorenza aan twee Freaks Mignons toevertrouwd, Agliè klemde zijn handen om de leuningen van zijn zetel en had zich niet durven verzetten.

Madame Olcott had haar monstertjes een teken gegeven, en tussen het standbeeld van Pascal en de Obéissant waren drie leunstoeltjes neergezet, waarop zij nu drie figuren liet plaatsnemen. Ze waren alle drie donker van huid, klein van stuk, nerveus, en hadden grote witte ogen. 'De Fox-drieling, u kent ze toch wel, graaf. Theo, Leo, Geo, ga zitten en bereid jullie voor.'

Op dat moment verschenen de reuzen van Avalon. Ze hielden niemand minder dan Jacopo Belbo bij de arm die nauwelijks tot hun schouders reikte. Mijn arme vriend zag groen, met een baard van een paar dagen; zijn handen waren op zijn rug gebonden en zijn hemd stond open. Toen hij het rokerige strijdperk betrad knipperde hij met zijn ogen. Hij leek zich niet te verbazen over de verzameling hiërofanten die hij tegenover zich zag; hij had in de laatste dagen waarschijnlijk geleerd nergens meer van op te kijken.

Hij verwachtte echter niet de Slinger te zien, niet op die plek. Maar de reuzen sleepten hem voor de zetel van Agliè. Van de Slinger die achter hem langs scheerde hoorde hij nu alleen nog het heel lichte gesuis.

Slechts even keerde hij zich om, en zag Lorenza. Hij was ontdaan, wilde haar roepen en probeerde zich los te rukken, maar Lorenza, die hem versuft aanstaarde, leek hem niet te herkennen.

Belbo stond ongetwijfeld op het punt Agliè te vragen wat ze haar hadden aangedaan, maar hij kreeg er de tijd niet voor. Van achter uit het schip, uit de richting van de kassa en de toonbanken met boeken, klonk tromgeroffel en enkele schrille fluittonen. Plotseling zwaaiden de portieren van vier auto's open en verschenen er vier wezens die ik ook al eens op het affiche van het Petit Cirque gezien had.

Met een vilten hoed zonder rand, een soort fez, en wijde hooggesloten zwarte mantels stapten, als herrezenen uit het graf, Les Derviches Hurleurs uit de auto's en hurkten aan de rand van de magische cirkel. De fluiten op de achtergrond speelden nu zachte muziek, terwijl zij net zo zacht met hun handen op de grond sloegen en het hoofd bogen.

Een vijfde derwisj stak, als de moëddzin uit de minaret, zijn hoofd vanuit de romp van het vliegtuig van Breguet naar buiten en begon te psalmodiëren in een onbekende taal, waarbij hij met schelle stem steunde en klaagde, terwijl de trommelaars weer begonnen te slaan en het volume geleidelijk aan opvoerden.

Madame Olcott was achter de gebroeders Fox geknield en fluisterde hen aanmoedigingen in. De drie zaten onderuit gezakt in de leunstoelen, de handen stevig om de leuningen, met gesloten ogen, terwijl ze begonnen te transpireren en al hun gelaatsspieren bewogen.

Madame Olcott wendde zich tot de vergadering van waardigheidsbekleders. 'Nu zullen mijn dappere broedertjes drie personen in ons midden brengen die wisten.' Ze stopte even, en kondigde toen aan: 'Edward Kelley, Heinrich Khunrath en...' weer een pauze, 'de graaf van Saint-Germain.'

Voor de eerste keer zag ik Agliè zijn zelfbeheersing verliezen. Hij viel uit zijn rol, stond op uit de stoel, wierp zich op de vrouw—waarbij hij ternauwernood de baan van de Slinger ontweek—en schreeuwde: 'Serpent, leugenaarster, je weet heel goed dat dat niet kan...' Toen naar het schip: 'Bedrog, bedrog! Houdt haar tegen!'

Maar niemand verroerde zich, sterker nog, Pierre nam plaats op de rechtersstoel en zei: 'Laat ons verder gaan, madame.'

Agliè kalmeerde. Hij herwon zijn zelfbeheersing en stapte opzij, tussen de omstanders. 'Vooruit,' tartte hij, 'laten we het dan maar proberen.'

Madame Olcott bewoog haar arm alsof ze het startsein voor een race gaf. De muziek werd steeds doordringender, viel uiteen in een kakofonie van dissonanten, de trommelaars roffelden aritmisch en de dansers, die eerst met hun bovenlijf van voor naar achter en van links naar rechts hadden zitten wiegen, waren opgestaan, hadden hun mantels afgeworpen en strekten hun armen uit alsof ze op het punt stonden op te stijgen.

Na even doodstil te hebben gestaan waren ze begonnen om hun eigen as te draaien, waarbij ze hun linkervoet als spil gebruikten, het gezicht omhoog geheven, geconcentreerd en buiten zichzelf, terwijl hun geplooide gewaad hun pirouettes begeleidde door als een klok uit te gaan staan. Ze leken op bloemen in een orkaan.

Intussen waren de mediums als het ware verstijfd geraakt, hun gelaat was gespannen en vervormd; het leek wel of ze problemen hadden met hun stoelgang, en ze haalden raspend adem. Het licht van het vuurbekken was zwakker geworden en de acolieten van Madame Olcott hadden alle lantaarns die op de grond stonden gedoofd. De kerk werd alleen verlicht door het schijnsel van de lantaarns in het schip.

En langzaam aan voltrok zich het wonder. Tussen de lippen van Theo Fox begon een wittig schuim naar buiten te komen dat beetje bij beetje consistent werd, en eenzelfde soort schuim vertoonde zich, iets later, op de lippen van zijn broers.

'Vooruit broedertjes,' fluisterde madame Olcott indringend, 'vooruit, zet hem op, toe, toe...'

De dansers zongen uitzinnig en bewogen hysterisch hun hoofd heen en weer en lieten het vervolgens hangen; de kreten die ze slaakten waren eerst krampachtig en gingen toen over in gereutel.

De mediums leken eerst een gasachtige stof uit te zweten, die vervolgens vaster werd; het was een soort lava, een eiwit dat zich langzaam losmaakte, omhoog kwam, neerdaalde en over hun schouders, hun borst en hun benen droop, met kronkelende bewegingen die aan die van een slang deden denken. Ik kon niet meer onderscheiden of het uit hun poriën, uit hun mond, oren of ogen kwam. De menigte drong zich naar voren en drukte zich steeds meer tegen de mediums aan, in de richting van de dansers. Ik was in het geheel niet bang meer: ervan overtuigd dat ik tussen hen niet zou opvallen was ik uit mijn uitkijkpost gekomen, waardoor ik mezelf nog meer blootstelde aan de dampen die zich onder de gewelven verspreidden.

Rond de mediums hing een vage, melkachtige gloed. De stof maakte zich langzaam van hen los en nam amoeboïde vormen aan. Uit de massa die van een van de broers afkomstig was had zich een soort punt afgescheiden die zich kromde en weer langs zijn lichaam omhoog klom, alsof het een dier was dat wilde pikken met zijn snavel. Bovenop de punt begonnen zich twee intrekbare uitsteeksels te vormen, als de voelhorens van een grote slak...

De dansers hadden hun ogen gesloten, hun mond vol schuim, en waren, nog steeds om hun eigen as draaiend, voor zover de ruimte dat toeliet, begonnen in een kring, rond de Slinger te bewegen, waarbij ze er wonderbaarlijk genoeg in slaagden zijn baan niet te kruisen. Ze draaiden steeds sneller om hun as, hadden hun hoofddeksel weggegooid en lieten hun lange zwarte haar rondzwieren zodat hun hoofd van hun hals leek weg te vliegen. Ze gilden, zoals die avond in Rio, houu houu houuuuu...

De witte vormen kregen gestalte; één van hen had een vagelijk menselijke gedaante aangenomen, de tweede was nog een fallus, een ampul, een alambiek, en de derde begon duidelijk het aanzien te krijgen van een vogel, van een uil met een grote bril, overeind staande oren en de haakvormige snavel als van een oude lerares natuurlijke historie.

Madame Olcott ondervroeg de eerste vorm: 'Kelley, ben jij het?' En uit de vorm kwam een stem. Het was beslist niet Theo Fox die praatte, het was een stem van veraf, die moeizaam stamelde: 'Now... I do reveale, a... a mighty Secret if you marke it well... '

'Ja, ja,' drong madame Olcott aan.

En de stem ging verder: 'This very place is call'd by many names... Earth... Earth is the lowest element of All... When thrice yee have turned this Wheele about... thus my greate Secret I have revealed...'

Theo Fox maakte een handgebaar, alsof hij om genade wilde vragen. 'Je mag je even ontspannen, maar hou het ding vast...' zei madame Olcott hem. Toen wendde ze zich tot de vorm van de uil: 'Ik herken je Khunrath, wat heb je ons te zeggen?'

De uil leek te praten: 'Hallelu... Iàah... Hallelu... Iaàh... Was...'

'Was?'

'Was helfen Fackeln Licht... oder Briln... so die Leut... nicht sehen... wollen...'

'Wij willen het,' zei madame Olcott, 'zeg ons wat je weet...'

'Symbolon kósmou... tâ ántra... kaì tân enkosmiôn... dunámeôn eríthento... oi theológoi...'

Ook Leo Fox kon niet meer, de stem van de uil was allengs zwakker geworden. Leo liet zijn hoofd hangen en hield de vorm met moeite vast. Onvermurwbaar spoorde madame Olcott hem aan vol te houden en wendde zich tot de laatste vorm, die nu ook menselijke trekken had aangenomen. 'Saint-Germain, Saint-Germain, ben jij het? Wat weet je?'

En de vorm was begonnen een wijsje te neuriën. Madame Olcott had de muzikanten bevolen hun geraas wat te dempen; de dansers weeklaagden niet meer maar draaiden nog steeds krachteloos hun pirouettes.

De vorm zong: 'Gentle love this hour befriends me...'

'Jij bent het, ik herken je,' zei madame Olcott uitnodigend. 'Spreek, zeg ons waar, wat...'

En de vorm zei: 'Il était nuit... La tête couverte du voile de lin... j'arrive... je trouve un autel de fer, j'y place le rameau mystérieux... Oh, je crus descendre dans un abîme... des galeries composées de quartiers de pierre noire... mon voyage souterrain...'

'Hij is niet echt, hij is niet echt,' gilde Agliè, 'broeders, jullie kennen deze tekst allemaal, het is de *Très Sainte Trinosophie*, die heb ik zelf geschreven, voor zestig francs kan iedereen hem lezen!' Hij was op Geo Fox afgerend en schudde hem aan zijn arm door elkaar.

'Halt bedrieger,' gilde madame Olcott, 'je vermoordt hem!'

'En wat dan nog!' gilde Agliè terwijl hij het medium van de stoel kieperde.

Geo Fox trachtte overeind te blijven door zich aan zijn eigen afscheiding vast te grijpen die, meegesleurd in de val, kwijlerig op de grond uiteenspatte. Geo zeeg ineen in de slijmerige vloeistof die hij bleef uitbraken en verstijfde toen levenloos.

'Hou op idioot,' gilde madame Olcott en greep Agliè beet. En toen tegen de andere twee broers: 'Hou vol mijn kleintjes, zij moeten nog verder praten. Khunrath, Khunrath, zeg hen dat jullie echt zijn!'

Om te overleven poogde Leo Fox de uil weer in te slikken. Madame Olcott was achter hem gaan staan en drukte hem op de slapen om hem te doen buigen voor haar eigenzinnigheid. De uil merkte dat hij op het punt stond te verdwijnen en keerde zich tegen degene die hem had voortgebracht: 'Phy, Phy Diabolo,' siste hij, terwijl hij probeerde hem de ogen uit te pikken. Leo Fox liet een gerochel horen alsof ze zijn halsslagader hadden doorgesneden en viel op zijn knieën. De uil verdween in een weerzinwekkend slijk (piii, piii deed hij); ook het medium viel erin, stikte en bleef bewegingloos liggen. De razende Olcott had zich tot Theo gewend, die dapper standhield: 'Spreek Kelley, hoor je me?'

Kelley sprak niet meer. Hij probeerde los te komen van het medium, dat nu schreeuwde alsof ze hem zijn ingewanden uitrukten en met zijn handen in de lucht slaand probeerde terug te nemen wat hij had voortgebracht. 'Kelley, gecoupeerde oren, niet nog een keer valsspelen,' gilde madame Olcott. Maar omdat hij er niet in slaagde van het medium los te komen probeerde Kelley het te verstikken. Hij was geworden tot een soort kauwgum waaraan de laatste Fox-broer tevergeefs trachtte zich te ontworstelen. Toen viel ook Theo op zijn knieën, hoestte, vermengde zich met de parasiet die hem verslond, rolde op de grond terwijl hij om zich heen sloeg alsof hij omgeven was door vlammen. Dat wat Kelley geweest was bedekte hem eerst als een zweetdoek, stierf vervolgens terwijl het vloeibaar werd en liet hem leeg op de grond achter, de helft van zichzelf, de mummie van een door Salon gebalsemd kind. Op dat moment stonden de vier dansers gelijktijdig stil, bewogen hun armen in de lucht, enkele seconden lang waren ze drenkelingen die bezig waren te zinken, vervolgens zegen ze jankend als jonge honden ineen en bedekten hun hoofd met hun handen.

Agliè was intussen teruggekeerd naar de koorgang, terwijl hij het zweet van zijn voorhoofd wiste met het zakdoekje dat het borstzakje van zijn jasje opsierde. Hij haalde twee keer diep adem, en bracht een witte pil naar zijn mond. Toen verzocht hij om stilte.

'Broeders, ridders. Jullie hebben gezien aan welke ellende deze vrouw ons heeft gemeend te moeten blootstellen. Laten we tot de orde komen en terugkeren naar mijn plan. Geef me een uur om de gevangene apart te nemen.'

Madame Olcott was uitgeschakeld. Ze zat in bijna menselijke smart over haar mediums gebogen. Maar Pierre, die het voorval vanaf de zetel gevolgd had nam opnieuw de leiding. 'Nee,' zei hij, 'er is maar één middel. Le sacrifice humain! De gevangene à moi!'

Gehypnotiseerd door zijn vastberadenheid hadden de reuzen van Avalon Belbo, die het tafereel ontzet had gevolgd, vastgegrepen en tot vlak voor Pierre geduwd. Deze was opgestaan met de behendigheid van een goochelaar, had de zetel op de tafel gezet en had het geheel naar het midden van het koor geduwd; vervolgens had hij in het voorbijgaan het koord van de Slinger gepakt en, zich schrapzettend voor de terugslag, de bol tot stilstand gebracht. Dit alles in een oogwenk: alsof ze volgens plan te werk gingen—en misschien was er in de verwarring iets afgesproken—waren de reuzen op het aldus gevormde podium gesprongen, hadden Belbo bovenop de stoel gehesen en terwijl de een de bol omhoog hield en vervolgens op de rand van de tafel legde, had de ander het koord van de Slinger twee keer om Belbo's nek geslagen.

Bramanti was, blakend van statigheid in zijn scharlaken mantel, naar de galg gesneld en had gepsalmodieerd: 'Exorcizo igitur te per Pentagrammaton, et in nomine Tetragrammaton, per Alfa et Omega qui sunt in spiritu Azoth. Saddaj, Adonaj, Jotchava, Eieazereie! Michaël, Gabriël, Raphaël, Anaël. Fluat Udor per spiritum Eloim! Maneat Terra per Adam Jot-Chavah! Per Samuel Zebaoth et in nomine Eloim Gibor, veni Adramelech! Vade retro Lilith!'

Belbo was stokstijf op de stoel blijven staan, het koord om zijn nek. De reuzen hoefden hem niet meer vast te houden. Als hij één verkeerde beweging maakte zou hij van die wankele plek naar beneden vallen en zou de strop zijn keel hebben afgeknepen.

'Idioten,' gilde Agliè, 'hoe brengen we hem terug op zijn as?' Hij dacht aan de redding van de Slinger.

Bramanti had geglimlacht: 'Maakt u zich geen zorgen, graaf. We zijn hier niet bezig met het mengen van uw verfstoffen. Dit is de Slinger, zoals hij door Hen geconcipieerd is. Hij zal weten waar hij heen moet. En hoe het ook zij, er gaat niets boven een mensenoffer om een Kracht aan te zetten tot handelen.'

Tot op dat moment had Belbo staan trillen. Nu zag ik dat hij zich ontspande; ik zeg niet dat hij tot rust kwam, maar hij bekeek het publiek met een nieuwsgierige blik. Ik geloof dat hij op dat moment, als reactie op de woordenwisseling van de twee tegenstanders, de ontwrichte lichamen van de mediums die hij voor zich zag, de derwisjen aan zijn zijden die af en toe nog steunend opsprongen, en de pronkgewaden van de ontstelde waardigheidsbekleders, zijn meest authentieke gave terugkreeg: zijn gevoel voor het absurde.

Op dat moment, daar ben ik van overtuigd, besloot hij dat hij zich niet meer van zijn stuk zou laten brengen. Misschien had zijn verheven positie hem een gevoel van superioriteit verschaft, toen hij vanuit zijn verhoging die verzameling krankzinnigen bestudeerde die zich verloren hadden in een Grand Guignol-achtige bloedwraak, met achterin, bijna in de hal, de monstertjes die inmiddels hun belangstelling voor de gebeurtenissen verloren hadden en elkaar met de ellebogen aanstootten en ginnegapten, zoals Annibale Cantalamessa en Pio Bo.

Wel wierp hij een verontruste blik op Lorenza, die opnieuw door de reuzen bij haar armen werd gehouden terwijl elkaar snel opvolgende stuiptrekkingen door haar heen gingen. Lorenza was weer bij bewustzijn. Ze huilde.

Ik weet niet of Belbo besloot haar niet te laten zien hoe bang hij was, of dat zijn besluit eerder de enige manier was om uiting te geven aan zijn minachting voor en zijn overwicht op die bende. Maar hij bleef rechtop staan, zijn hoofd omhoog, het hemd open, met ontblote borst, zijn handen op zijn rug gebonden, trots, als iemand die nooit angst had gekend.

Tot bedaren gebracht door de gelatenheid van Belbo of in ieder geval berustend in de onderbreking van de slingerbeweging en er nog steeds op gebrand het geheim te achterhalen, had Agliè, aangekomen op het moment van verantwoording van de queeste van een of van vele levens en vastbesloten zijn volgelingen weer in de hand te krijgen, zich opnieuw tot Jacopo gewend: 'Vooruit, Belbo, neemt u een beslissing. U ziet het, u bevindt zich op zijn zachtst gezegd in een lastig parket. Houdt u nu eens op met die komedie.'

Belbo had niet geantwoord. Hij keek een andere kant op, alsof hij uit discretie wilde voorkomen dat hij een gesprek hoorde waar hij toevallig middenin gevallen was.

Agliè had aangedrongen, sussend alsof hij tegen een kind sprak: 'Ik begrijp uw verbittering en, als u me toestaat, uw terughoudendheid. Ik begrijp dat het u tegenstaat een zo vertrouwelijk en vreselijk geheim prijs te geven aan een menigte die u zojuist op een zo weinig verheffend schouwspel heeft getrakteerd. Welnu, u hoeft uw geheim alleen maar aan mij toe te vertrouwen, in mijn oor. Ik laat u nu naar beneden komen en ik ben ervan overtuigd dat u me één woord zult zeggen, één enkel woord.'

En Belbo: 'U zegt?'

Toen had Agliè een andere toon aangeslagen. Voor de eerste keer in zijn leven zag ik dat hij gebiedend, priesterlijk, onmatig was. Hij sprak alsof hij een van de Egyptische gewaden van zijn vrienden aanhad. Ik werd gewaar dat zijn toon onecht was, het leek alsof hij de mensen parodieerde over wie hij nooit anders dan met toegeeflijke meewarigheid had gesproken. Maar tegelijkertijd scheen hij geheel doordrongen van zijn nieuwe rol. Hij had het plan opgevat—want instinct kon het niet zijn—Belbo te betrekken in een scène uit een melodrama. Als hij toneelspeelde, speelde hij goed toneel, want Belbo was zich nergens van bewust en luisterde naar zijn gesprekspartner alsof hij niet anders van hem verwachtte.

'Nu zul je spreken,' zei Agliè, 'je zult spreken, en je zult je niet aan dit grote spel onttrekken. Als je zwijgt, ben je verloren. Als je spreekt zul je deelhebben aan de overwinning. Want in waarheid zeg ik je, vannacht zijn jij, ik en wij allen in Hod, de sefira van de pracht, van de majesteit en van de glorie, Hod die de ceremoniële en rituele magie regeert, Hod het moment waarop de eeuwigheid zich ontsluit. Van dit moment heb ik eeuwenlang gedroomd. Je zult spreken en je zult je voegen bij de enigen die zich, na jouw onthulling, de Heren van de Wereld zullen kunnen noemen. Verneder je, en je zult geprezen worden. Je zult spreken want aldus beveel ik, je zult spreken omdat ik het zeg, en mijn woorden efficiunt quod figurant!'

En Belbo, inmiddels onoverwinnelijk, had gezegd: 'Trek je stop eruit...'

Ondanks dat hij een afwijzing verwacht had, verbleekte Agliè bij die belediging. 'Wat heeft hij gezegd?' had Pierre hysterisch gevraagd. 'Hij spreekt niet,' had Agliè samengevat. Hij had zijn armen gespreid in een gebaar dat het midden hield tussen overgave en lankmoedigheid en had tegen Bramanti gezegd: 'Het is aan u.'

En Pierre, geheel opgewonden: 'Genoeg, genoeg, le sacrifice humain, le sacrifice humain!'

'Ja, laat hem creperen, we vinden het antwoord toch wel,' gilde net zo opgewonden de weer ten tonele verschenen madame Olcott en zij stortte zich op Belbo.

Bijna gelijktijdig had Lorenza zich bewogen. Ze had zich bevrijd uit de greep van de reuzen en was voor Belbo gaan staan, aan de voet van de galg, met haar armen wijd alsof ze een invasie wilde tegenhouden, terwijl ze al snikkend riep: 'Zijn jullie allemaal gek geworden, dit is toch geen manier!' Agliè, die al bezig was zich terug te trekken, was een ogenblik ontdaan blijven staan en vervolgens op haar afgerend om haar tegen te houden.

Toen gebeurde alles in een flits. De knot in het haar van madame Olcott was losgegaan; ze was een en al nijd en vlammen als Medusa, strekte haar klauwen uit naar Agliè, krabde zijn gezicht open en duwde hem toen opzij met de heftigheid van de in die sprong verzamelde blinde woede; Agliè week achteruit, bleef haken achter een poot van het vuurbekken, draaide als een derwisj om zijn as, sloeg met zijn hoofd tegen een auto en stortte vervolgens met zijn gezicht onder het bloed ter aarde. Op hetzelfde moment had Pierre zich op Lorenza geworpen en de degen die op zijn borst hing uit de schede getrokken; ik zag hem nu op de rug en begreep niet meteen wat er gebeurd was, maar ik zag Lorenza aan Belbo's voeten glijden met een wasbleek gelaat en Pierre die het lemmet omhoog hield en brulde: 'Enfin, le sacrifice humain!' Vervolgens wendde hij zich naar het schip en riep luidkeels: 'I'a Cthulhu! I'a S'ha-t'n!'

De menigte die het schip vulde had zich als één man in beweging gezet; sommigen werden onder de voet gelopen, anderen dreigden de auto van Cugnot te verpletteren. Ik hoorde—dat geloof ik tenminste, maar een zo grotesk détail kan ik me niet verbeeld hebben—de stem van Garamond die zei: 'Ik bid u, heren, een minimum aan wellevendheid...' Bramanti knielde in extase voor het lichaam van Lorenza en declameerde: 'Asar, Asar! Wie grijpt me bij de keel? Wie nagelt mij aan de grond? Wie doorboort mijn hart? Ik ben het niet waardig de drempel van het huis van Maät te overschrijden!'

Misschien wilde niemand het, misschien hadden ze met het offer van Lorenza kunnen volstaan, maar de acolieten waren inmiddels naar voren gedrongen tot in de magische cirkel, die toegankelijk was geworden door de stilstand van de Slinger, en iemand—en ik zou gezworen hebben dat het Ardenti was—werd door de anderen tegen de tafel gesmeten, die letterlijk onder de voeten van Belbo werd weggeslagen, terwijl de Slinger ten gevolge van die duw snel en heftig begon te slingeren en zijn slachtoffer met zich meesleurde. Het koord had zich onder het gewicht van de bol gespannen en zat nu, strak als een strop, om de nek van mijn arme vriend die, aan het touw van de Slinger hangend, met een ruk de lucht in was geslingerd, naar de oostkant van het koor was gevlogen en nu, al beroofd van het leven (hoop ik), weer mijn richting op kwam.

De elkaar vertrappende menigte had zich naar de zijkanten teruggetrokken, om ruimte te maken voor het wonder. Dronken door de wedergeboorte van de Slinger versterkte de man die voor de oscillatie zorgde diens onstuimige beweging door rechtstreeks tegen het lijk van de gehangene te duwen. De oscillatie-as vormde een diagonaal tussen mijn ogen en een van de ramen, ongetwijfeld dat met de kier waardoor over enkele uren de eerste zonnestraal zou binnendringen. Ik zag Jacopo dus niet recht voor me slingeren, maar ik denk dat een en ander zo moet zijn gegaan en dat dit de figuur was die hij in de ruimte beschreef...

Belbo's nek leek een tweede bol, die bevestigd was aan het stuk touw dat van de basis naar de sluitsteen liep en—hoe zeg je dat—terwijl de metalen bol naar rechts helde, neigde het hoofd van Belbo, de andere bol, naar links, en daarna andersom. Een tijd lang bewogen de twee bollen in tegenovergestelde richting zodat hetgeen de ruimte doorkliefde niet meer een rechte, maar een driehoekige structuur was. Maar terwijl het hoofd van Belbo de trekkracht van het strakgespannen touw volgde, bewoog zijn lichaam—wellicht aanvankelijk in de laatste stuiptrekking en nu met de spastische beweeglijkheid van een houten marionet—in andere richtingen in het luchtledige, onafhankelijk van zijn hoofd, het touw en de eronder hangende bol, de armen hier, de benen daar. En ik had het gevoel dat als iemand het tafereel op de manier van Muybridge gefotografeerd zou hebben, door elk moment in een ruimtelijke reeks op een fotografische plaat vast te leggen, en hij dus de twee uiterste punten zou registreren waarop het hoofd bij iedere omloop uitkwam, de twee punten waar de bol stilhield, de punten waar de onafhankelijke touwen van beide elkaar idealiter kruisten en de tussenliggende punten die afgebakend werden door de uiterste rand van het oscillatievlak van de romp en de benen, dat dan, zeg ik, de aan de Slinger opgehangen Belbo, in de ruimte de sefirot-boom beschreven zou hebben. Zo zou hij in zijn laatste ogenblikken de lotgevallen van alle universa samenbrengen, door in zijn ronddolen de tien etappes vast te leggen van de bloedeloze uitblazing en van de eruptie van het goddelijke in de wereld.

Toen, terwijl de oscillator die doodsschommel bleef stimuleren, was het lijk van Belbo, door een wrede bundeling van krachten, een verplaatsing van energieën, tot stilstand gekomen en slingerde het touw met de bol alleen vanaf zijn lichaam; de rest—die Belbo met de sluitsteen verbond—bleef loodrecht naar beneden hangen. Zo was Belbo, die de dwaling van de wereld en zijn bewegingen ontvlucht was, nu zelf het ophangpunt geworden, de Vaste Spil, de Plaats waarop het wereldgewelf steunt, en alleen onder zijn voeten oscilleerden het touw en de bol van de ene pool naar de andere, zonder rust, terwijl de aarde onder hem door schoot en telkens weer een nieuw continent te zien gaf—en de bol kon niet, en zou ook nooit kunnen aanwijzen waar de Navel van de Wereld zich bevond.

Terwijl de meute diabolici, die bij de aanblik van het wonder een ogenblik verstomd was, weer hardop begon te praten, zei ik tot mezelf dat de geschiedenis nu werkelijk ten einde was. Als Hod de sefira van de Glorie is, had Belbo glorie gekend. Eén enkel onverschrokken gebaar had hem verzoend met het Absolute.

114

De ideale slinger bestaat uit een zeer dun koord, dat niet onderhevig is aan flexie en torsie, van lengte L, met een gewicht bevestigd aan zijn zwaartepunt. Voor de bol ligt het zwaartepunt in het centrum, voor een menselijk lichaam is dat een punt op 0,65 van zijn lengte, gemeten vanaf de voeten. Als de gehangene 1,70 m lang is, ligt zijn zwaartepunt op 1,10 m van zijn voeten en lengte L beslaat deze lengte. Dus, als het hoofd tot aan de hals 0,30 m lang is, ligt het zwaartepunt op 1,70—1,10=0,60 m van het hoofd en op 0,60—0,30=0,30 m van de hals van de gehangene.

De tijdsduur van de door Huygens vastgestelde kleine oscillaties van de slinger wordt als volgt weergegeven:

$$T \text{ (seconden)} = \frac{2\pi}{\sqrt{g}} \sqrt{L} \qquad (1)$$

waar L gemeten is in meters, π=3,1415927... en g=9,8 m/sec².

Daaruit volgt dat (1) geeft:

$$T = \frac{2 \cdot 3{,}1415927}{\sqrt{9{,}8}} \sqrt{L} = 2{,}00709 \sqrt{L}$$

dus om en nabij:

$$T = 2 \sqrt{L} \qquad (2)$$

Let wel: T is niet afhankelijk van het gewicht van de gehangene (gelijkheid van de mens in het aanschijn van God)...

Een dubbele slinger met twee gewichten aan hetzelfde touw... Als je A verplaatst, oscilleert A, staat na een tijdje stil waarna B oscilleert. Als de gekoppelde slingers verschillend van gewicht en lengte zijn, gaat de energie van de een over op de ander, maar de duur van die oscillaties van de energie is niet hetzelfde... Dit heen en weer gaan van de energie vindt ook plaats als je A niet, na de eerste beweging, vrijelijk laat oscilleren maar regelmatig verplaatst met een kracht. Dus als tegengestelde rukwinden tegen de gehangene blazen, hangt de gehangene na een tijdje stil en oscilleert de galg alsof deze is opgehangen aan de gehangene.

Persoonlijke brief van Mario Salvadori,
Columbia University, 1984

Voor mij viel er op die plek niets meer te vernemen. Ik profiteerde van de verwarring om het beeld van Gramme te bereiken.

De sokkel was nog open. Ik ging naar binnen, daalde af en kwam aan het einde van de trap terecht op een klein trapportaal, verlicht door een gloeilamp, waar een stenen wenteltrap op uit kwam. Toen ik die was afgedaald liep ik een zwak verlichte gang met tamelijk hoge gewelven in. Aanvankelijk begreep ik niet waar ik was en waar het gegorgel dat ik hoorde vandaan kwam. Toen wenden mijn ogen aan het halfduister: ik bevond me in een rioleringskanaal, een soort balustrade met een leuning voorkwam dat ik in het water viel, maar niet dat ik een walgelijke muffe lucht rook, chemisch en organisch tegelijk. Iets uit onze geschiedenis was dan tenminste waar: de riolering van Parijs. Die van Colbert, van Fantomas, van de Caus?

Ik volgde de hoofdgang en liep de donkere zijgangen voorbij in de hoop dat ik aan een of ander teken zou kunnen zien waar ik mijn onderaardse tocht kon beëindigen. Ik verwijderde me in ieder geval van het Conservatoire, en in vergelijking met dat nachtelijke rijk was de riolering van Parijs een verademing, vrijheid, frisse lucht, licht.

Ik had maar een enkel beeld voor ogen, de hiëroglief die het dode lichaam van Belbo in het koor had beschreven. Ik slaagde er niet te begrijpen waar die tekening mee overeenkwam. Nu weet ik dat het een natuurkundige wet was, maar de manier waarop ik dat te weten kwam maakt het fenomeen nog emblematischer. Hier, in het buitenhuis van Belbo heb ik, tussen al zijn aantekeningen, een brief gevonden waarin iemand hem, in antwoord op zijn vraag, vertelde hoe een slinger functioneert, en hoe die zich zou gedragen als er aan het koord nog een tweede gewicht zou hangen. Dus Belbo had als hij aan de Slinger dacht, wie weet hoe lang al, zowel de Sinaï als Golgotha voor ogen gehad. Hij was niet het slachtoffer van een Plan van recente makelij, maar had zijn dood in zijn fantasie al lange tijd voorbereid, zonder te weten dat hij, die vond dat hij volslagen gespeend was van scheppend vermogen, bezig was met zijn bedenksels de werkelijkheid vorm te geven. Of misschien ook niet, had hij op die manier willen sterven om zichzelf en anderen te bewijzen dat, ook bij gebrek aan talent, de verbeelding altijd schepper is.

Op een of andere manier had hij, door te verliezen, gewonnen. Of heeft iemand die zich uitsluitend toelegt op een dergelijke manier van overwinnen alles verloren? Alles verloren heeft hij die niet begrepen heeft dat de overwinning een andere was. Maar dat had ik zaterdagavond nog niet ontdekt.

Ik liep door de gang, amens als Postel, wellicht verloren in dezelfde duisternis, en zag plotseling het teken. Een sterkere gloeilamp, tegen de muur, bood zicht op een andere, provisorische trap die uitkwam op een houten luik. Ik waagde het erop en kwam terecht in een souterrain vol lege flessen dat toegang gaf tot een gang met twee wc's, met het bekende mannetje en het vrouwtje op de deuren. Ik was in de wereld der levenden.

Ik bleef hijgend staan. Pas op dat moment dacht ik aan Lorenza. Nu was ik het die huilde. Maar zij stroomde weg uit mijn aderen alsof ze nooit had bestaan. Ik kon me niet eens meer haar gezicht voor de geest halen. Van die wereld van doden was zij het meest dood.

Aan het einde van de gang stuitte ik weer op een trap, een deur. Ik stapte een rokerige en stinkende ruimte binnen, een kroeg, een bistro, een oosterse bar, gekleurde obers, bezwete klanten, vette sjisjkebab en pullen bier. Ik kwam de deur uit als iemand die er al langer was en even was gaan plassen. Het viel niemand op, wellicht met uitzondering van de man achter de kassa die me, toen hij me van achteren zag komen, met zijn halfdichte ogen onmerkbaar een teken gaf, een oké, alsof hij wilde zeggen ik heb het begrepen, loop maar door, ik heb niets gezien.

115

Indien het het oog vergund was te zien, zou geen
schepsel stand houden vanwege de demonen.

Talmoed, Berachot, 6a

Ik was de bar uitgelopen en tussen de lichtjes bij de Porte St.-Martin terecht gekomen. De kroeg die ik verlaten had was oosters en ook de andere, nog verlichte winkels eromheen waren oosters. De geur van couscous en falafel, en mensen. Hopen uitgehongerde jongeren, velen met rugzak, in groepen. Ik kon de bars niet in om iets te drinken. Ik had een jongen gevraagd wat er aan de hand was. De betoging, de volgende dag was de grote betoging tegen de wet van Savary. Ze arriveerden met busladingen.

Een Turk—een Druze, een verklede Ismaëliet, noodde me in slecht Frans ergens binnen. Dat nooit, wegvluchten van Alamoet. Ik weet niet wie in dienst is van wie. Wantrouwen.

Ik steek het kruispunt over. Nu hoor ik alleen het geluid van mijn voetstappen. Het voordeel van de grote stad, je verplaatst je enkele meters en hervindt de eenzaamheid.

Maar plotsklaps, na enkele blokken, aan mijn linkerhand, het Conservatoire, bleek in de nacht. Van buiten, volmaakt. Een monument dat de slaap der rechtvaardigen slaapt. Ik loop verder zuidwaarts in de richting van de Seine. Ik had een doel in mijn hoofd, maar ik wist niet precies welk. Ik wilde iemand vragen wat er gebeurd was.

Belbo dood? De hemel is onbewolkt. Ik kruis een groep studenten. Zwijgend, in de ban van de genius loci. Links het silhouet van Saint-Nicolas-des-Champs.

Ik vervolg mijn weg door de rue St.-Martin, steek de rue aux Ours over, groot, het lijkt wel een boulevard, ik ben bang dat ik uit de koers raak, al weet ik niet welke dat is. Ik kijk om me heen en rechts van me, op de hoek, zie ik de twee etalages van de Editions Rosicruciennes. Ze zijn donker, maar gedeeltelijk met behulp van de straatlantaarns, gedeeltelijk met de zaklantaarn, lukt het me te zien wat erin ligt. Boeken en voorwerpen. Histoire des juifs, comte de Saint-Germain, alchimie, monde caché, les maisons secrètes de la Rose-Croix, de boodschap van de bouwers van de kathedralen, Katharen, New Atlantis, Egyptische geneeskunst, de tempel van Karnak, Bhagavad Gitā, reïncarnatie, Rozenkruisers-kruizen en kandelabers, borstbeelden van Isis en Osiris, doosjes en stokjes wierook, tarotspelen. Een degen, een tinnen briefopener met op het ronde handvat het zegel van de Rozenkruisers. Wat doen ze, nemen ze me in de maling?

Nu sta ik tegenover Beaubourg. Overdag is het één grote boerenkermis, nu is het plein bijna verlaten, hier en daar een zwijgend groepje slapende mensen, schaarse lichten van de brasseries er tegenover. Het is waar. Grote ontluchtingsbuizen die energie uit de aarde opslokken. Misschien zijn de massa's die het overdag vullen de leveranciers van vibraties en voedt de hermetische machine zich met vers vlees.

De kerk van Saint-Merri. Er tegenover de voor driekwart occultistische Librairie la Vouivre. Ik moet niet over mijn toeren raken. Ik sla de rue des Lombards in, misschien om een schare Skandinavische meisjes te ontwijken die lachend uit een kroeg komen die nog open is. Houdt jullie mond, weten jullie niet dat Lorenza ook dood is?

Maar is ze dood? En als ik zelf eens dood was? De rue des Lombards: haaks erop staat de rue Flamel, en aan het eind van de rue Flamel ontwaar je, wit, de Tour Saint-Jacques. Op het kruispunt boekhandel Arcane 22, tarotspelen en pendels. Nicolas Flamel, de alchimist, een alchimistische boekhandel, en de Tour Saint-Jacques met aan de voet die grote witte leeuwen, deze nutteloze laat-gotische toren aan de Seine, waarnaar ook een esoterisch tijdschrift genoemd is; de toren waar Pascal experimenteerde met het gewicht van lucht, en het schijnt dat er vandaag de dag nog steeds, op tweeënvijftig meter hoogte, een station voor klimatologisch onderzoek is. Misschien waren ze daar begonnen, voordat ze de Eiffeltoren bouwden. Er zijn bevoorrechte plekken. En niemand is zich ervan bewust.

Ik sla af naar de Saint-Merri. Nog meer meisjesgelach. Ik wil geen mensen zien, ik loop om de kerk heen, door de rue du Cloître Saint-Merri—een deur van het transept, oud, van ruw hout. Links ontvouwt zich een plein, de uiterste begrenzing van Beaubourg, verlicht zodat het dag lijkt. Op de open plek dobberen de machines van Tinguely en andere veelkleurige kunstwerken op het water van een zwembad of een kunstmatig meer, met hun onverstoorbaar schokkerig ronddraaiende tandwielen; en op de achtergrond zie ik de steigerconstructies en de grote opengesperde monden van Beaubourg—als een Titanic, vergaan in een maankrater, achtergelaten tegen een door klimop weggevreten wand. Waar dit de kathedralen niet gelukt is, lispelen de grote transatlantische scheepsluiken, in rechtstreeks contact met de Zwarte Maagden. Alleen hij die om de Saint-Merri weet heen te varen ontdekt ze. En dus moet ik verder gaan, ik heb een spoor, ik ben midden in het centrum van de Ville Lumière, bezig een van Hun komplotten, het komplot van de Occultisten, te ontrafelen.

Ik buig af naar de rue des Juges Consules en bevind me voor de façade van de Saint-Merri. Ik weet niet waarom, maar iets brengt me ertoe de zaklantaarn aan te doen en hem op het portaal te richten. Flamboyante gotiek, accoladebogen.

En plotseling, op zoek naar wat ik niet verwachtte te vinden, zie ik hem op de archivolt van het portaal.

Bafomet. Uitgerekend daar waar de twee helften van de boog samenkomen; terwijl op de eerste een duif van de heilige geest zit met een stenen stralenkrans, zit op de tweede, belegerd door biddende engelen, hij, Bafomet, met zijn afschrikwekkende vleugels. Op de façade van een kerk. Schaamteloos.

Waarom daar? Omdat we niet ver van de Tempel zijn. Waar is de Tempel, of wat er van over is? Ik ga terug, loop naar het noordoosten, en bevind me op de hoek van de rue de Montmorency. Op nummer 51 het huis van Nicolas Flamel. Tussen Bafomet en de Tempel. De slimme spagyricus wist wel met wie hij af moest rekenen. Vuilnisemmers vol smerig afval, voor een huis uit een onbestemd tijdperk, Taverne Nicolas Flamel. Het huis is oud, ze hebben het gerestaureerd voor toeristische doeleinden, voor diabolici van de laagste rang, Hylici. Ernaast is een cocktailbar met een reclame van Apple: 'secouez vous les puces' (de vlooien zijn de bugs, de fouten in het programma). Soft-Hermes. Dir Temoera.

Nu ben ik in de rue du Temple, ik loop er doorheen en kom bij de hoek met de rue de Bretagne waar zich de square du Temple bevindt, een parkje met de grauwe kleur van een kerkhof, de necropolis van de geofferde ridders.

De rue de Bretagne tot aan de kruising met de rue Vieille du Temple. In de rue Vieille du Temple zijn, na de kruising met de rue Barbette, rare winkels met elektrische lampen in bizarre vormen: zwanen, klimopbladeren. Te overdreven modern. Mij misleiden ze niet.

De rue des Francs-Bourgeois: ik ben in de Marais, ik ken het hier, dadelijk verschijnen de oude kosjere slagers, wat hebben de joden nog met de Tempeliers te maken nu we vastgesteld hebben dat hun plaats in het Plan eigenlijk aan de Assassijnen van Alamoet toebehoorde? Waarom ben ik hier? Zoek ik een antwoord? Nee, misschien wil ik alleen maar weg van het Conservatoire. Of ik ben onduidelijk op weg naar een plek, ik weet dat die niet hier kan zijn, maar ik probeer me alleen maar te herinneren waar hij wel is, zoals Belbo in een droom op zoek ging naar een vergeten adres.

Ik passeer een losbandig groepje mensen. Ze lachen onaangenaam en lopen ver uit elkaar zodat ik gedwongen ben van de stoep af te gaan. Even ben ik bang dat ze door de Oude van de Berg gestuurd zijn en dat ze mij moeten hebben. Het is niet zo, ze verdwijnen in de nacht, maar ze spreken een vreemde taal, die sjiietisch, talmoedisch, Koptisch sist als een slang in de woestijn.

Androgyne figuren in lange mantels komen me tegemoet. Rozenkruisersmantels. Ze halen me in, slaan de rue de Sévigné in. Het is inmiddels diep in de nacht. Ik ben gevlucht uit het Conservatoire om de stad van iedereen terug te vinden, en ik bemerk dat de stad van iedereen ontworpen is als een catacombe van wegen speciaal voor ingewijden.

Een dronkeman. Misschien doet hij alsof. Wantrouwen, altijd wantrouwen. Ik kom langs een bar die nog open is, de obers met hun tot op de enkels vallende voorschoten zijn al bezig de stoelen en de tafeltjes op elkaar te stapelen. Ik ben nog net op tijd binnen en ze geven me een biertje. Ik sla het achterover en vraag er nog een. 'Stevige dorst, hè?' zegt een van hen. Maar zonder hartelijkheid, achterdochtig. Zeker, ik heb dorst, ik heb sinds vijf uur 's middags niets meer gedronken, maar je kunt ook dorst hebben zonder dat je de nacht onder een slinger hebt doorgebracht. Idioten. Ik betaal en ga er vandoor voordat ze zich mijn gelaatstrekken in het geheugen kunnen prenten.

En dan ben ik op de hoek van de place des Vosges. Ik loop onder de galerijen door. Welke oude film was dat ook weer, waarin de eenzame voetstappen van Mathias, die krankzinnige messentrekker, 's nachts weerklonken op de place des Vosges? Ik blijf staan. Hoor ik voetstappen achter me? Natuurlijk niet, ze zijn ook gestopt. Een paar vitrines zouden genoeg zijn om deze galerijen in zalen van het Conservatoire te doen veranderen.

Lage zestiende-eeuwse plafonds, rondbogen, galeries met gravures en antiek, meubels. De place des Vosges, zo laag, met zijn oude, bekraste, aangevreten en haveloze deuren, waar mensen wonen die zich in geen honderden jaren verroerd hebben. Mannen in gele stofjassen. Een plein dat uitsluitend door taxidermisten bewoond wordt. Ze komen alleen 's nachts naar buiten. Ze kennen de ijzeren plaat, het putdeksel waardoor je in de Mundus Subterraneus doordringt. Open en bloot.

L'Union de Recouvrement de Cotisation de sécurité sociale et d'allocations familiales de la Patellerie nummer 75, U1. Een nieuwe deur, misschien wonen er rijke mensen, maar meteen daarna is er een oude afgebladderde deur als van een huis in de via Sincero Renato, dan op nummer 3 een onlangs herstelde deur. Hylici en Pneumatici wisselen elkaar af. De Heren en hun slaven. Hier zitten planken getimmerd over dat wat ooit een boog geweest moet zijn. Het is duidelijk, er was hier vroeger een occultistische boekwinkel en die is er nu niet meer. Een heel blok is leeggehaald. In één nacht geëvacueerd. Net als Agliè. Nu ze weten dat iemand weet, beginnen ze onder te duiken.

Ik sta op de hoek van de rue de Birague. Ik zie de oneindige rij galerijen zonder één levende ziel, ik had liever dat het donker was, maar de lantaarns verspreiden een gelig licht van de lampen. Ik zou kunnen schreeuwen en niemand zou naar me luisteren. Zwijgend zouden de taxidermisten, achter die dichte ramen die geen straaltje licht doorlaten, grijnzen in hun gele stofjassen.

Nee toch niet, tussen de galerijen en het parkje in het midden staan auto's geparkeerd en heel af en toe passeert er een schim. Maar dat maakt de verhouding er niet vriendelijker op. Een grote Duitse herder steekt voor me de straat over. Een zwarte hond alleen in de nacht. Waar is Faust? Heeft hij de trouwe Wagner soms opgedragen om de hond uit te laten?

Wagner. Dat was de gedachte die me door het hoofd speelde zonder dat deze de bovenhand kreeg. Doctor Wagner, die moet ik hebben. Hij zal me kunnen zeggen of ik ijl, welke spookbeelden ik heb opgeroepen. Hij zal me kunnen zeggen dat er niets van waar is, dat Belbo nog leeft en dat de Tres niet bestaat. Wat een opluchting zou het zijn als ik ziek was.

Ik loop bijna hollend het plein af. Ik word gevolgd door een auto. Nee, hij zoekt wellicht alleen maar een parkeerplaats. Ik struikel over plastic vuilniszakken. De auto parkeert. Hij moest mij niet hebben. Ik ben in de rue Saint-Antoine. Ik zoek een taxi. Als geroepen komt er een aan.

Ik zeg hem: 'Sept, avenue Elisée Reclus.'

116

Ik zou de toren willen zijn, aan de Eiffeltoren
willen hangen.
Blaise Cendrars

Ik wist niet waar ik was en durfde het niet aan de taxichauffeur te vragen, want wie op dat uur een taxi neemt doet dat om naar huis te gaan, anders is hij minstens een moordenaar; bovendien brieste de chauffeur dat het centrum nog vol zat met die vervloekte studenten, lukraak geparkeerde bussen, een puinhoop, als hij het voor het zeggen had, allemaal tegen de muur, en we konden maar beter omrijden. Hij had ongeveer de hele rondweg om Parijs genomen en liet me ten slotte achter bij nummer 7 in een verlaten straat.

Nergens een doctor Wagner. Nummer 17 dan? Of 27? Ik deed twee, drie pogingen en overdacht de situatie. Stel dat ik de deur vond, was ik dan van plan doctor Wagner op dat uur uit zijn bed te bellen om hem mijn verhaal te vertellen? Ik was daar terechtgekomen om dezelfde reden waarom ik van de Porte St.-Martin naar de place des Vosges was gedwaald. Ik vluchtte. En nu was ik weggevlucht van de plek waar ik naartoe was gevlucht toen ik wegvluchtte van het Conservatoire. Ik had geen pychoanalyticus nodig, maar een dwangbuis. Of een slaapkuur. Of Lia. Die mijn hoofd vastpakte, dat stevig tussen haar borst en oksel tegen zich aandrukte en me toefluisterde rustig te blijven.

Had ik doctor Wagner gezocht of de avenue Elisée Reclus? Want nu herinnerde ik me dat ik die naam was tegengekomen toen ik dingen aan het lezen was voor het Plan; het was iemand uit de vorige eeuw die ik weet niet meer welk boek over de aarde, het onderaardse, de vulkanen, had geschreven, iemand die, met het excuus dat hij geografisch onderzoek verrichtte, zijn neus in de Mundus Subterraneus stak. Een van hen. Ik ontvluchtte hen en steeds bleken ze weer in de buurt te zijn. Beetje bij beetje hadden ze in de loop van een aantal eeuwen bezit genomen van heel Parijs. En van de rest van de wereld.

Ik moest terug naar het hotel. Zou ik een andere taxi kunnen krijgen? Voor zover ik kon nagaan kon ik voor hetzelfde geld in een afgelegen buitenwijk zijn. Ik was in de richting gelopen van waaruit ik een helderder en diffuser licht zag schijnen en een stuk hemel kon zien. De Seine?

En op de hoek gekomen zag ik haar.

Aan mijn linkerhand. Ik had kunnen weten dat ze daar was, in een hinderlaag, vlakbij. In die stad waar de straatnamen een ondubbelzinnige boodschap uitdroegen moest je altijd op je hoede zijn; stom van me dat ik daar niet aan gedacht had.

Daar stond ze, de weerzinwekkende minerale spin, het symbool, het instrument van hun macht: ik zou weg moeten vluchten maar in plaats daarvan voelde ik dat ik naar het web werd getrokken, ik bewoog mijn hoofd helemaal omhoog en weer terug, want ik kon haar nu niet meer in een oogopslag zien, zat er praktisch in, werd neergesabeld door haar duizenden ribben, voelde me bekogeld door rolluiken die rondom naar beneden vielen; als ze zich ook maar even zou bewegen, zou ze me kunnen verpletteren met een van haar meccanopoten.

La Tour. Ik stond op het enige punt in de stad van waaruit je haar niet vriendelijk van veraf of van opzij zag afsteken tegen die oceaan van daken, frivool als op een schilderij van Dufy. Ze was boven me, zweefde boven me. Waar de spits was vermoedde ik slechts, maar ik liep eerst om de basis heen, er toen in, ingesloten tussen de ene voet en de andere, ontwaarde haar spronggewrichten, haar buik, haar schaamdelen, bevroedde haar kronkelende darmen, geheel een met de slokdarm van haar lange polytechnische giraffenek. Hoewel ze opengewerkt was, bezat ze de macht het licht om haar heen te verduisteren, en terwijl ik liep bood ze me, steeds vanuit een andere hoek, verscheidene spelonkige bogen die inzoomden op de duisternis.

Rechts van haar, nog laag aan de horizon, was in het noordoosten een maansikkel verschenen. Soms omlijstte de toren de sikkel als ware het een optische illusie, een fluorescentie van een van haar bolle beeldbuizen, maar ik hoefde me maar te verplaatsen of de beeldbuizen veranderden van afmeting, de maan was er niet meer; hij was verstrikt geraakt tussen een paar metalen ribben en het dier had hem verbrijzeld, verteerd, doen verdwijnen in een andere dimensie.

Hyperkubus. Een vierdimensionale kubus. Nu zag ik door een boog een beweeglijk licht, nee twee, een rood en een wit, knipperend, zeker een vliegtuig op zoek naar Roissy, of Orly, weet ik het. Maar meteen—ik had me verplaatst, of het vliegtuig, of de Toren—verdwenen de lichten achter een zenuwstelsel; ik verwachtte ze weer te zien verschijnen in een ander kader maar ze waren er niet meer. De Tour had honderden, allemaal beweegbare ramen, en elk van die ramen keek uit op een ander stuk ruimte-tijd. Haar ribben vormden geen euclidische hoeken, ze reten het weefsel van de kosmos uiteen, keerden catastrofes ondersteboven en sloegen pagina's om van parallelle werelden.

Wie had gezegd dat die spits van de Notre-Dame de la Brocante diende om Parijs op te hangen 'au plafond de l'univers'? Het tegendeel was waar, zij diende om het universum aan zijn eigen spits op te hangen—dat spreekt, zij is toch de Ersatz van de Slinger?

Hoe hadden ze haar genoemd? Eenzame zetpil, lege obelisk, glorie van het ijzerdraad, apotheose van de zuil, luchtaltaar van een afgodische cultus, bij in het hart van de windroos, treurig als een ruïne, weerzinwekkend nachtkleurig kolos, wanstaltig symbool van onnutte kracht, ongerijmd wonder, onzinnige piramide, gitaar, inktvis, telescoop, wijdlopig als het discours van een minister, oude god en modern beest... Zo en anders was ze, en als ik het zesde zintuig van de Heren van de Wereld had gehad, had ik haar, nu ik in de greep was van haar gebundelde, met klinknagelpoliepen aangekoekte stembanden, hees de muziek der sferen horen fluisteren; de Tour was op dat moment bezig golven uit het hart van de holle aarde op te zuigen en naar alle menhirs op de wereld uit te zenden. Rizoom van spijker-gewrichten, nekartrose, prothese van een prothese—wat gruwelijk, van waar ik me bevond zouden ze me, om me in de afgrond te pletter te laten vallen, naar de top omlaag moeten slingeren. Ja, ik kwam natuurlijk uit een reis naar het middelpunt der aarde, bevond me in de duizeling van de omgekeerde zwaartekracht van de antipoden.

We hadden niets verzonnen; zij, die nu zo boven me uittorende, scheen mij nu het bewijs van het Plan toe, maar binnen niet al te lange tijd zou ze er achter komen dat ik de spion was, de vijand, het stofdeeltje in het raderwerk waar zij het beeld en de motor van was, zou ze onmerkbaar een ruit van haar loodkleurig kantwerk verwijden en me opslokken, zou ik verdwijnen in een plooi van haar niets, overgeplaatst in het Elders.

Als ik nog langer onder haar ajourwerk zou blijven, zouden haar grote klauwen zich weer sluiten, zich als slagtanden buigen, me opzuigen, waarna het beest zijn onverstoorbare misdadige en duistere puntenslijperpositie weer zou innemen.

Weer een vliegtuig: dit kwam nergens vandaan, dit had zij tussen twee van haar ontvleesde mastodontwervels gegenereerd. Ik bekeek haar, er kwam geen eind aan, net als het project waarvoor ze was geboren. Als ik daar was gebleven zonder te worden verslonden had ik kunnen volgen hoe ze zich verplaatste, hoe ze langzaam ronddraaide, hoe ze onder de koude bries van de stromen eindeloos desintegreerde en zich weer herstelde; wellicht konden de Heren van de Wereld haar interpreteren als een geomantisch ontwerp, zouden ze uit haar nauwelijks zichtbare metamorfoses beslissende tekens, onuitsprekelijke mandaten kunnen aflezen. De Tour draaide boven mijn hoofd, schroevedraaier van de Mystieke Pool. Of niet, ze stond onbeweeglijk als een gemagnetiseerde spil en deed het hemelgewelf rondwentelen. Zijzelf was de draaiing.

Wat verdedigt de Tour zich goed, zei ik tegen mezelf, van veraf knipoogt ze vriendelijk, maar als je dichterbij komt en probeert haar mysterie te doorgronden vermoordt ze je, verstijft ze je tot in je botten, door eenvoudigweg de krankzinnige ontzetting ten toon te spreiden waaruit ze is opgetrokken. Nu weet ik dat Belbo dood is en het Plan waar, omdat de Toren waar is. Als ik er niet in slaag te vluchten, nogmaals te vluchten, zal ik het niemand kunnen vertellen. Ik moet alarm slaan.

Lawaai. Halt, terug naar de realiteit. Een taxi die met grote snelheid naderbij kwam. Ik slaagde erin me los te rukken uit die magische cirkel, gebaarde heftig, riskeerde bijna meegesleurd te worden omdat de taxichauffeur pas op het allerlaatste moment remde, alsof hij het tegen zijn zin deed—tijdens de rit zou hij me toevoegen dat hij, als hij er 's nachts langs reed, ook bang was voor de Toren en dat hij dan extra gas gaf. 'Waarom?' had ik hem gevraagd. 'Parce que... parce que ça fait peur, c'est tout.'

Korte tijd later was ik in mijn hotel. Ik moest lang bellen om een slaperige portier te wekken. Ik hield me voor: je moet nu slapen. De rest komt morgen. Ik nam een paar pillen, genoeg om mezelf te vergiftigen. De rest weet ik niet meer.

117

De dwaasheid heeft een enorm paviljoen
omdat ze uit iedere plaats personen ontvangt,
In het bijzonder als deze goud en macht in
overvloed hebben.

Sebastian Brant, *Das Narrenschiff*, 46

Ik was om twee uur 's middags versuft en catatonisch wakker geworden. Ik herinnerde me alles precies, maar ik had geen enkele garantie dat hetgeen ik me herinnerde waar was. Eerst was ik van plan geweest naar beneden te rennen om de kranten te kopen, toen had ik mezelf voorgehouden dat, ook al was er meteen na het voorval een compagnie spahi's het Conservatoire binnengedrongen, het bericht in ieder geval te laat zou zijn gekomen om in de ochtendkranten te verschijnen.

En bovendien had Parijs die dag wel iets anders om over na te denken. De portier had het me meteen verteld, zodra ik beneden was gekomen op zoek naar koffie. De stad was in rep en roer, een heleboel metrostations waren gesloten, op sommige plekken voerde de politie charges uit; de studenten waren met te veel en ze maakten het te bont.

Ik had in het telefoonboek het nummer van doctor Wagner gevonden. Ik had ook geprobeerd te bellen, maar het was duidelijk dat hij 's zondags niet in zijn praktijk was. Ik moest in ieder geval in het Conservatoire gaan kijken. Ik herinnerde me dat het ook op zondagmiddag open was.

In het Quartier Latin was het onrustig. Er kwamen groepen schreeuwende mensen met vlaggen voorbij. Op het Ile de la Cité had ik een politieversperring gezien. In de verte klonken schoten. Zo moest het in '68 geweest zijn. Ter hoogte van de Sainte Chapelle waren er relletjes geweest, ik rook de lucht van traangas. Ik had iets als een charge gehoord, ik wist niet of het de studenten of de flics waren, om me heen renden mensen, we waren achter een traliehek gevlucht, met voor ons een politiekordon, terwijl er op straat ongeregeldheden plaatsvonden. Wat een schande, dat ik nu met al die burgers op leeftijd stond te wachten tot de revolutie luwde.

Toen had ik kans gezien weg te komen en was ik, via achterafstraten in de buurt van de oude Halles, in de rue St.-Martin terechtgekomen. Het Conservatoire was open, met zijn witte binnenplaats en de plaquette op de voorgevel: 'Le conservatoire des arts et métiers, ingesteld per decreet van de conventie van de 19de vendémiaire anno III... in het in de elfde eeuw gestichte oude prioraat van Saint-Martin-des-Champs.' Alles normaal, met een kleine zondagse menigte die ongevoelig was voor de studentenkermis.

Ik was naar binnen gegaan—'s zondags gratis—en alles was net als elke middag vóór vijven. De suppoosten, de bezoekers, de Slinger op zijn normale plaats... Ik zocht naar sporen van het gebeurde, maar als het gebeurd was had iemand de boel grondig schoongemaakt. Als het gebeurd was.

Ik herinner me niet hoe ik de rest van de middag heb doorgebracht. Ik herinner me ook niet wat ik gezien heb terwijl ik door de straten slenterde en af en toe gedwongen was een andere weg in te slaan om een opstootje te ontwijken. Ik heb Milaan gebeld, zo maar om te proberen. Bij wijze van bezwering heb ik het nummer van Belbo gedraaid. Toen dat van Lorenza. Toen uitgeverij Garamond, die niet anders dan gesloten kon zijn. En toch, als vannacht nog vandaag is, is alles gisteren gebeurd. Maar tussen eergisteren en vannacht ligt een eeuwigheid.

Tegen de avond realiseerde ik me dat ik nog niets gegeten had. Ik wilde rust, mezelf eens trakteren. Vlak bij het Forum des Halles ben ik een restaurant binnen gegaan waar me vis beloofd werd. Overdreven veel zelfs. Ik kreeg een tafel recht tegenover een aquarium. Een universum dat onwerkelijk genoeg was om me terug te werpen in een toestand van absoluut wantrouwen. Niets is toevallig. Die vis lijkt een kortademige hesychast die bezig is van zijn geloof af te vallen en God ervan beschuldigt dat hij de zin van het universum heeft verminderd. Zebaoth, Zebaoth, hoe kun je zo boosaardig zijn dat je me laat geloven dat je er niet bent? Als gangreen verspreidt het vlees zich over de wereld... Die andere lijkt wel Minnie, ze knippert met haar lange wimpers en vormt een hartje met haar mond. Minnie is verloofd met Mickey Mouse. Ik eet een salade folle met een schelvis die mals is als kindervlees. Met honing en peper. De Paulicianen zijn hier. Die daar zweeft tussen de koralen als het vliegtuig van Breguet—lange vlindervleugelslagen, tien tegen een dat hij zijn homunculus-foetus heeft ontwaard onder in een nu lekkende, tussen de vuilnis tegenover het huis van Flamel gegooide athanor. En daarvan zoekt een helemaal zwartgeschubde Tempeliersvis Noffo Dei. Hij schampt langs de kortademige hesychast, die in gedachten verzonken en verbitterd op het onzegbare afstevent. Ik kijk om, aan de overkant van de straat ontwaar ik het uithangbord van een ander restaurant, CHEZ R...Rozenkruis? Reuchlin? Rorispergius? Racovskijragotzitzarogi? Signaturen, signaturen...

Eens kijken, de enige manier om de duivel in verlegenheid te brengen is hem te laten geloven dat je er niet in gelooft. Er valt niet veel te zeggen over de nachtelijke wandeling door Parijs en de aanblik van de Toren. Als je, nadat je gezien hebt, of denkt gezien te hebben wat ik gezien heb, uit het Conservatoire komt en de stad ervaart als een nachtmerrie, is dat normaal. Maar wat heb ik gezien in het Conservatoire?

Ik moest absoluut doctor Wagner spreken. Ik weet niet waarom ik het in mijn hoofd had gezet dat dat de panacee was, maar zo was het. Therapie van het woord.

Hoe ben ik de tijd tot vanochtend doorgekomen? Ik geloof dat ik een bioscoop in ben gegaan waar *The Lady from Shanghai* van Orson Welles draaide. Toen ik bij de scène met de spiegels was aangeland hield ik het niet meer uit en ben ik eruit gelopen. Maar misschien is het niet waar, heb ik het me verbeeld.

Vanochtend om negen uur heb ik doctor Wagner gebeld, de naam Garamond stelde me in staat de barrière van de secretaresse te nemen, de doctor scheen zich mij te herinneren, en toen ik hem voorhield hoe dringend het was zei hij me meteen te komen, om half tien, voordat de andere patiënten arriveerden. Hij leek me aardig en begripvol.

Misschien heb ik het bezoek aan doctor Wagner ook gedroomd. De secretaresse vroeg me om mijn persoonlijke gegevens, maakte een kaart en liet me het consult betalen. Gelukkig had ik al een kaartje voor de terugreis.

Een spreekkamer van bescheiden afmeting, zonder divan. Uitzicht op de Seine, links de schim van de Tour. Doctor Wagner ontving me met beroepsmatige vriendelijkheid—in wezen terecht, ik was niet meer een van zijn uitgevers, ik was een cliënt van hem. Met een weids, kalm gebaar nodigde hij me uit tegenover hem plaats te nemen, aan de andere kant van de tafel, als een ambtenaar op het ministerie. 'Et alors?' Dat zei hij, en toen gaf hij zijn draaistoel een zetje en keerde me de rug toe. Hij had zijn hoofd gebogen en ik had de indruk dat hij zijn handen gevouwen hield. Er restte me niets anders dan te praten.

Ik heb gepraat, als een waterval, ik heb alles eruit gegooid, van het begin tot het eind, wat ik twee jaar geleden dacht, wat ik vorig jaar dacht, wat ik dacht dat Belbo gedacht had, en Diotallevi. En vooral wat er tijdens Sint-Jansnacht gebeurd was.

Wagner onderbrak me niet één keer, knikte niet één keer en liet geen afkeuring blijken. Voor zover ik weet kon hij ook in slaap zijn gevallen. Maar dat was kennelijk zijn techniek. En ik praatte. Therapie van het woord.

Toen wachtte ik op het woord, het zijne, dat me zou redden.

Wagner stond tergend langzaam op. Zonder zich naar me toe te keren liep hij om zijn bureau heen en begaf zich naar het venster. Nu keek hij uit het raam, zijn handen gekruist op zijn rug, in gedachten verzonken.

Hij zweeg tien, vijftien minuten lang.

Toen zei hij, nog steeds met zijn rug naar me toe, op kleurloze, kalme, beheerste toon: 'Monsieur, vous êtes fou.'

Hij bewoog zich niet, en ik ook niet. Na nog vijf minuten begreep ik dat hij verder niets zou zeggen. Einde van de zitting.

Ik ben weggegaan zonder te groeten. De secretaresse glimlachte breed naar me, en ik bevond me weer in avenue Elisée Reclus.

Het was elf uur. Ik heb mijn spullen opgehaald in het hotel en heb me naar het vliegveld gespoed, vertrouwend op mijn goede gesternte. Ik heb twee uur moeten wachten, en intussen heb ik Garamond gebeld in Milaan, op hun kosten, want ik had geen cent meer. Gudrun nam op, ze leek afweziger dan gewoonlijk, ik moest haar drie keer toeroepen dat ze ja, oui, yes moest zeggen, dat ze het gesprek aannam.

Ze huilde: Diotallevi is zaterdagnacht om twaalf uur gestorven.

'En niemand, niemand van zijn vrienden op de begrafenis vanochtend, schandalig! Niet eens meneer Garamond, die naar men zegt op reis is in het buitenland. Grazia, Luciano, ik en een meneer helemaal in het zwart, met een baard, lange gekrulde bakkebaarden en een grote hoed, hij leek wel een doodgraver. God weet waar hij vandaan kwam. Maar waar was u, Casaubon? En waar is Belbo? Wat is er aan de hand?'

Ik heb een verwarde uitleg gemompeld en heb opgehangen. Ik werd opgeroepen en ben in het vliegtuig gestapt.

9
JESOD

118

De samenzweringstheorie van de maatschappij...is een consequentie van het verlaten van God, en van de vraag die daaruit volgt: 'Wie komt er in zijn plaats?'

Karl Popper, *Conjectures and Refutations*, Londen, Routledge, 1969, I.4

De reis deed me goed. Niet alleen was ik weg uit Parijs, maar ook uit het ondergrondse, de grond, de aardkorst. Hemel en bergen nog wit van sneeuw. De eenzaamheid op tienduizend meter, en dat gevoel van dronkenschap dat vliegen altijd geeft, de drukweerstand, door lichte turbulentie vliegen. Ik bedacht dat ik pas daarboven weer met beide voeten op de grond kwam te staan. En besloot alles op een rijtje te zetten; eerst schreef ik het puntsgewijs in mijn zakboekje, daarna liet ik met gesloten ogen mijn gedachten de vrije loop.

Ik heb besloten allereerst de onweerlegbare bewijzen op te sommen.

Het lijdt geen twijfel dat Diotallevi dood is. Dat heeft Gudrun me gezegd. Gudrun is altijd buiten ons verhaal gebleven, ze zou het niet begrepen hebben, en dus is ze de enige die nog de waarheid spreekt. Ook is het waar dat Garamond niet in Milaan was. Die kon natuurlijk overal zijn, maar het feit dat hij er niet is en er in de afgelopen dagen niet geweest was, maakt het aannemelijk dat hij in Parijs was, waar ik hem heb gezien.

En ook Belbo is er niet.

Laten we ons nu eens proberen voor te stellen dat wat ik zaterdagavond in Saint-Martin-des-Champs heb gezien echt gebeurd is. Misschien niet zoals ik het heb gezien, verdoofd als ik was door de muziek en de wierook, maar iets is er gebeurd. Het is als het verhaal van Amparo. Toen we naar huis gingen was zij er helemaal niet zeker van dat Pomba Gira in haar was gevaren, maar ze wist wel zeker dat ze in de tenda de umbanda was geweest, en dat ze geloofd had, of zich gedragen had alsof Pomba Gira haar bezeten had.

En ten slotte is dat wat Lia mij in de bergen heeft gezegd waar, was haar lezing absoluut overtuigend, de boodschap van Provins was een zomaar een lijstje. Er zijn nooit Tempeliersbijeenkomsten geweest in de Grange-aux-Dîmes. Er was geen Plan en er was geen boodschap.

Wij beschouwden het lijstje als een kruiswoordpuzzel met nog lege hokjes, maar zonder opgaven. De hokjes moesten dus zodanig opgevuld dat de woorden elkaar naar behoren kruisten. Maar misschien is dit geen goed voorbeeld. In een kruiswoordraadsel moet je woorden met elkaar kruisen en wel zo dat ze elkaar op een gemeenschappelijke letter kruisen. In ons spel hebben we geen woorden gekruist maar concepten en feiten, en waren er dus andere regels, en wel drie.

Eerste regel, de concepten zijn door analogie aan elkaar gerelateerd. Er bestaan geen regels om van tevoren vast te stellen of een analogie al dan niet klopt, want binnen een bepaalde relatie is een willekeurig iets gelijk aan willekeurig iets anders. Voorbeeld. Knol kruist met appel omdat beide plantaardig zijn en rond. Van appel naar slang, bijbelse connectie. Van slang naar krans, overeenkomst van vorm, van krans naar reddingsboei en van daar naar zwempak, van zwemmen naar een gezonde levensstijl, van een gezonde levensstijl naar hygiëne, van hygiëne naar alcohol, van alcohol naar drugs, van drugs naar spuit, van spuit naar gat, van gat naar grond, van grond naar knol.

Perfect. De tweede regel luidt namelijk dat als aan het eind tout se tient, de kruising is toegestaan. Van knol naar knol, tout se tient. Dus klopt het.

Derde regel: de connecties moeten niet nieuw zijn, in die zin dat ze op zijn minst al eens één keer door iemand geponeerd moeten zijn, en liefst vaker. Alleen op die manier lijken kruisingen waar, omdat ze voor de hand liggen.

Wat weer het denkbeeld van mijnheer Garamond was: de boeken van de diabolici moeten niet baanbrekend zijn, ze moeten het reeds gezegde herhalen, waar blijft anders de kracht van de Traditie?

Dat is wat wij hebben gedaan. We hebben niets verzonnen, behalve de schikking van de stukken. Dat is wat Ardenti had gedaan, die had niets verzonnen maar de stukken slechts op een onbeholpen manier gerangschikt, en bovendien was hij minder ontwikkeld dan wij en beschikte niet over alle stukken.

Zij hadden wel de stukken, maar niet het schema van het kruiswoordraadsel. En bovendien waren wij—nogmaals—slimmer.

Ik moest denken aan iets dat Lia mij in de bergen had gezegd toen ze me verweet dat dat spel van mij niet deugde: 'De mensen hunkeren naar plannen, als je ze er een voorhoudt storten ze zich erop als een roedel wolven. Jij verzint en zij geloven erin. De verbeeldingskracht moet niet meer dan noodzakelijk worden aangewakkerd.'

In wezen gebeurt dat altijd. Een jeugdige Herostratus verbijt zich omdat hij niet weet hoe hij beroemd moet worden. Dan ziet hij een film waarin een breekbare jongeman de diva van de Country Music overhoop schiet waarmee hij de voorpagina's haalt. Hij heeft de formule gevonden, gaat op pad en schiet John Lennon overhoop.

Net als bij de SEK's. Hoe leg ik het aan om mijn pennevruchten gedrukt te krijgen en in de encyclopedie terecht te komen? En Garamond legt uit: eenvoudig, u betaalt gewoon. Daar had de SEK nog nooit aan gedacht, maar het plan van Manuzio bestaat, en hij kan zich er in vinden. De SEK is ervan overtuigd dat hij al zijn hele leven op Manuzio wachtte, maar niet wist dat die er was.

Gevolg, wij hebben een Plan verzonnen dat niet bestaat en Zij hebben het niet alleen voor zoete koek geslikt, maar zijn ervan overtuigd dat ze er tijden lang deel van uitmaakten, ofte wel ze hebben de fragmenten van hun wanordelijke en verwarde projecten als momenten van ons Plan gezien, gescandeerd naar de onweerlegbare logica van de analogie, van de schijn, van het vermoeden.

Maar als een Plan verzonnen wordt en anderen het ten uitvoer brengen, dan is het alsof het Plan bestaat, of liever, bestaat het gewoon.

Vanaf dat moment reisden zwermen diabolici de wereld over op zoek naar de kaart.

We hebben mensen die trachtten hun duistere ontgoocheling de baas te worden een kaart voorgehouden. Welke? Dat was me uit het laatste bestand van Belbo duidelijk geworden: als er werkelijk een Plan bestond, zou er geen falen bestaan. Nederlaag, maar niet door jouw schuld. Ten onder gaan aan een kosmisch komplot is geen schande. Dan ben je niet laf, maar een martelaar.

Je beklaagt je niet over het feit dat je sterfelijk bent, ten prooi aan duizenden micro-organismen die je niet de baas kunt, je bent niet verantwoordelijk voor het feit dat je voeten niet kunnen grijpen, dat je staart, je haren zijn verdwenen, dat je tanden niet een derde keer groeien, voor de neuronen die je gaandeweg zaait, voor je aderen die harder worden. Het zijn de Naijverige Engelen.

En hetzelfde geldt voor het leven van alledag. Net als beurscrises. Die zijn er omdat iedereen een verkeerde beweging maakt, en alle verkeerde bewegingen samen creëren de paniek. Dan vragen mensen die geen stalen zenuwen hebben zich af: wie heeft dit komplot gesmeed, wie heeft er baat bij? En o wee als je geen vijand vindt die gekomplotteerd heeft, dan voel jij je schuldig. Ofwel, omdat je je schuldig voelt, verzin je één, sterker nog, veel komplotten. En om die in de hand te houden moet je je eigen komplot smeden.

En hoe meer je, om je eigen onbegrip te rechtvaardigen, andermans samenzweringen smeedt, hoe meer je daarvan gaat houden, en je eigen plan op hen toesnijdt. Wat dan ook gebeurde toen jezuïeten en Baconaanhangers, Paulicianen en neo-Tempeliers elkaar wederzijds hun plannen onder de neus wreven. Diotallevi had toen opgemerkt: 'Natuurlijk, je schrijft waar je zelf mee bezig bent aan anderen toe, en omdat je met iets verfoeilijks bezig bent worden de anderen verfoeilijk. Maar omdat de anderen in de regel datzelfde verfoeilijke willen doen wat jij aan het doen bent, werken ze met je mee en doen het voorkomen alsof hetgeen je hen toeschrijft nu net hetgeen is dat ze altijd gewenst hebben. God verblindt degene die hij te gronde wil richten, je hoeft Hem alleen maar te helpen.'

Een samenzwering moet, om een samenzwering te zijn, geheim zijn. Er moet een geheim bestaan dat maakt dat we, als we het kennen, niet meer ontgoocheld zullen zijn, óf omdat het het geheim zou zijn dat ons naar de redding voert óf omdat het kennen van het geheim gelijk zou staan aan de redding. Bestaat er een zo schitterend geheim?

Zeker, op voorwaarde dat je het nooit te weten komt. Ontsluierd kan het ons alleen maar teleurstellen. Had Agliè me niet verteld van de hang naar het mysterie dat speelde in het tijdperk van de Antonijnen? En toch was er nog maar net iemand gekomen die had verklaard de zoon van God te zijn, de vleesgeworden zoon van God die verlost van de wereldse zonden. Was dat soms een mysterie van niets? En hij beloofde iedereen de verlossing, je hoefde alleen maar je naaste lief te hebben. Was dat soms een waardeloos geheim? En hij liet een legaat achter waardoor iedereen die de juiste woorden op het juiste moment sprak een stuk brood en wat wijn kon veranderen in het vlees en het bloed van de zoon van God, en zich ermee kon voeden. Was dat soms een enigma om je neus voor op te halen? En hij bracht de kerkvaderen zover dat ze veronderstelden, en daarna verklaarden, dat God en Een- en Drievuldig was en dat de Geest voortkomt uit de Vader en de Zoon, maar de Zoon niet uit de Vader en de Geest. Was dat een formuletje voor Hylici? En ondanks dat deden zij, die toch de redding binnen handbereik hadden—*do it yourself*—niets. Is dat nu de hele onthulling? Wat banaal: en hup maar weer als dollemannen in hun lichte bootjes de gehele Middellandse Zee afzoeken naar een ander, verloren gegaan weten, waar die dogma's van dertig zilverlingen alleen maar de buitenkant van waren, de parabel voor de armen van geest, veelbetekenend hiëroglief, de knipoog naar de Pneumatici. Het mysterie van de drieëenheid? Te makkelijk, daar moet iets achter zitten.

Er was iemand, misschien Rubinstein, die toen ze hem vroegen of hij in God geloofde had geantwoord: 'Oh nee, ik geloof... in iets veel groters...' Maar iemand anders (Chesterton misschien?) had gezegd: sinds de mensen niet meer in God geloven, geloven ze niet nergens meer in, maar geloven ze in alles.

Alles is niet een groter geheim. Er zijn geen grotere geheimen, want zodra ze onthuld worden lijken ze klein. Er is slechts een leeg geheim. Een geheim dat verglijdt. Het geheim van de orchis is dat het niet alleen testikel betekent, maar ook duidt op een ziekte van laatstgenoemde, maar de testikels staan weer voor een teken van de dierenriem, en dat weer voor een hiërarchie van engelen, die voor een toonladder, de toonladder voor een verhouding tussen stemmingen, en zo door; de inwijding is leren nooit op te houden, het universum af te pellen als een ui, en een ui kan eindeloos afgepeld, laten we ons een oneindige ui voorstellen waarvan het centrum overal is en de omtrek nergens, of die de vorm heeft van de ring van Moebius.

De waarachtige ingewijde is iemand die weet dat het krachtigste geheim een geheim zonder inhoud is, omdat geen enkele vijand er in slagen zal het hem te laten opbiechten, omdat geen enkele gelovige er in slagen zal het hem afhandig te maken.

Nu kwam de dynamiek van de nachtelijke rite bij de Slinger me logischer, consequenter voor. Belbo had beweerd een geheim te bezitten, en daardoor had hij macht over Hen verkregen. Hun impuls was geweest het hem te ontfutselen. Zelfs de impuls van een man zo slim als Agliè, die ogenblikkelijk op de tamtam had geslagen om alle anderen bijeen te roepen. En hoe langer Belbo weigerde het te onthullen, hoe meer Zij dachten dat het een groot geheim moest zijn, en hoe langer hij bezwoer dat hij het niet had, hoe meer Zij ervan overtuigd raakten dat hij het bezat, en dat het een echt geheim was, want als dat niet zo was geweest had hij het wel onthuld.

Het zoeken naar dit geheim was eeuwenlang de specie geweest die hen, ondanks excommunicaties, onderlinge strijd en schermutselingen bijeen had gehouden. Nu stonden ze op het punt erachter te komen. En werden ze bevangen door een tweeledige ontzetting: dat het geheim een teleurstelling zou zijn, en dat er, als het aan iedereen bekend zou zijn, geen geheim meer zou zijn. Het zou hun einde betekenen.

En toen had Agliè bedacht dat als Belbo zou praten, iedereen zou weten en dat hij, Agliè, het ongedefinieerde aura dat hem charisma en macht verleende zou kwijtraken. Zolang Belbo alleen hem in vertrouwen nam, zou Agliè door kunnen gaan Saint-Germain te zijn, de onsterfelijke—de opschorting van zijn dood viel samen met de opschorting van het geheim. Hij probeerde Belbo ertoe over te halen het hem in te fluisteren, en toen hij begreep dat dat niet zou lukken, heeft hij hem geprovoceerd door zijn capitulatie te verkondigen, waardoor hij in Belbo's ogen nog dwazer leek. Oh, de oude graaf kende hem door en door, wist dat koppigheid en het gevoel voor gek te staan het bij mensen uit die streek winnen van de angst. Zo heeft hij hem gedwongen een uitdagende toon aan te slaan en een definitief nee te laten horen.

En de anderen hebben er, ook uit angst, de voorkeur aan gegeven hem te vermoorden. Ze verspeelden de kaart—die zouden ze nog eeuwenlang kunnen zoeken—maar bliezen hun zieltogend en kwijnend verlangen nieuw leven in.

Ik moest denken aan een verhaal dat Amparo me had verteld. Nog voordat ze naar Italië kwam, was ze een aantal maanden in New York geweest, en had ze in het soort wijk gewoond waar hooguit opnamen voor politieseries werden gemaakt. Ook om twee uur 's nachts ging ze alleen naar huis. En toen ik haar had gevraagd of ze niet bang was voor seksmaniakken, had ze me haar methode uiteengezet: zodra een maniak op haar afkwam en zich als zodanig presenteerde, nam ze hem bij de arm en zei: 'Ja, laten we naar bed gaan.' En hij er vandoor, in de war.

Als je een seksmaniak bent, wil je geen seks, je wilt ernaar verlangen, het hooguit stelen, maar liefst buiten medeweten van het slachtoffer. Als ze je met seks confronteren en zeggen hier is Rhodus, spring hier! is het logisch dat je er vandoor gaat, wat zou je anders voor een maniak zijn.

En wij zijn hun verlangen gaan prikkelen, hebben ze een geheim voorgehouden dat leger is dan leeg, want niet alleen kenden wij het ook helemaal niet, maar bovendien wisten we dat het niet echt was.

Het vliegtuig vloog boven de Mont Blanc en de passagiers stormden allemaal tegelijk naar één kant om maar niets te hoeven missen van de onthulling van die stompzinnige, uit een dystonie van de onderaardse stromen voortgekomen bult. Ik bedacht dat als wat ik dacht waar was, de stromen dan misschien niet bestonden, net zoals de boodschap van Provins niet had bestaan, dat de geschiedenis van de ontcijfering van het Plan, zoals wij dat hadden gereconstrueerd, niets anders was dan de Geschiedenis.

Ik dacht terug aan het laatste bestand van Belbo. Maar als het zijn zo leeg en breekbaar is dat het uitsluitend overeind blijft op grond van de illusie van hen die op zoek zijn naar het geheim ervan—zoals Amparo zei de avond in de tenda, na haar nederlaag—dan is er inderdaad geen verlossing, zijn we allemaal slaven, geef ons een meester, we verdienen niet anders...

Het is niet mogelijk. Het is niet mogelijk omdat Lia me geleerd heeft dat er iets anders is, en ik heb daar het bewijs van, het heet Giulio en op dit moment is het aan het spelen in een dal, en trekt aan de staart van een geit. Het is niet mogelijk want Belbo heeft tweemaal nee gezegd.

Het eerste nee heeft hij tegen Abulafia gezegd en tegen degene die trachtte daar in binnen te breken. 'Heb je het wachtwoord?' was de vraag. En het antwoord, de sleutel van de kennis was 'nee'. Er is iets waars, en dat is dat dat magische woord niet alleen niet bestaat, maar dat we het ook niet weten. Maar wie dat kan toegeven kan iets te weten komen, op zijn minst datgene wat ik te weten ben gekomen.

Het tweede heeft hij zaterdagavond gezegd, toen hij de redding die hem werd geboden van de hand wees. Hij had zo maar een kaart kunnen verzinnen, of er bijvoorbeeld een kunnen noemen die ik hem had laten zien; aangezien de Slinger op die manier was opgehangen, zou die bende krankzinnigen de Umbilicus Mundi toch nooit hebben kunnen bepalen, en zelfs al hadden ze dat gekund, dan zouden ze nog tientallen jaren nodig hebben gehad om te begrijpen dat het niet de goede was. Maar nee, hij wilde niet buigen, hij wilde liever sterven.

Het was niet zo dat hij niet heeft willen buigen voor machtswellust: hij wilde niet buigen voor het betekenisloze. En dat houdt in dat hij op een of andere manier wist dat er, hoe breekbaar het zijn ook is, hoe oneindig en doelloos ons zoeken naar het waarom van de wereld ook is, iets bestaat dat meer betekenis heeft dan de rest.

Wat had Belbo, wellicht pas op dat moment, begrepen waardoor hij in staat was zijn laatste wanhopige bestand tegen te spreken, en zijn lot niet toe te vertrouwen aan iemand die hem een willekeurig Plan garandeerde? Wat had hij—uiteindelijk—begrepen waardoor hij zichzelf had toegestaan zijn leven te verspelen, alsof hij, zonder dat hij zich daar tot nu toe van bewust was geweest, alles wat hij weten moest al lange tijd geleden ontdekt had en alsof in vergelijking met dat unieke, waarachtige, absolute geheim, alles wat er in het Conservatoire gebeurde van een onherroepelijke stompzinnigheid was—en het daarom ook stompzinnig was aan het leven vast te houden?

Ik miste iets, een schakel in de ketting. Ik had het idee dat ik van Belbo zo langzamerhand alle daden kende, van het leven tot de dood, behalve een.

Bij aankomst vond ik, terwijl ik naar mijn paspoort zocht, de sleutel van dit huis in mijn zak. Die had ik afgelopen donderdag meegenomen, tegelijk met die van de flat van Belbo. Ik moest terugdenken aan de dag dat Belbo de oude kast had laten zien waarin naar zijn zeggen zijn opera omnia zaten, anders gezegd zijn juvenilia. Misschien had Belbo iets geschreven wat niet in Abulafia kon zitten, en was dat iets hier, in ***, begraven.

Mijn veronderstelling was op niets gebaseerd. Een goede reden—hield ik me voor—om haar voor waar te houden. Zo langzamerhand.

Ik ben mijn auto gaan ophalen, en ben hiernaar toe gekomen.

Ook die oude vrouw die we toen hadden gezien, dat familielid van de Canepa's die op het huis lette, heb ik niet getroffen. Misschien is ook zij in de tussentijd doodgegaan. Hier is niemand. Ik ben de verschillende kamers doorgelopen, er hangt een muffe lucht, ik had er zelfs over gedacht de beddepan in een van de slaapkamers aan te steken. Maar een bed verwarmen in juni heeft geen zin, want zodra je de ramen opendoet komt de zoele avondlucht binnen.

Vlak na zonsondergang was er geen maan. Net als zaterdagnacht in Parijs. Zij is laat opgekomen, ik zie nu pas het kleine beetje dat er is—minder dan in Parijs—dat zich langzaam boven de lagere heuvels verheft, in de kom tussen de Bricco en een andere, wellicht al gemaaide, gelige bult.

Ik geloof dat ik hier tegen zes uur 's avonds ben aangekomen. Ik had niets te eten meegenomen, maar toen ik zo maar wat door het huis liep, vond ik in de keuken een worst die aan een balk hing. Ik heb, rond tien uur geloof ik, met worst en helder water gedineerd. Nu heb ik dorst, heb een grote karaf water meegenomen naar de studeerkamer van oom Carlo en drink die elke tien minuten leeg, ga weer naar beneden, vul hem en begin opnieuw. Het zal een uur of drie zijn. Maar het licht is uit en ik kan op mijn horloge niet zien hoe laat het is. Ik denk na, kijk uit het raam. Op de hellingen van de heuvels zie je een soort glimworpjes, van vallende sterren. Af en toe komt er een auto langs, rijdt naar beneden het dal in en weer omhoog naar de dorpjes op de toppen. Toen Belbo jong was zag je dit soort dingen waarschijnlijk niet. Er waren geen auto's, de wegen bestonden nog niet, er was een avondklok.

Ik heb de kast met juvenilia geopend, meteen toen ik aankwam. Planken vol papier, van schoolopgaven tot pakken gedichten en schrijfsels uit zijn adolescentie. Iedereen schrijft tijdens zijn adolescentie gedichten, echte dichters hebben die later vernietigd en slechte dichters hebben ze gepubliceerd. Belbo was te nuchter om ze behoorlijk op te bergen, te kwetsbaar om ze te vernietigen. Hij heeft ze begraven in de kast van oom Carlo.

Ik heb een paar uur zitten lezen. En lange tijd daarna heb ik, tot op nu, na zitten denken over de laatste tekst die ik vond, toen ik op het punt stond op te houden.

Ik weet niet wanneer Belbo die geschreven heeft. Het zijn vellen vol waarop verschillende handschriften door elkaar lopen, of liever, hetzelfde handschrift uit verschillende periodes. Alsof hij het heel snel, toen hij zestien of zeventien was, had opgeschreven, het daarna terzijde had gelegd, er weer op was teruggekomen toen hij twintig was, en nog een keer toen hij dertig was, en misschien ook nog later. Tot op het moment dat hij opgehouden is met schrijven—met dien verstande dat hij begonnen is op Abulafia, zonder echter deze regels weer op te durven pakken om ze te onderwerpen aan de vernedering van de elektronica.

Als je het leest lijkt het het relaas van een welbekend verhaal, de gebeurtenissen in *** tussen 1943 en 1945, oom Carlo, de partizanen, het parochiehuis, Cecilia, de trompet. Ik ken de proloog, het waren de thema's die Belbo obsedeerden als hij mild, dronken, teleurgesteld en treurig was. De bekentenisliteratuur, ook hij wist dat dat het laatste toevluchtsoord is van het geboefte.

Maar ik ben geen literair criticus, ik ben voor de zoveelste keer Sam Spade die op zoek is naar een laatste spoor.

En zo vond ik de Sleuteltekst. Het is waarschijnlijk het laatste hoofdstuk van Belbo's verhaal in ***. Daarna kan er niets meer zijn voorgevallen.

119

Vuur ontsprong aan de kroon van de trompet, en toen zag ik de opening van de koepel zich openen en een tong van vuur straalde door de buis van de trompet naar beneden en drong het levenloze lichaam binnen. Daarna sloot de opening zich weer en verdween ook de trompet.

Johann Valentin Andreae, *Die Chymische Hochzeit des Christian Rosencreutz*, Straatsburg, Zetner, 1616, 6, p.125-126

De tekst vertoont leemten, er zitten doorhalingen in, gaten, raturen—je kunt wel zien dat ik net uit Parijs terug ben. Ik herleef hem meer dan ik hem herlees.

Het zal eind april '45 zijn geweest. De Duitse troepen waren al enige tijd op de vlucht, de fascisten waren uiteengeslagen. Hoe dan ook, *** was al definitief in handen van de partizanen.

Na de laatste gevechten, waarover Jacopo ons (bijna twee jaar geleden) uitgerekend in dit huis had verteld, hadden de verschillende partizanenbrigades zich in *** verzameld om vandaar uit naar de stad op te trekken. Ze wachtten op een teken van Radio London, ze zouden vertrekken als Milaan klaar was voor het oproer.

Ook de Garibaldijnse troepen waren gearriveerd, aangevoerd door Ras, een reus van een man met een zwarte baard, die zeer populair was in het dorp: ze gingen gekleed in een soort fantasie-uniformen die allemaal verschillend waren, met uitzondering van hun halsdoeken en de ster op hun borst—beide rood—en ze waren rommelig gewapend, hier een oud repeteergeweer, daar een de vijand afhandig gemaakt machinepistool. Ze staken af bij de Badoglio-brigades, met hun blauwe halsdoeken, kaki-uniformen die op die van de Engelsen leken en spiksplinternieuwe stenguns. De geallieerden steunden de Badoglio-troepen met overvloedige nachtelijke voedseldroppings, nadat eerst, zoals al twee jaar lang elke avond om elf uur, de mysterieuze Pippetto was overgevlogen, de Engelse verkenner waarvan niemand precies begreep wat hij te verkennen had omdat er in de wijde omtrek geen licht te zien was.

Er waren spanningen tussen de Garibaldijnen en de Badoglio-troepen, er werd verteld dat de Badoglio-troepen zich op de avond van het gevecht onder het roepen van 'Leve de koning' op de vijand hadden gestort, maar sommigen van hen zeiden dat dat de macht der gewoonte was, wat moet je anders roepen als je aanvalt, dat wilde nog niet zeggen dat ze noodzakelijkerwijs monarchisten waren; ze wisten heus wel dat de koning veel blaam trof. De Garibaldijnen hoonlachten, leve de koning roep je bij een bajonetaanval in het open veld, maar niet als je met een stengun een hoek omduikt. En dat ze zich verkocht hadden aan de Engelsen.

Ze hadden echter een modus vivendi gevonden, er was één commandant nodig om de aanval op de stad te leiden en de keuze was gevallen op Terzi, die aan het hoofd stond van de best uitgeruste brigade, de oudste was, had meegevochten in de Eerste Wereldoorlog, een held was en het vertrouwen van het geallieerde opperbevel genoot.

In de dagen daarop, ik geloof enige tijd voor het oproer in Milaan, waren ze vertrokken om de stad in te nemen. Er waren goede berichten binnengekomen, de operatie was geslaagd, de brigades waren bezig aan een glorieuze terugkeer naar ***, maar er waren doden gevallen, het gerucht ging dat Ras in de strijd was gevallen, en dat Terzi gewond was.

Toen had op een namiddag het lawaai van motorvoertuigen en overwinningsliederen geklonken, de mensen waren naar het grote plein gehold, over de rijksweg kwamen de eerste contingenten aangereden, opgeheven vuisten, vlaggen, gezwaai met wapens uit de raampjes van de auto's of van de treeplanken van de vrachtauto's. Onderweg waren de partizanen al overladen met bloemen.

Plotseling had iemand Ras Ras geroepen, en daar was Ras, gehurkt op het voorspatbord van een Dodge, met een warrige baard en zwarte plukken bezweet borsthaar die uit zijn open hemd staken, en hij groette de menigte lachend.

Naast Ras stond Rampini die ook uit de Dodge was gestapt, een bijziende jongen die in de fanfare speelde, iets ouder dan de anderen, die drie maanden eerder verdwenen was en die zich naar men zei bij de partizanen had aangesloten. En inderdaad, daar was hij, met een rode halsdoek, een kakikleurige kiel, blauwe broek. Het was het uniform van de fanfare van Don Tico, maar hij droeg nu een riem met een pistoolholster, en een pistool. Door zijn dikke brilleglazen, die hem op zovele plagerijen van zijn vroegere vriendjes uit het parochiehuis waren komen te staan, bekeek hij nu de meisjes die om hem heen zwermden alsof hij Flash Gordon was. Jacopo vroeg zich af of Cecilia zich wellicht tussen de mensen bevond.

Binnen een half uur zag het plein zwart van de partizanen en riep de menigte luidkeels om Terzi, en verlangde een redevoering.

Op een balkon van het gemeentehuis was Terzi verschenen, leunend op zijn kruk, bleek, en met een handgebaar had hij getracht de menigte tot bedaren te brengen. Jacopo verwachtte een redevoering, want zijn hele jeugd was, evenals die van zijn leeftijdgenoten, getekend door de grootse en historische redevoeringen van de Duce, waarvan je op school de meest treffende frases uit je hoofd moest leren en die je dus helemaal uit je hoofd leerde omdat elke zin een treffende frase was.

Het werd stil, Terzi had gesproken, met een schorre stem die amper te horen was. Hij had gezegd: 'Burgers, vrienden. Hier zijn we dan... na vele smartelijke offers. Ere aan hen die vielen voor de vrijheid.'

Meer niet. Hij was weer naar binnen gegaan.

En intussen joelde de menigte en staken de partizanen hun machinepistolen, hun stenguns, hun repeteergeweren en hun mausers in de lucht en losten vreugdeschoten; overal vlogen hulzen in het rond, de jongens wurmden zich tussen de benen van de soldaten en de burgers door omdat ze nooit meer zo'n goede vangst zouden hebben, want de oorlog dreigde binnen een maand afgelopen te zijn.

Maar er waren dus doden gevallen. Door een gruwelijke speling van het lot kwamen ze allebei uit San Davide, een dorp dat boven *** lag; en de families wilden dat ze begraven werden op het kleine dorpskerkhofje.

Het opperbevel van de partizanen had besloten tot een plechtige begrafenis, compagnieën in het gelid, versierde lijkwagens, het muziekkorps van de gemeente, de proost van de kathedraal. En de fanfare van het parochiehuis.

Don Tico had meteen toegezegd. In de eerste plaats, naar zijn eigen zeggen, omdat hij altijd al antifascistische gevoelens had gekoesterd. Maar tevens, zoals onder de muzikanten werd gefluisterd, omdat hij al een jaar lang als oefening twee dodenmarsen liet instuderen, en die moesten toch vroeg of laat worden uitgevoerd. En ten slotte, zoals kwade tongen in het dorp beweerden, om *Giovinezza* te doen vergeten.

De geschiedenis van *Giovinezza* luidde als volgt.

Maanden daarvoor, nog voordat de partizanen waren gearriveerd, speelde de fanfare van Don Tico op een keer in de open lucht ter gelegenheid van ik weet niet welk patroonsfeest en waren ze door de Zwarthemden tegengehouden. 'Speel *Giovinezza,* eerwaarde,' had de kapitein hem, met zijn vingers op de loop van zijn machinepistool trommelend bevolen. Ja, wat doe je dan, zoals men later zou leren zeggen. Don Tico had gezegd, jongens laten we het proberen, we zullen onze huid duur verkopen. Hij had met zijn stemvork het tempo aangegeven en het weerzinwekkende kakofonische zootje ongeregeld had heel *** doorkruist en iets gespeeld dat alleen op grond van de uitzinnigste hoop op vergelding voor *Giovinezza* door had kunnen gaan. Een afgang voor iedereen. Omdat ze waren gezwicht, zoals Don Tico later zei, maar vooral omdat ze erbarmelijk hadden gespeeld. Hij mocht dan priester zijn, en antifascist, maar de kunst ging voor alles.

Jacopo was er die dag niet. Hij had amandelontsteking. Alleen Annibale Cantalamessa en Pio Bo waren er, en hun aanwezigheid alleen al moet bijgedragen hebben tot de radicale teloorgang van het fascisme. Voor Belbo lag het probleem elders, tenminste op het moment dat hij erover schreef. Hij had weer een gelegenheid voorbij laten gaan om erachter te komen of hij in staat zou zijn geweest nee te zeggen. Misschien was hij daarom wel hangend aan de Slinger gestorven.

Maar goed, de begrafenis was vastgesteld op zondagochtend. Op het plein voor de dom was iedereen bijeengekomen. Terzi met zijn troepen, oom Carlo en een paar notabelen van de gemeente met hun lintjes uit de Eerste Wereldoorlog, en het deed er niet toe wie fascist geweest was en wie niet, de helden moesten geëerd worden. En de clerus was er, het muziekkorps van de gemeente, in donkere kleren, en de wagens met paarden ervoor met gebroken witte, zilveren en zwarte sjabrakken. De koetsier ging gekleed als een maarschalk van Napoleon, steek, cape en een wijde mantel in dezelfde kleur als het tuig van de paarden. En dan was er de fanfare van het parochiehuis, pet met klep, kakikleurige kiel en blauwe broek, de glans van het koper, het zwart van het hout en de schittering van de bekkens en de grote troms.

Tussen *** en San Davide slingerde een weg omhoog van zo'n kilometer of vijf, zes. Een afstand die op zondagmiddagen werd afgelegd door *bocce* spelende gepensioneerden; een partijtje, even stoppen, een paar flessen wijn, nog een partijtje, enzovoort, tot aan de kapel op de top.

Een paar kilometer stelt niets voor als je *bocce* speelt, en misschien ook niet als je ze in het gelid aflegt, de wapens tegen de schouder, de blik vooruit, de frisse lentelucht inademend. Maar je moet eens proberen dat spelend te doen, met bolle wangen, zweet dat tappelings naar beneden loopt, stokkende adem. Het muziekkorps van de gemeente was niet anders gewend, maar voor de jongens van de fanfare was het een beproeving geweest. Ze waren als helden overeind gebleven, Don Tico sloeg de maat in de lucht, de klarinetten jammerden krachteloos, de saxofonen blaatten kortademig, de bombardon en de trompet lieten een benard geschetter horen, maar ze hadden het gehaald, tot het dorp, tot aan de voet van de steile weg die omhoog naar het kerkhof voerde. Annibale

Cantalamessa en Pio Bo deden al een hele tijd alleen maar alsof ze speelden, maar Jacopo had zich, onder het prijzend oog van Don Tico, als een herdershond in zijn rol vastgebeten. Zelfs in vergelijking met het muziekkorps van de gemeente hadden ze geen gek figuur geslagen, en dat hadden ook Terzi en de andere brigadecommandanten gezegd: goed zo jongens, schitterend gedaan.

Een commandant met een blauwe halsdoek en een regenboog van aan twee wereldoorlogen overgehouden lintjes had gezegd: 'Eerwaarde, laat de jongens in het dorp wat op adem komen, want ze kunnen niet meer. Komt u dan later, als het is afgelopen, naar boven toe. Dan staat er een busje klaar om u naar *** terug te brengen.'

Ze hadden zich naar het café gespoed, en de mannen van het muziekkorps van de gemeente, die door eindeloze begrafenissen gehard waren, hadden zich zonder enige terughoudendheid aan de tafels gezet en volop pens en wijn besteld; ze zouden de schranspartij tot in de avond voortzetten. De jongens van Don Tico daarentegen waren om de tap gedromd waar de baas schaafijs met mintsmaak serveerde dat groen zag als bij een scheikundige proef. Het ijs schoot zo je slokdarm in en het deed pijn midden op je voorhoofd, net als sinusitis.

Daarna waren ze naar het kerkhof gegaan waar het busje wachtte. Ze waren onder luid geschreeuw ingestapt en stonden ten slotte allemaal samengepakt, elkaar aanstotend met hun instrumenten, toen de commandant van daarvoor het kerkhof was afgekomen en had gezegd: 'Eerwaarde, we hebben voor de eindceremonie een trompet nodig, weet u, voor het signaal. Vijf minuten, hooguit.'

'Trompet,' had Don Tico gezegd, professioneel. En de ongelukkige, inmiddels van het groene schaafijs plakkerige en naar het middageten snakkende titularis van dit privilege, een zowel van iedere estetische hartstocht als van ieder gevoel voor solidariteit gespeende slome boerenkinkel, had het op een jammeren gezet, dat het laat was, dat hij naar huis wilde, dat hij geen speeksel meer had, enzovoort enzovoort, waarmee hij Don Tico die zich voor de commandant geneerde in verlegenheid bracht.

En dat was het moment waarop Jacopo, die in de glorie van het middaguur een glimp opving van het lieflijke beeld van Cecilia, gezegd had: 'Als hij me zijn trompet geeft, ga ik wel.'

Blijk van erkentelijkheid in de ogen van Don Tico, bezwete opluchting bij de ellendige titulaire trompettist. Uitwisseling van de instrumenten, als twee schildwachten.

En Jacopo was het kerkhof opgelopen, begeleid door de psychopompus met zijn lintjes uit Addis Abeba. Rondom was alles wit, de door de zon beschenen muur, de graven, de bloeiende bomen in de rondte en de pij van de proost, klaar om te zegenen, met uitzondering van het verschoten bruin van de foto's op de stenen. En de grote kleurige vlek die veroorzaakt werd door de menigte die voor de twee graven stond opgesteld.

'Jongen,' had de leider gezegd, 'jij gaat hier staan, naast mij, en als ik het bevel daartoe geef speel je het geef acht. Daarna, op bevel, het op de plaats rust. Eenvoudig nietwaar?'

Doodeenvoudig. Behalve dan dat Jacopo noch het geef acht noch het op de plaats rust ooit gespeeld had.

Hij hield de trompet met gebogen rechterarm vast, tegen zijn ribben, de punt lichtjes naar beneden zoals je met een karabijn doet, en hij had gewacht, buik in, billen dicht, borst vooruit.

Terzi was bezig aan een sobere redevoering, met hele korte zinnen. Jacopo bedacht dat hij om het geschetter te kunnen produceren zijn ogen ten hemel zou moeten slaan, en dat de zon hem dan zou verblinden. Maar zo sterft een trompettist, en daar je slechts eenmaal sterft kun je het maar beter goed doen.

Toen had de commandant hem toegefluisterd: 'Nu.' En was begonnen te schreeuwen: 'Gééé...' En Jacopo wist niet hoe je een gee...eeef acht speelde.

De melodische structuur was ongetwijfeld veel complexer, maar op dat moment was hij alleen maar in staat geweest do-mi-sol-do te blazen, en het zag ernaar uit dat die rauwe vechtersbazen het voldoende vonden. De eind-do had hij aangezet nadat hij opnieuw adem had gehaald, zodat hij die lang genoeg kon aanhouden om hem—schreef Belbo—de tijd te geven de zon te bereiken.

De partizanen stonden stram in de houding. De levenden even onbeweeglijk als de doden.

Alleen de doodgravers verroerden zich, je hoorde het geluid van de kisten die in de graven zakten, en het gerommel van de touwen die omhoog werden getrokken en tegen het hout sloegen. Maar het was een zwakke beweging, als het flikkeren van een reflectie op een bol; waar de minieme verandering van licht alleen dient om te zeggen dat in de Bol niets beweegt.

Daarna het abstracte geluid van een presenteer het geweer. De proost had de wijdingsformules gemompeld, de commandanten waren op de graven toegelopen en hadden er elk een handje aarde in gegooid. En op dat moment had een onverwacht bevel een salvo naar de hemel doen losbarsten, ta-ta-ta, ta-poem, en vlogen vogeltjes krijsend op uit de bloeiende bomen. Maar ook dat was geen beweging, het was alsof hetzelfde ogenblik zich steeds vanuit andere gezichtspunten presenteerde; en een ogenblik voor altijd bekijken houdt niet in dat je het bekijkt terwijl de tijd verstrijkt.

Daarom was Jacopo stil blijven staan, zonder zelfs maar acht te slaan op de patroonhulzen die hem voor de voeten rolden, noch had hij zijn trompet laten zakken; hij hield hem nog aan zijn mond, zijn vingers op de ventielen, rechtop in de houding, terwijl het instrument diagonaal naar boven wees. Hij stond nog te spelen.

Zijn uiterst lange eindnoot was nooit opgehouden: onopgemerkt door de omstanders kwam deze nog als een lichte ademtocht uit de beker van de trompet, een luchtstoot die hij in het mondstuk bleef blazen terwijl hij zijn tong tussen zijn nauwelijks geopende lippen hield zonder deze op die koperen zuignap te drukken. Het instrument bleef vooruit steken zonder op zijn gezicht te steunen, louter door de spanning van zijn ellebogen en zijn schouders.

Jacopo bleef die tonale illusie blazen omdat hij voelde dat hij op dat moment een draad afwond die de zon in toom hield. Het hemellichaam was gestokt in haar baan, was gefixeerd in een middaguur dat een eeuwigheid had kunnen duren. En alles hing af van Jacopo, hij hoefde dat contact maar te verbreken, het touw te laten vieren, en de zon zou als een bal zijn weggesprongen, en met haar de dag, en wat er die dag was voorgevallen, die handeling zonder fasen, die sequentie zonder begin of eind die zich onbeweeglijk voltrok, en alleen maar omdat het zo in zijn macht lag te willen en te doen.

Als hij was opgehouden om een nieuwe toon aan te zetten, zou er een scheurend geluid geklonken hebben, heel wat luidruchtiger dan de salvo's die hem verdoofden, en zouden de klokken weer tachycardisch zijn gaan pulseren.

Jacopo wenste vurig dat die man naast hem het op de plaats rust niet zou bevelen—ik zou kunnen weigeren, hield hij zich voor, en dan zou ik voor altijd zo blijven staan, blijf blazen zo lang je kunt.

Ik geloof dat hij in de staat van verdoving en duizeligheid was geraakt die een duiker bevangt als hij tracht beneden te blijven en de beweginglooshei die hem naar de bodem doet glijden wenst te prolongeren. En dat ging zelfs zo ver dat hij, in een poging uitdrukking te geven aan wat hij toen voelde, de zinnen die ik nu in het schrift las op niet-syntactische wijze had afgebroken; ze waren verminkt door puntjes, rachitisch door elisie. Maar het was duidelijk dat hij op dat moment—nee, zo zei hij het niet, maar het was duidelijk: op dat moment bezat hij Cecilia.

Feit is dat Jacopo Belbo toen niet begrepen kon hebben—en het nog niet begreep toen hij opschreef dat hij er zich niet van bewust was geweest —dat hij toen, eens en voor altijd, zijn scheikundige huwelijk, met Cecilia, met Lorenza, met Sophia, met de aarde en met de hemel aan het vieren was. Eenling onder de stervelingen was hij uiteindelijk het Grote Werk ten einde aan het brengen.

Niemand had hem nog verteld dat de graal niet alleen een schaal is, maar ook een speer, en zijn als kelk geheven trompet ook een wapen, een instrument van allerzoetste heerschappij dat pijlen naar de hemel schoot en de aarde verbond met de Mystieke Pool. Met het enige Vaste Punt dat het universum ooit had gehad: met dat wat hij, alleen op dat ene moment, met zijn ademtocht deed zijn.

Diotallevi had hem nog niet verteld dat je in Jesod kon zijn, de sefira van het Fundament, het teken van het Verbond van de verheven boog die zich spant om pijlen op de maat van Malchoet, zijn doelwit, af te schieten. Jesod is de druppel die drupt uit de pijl om de boom en het fruit voort te brengen, het is de anima mundi omdat het het moment is waarop de mannelijke kracht, zich voortplantend, alle fasen van het zijn met elkaar verbindt.

Het Cingulum Veneris weten te spinnen betekent de dwaling van de Demiurg herstellen.

Hoe kan iemand een leven lang op zoek zijn naar de Gelegenheid, zonder te merken dat het beslissende moment, het moment dat geboorte en dood rechtvaardigt, al voorbij is? Het komt niet weerom, maar is geweest, onomkeerbaar, volledig, glanzend, gul als elke onthulling.

Die dag had Jacopo Belbo de Waarheid in de ogen gezien. De enige die hem vergund zou zijn, want de waarheid waar hij achter kwam is dat de waarheid van zeer korte duur is (de rest is alleen commentaar). Dat was de reden waarom hij het ongeduld van de tijd trachtte te beteugelen.

Dat had hij, toen, zeker niet begrepen. En ook niet toen hij erover schreef of toen hij besloot er niet meer over te schrijven.

Dat heb ik, vanavond, begrepen: een schrijver moet sterven opdat zijn waarheid tot de lezer doordringt.

De obsessie van de Slinger die Jacopo zijn hele volwassen leven had vergezeld was—zoals die verloren adressen in zijn droom—het beeld geweest van dat andere, geregistreerde en vervolgens verdrongen moment waarop hij werkelijk aan het gewelf van de wereld had geraakt. En dat, dat moment waarop hij ruimte en tijd had bevroren door zijn pijl van Zeno af te schieten, was geen teken geweest, geen symptoom, toespeling, figuur, signatuur of raadsel: het was wat het was en stond nergens anders voor, het moment waarop verwijzing niet meer bestaat, en de balans in evenwicht is.

Jacopo Belbo had niet begrepen dat hij zijn moment gehad had en dat hij daar zijn hele leven mee moest doen. Hij had het niet onderkend, was de rest van zijn leven op zoek geweest naar meer en had zichzelf te gronde gericht. Of wellicht vermoedde hij het, anders zou hij niet zo vaak zijn teruggekomen op de herinnering van de trompet. Maar hij herinnerde zich die als verloren, terwijl hij die daarentegen bezeten had.

Ik geloof, ik hoop, ik bid dat Belbo dit heeft ingezien op het moment dat hij meezwaaiend met de Slinger stierf, en dat hij vrede heeft gevonden.

Daarna was het op de plaats rust bevolen. Hij zou het hoe dan ook opgegeven hebben, want hij had bijna geen lucht meer. Hij had het contact onderbroken, had daarna nog een enkele, allengs in kracht afnemende hoge noot geschetterd, teder, om de wereld te laten wennen aan de melancholie die haar te wachten stond.

De commandant had gezegd: 'Goed zo jongen. Ga nu maar. Mooie trompet.'

De proost was weggeglipt, de partizanen waren naar een hek aan de achterzijde gelopen waar hun auto's stonden te wachten, de doodgravers waren weggegaan nadat ze de graven hadden volgegooid. Jacopo was als laatste naar buiten gegaan. Hij slaagde er niet in die van geluk vervulde plaats te verlaten.

Het busje van het parochiehuis stond niet meer op het voorplein.

Jacopo had zich afgevraagd hoe dat nou mogelijk was, Don Tico zou hem nooit zo hebben achtergelaten. Terugkijkend is het meest voor de hand liggende antwoord dat er sprake was geweest van een misverstand, dat iemand Don Tico had verteld dat de partizanen de jongen naar het dal terug zouden brengen. Maar Jacopo had op dat moment—en niet zonder reden—gedacht dat tussen het geef acht en het op de plaats rust te veel eeuwen waren verstreken, dat de jongens gewacht hadden totdat ze grijs waren geworden, tot hun dood, en dat hun as zich verspreid had en die lichte nevel vormde die tegen die tijd de heuvelhellingen voor zijn ogen blauw kleurde.

Jacopo was alleen. Achter hem het lege kerkhof, in zijn handen de trompet, voor hem de heuvels die steeds blauwer werden en de een na de ander vervaagde in de richting van de perestroop van het oneindige, en, wraakzuchtig boven zijn hoofd, de zon, in vrijheid.

Hij had besloten te huilen.

Maar plotsklaps was de lijkwagen verschenen met zijn als een keizerlijke generaal uitgedoste koetsier, helemaal in gebroken wit, zwart en zilver, de paarden opgetuigd met barbaarse maskers die alleen hun ogen onbedekt lieten, met sjabrakken als lijkbaren, gedraaide zuiltjes die het compleet witte en gouden Assyrisch-Grieks-Egyptische timpaan ophielden. De man met de steek had eventjes voor die eenzame trompettist ingehouden en Jacopo had hem gevraagd: 'Brengt u me dan thuis?'

De man was goedhartig. Jacopo was naast hem op de bok geklommen, en op de lijkwagen was zijn terugkeer naar de wereld der levenden begonnen. De Charon buiten dienst mende zijn paarden des doods zwijgend langs de steile rotsen, Jacopo rechtop en hiëratisch, met zijn trompet stevig onder zijn arm, glanzend vizier, opgaand in zijn nieuwe, onverwachte rol.

Ze waren de heuvels afgedaald, bij elke bocht ontrolde zich een nieuwe vlakte met blauwkoperen wijnstokken, nog steeds in een verblindend licht, en na een niet nader te bepalen tijd hadden ze in *** stilgehouden. Ze waren het door galerijen omgeven grote plein overgestoken dat zo verlaten was als alleen pleinen in de Monferrato op zondagmiddag om twee uur kunnen zijn. Een schoolvriendje op de hoek van het grote plein had Jacopo op de wagen zien zitten, trompet onder zijn arm, zijn blik op oneindig, en had een gebaar van bewondering naar hem gemaakt.

Jacopo was thuisgekomen, had niet willen eten, niets willen vertellen. Hij had zich op het terras genesteld, en was trompet gaan spelen alsof hij een demper had, zachtjes blazend om de stilte van de siësta niet te verstoren.

Zijn vader was naar hem toegekomen en had, zonder kwaadwillendheid, met de sereniteit van iemand die de wetten van het leven kent, tegen hem gezegd: 'Als alles loopt als het lopen moet gaan we over een maand naar huis. In de stad kan van trompet spelen geen sprake zijn. De huisbaas zou ons er uit zetten. Begin maar vast aan het idee te wennen. Als je per se iets aan muziek wilt doen, zullen we je op pianoles doen.' En daarna, toen hij zijn glanzende ogen zag: 'Toe nou mallerd. Besef je wel dat de slechte tijden voorbij zijn?'

De dag daarop had Jacopo de trompet aan Don Tico teruggegeven. Twee weken daarna verliet de familie *** om terug te keren naar de toekomst.

10
MALCHOET

120

Maar het lijkt me te betreuren dat ik enkel domme en dwaze afgodisten zie die... de uitnemendheid van de cultus van Egypte imiteren; en die de godheid zoeken, waarvan ze geen enkel bewijs hebben, in de excrementen van dode en zielloze dingen; die hiermee niet alleen de spot drijven met die goddelijke en aandachtige aanbidders, maar ook met ons... en erger is dat ze hiermee triomferen, omdat ze zien dat hun uitzinnige riten zo in aanzien staan...—Erger je hier niet aan, o Momus, zei Isis, want het fatum heeft beschikt dat er afwisseling van donker en licht is.—Maar het kwaad schuilt hierin, antwoordde Momus, dat zij zeker menen te weten dat ze in het licht zijn.

Giordano Bruno, *Spaccio della bestia trionfante*, 3

Ik zou me vredig moeten voelen. Ik heb het begrepen. Hadden sommigen van hen niet gezegd dat de redding nabij is als men volledig tot inzicht is gekomen?

Ik heb het begrepen. Ik zou me vredig moeten voelen. Wie zei er dat de vrede ontspringt aan het contempleren van de orde, van de doorgronde, genoten, zonder vreugde, triomf en inspanning ten volle verwezenlijkte orde? Alles is duidelijk, helder, en het oog rust op het geheel en op de delen, en ziet hoe de delen bijdragen tot het geheel, omvat het centrum waar de lymfe, de adem, de wortel van de twijfels stroomt...

Ik zou ontkracht moeten zijn door de vrede. Door het raam van de studeerkamer van oom Carlo kijk ik naar de heuvel, en dat beetje maan dat te voorschijn komt. De grote bult van de Bricco en de meer gemoduleerde heuvelruggen erachter vertellen het verhaal van de trage en slaperige bewegingen van moeder aarde, die rekkend en geeuwend in een duistere bliksemflits van honderd vulkanen hemelsblauwe vlaktes vormde en weer ongedaan maakte. In het geheel niet gestuurd door de onderaardse stromen. De aarde schilferde in haar halfslaap af en verruilde het ene oppervlak voor het andere. Waar eerst ammonieten graasden, diamanten. Waar eerst diamanten ontkiemden, wijngaarden. De logica van de morene, van de lawine, van de aardverschuiving. Verleg je achteloos een steentje, dan beweegt het, daalt af en laat al dalend ruimte achter (ja, de horror vacui!); een ander valt er bovenop en ziedaar: hoogte. Oppervlakten. Oppervlakten van oppervlakten op oppervlakten. De wijsheid van de Aarde. En van Lia. De afgrond is de draaikolk van een vlakte. Waarom zou je een draaikolk aanbidden?

Maar waarom geeft het begrijpen mij geen vrede? Waarom het Noodlot liefhebben, als het je doodt, net als de Voorzienigheid en het Komplot van de Archonten? Misschien heb ik nog niet alles begrepen, mis ik een ruimte, een pauze.

Waar heb ik gelezen dat je op het ultieme moment—als het leven, oppervlakte op oppervlakte, door ervaring is gelaagd—alles weet, het geheim, de macht en de glorie, waarom je geboren bent, waarom je dood gaat, en hoe alles anders had kunnen lopen? Je bent wijs. Maar wat je op dat moment het beste weet, is dat je het te laat te weten bent gekomen. Je begrijpt alles als er niets meer te begrijpen valt.

Nu weet ik hoe de Wet van het Koninkrijk luidt, van de arme, wanhopige Malchoet waartoe de Wijsheid, teneinde haar verloren gegane luciditeit te hervinden, op de tast haar toevlucht heeft gezocht. De waarheid van Malchoet, de enige waarheid die schittert in de nacht van de sefirot, is dat de Wijsheid in Malchoet ontdekt dat ze naakt is, en ontdekt dat haar eigen mysterie gelegen is in het niet-zijn, al is het maar één moment, het laatste. Daarna beginnen de Anderen weer.

En met de anderen de diabolici, op zoek naar afgronden waar zich het geheim verbergt dat hun gekte is.

Langs de hellingen van de Bricco strekken zich rijen en rijen wijnstokken uit. Ik ken ze, ik heb in mijn tijd net zulke gezien. Geen enkele Doctrine der Getallen heeft ooit kunnen zeggen of ze heuvelop- of heuvelafwaarts verrijzen. Tussen de wijnstokken—maar je moet er van jongs af aan, op blote en een beetje eeltige voeten doorheen gelopen hebben—staan perzikbomen. Het zijn gele perziken die alleen tussen de wijngaardrijen groeien, ze spatten open onder de druk van je duim en de pit komt er bijna los uit, schoon als een bot na een chemische behandeling, met uitzondering van een paar sappige, witte sliertjes vruchtvlees die er via een atoom mee verbonden blijven. Je kunt ze eten bijna zonder het fluweel van de schil te proeven, dat je van je tong tot in je lendenen een siddering van genot bezorgt. Ooit graasden daar dinosaurussen. Daarna heeft een ander oppervlak het hunne bedekt. En toch begreep ik het Koninkrijk als ik een hap uit de perziken nam, net als Belbo op het moment waarop hij de trompet bespeelde en was ik geheel een met hem. Restte slechts scherpzinnigheid. Verzin, verzin het Plan, Casaubon. Dat is wat iedereen heeft gedaan om de dinosaurussen en de vissen te verklaren.

Ik heb het begrepen. De zekerheid dat er niets te begrijpen viel, dat zou mijn vrede en mijn triomf moeten zijn. Maar ik ben hier, ik die alles heb begrepen, en Zij zoeken me, in de overtuiging dat ik de onthulling bezit waar zij naar haken. Begrepen hebben is niet voldoende, als de anderen dat niet willen geloven en maar blijven vragen. Ze zijn me aan het zoeken, ze moeten me in Parijs op het spoor zijn gekomen, ze weten dat ik nu hier ben, willen nog steeds de Kaart. En hoe vaak ik ze ook zeg dat er geen kaarten zijn, ze zullen hem blijven willen. Belbo had gelijk: krijg de pest maar, stommeling, wat wil je dan, me vermoorden? Ho, zo is het wel genoeg. Sla me maar dood, maar dat de Kaart er niet is, dat zeg ik je niet, als iemand niet zelf leert zijn hersens te gebruiken...

De gedachte dat ik Lia en het kind, het Ding, Giulio, mijn steen der wijzen niet meer zal zien doet me pijn. Maar stenen overleven op eigen kracht. Misschien beleeft hij nu zijn Gelegenheid. Heeft hij een bal, een mier, een grassprietje gevonden, staart hij er naar en ziet het paradijs in de afgrond. Ook hij zal er te laat achter komen. Hij zal lief zijn, en goed, moge hij zo, alleen, zijn dag besteden.

Verdomme. En toch doet het pijn. Niets aan te doen, zodra ik dood ben ben ik het vergeten.

Het is middernacht, ik ben vanochtend uit Parijs vertrokken, heb te veel sporen achtergelaten... Het is hun tijdig gelukt te raden waar ik ben. Over niet al te lange tijd zullen ze komen. Ik zou alles wat ik vanaf die middag tot nu gedacht heb, vastgelegd willen hebben. Maar als Zij het zouden lezen, zouden ze er een andere duistere theorie uit afleiden en tot in de eeuwigheid zijn doorgegaan met pogingen de geheime boodschap die zich achter mijn verhaal verbergt te ontcijferen. Het is onmogelijk, zouden ze zeggen, dat die man ons alleen maar verteld heeft dat hij een spelletje met ons speelde. Nee, wellicht wist hij het niet, maar het Zijn deed ons een boodschap toekomen via zijn onwetendheid.

Of ik het nu wel of niet heb opgeschreven maakt niets uit. Zij zouden altijd een andere betekenis zoeken, ook in mijn zwijgen. Zo zijn ze nu eenmaal. Blind voor de onthulling. Malchoet is Malchoet en punt uit.

Maar breng ze dat maar eens aan hun verstand. Ze geloven niet.

Dus kan ik net zo goed hier blijven wachten en naar de heuvel kijken.

Hij is zo mooi.

INHOUD

1 KETER

2 CHOCHMA

3 BINA

4 GEDOELLA

5 GEVOERA

6 TIFERET

7 NETSACH

8 HOD

9 JESOD

10 MALCHOET

LIJST VAN ILLUSTRATIES

Toen het licht van de ein-sof zich voortplantte als een rechte lichtstraal in bovengenoemde ruimte, plantte het zich niet meteen uitbreidenderwijs tot beneden toe door, maar het verspreidde zich geleidelijk, ik bedoel, dat de straal van licht zich in het begin begon te verspreiden en daar, direct bij het begin van zijn verspreiding die mystiek wordt aangeduid door de'lijn', verspreidde het zich en plantte het zich voort en werd het als het ware tot één ronde sfeer eromheen. (vertaling: Albert van der Heide)

De uitgever acht het opportuun de lezer in kennis te stellen van het feit dat na de nacht van 23 juni 1984, op een verder onbekend tijdstip, de periscoop uit het Conservatoire des Arts et Métiers is verwijderd en dat het Vrijheidsbeeld achter in het koor is geplaatst.

OOIEVAAR POCKETS

Nr.		
284	Peter Andriesse	Zuster Belinda
290	René Appel	Spijt
277	Eric Berne	Mens erger je niet
281	Rita Mae Brown	Rubyfruit Jungle
295	Herman Brusselmans	Prachtige ogen
278	Herman Brusselmans	Zijn er kanalen in Aalst?
279	Willem Bijsterbosch	Handlangers
286	Bruce Chatwin	De zwarte heuvel
282	Luciano de Crescenzo	Geschiedenis van de Griekse filosofie
289	Umberto Eco	De naam van de roos
297	Umberto Eco	De slinger van Foucault
268	Miep Gies	Herinneringen aan Anne Frank
287	Nadine Gordimer	July's mensen
267	Stephen Hawking	Het heelal
291	Gerben Hellinga	De terugkeer van Sid Stefan
294	Gerard Koolschijn	Plato, schrijver
269	Tim Krabbé	De renner
296	Tom Lanoye	Vroeger was ik beter
274	Ischa Meijer	Hoeren
273	Marga Minco	De val
280	William Least Heat Moon	Blauwe wegen
270	Anaïs Nin	Erotica
299	Susie Orbach	Van vrouw tot vrouw
276	Robert M. Pirsig	Zen en de kunst van het motoronderhoud
288	B.H. Slicher van Bath	Indianen en Spanjaarden
275	Patrick Süskind	De duif
266	Patrick Süskind	Het parfum
292	Amy Tan	De vreugde- en gelukclub
298	Fay Weldon	Het kind van de president
283	Fay Weldon	Leven en liefdes van een duivelin
285	Willem Wilmink	Het verkeerde pannetje
271	Jeanette Winterson	Passie
293	Tom Wolfe	Het vreugdevuur der ijdelheden
272	Gary Zukav	De dansende Woe-Li meesters